Der Geist

Lynn Kurland

Der Geist des Highlanders

Deutsch von Margarethe van Pée

Weltbild

Originaltitel: *Much Ado in the Moonlight*
Originalverlag: Jove Books/The Berkley Publishing Group, New York
Copyright © 2006 by Lynn Curland
All rights reserved including the right of reproduction
in whole or in part in any form.
This edition is published by arrangement with
The Berkley Publishing Group,
a member of Penguin Group (USA) Inc.

Besuchen Sie uns im Internet:
www.weltbild.de

Die Autorin

Lynn Kurland verbrachte ihre Kindheit in Hawaii und verfasste ihre ersten Geschichten bereits im Alter von fünf Jahren. Nach einer Ausbildung zur klassischen Pianistin und Cellistin ist Lynn Kurland heute als freie Schriftstellerin tätig. Sie lebt mit ihrem Mann, zwei Kindern und drei Katzen im Nordwesten der Vereinigten Staaten. Lynn Kurland hat mehr als ein Dutzend Romane und zahlreiche Kurzgeschichten veröffentlicht. In den USA sind ihre Bücher regelmäßig in den Bestsellerlisten zu finden.

Für die Damen in meinem Forum

Danksagungen

Abgesehen von meiner großartigen Familie, die das Leben für mich zum Himmel auf Erden macht, möchte ich folgenden Personen danken:

Gail Fortune, die mir meine erste Chance in dieser Branche gegeben hat, für ihr unerschütterliches Vertrauen in meine Geschichten;

Anne Sowards für ihre wundervollen Ideen, ihr Adlerauge und ihre Bereitschaft, sich auf die verwirrende Vielzahl an Protagonisten einzulassen;

Leslie Gelbman, weil sie mir immer wieder die Veröffentlichung meiner Arbeiten ermöglicht;

Judy G., die furchtlose, außergewöhnliche Camperin, die mir geholfen hat, mir vom Westen aus den Osten vorzustellen.

Und zuletzt möchte ich ganz besonders meinen Lesern danken, vor allem denen, die so wunderbare Zuschriften auf meiner Website und in meinem E-Mail-Postfach hinterlassen haben. Ich vergesse nie, dass Ihr es seid, die ihr schwer verdientes Geld für meine Bücher ausgeben. Ohne Euch hätten sie kein Zuhause. Tausend Dank!

Personen

Connor MacDougal, *Laird des Thorpewold Castle*

Victoria McKinnon
Thomas McKinnon, *ihr Bruder*
Iolanthe McKinnon, *Thomas' Frau*
Jennifer McKinnon, *Victorias Schwester*
John McKinnon, *Victorias Vater*
Helen McKinnon, *Victorias Mutter*
Mary MacLeod, *Victorias Großmutter*

Das Trio von The Boar's Head
Ambrose MacLeod
Hugh McKinnon
Fulbert de Piaget

Mrs Pruitt, *die Gastwirtin im The Boar's Head*

Die Schauspieler
Michael Fellini
Cressida Blankenship
Fred, *der Inspizient*

James MacLeod

Prolog

Thorpewold, Großbritannien
Frühling 2005

Sanft sank die Dämmerung über Thorpewold Castle herab. Die verfallene Pracht bildete die Kulisse für eine Szene, die sich in jedem der mittelalterlichen Schlösser auf der Insel hätte abspielen können.

Der Laird gab seinen Gefolgsleuten mit fester Stimme Anweisungen; er war gerecht und äußerst umsichtig. Seine Leute gehorchten den Befehlen des Lairds widerspruchslos. Bauern taten emsig ihre Arbeit, zufrieden mit ihrem Los und ängstlich darauf bedacht, ihrem Herrn zu dienen. Die Schläge des Schmiedehammers und die Laute des Viehs schallten durch die Luft. Männer unterhielten sich über das kühle Frühjahr und den Regen, der ausgerechnet in dem Augenblick einzusetzen schien, als sie zu ihren Fechtübungen ins Freie gegangen waren.

Es war ein Tag wie jeder andere, ein Tag, wie ihn jeder brave Mann zu beiden Seiten des Hadrianwalls erleben konnte.

Allerdings war dies nicht das mittelalterliche Schottland.

Und die Menschen in der Burg waren genau genommen auch keine Sterblichen.

Ambrose MacLeod wusste das. Er stand direkt hinter dem Außentor und beobachtete das Treiben. Er stellte den Fuß auf einen Stein, um sich bequemer an die Mauer lehnen zu können. Ja, ihm war nur allzu klar, was es hieß, ein Laird zu sein, schließlich war er selber einmal einer gewesen, und sein Clan war kriegerisch und schwer zu führen gewesen. Mit geübtem Blick musterte er den frisch ernannten Laird of Thorpewold

Castle, um abzuschätzen, wie effektiv der Mann seine Aufgabe erfüllen würde, eine Burg dieser Größe samt den Kerlen, die dazu gehörten, zu regieren. Nun, *effektiv* war sicher ein viel zu zahmes Wort für die Art von Herrschaft, die Connor MacDougal ausüben würde.

Dieser MacDougal stand gerade auf der Außenmauer und gebot so bestimmt über seine Truppen, dass jeder Monarch der Gegenwart und der Vergangenheit ihn dafür bewundern müsste.

»Du da«, sagte er und zeigte auf einen unglückseligen Schotten mit knochigen Knien, »du übernimmst die erste Wache. Die Mauern werden rund um die Uhr abgesichert.«

Der Mann neigte respektvoll seinen Kopf. »Aber wir haben doch gar keine Mauern, die wir bewachen könnten, Mylord.«

Connor zeigte hinter sich auf die einzige Mauer, an der der Zahn der Zeit nicht genagt hatte. »Hier ist doch eine Mauer. Bewach sie.«

Der Mann eilte davon, sein karierter Rock flatterte ihm um die dünnen Beine.

»Und du da«, sagte MacDougal und zeigte auf einen anderen Mann, »du bewachst die Tore. Und du das Vieh. Du, Robert, du kümmerst dich um die Ställe. Ich will nicht, dass meinen Pferden etwas geschieht.«

Ambrose betrachtete das einsame Pferd im Hof, einen alten, nutzlosen Gaul, der selbst im äußersten Notfall kein geeignetes Reittier für einen Highlander abgegeben hätte. Warum kümmerte sich Connor überhaupt darum?

Andererseits hatte der Mann siebenhundert Jahre lang warten müssen, bis er die Burg sein Eigen nennen konnte; angesichts dieser Tatsache war es wahrscheinlich nicht weiter verwunderlich, dass er sein Eigentum beschützen wollte.

»Mylord«, begann ein Mann, der seine Kappe verlegen in den Händen drehte, »was ist mit dem Turm? Der Turm, den der junge Thomas McKinnon vollendet ...«

Connor fluchte. »Wir tun so, als gäbe es ihn nicht.«

»Aber wird er nicht zurückkommen, um Gebrauch von ihm zu machen?«

»Nicht, wenn er weiß, was gut für ihn ist«, knurrte Connor. »Und jetzt verschwinde und belästige mich nicht weiter mit deinen dummen Fragen. Kümmere dich um die Hühner.«

»Aber, Mylord«, wandte der junge Mann ein und bearbeitete seine Kappe so heftig, als wolle er sie zu Filz verarbeiten, »wir haben keine Hühner. Wir haben … Huhn.«

Connor runzelte die Stirn. »Huhn?«

»Ein Huhn, Mylord.«

»Dann geh und kümmere dich darum, du Tölpel!«

»Aber es ist schon beinahe dunkel, Mylord. Das Huhn schläft.«

»Weck es auf und bring es in den Stall!«, rief Connor.

Der Mann nickte, verbeugte sich tief und eilte davon.

Kurz darauf hörte man eine Henne lautstark protestieren.

Ambrose lachte. Die Heiligen mochten all diese armen Narren vor Connor MacDougals Zorn bewahren. Aber wenigstens hatten sie eine anständige Burg, um diese Qualen zu ertragen.

Ambrose blickte zufrieden über die Festung. Jawohl, es war eine schöne Anlage. Der hintere Turm war im letzten Sommer von Thomas McKinnon wiederhergestellt worden. Thomas' Aufenthalt auf Thorpewold war eine interessante Angelegenheit. Er hatte kurze Zeit im Schloss gelebt und war dann mit seiner Braut nach Amerika zurückgekehrt. Sein Anwesen hatte er unbewohnt zurückgelassen, aber er hatte sicherlich vor zurückzukommen.

Und in weniger als vierzehn Tagen würde ein Sterblicher hierher kommen und die Burg beziehen. Ambrose lachte leise. Was würde Connor MacDougal wohl sagen, wenn er feststellte, dass er einen Gast hatte?

Ambrose wagte nicht, es sich auszumalen.

Und er vermied es außerdem, sich noch länger hier aufzuhalten. MacDougal hatte ihm schon mehrere finstere Blicke

13

zugeworfen. Nicht dass Ambrose sich vor ihm fürchtete. Er
und Connor hatten in der Vergangenheit schon manchen
Händel ausgetragen, und er hatte sich stets wacker geschlagen. Leider war heute jedoch nicht der richtige Tag für sol-
cherlei Vergnügungen. Am Ende würde ihm in der Hitze des
Gefechts noch etwas über den bevorstehenden Besuch ent-
schlüpfen, und dann wäre die ganze Überraschung ruiniert.

Nein, er kümmerte sich jetzt besser um seine eigenen Angelegenheiten und überließ MacDougal seinen Pflichten.

Er warf noch einen letzten amüsierten Blick auf die Männer, die sich beeilten, Connors Befehle auszuführen, dann
drehte er sich um und ging den Weg hinunter, der vom Schloss
zur Straße führte. Die Sonne sank gerade, und er genoss die
Farben des Abends, während er zu einem kleinen Gasthof
wanderte, der sich in einiger Entfernung zur geschäftigen Ort-
schaft an einen kleinen Hügel schmiegte.

Ambrose betrachtete bewundernd das solide Gebäude mit
den schweren Dachbalken und den bleigefassten Fenstern.
Das Haus war von einem hübschen Garten umgeben, in dem
die ersten Frühlingsblumen dufteten.

Leider jedoch konnte er sie nicht riechen, denn seine Nase
hatte ihren Dienst schon vor Jahren versagt.

Vor einigen hundert Jahren, um genau zu sein.

Allerdings war der Verlust des Geruchssinns nur ein ge-
ringer Preis für all das, was er in seinem Nachleben gewonnen hatte. Wer hätte je ahnen können, dass es so viel Vergnügen machen könnte, ein Gespenst zu sein?

Natürlich war es auch anstrengend, aber daran konnte er
nichts ändern. Wer sollte sich sonst um sein eigenes Wohler-
gehen kümmern? Er schritt durch den Garten, wobei sein
Schottenrock ihm um die Knie schwang und sein Schwert
ihm gegen den Oberschenkel schlug wie schon seit vierhundert Jahren. Manche Dinge änderten sich eben nie. Ein Highlander blieb ein Highlander, ganz gleich in welchem Jahrhundert.

Er hatte den Eingang des Gasthauses beinahe erreicht, als die Tür aufflog und eine ältere Frau von freundlichem Wesen und stählerner Entschlusskraft heraussprang, einen Staubwedel in der Hand.

»In meiner Stube gibt es keine widerlichen Krabbeltiere«, erklärte sie und schüttelte den Staubwedel aus. »Weg mit euch, ihr kleinen Plagegeister!«

Dann blieb sie nachdenklich auf der Schwelle stehen und blickte sich misstrauisch um, als ob sie nach etwas anderem als nach Ungeziefer Ausschau hielte.

Ambrose tat das Einzige, was ihm übrig blieb: Er versteckte sich hinter der Tür und wartete, bis Mrs Pruitt, die Wirtin, die während der Abwesenheit des Eigentümers das Gasthaus gepachtet hatte, rasch einen Blick über ihren Garten geworfen hatte und dann zögernd wieder ins Haus gegangen war.

Er stieß einen Seufzer der Erleichterung aus und überlegte, wie er weiter vorgehen sollte. Natürlich konnte er die Vordertür benutzen. Das tat er oft. Schließlich unterlag das Gasthaus im Grunde seiner Führung; er konnte kommen und gehen, wann er wollte. Heute Abend jedoch würde er einen anderen Weg wählen …

Und er konnte nur hoffen, dass Mrs Pruitt von ihrem Tagwerk so müde war, dass die Küche heute Nacht leer war.

Als alles still war, schlich er auf Zehenspitzen zur Rückseite des Hauses und spähte durch das Küchenfenster. Drinnen war alles dunkel. Er stieß einen erleichterten Seufzer aus, dann trat er ein, entzündete mit einem Schlenkern des Handgelenks die Kerzen und ließ mit einer weiteren nachlässigen Geste das Feuer in dem glänzend schwarzen Ofen aufflackern.

Er zog sich einen Stuhl an den Ofen, schnipste mit den Fingern und holte einen Krug mit Ale aus der Luft, und dann lehnte er sich behaglich zurück und bereitete sich darauf vor, die erfreulichen Ereignisse zu überdenken, die ohne jeden Zweifel eintreten würden, wenn seine Enkelin – das war sie zumindest über mehrere Generationen hinweg – später in diesem Monat aus Amerika eintreffen würde. Sie war ein lebhaftes, eigensinniges Mädchen, aber da er diese Charakterzüge an sich selbst schätzte, sah er nicht ein, warum er sie ihr verübeln sollte.

Die Hintertür ging auf und schlug mit einem Knall wieder zu. Auf dem Läufer stand ein Mann, stampfte mit den Füßen und pustete sich in die hohlen Hände. »Kalt draußen«, murrte er. »Man sollte meinen, dass der Frost Ende März schon ein bisschen nachgelassen hätte.«

Ambrose schürzte die Lippen. »Du lebst jetzt seit vierhundert Jahren in England, Fulbert, und ich glaube, genauso lange beklagst du dich schon über das Wetter. Warum erwartest du eigentlich ständig, dass es wärmer ist als gewöhnlich?«

Fulbert de Piaget warf sich auf einen Stuhl und genehmigte sich ebenfalls einen Krug mit heißem Ale. »Die Hoffnung stirbt nie«, brummte er.

»Ja, das mag sein«, gab Ambrose zu, »aber der Frühling kommt, wann er will. Sei dankbar, dass du in diesem sanften, südlichen Land leben durftest. In den Highlands gibt es im März immer noch Eis und Frost.«

»Deshalb haben die Schotten ja auch immer schlechte Laune«, erwiderte Fulbert.

Ambrose hatte gerade den Mund geöffnet, um Fulbert über die Feinheiten des schottischen Charakters zu belehren, als sich die Tür öffnete und sein Landsmann Hugh McKinnon hereinspähte.

»Ist sie in der Nähe?«

Fulbert schürzte die Lippen. »Wer?«

»Mrs Pruitt«, erwiderte Hugh mit klappernden Zähnen. »Wer sonst?«

»Hab' sie nicht gesehen«, sagte Fulbert. »Sie ist vermutlich damit beschäftigt, sich zurechtzumachen, um ihrem Schatz hier zu gefallen.«

»Dem Himmel sei Dank«, stieß Hugh hervor und trat in die Küche. Er schloss die Tür hinter sich und nahm seinen Platz am Ofen ein. »Ich wünschte, du brächtest es endlich hinter dich, Ambrose«, sagte er. »Sprich mit der armen Frau.«

»Ja, genau«, warf Fulbert ein und wandte sich Ambrose zu. »Du hast der guten Mrs Pruitt eine Unterredung zugesagt, und du musst dein Versprechen halten.«

»Ich werde mit ihr sprechen, wenn ich die Zeit dazu finde«, erwiderte Ambrose mit zusammengebissenen Zähnen.

Fulbert grunzte. »Dann sorg dafür, dass du bald Zeit hast. Die Frau ruiniert mir langsam den Schlaf mit dem ständigen Piepsen und Rumoren ihrer Geräte.«

»Irgendwann wird sie es leid, hinter uns herzujagen«, erklärte Ambrose zuversichtlich.

»Vielleicht«, erwiderte Fulbert, »aber *dich* wird sie immer weiter verfolgen.«

»Ja, das stimmt«, warf Hugh ein. »Und sie hat genügend Geräte, um ihre Untersuchungen des Paranormalen in alle Ewigkeit fortzusetzen. Mir kommt es so vor, als ob der Paketdienst ihr alle vierzehn Tage eine neue Lieferung bringt.«

»Nun, heute Abend brauchen wir uns darüber keine Sorgen zu machen«, meinte Ambrose. »Ich bin mir ziemlich sicher, dass Mrs Pruitt zu Bett gegangen ist …«

Hinter ihnen knarrte die Tür, die die Küche vom Esszimmer trennte.

»Iiih!«, kreischte Hugh und verschwand.

Wortlos schüttete Fulbert sein Ale in einem Zug herunter und löste sich ebenfalls auf.

Ambrose löschte alle Lichter bis auf eine einzelne Kerze, hatte jedoch keine Zeit, sich aus dem Staub zu machen, als die Tür auch schon ein zweites Mal knarrte. Er warf einen Blick über die Schulter, in der Hoffnung, seine Ohren hätten ihn getäuscht. Aber es war vergebens.

Die Tür öffnete sich einen Spaltbreit, und Ambrose sah mit

Schrecken, dass ein Gespenster-Geigerzähler hindurchgeschoben wurde. Das Biest machte kleine, klickende Geräusche, an den Seiten brannten Lämpchen, und die beiden Metallzeiger sprangen hoch, als stünden aufsehenerregende Entdeckungen bevor.

Ambrose fluchte leise. Gab es denn auf dieser Welt keinen Frieden mehr?

Die Hand, die das Gerät hielt, schob sich durch den Spalt. Sie sollte sich besser darauf beschränken, Gäste zu bedienen und wohlschmeckende Mahlzeiten zuzubereiten, als arme, unglückselige Schatten zu quälen. Leider jedoch kümmerten sich die Hand und die Person, zu der sie gehörte, um Dinge, die sie nichts angingen.

Zum Beispiel um ihn.

Die Tür wurde aufgestoßen, und Mrs Pruitt sprang in die Küche, von Kopf bis Fuß in Schwarz gekleidet.

Unwillkürlich wich Ambrose zurück. Er stellte sich neben die Hintertür, wo Mrs Pruitt seine Anwesenheit vielleicht nicht erspüren konnte.

»Ich weiß, dass Ihr hier drinnen seid«, erklärte Mrs Pruitt und schwenkte ihre Taschenlampe. »Zeigt Euch endlich, verdammt noch mal!«

Rasch hüpfte Ambrose auf einen Arbeitstisch, während Mrs Pruitt mit ihrer Taschenlampe in jeden Winkel leuchtete, bis sie schließlich vor der Tür stehen blieb. Der Geigerzähler klickte, und die Lämpchen blinkten besorgniserregend. Angstvoll starrte Ambrose auf die Zeiger, die hektisch hin und her schwangen.

Plötzlich jedoch gab es einen lauten Knall, und das Gerät versagte den Dienst. Auf einmal war es totenstill im Raum.

Mrs Pruitt warf den kaputten Geigerzähler auf den Tisch und betrachtete ihn mit geschürzten Lippen.

»Anscheinend war es doch nur der Wind unter der Tür«, murmelte sie.

Ambrose seufzte erleichtert auf.

»Feigling«, ertönte eine Stimme neben ihm. Ambrose warf Fulbert, der wieder aufgetaucht war, einen finsteren Blick zu. »Kannst du mir daraus einen Vorwurf machen?«, flüsterte er gereizt.

»Du hast der Frau dein Wort gegeben. Ich habe doch selber gehört, wie du mit ihr verhandelt hast.«

»Ja, verdammt noch mal, aber ich habe mich nie festgelegt, wann ich das tun werde.«

Mrs Pruitt warf ihren Apparat in den Abfalleimer, drehte sich um und marschierte fluchend aus der Küche. Ambrose sah ihr erleichtert nach.

»Ich werde ihr sagen, dass du vorhast, sie zu verführen«, erklärte Fulbert mit unheilverkündendem Blick, »und dann werden wir ja sehen, was passiert …«

Ambrose fragte sich, ob es ihm wohl besser ginge, wenn er Fulbert den Hals umdrehen würde. Aber Fulbert war immerhin der Gatte seiner Schwester – und wenn das nicht ausreichte, um einen Mann davon zu überzeugen, dass es Dinge zwischen Himmel und Erde gab, die einem einfach über den Verstand gingen, dann wusste er auch nicht weiter. Dem Kerl hier konnte er jedenfalls nicht so ohne Weiteres etwas antun, ohne dafür bezahlen zu müssen.

»Ich zeige mich ihr schon, wenn die Zeit reif ist«, erwiderte Ambrose mit fester Stimme. »Bis dahin sollten wir uns lieber um unsere nächste Aufgabe kümmern.« Gewandt sprang er vom Arbeitstisch und setzte sich wieder ans Feuer.

»Kuppelei!« Fulbert schnaubte verächtlich und zog sich ebenfalls wieder den Stuhl an den Ofen. »Ich habe so langsam das Gefühl, dass dies nicht wirklich die richtige Beschäftigung für einen Mann meines Standes ist.«

»Dann such dir eine andere Aufgabe«, erwiderte Ambrose spitz.

»Das würde ich ja, aber du würdest ja ohne meine Hilfe keine einzige dieser Hochzeiten zustande bringen, und was dann?«

»Nun …« – »Dann müsste ich alle Katastrophen, die du verursacht hast, wieder in Ordnung bringen«, fuhr Fulbert in herablassendem Tonfall fort und holte sich erneut seinen Bierkrug aus seinem unsichtbaren Aufbewahrungsort. »Und, wer ist es dieses Mal? Der Name will mir nicht einfallen …«

»Du weißt sehr wohl, wer hierher kommt.«

Fulbert nahm einen tiefen Schluck von seinem Ale. »Ich habe versucht, es zu vergessen.« Er warf Ambrose über dem Rand des Kruges einen Blick zu. »Na los, spuck es schon aus.«

»Victoria McKinnon, und wage es bloß nicht, dich über sie lustig zu machen.«

»Mich über sie lustig machen?«, echote Fulbert. »Niemals würde ich das wagen! Aber, bei allen Heiligen, müssen wir uns gerade mit dieser McKinnon abgeben? Ich kann mich an Mistress Victoria noch gut erinnern, von der Hochzeit des jungen Gideon mit deiner Enkelin, dieser Megan MacLeod McKinnon.« Er erschauerte. »Als ob es nicht schon schlimm genug gewesen wäre, dass diese Megan meinen Neffen geheiratet hat, jetzt sollen wir uns auch noch von einem anderen deiner Nachfahren peinigen lassen …«

»Sprich nicht so von meiner kleinen Enkelin!«, bellte eine erzürnte Stimme. Hugh McKinnon tauchte auf, mit hochrotem Gesicht und gezogenem Schwert, dessen Spitze auf Fulberts Brust zeigte.

»Ich spreche ja gar nicht mehr von Megan«, brummelte Fulbert, »aber diese Victoria …«

»Auch über sie dulde ich kein böses Wort!«, donnerte Hugh. »Sie ist ein entzückendes Mädchen …«

»Hugh, sie ist der reinste Garnisonskommandant!«, rief Fulbert aus.

Hugh wand sich unbehaglich, stieß dann jedoch hervor: »Sie ist … äh … eben sehr *zielgerichtet*.«

Fulbert sprang so plötzlich auf, dass sein Stuhl umfiel.

Schwungvoll zog er sein Schwert. »Und *ich* sage, sie ist unmöglich! Sie beschäftigt sich mit nichts anderem, als diese launischen Schauspieler und Tänzer zu unterweisen ...« Er schnaubte. »Albernheiten! Warum darf ich mir nicht einmal ein wenig Blutvergießen wünschen, wenn es um ein Frauenzimmer geht ...«

»Ich gebe dir so viel Blutvergießen, wie du willst, du anmaßender Brite!« Hugh schubste Fulbert.

Fulbert packte sein Schwert fester. »Milchgesichtiger Rockträger!«

»Milchgesichtig?«, wiederholte Hugh. »*Milchgesichtig?*«

Sie hoben die Schwerter, als wollten sie tatsächlich aufeinander losgehen. Ambrose fluchte. Wenn die Umstände es erlaubten, dann war auch er jederzeit für einen kleinen Kampf zu haben, aber hier war weder der richtige Zeitpunkt noch der richtige Ort.

»Macht das draußen miteinander aus«, befahl er.

Hugh bremste seinen Schlag, und auch Fulbert hielt inne, bevor er Hughs Schädel spaltete. Sie blickten einander an, zuckten mit den Schultern und verschwanden freundlich plaudernd durch die Tür.

Kurz darauf drang mächtiges Waffenklirren aus dem Garten herein. Ambrose hoffte, dass es bald zu Ende wäre, aber er wusste, dass es keinen Zweck hatte. Stumm begann er zu zählen, und es dauerte nicht lange, da flog die Tür auf, und eine wütende Mrs Pruitt mit Lockenwicklern und rosafarbenem Morgenmantel stürmte mit gezückter Videokamera in die Küche, wobei sie ihm fast ein Auge ausstach. Sie rauschte zur Hintertür hinaus.

Ambrose seufzte, als sich die Geräusche draußen veränderten. Blutvergießen? Ja, möglicherweise, und nicht nur dadurch, dass Mrs Pruitt über die Gartengeräte stolperte.

Von draußen drangen jetzt Flüche und Schreie zu ihm herein. Ambrose lehnte sich auf dem Stuhl zurück und harrte der Dinge, die da kamen. Plötzlich wurde es still, und anstelle der Flüche und Schreie hörte man das leise Murmeln einer Frau, die sich den Film auf ihrer Videokamera anschaute und feststellte, dass darauf nichts von den paranormalen Aktivitäten zu sehen war, die sie eigentlich erwartet hatte. Es überraschte Ambrose gar nicht, als Mrs Pruitt kurz darauf durch die Küche ins Esszimmer marschierte und ihre gesamte Ausrüstung verwünschte.

Hinter ihr betraten Hugh und Fulbert kopfschüttelnd die Küche. Die Schwerter hatten sie wieder in die Scheide gesteckt.

»Rede endlich mit ihr«, sagte Fulbert zu Ambrose.

Hugh stimmte mit einem nervösen Nicken zu.

Ambrose seufzte. »Ja, bald. Wenn unsere nächste Aufgabe erledigt ist. Ich hätte mich schon längst darauf vorbereiten müssen, aber der Winter in den Highlands war so angenehm ...«

»Ja, das ist er immer«, stimmte Hugh ihm wehmütig zu.

»Und deshalb habe ich herumgetrödelt, statt zu arbeiten. Und jetzt bleibt mir kaum mehr genügend Zeit.« Ambrose trank einen Schluck Ale. »Zum Glück wissen wir über den Jungen gut Bescheid.«

»Tatsächlich?«, fragte Fulbert. »Ich ziehe zwar stets interessanten Klatsch den langweiligen Fakten vor, aber ich muss mich doch fragen, wie viel von dem, was wir über ihn wissen, der Wahrheit entspricht.«

Hugh blickte ihn erstaunt an. »Was gibt es denn da groß zu wissen?«, stieß er hervor. »Connor MacDougal ist unangenehm, unhöflich und gefährlich.« Er warf Ambrose einen Blick zu. »Ich frage mich, warum wir so ein süßes, zartes Mädchen wie meine Victoria in diese Löwengrube schicken.«

»Süß?« Fulbert griff sich an den Hals. »Zart? Bist du wahnsinnig ge ...?«

»Wie auch immer«, unterbrach Ambrose ihn mit fester Stimme. »Wir wollen diese beiden zusammenbringen. Und ich sage euch, am Ende werden wir sicher feststellen, dass wir uns in der einen oder anderen Hinsicht getäuscht haben, was das junge Paar angeht. Nun«, fügte er hinzu, »mich wird das nicht überraschen, aber zweifellos die anderen. Letztendlich wird alles gut werden. Und für den Moment müssen wir uns eben mit den Gerüchten über den Jungen begnügen, und ich werde ein wenig nachforschen, was unsere liebe Victoria so vorhat. In zwei Wochen treffen wir uns hier erneut und vereinbaren einen Plan.«

»Das ist reichlich Zeit«, stimmte Fulbert zu.

Ambrose warf ihm einen strafenden Blick zu. »Vor allem reichlich Zeit für dich und Hugh, es ohne einen Streit auszuhalten.«

Fulbert öffnete den Mund, um Ambrose zu widersprechen, aber dieser blickte ihn so streng an, dass er sich darauf beschränkte, leise in seinen Alekrug zu murmeln. Auch Hugh machte den Eindruck, als wolle er etwas anmerken, aber Ambrose brachte auch ihn mit seinem Blick zum Schweigen. Darauf verschränkte Hugh die Arme vor der Brust und starrte mit finsterer Miene ins Feuer.

Zufrieden damit, seine Gefährten an ihren Platz verwiesen zu haben, wünschte Ambrose ihnen eine gute Nacht, räumte Stuhl und Krug weg und verließ die Küche. Durch Esszimmer und Diele ging er nach oben, in sein eigenes Schlafgemach, das immer leer blieb, auch wenn das Gasthaus belegt war und noch Gäste eintrafen. Anscheinend wollte niemand die Nacht in dieser verschwenderischen Umgebung aus dem sechzehnten Jahrhundert verbringen. Ambrose verstand gar nicht, warum.

Aber es war ihm auch egal, solange er dadurch einen Schlafplatz hatte; für das Kommende sollte er besser gut ausgeruht sein. Es gab noch viel zu tun, zahlreiche Details und Pläne auszuarbeiten, von denen der Mann und die Frau, um die es ging, nichts ahnen durften.

Es versprach eine spannende Partie zu werden, und er konnte es kaum erwarten, sie zu spielen.

1

Es lag ein Geruch in der Luft, der Victoria MacLeod McKinnon gar nicht gefiel.

Mit dem Abendessen hatte es nichts zu tun, da war sie sich ziemlich sicher. Sie saß an einem sich schier durchbiegenden Bauerntisch im wunderschönen Haus ihres Bruders in Maine und genoss ein Abendessen, das dazu angetan war, den verwöhntesten Gaumen zu erfreuen, und dabei wahrscheinlich noch durch und durch gesund war. Victoria blickte sich bewundernd in Thomas' Esszimmer um, das auf den atlantischen Ozean mit seiner eindrucksvollen Brandung hinausging. Der Geruch der salzigen Luft, der sich mit den Küchendüften vermischte, hätte sie eigentlich erfrischen und ihr das Gefühl von Zufriedenheit geben müssen. Das geschmackvolle Interieur hätte sie in Entspannung versetzen müssen. Und der Gedanke daran, ein ganzes Wochenende hier verbringen zu können, hätte in ihr nur das Bedauern darüber wecken dürfen, dass sie nicht länger bleiben konnte.

Sie schnüffelte.

Da war es wieder. Irgendetwas stank wie die Pest.

Victoria blickte auf den Rosenkohl, den sie gerade auf die Gabel gespießt hatte, und unterdrückte das Bedürfnis, ihn ihrem Bruder in den Hals zu stopfen.

»Ich verstehe leider nicht, was daran so lustig sein soll«, sagte sie und zielte drohend mit der Gabel auf ihn.

Thomas, der Koch, Innenarchitekt und außerordentliche Wohltäter, schüttelte nur lächelnd den Kopf. »Entschuldigung, ich kann nicht anders.«

Victoria schürzte die Lippen. »Du hast mir dein Schloss *angeboten*«, sagte sie sehr betont, »du hast mir *Geld gegeben,* damit ich dort mein nächstes Stück aufführen kann. Du *bezahlst* alles, was mit dieser Produktion zusammenhängt und möchtest von mir nicht einmal einen Beleg darüber haben. Wieso bekommst du jedes Mal, wenn wir darüber sprechen, einen Lachanfall?«

»Dein Bruder hat zu lange in zu großer Höhe gelebt«, sagte ihr Vater, der neben ihr saß. »Das hat die Bereiche in seinem Gehirn geschädigt, die für den Humor zuständig sind.«

»Oh, John, sag doch nicht so etwas«, warf Victorias Mutter lachend ein. »Thomas ist einfach nur glücklich. Er bekommt ein Baby.«

»Nein, Mom«, erwiderte Thomas und ergriff die Hand seiner Frau. »Iolanthe bekommt ein Baby. Ich bin nur der nervöse werdende Vater.«

Victoria versenkte ihren Rosenkohl in Käsesauce und steckte den Bissen in den Mund, bevor sie es sich anders überlegte. Sie musste irre gewesen sein, als sie die Einladung in das Liebesnest ihres Bruders angenommen hatte. Was hatte sie sich nur dabei gedacht?

Wahrscheinlich hatte es an ihrem schlechten Gewissen gelegen; ihre Mutter hatte sie eingeladen; Victoria hatte kapituliert. Man hatte sie unter dem Vorwand nach Maine gelockt, sich ein bisschen Entspannung zu gönnen, bevor sie sich in ihre nächste Produktion stürzte. *Ein ruhiges Wochenende abseits von all dem Trubel,* hatte ihre Mutter gesagt. Victoria war zwar misstrauisch gewesen, aber sie hatte ihre Eltern schon seit einem Monat nicht mehr gesehen, und ihren Bruder sogar noch länger, und deshalb hatte sie widerstrebend nachgegeben und die Einladung angenommen.

Leider war jedoch ein Wochenende in Thomas' Traumhaus, bei dem sie gezwungen war, sein überwältigendes Glück mit seiner seit Kurzem auch noch schwangeren Frau anzusehen, für sie weder ruhig noch entspannend. Sie musste unbedingt wieder in die Stadt zurück, wo sie Kapitän auf ihrem eigenen Schiff war.

Und überhaupt, sie hasste Rosenkohl. Das war sicher Thomas' Idee gewesen. Er war auf dem Gesundheitstrip. Vorbei waren die Tage, in denen ihr Bruder das Geld nur so gescheffelt, gefährlich hohe Berge bestiegen und Mahlzeiten voller gesättigter Fettsäuren zu sich genommen hatte. An Stelle des wilden Mannes war der *Homo sapiens domesticus* getreten, mit Schürze und einer Einkaufsliste mit gesunden Lebensmitteln für eine Frau, der es vor allem morgens immer übel war. Victoria konnte sich nicht vorstellen, warum ausgerechnet Rosenkohl dagegen helfen sollte. Aber vermutlich war das Gemüse nicht die einzige Demütigung, die Iolanthe MacLeod erdulden musste, nachdem sie Thomas McKinnon geheiratet hatte.

Iolanthe machte allerdings keinen unglücklichen Eindruck. Victoria musterte ihre Schwägerin und sah nur eine strahlende, wenn auch leicht grünliche Schönheit, die zufrieden zu sein schien, an einen Mann gefesselt zu sein, der einmal sogar auf offener Bühne in der Nase gebohrt hatte. Er war zwar damals erst neun Jahre alt gewesen, aber Victoria hatte ihn danach als Schauspieler abgeschrieben und ihre Meinung nie mehr geändert.

Iolanthe hingegen schien dem Irrtum zu unterliegen, es sei etwas Gutes, mit Thomas McKinnon verheiratet zu sein. Nein, es war sogar noch schlimmer. Thomas und Iolanthe warfen sich von Zeit zu Zeit Blicke zu, die von tiefer, dauerhafter Liebe zeugten – als ob sie große Schwierigkeiten überwunden hätten, um endlich zusammen sein zu können.

Victoria schnaubte. Iolanthes einzige Prüfung hatte darin bestanden, Thomas auf seinem Schloss zu begegnen. Daraufhin hatte sie anscheinend komplett den Verstand verloren und ihn geheiratet.

Und jetzt hatte Victoria das zweifelhafte Vergnügen, dem Paar beim Turteln zuzuschauen.

Victoria wandte den Blick von den beiden Liebeskranken ab und betrachtete ihre Eltern. Sie gingen auch liebevoll miteinander um, klebten aber weit weniger aneinander. Ihre Mutter blickte heiter und gelassen auf Iolanthe, die Thomas abwehrte, weil er ihr ständig noch mehr Gemüse aufdrängen wollte. Victoria warf ihrem Vater einen Blick zu.

Sie liebte ihren Vater.

Natürlich liebte sie auch ihre Mutter. Helen MacLeod McKinnon war eine reizende Frau, die sogar lange Kostümproben durchstand, ohne unbehaglich hin und her zu rutschen. Aber sie hatte auch einen starken Hang zu dem, was sie als »MacLeod-Magie« bezeichnete. Victoria nannte es schlicht »Geisterseherei«, und sie zog die solide Verlässlichkeit ihres Vaters jedem unerwarteten Ereignis vor.

»Erklär mir noch einmal ganz genau, was du vorhast«, bat sie ihr Vater jetzt und wilderte auf ihrem Teller.

Victoria überließ ihren letzten Rosenkohl nur zu gern der Gabel ihres Vaters. »Um Licht und Ton habe ich mich schon vor zwei Wochen gekümmert. Die Kostüme werden morgen gepackt. Am Montag bin ich in Manhattan, um mich zu vergewissern, dass sie ordnungsgemäß verschickt werden. Und am Wochenende beenden die Schauspieler ihre Nebenjobs, um ab Montag nach Europa zu fliegen.«

»Nebenjobs?«, echote Thomas. Er verschluckte sich und half sich mit einem großen Glas Wasser.

»Sind die Pässe alle in Ordnung?«, fragte ihr Vater. »Haben die Schauspieler alle neue Fotos?«

Helen lachte. »Es sind Menschen, mein Lieber, keine Haustiere.«

»Das sagst du immer«, erwiderte John, »aber ich bin mir da nicht ganz sicher.« Er warf Victoria einen Blick zu. »Du weißt ja, dass es in England recht seltsam ist.« Er nickte wissend. »Du weißt schon. *Seltsam.*«

»Dad, es ist nicht der Mars«, sagte Victoria. »Ich werde es schon überleben.«

»Es wird ihr sogar gut tun, Dad«, fügte Thomas fröhlich hinzu. »Ein bisschen frische Luft, die idyllische englische

Landschaft, ein Schloss, das nur darauf wartet, die Kulisse für ihr nächstes Stück zu werden. Ach, übrigens, Vic, was führt ihr eigentlich auf?«

»›Hamlet‹, du Idiot«, erwiderte Victoria. »Das habe ich dir schon ein Dutzend Mal gesagt.«

Schon wieder dieses Grinsen. Victoria hätte ihm am liebsten etwas an den Kopf geworfen, aber ihr Teller war leer, weil ihr Vater das ganze restliche Gemüse vertilgt hatte. Dabei eigneten sich Rosenkohlröschen hervorragend als Wurfgeschosse. Also bedachte sie ihren Bruder lediglich mit einem finsteren Blick, aber das beeindruckte ihn nicht im Geringsten.

Und sein Feixen beunruhigte sie, wenn sie ehrlich war. Er schien etwas zu wissen, was ihr entgangen war. Schon früher hatte er diesen Gesichtsausdruck immer gehabt, wenn er etwas im Schilde führte.

»›Hamlet‹«, sagte er jetzt. »Wie schön. Und wann ist Premiere?«

Victoria verdrehte die Augen. »Heute in vier Wochen. Das weißt du doch. Ihr habt Karten für die erste Aufführung, und ich habe euch einen Flug gebucht, mit dem ihr ein paar Tage vorher anreisen könnt. Erinnerst du dich?«

»Du hast nur einen Monat Zeit?«, warf ihr Vater zweifelnd ein. »Ist das nicht ein bisschen knapp, junge Frau?«

»Ich schaffe es schon.«

»Du bereitest mir keine Sorgen, eher deine Schauspieler. Vor allem dieser Felonius.«

»Fellini«, korrigierte Victoria ihn. »Michael Fellini. Du brauchst dir keine Gedanken zu machen; er ist ein Profi.«

»Er ist arrogant«, erwiderte ihr Vater.

»Ich finde ihn hinreißend«, konterte ihre Mutter.

Er ist perfekt, fügte Victoria im Stillen hinzu, aber sie hatte nicht die Absicht, dieses Thema mit den anderen am Tisch zu erläutern.

»Die Besetzung ist in Ordnung«, sagte sie laut. »Wir proben ja schon seit zwei Monaten. Außerdem benehmen sie sich alle tadellos, schließlich ist es für die meisten die Chance ihres Lebens. Wann werden sie noch einmal Gelegenheit dazu bekommen, Shakespeare in einem echten Schloss aufzuführen?«

»Hm«, sagte John skeptisch. »Ich hoffe, du hast eine gute zweite Besetzung. Hat Thomas dir dafür genug Geld gegeben?«

»Ja, Thomas hat mich mehr als gut versorgt«, versicherte Victoria ihm.

Und das stimmte. Ihr Bruder war unglaublich großzügig gewesen, er hatte Unterkunft, Essen, Transport und Gehälter für die gesamte ›Hamlet‹-Produktion auf der Insel bezahlt. Sie wusste zwar immer noch nicht genau, warum, aber sie war sich von Anfang an darüber im Klaren gewesen, dass sie einem geschenkten Gaul nicht ins Maul schauen würde.

Allerdings hielt sie das nicht davon ab, die Angelegenheit mit dem einen oder anderen misstrauischen Blick zu bedenken. Aber damit wartete sie lieber, bis er schlief.

Michael Fellinis Gage hatte sie mit der Summe, die ihr Thomas gegeben hatte, natürlich nicht vollständig bezahlen können; dafür hatte sie auf ihre Ersparnisse zurückgegriffen. Eine Geschichte mehr, über die sie lieber nicht mit ihren Eltern oder ihrem Bruder redete.

Aber sie konnte in Ruhe darüber nachdenken, sobald sie endlich wieder alleine war. Hoffentlich fand sich bald eine Gelegenheit, vom Tisch aufzustehen.

Jetzt war wahrscheinlich ein günstiger Zeitpunkt. Victoria lächelte in die Runde.

»Ich bin ein bisschen müde und denke, ich ziehe mich in mein Zimmer zurück. Danke für das Essen, Iolanthe.«

»Und was ist mit mir?«, fragte Thomas. »Bei mir bedankst du dich nicht?«

»Du kannst froh sein, dass ich dir nicht die Gabel zwischen die Augen ramme.«

Thomas lachte nur.

Victoria stellte ihren Teller in die Spüle, dann floh sie die Treppe hinauf, bevor sie ihrem grinsenden Bruder etwas an den Kopf warf, das sie später bereuen würde.

Sie schloss sich in ihrem Zimmer ein und versuchte, zur Ruhe zu kommen. Eigentlich hätte sie Bewegung an der frischen Luft gebraucht, sie ertrug es nicht, hier zu sitzen und darauf zu warten, dass ihr Urlaub vorbei wäre.

Während sie im Zimmer hin und her lief, ging sie im Geiste die Liste der Dinge durch, die sie bereits erledigt hatte und die noch ausstanden. Es war keine Kleinigkeit, das Stück in einem anderen Land aufzuführen. Wenn sie länger darüber nachgedacht hätte, hätte sie sich selbst wahrscheinlich für verrückt erklärt, aber Victoria stellte ihre Handlungen nie in Frage. Sie wusste einfach, dass sie es schaffen würde.

Ihr Selbstbewusstsein im Hinblick auf ihr Können hatte seinen Preis gehabt. Sie hatte es sich hart erarbeitet. Sie leitete ein nicht unbedeutendes Theater, setzte sich mit begabten, schwierigen Künstlern auseinander und schuf Aufführungen, die an Qualität denen am Broadway in nichts nachstanden.

Dabei spielte es keine Rolle, dass der Broadway für sie in unerreichbarer Ferne lag. Es spielte keine Rolle, dass sich ihre Bühne über einem esoterischen Teeladen befand. Und es spielte auch keine Rolle, dass sie ihre Requisiten in einem Keller neben den Kräuterteefässern aufbewahren musste, sodass ihre Kostüme immer ein wenig nach Reformhaus rochen. Die Leute konnten ins Theater kommen und sich in der Pause mit einem Kamillentee erfrischen. Es war eine großartige Atmosphäre, und sie war dankbar dafür.

Und jetzt würde sie also in England gastieren, mit einem richtigen, echten Schloss als Kulisse. Konnte es noch besser werden?

Nun ja, schon, wenn Michael Fellini sie als Frau genauso interessant fände wie als Regisseurin, zum Beispiel.

Da sie jedoch darauf erst Einfluss nehmen konnte, wenn

sie mit ihm in England alleine war, wandte sie sich in Gedanken dem zu, was sie jetzt schon kontrollieren konnte. Sie blickte sich um. Ihre Koffer waren leider schon gepackt, ihr Bett war gemacht, und die achthundertseitige Abhandlung über die Politik von Elisabeth I. war auch schon durchgelesen. Sie hätte besser doch zusätzlich das kleine Buch über Reifröcke eingesteckt; es konnte nie schaden, alles über die Zeit zu wissen.

Sie seufzte. Sie brauchte einfach eine richtige Liebesgeschichte. Ihrer Meinung nach war das auch nichts anderes als Recherche. Ab und zu musste sie Regie bei romantischen Stücken führen, also wäre es sicher kein Nachteil, in dieser Hinsicht Bescheid zu wissen.

In ihrem eigenen Leben hatte bisher nichts dergleichen stattgefunden. Sie konnte nur hoffen, dass sich das bald änderte.

»Ich habe mich schon viel zu lange in diesem Haus aufgehalten«, sagte sie zu ihrem leeren Zimmer.

Sie sank auf den Fenstersims und schob die Scheibe hoch. Es war immer noch bitterkalt, aber vielleicht würde die frostige Temperatur sie ein wenig ablenken. Sie schloss die Augen und lauschte den Wellen, die an den Strand schlugen. Es war kein Wunder, dass Thomas dieses Haus so sehr liebte. Selbst sie könnte in Versuchung geraten, den Verkehrslärm in Manhattan gegen diese Stille einzutauschen.

Dann runzelte sie die Stirn. Über dem Rauschen der Brandung lag noch ein anderes Geräusch. Es klang wie Musik.

Dudelsackmusik.

Victoria presste ihr Ohr an die Scheibe und lauschte angestrengt. Ja, kein Zweifel. Da spielte definitiv jemand Dudelsack. Hatte Thomas Verwandte von Iolanthe aus Schottland einfliegen lassen, damit sie ihr ein Ständchen brachten? Hatte Iolanthe überhaupt Verwandte? Die Familie von Thomas' Frau umgab ein Geheimnis, das sie nicht hatte lüften können. Letztes Jahr hatte Thomas ihr noch versprochen, ihr

31

alles zu erzählen, aber anscheinend hatte er es sich wieder anders überlegt.

Es klopfte leise an der Tür, und Victoria zuckte unwillkürlich zusammen. Die eingebildete Dudelsackmusik war offensichtlich zu viel für sie gewesen.

»Herein«, sagte sie und setzte sich aufrecht hin, um sich gegen ein weiteres Grinsen ihres Bruders zu wappnen.

Es war jedoch nicht Thomas' Kopf, der in der Tür erschien, sondern Iolanthes.

»Oh«, sagte Victoria überrascht. »Komm herein.«

Zögernd kam Iolanthe der Aufforderung nach.

»Ich wollte dich nicht stören«, sagte sie.

»Das tust du nicht«, erwiderte Victoria. »Ich kann ein bisschen Ablenkung brauchen.«

Iolanthe kam zum Fenster und setzte sich ebenfalls ans Fenster. »Victoria«, sagte sie langsam, »ich weiß, wir haben einander noch nicht besonders gut kennengelernt, und vielleicht ist mein Angebot gerade unpassend … aber wenn du Hilfe brauchst in England, kannst du dich gerne an mich wenden.«

Victoria blinzelte verwirrt. »Hilfe?«, echote sie. »Warum sollte ich Hilfe brauchen?«

Iolanthe zuckte mit den Schultern. »Wer weiß? In meinem armseligen Leben hat es Zeiten gegeben, in denen ich die Gesellschaft einer Schwester wirklich nötig gehabt hätte.« Sie lächelte. »Das Angebot steht, du kannst jederzeit darauf zurückkommen.«

Sie stand auf, wünschte Victoria eine gute Nacht und verließ das Zimmer.

Victoria starrte auf die geschlossene Tür. Hilfe? Was für eine Art Hilfe? Warum hatte sie auf einmal das Gefühl, dass es sich nicht um ein ganz normales, gut gemeintes Angebot, sie zu unterstützen, handelte?

Die Dudelsackmusik drang durch das halb geöffnete Fenster herein, und Victoria lief ein Schauer über den Rücken.

Sie musste wirklich von hier verschwinden, bevor sie noch den Verstand verlor. Am liebsten hätte sie ihren Koffer gepackt und wäre auf der Stelle gegangen. Aber das hätte ihre Familie zu Recht für ein äußerst seltsames Benehmen gehalten.

Nein, sie würde sich jetzt für die Nacht fertig machen, sich die Decke über den Kopf ziehen und sich zwingen zu schlafen.

Und statt Montag würde sie morgen schon abreisen und sich wieder in die Welt begeben, die sie kannte und verstand, in der die Menschen zu ihr aufsahen und niemand sie infrage stellte, in der sie alles genau so organisieren konnte, wie es ihr gefiel, und alles auch in dieser Art umgesetzt wurde. Ja, das Theater war der richtige Ort für sie. Das Drehbuch war bereits geschrieben, und über das Ende des Stücks gab es keinerlei Zweifel.

Eine besonders klagende Melodie drang durch das Fenster, und beinahe wären ihr Tränen in die Augen getreten. Zum Glück war sie nicht besonders zart besaitet, und entschlossen schob sie das Fenster wieder herunter, zog die Vorhänge zu und marschierte in ihr Badezimmer.

Dudelsackmusik.

Unwillkürlich fragte sie sich, ob es in Thomas' Haus vielleicht spukte. Iolanthe hatte durchaus etwas von einem Wesen aus einer anderen Welt, und wer weiß, vielleicht hatte sie ja ein paar Gespenster mitgebracht.

Schnaubend schloss Victoria die Badezimmertür, ergriff ihre Zahnbürste und begann sich die Zähne zu putzen.

Das schien ihr das Vernünftigste zu sein.

Sie war sich sicher, gerade erst eingeschlafen zu sein, als Thomas an ihre Tür hämmerte. Victoria rieb sich die Augen und tastete nach dem Wecker. Sie konnte die Zahlen nicht erkennen, aber es war bestimmt noch mitten in der Nacht.

Thomas öffnete die Tür und warf ihr das Telefon zu. »Es ist für dich.«

Es dauerte einen Augenblick, bis Victoria das richtige Ende am Ohr hatte, aber sie bereute es sofort.

Im Hintergrund waren Schreie zu hören.

»Es ist Samstagmorgen«, sagte sie grimmig. »Ich hoffe nur, du hast einen guten Grund anzurufen.«

»Ja.«

Es war Fred, ihr Inspizient. Seufzend fuhr sich Victoria mit der Hand durch die Haare. »Was ist los?«

»Du wirst es nicht glauben«, begann er.

Die Schreie im Hintergrund wurden leiser. »Was werde ich nicht glauben?«, fragte sie ungehalten.

»Das war Gerard«, erklärte Fred.

»Warum hat er denn so geschrien?«

»Er behauptet, in der Requisitenkammer spukt es.«

Victoria war mittlerweile hellwach. »Es ist doch nur eine Requisitenkammer.«

»Das habe ich ihm auch gesagt.«

»In Requisitenkammern spukt es nicht.«

»Auch das habe ich ihm gesagt.«

Victoria zählte bis zehn, um sich zu beruhigen. Noch lieber hätte sie die Möglichkeiten gezählt, wie sie Gerard bestrafen könnte, wenn sie in einem anderen Jahrhundert leben würde, in dem Daumenschrauben und Folterbänke noch üblich waren. Er sollte für sie Strumpfhosen und Westen zählen und sich nicht irgendwelchen Halluzinationen hingeben. »Wo ist diese Memme jetzt?«, stieß sie zwischen zusammengebissenen Zähnen hervor.

»Er ist ins Café gegangen und beruhigt seine Nerven mit einem doppelten Mocha-Latte.«

Victoria schürzte die Lippen. Sie brauchte Gerard. Wenn er sich nicht um die Kostüme kümmerte, war sie aufgeschmissen. Sie seufzte. »Meinst du, er kommt zurück? Glaubt er, dass es nur in der Requisitenkammer spukt? Oder sind die Kostüme etwa auch ... äh ...«

»Besessen?«

»Ja, so in der Art.« – »Kann ich nicht sagen. Dafür hat er zu laut geschrien.«

»Dann frag ihn. Sag ihm, ich bezahle ihn extra, wenn er ins Flugzeug steigt und den Sommer über auf Thorpewold Castle bei uns bleibt. Sag ihm, es liegt ganz bestimmt am Raum und nicht an den Kostümen. Sag ihm, in England gibt es keine Gespenster. Versprich ihm das Blaue vom Himmel, damit er mitkommt.«

»Klar, Boss.«

»Ich nehme an, er hatte noch nicht alles eingepackt, bevor er sah, was ihn zum Schreien gebracht hat.«

»Ganz im Gegenteil, er hat noch gar nichts eingepackt.«

Victoria schwieg. »Was machst du heute?«

»Ich fahre jetzt gleich nach Hause. Marge hat zum Mittagessen Thunfisch-Auflauf gemacht.«

Victoria blinzelte zur Uhr. »Es ist noch viel zu früh zum Mittagessen.«

»Ich brauche Zeit, um mich auf den Rinderbraten heute Abend vorzubereiten. Morgen genieße ich schließlich mein letztes Essen in den Staaten.«

Victoria musste unwillkürlich lächeln. »Hat sie Angst, du verhungerst den Sommer über?«

»Sie hat nichts Gutes über die englische Küche gehört.«

Victoria hatte schon häufig bei Marge gegessen und vermutete, dass Fred das englische Essen wohl überleben würde. »Na gut«, sagte sie seufzend. »Ich komme nach Hause und übernehme das Packen selber.«

»Kisten und Klebeband stehen bereit. Die Möbelpacker kommen am Montagmorgen, um alles zum Flughafen zu bringen.«

»Und der Rest der Ausrüstung? Licht? Ton?«

»Ist schon vor zwei Tagen in England angekommen. Es wird alles am Montag zu der Burg gebracht, die dein Bruder uns zur Verfügung gestellt hat.«

»In Ordnung«, sagte sie. »Dann sehe ich dich nächste Woche auf Thorpewold. Ich wünsche dir einen guten Flug. Und mach dir Notizen darüber, was du auf dem Schloss vorfindest. Ich bin mir nicht sicher, ob ich den Beschreibungen meines Bruders trauen kann.«

»Geht klar«, erwiderte Fred und legte auf.

Victoria sank aufs Bett zurück und erlaubte sich drei Minuten Vorfreude, ehe sie aufstand und Vorbereitungen traf, um in die Stadt zurückzufahren.

Am späten Nachmittag war sie bereits im Theater, was an ein Wunder grenzte. Sie hatte einen Blick in das Café oben an der Straße geworfen, und da sie Gerard nirgends entdecken konnte, hatte Fred ihn wahrscheinlich beruhigt und nach Hause geschickt. Dass er wieder an die Arbeit gegangen war, wagte sie gar nicht erst zu hoffen. Seufzend betrat sie den Teeladen, der den schönen Namen *Tumult in der Teekanne* trug und begrüßte die Besitzerin, Moonbat Murphy.

Moons Lächeln wirkte gequält.

Victoria blieb vor der Theke stehen. »Was ist los? Du hast doch nicht etwa auch Gespenster im Keller gesehen, oder?«

Moon blickte sie nicht an. »Nein, Vic.« Sie füllte weiter Tee in kleine Hanfbeutelchen.

Ob Moon wohl sauer war, weil es den Sommer über oben keine Vorstellungen gab?, überlegte Victoria. Machte sie sich Sorgen wegen des Geschäfts? Oder hatte sie eine schlechte Lieferung bekommen?

Die meisten Gründe verwarf Victoria sofort wieder. Die Bühne oben war über den Sommer an ein Yoga-Studio vermietet worden, und die Miete für den Requisitenraum hatte Victoria schon für das ganze Jahr im Voraus bezahlt. Außerdem hatte sie die Bühne für den Herbst schon wieder reserviert. Das ging jetzt seit fünf Jahren schon so. Wenn Moon mit dieser Regelung nicht zufrieden wäre, dann hätte sie doch bestimmt den Mut gehabt, mit ihr zu reden.

Victoria wollte schon nachfragen, besann sich dann jedoch

eines Besseren und ging durch die Küche hinunter in den Keller.

Vor dem Requisitenraum blieb sie stehen. An der Tür war mit Klebeband ein Zettel befestigt. Victoria nahm ihn ab und faltete ihn auseinander. Das Papier war offensichtlich handgeschöpftes Bütten. Aber das machte den Text darauf nicht besser.

Vic,
es tut mir leid, aber wir können das Theater oben nicht mehr weiter betreiben. Der Mann, der die Bühne diesen Sommer mietet, hat mir angeboten, den Laden zu übernehmen und oben ein Yoga-Studio zu eröffnen. Wenn der Preis stimmt, muss man einfach Ja sagen, oder? Ich wusste, dass du mich verstehst.

Moon

P.S. Kannst du deine Sachen bis Montag rausholen? Mr Yoga meint, deine Kostüme schaden seinem Chi.

Victoria blickte fassungslos auf das Blatt Papier. Kein Wunder, dass Moon ihr nicht in die Augen blicken konnte. Scheinbar hatte sie vor, sich auf eine tropische Insel zurückzuziehen, wo sie in Frieden grünen Tee trinken und Yoga-Übungen machen konnte.

Am liebsten hätte Victoria sie und das Geld, das sie ihr gegeben hatte, in ihre verdammte Yoga-Matte gewickelt und in den Hudson geworfen.

Na ja, wer weiß, wozu es gut war. Vielleicht würde die Aufführung ein solcher Hit in England, dass man ihr dort eine Stelle anbot. Shakespeare hatte schließlich in London auch Erfolg gehabt; warum sollte es ihr nicht genauso gehen? Wenn sie fertig gepackt hatte, würde sie darüber nachdenken.

Wenn sie sich nämlich jetzt gleich intensiv damit beschäftigte, würde sie womöglich noch jemandem etwas antun.

Sie steckte den Brief in die Tasche und schloss die Requisitenkammer auf. Eine Minute lang blickte sie sich um, und dann gab sie ein paar wenig damenhafte Kommentare über Kostümbildner im Allgemeinen und Gerard im Besonderen von sich. Sie würde alles selber packen müssen. Er hatte wirklich noch gar nichts gemacht. Wo waren diese tollen Männer bloß immer, wenn man sie brauchte?

Sie krempelte die Ärmel hoch und machte sich an die Arbeit. Wenigstens war es nicht so schrecklich viel, weil der Großteil der Theaterausrüstung irgendwo eingelagert war. Es hätte schlimmer kommen können. Sicher, sie hätte jemanden aus ihrem Team um Hilfe bitten können. Aber es war das letzte freie Wochenende vor dem Abflug, und sie konnte sich die Ausreden schon vorstellen ...

Es raschelte in den Kostümen.

Victoria kniete gerade vor einer Kiste und räumte Schuhe ein. Stirnrunzelnd blickte sie auf. Ein Windstoß? Hatte sie zu laut geseufzt? Sie starrte auf die mittelalterlichen Kleidungsstücke auf dem Gestell vor ihr. Nun, im Moment bewegte sich gar nichts. Sie schnaubte. Entweder hatte sie sich zu viele Gespenstergeschichten angehört, oder der Schlafmangel machte sich langsam bemerkbar. Sie wandte sich wieder ihrer Arbeit zu.

Metallbügel schlugen klirrend aneinander. Wieder blickte Victoria abrupt auf. Woher mochte der Windstoß kommen?

Aber hier regte sich kein Lüftchen.

Einer der Umhänge bewegte sich jetzt aber tatsächlich.

Von ganz allein.

Victoria rieb sich die Augen, und dann blickte sie erneut hin.

Jetzt konnte sie sehen, was den Umhang bewegt hatte.

Ein Mann stand dort, ein Mann in einem mittelalterlichen Highland-Kostüm. Seine Haare waren beinahe so leuchtend rot wie ihre eigenen. Ein immens großes Schwert hing an seiner Seite. Er trug ein weißes Hemd, und um die Taille hatte er sich eine Art karierte Decke gewickelt, deren eines Ende über seiner Schulter hing. Befestigt war sie mit einer riesigen Silberbrosche, besetzt mit funkelnden Smaragden und Rubinen.

Er drehte gerade einen dunkelroten Samtumhang zwischen den Händen und gab anerkennende Laute von sich. Um an die Hüte auf der Ablage zu kommen, musste er sich auf die Zehenspitzen stellen. Liebevoll streichelte er über eine lange, üppige Feder. Victoria merkte, wie ihr der Mund offen stehen blieb. Sie kniff sich.

»Aua!«, entfuhr es ihr.

Der Mann zuckte zusammen und schrie überrascht auf, als er sich zu ihr drehte.

Victoria starrte ihn ungläubig an, und der Mann trat unbehaglich von einem Fuß auf den anderen.

Victoria schluckte und zwang sich zu sprechen. »Sind Sie ein Gespenst?«, fragte sie.

Der Mann zog seine Mütze und knetete sie nervös in den Händen. »Hugh McKinnon«, stieß er hervor. Er deutete eine Verbeugung an und war im gleichen Augenblick verschwunden.

Victoria war wie erstarrt. Ihr gesamter Körper wurde taub, und entsetzt stellte sie fest, dass sie gleich in Ohnmacht fallen würde. Sie hatte aber keine Zeit, ohnmächtig zu werden; sie musste die Sachen für die Produktion packen. Und sie musste auch noch in ihre Wohnung, um für sich selber die Koffer zu packen. Sie musste sich vergewissern, dass Michael Fellini alles hatte, was er brauchte, und dass er den Erste-Klasse-Flug, den sie für ihn gebucht hatte, auch genoss. Sie musste den Requisitenraum ausräumen, da sie kein Anrecht mehr darauf hatte – aber das war in Ordnung, wenn es hier sowieso spukte. Sollte der Yoga-Mann doch hier sein Feng Shui verströmen.

Sie spürte, wie sie langsam vornüber kippte. Wenigstens war sie schon so nahe am Boden, dass sie sich nicht wirklich wehtun würde.

Sie blickte zur Decke, als ihr Bewusstsein zu schwinden begann. Wieder sah sie diesen Hugh McKinnon vor sich; diesmal beugte er sich in seinem Highland Kostüm über sie und musterte sie besorgt.

Sie konnte nur hoffen, dass das nicht irgendein kosmisches Omen war. Ihr Vater hatte sie davor gewarnt, dass im Schloss und auch in dem Gasthaus, das Megan in der Nähe besaß, unheimliche Dinge vor sich gingen. Kein Wunder, dass Thomas jedes Mal gelacht hatte, wenn sie den »Hamlet« erwähnt hatte.

Zum ersten Mal in ihrem Leben fragte sie sich, ob sie nicht besser die Finger von der Sache gelassen hätte.

Aber es war zu spät ...

2

Connor MacDougal stand auf den Zinnen von Schloss Thorpewold und blickte über die öde Landschaft. Er neigte nicht zur Sentimentalität, aber in Zeiten wie diesen, wenn die Touristensaison bevorstand und es ständig irgendwo spukte, dann sehnte er sich nach der Ruhe seiner Burg in den Highlands.

Natürlich hatte es zu seiner Zeit immer irgendwelche Auseinandersetzungen mit benachbarten Clans gegeben, um das ansonsten doch recht langweilige Frühjahr ein wenig zu beleben. Und natürlich hatte ihm auch die Jagd einen oder zwei Tage lang die Zeit vertrieben. Aber meistens hatte er schlicht das Rauschen von Wind und Regen genossen und den Klang der gelegentlichen Flüche seiner Männer, die in der Stille der Hügel widerhallten.

Die markerschütternden Schreie jedoch, die von Zeit zu Zeit in diesem Schloss hier ertönten, gefielen ihm gar nicht.

Aber ein Schatten tat, was er tun musste, und nahm mit jedem Vergnügen vorlieb. Thorpewold war nicht gerade Connors Lieblingsaufenthaltsort, aber er hatte auch keine Lust, auf sein Schloss in den Highlands zurückzukehren, deshalb musste er sich wohl oder übel damit zufriedengeben. Außerdem hatte er verdammt lange gewartet, bis er die Steine unter seinen Füßen sein Eigen nennen konnte. Er hatte zwar weder mit seinem Blut noch mit seinem Gold dafür bezahlt, aber er hatte seinen ganzen Willen aufgewendet, um das Schloss endlich zu bekommen.

Und er würde es auch nicht wieder hergeben.

Zumindest jetzt nicht mehr, wo niemand mehr in der Burg übernachtete. Zum Glück war er Thomas McKinnon und einige andere lästige Schatten im letzten Herbst auf einen Schlag losgeworden.

Nun ja, Thomas McKinnon hatte ja diese kleine MacLeod geheiratet und war eigentlich ohne Connors Zutun in sicherere Gefilde abgereist. Aber wenn dem nicht so gewesen wäre, hätte er ihn sicher selbst verjagt. Zum Glück war er ja jetzt weg, und hoffentlich bekam er nie wieder einen McKinnon zu Gesicht. Diese Familie verursachte nichts als Ärger, und er fürchtete sich zwar nicht vor ihnen, sehnte sich aber doch nach ein wenig Frieden.

Und Frieden vor Thomas McKinnon und seinesgleichen konnte man nicht hoch genug schätzen.

Er drehte sich um und ging die Mauer entlang, wobei er die Aktivitäten im Burghof im Auge behielt. Dort geschah nichts Besonderes. Männer übten sich im Schwertkampf und gingen den Beschäftigungen nach, die an einem angenehmen Morgen wie diesem üblich waren. Er beobachtete ihr Treiben und nickte. Jawohl, alle diese Männer würden ihn letztendlich mit Mylord anreden. Dafür würde er schon sorgen. Und wenn er jetzt noch einen geeigneten Garnisonshauptmann fände, dann könnte er ein schönes, friedliches Nachleben führen.

»Mylord?«

Connor drehte sich zu seinem ersten Anwärter auf diese Stellung um, Angus Campbell, einem Schatten mit beachtlichen Fähigkeiten, der jedoch leider nicht besonders klug war. Aber irgendwo musste man ja schließlich anfangen, wenn man nach einem Hauptmann Ausschau hielt.

»Ja?«, fragte Connor und gelobte sich im Stillen, jetzt am Tagesanbruch ein wenig Geduld zu üben.

»Ich bringe Euch Neuigkeiten, Mylord.« Angus schluckte, als ob er von Angst geplagt wäre.

Was mochte an seiner Kunde so furchterregend sein? Connor runzelte die Stirn. »Nun?«

Angus trat nervös von einem Fuß auf den anderen. »Menschenseelen beabsichtigen, in das Schloss einzudringen.«

»Touristen?« – »Nein, Mylord. Ich glaube nicht.« – »Du glaubst nicht«, wiederholte Connor langsam. »Vielleicht solltest du weniger glauben, und deine Augen mehr gebrauchen. Wenn es keine Touristen sind, was könnten sie dann sein?«

»Sie sind von einer anderen Art.«

»Von einer anderen Art?«, echote Connor. »Was für eine andere Art?«

Angus begann zu zittern. »Nun, Mylord, ich habe es so verstanden ...« Er schwieg theatralisch. »Im Gasthaus werden Vorbereitungen für Besucher getroffen.« Wieder machte er eine Pause. »Im *Boar's Head,* Mylord, dem Gasthaus unten an der Straße.«

»Dort werden ständig irgendwelche Reisenden beherbergt. Ich kenne das Gasthaus, du Schwachkopf!«

Angus duckte sich. »Sie haben Kisten und Koffer vorausgeschickt, und es sieht so aus, als erwarteten sie *viele* Gäste, Mylord. Der Schuppen ist voll bis unters Dach, und auch die Scheune vom alten Farris unten an der Straße ist vollgestellt. Ich habe einen großen Lastwagen gesehen, der seltsame, geheimnisvolle Dinge gebracht hat.«

»Woher weißt du, dass diese Sachen den Leuten im Gasthof gehören?«, fragte Connor.

Angus blinzelte. »Ich habe gelauscht, Mylord.«

Nun, das war ja wenigstens ein hilfreiches Verhalten. »Was hast du sonst noch gehört? Du solltest besser beten, dass es mir gefällt«, grollte Connor.

»Der Name McKinnon fiel, Mylord«, erwiderte Angus mit klappernden Zähnen.

»Unmöglich!«

Angus zitterte heftig. »Doch, es ist so, Mylord.«

»Ich dachte, ich hätte mich dieser verdammten Familie entledigt!«, knurrte Connor. Er maß den Mann vor ihm mit finsteren Blicken. »Diese Nachrichten gefallen mir gar nicht. Du kannst abtreten. Schick den nächsten Bewerber um den Hauptmannposten zu mir.«

43

Angus verbeugte sich und machte einen Kratzfuß. Da er jedoch anscheinend genauso wenig Richtungssinn wie gesunden Menschenverstand besaß, fiel er von den Zinnen.

Ein lautes: »Aua, das hat wehgetan«, ertönte von unten.

»Nicht zu fassen«, murmelte Connor. »Er muss mich falsch verstanden haben.«

»Ich würde sagen, lieber Freund, seine Ohren funktionieren noch ganz gut.«

Connor wirbelte herum und stand einem anderen Schatten gegenüber, der ebenfalls auf den Zinnen stand. »Verschwindet von meinem Dach, Ihr aufgeputzter Dreckskerl«, sagte er.

»Ach, wisst Ihr«, schnarrte Roderick St. Claire, »wenn Duncan MacLeod das zu mir sagte, hatte es wesentlich mehr *élan*.«

Connor zog sein Schwert. »Vielleicht ist meine Aussprache nicht ganz so geschliffen, aber meine Klinge ist genauso scharf.«

Roderick lächelte nur freundlich. Er zupfte an seinem Spitzenjabot und wischte einen nicht existierenden Fussel von seiner Hose. »Steckt Euer Schwert besser wieder ein, und wir schließen Waffenstillstand. Bei dieser Gaunerei braucht Ihr mich wahrscheinlich noch.«

»Gaunerei?«, echote Connor. »Ich habe nicht die Absicht, in eine Gaunerei verwickelt zu werden!« Bei allen Heiligen, das nun wirklich nicht, vor allem nicht mit diesem rüschenverzierten, viktorianischen Stutzer.

Andererseits, gestand er sich unwillig ein, konnte es natürlich durchaus sein, dass Roderick etwas wusste, das von Nutzen war. Und bevor er seine Neuigkeiten nicht ausgespuckt hatte, tat er dem Mann besser nichts an. Fluchend schob Connor sein Schwert wieder in die Scheide. Aber wenn die Situation es erforderlich machte, würde er es ohne Zögern gebrauchen, gelobte er sich.

»Nun gut«, sagte er mürrisch. »Was wisst Ihr?«

Roderick begutachtete prüfend die Spitzenkaskaden, die sich über seine Handgelenke ergossen. »Eine recht große Gruppe von Sterblichen beabsichtigt, in unserem bescheidenen Heim abzusteigen. Ich habe selber beobachtet, wieviel Betrieb im Dorf herrscht.«

»Das hat nichts zu bedeuten«, erwiderte Connor mit leichtem Unbehagen.

»Ach nein?«, sagte Roderick nachdenklich. »Nun, wir werden es ja vermutlich sehen, wenn sie in der Burg ankommen. Ah, sieh mal einer an, da kommt ja schon einer.«

Connor blickte zum Weg. Ein einzelner Mann kam auf das Schloss zu.

»Zum Teufel«, sagte er und kratzte sich den Kopf. Dann jedoch erinnerte er sich seiner Stellung. »Das ist kein Anlass zur Sorge. Es ist nur ein Tourist.«

»Lasst es uns abwarten«, schlug Roderick vor. »Bei der Gelegenheit können wir gleich den neuen Kandidaten für den Hauptmannposten auswählen. Oh, seht nur, wie viele Freiwillige dafür bereits herandrängen.«

Connor blickte in die Richtung, in die Roderick zeigte. Dort liefen tatsächlich Männer umher, aber es war schwer zu sagen, ob sie vorhatten, das Weite zu suchen, oder ob sie sich aufstellen wollten.

Er schubste Roderick von den Zinnen, nur aus Prinzip, und schritt dann würdevoll die Treppe zum Innenhof herunter. Fluchend klopfte Roderick sich den Staub von den Kleidern, aber Connor ignorierte ihn. Er hatte sich um Wichtigeres zu kümmern.

Der Sterbliche war jetzt durch das Tor getreten und starrte mit offenem Mund um sich, als sei er bisher über seinen Dorfanger noch nicht hinausgekommen.

»Na, der wirkt aber recht beeindruckt von unserem idyllischen Steinhaufen, oder?«, bemerkte Roderick, der wieder neben ihn getreten war.

Connor grunzte und stellte sich mitten in den Hof. Er verschränkte die Arme über der Brust und beobachtete den Mann, der sich gründlich umsah.

Das war kein Tourist, dachte er. Er hatte keinen Skizzenblock bei sich, keinen Reiseführer, in dem die schönsten Aussichtspunkte rot markiert waren, keine Videokamera, mit der er Thorpewold einfangen konnte. Wer mochte dieser Einfaltspinsel, der anscheinend den Mund nicht zubekam, nur sein?

Der Mann sah Thomas McKinnon nicht im Geringsten ähnlich, deshalb wiegte sich Connor zumindest in dieser Hinsicht in Sicherheit. Kein McKinnon, den er kannte, hätte sich auf einen Stein gesetzt und einfach nur ins Leere geblickt, als ob ihm der Verstand abhanden gekommen wäre.

Auf einmal sprang der Mann auf und begann, auf und ab zu gehen.

Connor blickte zu seinen Männern. Sie wirkten genauso verwirrt wie er. Zusammengedrängt standen sie da und sahen zu, wie der Irre hin und her ging, ein kleines Buch aus der Hemdtasche zog und etwas hineinkritzelte. Ab und zu hob er die Hände, als wolle er kleine Teile der Burg einrahmen.

Connor beobachtete ihn alarmiert. Was hatte das zu bedeuten? Und dann gab der Mann noch hin und wieder leise, lobende Laute von sich, als freue er sich über das, was er hier vorfand. Bei allen Heiligen, was hatte dieser Mann nur vor?

Connor wollte Ruhe und Frieden, und es passte ihm gar nicht, dass dieser Sterbliche seinen Hof mit Beschlag belegte und seine Leute von der Arbeit abhielt.

Schließlich stellte der Mann sein seltsames Benehmen ein. Er sortierte die Blätter, auf die er sich Notizen gemacht hatte, und verließ den Innenhof durch das Vordertor. Connor blickte ihm nach, dann wendete er sich wieder zum Hof um.

Dort lag ein einzelnes Blatt Papier, das der Mann wohl vergessen hatte.

Unheil lag in der Luft.

Er trat zu dem Blatt und betrachtete es. Es schmerzte ihn tief in seiner Seele, es zuzugeben, aber er wurde aus den Zeichen auf dem Papier nicht schlau. Er hätte doch besser lesen lernen sollen. Vor etwa einem Jahr hätte er Gelegenheit dazu gehabt. Viele Männer in der Burg hatten damals Unterricht bei einem von ihnen genommen, aber Connor hatte es für unter seiner Würde gehalten, sich zu ihnen zu gesellen.

Jetzt fragte er sich allerdings, ob das nicht unklug gewesen war.

Er warf Roderick, der geduldig wartend neben ihm stand, einen unwilligen Blick zu.

»Nun, worauf wartet Ihr?«, fuhr er ihn an.

Roderick lächelte freundlich und beugte sich über das Blatt Papier. »Hier steht: ›Hamlet‹ *unter der Regie von V. McKinnon.*«

Connor hörte nur *McKinnon.*

Er brüllte auf.

»Ach, seid doch still«, wies ihn Roderick zurecht. »Ihr wisst noch gar nicht, ob es einer von *den* McKinnons ist.«

Roderick hatte recht, dachte Connor. Es hatte keinen Sinn, sich grundlos aufzuregen. »Was bedeutet das andere?«, fragte er und zeigte ungeduldig auf den Boden.

»›Hamlet‹ ist ein Stück von William Shakespeare. Kennt Ihr ihn?«

»Ich habe nichts übrig für Spielleute«, erwiderte Connor barsch.

Roderick lächelte trocken. »Dieses Stück würde Euch sicher gefallen. Es gibt reichlich Tote darin, ein wenig Rache und auch etwas Spuk.«

Das hörte sich zwar tatsächlich gut an, aber Connor verschloss seine Ohren. »Ich würde es bestimmt sterbenslangweilig finden«, murmelte er. »Und, was hat dieser Vau McKinnon vor? Was soll das Ganze?«

Roderick zuckte mit den Schultern. »›Unter Regie‹ bedeutet, dass dieser McKinnon hier in unserem Heim ein Stück aufführen möchte.«

»Niemals!«, gelobte Connor. »Nicht, solange ich es verhindern kann.«

»Wenn Ihr es überlebt habt, dass Thomas letztes Jahr den Turm restauriert hat«, begann Roderick, »dann werdet Ihr es auch überstehen ...«

»Ich dulde keinen McKinnon mehr auf meinem Schloss«, unterbrach Connor ihn. »Auch nicht, wenn er gar nicht mit Thomas McKinnon verwandt ist. Ich werde diesem Neuen das Leben zur Hölle machen. Er wird sein Vorhaben schon bereuen, noch bevor er einen Fuß durch die Tore gesetzt hat. Oder vielleicht lasse ich ihn auch erst hereinkommen, und dann lasse ich ihn nicht mehr gehen, damit ich ihn nach Belieben quälen kann.«

Schweigend überdachte er die Möglichkeiten, wobei er feststellte, dass allein der Gedanke daran ihn mit Wohlbehagen erfüllte.

»Männer, zu mir!«, rief er fröhlich. »Auf zum fröhlichen Morden!«

Alle Männer blickten auf. Manche kamen schnell, andere trödelten, als ob sie hofften, einer unangenehmen Aufgabe zu entgehen. Connors gute Laune war mit einem Schlag wieder verschwunden.

»Zur Hölle mit euch allen«, knurrte er, »braucht ihr eine Extra-Einladung? Oder muss ich euch alle noch einmal auf dem Turnierplatz besiegen, um mir Geltung zu verschaffen?«

Sie versammelten sich um ihn, wenn auch nicht so eifrig oder schnell, wie es zu wünschen gewesen wäre. Er merkte sich diejenigen, die am langsamsten auf ihn zukamen, wandte sich dann jedoch dem dringlicheren Thema zu.

»Ein McKinnon kommt her, um ein Stück aufzuführen«, verkündete er.

Manche kratzten sich den Kopf, andere blickten ihn verständnislos an.

48

»Wir werden belagert werden«, erklärte Connor gereizt. Heiliger Himmel, er brauchte dringend intelligentere Gefolgsleute. »Ihr dürft euch erst zeigen, wenn ich es euch erlaube. Dann sage ich euch auch, wie wir vorgehen.«

Die Männer nickten und schlurften davon. Connor rief diejenigen zu sich, die am wenigsten Begeisterung gezeigt hatten. Ängstlich drängten sie sich vor ihm.

»Zum Turnierplatz«, sagte er und wies mit dem Kopf zu der Anlage, die früher einmal als Garten gedient hatte. »Einer nach dem anderen. Ihr dürft zuschauen, bis ihr an der Reihe seid. Vielleicht beeilt ihr euch dann beim nächsten Mal etwas, wenn ich euch ersuche, zu mir zu kommen.«

Er marschierte los, während sein nachmittäglicher Zeitvertreib zögernd hinter ihm hertrottete. Vermutlich müssten sie ihm leidtun, denn sie würden sicherlich seinen geballten Zorn auf diesen Vau McKinnon abbekommen.

Verdammt sollte der Mann sein, wer immer er war.

Als Connor mit der Unterweisung seiner störrischen Gefolgsleute fertig war, war die Dämmerung bereits hereingebrochen. Entschlossen machte er sich auf den Weg zum *Boar's Head*. Für ein Gasthaus war es gar nicht so übel. Wenn Connor einen Sinn dafür gehabt hätte, hätten ihm das solide gebaute Haus und der schöne Garten sicher gefallen.

Aber derartige Dinge waren Connor gleichgültig. Er wollte lediglich wissen, was ihn erwartete, und da er sich auf niemanden verlassen konnte, musste er sich eben selbst um alles kümmern.

Er schlich an der Eingangstür vorbei zur Küche. Das war eine Sache, die sich nie zu ändern schien: die interessantesten Gespräche fanden nicht in der Diele, sondern am Herd statt.

Er bog gerade um die Ecke, als niemand anderer als Hugh McKinnon in rasender Eile auf die Tür zulief. Mit einer Hand hielt er einen federngeschmückten Hut auf seinem Kopf fest, über dem anderen Arm trug er Kleidungsstücke. Ein Samtumhang von unbestimmter Farbe umwallte ihn.

49

Connor starrte ihn fasziniert und entsetzt zugleich an. Er hatte nicht viel Erfahrung mit diesen Dingen, es sah jedoch so aus, als habe Hugh beschlossen, als Gespenst sein Unwesen zu treiben. Aber vermutlich sollte ihn das nicht überraschen, dachte Connor.

Schließlich war Hugh ein McKinnon.

Er wartete, bis Hugh im Haus war, dann trat er ans Küchenfenster und spähte hinein.

Da waren sie versammelt: Ambrose MacLeod, Hugh McKinnon und Fulbert de Piaget. Connor kannte sie, er hatte jeden einzelnen von ihnen schon einmal im Turnier besiegt. Er konnte sie nicht leiden. Die alten Kuppler! Hatten sie denn nichts Besseres zu tun, als sich in die Angelegenheiten armer, unglückseliger Sterblicher einzumischen, die ihre Liebe auch ohne ihre Hilfe gefunden hätten?

Connor drückte sein Ohr an die Tür. Als er jedoch nichts hörte, drückte er es *durch* die Tür. Das war schon besser, allerdings immer noch unbefriedigend. Also schob er sein Gesicht hinterher, damit er sowohl hören als auch sehen konnte. Die Männer waren viel zu sehr in ihre Unterhaltung vertieft, als dass sie auf ihn geachtet hätten.

»Hugh«, fragte Ambrose mit kippender Stimme, »was soll dieser Aufzug?«

Fulbert gab entsetzte Laute von sich. Connor konnte ihm da nur zustimmen, aber er enthielt sich jedes Kommentars.

Hugh nahm die Kopfbedeckung ab und deutete eine Verbeugung an. »Theaterkostüme.« Schwungvoll zog er sein Schwert, aber es verfing sich in seinem Umhang, sodass es nutzlos zu Boden polterte. »Das muss so sein«, sagte er rasch. »Schließlich sollen die Schauspieler sich ja nicht gegenseitig umbringen …«

»Und woher weißt du das?«, fragte Ambrose misstrauisch.

»Nun, ich hatte ein wenig Muße und war erst in Frankreich, aber dann reizte mich New York doch mehr.«

»New York?«, echote Fulbert.

50

»Ja«, erwiderte Hugh und blickte verträumt in die Ferne. »Der Broadway, Central Park. Diese laut schreienden Taxifahrer in ihren schnellen, gelben Automobilen …«

Ob Hugh wohl den Verstand verloren hatte? Taxifahrer? Schnelle gelbe Automobile?

»Willst du damit andeuten, dass du tatsächlich in New York City warst?«, fragte Ambrose.

Hugh reckte trotzig das Kinn. »Ich hielt es für das Klügste, ein paar Nachforschungen anzustellen, bevor das Ensemble eintrifft.« Er zog sich einen Stuhl heran und setzte sich. Seine Waffen und die wissenschaftlichen Instrumente, die er mitgebracht hatte, und die tatsächlich so aussahen, als stammten sie aus elisabethanischer Zeit, fielen klirrend zu Boden.

Ambrose bedeutete ihm zischend, leise zu sein. »Willst du das gesamte Haus aufwecken?«

Hugh runzelte die Stirn. »Ich habe mich immerhin vorbereitet. Du dagegen scheinst nichts in den Händen zu halten, was uns voranbringt.«

Ambrose tippte sich vielsagend an die Stirn. »Das ist alles hier drin, guter Mann. Ich habe Stunden damit verbracht, Geheimnisse auszuspionieren, mir wichtige Details zu merken, Entdeckungen …«

»Welches Stück wird denn aufgeführt?«, unterbrach Hugh ihn.

Connor hätte den Titel fast herausgesprudelt, biss sich jedoch noch rechtzeitig auf die Zunge.

»›Hamlet‹«, mischte sich Fulbert ein.

»Und woher weißt *du* das?«, fragte Ambrose.

»Ich habe gelauscht.«

Connor zuckte mit den Schultern. Er konnte Fulbert keinen Vorwurf machen, schließlich tat er ja nichts anderes.

»Wo denn?«, fragte Ambrose. »Wo hast du denn gelauscht?«

»In London«, erwiderte Fulbert. »Ich wollte mich nur

selbst vergewissern, dass die junge Megan MacLeod McKinnon ...«

»De Piaget«, ergänzte Hugh.

Fulbert warf ihm einen finsteren Blick zu und fuhr dann fort: »Ich wollte mich nur vergewissern, dass die junge McKinnon, die meinen Neffen geheiratet hat, ihn nicht vom Arbeiten abhält. Schließlich ist mein Neffe Gideon de Piaget, wie wir alle wissen, der mächtige, äußerst qualifizierte Leiter eines riesigen internationalen Unternehmens.«

»Ich will doch hoffen, dass du meine süße Enkelin Megan – denn das ist sie ja, wenn auch um einige Generationen versetzt – nicht belästigt hast?«, wollte Ambrose wissen.

Fulbert zuckte mit den Schultern. »Nicht sehr. Sie hat nur einmal gekreischt, aber das war nicht *meine* Schuld.«

Connor griff mit der Hand durch die Tür, um sich nachdenklich übers Kinn zu streichen. Vielleicht hatte er Fulbert ja zu streng beurteilt. Er brachte Sterbliche zum Kreischen?

Hugh warf Fulbert einen finsteren Blick zu. »Sie hat gekreischt? Du hast Thomas' bezaubernder Schwester einen solchen Laut entlockt?«

»Nur ein einziges Mal.«

»Hast du dich ihr gezeigt?«, fragte Ambrose scharf.

Fulbert runzelte die Stirn. »Sie hat mich doch schon gesehen und kennt mich. Aber was ich erzählen wollte: Sie hat eine neuartige Schönheitsbehandlung angewendet, und als ich sie so sah, das Gesicht ganz mit grünem Schleim bedeckt, da habe ich selber aufgeschrieen. Wer kann mir das verübeln?«

Connor runzelte die Stirn. Es war eine Sache, einem Sterblichen einen Schrei zu entlocken, aber selber die Nerven zu verlieren, war etwas ganz anderes. Vielleicht hatte er Fulbert doch richtig beurteilt. Anscheinend hatten diese Piagets alle kein Rückgrat, aber das hatte er ja schon lange vermutet.

»Auf jeden Fall«, fuhr Fulbert fort, »habe ich gehört, wie

sie sagte, das diesen Sommer ›Hamlet‹ an der Reihe sei, und die Ausrüstung hätte man bereits vorausgeschickt.«

Connor hätte beinahe triumphierend aufgeschrieen, aber er beherrschte sich im letzten Moment. *Er hatte es doch gewusst!* Einer von Thomas McKinnons Verwandten kam hierher, um das Stück aufzuführen.

Seine Freude über seinen Scharfsinn wurde jedoch augenblicklich von der Erkenntnis getrübt, dass tatsächlich einer von Thomas McKinnons Verwandten hierher kommen würde.

Fluchend zog er seinen Kopf zurück. Verdammt, würde er denn diese Familie nie loswerden? Wohin er auch sah, schienen sie wie Pilze aus dem Boden zu schießen. Er musste sich anscheinend eine neue, etwas unwirschere Strategie zulegen. Er wollte diesen Sommer in Ruhe und Frieden verbringen, koste es, was es wolle! Rasch wandte er sich zum Gehen …

Erst da merkte er, dass er nicht alleine war. Diese verdammte Wirtin, Mrs Pruitt, stand da, ganz in Schwarz gekleidet und beladen mit allen möglichen modernen Geräten, die piepsten, blinkten und ihn so sehr erschreckten, dass er einen überraschten Laut nicht unterdrücken konnte.

Mrs Pruitt fuhr herum, um ihn anzuschauen. Sie riss den Mund auf und verzog erschreckt das Gesicht.

Connor verdrehte die Augen. Hatte sie noch nie eine Männerstimme gehört? Anscheinend nicht, denn sie sank besinnungslos zu Boden.

Kurz überlegte Connor, ob er nachsehen sollte, ob sie sich ernsthaft verletzt hatte, aber zwei Dinge hielten ihn davon ab: Zum einen war es ihm egal, und zum anderen kamen eben Ambrose und seine Kumpane aus der Tür geeilt. Connor sah zu, dass er wegkam, bevor sie ihn bemerkten.

Er hatte sich also nicht geirrt.

Er musste sich auf einen McKinnon gefasst machen.

Aber das bekümmerte ihn wenig. Er würde den Mann mit

gezogenem Schwert empfangen und ihm keine andere Wahl lassen, als zu fliehen.

Er hatte zwar den Preis für die Steine unter seinen Füßen nicht mit seinem Blut beglichen wie ein anderes Gespenst, das er einmal gekannt hatte, und er hatte auch kein Gold dafür gegeben, wie Thomas McKinnon, aber er hatte durch seinen starken Willen, das Schloss sein Eigen nennen zu dürfen, genug bezahlt.

Und er war fest entschlossen, es auch zu behalten.

Gnade dem nächsten McKinnon, der anderer Meinung war.

3

»Vikki, wir sind da.«

Victoria kämpfte mit sich. Sie wusste, dass sie einen guten Grund hatte, die Augen aufzuschlagen, aber sie hatte einen so wunderbaren Traum gehabt und hätte ihn gerne noch ein bisschen länger genossen. Er hatte etwas mit Michael Fellini zu tun gehabt, der die Hauptrolle in dem Shakespeare-Stück spielte. Es hatte eine Preisverleihung und begeisterte Pressereaktionen gegeben.

Aber sie war sich ganz sicher, dass keine Gespenster vorgekommen waren, und auch keine Requisitenräume, zu denen sie keinen Zutritt mehr hatte.

Sie öffnete die Augen. Es dauerte einige Minuten, bis sie sich mit der Tatsache ausgesöhnt hatte, dass sie in einem Zug saß und dass dieser Zug nicht mehr fuhr. Ihre Schwester Megan erhob sich gerade. Victoria runzelte die Stirn. Megan erwartete ihr erstes Kind und war erst im fünften Monat, aber man hätte meinen können, sie stünde kurz vor der Entbindung. Musste sie unbedingt wie eine Ente watscheln?

Na ja, sie fragte sie besser nicht danach. Megan hatte sie am Flughafen abgeholt, sie zum Bahnhof gefahren, ihr auf der Zugfahrt Gesellschaft geleistet und dafür gesorgt, dass niemand ihr die Handtasche gestohlen hatte, während sie schlief. Jetzt erwartete sie ein Wagen am Bahnhof und brachte sie ins Gasthaus. Dafür, dass sie sich so um sie kümmerte, durfte Megan watscheln, so viel sie wollte.

Sie setzte sich neben ihre Schwester auf die Rückbank des Fahrzeugs und blickte aus dem Fenster, während die englische Landschaft draußen vorbeiflog wie auf einem impressionistischen Gemälde. Die ganze Szenerie war irgendwie surreal. An die Stelle der Hektik und der Wolkenkratzer in New York waren eine ausgedehnte Hügellandschaft und ein malerisches kleines Dorf getreten.

»Gleich sind wir da«, beteuerte Megan ihr. »Im Gasthaus wartet bestimmt ein warmes Abendessen auf uns. Wenn du dich so lange wach halten kannst.«

»Ich sollte mich wirklich zusammenreißen«, erwiderte Victoria gähnend. »Ich muss wenigstens überprüfen, ob alles bereit ist.«

»Mach dir darüber keine Sorgen«, sagte Megan. »Mrs Pruitt ist der reinste Feldwebel. Sie hat bestimmt alles im Griff.«

Victoria warf ihrer Schwester einen Blick zu, und wenn sie nicht so unter dem Schlafmangel und dem Jetlag gelitten hätte, hätte sie bestimmt heftiger den Kopf geschüttelt. Sie konnte nur staunen.

Mit ihren neunundzwanzig Jahren war Megan drei Jahre jünger als Victoria. Sie hatte jahrelang alle möglichen Jobs gehabt, war aufs College gegangen und hatte es wieder verlassen, hatte sich in den Familienunternehmungen einschließlich Victorias Theatertruppe und der Bekleidungsfirma ihrer Mutter versucht, aber nichts hatte gepasst. Schließlich hatte Thomas sie nach England geschickt, als Beschäftigungstherapie sozusagen, damit sie sich um das Schloss kümmerte, das er sich gekauft hatte.

Aber statt ein weiteres Mal zu versagen, hatte Megan einen kleinen Landgasthof gekauft und einen britischen Adeligen geheiratet, der so schrecklich reich war, dass selbst Thomas daneben blass aussah.

Für Victoria wäre eine solche Abweichung vom Drehbuch des Lebens nicht infrage gekommen, aber sie sagte natürlich nichts. Jeder musste selbst wissen, was ihn glücklich machte.

Sie fuhren eine schmale Straße entlang und hielten vor einem Gasthaus im Tudor-Stil.

»Gefällt er dir?«, fragte Megan.

»Ja, er ist wundervoll«, erwiderte Victoria aufrichtig. – »Du warst schon einmal hier, kannst du dich noch erinnern?«, sagte Megan. »Auf meiner Hochzeit.«

Victoria gähnte. »Megan, ich bin am Morgen deiner Hochzeit in New York abgeflogen, bin direkt zur Kirche gefahren und habe mein Brautjungfernkleid angezogen, habe zugesehen, wie du geheiratet hast, kann mich vage an ein sehr dunkles Wirtshaus im Dorf erinnern, und dann habe ich mich in die nächste Maschine gesetzt, um die letzte Aufführung von ›Romeo und Julia‹ nicht zu verpassen.«

Megan lachte. »Du bist also gar nicht bis hierher gekommen? Na, ist ja auch egal.«

Der Chauffeur öffnete Megan die Tür. Megan beugte sich zu ihrer Schwester und flüsterte: »Hier spukt es«, bevor sie so anmutig aus dem Wagen stieg, als habe sie nicht die ersten fünf Monate ihrer Schwangerschaft damit verbracht, entweder für zwei zu essen oder sich zu übergeben.

Victoria saß mit offenem Mund da. Schließlich besann sie sich, machte den Mund wieder zu und stieg ebenfalls aus. Sie musterte die Fassade des Gasthauses.

Hier spukte es?

Vielleicht hatte der Smog in London Megan das Hirn vernebelt. Aber hatte Dad sie nicht auch davor gewarnt, dass hier eigenartige Dinge vor sich gingen? Und sie hatte geglaubt, er machte Witze …

Sie zog den Riemen ihrer Tasche höher über die Schulter und folgte Megan ins Haus. Auf der Schwelle blieb sie abrupt stehen.

Sie stand in einer Eingangshalle, die einer Filmkulisse entsprungen zu sein schien. Möbel und Gemälde waren antik. Der Teppich passte nicht so ganz dazu, aber sie wollte nicht kleinlich sein. Die Wirtin, zweifellos die furchtlose Mrs Pruitt, hielt ihren Staubwedel über der Schulter wie ein Bajonett und befahl gerade einem jungen Mädchen, es solle Lady Blythwood so schnell wie möglich einen Stuhl bringen.

Victoria zuckte zusammen, als ihr klar wurde, dass Megan ja Lady Blythwood war. Wenn all die Leute, die Megan in den vergangenen Jahren gefeuert hatten, das wüssten …

»Das ist meine Schwester Victoria«, stellte Megan sie vor. Sie zog Victoria zum Empfangstisch. »Vikki, das ist Mrs Pruitt. Sie kümmert sich um deine Schauspieler, solange sie hier wohnen.«

Mrs Pruitt legte ihre freie Hand auf ihren wogenden Busen. »Ich werde tun, was ich kann, Miss, schließlich kann das Stück nur gut werden, wenn sich die Schauspieler auch richtig entspannen können. Aber darüber brauchen Sie sich keine Gedanken zu machen.« Sie beugte sich zu Victoria und senkte verschwörerisch die Stimme. »Hier im Gasthaus löschen wir rechtzeitig das Licht.«

Victoria beugte sich unwillkürlich ebenfalls vor. »Ach ja?«

Mrs Pruitt nickte. »Ich brauche Ruhe und Frieden für meine Ermittlungen.«

»Ermittlungen?«, fragte Victoria misstrauisch.

»Ja, wissen Sie denn nicht?«

»Was soll ich wissen?« Victoria blinzelte.

Mrs Pruitt musterte sie, dann richtete sie sich plötzlich wieder auf. »Nichts«, erwiderte sie in geschäftsmäßigem Tonfall. »Nichts, was Sie beunruhigen müsste, Miss. Ihr Zimmer ist im ersten Stock. Die letzte Tür rechts. Das ist der schönste Raum – nach dem von Lady Blythwood selbstverständlich. Ich habe einen Plan erstellt, wo ich den Rest Ihrer Truppe untergebracht habe. Sie können ihn sich nachher einmal ansehen. Ich würde sagen, Sie brauchen jetzt erst einmal etwas zu essen und dann eine Mütze Schlaf.«

Megan drückte ihr den Schlüssel in die Hand, und ehe Victoria sie fragen konnte, was für Ermittlungen Mrs Pruitt meinte, hatte sie sie schon die Treppe hinaufgeschoben und zu ihrem Zimmer gebracht.

»Ich erzähle dir später alles«, sagte Megan. »Mach dich

erst einmal frisch. In einer Stunde essen wir zu Abend, und dann können wir uns in Ruhe unterhalten.«

»Warum hast du mir denn nicht im Zug alles erzählt?«, fragte Victoria. Hoffentlich schaffte sie es noch unter die Dusche, bevor sie einschlief.

»Weil du so laut geschnarcht hast. Meine Enthüllungen wären gar nicht bis zu dir vorgedrungen.«

Victoria blieb vor ihrem Zimmer stehen und blickte ihre Schwester an. »Enthüllungen? Wo bin ich hier hineingeraten?«

»Es ist zu spät für irgendwelche Bedenken. Die Achterbahn ist bereits losgefahren«, erwiderte Megan amüsiert lächelnd. »Du kannst dich nur noch festhalten.«

Victoria umklammerte ihren Schlüssel. »An allem ist nur Thomas schuld.«

»Bei mir hat es gut funktioniert.«

Mit diesen Worten watschelte Megan in ihr Zimmer und ließ Victoria einfach im Flur stehen. Was sollte sie jetzt machen?

Schlüssel. Schloss. Abendessen.

»Oh«, sagte sie. »Danke.«

Erst als sie unter der Dusche stand, wurde ihr klar, dass das nicht die Stimme ihrer Schwester gewesen war.

Victoria musste wohl nach dem Duschen eingeschlafen sein, denn sie wachte im Dunkeln auf, hungrig und desorientiert. Nun ja, desorientiert war sie schon den ganzen Tag über gewesen, aber gegen den Hunger konnte sie etwas tun.

Sie tastete nach dem Lichtschalter. Dann setzte sie sich auf und fuhr sich mit den Fingern durch die Haare, die bestimmt grauenhaft aussahen. Ach, es war wahrscheinlich sowieso keiner mehr wach, der sie sehen konnte. Sie schlüpfte in eine alte Jeans und ging zur Tür. Dort blieb sie stehen.

Sie *hatte* doch eine Stimme gehört, oder?

Rasch verließ sie das Zimmer. Sie litt mit Sicherheit an

Unterzucker wegen des Schlafmangels und des schlechten Essens im Flugzeug. Wenn sie erst einmal den Kühlschrank geplündert hatte, ging es ihr bestimmt wieder besser. Und anschließend würde sie sich sofort wieder hinlegen.

Zum Glück konnte sie genug sehen, weil in der Eingangshalle ein Nachtlicht brannte. Sie öffnete Türen, um zu sehen, was dahinter lag. Wohnzimmer, Bibliothek, Salon. Die Räume sahen herrlich aus, als ob sie aus der Vergangenheit geholt und vorsichtig in die Gegenwart gestellt worden wären.

Schließlich landete sie im Esszimmer, wo die Tische bereits für das Frühstück gedeckt waren. Sie durchquerte den Raum und kam in die Küche.

Megan saß auf einem Stuhl und wärmte sich die Füße am Ofen. Drei alte Herren saßen bei ihr. Megan blickte sich um, als sie eintrat.

»Hey, Vikki«, sagte sie liebevoll. »Hast du gut geschlafen?«

»Gleich, ich muss zuerst einmal etwas essen. Wo ist der Kühlschrank?«

»Da drüben.« Megan zeigte hin. »Bedien dich.«

»Danke, genau das hatte ich vor«, erwiderte Victoria. Die Männer, die bei Megan saßen, trugen authentisch aussehende Kostüme: Kilts, Leinenhemden und Mützen, die keck schräg auf dem Kopf saßen. Das heißt, zwei von ihnen trugen schottische Tracht, der dritte war eher im Stil eines elisabethanischen Adeligen gekleidet.

Sie schüttelte den Kopf. Es war doch immer dasselbe! Die Leute versuchten mit allen Mitteln, eine Rolle in ihrem nächsten Stück zu bekommen.

Sie öffnete die Kühlschranktür und sah das Angebot durch. Schließlich entschied sie sich für Käse und Brot. Suchend blickte sie sich nach etwas um, das sie dazu essen konnte.

»Obst steht auf dem Tisch«, sagte Megan.

Victoria warf ihrer Schwester einen verwirrten Blick zu. Sie klang so, als müsste sie ein Lachen unterdrücken. Was war los? Misstrauisch betastete sie ihre Haare. Sah sie so schrecklich aus? Megan hatte doch auch lockige Haare, genau wie sie, und auch sie wirkte im Moment nicht besonders gut frisiert. Victoria schürzte die Lippen, stellte ihr Essen auf den Tisch und griff nach einem Apfel.

Mitten in der Bewegung erstarrte sie. Einen von den Männern, die bei Megan saßen, kannte sie.

Hugh McKinnon.

Derselbe Hugh McKinnon, der in ihrer Requisitenkammer den Samtumhang und den Hut mit der Feder betastet hatte.

Schwer atmend sank sie auf die Bank.

»Was ist los?«, fragte Megan unschuldig.

Viel zu unschuldig.

Victoria deutete auf den rothaarigen Mann.

»Ich habe ihn schon einmal gesehen«, stieß sie hervor.

Der Mann, der wie ein elisabethanischer Adeliger gekleidet war, schnaubte. »Ich habe es dir doch gesagt, Ambrose, dass Hugh alles verderben wird, noch bevor wir überhaupt angefangen haben, unsere Pläne in die Tat umzusetzen.«

»Ich habe überhaupt nichts verdorben«, sagte Hugh McKinnon. Er lächelte Victoria an. »Guten Abend, meine liebe Enkelin.«

»Enkelin«, wiederholte Victoria tonlos. Sie schluckte.

»Natürlich über einige Generationen hinweg«, warfen die beiden anderen Männer unisono ein.

»Ja, natürlich«, sagte Hugh und senkte bescheiden den Kopf.

Victoria blickte Megan an, die sich in der Gesellschaft der drei Männer recht wohlzufühlen schien. Da ihre Hand zitterte, ballte sie die Faust.

»Er ist verschwunden«, stieß sie hervor und wies mit dem Kopf auf Hugh. »Er war in meinem Requisitenraum und hat die Kostüme begrapscht, und dann war er auf einmal weg.«

»Hugh!«, riefen die beiden schottischen Herren aus. Einer der beiden erhob sich und verneigte sich vor Victoria. »Ich bitte vielmals um Verzeihung. Ich bin Ambrose MacLeod, dein Großvater. Du kannst mich jederzeit rufen, ich bin immer in der Nähe.«

»Er schläft nicht besonders viel«, sagte Hugh. »Er ist ein recht ruheloser Geist.«

Der dritte Mann gab einen schnaubenden Laut von sich, dann stand er auf und warf seinen Krug in den Ofen.

Dieser löste sich auf, ohne eine Spur zu hinterlassen.

»Ich bin Fulbert de Piaget«, sagte er. » Megan gehört durch die Heirat zu unserer Familie. Ich bin ihr Großonkel. Mit dir bin ich zwar nicht verwandt, aber da ich mich an diesen Eskapaden stets beteilige, darfst du dich auch jederzeit an mich wenden. Allerdings lege ich Wert auf meinen Mittagsschlaf, also störe mich in dieser Zeit besser nicht.«

Damit drehte er sich um und verschwand durch die Hintertür.

Durch die hintere Küchentür *hindurch.*

Victoria war froh, dass sie saß.

Ambrose verbeugte sich erneut und verließ sie dann auf die gleiche Art und Weise.

Hugh hingegen machte keine Anstalten zu gehen. Er lächelte breit. »Nun, Mädels, da jetzt nur noch wir McKinnons hier sind …«

Hugh …

Hugh verzog das Gesicht, blieb aber sitzen.

HUGH!

Leise murmelte er etwas, dann erhob er sich und verbeugte sich. »Ich komme gleich zurück. Sobald Ambrose eingeschlafen ist«, flüsterte er laut.

Er warf seinen Krug ins Feuer und verschwand.

Victoria saß am Küchentisch und starrte dorthin, wo die drei Männer eben noch gesessen und so lebendig ausgesehen hatten wie Megan.

Jetzt hockte nur noch Megan vor dem Feuer. »Ich gehe jetzt besser zu Bett«, erklärte sie und streckte sich. »Ich muss morgen früh nach London zurück …«

»Wag es nicht!«, befahl Victoria. »Du kannst im Zug schlafen. Jetzt erst mal raus damit.«

»Raus womit?«

Victoria schnaufte empört. »Die Gespenster, Megan.«

Megan lachte. »Ich habe dir doch gesagt, dass es im Gasthaus spukt.«

»Ja, aber ich habe dir nicht geglaubt …« Victoria schwieg, dann fuhr sie fort: »Ich bilde mir das also nicht alles nur ein?«

»Was glaubst du denn?«

»Ich glaube, ich habe Hugh McKinnon vor einer Woche im Keller von *Tumult in der Teekanne* gesehen. Aber ich wusste nicht, dass Gespenster …« Sie holte tief Luft, bevor sie den Satz zu Ende sprach. »… so eben mal durch die Weltgeschichte reisen.«

»Die meisten tun das wahrscheinlich auch nicht«, erwiderte Megan.

Victoria warf Megan einen bewundernden Blick zu. So kannte sie ihre Schwester noch gar. Megan, die Geisterjägerin. »Hast du die drei ganz alleine entdeckt?«

»Es war eine Art einvernehmliches Zusammentreffen«, erwiderte Megan. »Wenn du allerdings Ambrose fragen würdest, würde er dir erklären, er habe die ganze Sache geplant.«

»Was für eine Sache?«

»Dass ich Gideon hier kennengelernt habe.«

Victoria blinzelte. »Sie haben deine Ehe arrangiert?«

»Nun, so weit würde ich nicht gerade gehen …«

»Sie sind *Kuppler?*«, fragte Victoria ungläubig.

»Nun ja, wir sind miteinander verwandt, und ich glaube, sie fühlen sich irgendwie verantwortlich dafür, dass wir gut versorgt sind.«

»Also, das übersteigt jetzt selbst meine Vorstellungskraft.«

Victoria verzog den Mund. »Wirklich, Megan. Es war Zufall, dass du Gideon hier kennengelernt hast. Ein glücklicher Zufall zwar«, fügte sie hinzu, »aber doch kein Schicksal oder so etwas. Und schon gar keine Gespenster, die sich als Kuppler betätigen.«

»Denk, was du willst«, erwiderte Megan fröhlich.

»Und Thomas?«, wollte Victoria wissen. »Glaubst du, bei seiner Heirat hatten sie auch die Finger im Spiel? Ich muss ja zugeben, dass ich Iolanthe noch nicht richtig kenne, aber sie ist doch bestimmt nur auf seine schönen blauen Augen hereingefallen, oder? Da war keine überirdische Macht im Spiel.«

Oder doch?

Thomas hatte Thorpewold gekauft und war aus einer Laune heraus hierher gefahren, um es in Besitz zu nehmen. Es war schon merkwürdig, dass er ausgerechnet bei dieser Gelegenheit seine Frau kennengelernt hatte.

Sehr merkwürdig.

Victoria stand auf, kramte in der Schublade nach einem Messer und setzte sich dann wieder an den Tisch, um etwas zu essen.

»Ich werde langsam müde«, sagte Megan. »Du kommst doch sicher alleine zurecht.«

»Nein, ich möchte, dass du mir Gesellschaft leistest. Wir hatten überhaupt noch keine Zeit, uns zu unterhalten«, erwiderte Victoria. »Und in nächster Zukunft werden wir dazu auch keine Gelegenheit finden, wenn du morgen nach Hause fährst und ich mit dem Stück anfange ...«

Megan lachte. »In Ordnung. Ich beschütze dich noch ein Weilchen, aber dann gehe ich ins Bett.«

»Mir passiert schon nichts. Erst recht nicht, wenn die Sonne erst einmal aufgegangen ist«, fügte Victoria leise hinzu.

»Es sind Gespenster, du Dummerchen, keine Vampire.«

»Was auch immer. Also, erzähl mir von deinen Gespenstern ...«

»Von unseren Großvätern«, korrigierte Megan sie. »Und von Fulbert. Er ist Gideons Onkel.«

»Ja.« Victoria nickte. »Spuken unsere Großväter nur hier im Gasthaus oder auch woanders?«

»Willst du wissen, ob sie sich auch im Schloss aufhalten?«

»Ich möchte nicht, dass mir ein Haufen Gespenster die Zuschauer verjagt«, erwiderte Victoria aufgebracht.

»Was soll ich dagegen tun?«, meinte Megan. »Außerdem bildest du dir ja vielleicht alles doch nur ein.«

Victoria schwieg und dachte nach. »Kann sein«, sagte sie schließlich. »Aber du bist ja auch hier.«

»Es könnte doch eine sehr starke Halluzination sein.«

»Na ja, ich finde Gespenster, die sich als Kuppler betätigen, auch ziemlich weit hergeholt.«

»Es hat schon merkwürdigere Dinge gegeben.«

Nachdenklich kaute Victoria auf ihrem Bissen Käsebrot. Dann schob sie den Teller weg und blickte ihre Schwester an.

»Wenn sie tatsächlich Kuppler sind, wen wollen sie denn jetzt verkuppeln? Du bist glücklich verheiratet. Thomas ebenfalls. Soll unsere kleine Schwester hierher kommen, um das nächste Opfer zu werden?«

»Jenner hilft Mom bei der nächsten Frühjahrskollektion«, entgegnete Megan. »Damit bleibst nur noch du übrig.«

Victoria lachte unbehaglich. »Ich brauche keinen Kuppler.«

Obwohl drei furchterregend aussehende Gespenster vielleicht dazu geeignet waren, Michael Fellini dazu zu bringen, sie endlich auch als Frau wahrzunehmen.

»Na, komm, Schwesterherz«, sagte Megan. »Du hast einen langen Tag hinter dir und ich auch. Morgen früh sieht alles viel besser aus. Allerdings bin ich dann schon nicht mehr da. Aber du kannst mich ja anrufen, wenn es Schwierigkeiten gibt.«

Victoria spülte ihren Teller und ihr Messer ab und blickte sich ein letztes Mal in der Küche um, bevor sie Megan folgte.

65

Als sie die Treppe hinaufstieg, ging ihr durch den Kopf, ob es wirklich sie war, die verkuppelt werden sollte. Vielleicht hatten diese reiselustigen Gespenster ja Michael gesehen und beschlossen, dass er der Richtige für sie war.

War es ein Zufall gewesen, dass sie zu der Teegesellschaft in der *Juilliard School* eingeladen worden war, wo auch Michael ohne Begleitung auftauchte? Und hatten sie sich nicht auf Anhieb gut verstanden? Er hatte doch gemeint, dass die Bühne über *Tumult in der Teekanne* das Originellste wäre, was er seit Langem gehört hatte. Und hatte er nicht vorgeschlagen, sie sollten sich dort so bald wie möglich auf einen Cappuccino und Brombeer-Scones treffen?

Sie hielt inne. Ja, gut, aber dann hatte es fast ein Jahr gedauert, weil Michael ihre Telefonnummer nicht mehr gefunden hatte. Aber er war eben ein sehr beschäftigter Mann.

Als Thomas ihr sein Schloss angeboten hatte, hatte sie sofort Michael angerufen und ihm die Rolle angeboten. War es reines Glück gewesen, dass er sofort zugesagt hatte? Wahrscheinlich nicht, denn er hatte gemeint, er fände es geradezu unheimlich, dass sie ihm ausgerechnet jetzt so eine wunderbare Rolle anbieten würde, wo er gerade frei war.

Unheimlich.

Victoria nickte. Das war sicher alles den kuppelnden Gespenstern zu verdanken.

Sie wünschte ihrer Schwester eine gute Nacht und ging in ihr Zimmer. Während sie sich die Zähne putzte, überlegte sie, was sie morgen alles erledigen musste. Bis Michael eintraf, hatte sie ihren Jetlag sicher überwunden und konnte sich selbst um ihre Beziehung zu ihm kümmern.

Wenn sie jedoch nicht weiterkam, würde sie vielleicht tatsächlich einen ihrer Großväter einschalten, oder beide, aber diese schweren Geschütze würde sie sich für später aufheben.

Kopfschüttelnd hielt sie inne. Dass sie überhaupt darüber nachdachte, sagte einiges über ihren Geisteszustand aus. Sie war es nicht gewöhnt, dass die Dinge um sie herum ihren ganz eigenen Weg gingen. Gespenster hatten in ihren Plänen nichts zu suchen.

Nun, jedenfalls nicht *hinter* der Bühne.

Sie legte ihre Zahnbürste auf den Waschbeckenrand. Solange die Gespenster in der Küche des Gasthauses blieben, konnte sie mit ihnen umgehen. Wenn es jedoch zum Äußersten käme, mussten sie ihr eben einen Vertrag unterschreiben, dass sie sich aus ihrem Liebesleben heraushielten.

Um nicht länger über die Angelegenheit nachgrübeln zu müssen, ging sie zu Bett. Eigentlich glaubte sie weder an das Schicksal noch an Gespenster. Glück oder Liebe fand man nur aus eigener Kraft.

Dessen war sie sich absolut sicher.

4

»Mylord! Mylord! Mylord!«

Connor saß auf einem Stein mitten im Burghof, an dem der Schmied früher sein Schwert geschärft hatte. Er betrachtete den aktuellen Kandidaten für den Posten des Hauptmanns seiner Wache und seufzte leise. Wann würde endlich der Tag kommen, an dem ein Mann vor ihm stand, der dieses Postens würdig war?

Heute war dieser Tag anscheinend nicht.

Aber Robby Fergusson besaß wenigstens ein Quäntchen mehr Verstand als Angus Campbell. Leider verfügte er daneben jedoch auch über Charakterzüge, die besser zu einem Schäferhund passten als zu einem Hauptmann.

»Mylord«, sagte er gerade und sprang aufgeregt auf und ab. »Ich habe Neuigkeiten.«

»Dann steh still und teile sie mir mit«, rief Connor aus. »Bei allen Heiligen, Mann, mir dreht sich der Magen um, wenn ich dich so herumspringen sehen.«

Robby nahm Haltung an und machte triumphierend seine Meldung.

»Es ist jemand auf der Straße und kommt auf das Schloss zu.«

Connor überlegte. Es konnte ein Fremder sein, aber es konnte auch der Mann sein, der vor ein paar Tagen hier herumgelaufen war.

Oder es war Vau McKinnon.

Connor blickte auf sein glänzendes Schwert und lächelte. Dann sah er Robby an.

»So?«, sagte er freundlich. »Wer könnte das wohl sein?«

Robby blinzelte. »Nun, Mylord, ich habe keine Ahnung.«

»Mann oder Frau?« – »Das weiß ich auch nicht.« – »Freund oder Feind?« – »Ähm ...«

»Sterblich oder nicht?«

»Äh ...«

Connor schwang sein Schwert. Robby mochte es an Verstand fehlen, an Schnelligkeit jedoch mangelte es ihm nicht. Er duckte sich, um seinen Kopf zu retten, und dann ergriff er hastig die Flucht.

»Der nächste!«, bellte Connor.

Niemand schien freiwillig vortreten zu wollen.

Connor verdrehte die Augen und erhob sich. Einige der Männer kamen langsam angeschlendert, andere humpelten so schnell herbei, wie es ihre schmerzenden Gliedmaßen erlaubten. Connor lächelte zufrieden. Das waren diejenigen, die er auf dem Turnierplatz gequält hatte. Es ging doch nichts über ein paar Demütigungen, um widerspenstige Soldaten zur Ordnung zu rufen.

»Versteckt euch, bis ich euch Bescheid gebe«, sagte Connor freundlich. »Es kommt jemand, und ich hoffe zur Abwechslung auf einen Gegner, der meiner Fähigkeiten würdig ist.«

»Ist es vielleicht der Irre von vor ein paar Tagen?«, fragte ein Mann nervös.

Connor grinste.

Ein paar der Männer wichen zurück und griffen sich an den Hals.

»Wenn er es sein sollte, wird er es bereuen«, erwiderte Connor mit Nachdruck. »Und wenn es jemand anderes ist, dann werde ich dafür sorgen, dass er etwas zu erzählen hat. Aber ich brauche keine Hilfe. Nicht, bevor ich Geister um mich habe, die es verstehen, richtig zu spuken.« Er blickte sie spöttisch an. »Ihr habt viel zu viel Zeit damit verschwendet, nach der Pfeife von Iolanthe MacLeod zu tanzen.«

»Aber, Mylord«, unterbrach ihn eine vorwitzige Seele, »sie war bis vor Kurzem doch Schlossherrin ...«

Connor sah ihn an. Es war ein besonders unangenehmer Blick, aber er war schließlich auch dazu gedacht, den Mann zum Schweigen zu bringen.

Abrupt schloss der Sprecher den Mund und versteckte sich hinter klügeren, schweigenden Schatten.

»Sie hatte vielleicht Ansprüche auf diesen Ort«, sagte Connor, »aber sie ist gegangen, und jetzt gehört er mir. Leider hat sie vorher noch aus euch allen Weiber gemacht. Wenn ihr gelernt habt, euch wieder wie Männer zu benehmen, dann könnt ihr an meiner Seite Unheil anrichten. Aber bis dahin spuke ich alleine.«

Die Männer traten schweigend ab.

Als er sich umdrehte, stand dieser weibische, albern gekleidete Roderick St. Claire neben ihm und blickte ihn amüsiert an. Connor verzog finster das Gesicht und griff nach seinem Schwert. Roderick hob abwehrend die Hände.

»Erstecht mich nicht«, sagte er lächelnd. »Ich bewundere nur Eure Vorgehensweise. Ich wünschte, ich hätte so viel Autorität wie Ihr. Wer, glaubt Ihr, kommt da? V. McKinnon?«

»Das hoffe ich«, erwiderte Connor gähnend. »Ich brauche endlich eine vernünftige Beschäftigung.«

»Ihr wollt diesen neuen McKinnon ernsthaft angreifen, nicht wahr?«

»Ja, das ist nur der gerechte Lohn für den Schaden, den Thomas angerichtet hat.«

»Ja, vermutlich«, sagte Roderick langsam. »Aber er ist weg, und das Schloss gehört Euch. Warum wollt Ihr dann seine armen Verwandten quälen?«

»Ich möchte nicht, dass einer von ihnen auf die Idee kommt, er sei hier willkommen«, grollte Connor. »Mit irgendwelchen McKinnons wäre es hier nicht auszuhalten.«

»Hm«, sagte Roderick nachdenklich. »Verstehe. Aber es ist durchaus möglich, dass dieser neue McKinnon Euch gefällt.«

Das schien Connor nicht einmal einer Antwort würdig. Natürlich war dieser neue Mann nicht akzeptabel. Er war schließlich ein McKinnon. Ein MacDougal wäre ihm doch völlig egal.

Connor blickte sich um. Er brauchte einen geeigneten Ort, von dem aus er den Fremden erschrecken konnte. Es gab viele Stellen, die seine Aufmerksamkeit erregten, aber am Ende entschied er sich für den großen Saal. Dort standen alte, schimmlige Möbel und ein paar umgekippte Steine. Ein solches Umfeld würde ausreichen, um einen Sterblichen in die Flucht zu schlagen.

»Mylord«, einer der Soldaten kam atemlos auf Connor zugerannt, »der Sterbliche kommt.«

Connor rieb sich erwartungsvoll die Hände. »Ich werde ihn im großen Saal erwarten. Sorg dafür, dass die anderen außer Sichtweite bleiben und sich von dort fernhalten. Ich möchte alleiniger Verursacher der Schreckensschreie sein.«

Der Mann nickte nervös und lief davon.

Connor warf Roderick einen Blick zu. »Habt Ihr genug Mumm für diese Tat?«

»Ich fühle mich geehrt, dass Ihr mich teilhaben lasst.«

Connor warf ihm einen misstrauischen Blick zu, um festzustellen, ob er sich über ihn lustig machte, aber Roderick verzog keine Miene. Es fiel Connor sowieso schwer, ihn einzuschätzen, da es zu seiner Zeit keine Männer gegeben hatte, die sich mit Rüschen und Spitze schmückten. Aber trotz seiner Vorliebe für weibische Kleidung konnte Roderick ganz gut mit dem Schwert umgehen, und wenn ihn das nicht ans Ziel brachte, dann konnte seine Zunge ebenso schneidend sein.

Jetzt jedoch war nicht die Zeit für grausame Worte; jetzt war die Zeit für gebührende Rache, und das war Connors Spezialität.

Er betrat den großen Saal und blickte sich zufrieden um. Hier war genügend Licht, um ihn in seiner ganzen Pracht erstrahlen zu lassen.

Stirnrunzelnd blickte er zum Himmel, den er leider sehen

konnte, da das Dach fehlte, und schnaubte angewidert. Thomas McKinnon hatte versprochen, den Saal überdachen zu lassen, aber dann war er so davon abgelenkt, einem gewissen Mädchen den Hof zu machen, dass er es anscheinend vergessen hatte.

Ein weiterer Grund, sich über die gesamte Familie zu ärgern.

Ruhelos ging Connor auf und ab, studierte jeden Winkel des Saals und überlegte, wo wohl die beste Stelle sein mochte. Er stellte sich sogar in verschiedene Ecken, um versuchsweise daraus hervorzuspringen.

Schließlich entschied er sich für das Podest hinten im Saal, wo der ursprüngliche Herr über Thorpewold sicher bei unzähligen Festbanketten gesessen hatte. Connor stellte sich auf das Podest, mit dem Rücken zur Tür – beziehungsweise dem, was von der einstigen Tür übrig war. Zunächst würde er unsichtbar bleiben, dann würde er sich umdrehen und mit seinem wildesten Kampfschrei losbrechen. Er wippte auf den Fußballen, um sich auf einen der glücklichsten Momente seines Nachlebens vorzubereiten.

Würde der Mann einen Entsetzensschrei ausstoßen und in Ohnmacht fallen? Würde er mit dem Kopf an einen Felsen stoßen und langsam verbluten? Würde er schreiend wie ein Weib flüchten? Es gab so viele ungeheuer verlockende Möglichkeiten.

»Ich glaube, ich höre Schritte«, sagte Roderick, der auf einem Stein saß, der die Stelle markierte, an der früher einmal die Tafel gestanden hatte.

Connor ballte die Fäuste.

»Ich sehe einen Schatten«, flüsterte Roderick.

Connor reckte die Arme über den Kopf und bereitete sich darauf vor, sein mächtiges Schwert zu ziehen. Er war ein beeindruckender Anblick, wie er da in voller Größe stand und den Griff seines beinahe mannsgroßen Schwertes mit beiden Händen hielt.

Er hatte schon oft erlebt, dass Männer ihre Schottenröcke beschmutzt hatten und in Ohnmacht gefallen waren, bevor er ihnen den Kopf abschlagen konnte. Aber wenn er ehrlich war, dann hatte ihm diese Reaktion nie sonderlich gut gefallen. Es war so unbefriedigend, jemanden zu töten, der nicht vorher wenigstens ein bisschen schrie.

Kurz schloss er die Augen, dann griff er nach seinem Schwert, das er auf den Rücken geschnallt hatte.

Rodericks Aufkeuchen jedoch ließ ihn innehalten.

»Verdammt«, grollte Connor, »ich wollte gerade mein Schwert ziehen.«

Roderick schien es die Sprache verschlagen zu haben. Er starrte mit offenem Mund auf etwas hinter Connor.

Vielleicht war ja der McKinnon beeindruckend gebaut und stark, eine größere Herausforderung, als Connor zu hoffen gewagt hatte. Vielleicht würde es ja einen richtigen Kampf geben. In Connor stiegen leise Bedenken auf. Beherrschte er noch alle Techniken oder hatte er schon einiges verlernt?

Aber möglicherweise blickte Roderick diesen McKinnon auch nur deshalb so gebannt an, weil er so schmächtig und weibisch war. Die erstere Variante wäre ihm sehr viel lieber, dachte Connor. Dieser McKinnon sollte stark sein und bereit, bis aufs Blut zu kämpfen. Das würde ihm wesentlich besser gefallen.

Connor zog schwungvoll sein Schwert und wirbelte herum, um seinen Kampfschrei auszustoßen und sichtbar zu werden.

Aber da stand gar kein Mann. Es war ein Mädchen.

Und noch dazu ein wunderschönes.

Connor war so überrascht, dass er kaum wusste, was er denken sollte. Sein Schwert jedoch schien nicht von dieser Unentschlossenheit betroffen zu sein. Es senkte sich, und Connor trat unwillkürlich einen Schritt vor, um das Gleichgewicht zu halten. Dabei vergaß er jedoch, dass er sich auf einem Podest befand. Er stolperte, und es blieb ihm nichts anderes übrig, als seinem Schwert zu folgen.

Es fiel mit einem dumpfen Geräusch zu Boden. Connor ging in die Knie.

Er wollte sich gerade bitter über diese unwürdige Situation beklagen, als sein Blick erneut auf die Frau fiel.

Mit einem Schlag wurde ihm klar, dass er dieses engelsgleiche Geschöpf niemals würde erschrecken können, und wenn sein Leben davon abhinge.

Oh, verdammt!

Nicht, dass er es nicht wollte. Er hätte seinen rechten Arm gegeben, wenn er sich vorher den Kopf darunterschieben hätte können, um ihr damit ein paar Schreie zu entlocken. Er hätte sein Haupt auch auf die Spitze seines Schwertes stecken und hin und her schwenken können, was meistens eine Ohnmacht zur Folge hatte. Er wäre ja auch schon mit einem erschreckten Keuchen zufrieden gewesen.

Aber es gelang ihm einfach nicht.

Er blieb auf den Knien liegen und starrte die Erscheinung an, die in seinen Saal gekommen war, als ob ihr das Schloss gehörte.

Bei allen Heiligen, sie war eine Schönheit.

Und er war besonders wählerisch bei Frauen.

Staunend betrachtete er sie. Er hatte einen McKinnon erwartet, und stattdessen war ein Engel gekommen. Das musste ein Irrtum sein. Diese schöne Frau konnte keine McKinnon sein, dazu war sie zu hellhäutig.

Ihre Locken fielen ihr wie ein Wasserfall über den Rücken Sie waren rot wie Flammen, aber dunkler, als ob das Abendfeuer in ihnen eingefangen wäre. Ihr Gesicht war makellos, ihre Porzellanhaut und ihre Gesichtszüge stammten direkt aus einem Traum.

Er kniete da, kaum zwanzig Schritte von ihr entfernt, und fragte sich, warum achthundert Jahre seines Nachlebens hatten vergehen müssen, bis er einer Frau begegnete, die ihn sprachlos machte.

Die Frau ging selbstbewusst im großen Saal umher, und er

beobachtete sie bewundernd. Er hätte sich gerne auf sein Schwert gestützt, aber dazu war es zu groß, und es lag ja auch nutzlos auf dem Boden, also begnügte er sich damit, sich auf die Hacken zu setzen, damit er nicht vor lauter Anbetung vornüber kippte.

Wer war dieses Mädchen?

Bei allen Heiligen, ein einziger Augenblick hatte ihn für immer verändert. Er konnte es selbst kaum glauben, aber es war tatsächlich so.

Er war versucht, sich ihr zu zeigen, entschied sich jedoch rasch dagegen. Noch nicht.

»Victoria! Victoria McKinnon!«

Die Frau drehte sich um. »Ja?«

Connor wäre fast umgefallen. Nur eine rasche Reaktion bewahrte ihn davor, zu Boden zu sinken.

Victoria McKinnon?

McKinnon?

Der Mann, der schon vor ein paar Tagen auf der Burg gewesen war, trat in den großen Saal. Er lächelte.

»Wie findest du es?«, fragte er. »Dein Bruder hat nicht übertrieben, oder?«

»Ich sollte Thomas wohl anrufen und mich bei ihm bedanken«, erwiderte Victoria McKinnon. »Es ist großartig …«

Connor traute kaum seinen Ohren. Thomas? Ihr Bruder? Nein, das war nicht möglich! Eine so schöne Frau stammte aus dieser Familie? Das konnte nicht sein!

Aber was sollte es sonst bedeuten? Wie viele Männer namens Thomas McKinnon gab es, denen Schloss Thorpewold gehörte? Wie viele Frauen namens Victoria McKinnon hatten Brüder, die Thomas hießen? Erstaunt und empört schüttelte er den Kopf. Vau McKinnon war offensichtlich die Abkürzung für Victoria McKinnon gewesen.

Thomas McKinnons Schwester.

»Nun«, schnarrte Roderick hinter ihm, »was wollt Ihr jetzt tun, da Ihr wisst, wer sie ist?«

Connor sprang auf, ergriff sein Schwert und stieß es Roderick mit aller Kraft in die Brust. Röchelnd stürzte der Schatten zu Boden.

»Du musst sofort mitkommen«, sagte der Mann zu Victoria.

»Aber ich bin noch nicht fertig«, protestierte sie.

»Doch, du bist jetzt fertig.«

Victoria McKinnon warf dem Mann einen Blick zu, bei dem jeder andere sofort zurückgewichen wäre und den Mund gehalten hätte. Dieser Mann jedoch schien aus härterem Stoff zu sein, als man zunächst denken würde.

»Im Gasthaus gibt es Probleme«, sagte er.

Victoria McKinnon verdrehte die Augen, murrte leise vor sich hin und verließ dann mit dem Mann den großen Saal.

Connor folgte dem Paar. Am Tor stützte er sich auf die verfallene Mauer und blickte den beiden nach. Die Verwandte seines Feindes wusste nichts davon, welchem Schrecken sie gerade entgangen war.

»Mylord?«

»Ja?«, zischte Connor.

»Mylord, was befiehlst du uns zu tun?«

Connor blickte Victoria McKinnon nach, wie sie über die Zugbrücke ging. Er konnte sich von ihrem Anblick nicht losreißen.

»Mylord?«

Mühsam besann sich Connor und drehte sich zu den Männern um, die sich hinter ihm versammelt hatten. »Ich überlege mir gerade einen richtigen Spuk«, stieß er hervor.

Viele der Männer kratzten sich ratlos am Kopf.

Connor verzog böse das Gesicht. Anscheinend ließen sich die Männer davon einschüchtern, denn sie wichen respektvoll zurück.

»Die Vorbereitungen werden einige Zeit in Anspruch nehmen.«

Hinten aus dem Saal hörte man Rodericks Röcheln.

Die Männer zerstreuten sich und ließen Connor mit seinen Gedanken allein.

Nun ja, mit seinen Gedanken und Rodericks Klagen.

Connor trat in den Hof und starrte erneut auf den Weg, der zur Straße führte.

Eine McKinnon.

Er hätte es wissen müssen.

Schließlich schob er seine albernen Grübeleien beiseite. Er hatte sich von ihrer Schönheit blenden lassen, aber damit war es jetzt vorbei. Er würde sie mit Leichtigkeit so erschrecken können, dass sie nie wieder zum Schloss zurückkehrte. Er hatte sogar schon ein paar Ideen. Jetzt brauchte er sich nur in aller Ruhe zu überlegen, welche am effektivsten waren.

Ja, genau, er würde sie erschrecken und sie davonjagen. Und er würde kein Bedauern darüber empfinden – ganz gleich, wie sehr der bloße Anblick ihrer Schönheit ihn zum Seufzen brachte ... ob aus Erlösung oder vor Entsetzen, konnte er allerdings nicht sagen.

Entschlossen drehte er sich um und marschierte in den großen Saal zurück. Dort zog er sein Schwert aus Rodericks Brust, nicht ohne sich abfällig über den schwächlichen Stutzer zu äußern. Mit einem gewaltigen Stoß beförderte er dann das Schwert wieder in die Scheide und rief sich zur Ordnung.

Jawohl, er würde sie erschrecken und für immer vergraulen, und er würde es mit Freuden tun.

Trotz ihrer Schönheit. Wegen ihrer Herkunft.

5

Rasch ging Victoria den schmalen Weg hinunter, der vom Schloss weg führte. So schnell hatte sie es eigentlich nicht wieder verlassen wollen. Sie hatte in dem prachtvollen Saal stehen wollen, in den ungehindert die Sonne strömte. Dort hatte sie das Gefühl gehabt, sich im Mittelalter zu befinden. »Ich hoffe, du hast einen wichtigen Grund, um mich da wegzuholen«, sagte sie zu Fred.

»Den habe ich.«

»Und erzähl mir nicht schon wieder was von Gespenstern.«

»Nein, Michael Fellini ist unzufrieden damit, wie er untergebracht ist.«

»Oh«, sagte Victoria atemlos. Atemlos vor allem deshalb, weil sie unmittelbar in Laufschritt verfallen war. Der Star ihres Stücks durfte auf keinen Fall verstimmt sein, weil ihm die Tapete in seinem Zimmer nicht gefiel.

Als sie am Gasthaus angekommen waren, rang sie nach Luft. Sie musste unbedingt mehr Sport treiben. Der gelegentliche Sprint zur Subway reichte für sie anscheinend nicht aus.

»Fellini beschwert sich lautstark«, stellte Fred fest. »Hörst du ihn?«

Victoria beschloss, dass sie später wieder Atem schöpfen konnte. Jetzt musste sie die Situation retten, bevor alles noch schlimmer wurde.

Sie öffnete die Tür und trat schwungvoll ein, wie es sich für eine Regisseurin gehörte. Auf der Schwelle blieb sie jedoch abrupt stehen. Mit diesem Anblick hatte sie nicht gerechnet.

Nun ja, nicht alles war überraschend. Michael stand da,

mit einem Gesichtsausdruck, als wolle er sagen: Gib mir sofort, was ich will, sonst rufe ich meinen Agenten an. Neben ihm stand Cressida Blankenship, ihre Hauptdarstellerin, und eine einzelne Träne rann ihr über die Wange, während sie zweifelnd auf den Schlüssel zu dem offensichtlich falschen Zimmer schaute. Mrs Pruitt warf beiden böse Blicke zu.

Was sie jedoch nicht erwartet hatte, war die alte Dame, die, umgeben von Designer-Gepäck und mit einem durchsichtigen Plastikbeutel voller bunter Wolle und mehreren Paar Stricknadeln in allen möglichen Stärken und Materialien über dem Arm neben den beiden Schauspielern stand. Victoria erkannte die Nadeln sofort – die Frau, der sie gehörten, war ihre Großmutter.

»Granny!«, sagte sie mit schwacher Stimme. »Was machst du denn hier?«

»Sie will mein Zimmer«, sagte Michael laut.

Victoria blickte ihn an wie hypnotisiert. Ihr Herz schlug schneller.

Das kam natürlich von ihrem kleinen Dauerlauf, aber vielleicht auch nicht.

Michael Fellini war einfach perfekt. Seine dunklen Haare waren etwas länger und fielen ihm so perfekt in die Stirn, wie es außerhalb eines Friseursalons nur selten erreicht wird. Sein Gesicht war ebenmäßig, seine Augen von einem tiefen Schokoladenbraun, sein Mund sinnlich. Und das war nur das Gesicht; der Rest war nicht minder göttlich.

Er war etwa einsachtzig groß und schlank, verfügte jedoch auf der Bühne über eine kraftvolle Ausstrahlung. Je nach Rolle erschien er wie ein König oder ein Bauer, verrückt oder befehlsgewohnt.

Und das war nur der Teil, den Victoria bei dieser Einladung zum Tee gesehen hatte.

Jetzt hatte sie das Gefühl, dass sie noch ganz andere Emotionen bei ihm entdecken würde, wenn nicht bald etwas geschah. Aber es fiel ihr schwer, sich völlig auf Michael zu konzentrieren, weil Cressida angefangen hatte, sich laut und weinerlich über ihr Zimmer zu beklagen. Mrs Pruitt tat ihr Bestes, um sie niederzuschreien. Und Granny stand einfach nur da und lächelte mitfühlend.

Victoria holte tief Luft, um ein Machtwort zu sprechen, als ein Schrei ertönte, der sie alle zum Schweigen brachte.

Der Schrei dauerte an.

»Das ist Gerard«, erklärte Fred erschöpft.

Victoria konnte sich durchaus vorstellen, was – oder wer – ihm diesen Schrei entlockt hatte. Sie warf der Gruppe vor sich einen warnenden Blick zu.

»Jetzt wird nicht mehr gestritten. Cressida, du nimmst mein Zimmer«, sagte sie. »Mrs Pruitt, geben Sie Michael die Unterkunft, die er haben möchte. Granny, ich bin sicher, dass Mrs Pruitt ein sehr hübsches Zimmer für dich hat – vielleicht nimmst du ja das von Megan. Ich bin gleich wieder da.«

Sie drehte sich auf dem Absatz um und lief hinaus, durch den Garten, zur Rückseite des Hauses, wo am Rand von Mrs Pruitts Gemüsebeet ein Schuppen stand.

Was sie dort sah, überraschte sie nicht im Geringsten.

Gerard hielt sich am Türrahmen fest und kreischte sich die Seele aus dem Leib. Victoria hätte sich am liebsten die Ohren zugehalten, aber auf einmal brachen die Entsetzensschreie ab, und Gerard sank besinnungslos zu Boden.

Victoria trat über seinen Körper und blickte in das Innere des Schuppens.

Hugh McKinnon stand dort und befummelte die Kostüme.

Er lächelte verlegen, zog seinen Hut, deutete eine kleine Verbeugung an und verschwand.

»Was mag er gesehen haben?«, fragte Fred, der ihr gefolgt war.

»Er hatte eine Halluzination«, erwiderte Victoria mit fester Stimme.

»Hm«, sagte Fred zweifelnd.

80

Seufzend betrachtete sie ihren bewusstlosen Kostümbildner. »Wir können ihn nicht einfach hier liegen lassen.«

»Ich wecke ihn auf.« Fred beugte sich zu Gerard herunter und versetzte ihm eine Ohrfeige.

»Fred!«, rief Victoria empört, aber die Methode wirkte anscheinend, denn Gerard setzte sich auf. Er schrie nicht mehr. Victoria musste unwillkürlich lächeln. »Gerard, wie geht es dir?«

Gerard blickte sich gehetzt um und sprang auf. »Hier spukt es«, sagte er heiser. »Bei den Kostümen, im Gasthaus, auf der ganzen verdammten Insel.«

»Gerard«, wies Victoria ihn zurecht, »das bildest du dir ein. Willst du dich nicht ein bisschen hinlegen? Danach können wir uns in Ruhe unterhalten …«

Gerard stieß einen weiteren Schrei aus, dann drehte er sich um und rannte weg.

Victoria versuchte, ihn aufzuhalten, aber es gelang ihr nicht. Erschüttert blickte sie Fred an.

»Was sollen wir nur tun?«, fragte sie.

Er zuckte mit den Schultern. »Wir können nur hoffen, dass kein Kostüm kaputtgeht.«

Victoria hätte am liebsten Hugh McKinnon aufgesucht und ihn gefragt, ob er mit Nadel und Faden umgehen könne, weil das Ganze schließlich seine Schuld war. Aber sie hatte das Gefühl, er würde keinen besonders guten Kostümbildner abgeben. Er würde wahrscheinlich die Kostüme die ganze Zeit über nur streicheln, anstatt sie zu flicken.

Sie biss die Zähne zusammen. »Ich kümmere mich später darum.«

»Später helfe ich dir aber nicht mehr dabei.«

»Davon bin ich auch nicht ausgegangen.« Sie marschierte durch den Garten zur Eingangstür zurück. »Hoffentlich ist das die letzte Katastrophe«, murmelte sie, als sie wieder ins Gasthaus trat.

Die Eingangshalle war leer – das war ja schon einmal

etwas –, bis auf Mrs Pruitt, die an ihrem Empfangstisch stand.

»Seine Majestät möchte, dass seine Koffer nach oben gebracht werden«, sagte sie in einem Tonfall, der deutlich machte, dass sie sie ihm ganz bestimmt nicht hinterhertragen würde.

Victoria blickte sich um und stellte fest, dass Fred sich verdrückt hatte. Seufzend ergriff sie einen von Michaels Koffern. Das heißt, sie versuchte es. Was hatte er eingepackt? Eine tausendseitige Gesamtausgabe von Shakespeares Werken?

Es dauerte eine Weile, bis sie das Gepäckstück die Treppe hinaufgewuchtet hatte. Als sie es den Flur entlangschleppte, stellte sie zu spät fest, dass ihre eigenen Besitztümer im Weg standen. Sie landete auf allen vieren, wobei sie von ihren Koffern fast erschlagen wurde.

Wütend rappelte sie sich auf und zog Michaels Koffer zu seinem Zimmer am Ende des Flurs. Sie klopfte. Es dauerte sehr lange, bis die Tür aufging, aber als sie sich schließlich öffnete, verschlug es Victoria die Sprache – und nicht nur, weil Michael in all seiner Attraktivität dort stand.

Das Zimmer sah aus, als gehörte es eigentlich in ein Museum. Kein Wunder, dass Mrs Pruitt den Schlüssel so eifersüchtig gehütet hatte.

»Michael ...«, setzte sie an.

Er packte seinen Koffer, zog ihn herein und schlug ihr die Tür vor der Nase zu.

Victoria brauchte ein oder zwei Minuten, bevor sie sich von ihrer Überraschung erholt hatte. Nun ja, der Jetlag machte selbst die rationalsten, höflichsten Menschen ein wenig gereizt, und Michael hatte die Zeitverschiebung anscheinend sehr zu schaffen gemacht.

Bestimmt war es so.

Sie sammelte ihre Sachen ein, die überall im Flur herumlagen, stopfte sie in ihren Koffer, der ebenfalls dort lag, und lehnte ihn erst einmal an die Wand. Sie würde sich später darum kümmern. Jetzt musste sie erst einmal Granny finden und sie fragen, was sie hier zu suchen hatte.

Als sie die Treppe herunterkam, schallte ihr aus dem Wohnzimmer lautes Gelächter entgegen. Eine der Stimmen gehörte definitiv ihrer Großmutter. Zögerlich öffnete Victoria die Tür.

Den Anblick, der sich ihr bot, hatte sie fast schon erwartet. Ambrose, Fulbert, Hugh und natürlich ihre Großmutter saßen um den kleinen Couchtisch herum und plauderten angeregt. Hugh schien ein wenig außer Atem zu sein, wahrscheinlich wegen seines kurzen Ausflugs zum Requisitenschuppen. Victoria warf ihm einen strengen Blick zu, dann wandte sie sich an ihre Großmutter.

»Granny …«

»Vikki«, sagte ihre Großmutter, erhob sich und zog Victoria in ihre Arme. »Du siehst müde aus, Liebes. Komm und setz dich zu uns. Wir bringen uns gerade auf den neuesten Stand.«

»Neuesten Stand?«, fragte Victoria staunend. »Kennst du die drei denn?«

»Wir haben uns eben erst kennengelernt«, erwiderte Mary MacLeod Davidson, »aber du weißt ja, wie das mit Familienmitgliedern ist. Es dauert nicht lange, und man hat das Gefühl, sich seit Jahren zu kennen.«

Was für Überraschungen mochte der Tag wohl noch bereithalten? Victoria hatte das Gefühl, alles glitt ihr mit rasender Geschwindigkeit aus den Händen.

»Granny, was machst du hier?«

»Deine Mutter hat sich ein wenig Sorgen um dich gemacht, und da ich gerade eine kleine Auseinandersetzung mit meiner Strick- und Häkelgruppe hatte, habe ich beschlossen, dass es mir gut tun würde, wenn ich ein bisschen verreisen würde. Ich weiß allerdings nicht, ob hier überhaupt Platz für mich ist.«

83

»Unsere gute Mrs Pruitt wird schon alles regeln«, beruhigte Ambrose sie. Er erhob sich. »Aber jetzt möchtest du vielleicht erst einmal zum Schloss spazieren?«

»Nun, Laird MacLeod«, erwiderte Mary und lächelte kokett, »das ist eine wundervolle Idee.«

»Granny«, protestierte Victoria mit schwacher Stimme, »du bist mit ihm verwandt!«

»Über *einige* Generationen hinweg, mein liebes Kind.« Mary tätschelte ihr den Kopf und lächelte sie an. »Es ist immer ein Vergnügen, sich mit einem gut aussehenden Highlander zu unterhalten.« Sie wandte sich an Ambrose. »Wir sind gleich so weit.«

Ambrose, Hugh und Fulbert verneigten sich und verließen das Zimmer.

Allerdings durch die Wand, nicht durch die Tür.

Victoria warf ihrer Großmutter einen Blick zu. »Ich brauche etwas zu trinken.«

»Du trinkst doch gar nicht, Liebes. Komm. Ich möchte unbedingt dein Schloss sehen.«

Nun ja, diesbezüglich brauchte Victoria wenigstens keinen Enthusiasmus zu heucheln. Sie folgte ihrer Großmutter hinaus – durch die Tür.

»Und jetzt erzähl mir, was los ist«, sagte Mary und hakte sich bei ihrer Enkelin ein, als sie durch den Garten gingen. »Was war das für ein Geschrei?«

»Gerard hat ein Gespenst gesehen.«

Mary lachte. »Hier? Wie ungewöhnlich.«

»Granny, das ist nicht komisch«, erwiderte Victoria, obwohl sie selbst auch ein wenig lachen musste. »Ich musste ihn extra bezahlen, damit er überhaupt nach England mitkam, weil er Hugh McKinnon schon in meinem Requisitenraum unter *Tumult in der Teekanne* gesehen hat. Und hier im Schuppen hat sich die Szene dann wiederholt.«

»Mach dir nichts draus, Liebes. Ich kümmere mich schon um deine Kostüme.«

Victoria wusste, dass sie das eigentlich ablehnen sollte, aber sie schaffte es nicht. Mary MacLeod Davidson war die entzückendste Frau der Welt, und Victoria brachte es zwar ohne Weiteres fertig, eine Einladung bei ihrem Bruder unter irgendwelchen fadenscheinigen Vorwänden auszuschlagen, aber sie ließ keine Gelegenheit aus, ihre Großmutter zu sehen.

Außerdem hatte ihre Granny früher für sie und ihre Geschwister die fantasievollsten Verkleidungen genäht, und Victoria war fest davon überzeugt, dass mit diesen Kostümen für sie alles angefangen hatte.

»Na gut«, gab sie nach, »aber nur, wenn du dich darauf beschränkst, alles zu überwachen. Für die Näharbeiten kann Mrs Pruitt uns jemand aus dem Dorf besorgen.«

»Ja, sie hilft uns sicher gerne«, sagte Mary. »Sie ist eine reizende Frau, auch wenn sie von paranormalen Phänomenen geradezu besessen zu sein scheint.«

Victoria fragte gar nicht erst, wie ihre Großmutter das so schnell herausgefunden hatte. Vor ihr konnte niemand etwas geheim halten. »Kannst du ihr einen Vorwurf daraus machen?«

Mary warf einen Blick über die Schulter. Ambrose, Fulbert und Hugh spazierten hinter ihnen her. »Nein, wahrscheinlich nicht, wenn ich mir unsere Begleiter so ansehe. Wer weiß, was uns auf dem Schloss erwartet?«

»Ich war schon einmal oben und habe nichts Ungewöhnliches bemerkt«, erwiderte Victoria.

Aber sie war ja auch höchstens fünf Minuten lang dort gewesen.

Die Situation gefiel ihr gar nicht. Sie war es gewohnt, alles unter Kontrolle zu haben, aber natürlich hatte sie normalerweise auch nicht mit Gespenstern zu tun.

Das heißt, mit Gespenstern, die nicht eine Erfindung Shakespeares waren.

Na ja, wenigstens beschränkte sich der Spuk auf drei alte

Männer in der Küche des Gasthauses. Wenn allerdings auch das Schloss davon betroffen war, dann gnade ihr Gott.

Wie würde es dir gefallen, dein nächstes Stück im Frühjahr auf meinem Schloss aufzuführen? Ach, und übrigens, was willst du überhaupt spielen?

Hamlet.

Perfekt.

Das Gespräch mit ihrem Bruder im letzten Dezember fiel ihr ein. In »Hamlet« kam auch ein Gespenst vor. Was hatte Thomas daran so begeistert?

Victoria kniff die Augen zusammen. Thomas wusste etwas. Sie war sich zwar nicht sicher, wie viel, aber er wusste etwas. Dafür würde er ihr büßen.

»Ich bringe Thomas um«, verkündete sie.

»Wie nett«, sagte Mary. »Oh, sieh mal, da ist die Hauptstraße. In welche Richtung müssen wir gehen?«

Victoria wollte es ihr gerade erklären, musste aber feststellen, dass das gar nicht nötig war.

»Hier entlang, meine Liebe«, sagte Ambrose, trat an Marys Seite und schenkte ihr ein galantes Lächeln. »Erlaubst du, dass ich dich begleite?«

»Ich werde ebenfalls mitkommen«, sagte Hugh und tauchte an Marys anderer Seite auf. »Wir leben in einer gefährlichen Welt. Zwei reizende Mädchen sollten nicht ohne Schutz ausgehen.«

»Mädchen«, wiederholte Mary und strahlte Hugh an. »Das gefällt mir. Ich komme mir so abenteuerlustig vor.«

»Ach du lieber Himmel«, murmelte Victoria. Ihre Großmutter war fünfundsiebzig, aber sie sah kaum älter aus als fünfzig und ihre Vorstellung von einem Abenteuer waren nicht die ihrer Enkelin. Sie hatte eigentlich geglaubt, Granny sei damit zufrieden, sich mit komplizierten Strickmustern zu beschäftigen.

Sie hätte es besser wissen müssen.

Plötzlich blieb ihre Großmutter stehen. »Ach, du liebe

Güte!«, sagte sie und presste sich die Hand ans Herz. »Victoria, das ist ja spektakulär!«

Victoria blickte auf das Schloss und musste unwillkürlich lächeln. »Ja, es ist großartig, nicht wahr?«

Mary nickte und setzte sich wieder in Bewegung. Victoria ging neben ihr her und bedachte Thomas' Schloss mit bewundernden Blicken. Obwohl der Zahn der Zeit heftig daran genagt hatte, war es ein bemerkenswertes Gebäude. Jetzt verfielen die Mauern, aber man konnte sich durchaus vorstellen, welches Leben hier früher geherrscht hatte. Ritter, die sich fluchend und schreiend im Kampf miteinander maßen, das Geräusch des Schmiedehammers auf dem Amboss im Hof, Bauern, die im Gespräch beieinanderstanden.

Victoria runzelte die Stirn. Sie stellte sich doch diese Dinge nur vor, oder? Fragend blickte sie Ambrose an, der sie nachdenklich betrachtete.

»Ja, meine Enkeltochter?«, sagte er.

»Hörst du das auch?«, fragte sie. »Diese ganzen mittelalterlichen Geräusche?«

Ambrose lauschte lächelnd. »Ich höre viele Dinge, Kind. Komm, wir wollen einmal nachsehen. Wahrscheinlich hat der Aufbau schon begonnen, ich kann die Generatoren von hier hören. Vermutlich willst du sie für die Aufführung auf einem der Türme installieren.«

»Ja«, erwiderte Victoria, abgelenkt von den Geräuschen, die sich übereinanderlegten. »Dort hört das Publikum sie bestimmt nicht, und wir haben auch gar keine andere Möglichkeit, das Schloss mit Strom zu versorgen. Granny, hörst du die mittelalterlichen Geräusche auch?«

Mary tätschelte ihr die Hand. »Schau nach deinen Arbeitern, Liebes. Danach gehen wir wieder zum Gasthof, und du kannst dich ein bisschen hinlegen.«

Sie wollte sich nicht hinlegen, sie wollte ein gespensterfreies Schloss, in dem sie ihr Stück aufführen konnte. Sie trat in den Innenhof und begutachtete die Stelle, an der die Bühne aufgebaut werden sollte. Arbeiter liefen umher, und das Gelände schien frei von jeglicher paranormaler Aktivität zu sein.

Erleichtert atmete sie auf.

»Sie haben gute und schnelle Arbeit geleistet«, sagte sie dankbar.

»Sie haben allen Grund dazu«, warf Fulbert ein. »Ich würde hier auch nicht freiwillig länger verweilen, als es sein muss.«

»Warum nicht?«, fragte Victoria.

Ambrose räusperte sich. »Nun ja, hier auf dem Schloss gibt es ein paar Leute, mit denen nicht so gut Kirschen essen ist. Diese *spezielle* Art von Leuten«, fügte er vielsagend hinzu.

Oh, verdammt. Ihre schlimmsten Befürchtungen wurden also wahr. »Gespenster?«, fragte Victoria.

»Ja, aber niemand von Bedeutung«, sagte Ambrose. »Und ganz bestimmt niemand, an den ich auch nur einen Gedanken verschwenden ...«

»Ja, aber Euren Kopf vielleicht «, grollte eine Stimme hinter Victoria. »Zieht Euer Schwert, MacLeod!«

Victoria wirbelte herum.

Ihr Körper wurde ähnlich taub wie in der Requisitenkammer, aber sie kämpfte mit aller Kraft dagegen an. Sie würde *nicht* die Besinnung verlieren. Man konnte ihr ja viel nachsagen, aber dass sie ständig ohnmächtig wurde, gehörte nun wirklich nicht dazu.

Na ja, einmal abgesehen von der unglückseligen Geschichte im Requisitenraum.

Oh, und natürlich beim ersten Mal, als sie Michael Fellini gesehen hatte; aber bei dieser Gelegenheit war praktischerweise eine Couch in der Nähe gewesen, und sie war anmutig darauf niedergesunken. Das zählte eigentlich nicht.

Dieses Mal jedoch würde es ihr sicher nicht gelingen, in irgendeiner Art würdevoll zu handeln. Zum einen gab es keine Couch in der Nähe, und zum anderen war das kein geschniegelter New Yorker, der sie mit seinem guten Aussehen und seiner charmanten Art umhaute. Keine drei Meter hinter ihr stand ein Highlander mit einem riesigen Schwert in den Händen und Mordlust in den Augen.

»Wir gehen besser aus dem Weg, oder?«, meinte Mary und ergriff Victorias Arm.

Victoria ließ sich bereitwillig von diesem enormen Schwert wegziehen. Während sie neben ihrer Großmutter stand, wünschte sie sich inständig, sie hätte einen Stuhl mitgebracht, damit sie sich jetzt setzen könnte.

Sie war ja an gut aussehende Männer auf der Bühne gewöhnt, aber im Allgemeinen waren sie nicht so groß gewachsen, und ihre Muskeln kamen eher vom Tanzen als von riesigen Schwertern, die sie schwangen, als seien es zarte Florette. Sie war auch an mächtige Männer gewöhnt, denen sie ohne Probleme Geld für ihre Produktionen aus der Tasche zog, aber ihre Macht hatte etwas mit Bankkonten zu tun.

An Männer, die andere allein schon durch ihre körperliche Präsenz einschüchterten, war sie nicht gewöhnt.

Sie war groß, aber dieses Gespenst überragte sie. Er überragte auch Ambrose. Victoria runzelte die Stirn. Sie fand es unfair, dass er ihren Großvater – über mehrere Generationen hinweg natürlich – herausforderte, ohne auf sein Alter Rücksicht zu nehmen.

»Das ist Connor MacDougal«, erläuterte ihr Fulbert neben ihr. »Im Leben war er Laird seines Clans. Und jetzt, wo er tot ist, hält er sich für den Laird dieses Schlosses ...«

»Ich *bin* der Laird dieses Schlosses«, knurrte Connor MacDougal, »und ich möchte Euch bitten, Eure verdammte englische Nase nicht in meine Angelegenheiten zu stecken.«

Fulbert grunzte. »Er ist ein widerlicher Kerl, wie du hören kannst. Allerdings ist er recht geschickt mit dem Schwert.«

»Wie geschickt ich bin, werde ich Euch zeigen, wenn ich erst einmal diesen greinenden Säugling hier erledigt habe«, versprach Connor.

Mit offenem Mund beobachtete Victoria, wie er sich anschickte, seine Ankündigung wahr zu machen.

Rasch bedachte sie ihre Lage. Sie hatte Gespenster im Gasthaus. Es spukte hier oben auf dem Schloss. Dieser unverschämte, überaus kräftige, ausgesprochen gut aussehende Highlander hier würde wahrscheinlich jede Gelegenheit nutzen, um ihr das Leben zur Hölle zu machen. Und er würde mit Sicherheit die zahlenden Kunden vergraulen. Und wenn ihre Schauspieler ihn sehen könnten, dann würde er auch sie zu Tode erschrecken.

Nun ja, dachte sie, die Frauen vielleicht nicht. Wenn er das Schwert sinken ließe und lächelte, wäre das sicherlich eher geschäftsfördernd.

»Er sieht ziemlich gut aus, nicht?«, flüsterte Mary.

Victoria nickte. Gut aussehend traf es nicht ganz. Attraktiv, gefährlich, atemberaubend waren die angemessenen Adjektive für den Mann.

Äh, das Gespenst.

Victoria konnte es kaum glauben, dass er nicht real war. Er hatte dunkle Haare, die ihm bis auf die Schultern fielen und bei jeder Bewegung, die er mit seinem Breitschwert ausführte, mitschwangen. Seine Muskeln zeichneten sich unter seinem Hemd deutlich ab und gelegentlich auch unter seinem Kilt.

Auch sein Gesicht war ein Meisterwerk der Schöpfung. Hohe Wangenknochen, eine Patriziernase, ein starkes, entschlossenes Kinn. Victoria hatte keine Ahnung, welche Farbe seine Augen hatten, aber sie wusste, dass in ihnen eine Intensität loderte, die ihre Knie weich werden ließ.

Er unterhielt sich lebhaft mit Ambrose in einer Sprache, die sie für Gälisch hielt. Er lächelte nicht, aber das spielte keine Rolle. Sein Schwert war riesig, aber auch das spielte keine Rolle. Er hatte etwas so Befehlsgewohntes, Wildes, Skrupelloses an sich, dass sie ihn nur mit offenem Mund anstarren konnte, als hätte sie noch nie zuvor einen Mann gesehen.

Was auch der Fall war, wenn sie dieses Exemplar so mit anderen verglich.

Plötzlich sprang Ambrose zur Seite, und auch Victoria zuckte zusammen.

»Vikki, du musst dich um deine Leute kümmern«, sagte Mary leise.

Victoria kramte ihre verbleibenden Geisteskräfte zusammen und drehte sich um. Alle ihre Arbeiter starrten sie unbehaglich an. Nun ja, nicht alle, manche betrachteten die Ereignisse wohl auch als willkommenen Anlass zur Pause und verließen ihre Arbeitsplätze auf der Suche nach etwas zu trinken oder einem Plätzchen, an dem sie ihre Notdurft verrichten konnten.

»Glaubst du, sie können das hier hören?«, flüsterte Victoria hinter vorgehaltener Hand.

»Ich weiß es nicht, aber ich glaube, das wollen wir auch gar nicht unbedingt herausfinden.«

Victoria traf eine spontane Entscheidung. Es war wichtig, dass ihre Leute nicht alle wie Gerard reagierten und abhauten. Also musste sie jetzt die Angelegenheit selbst in die Hand nehmen.

»Hier gibt es absolut nichts zu sehen«, sagte sie laut und in sehr bestimmtem Tonfall zu den Arbeitern. »Vor den Toren wird geprobt, mit Schwertern und allem Drum und Dran, und das hallt hier im Hof wider.«

Die Männer gingen achselzuckend wieder an die Arbeit.

Victoria wandte sich an ihre Begleiter und klatschte in die Hände. »In Ordnung«, sagte sie, »lasst uns jetzt hier ebenfalls zum Ende kommen.«

Connor MacDougal ließ beinahe das Schwert sinken. Leider hielt er jedoch auf halber Höhe inne, sodass die Spitze jetzt auf sie zeigte.

»Wie kommt gerade *Ihr* dazu, mir zu sagen, was ich zu tun habe?«, fragte er wütend.

»Sie machen meinen Arbeitern Angst.«

Er rammte sein Schwert in den Boden und trat dicht vor sie hin. »Ich habe noch nicht einmal damit angefangen, ihnen Angst einzujagen«, grollte er.

»Wer hat denn gesagt, dass Sie es überhaupt tun sollen?«

»*Ich* bin der Herr über dieses Schloss, und *ich* bestimme, was hier geschieht.«

Victoria zwang sich, nicht zu schlucken. Sie war sich ziemlich sicher, dass sein Schwert nicht echt war. Seine einzige Waffe war verbale Einschüchterung.

Hoffentlich hatte sie recht.

»Meinetwegen können Sie erzählen, was Sie wollen«, erklärte sie. »Lassen Sie nur meine Leute in Ruhe.«

»Und wenn es mir gefällt, sie schreien zu hören?«, fragte er schlau.

»Dann schicke ich Ihnen die Geisterjäger auf den Hals«, drohte sie.

»Ha!« Er schnaubte verächtlich. »Vor denen fürchte ich mich nicht.«

»Das würde ich mir noch mal überlegen, MacDougal«, sagte Ambrose schaudernd. »So ein Haufen Geisterjäger raubt Euch den Schlaf.«

Connor wirkte nicht recht überzeugt.

Victorias Gedanken überschlugen sich. Sie war an den Umgang mit Männern gewöhnt, deren einzige Sprache Geld war. Konnte es sich bei einem Geist wirklich so anders verhalten? Sie musste sich doch nur auf seine Währung einstellen – das waren wahrscheinlich Schreie.

»Ich schlage Ihnen einen Handel vor«, sagte sie. »Wenn Sie meine Leute in Ruhe lassen, dann dürfen Sie mich für so viele Tage verfolgen, wie wir hier im Schloss sind.«

Er hielt inne und überlegte.

»Aber erst, wenn die Vorstellungen vorbei sind«, fügte sie hinzu. »Das Warten wird sich für Sie lohnen, das verspreche ich Ihnen.«

»Beweist es mir.«

92

Victoria stieß einen markerschütternden Schrei aus. Hugh und Fulbert warfen sich zu Boden. Die Hälfte ihrer Arbeiter schrie aus Sympathie gleich mit. Sie blickte Connor an und zog eine Augenbraue hoch.

»Nun?«

»Ich denke darüber nach.«

»Nein, ich brauche Ihre Entscheidung jetzt.«

»Ich bin an Schreie von mehr als nur einer Person gewöhnt«, sagte er stirnrunzelnd. »Natürlich will ich Eure Fähigkeiten nicht herabsetzen.«

Du liebe Güte, hörte das denn nie auf? Victoria seufzte. »Na gut, ich lege noch etwas drauf. Wenn Sie meine Arbeiter und meine Schauspieler in Ruhe lassen, dürfen Sie mich nicht nur für die vereinbarte Zeit verfolgen, sondern ich werde auch versuchen, Ihnen eine Rolle in meinem Stück zu geben.«

Hugh und Fulbert protestierten wortreich, aber Victoria brachte sie mit einem strengen Blick zum Schweigen. Sie blickte Connor an. Er blinzelte, als habe er sie nicht verstanden. Vielleicht war er überrascht. Vielleicht war er auch gekränkt. Sie hatte so wenig Erfahrung mit Gespenstern, dass seine Reaktion so gut wie alles bedeuten konnte.

Connor zog sein Schwert aus der Erde und steckte es nachdenklich in die Scheide. »Eine Rolle in Eurem Stück? Als Schauspieler?«

»Ja«, erwiderte Victoria. »Ich werde mir noch überlegen, welcher Part für Sie in Frage kommt.«

»Ich werde darüber …«

»Nein«, unterbrach sie ihn. »Ich brauche jetzt eine Antwort. Auf der Stelle.« Sie seufzte genervt. »Hören Sie, ich bin ja überzeugt, dass Sie, so wie Sie aussehen, immer Ihren Willen bekommen haben …«

»So wie ich aussehe?«, fragte er. »Was soll das bedeuten?«

Victoria runzelte die Stirn. »Nun, ich will damit sagen, Sie sind zwar äußerst attraktiv, aber das heißt noch lange nicht, dass Sie immer Ihren Kopf durchsetzen können.«

Er blinzelte. »Attraktiv?« – »Ja. Also, wie sieht es aus?« – »Attraktiv?«, wiederholte er.

»Sagen Sie endlich ja!«, rief sie aus. »Hören Sie auf, meinen Leuten Angst zu machen. Und erschrecken Sie die Schauspieler nicht.«

»Attraktiv«, sagte er nachdenklich und strich sich übers Kinn.

Dann drehte er sich um und verschwand durch das Tor.

Victoria blickte ihre Großmutter an. »Verstehst du das?«

»Ich glaube, du hast ihn durcheinandergebracht«, erwiderte ihre Großmutter lachend. »Du meine Güte, Vikki, das war ja vielleicht ein beeindruckender Schrei.«

»Er hatte ja auch ein beeindruckendes Schwert.«

»Und er kann damit umgehen«, bestätigte Ambrose. »Er ist unangenehm, unfreundlich und ständig wütend.«

»Das klingt nach Problemen«, warf Mary fröhlich ein.

»Ja, das stimmt«, erwiderte Ambrose. »Es ist schade, dass Victoria nicht wirklich eine Rolle für ihn hat. Natürlich ist er als Schauspieler nicht so begabt wie ich«, sagte er und schob sein eigenes Schwert wieder in die Scheide. »Wenn du für irgendeinen Part eine zweite Besetzung brauchst, meine liebe Victoria, dann denkst du hoffentlich an mich. Hamlets Vater zum Beispiel wäre sicher das Richtige für mich.«

»Ja, ganz bestimmt«, erwiderte Victoria. »Allerdings glaube ich, das wäre unter deiner Würde. Wenn du Zeit hast, könntest du dir vielleicht einmal Hamlets Onkel oder Polonius anschauen. Du weißt schon, das sind größere Rollen.«

»Ich werde einen Blick darauf werfen.«

Und mit diesen Worten verschwand er.

Mary warf ihr einen Blick zu. Ihre Augen funkelten. »Du bist gut.«

»Jahrelange Übung.«

»Willst du ihnen wirklich Rollen in deinem Stück geben?«

»Granny, wenn es nur friedlich bleibt, wäre ich fast bereit, ihnen die Regie zu überlassen.«

»Dieser gut aussehende junge Highlander stellt allerdings ein anderes Problem dar«, sagte Mary. »Ein Problem, dem sich wahrscheinlich jede Frau von Zeit zu Zeit gerne gegenüber sieht.«

Victoria lief ein Schauer über den Rücken. »Ja, das ist wahr.«

Mary umarmte sie. »Ich gehe jetzt zum Gasthof. Sei vorsichtig.«

»Granny, er ist ein Gespenst.«

»Aber ein *großes* Gespenst.«

Lachend ging ihre Großmutter über die Zugbrücke. Hugh und Fulbert wünschten Victoria einen guten Tag und folgten ihr. Ambrose tauchte wieder auf und verdrängte seine Freunde von dem begehrten Platz an Marys rechter Seite. Victoria blickte ihnen nach.

Das Leben war schon seltsam.

Sie drehte sich um und betrachtete das Schloss. Dort spukte es also. Eigentlich sollte sie das nicht überraschen. Thomas wusste wahrscheinlich Bescheid. Sie würde ihn bei der nächsten Gelegenheit umbringen. Jetzt jedoch musste sie erst einmal die kommenden vier Wochen überstehen. Aber das traute sie sich durchaus zu, schließlich konnten Gespenster auch nicht anstrengender sein als reiche Unternehmer.

Andererseits waren reiche Unternehmer in den meisten Fällen nicht so stark, dass sie mit riesigen Breitschwertern herumfuchtelten. Ob sie wirklich in der Lage sein würde, diesen verdammten Connor MacDougal und sein Schwert in Schach zu halten?

Was passieren würde, wenn es ihr nicht gelang, darüber wollte sie lieber nicht nachdenken.

6

Michael Fellini stand im Zentrum eines mittelalterlichen Schlosses und grinste übers ganze Gesicht. Der Auftritt in der *Juilliard* hatte Wunder gewirkt. Und das hier würde noch tausend Mal besser werden – wenn er nur alles in den Griff bekam. Wenigstens kam ihm heute General McKinnon nicht mehr in die Quere – wahrscheinlich war sie wieder im Gasthaus und wartete sehnsüchtig auf ihn. Nun, sie würde sich noch eine Weile gedulden müssen. Er hatte zu tun.

Michael verschränkte die Arme vor der Brust und genoss eine Weile das Gefühl, die Stelle des Regisseurs einzunehmen. Es war nicht so, dass ihm schauspielern nicht gefiel. Der Applaus, die Anerkennung, die Fans – all das genoss er in höchstem Maße. Aber Schauspieler zu sein bedeutete auch, der Gnade eines Regisseurs ausgeliefert zu sein, der – aus welchem Grund auch immer – stets zu denken schien, dass er das alleinige Sagen hatte.

Michael ließ sich nicht gerne von anderen etwas sagen.

Er begann, auf und ab zu gehen. Der Broadway war selbstverständlich auch eine Option, aber er wusste, dass er dort nur ein kleiner Fisch in einem großen Teich wäre, auch wenn er hier eine Hauptrolle hatte. Und außerdem müsste er auch dort von jemand anderem Weisungen entgegennehmen.

Natürlich hätte er auch selbst ein Theater aufmachen können, aber das würde bedeuten, Risiken einzugehen und seinen Lebensstandard beträchtlich herunterschrauben zu müssen. Wahrscheinlich hätte er dann auch seine Stammplätze in den teuren Restaurants, in die er gerne ging, verloren. Nein, es war viel besser, sich ins gemachte Bett zu legen.

So wie dieses hier.

Er blickte sich um und breitete die Arme weit aus. Ja, *hier* konnte er der König seines eigenen Schlosses sein. Shakespeare hatte das *Globe* gehabt, Fellini würde Thorpewold haben.

Er hielt inne und runzelte nachdenklich die Stirn.

Thorpewold …

Na ja, für den Anfang würde es gehen. Wenn er erst einmal Schlossherr war, würde er einen anderen Namen wählen.

Es würde natürlich nicht so einfach sein, Victorias Bruder das Schloss abzuluchsen, aber darüber machte Michael sich jetzt noch keine Gedanken. Wozu hatte er schließlich seinen gerissenen Agenten? Er würde sich auf die Kunst konzentrieren.

Zuerst einmal musste er jedoch die Regie des Stückes übernehmen. Das würde, dachte er selbstgefällig, kinderleicht sein. Victoria war anscheinend so verknallt in ihn, dass sie ihm alles geben würde, was er wollte. Und wenn *er* die Produktion erst einmal kontrollieren würde und daraus das Meisterwerk, das ihm vorschwebte, gemacht hatte, dann würde Thomas McKinnon auch begreifen, dass seine Schwester eine lausige Regisseurin war. Er würde nur zu gerne auf Michaels Angebot eingehen, das Schloss zu übernehmen und eine Goldgrube daraus zu machen.

Er hatte es satt, sich die stümperhaften Monologe jämmerlicher Schauspielschüler anzuhören.

Ein kalter Hauch streifte plötzlich seinen Nacken.

Überrascht drehte Michael sich um, sah aber nichts.

Spukte es hier etwa?

Nachdenklich zog er eine Augenbraue hoch. Das konnte sich natürlich als Vorteil für ihn erweisen.

Andererseits erschreckte es ihn aber auch. Ein Schauer lief ihm über den Rücken. Unbehaglich ging er auf die Tore zu, wobei er das Bedürfnis unterdrückten musste, loszurennen.

Das Gefühl, beobachtet zu werden, ließ nach, als er sich draußen auf dem Weg befand. Gott sei Dank. Er hatte wenig übrig für unheimliche Vorgänge. Wenn das Schloss erst einmal ihm gehörte, würde er sofort Geisterjäger bestellen.

Allerdings würde das Geld kosten, und er war immer knapp bei Kasse. Wie sollte er es am besten anfangen? Ob er ein paar Antiquitäten aus seinem Zimmer im Gasthaus verkaufen könnte? Die Möbel konnte er natürlich nicht herausschaffen, dazu waren sie zu schwer, aber es gab ein paar andere Kleinigkeiten, die leicht in seinen Koffer passten.

Er blieb stehen und blickte zurück zum Schloss. Ein triumphierendes Lächeln glitt über sein Gesicht. Begeistert von seiner eigenen Großartigkeit warf er sein Drehbuch in die Luft, dann ging er weiter den Weg zur Straße entlang.

Es würde ein wunderbarer Sommer werden.

Er spürte es einfach.

7

Connor stand am Ende des Weges, der zum Gasthaus führte, und fragte sich, ob er wohl den Verstand verloren hatte. Er war tatsächlich drauf und dran, hineinzugehen und MacLeod um einen Gefallen zu bitten. Er brauchte Unterstützung, damit er auf das Angebot dieser McKinnon eingehen konnte – einer McKinnon, die er noch einen Tag zuvor hatte töten wollen.

Beinahe hätte er sich umgedreht und wäre wieder zum Schloss zurückgegangen, aber dann erregten laute Stimmen aus dem *Boar's Head Inn* seine Aufmerksamkeit. Interessiert trat Connor näher. Er war kein Mann, der gerne eine Auseinandersetzung versäumte.

Ja, tatsächlich, es fand ein kleines Gefecht statt, aber leider nur mit Worten und nicht mit Schwertern.

Mrs Pruitt hielt ihren Staubwedel umklammert wie eine Waffe und blickte den Mann, der nur einer von Victorias Schauspielern sein konnte, finster an. Er machte große Gesten und beklagte sich lauthals. Connor hatte ihn am Tag zuvor auf dem Burghof gesehen. Er war dort umher marschiert, als ob es ihm gehörte. Connor hatte ihn eine Zeit lang beobachtet, aber dann war der Kerl ihm durch das Tor entwischt.

Feigling.

Es lag eigentlich nicht in seiner Natur, anderen vorschnell mit Verachtung zu begegnen. Im Allgemeinen gab er ihnen erst einmal eine Chance, damit die Fehler, mit denen er selber zum Glück nicht behaftet war, zutage treten konnten. Für gewöhnlich dauerte es vierzehn Tage, bis er endgültig auf ein menschliches Wesen herabsah.

Der Sterbliche, der sich gerade über sein Zimmer beschwerte, war offensichtlich eine Ausnahme.

Jetzt unterbrach er sein Geschrei für einen Moment, um sein Spiegelbild zu bewundern. Connor sprang rasch aus dem Weg, als der Mann sich vor dem Spiegel glättend über die Haare fuhr und seine Erscheinung prüfend musterte.

Als er sich erneut Mrs Pruitt zugewandt hatte, betrachtete Connor sich ebenfalls im Spiegel. Im Schloss hatte er ja keinen, und so konnte er nicht wissen, ob Victoria sein Gesicht richtig beurteilt hatte oder nicht.

Stirnrunzelnd strich er sich über das Kinn und fuhr mit der Hand durch die Haare, die ihm in die Augen hingen.

»Das macht es auch nicht besser.«

Connor zog sofort sein Schwert, als er die Stimme vernahm. Ambrose, der auf einmal neben ihm aufgetaucht war, hob lächelnd die Hände.

»Ich glaube, das hier ist unterhaltsamer als ein Schwertkampf.«

»Ach, glaubt Ihr?«, erwiderte Connor spitz. Aber er schob dennoch die Waffe wieder in die Scheide und blieb überraschenderweise in einmütigem Schweigen neben Ambrose MacLeod stehen.

Bei allen Heiligen, welches unwürdige Verhalten würde ihn als nächstes befallen? Ein freundlicher Plausch mit einem McKinnon?

»Michael Fellini«, erklärte Ambrose und zeigte auf den Sterblichen, der Mrs Pruitt mit seinen Klagen belästigte. »Victorias Starschauspieler.«

»Das habe ich mir schon gedacht«, erwiderte Connor. »Er wirkt ziemlich weibisch.«

»Ja, ziemlich«, pflichtete Ambrose ihm bei.

Während Connor Michael Fellini beobachtete, verspürte er den Drang, sein Schwert zu ziehen und den Mann zum Schweigen zu bringen. Dadurch wäre die Atmosphäre zweifellos friedlicher geworden.

»In dem Zimmer spukt es!«, kreischte Fellini. – »Das habe ich Ihnen doch gesagt«, erklärte Mrs Pruitt finster. »Wir vermieten dieses Zimmer normalerweise auch nicht.«

Connor warf Ambrose einen Blick zu und sah, dass er amüsiert lächelte. »Seid Ihr dafür verantwortlich?«, fragte er.

»Das könnte gut sein«, erwiderte Ambrose bescheiden. »Er spricht immerhin von *meinem* Schlafzimmer.«

»Hm«, meinte Connor. »Ihr beweist ein gutes Händchen bei der Auswahl Eurer Opfer.«

»Victoria wird damit wahrscheinlich weniger einverstanden sein.«

Fellinis Beschwerden steigerten sich in Intensität und Lautstärke so sehr, dass Connor schon überlegte, ob er wohl gleich in Ohnmacht fallen würde, als plötzlich Victoria McKinnon auftauchte.

Sie kam in ihrem Nachtgewand die Treppe heruntergerannt, mit wehenden Haaren, einen besorgten Ausdruck im Gesicht.

Connor war froh, dass er sich an die Wand lehnen konnte.

»Sie ist prachtvoll, nicht wahr?«, murmelte Ambrose.

Connor holte tief Luft. »Sie kann sehr gut schreien. Für eine McKinnon zumindest.«

Ambrose schmunzelte. »Das stimmt. Aber seht Euch nur einmal an, wie sie alle nach ihrer Pfeife tanzen lässt. Der Mann, der den Mut hat, sie zu zähmen, wird sehr glücklich mit ihr werden.«

Connor grunzte. Michael Fellini war ganz bestimmt nicht dieser Mann. Der Kerl hatte ja nicht einmal sich selbst in der Gewalt. Wenn er schon vor dem verweichlichten MacLeod Angst hatte, wie wollte er dann jemals mit Victoria McKinnon fertig werden?

»Michael, was ist los?«, fragte Victoria außer Atem.

»In meinem Zimmer spukt es«, schrie Michael.

»Es spukt?«, wiederholte Victoria. »Na, das kommt mir aber äußerst unwahrscheinlich vor.«

Sie warf Connor einen bösen Blick zu. Fellini bemerkte zum Glück nichts davon.

»Ich habe damit nichts zu tun«, verkündete Connor.

Erneut warf ihm Victoria einen warnenden Blick zu, bevor sie sich wieder Fellini zuwandte. »Wie kommst du darauf, dass es in deinem Zimmer spukt?«, fragte sie.

»Irgendetwas hat mir ständig in den Nacken geblasen, während ich vor dem Spiegel meinen Text geprobt habe«, beklagte sich Michael. »Das war bestimmt ein Gespenst.«

»Ach, weißt du, hier im Gasthaus zieht es ein wenig«, erwiderte Victoria beruhigend.

»Aber doch nicht *so* sehr.«

»Ich kümmere mich darum«, versprach Victoria ihm.

»Ja, tu das«, erwiderte Fellini.

Damit drehte er sich um und ließ Victoria und Mrs Pruitt einfach stehen, um sich wieder in sein Zimmer zu begeben.

»Ich habe versucht, ihn zu warnen«, sagte Mrs Pruitt düster, »aber er hat mir ja nicht zugehört.« Sie schwieg. »Vielleicht sollte ich heute Nacht vor dem Zimmer Wache halten. Wer weiß, was ich zu sehen bekomme?«

Der Gedanke belebte sie, und sie traf die nötigen Vorkehrungen, um ihn in die Tat umzusetzen. Connor öffnete den Mund, um diese lächerliche Angelegenheit zu kommentieren, aber Victoria hatte sich vor ihm aufgebaut und funkelte ihn böse an.

Bei allen Heiligen, ihre wütende Miene machte ihn beinahe sprachlos. Allerdings entsprach das nicht seinem Wesen.

»Was ist?«, fragte er.

Victoria trat auf ihn zu. »Wir hatten doch eine Abmachung«, zischte sie.

Connor richtete sich auf. »Ich habe sie eingehalten.« Und das stimmte auch. Wenn man mal davon absah, dass er Michael auf dem Schloss ebenfalls in den Nacken geblasen hatte.

Victoria wandte sich an Ambrose. »Warst du das?«

Ambrose nickte reumütig. »Ja, Enkeltochter, das war ich.«

»Wie konntest du nur?«, schrie sie ihn an. »Er ist der Hauptdarsteller in meinem Stück.«

Ambrose senkte den Kopf. »Ich bitte um Verzeihung. Ich war nur kurz in meinem Zimmer, um ein paar Dinge zu holen, die ich in der nächsten Zeit benötige. Ich fürchte, ich habe ihn gestreift, als ich oben auf der Kommode nach etwas gesucht habe. Ich muss ja schließlich auch atmen, nicht wahr?«

Victoria wollte etwas erwidern, besann sich dann jedoch eines Besseren. Sie seufzte. »Eigentlich bin ich diejenige, die sich entschuldigen sollte. Schließlich hat er dir das Zimmer weggenommen.«

»Ja, genau«, stimmte Ambrose ihr fröhlich zu. »Aber ich weiß ja, was er für dich und dein Stück bedeutet, deshalb werde ich ihn in Ruhe lassen.«

Victoria lächelte ihn an, dann wandte sie sich stirnrunzelnd an Connor. »Und Sie? Was führt Sie hierher?«

Was sollte er sagen? Dass er einen Blick in das polierte Glas werfen wollte, um zu sehen, ob sie mit seinem Gesicht recht gehabt hatte? Noch nie hatte ihn jemand als attraktiv bezeichnet, und er wusste wirklich nicht genau, ob er das überhaupt glauben sollte. Und jetzt hatte dieser dämliche Michael Fellini ihm die Gelegenheit verdorben, die Wahrheit herauszufinden.

»Sie wollen doch nicht etwa meine Schauspieler erschrecken, oder?«, fuhr sie fort. »Sie haben mir versprochen, das nicht zu tun.«

»Das habe ich nicht versprochen.«

Sie stemmte die Hände in die Hüften. »Ich habe Ihnen einen ganzen Monat Schreien versprochen, wenn Sie meine Leute in Ruhe lassen. Sie waren einverstanden, also halten Sie sich jetzt auch an Ihr Versprechen.«

Sie wandte sich zum Gehen.

»*Ihr* habt mir eine Rolle in Eurem Stück versprochen«, grollte er.

Victoria blieb stehen. Langsam drehte sie sich um und blickte ihn an. »Ja, das habe ich.«

Connor wusste zwar nicht genau, warum er das überhaupt erwähnt hatte, aber irgendwie gefiel ihm die Vorstellung.

Victoria musterte ihn. »Es gibt einen Geist in dem Stück, aber dafür sind Sie ein bisschen zu jung. Sie wären geeigneter in der Rolle des Hamlet, aber das ist ein ziemlich großer Part.«

Connor trat unbehaglich von einem Fuß auf den anderen. »Ich hätte wahrscheinlich auch gar keine Zeit für solche Albernheiten«, brummte er.

»Ich lasse Ihnen das Drehbuch da«, sagte sie. »Ich deponiere es oben auf dem Schloss, falls Sie Ihre Meinung ändern. Wenn Sie wollen, können Sie mit dem Text des Geistes anfangen. Wir haben zwar einen Schauspieler dafür, aber die zweite Besetzung fehlt uns noch.«

»Zweite Besetzung?«

»Jemand, der die Rolle übernimmt, falls dem eigentlichen Schauspieler etwas zustößt«, erklärte Ambrose.

»Ja, aber lass es dir bloß nicht einfallen, nachzuhelfen«, warnte sie Ambrose. Dann ging sie die Treppe hinauf. Als sie verschwunden war, wandte sich Connor an Ambrose.

»Ich brauchte keine Hilfe.«

»Das habe ich auch nie angenommen«, sagte Ambrose mit freundlichem Lächeln.

Connor schwieg und suchte nach den richtigen Worten.

»Ich will Euch einen Handel vorschlagen«, stieß er schließlich hervor.

»Ach ja?«, fragte Ambrose interessiert. »Was denn für einen Handel?«

»Ich werde Euch nie mehr auf dem Turnierplatz demütigen, wenn Ihr mir beim Lesenlernen helft.«

Ambrose zog ganz leicht die Augenbraue hoch. »Lesen? Ja, sicher, das kann ich tun. Zum Dank für Eure Großzügigkeit.«

»Es darf aber niemand davon erfahren«, murmelte Connor.

»Wie Ihr es wünscht«, erwiderte Ambrose. »Um Mitternacht, in der Küche?«

Connor nickte und ging zur Tür. Dort blieb er stehen und drehte sich nach Ambrose um. Er wollte sich gerne bedanken, aber es fielen ihm nicht die passenden Worte ein.

Ambrose wedelte mit der Hand. »Wir sollten uns jetzt um andere Dinge kümmern. Ihr müsst doch bestimmt Eure Wachleute einschüchtern.«

»Und Ihr müsst doch sicher der Wirtin aus dem Weg gehen«, erwiderte Connor.

»Ach, Ihr wisst davon?«, fragte Ambrose überrascht.

»Sie spricht mit sich selbst, wenn sie in ihrem Garten Unkraut jätet.«

Connor verließ das Gasthaus, bevor er noch mehr ausplauderte. Ambrose war wirklich zu bedauern, da Mrs Pruitt jeden seiner Schritte überwachte. Natürlich war das kein Grund, ihm gegenüber nachsichtig zu sein, aber er konnte ihm auf dem Turnierplatz durchaus ein bisschen gnädiger begegnen.

Er hatte eigentlich vorgehabt, zum Schloss zurückzugehen und sich zu überlegen, wie er Victoria McKinnon in Angst und Schrecken versetzen konnte, bevor er ihr nachgab – etwas, das er besser heute früh schon gemacht hätte, wenn sie ihn mit ihrem Kommentar über sein Gesicht nicht so durcheinandergebracht hätte –, aber irgendwie trugen ihn seine Füße nicht zum Schloss.

Stattdessen lungerte er in der Nähe des Gasthauses herum, als ob ihm das Anregungen für seine Tagesgestaltung geben würde.

Im Übrigen waren die Blumen wirklich hübsch.

Er zog sein Schwert und prüfte, ob es noch scharf war. Am liebsten hätte er damit diese albernen Gedanken durchschnitten, die ihm immerzu durch den Kopf gingen. Er war kurz davor, es sich in die Brust zu stoßen, als die Küchentür aufging und Victoria McKinnon heraustrat.

105

Wie erstarrt blieb er im Petunienbeet stehen. Zum Glück ging Victoria durch den Gemüsegarten und achtete gar nicht auf ihn. Stirnrunzelnd steckte Connor sein Schwert wieder in die Scheide. Nun, sie las ja gerade – das sah selbst ein Blinder – und war wahrscheinlich zu vertieft, um ihn wahrzunehmen. Ab und zu schrieb sie etwas auf und runzelte die Stirn. Vor dem Gartenschuppen blieb sie stehen.

Connor folgte ihr auf Zehenspitzen und spähte in den kleinen Raum. Er war angefüllt mit eleganten Kleidern. Am liebsten hätte er die Hand ausgestreckt und eins berührt. Noch lieber wäre er mit der Hand über Victoria McKinnons lange, flammend rote Haare gefahren.

Stattdessen schlug er sich die Hand so heftig vor den Kopf, dass er unwillkürlich aufjaulte.

Victoria fuhr herum und schrie.

Leider nur kurz.

»Ein ehrenhafter Versuch«, sagte Connor, »aber Ihr habt es schon besser gemacht. Nun, wenn es Euch interessiert, wie ich es gerne hätte: Ich bevorzuge einen lauten Schrei, der in Stöhnen oder Wimmern übergeht. Mit so einem kurzen, abgebrochenen Schrei kann ich nichts anfangen.« Er schnalzte missbilligend mit der Zunge. »Das ist höchst unbefriedigend.«

Sie zielte mit ihrem Schreibinstrument auf ihn, als sei es ein Schwert. »Sie haben es versprochen.«

»*Ihr* gehört doch nicht zu den Schauspielern.«

Sie warf ihm einen finsteren Blick zu, öffnete den Mund, um etwas zu erwidern, und schloss ihn dann wieder. »Da haben Sie recht«, gab sie widerstrebend zu.

»Ich habe meistens recht.«

Sie drückte ihre Papiere an die Brust und musterte ihn von oben bis unten. »Brauchen Sie etwas?«

»Nein, ich brauche nichts.«

»Warum sind Sie dann hier? Ich dachte, das sei Hughs, äh, Spukrevier.«

Connor reckte sich stolz. »Nichts zwingt mich, mich auf

das Schloss zu beschränken. Aber«, fügte er hinzu, bevor sie etwas sagen konnte, »im Allgemeinen spuke ich tatsächlich nicht in den Zimmern des Gasthauses. Allerdings werde ich die Küche besuchen, ob es Euch nun gefällt oder nicht.«

Ja, das stimmte wohl. Er würde schon einige Nächte hier herumsitzen müssen, wenn er die Bedeutung der Buchstaben lernen wollte.

»Es würde mir nicht im Traum einfallen, Ihre Bewegungsfreiheit einzuschränken«, erwiderte sie mit unbewegtem Gesicht.

»Außer, wenn es um Michael Fellinis Zimmer geht.«

»Ich brauche ihn für das Stück. Außerdem«, fügte Victoria stirnrunzelnd hinzu, »wird er recht laut, wenn es nicht nach seinem Willen geht.«

»Er kann einem ziemlich auf die Nerven gehen.«

»Ja, nun, seine Gage ist *sehr* hoch. Vielleicht ist er nur müde nach seiner langen Reise hierher.«

Connor war sich ziemlich sicher, dass Fellini einem auch unter anderen Umständen auf die Nerven gehen würde, aber er hielt lieber den Mund. Er verschränkte die Arme vor der Brust und suchte nach einem anderen Gesprächsthema.

»Die Kostüme sind ganz ansehnlich«, sagte er und wies mit einer majestätischen Geste auf die Kleider.

Victoria blinzelte verwirrt. »Finden Sie?«, sagte sie und trat einen Schritt zur Seite, damit er sie besser bewundern konnte.

Er beugte sich vor, um sie genauer zu betrachten. Sie waren aus wesentlich feineren Stoffen gemacht, als es zu seiner Zeit üblich gewesen war. »Hübsche Farben«, sagte er höflich.

Und dann machte er den Fehler, den Kopf zu wenden und sie anzusehen.

Er stand viel dichter neben ihr, als er beabsichtigt hatte.

Bei allen Heiligen, in ihren blauen Augen konnte ein Mann ertrinken.

»Da bist du ja!«

107

Connor fiel nach vorne. Die schrille Stimme hinter ihm erschreckte ihn so sehr, dass er in den Schuppen stolperte. Nur seine angeborene Körperbeherrschung verhinderte, dass er auf dem Gesicht landete. Als er sich umdrehte, sah er, dass dieser Jammerlappen, dieser Michael Fellini, in der Tür stand.

»Ich möchte mit dir reden«, sagte Michael zu Victoria.

»Ja, natürlich«, erwiderte Victoria angenehm überrascht. »Über was?«

»Über das Stück.«

Connor positionierte sich so, dass er Victorias Gesicht sehen konnte. Das dumme Mädchen sah ja richtig geschmeichelt aus! Dabei verdiente dieser Mann nicht einen einzigen der Atemzüge, die sie bereits in ihn investiert hatte.

»Ja, sicher«, erwiderte sie lächelnd. »Das Stück.«

»Ja«, fuhr Fellini fort. »Ich habe ein paar Ideen zur Regie. Wir haben ja hier noch nicht mit den Proben begonnen, und ich war natürlich in Manhattan bei keiner einzigen anwesend, aber ich habe trotzdem ein paar Vorschläge, was du anders machen könntest.«

Connor verschränkte die Arme vor der Brust. Jetzt würde sie ihm doch sicherlich ein paar angemessene Worte sagen. Er konnte sich nicht vorstellen, wie er reagieren würde, wenn einer seiner Soldaten käme und ihm erzählen wollte, wie man die Schlacht besser führen sollte.

Sie runzelte ganz leicht ihre Alabasterstirn.

Connor blinzelte.

Alabasterstirn? Bei allen Heiligen, hatte er sich von diesen Schauspielern und ihrer gestelzten Sprache etwa schon anstecken lassen?

»Was ich anders machen könnte?«, wiederholte Victoria und legte ihre Stirn noch mehr in Falten. »Wie?«

Fellini setzte zu einem längeren Vortrag an, den Connor vollkommen ignorierte. Stattdessen stellte er sich hinter Fellini, wo er Victorias Gesichtsausdruck besser beobachten konnte.

Außerdem war es eine günstige Position, um den Kerl abzukühlen, wenn es nötig sein sollte.

Er wollte gerade auf Fellinis Nacken pusten, als er bemerkte, wie finster Victoria ihn anschaute.

»Nun!«, rief Fellini beleidigt aus, »du brauchst gar nicht so ein, so ein *gekränktes* Gesicht zu machen. Meine Vorschläge sind gut durchdacht und präzise.«

Victoria blinzelte. »Oh, ich habe gar nicht dich so böse angeschaut.«

Fellini erstarrte. »Wen dann?« Er blickte sich unbehaglich um und sagte dann zu Victoria: »Dieser Ort macht mir Angst. Lass uns zurück ins Gasthaus gehen. Dort sind wenigstens außer in meinem Zimmer keine Gespenster.«

Connor schnaubte laut, schlug sich jedoch sofort die Hand vor den Mund.

Fellini erschauerte, ergriff Victoria am Arm und zog sie vom Schuppen fort.

»Lass uns hineingehen«, wiederholte er.

Connor beobachtete sie und fragte sich, was sie jetzt wohl tun würde. Würde sie ihn zurechtweisen, weil er sich solche Freiheiten herausnahm, oder würde sie sich von ihm dirigieren lassen?

Victoria tat keins von beidem. Irgendwie gelang es ihr, ihm ihren Arm zu entziehen und trotzdem neben ihm zum Haus zu gehen.

Connor strich sich nachdenklich übers Kinn. Die kleine McKinnon war schon ein sehr kluges Mädchen.

Er lehnte sich an den Türrahmen des Schuppens und blickte den beiden hinterher. Fellini trat natürlich als erster ein. Victoria drehte sich kurz zu ihm und streckte ihre Faust mit gerecktem Daumen aus.

Dann verschwand auch sie im Haus, und Connor wusste nicht, ob er geschmeichelt oder beleidigt sein sollte.

Was, bei allen Heiligen, hatte das zu bedeuten?

Nachdenklich blieb er stehen. Ein weiterer Grund, um

heute Nacht dem Gasthaus einen Besuch abzustatten und Ambrose MacLeod um Rat zu fragen.

Sie hatte allerdings bei der Geste gelächelt. Er stieß sich von der Wand ab und schlenderte durch den Garten, wobei er sich die bisherigen Ereignisse des Tages noch einmal durch den Kopf gehen ließ.

Überrascht stellte er fest, wie angenehm der Morgen gewesen war.

Und wie viele dieser Ereignisse etwas mit Victoria McKinnon zu tun hatten.

8

Victoria saß mit ihrer Großmutter im Wohnzimmer. Die Stille im Gasthaus war ein wenig beunruhigend. Sie hatten eine Woche lang geprobt, und jetzt waren ihre Schauspieler alle nach Edinburgh geflüchtet. Den ganzen Vormittag über hatte sie unter leichten Panikattacken gelitten, weil sie sich fragte, ob sie heil zurückkommen würden ... vielmehr, ob sie überhaupt zurückkommen würden.

Sie brauchte sie. Heute morgen hatte jemand von der Karten-Vorverkaufsstelle angerufen, die Thomas für sie engagiert hatte. Sie waren bereits für die ersten drei Wochenenden ausverkauft, und für die anderen Abende waren auch schon kaum noch Eintrittskarten zu haben.

Hatten Ambrose und seine Freunde Theaterliebhabern mitternächtliche Besuche abgestattet? Oder hatte Thomas sämtliche Einwohner aus den umliegenden Dörfern verpflichtet?

Was immer der Grund dafür sein mochte, entscheidend war die offensichtliche Anziehungskraft ihres kleinen Ensembles, und deshalb machte sie sich Gedanken um die Befindlichkeit ihrer Truppe.

»Vikki«, sagte Mary plötzlich und ließ ihr Strickzeug sinken. »Ich weiß ja nicht, wie es dir geht, aber ich finde, der Morgen zieht sich ein wenig hin. Möchtest du auch einen Tee?«

»Ja, schrecklich gerne«, erwiderte Victoria. »Ich mache uns rasch welchen.«

»Mir macht es nichts aus ...«

»Wenn du in die Küche gehst, sehe ich dich nie wieder«, sagte Victoria lächelnd. »Das Trio wird dich mit Beschlag be-

111

legen, und ich sitze um Mitternacht noch hier und frage mich, was wohl aus dir geworden ist.«

»Und du glaubst, dich lassen sie schneller wieder weg?«, fragte ihre Großmutter augenzwinkernd.

»Sie sind zu alt für mich, ohne dass ich dir zu nahe treten will«, erwiderte Victoria und erhob sich aus ihrem weichen Sessel. »Außerdem bin ich immun gegen den Charme von Gespenstern.«

»Natürlich, Liebes.«

»Ja, das bin ich«, murmelte Victoria und verließ das Wohnzimmer. Sie hatte zwar die ganze Woche über kaum Gespenster gesehen, aber das war ja im Grunde ein Segen.

Connor MacDougal zum Beispiel konnte einen bestimmt ganz schön in Atem halten, wenn er wollte.

Sie hatte auch ihn seit einer Woche nicht gesehen, aber das war wohl besser so. Schließlich musste sie ein Stück auf die Bühne bringen und hatte keine Zeit für Ablenkungen. Und konnte auch keine erschreckten Schauspieler brauchen. Allerdings hielt Connor anscheinend sein Wort. Michael hatte sich nicht einmal beschwert, dass er irgendwo ein Poltern gehört oder einen Luftzug gespürt hatte. Alles lief glatt.

Aus der Küche drang kein Laut. Mrs Pruitt machte wahrscheinlich ein Schläfchen, und ihre Vorfahren spukten bestimmt anderswo.

Als sie den Raum betrat, blieb sie abrupt stehen.

Connor MacDougal saß am Tisch, umgeben von Büchern. Er hielt ein Stück Kreide in der Hand, blickte finster auf eine vollgeschriebene Tafel herunter und fluchte wie ein Seemann. An die Stelle des Mannes, der unablässig mit seinem Schwert herumfuchtelte, war ein Studierender getreten.

»Oh, Entschuldigung«, sagte Victoria, »ich wusste nicht, dass Sie hier sind.«

Er warf das Stück Kreide durch die Küche, und es löste sich einfach in Luft auf.

»Kümmert Euch nicht um mich«, sagte er fluchend. »Das ist sowieso alles dummes …«

»Warten Sie«, sagte sie, bevor er die Sachen vom Tisch verschwinden lassen konnte. »Lassen Sie mich mal sehen.«

»Auf keinen Fall!«, wehrte er heftig ab.

Sie zog sich einen Stuhl heran und setzte sich neben Connor.

»Wow«, sagte sie, »was für schöne Buchstaben. So kunstvoll verziert.«

Er grunzte.

Nachdenklich blickte sie auf seine Tafel, auf der tatsächlich ein schön geschriebener Text stand. Connor schien es jedoch unangenehm zu sein. Es sah so aus, als ob er gerade lesen lernte.

»In Ihrem Schloss gab es vermutlich nicht viele Bücher«, sagte sie. »Und Sie hatten wahrscheinlich sowieso keine Zeit zum Lesen.«

Sie sah ihn von der Seite an. Das war ihr erster Fehler.

Auf einmal stellte sie fest, dass dieser Mann sie neugierig machte. Wer war er? Was trieb ihn an, außer dem Bedürfnis, jeden McKinnon, dem er begegnete, anzugreifen?

Wieso gab es auf seinem Schloss nur Männer und meilenweit keine einzige Frau?

Er rutschte unbehaglich auf seinem Stuhl hin und her. »Ihr starrt mich an.«

»Oh«, sagte Victoria blinzelnd. »Entschuldigung.«

Seine Augen waren grau, stellte sie fest. Grau wie das stürmische Meer bei Thomas' Haus in Maine. Sie kannte dieses Grau gut, weil sich an dem Tag, als sie auf dem Weg zurück nach Manhattan gewesen war, ein schrecklicher Sturm zusammengebraut hatte. Es war ein sehr unruhiger Flug gewesen.

Ob das wohl etwas zu bedeuten hatte?

»Wir sind uns noch nicht einmal richtig vorgestellt worden«, sagte sie.

113

Er warf ihr einen überraschten Blick zu. »Wie bitte?« – »Äh, ich bin mir nicht sicher, wie ich Sie anreden soll«, erklärte sie. »Obwohl diese Förmlichkeiten jetzt vermutlich keine Rolle mehr spielen, wo Sie mich schon schreien gehört haben«, fügte sie hinzu.

Er blickte sie einen Moment lang schweigend an, wobei er wahrscheinlich überlegte, wie er dieser Irren am besten entkommen konnte, dann runzelte er die Stirn.

»Ich bin ein Laird und bin es gewohnt, mit ›Mylord‹ angesprochen zu werden«, sagte er. »Aber da Ihr nicht zu meinem Clan gehört, könntet Ihr MacDougal zu mir sagen.«

»Wie wäre es mit Laird MacDougal?«

Er nickte. »Und ich werde Euch mit Mistress McKinnon ansprechen, wenn Ihr nichts dagegen habt.«

Es gab Schlimmeres. »Nein, das ist in Ordnung. Nun gut, Laird MacDougal, ich mache jetzt meiner Großmutter Tee, und dann gehe ich wieder ins Wohnzimmer.« Wieder machte sie den Fehler, ihn anzublicken. »Sie können ja Ihre Bücher nehmen und mitkommen, wenn Sie möchten«, sagte sie. Sie hörte selber, dass ihre Stimme ganz atemlos klang.

Aber wer konnte ihr das schon verübeln? Sie saß neben einem echten Laird, dessen riesiges Breitschwert neben ihm am Tisch lehnte. Da konnte man durchaus ein wenig kurzatmig werden.

»Ich denke darüber nach«, erwiderte er.

Sie beobachtete jedoch aus den Augenwinkeln, wie er anfing, alles auf dem Tisch zusammenzuräumen. Als der Tee fertig war, war auch er bereit, sich ins andere Zimmer zu begeben.

»Mrs Pruitt ist doch nicht da, oder?«, fragte er misstrauisch.

»Ich glaube, sie ist mit ihrer Ausrüstung beschäftigt«, sagte Victoria. »Ich würde mir wegen ihr keine Sorgen machen.«

»Ihr vielleicht nicht, aber ich«, versetzte er.

»Ich verstehe Sie ja, aber Sie können sich entspannen. Sie sitzt nicht bei uns.«

Er folgte ihr ins Wohnzimmer, und sie seufzte erleichtert auf, als sie das Tablett auf dem Couchtisch abstellte, ohne etwas verschüttet zu haben. Seine Nähe verunsicherte sie.

»Ach, Laird MacDougal«, sagte Mary lächelnd, als er hereinkam. »Wie schön, Euch zu sehen. Oh, Ihr habt Euch etwas zur geistigen Betätigung mitgebracht. Zum Lesen fehlt einem stets die Zeit, nicht wahr?«

Victoria wunderte sich immer wieder darüber, wie schnell ihre Großmutter mit Fremden zu einem vertrauten Umgang fand. Da sie in Grannys Zimmer auf einer Klappliege schlief, war sie sich ziemlich sicher, dass die alte Dame sich nicht mitten in der Nacht davonschlich, um sich mit den Gespenstern zu treffen. Andererseits konnte es natürlich sein, dass sie sich so leise bewegte, dass Victoria gar nichts davon mitbekam.

»Ja, man hat nie genug Zeit«, stimmte Connor ihr zu. »Es wäre mir schon eine große Hilfe, wenn ich die blöden Wörter überhaupt lesen könnte.«

»Fragt doch Vikki, ob sie Euch nicht helfen kann. Ich glaube, sie hat heute Nachmittag nichts vor, und es macht ihr sicher Vergnügen. Oder, Liebes?«

Victoria hätte am liebsten etwas nach ihrer Großmutter geworfen. Ständig versuchte sie, ihre Enkelin unter die Haube zu bringen. Victoria war es bis zum heutigen Tag noch nicht gelungen, ihren Namen und ihr Profil aus allen Partnervermittlungen im Internet zu entfernen, bei denen Granny sie angemeldet hatte.

»Ja, ich helfe gerne«, sagte Victoria beinahe gegen ihren Willen.

»Dann trinke ich jetzt einen Tee und mache ein wenig die Augen zu, bevor Victorias Menagerie zurückkommt und meinen Frieden stört. Laird MacDougal, ich würde mir gerne Euren Text anhören, wenn Ihr ihn beherrscht. Er würde einen guten Hamlet abgeben, findest du nicht auch, Vikki?«

115

»Ja, sicher«, krächzte Victoria. Sie blickte zu Connor, der unbehaglich neben dem Kamin stand, und seine Bücher und Hefte umklammerte. »Sollen wir anfangen?«

Langsam legte er seine Bücher auf den Tisch. Dann holte er einen Hocker aus der Luft und setzte sich. Der Highlander auf dem kleinen Stühlchen an dem niedrigen Tisch war ein unbeschreiblicher Anblick, und Victoria fragte sich unwillkürlich, ob sie nicht gerade dabei war, den Verstand zu verlieren.

Sie zog sich ebenfalls einen Stuhl heran und begann, mit ihm zu üben.

Der Nachmittag schritt voran, und er fluchte immer häufiger. Schließlich sagte Victoria: »Ich habe eine Idee.«

»Möchtet Ihr ebenfalls ein Nickerchen machen?«, fragte er und wies mit dem Kinn auf ihre Großmutter, die leise schnarchend in ihrem Sessel saß.

»Nein, lassen Sie uns die Rolle des Geistes durchgehen. Die im Stück, meine ich«, fügte sie hastig hinzu.

»Ich kann sie doch nicht lesen«, erwiderte er grimmig.

»Vielleicht jetzt noch nicht, aber das lernen Sie schon. Außerdem prägen alle Schauspieler sich die Rollen durch stetige Wiederholung ein. Ich habe es jedenfalls immer so gemacht.«

Er blickte sie überrascht an. »Ihr habt auf der Bühne gestanden?«

»Ja.«

»Und warum macht Ihr das nicht mehr?«

Victoria lächelte. »Das ist eine sehr lange Geschichte.«

»Wir haben ja auch noch einen langen Nachmittag vor uns.«

Sie dachte kurz darüber nach, beschloss jedoch dann, es ihm lieber nicht zu erzählen. Sie hatte ja noch nicht einmal mit ihrer Familie darüber gesprochen. Sie wussten nur, dass sie von der Bühne gefallen war, sich den Arm gebrochen und daraufhin beschlossen hatte, dass sie eher für die Regie geschaffen war. Sie hatte sich nicht getraut, ihnen zu erzählen, dass der Typ, der sie bei einer Vertrauensübung im Schauspielunterricht hätte auffangen sollen, als sie mit geschlossenen Augen über die Bühne auf ihn zulief, sie fallen gelassen hatte. Absichtlich natürlich.

Sie war im Orchestergraben gelandet, der zum Glück leer gewesen war, sonst hätte sie auch noch einige Instrumente zertrümmert.

Dieser Unfall war ihr wie eine Fügung des Schicksals erschienen und hatte ihr die richtige Richtung gewiesen. Und jetzt wollte sie nicht mehr zurück.

Sie lächelte Connor an. »Ich mag die Arbeit als Regisseurin.«

»Tatsächlich?«

»Ich habe gerne das Sagen.«

Er lächelte.

»Das Gefühl kenne ich«, sagte er. »Und die Schauspieler? Was haltet Ihr von ihnen?«

Victoria holte tief Luft. Das war keine leichte Frage. »Es ist schwer, Schauspieler zu sein«, erwiderte sie schließlich. »Man muss ein bestimmter Schlag Mensch sein, um auf der Bühne zu stehen und eine Rolle zu spielen.«

»Hm«, sagte er.

»Die meisten mag ich ganz gerne«, erklärte sie. »Und bei dem Rest tröste ich mich damit, dass sie Talent haben. Wenn ich nur Leute engagieren würde, die ich mag, hätte ich bald kein Theater mehr.«

»Würdet Ihr wirklich nicht lieber auf der Bühne stehen?«, fragte er.

»Nein«, erwiderte sie mit fester Stimme. Das sagte sie seit Jahren. Sie wollte nicht mehr spielen, sie wollte nicht jeden Abend tief in fremde Gefühle eintauchen und am nächsten Morgen wie nach einer durchzechten Nacht mit einem emotionalen Kater aufwachen.

Das wollte sie nie mehr.

»Ich ziehe es vor, Regie zu führen«, sagte sie. Er blickte sie nachdenklich an: »Tatsächlich?«

»Ja, tatsächlich«, bestätigte sie. »Aber Ihnen gefällt es sicher, eine Rolle zu spielen. Fangen wir jetzt mit dem Text an. Sie haben uns nun schon einige Tage bei den Proben zugesehen. Den Inhalt des Stücks brauche ich Ihnen nicht mehr zu erzählen, oder?«

»Nein, ich glaube, ich habe ihn im Kopf«, erwiderte er. »Tod, Tod, und noch mehr Tod. Ein bisschen Wahnsinn. Ein bisschen Liebe. Noch mehr Tod.«

»Ja, so ungefähr. Lassen Sie uns bei der Stelle anfangen, wo Hamlet den Geist zum ersten Mal sieht.«

Sie versuchte, nicht daran zu denken, wie sie das erste Mal einen gesehen hatte. Vor allem denjenigen, der hier neben ihr saß und eifrig die Sätze wiederholte, die sie ihm vorsprach. Er machte seine Sache gut.

Sie war beeindruckt.

Und sie war nicht leicht zu beeindrucken.

Nach einer Stunde jedoch, in der es wunderbar gelaufen war, verschlechterte sich Connors Laune zusehends.

»Was gibt es?«, fragte sie. »Was ist los?«

»Mir gefällt es nicht, wie der König ermordet worden ist. Und noch weniger gefällt es mir, dass seine Frau Hamlets Onkel direkt nach seinem Tod geheiratet hat.«

»Hey, ich habe das Stück nicht geschrieben.« Victoria hob abwehrend die Hände. »Ich führe nur Regie.«

Connor stand auf und drehte sich zum Kamin. »Dieser Text ist nicht nach meinem Geschmack. Nicht im Geringsten.«

Victoria hätte ihn gerne nach dem Grund gefragt, aber da er ihn ihr sowieso nicht sagen würde, schwieg sie lieber. Wenn er sich bedrängt fühlte, zog er doch nur sein Schwert.

Stattdessen beobachtete sie ihn. Er sah so real aus, wie er da mit dem Rücken zu ihr am Kamin stand. Sein Brustkorb hob und senkte sich, und Victoria streckte unwillkürlich die

118

Hand aus, um seinen Kilt zu berühren. Aber das ging natürlich nicht.

Er fuhr herum. »Was tut Ihr?«, wollte er wissen.

»Ich war nur neugierig«, stammelte sie verlegen und wich zurück.

»Ach ja?«, fragte er mit gefährlich sanfter Stimme.

»Können Sie es mir verübeln? Sie sehen so real aus.«

»Ich bin auch ziemlich real«, murmelte er. »Und doch auch wieder nicht.«

»Können Sie denn Dinge aus der Welt der Sterblichen berühren?«, fragte sie.

»Es ist nicht leicht. Es kostet viel Kraft, und ich bin noch Stunden später wie ausgelaugt. Je nachdem, was ich getan habe, dauert es sogar tagelang, bis ich mich erholt habe.«

Sie blickte in seine grauen Augen, und ein seltsames Gefühl stieg in ihr auf, eine Art Déjà-vu.

»Wer hat ... äh, wie sind Sie ...?«

»Gestorben?«, beendete er den Satz.

»Ja«, erwiderte sie kleinlaut.

»Meine Frau hat mir Hörner aufgesetzt, und ihr Liebhaber hat mich ermordet.«

Victoria riss die Augen auf. »Welche Frau, die ihre Sinne beisammen hat, kommt denn ...«

Verspätet wurde ihr klar, dass sie sich auf gefährliches Terrain begab.

»Es tut mir leid, dass ich Sie danach gefragt habe«, sagte sie schließlich.

Connor starrte blicklos in den Raum. »Ich habe es noch nie jemandem erzählt«, begann er. »Zuerst war ich voller Wut. Dann konnte ich nicht fassen, dass ich tot war und mein Leben nicht weiterführen konnte.« Er blickte Victoria an. »Trauer wäre angebrachter gewesen.«

»Ich glaube, es ist einfacher, wütend zu sein.«

»Ja, das stimmt wohl.«

»Ich kann mich bei der Arbeit gut von meinen Problemen

ablenken«, erklärte sie. »Sie hält mich davon ab, zu viel nachzudenken. Aber in meinem Leben gab es natürlich auch noch keine großen Tragödien.« Es sei denn, man zählte die Tatsache mit, dass sie mit zweiunddreißig immer noch nicht verheiratet war, und der einzige Kandidat, der dafür in den letzten zwei Jahren in Frage gekommen wäre, ein Mann war, der wesentlich mehr an ihrem Stück als an ihr interessiert war.

Na ja, wenigstens war sie kein Gespenst.

»Haben Sie sie geliebt?«, fragte sie leise.

Connor warf ihr einen überraschten Blick zu. »Meine Frau? Natürlich nicht. Sie war zwar recht hübsch, aber sie war die Tochter meines Feindes. Die Ehe mit ihr war gut geeignet, um die McKinnons davon abzuhalten, mein Vieh zu stehlen.«

»Sie war eine McKinnon?«, stieß Victoria hervor. Hastig griff sie nach ihrer Teetasse und trank einen Schluck. Verdammt. Kalt.

Zu ihrem Erstaunen verzog Connor sein Gesicht zu einer Art Lächeln. Es war zwar eher ein kurzes Zucken seiner Mundwinkel, aber es überraschte sie so sehr, dass sie beinahe ihren Tee wieder ausgespuckt hätte.

Sie tupfte sich mit einer von Mrs Pruitts Leinenservietten den Mund ab. »Kein Wunder, dass Sie uns nicht leiden können.«

»Ja, nun, es gibt ein oder zwei Ausnahmen. Euer Bruder sagt mir immer noch nicht zu, aber Eure Schwester Megan ist ein reizendes Mädchen, und ich höre sie gerne lachen. Ich könnte mir vorstellen, dass ich auch Eure *grandmère* ins Herz schließen werde.« Er setzte sich wieder. »Was Euch angeht, bin ich noch zu keinem endgültigen Schluss gekommen.«

»Wie freundlich«, stieß sie hervor. »Sie haben also eine McKinnon geheiratet. Wie ist es weitergegangen?«

»Sie hat mir Zwillinge geschenkt. Einen Jungen und ein Mädchen.«

»Oh«, sagte Victoria, »wie reizend ...«

»Und zwei Jahre später ist sie mit einem französischen Bänkelsänger, der durch die Highlands zog, durchgebrannt.« Connor verzog finster das Gesicht. »Wenn sie auch nur einen Funken Verstand gehabt hätte, wäre ihr klar gewesen, dass er sie nicht ernähren konnte.«

»Und die Kinder?«

Er blickte auf seine Hände. »Als sie mit dem Franzosen weglief, nahm sie die Kinder mit. Aber die Dummköpfe wussten ja nicht einmal, wo Osten war, wenn sie direkt in die Morgensonne sahen, und sie haben sich hoffnungslos verirrt. Nach vierzehn Tagen schickten sie einen Boten zu mir und baten mich, ihnen zu helfen.«

»Und, haben Sie ihnen geholfen?«

»Natürlich!«, rief er aus und blickte sie empört an. »Für wen haltet Ihr mich?«

»Für einen ehrenhaften Mann«, erwiderte sie rasch. Vielleicht ein bisschen reizbar, aber nach siebenhundert Jahren Herumspuken war das wenig verwunderlich.

»Es hat mir aber nur Unglück gebracht«, fuhr er fort. »Ich war noch nicht weit von zu Hause entfernt, als mich dieser französische Hurensohn ermordete. Aber bevor ich mein Leben aushauchte, ließ er mich wissen, dass meine Kinder und meine Frau am Wechselfieber gestorben seien.«

Victoria lief ein Schauer über den Rücken.

»Ich habe ihm mein Schwert in den Bauch gerammt und ihn mit ins Grab genommen.«

»Oh«, sagte Victoria. Ihr wurde ein wenig übel.

»Tief durchatmen«, befahl er.

Sie nickte. Fast erwartete sie, dass Connor nicht mehr da sein würde, wenn sich das Zimmer nicht mehr um sie drehte.

Aber als der kleine Schwächeanfall vorüber war, saß er immer noch auf seinem Stuhl.

»Es tut mir leid«, sagte sie. »Es tut mir leid, dass ich Sie gefragt habe, und es tut mir auch leid, dass ich das Stück vorgeschlagen habe …«

121

»Warum?«, unterbrach er sie. »Glaubt Ihr, ich bin der Aufgabe nicht gewachsen?«

»Nein, natürlich nicht«, erwiderte sie. »Ich glaube sogar, Sie würden Ihre Sache sehr gut machen. Nein, es tut mir nur leid, weil ich all diese Erinnerungen geweckt habe.«

Connor zuckte mit den Schultern. »Sie sind sowieso immer da, Ihr habt also nichts hervorgeholt, was nicht auch durch tausend andere kleine Dinge ausgelöst wird. Vielleicht erlöst mich das ja auch von den schmerzlichen Gedanken.«

Victoria wollte ihm gerade zustimmen, als von der Diele her Lärm ertönte.

Michaels Stimme übertönte alle anderen.

Sie klang nicht nüchtern.

Connor verzog grimmig das Gesicht. »Wenn Ihr möchtet, kümmere ich mich um sie.«

»Wenn ich es mir leisten könnte, dass die meisten meiner Schauspieler dann sofort zum nächsten Flughafen flüchten, würde ich Ihr Angebot sogar annehmen.« Victoria erhob sich seufzend. »Ich werde schon alleine mit ihnen fertig, aber trotzdem vielen Dank.«

Connor stand ebenfalls auf. »Und ich danke Euch, dass Ihr mir mit dem Text geholfen habt.«

»Es war mir ein Vergnügen.«

»Nein, das Vergnügen war ganz auf meiner Seite.«

Victoria versuchte sich einzureden, dass dieses Schwächegefühl von dem Gedanken an entgangene Umsätze und schlechte Presse wegen betrunkener Schauspieler verursacht wurde. Es konnte doch auf keinen Fall etwas mit dem Mann zu tun haben, der ihr gegenüberstand und ihr das Gefühl gab, klein, zerbrechlich und schutzbedürftig zu sein.

Grundgütiger Himmel, sie verlor tatsächlich den Verstand.

»Ich muss jetzt gehen«, stieß sie hervor.

Er trat einen Schritt zurück und verbeugte sich tief. Und als er sich wieder aufrichtete, stand in seinen grauen Augen etwas, das weder Feindseligkeit war, noch Zorn.

Aber vielleicht war ihr Blick nur getrübt, nachdem sie sich so lange mit einem mittelalterlichen Laird unterhalten hatte. Laird MacDougal war weder ihre Liga, noch kam er aus ihrem Jahrhundert oder war auch nur ein Sterblicher. Und außerdem war sie doch in Michael Fellini verliebt.

Ja, ganz bestimmt. Oder?

»Ich muss jetzt gehen«, wiederholte sie, drehte sich um und stürmte davon. Sie lief direkt ein paar Schauspielern in die Arme, die etwas angetrunken durch die Diele stolperten. Nun, dieses Problem ließ sich mit einer lauten Stimme und ein paar Drohworten jederzeit lösen.

Sie hatte jedoch keine Ahnung, was sie mit dem Dilemma tun sollte, das sie im Wohnzimmer zurückgelassen hatte.

9

Connor stand auf der gerade erst fertiggestellten Bühne hinter dem Darsteller des verstorbenen Königs von Dänemark. Kurz schoss ihm durch den Kopf, ob er nicht eine Aufgabe übernommen hatte, der er gar nicht gewachsen war. Und es ging gar nicht darum, dass er gestern seine tiefsten Geheimnisse ausgeplaudert hatte.

Nein, die Probleme lagen hier vor ihm. Bei allen Heiligen, konnte dieser Idiot eigentlich nichts anderes als herumzumarschieren und geisterhaft zu stöhnen? Benahm man sich als Schauspieler so?

Seiner Meinung nach nicht.

»Ade!«, brüllte der Geisterkönig plötzlich. »Ade! Gedenke mein!«

»Bei allen Heiligen«, rief Connor aus, »bei dem Lärm, den du veranstaltest, wird dich kaum jemand vergessen!«

Hamlets toter Vater grölte seine Abschiedsworte und begleitete sie mit einem Ächzen, wie es ein Mann von sich gibt, wenn er etwas Verdorbenes gegessen hat. Connor hielt sich die Ohren zu, bis dieses Möchtegern-Gespenst schließlich mit einem letzten Wimmern in den Kulissen verschwand.

Jämmerlich.

Connor blickte zu Victoria. Wie mochte sie auf diese wirklich schlechte Schauspielkunst reagieren?

Sie stand da, die Arme über der Brust verschränkt, mit unergründlichem Gesichtsausdruck. Vermutlich hatte sie Angst, ihre wahren Gefühlen zu zeigen, damit der König von Dänemark nicht in Tränen ausbrach.

Er hatte sie, im Verborgenen natürlich, am Sonntag beobachtet, wie sie die Schauspieler auf ihre Zimmer gejagt hatte.

Die Standpauke, die sie ihnen dabei gehalten hatte, hatte dazu geführt, dass niemand mehr sich in den Pub traute. Aber genau das war wahrscheinlich ihre Absicht gewesen, dachte Connor.

Jetzt lehnte er sich an einen Stützpfeiler und sah den Darstellern zu. Nein, eigentlich betrachtete er Victoria. Er hatte ihr gesagt, er würde sie mit Mistress McKinnon anreden, aber jetzt wurde ihm auf einmal klar, dass er sie in Gedanken anders nannte.

Victoria.

Wie mochte sie wohl mit ihren flammend roten Haaren und ihrem schönen Gesicht auf der Bühne als Schauspielerin gewirkt haben?, fragte er sich. Neben ihr hätte diese Cressida bestimmt wie ein blökendes Schaf ausgesehen. An Victorias Stelle hätte er ihr für ihre darstellerische Leistung als Ophelia schon längst eine Ohrfeige verpasst. Aber an ihrem Scheitern war nur dieser Michael Fellini schuld, der Cressida die ganze Zeit erklärte, wie er die Rolle sah.

Aber Victoria stand ungerührt da und ließ die Schauspieler agieren. Und als es vorbei war, forderte sie die Leute auf, sich auf den morgigen Tag vorzubereiten und sich auf ihre Rollen zu konzentrieren.

Man sah ihr jedoch an, dass sie mit dem Dargebotenen alles andere als zufrieden war.

Die meisten Sterblichen rafften ihre Sachen zusammen und verließen den Burghof. Fred plauderte noch ein paar Minuten mit ihr, schien jedoch nicht zu bemerken, wie einsilbig sie ihm antwortete. Mary gab ihren Näherinnen letzte Anweisungen, dann trat sie an die Bühne und setzte sich auf den Rand. Sie blickte zu Connor und deutete auf den Platz neben sich. Erfreut folgte er ihrer Aufforderung und setzte sich ebenfalls.

»Ich wünsche Euch einen guten Morgen, Lady«, sagte er höflich.

»Ihr könnt gerne Granny zu mir sagen«, erwiderte sie augenzwinkernd.

125

»Das scheint mir respektlos«, sagte er ernst. »Dann nennt mich Mary«, schlug sie vor.

»Ich könnte Euch mit Lady Mary ansprechen«, versetzte Connor.

»Ja, das ist in Ordnung.« Sie nickte zu Victoria hinüber. »Sie ist nicht gerade begeistert.«

»Ja, das habe ich bemerkt.«

»In knapp einer Woche ist Premiere, aber die Leute machen immer noch Fehler.«

»Das liegt aber nicht an Victoria, sondern an Fellini«, erwiderte Connor.

Mary nickte nachdenklich. »Ja, das Gefühl habe ich auch.« Sie lächelte Connor zu. »Es ist zu schade, dass Ihr ihn nicht ein bisschen erschrecken könnt.«

»Ambrose hat es versucht, und er hat nur erreicht, dass sich der Mann fast in die Hosen gemacht hat«, erwiderte Connor verächtlich. »Und Ambrose traut sich jetzt nicht mehr, weil Fellini sonst womöglich abhauen würde und Victoria ohne Hamlet dastünde.«

»Ihr versteht Euch mit den Männern im Gasthaus jetzt sicher besser, oder?«, fragte Mary. »Ihr findet doch die MacLeods nicht mehr ganz so grässlich, nicht wahr?«

»Das hat etwas damit zu tun, dass ich einen Hauptmann für meine Truppe suche«, erwiderte Connor. »Und ich fürchte, ich muss mich in einem größeren Umfeld umsehen. Deshalb bleibt mir nichts anderes übrig als Ambrose um Rat zu fragen.«

»Wie schrecklich für Euch.«

»Ja, Mylady, Ihr macht Euch keine Vorstellung davon.«

Mary lachte. »Ihr seid ein reizender Mann. Ich weiß gar nicht, warum Thomas mich vor Euch gewarnt hat.«

»Vielleicht habe ich ihm ein paar Mal zu oft angedroht, ihm den Schädel zu spalten«, erklärte Connor.

»Ja, vielleicht«, stimmte Mary lächelnd zu. »Ich verspreche, ich werde ihm nicht erzählen, wie nett Ihr gewesen seid.

Schließlich will ich Euren Ruf nicht ruinieren … Connor.«
Fragend blickte sie ihn an. »Ich darf Euch doch Connor nennen, oder?«

»Könnte ich Euch davon abhalten?«

»Nein, das bezweifle ich.« Sie lachte.

»Dann dürft Ihr es auch«, erwiderte er und musste unwillkürlich ebenfalls lächeln.

»Macht das bloß nicht bei Vikki«, flüsterte Mary ihm zu. »Ich meine, dieses Lächeln. Wenigstens nicht, solange die Proben andauern. Sonst kann sie sich nicht mehr konzentrieren. Gesagt hat sie allerdings noch nichts. Was Euch angeht, ist sie ziemlich zugeknöpft.«

»Ja?«

»Ihr habt Euch bestimmt gut unterhalten, als ich letzten Sonntag im Wohnzimmer mein Nickerchen gemacht habe.«

Er warf ihr einen prüfenden Blick zu. »Habt Ihr etwa gelauscht?«

»Ich hatte es vor«, erwiderte sie freimütig. »Aber eine alte Frau braucht ihren Schlaf, und jetzt versuche ich schon seit fast einer Woche, etwas aus ihr herauszubekommen.«

»Und?«, wollte Connor wissen. Diese Victoria McKinnon war ja schließlich auch nur eine Frau. Sie hatte bestimmt alles ausgeplaudert.

»Sie sagt keinen Ton«, fuhr Mary fort. »Nichts. Nada. Niente. Das ist ein wenig unbefriedigend.«

Connor blinzelte. »Sie hat nichts verraten?«

»Nichts. Aber wenn Ihr später ein bisschen Zeit habt, könnt Ihr mir ja alles erzählen.«

Connor lächelte. Anscheinend konnte er Victoria McKinnon tatsächlich seine Geheimnisse anvertrauen.

Erstaunlich.

»Aber wir sollten unser Gespräch besser auf heute Nachmittag vertagen«, erklärte Mary. »Veranstalten wir doch ein Picknick. Wir müssen dafür sorgen, dass Vikki ein wenig herauskommt. Sie kann ja doch nichts tun, um die Dinge zu ver-

127

bessern, und wenn ich sie nicht auf andere Gedanken bringe, wird sie nur den ganzen Nachmittag grübeln – oh, verdammt noch mal!«

Connor blinzelte. »Wie bitte?«

»Sehen Sie nur.« Mary wies zu Victoria hinüber. Michael Fellini stand bei ihr.

Connor begriff sofort.

»Ich sage ihr jetzt, sie soll mitkommen«, sagte Mary. Wie eine junge Frau sprang sie von der Bühne und eilte zu ihrer Enkelin.

»Michael, wenn Sie uns bitte entschuldigen würden«, sagte sie laut und presste sich die Hand auf die Stirn. »Mir ist plötzlich ein wenig übel, und ich möchte mich von Vikki ins Gasthaus begleiten lassen.«

»Ich biete Ihnen gerne meinen Arm an«, sagte Fellini galant.

»Nein, Sie haben bestimmt etwas Besseres vor«, erwiderte Mary. »Außerdem planen wir ein kleines Picknick, und ich kann mir nicht vorstellen, dass Sie ...«

»Ein Picknick!«, unterbrach Michael sie so begeistert, als sei er eben von der Königin höchstpersönlich eingeladen worden. »Ich trage Ihnen gerne den Korb.«

Mary versuchte ihn mit allen Mitteln daran zu hindern, sie sagte ihm sogar unverblümt, dass er nicht erwünscht sei, aber Fellini ließ sich nicht abwimmeln.

Connor beobachtete das Geschehen mit äußerster Missbilligung.

Er wäre ihnen gefolgt, aber in diesem Moment kam Ambrose in den Hof und trat neben ihn auf die Bühne.

»Sollen wir ein bisschen trainieren, MacDougal?«, fragte er.

»Ja, vielleicht«, erwiderte Connor abwesend. Er blickte Victoria und ihrer Großmutter nach. Es gefiel ihm gar nicht, dass sie mit Fellini allein waren, aber Mary MacLeod Davidson war eine kluge Frau, und sie würde Victoria schon im

Auge behalten. Für seinen Geschmack ging das Mädchen viel zu freundlich mit Fellini um.

»Hm«, machte Ambrose vielsagend.

Connor blickte ihn an. »Was?«

»Ach, nur so ein müßiger Gedanke.«

»Habt Ihr überhaupt irgendwelche anderen?«

Ambrose lachte. »Gelegentlich. Aber im Moment ist mit meinen Gedanken alles in Ordnung. Ich mache mir ein wenig Sorgen um die beiden Frauen, die so ganz schutzlos mit diesem Fellini unterwegs sind. Vielleicht sollte ich ja auf die Freuden des Schwertkampfes verzichten und sie auf ihrem Ausflug begleiten …«

»Das übernehme ich«, unterbrach Connor ihn.

»Ich weiß nicht«, erwiderte Ambrose nachdenklich. »Ihr mögt die beiden ja nicht so besonders. Wer weiß, am Ende überlasst Ihr sie einem schrecklichen Schicksal, wenn etwas Unvorhergesehenes passiert.«

Connor richtete sich zu voller Größe auf. »Ich mag sie beide sehr wohl«, erwiderte er steif. »Und selbst wenn es nicht so wäre, würde meine Ehre verlangen, sie zu beschützen.«

»Tatsächlich?«

»Tatsächlich«, sagte Connor. »Erlaubt mir, mein Schwert für mich sprechen zu lassen.«

»Wie Ihr wollt«, entgegnete Ambrose.

Die Bühne war gut geeignet für einen kleinen Zweikampf. Hier und dort standen Kisten herum, und es gab jeweils einen Thron für Hamlets Mutter und Onkel, und sogar einen Sarg, der allerdings beiseite geschoben worden war, bis man ihn brauchte. Ja, dachte Connor, das war die richtige Umgebung für ihn.

»Oh, seht nur, da gehen sie.« Ambrose zeigte aufs Tor. »Oh, und dieser Fellini läuft direkt hinter ihnen her.« Er wendete sich zu Connor um. »Aber wir überlassen sie einfach ihrem Schicksal. Hier gilt es Aufgaben zu erfüllen, die einem Mann besser anstehen …«

Connor senkte sein Schwert, das er bereits erhoben hatte. »Das ist vielleicht Eure Meinung, aber ich bin anderer Auffassung. Welcher Mann, der noch kämpfen kann, lässt hilflose Frauen in ihr Unglück laufen?«

Ambrose hüstelte. »Nur zu wahr«, gab er zu. »Ich bewundere Euch für Eure Überzeugungen. Dann macht Euch auf den Weg und tut Eure Pflicht.«

Connor hatte kurz den Eindruck, als wolle Ambrose ihn manipulieren und dazu bringe, Victoria und ihrer Großmutter zu folgen.

Aber spielte das eine Rolle?

Nein, beschloss er; wenn die beiden Frauen tatkräftige Unterstützung brauchten, würde er zur Stelle sein.

„Wir sehen uns dann um Mitternacht in der Küche«, fügte Ambrose hinzu und schob sein Schwert wieder in die Scheide. »Ich habe neue Lesebücher für Euch.«

»Ach, du lieber Himmel«, stöhnte Connor. »Aber bitte keine Geschichten mehr über diese amerikanischen Kinder. Wenn ich noch mehr von den Abenteuern dieser Bälger lesen muss …«

»Nein, diesmal sind es echte schottische Erzählungen. Viel Blutvergießen. Gemetzel. Sieg und Ruhm für die Highlander.«

»Dann komme ich gerne«, erklärte Connor. Er sprang von der Bühne und verließ den Burghof.

Er folgte der kleinen Gruppe zu einer Wiese. Victoria und Mary schleppten den Korb, während Fellini umherschlenderte und sich mit der Umgebung vertraut machte. Connor hätte am liebsten sein Schwert gezogen und ihn mit einem wütenden Highlander vertraut gemacht.

Es reizte ihn bis aufs Blut, dass Victoria Fellini so bewundernd anschaute, und was Fellini anging, so hätte er ohnehin eine Abreibung verdient.

Connor ließ sich bequem im Schatten eines nahe gelegenen Wäldchens nieder und beobachtete die drei. Mary aß zwar etwas, es schien ihr aber nicht zu schmecken, was ja auch kein Wunder war.

Auch Victoria nahm kaum etwas zu sich, aber das lag wohl eher daran, dass sie die ganze Zeit über Fellini anstarrte und ihm förmlich an den Lippen hing. Connor hätte ihr am liebsten gesagt, sie solle den Kerl zum Teufel jagen, aber es ging ihn ja nichts an, und so hielt er sich zurück.

Fellini langte mit gutem Appetit zu, und dabei gelang es ihm auch noch, die ganze Zeit über zu schwatzen. Bei allen Heiligen, der Mann konnte einen wirklich zur Weißglut bringen.

Schließlich tupfte sich Fellini den Mund mit einem weißen Tuch ab und stand auf. »Victoria«, sagte er gebieterisch, »komm mit mir. Ich habe etwas mit dir zu besprechen.«

Victoria erhob sich gehorsam. Sie wirkte keineswegs irritiert. »Granny, kommst du allein zurecht?«

»Natürlich, Liebling.«

»Wir gehen auch nicht weit.«

»Mach dir keine Gedanken um mich. Ich kann mich schon beschäftigen.«

Victoria nickte und folgte Fellini. Connor trat aus seinem Versteck hervor – er hatte hinter einem Baum gestanden, um die Szene zu beobachten – und blickte ihr nach. Sie wirkte erschöpft. Aber das war ja auch kein Wunder, wenn sie ihre Energie ständig an diese unwürdigen Schauspieler verschwendete.

Mary winkte ihm zu.

»Connor, kommt her und setzt Euch.«

Seufzend schnallte er sein Schwert ab und setzte sich neben die alte Dame auf die Decke.

»Was für ein unerfreulicher Nachmittag«, stieß er hervor.

»Ja, nicht wahr?«, entgegnete sie. »Lasst uns von etwas anderem sprechen, bevor ich diesem Mann etwas antue.« Sie lächelte ihn an. »Erzählt mir doch, womit Ihr Eure Zeit verbringt. Stört es nicht sehr, dass Vikki ihr Stück in Eurem Schloss aufführt?«

131

»Es stört insofern, als dass ich eigentlich auf der Suche nach einem Hauptmann für meine Garnison bin, aber es ist auszuhalten.«

»Müsst Ihr überhaupt suchen? Stehen die Männer nicht Schlange für dieses Privileg?«, fragte Mary.

»Das sollte man meinen, aber ich muss sie mit dem Schwert dazu zwingen, sich zu bewerben.«

»Das kann man sich gar nicht vorstellen.«

Connor fand Victorias Großmutter immer einnehmender. Sie begriff nicht nur sofort, was eine Garnison für Notwendigkeiten mit sich brachte, sondern sie besaß auch noch die interessantesten Mordinstrumente, die er je gesehen hatte.

»Was sind das eigentlich für kleine Stäbe, die Ihr da in der Hand haltet?«, fragte er und beugte sich etwas näher zu ihr.

»Das sind Stricknadeln«, erwiderte Mary und hielt sie hoch, damit er sie genauer betrachten konnte. »Diese hier sind aus Stahl.«

»Verbiegen sie sich?«, fragte er interessiert.

»Nein, eigentlich nicht.«

»Und wenn man sie einem Mann durch die Rippen sticht?«, fragte er. »Was passiert dann?«

»Ich bin mir nicht sicher«, erwiderte sie und hielt eine hoch. Sie glitzerte in der Sonne. »Das habe ich noch nie versucht.«

»Wie schade. Was macht man denn sonst Nützliches damit?«

Sie hielt einen wunderschönen Pullover hoch, in den Farben von Wasser und Wald, Heidekraut und Disteln.

»Sehr schön anzusehen«, erklärte Connor. »Und ein interessantes Muster, wenn ich mir die Bemerkung erlauben darf.«

»Ja, das ist Fair Isle«, erwiderte Mary und strich über die Wolle. »Mir gefallen die Farben. Sie erinnern mich irgendwie an die schottische Landschaft. Wie sie gewesen sein muss, bevor die Engländer anfingen, die Wälder zu roden.«

»Seid Ihr schon einmal dort gewesen?«

»Ich bin eine MacLeod«, erwiderte sie. »Ich musste einfach dorthin. Aber Ihr wart nie wieder dort, oder?«

Er schüttelte den Kopf. »Nicht mehr seit … nun ja, seit vielen, vielen Jahren.«

»Ihr solltet es Euch noch einmal ansehen.«

»Ich wüsste nicht, was ich dort sollte.«

»Es wäre doch schade, wenn Ihr Euch die Freude …«

»Ich kann es nicht ertragen«, unterbrach er sie.

Mary warf ihm einen Blick zu, dann lächelte sie leise. »Ich glaube, ich kann Euch verstehen. Ich habe an Orten gelebt, die ich so geliebt habe, dass ich kaum in der Lage bin, an sie zu denken, geschweige denn, dorthin zurückzukehren. Das Gefühl des Verlusts ist zu groß.«

Connor brummte eine Antwort. Ja, er hatte viel in den Highlands zurückgelassen, weit mehr als sein Leben, und vermutlich wollte er deshalb nicht dorthin zurück. Im Grunde war er sich aber nicht ganz sicher. Er scheute sich davor, in sein schwarzes Herz zu blicken und der Wahrheit ins Auge zu sehen.

Er saß da und beobachtete Victorias Großmutter, die mit Nadeln und Wolle Zauberdinge vollbrachte. Während sie strickte, erklärte sie ihm, was sie tat, und ihre Stimme und die gleichmäßigen Bewegungen machten ihn schläfrig. Er schloss die Augen.

Als seine Augenlider schon schwer wurden, und seine Widerstandskraft auf dem tiefsten Punkt war, griff Mary an und entlockte ihm alles, was er freiwillig nie preisgegeben hätte. Er erzählte ihr, dass er mit fünfunddreißig Jahren gestorben war, dass er der Älteste von drei Söhnen war und seine Brüder nutzlose Taugenichtse waren, die das Vermögen des Vaters verprassten und keinen Finger krumm machten. Und er erzählte ihr auch, dass er verheiratet und Vater von zwei Kinder gewesen war.

Anschließend schlief er tatsächlich ein, und als er erwachte, wusste er nicht mehr genau, was er ihr alles anvertraut hatte.

»Laird MacDougal?« Erschreckt fuhr er hoch und griff nach seinem Schwert. »Was ist?«, sagte er und blickte sich mit aufgerissenen Augen um.

»Vikki ist noch nicht wieder da.«

Es dauerte einen Moment, bis ihm die Bedeutung der Worte aufging, aber dann fragte er: »Ist sie denn schon lange weg?«

»So lange, dass ich mich frage, wo sie bleibt.«

»Ich mache mich sofort auf die Suche«, erklärte er und sprang auf. Besorgt blickte er auf sie herunter. »Habt Ihr Eure Nadeln?«

Sie klopfte auf ihre Tasche. »Ich habe sie bei mir. Seid unbesorgt.«

»Es wird nicht lange dauern. Wir sind gleich wieder zurück«, erklärte Connor grimmig.

Schnell hatte er die beiden gefunden. Sie standen auf der anderen Seite des Hügels. Victoria hatte die Arme über der Brust verschränkt und wirkte ein wenig gelangweilt.

Connor näherte sich vorsichtig. Er war versucht, sein Schwert zu ziehen, aber er dachte an Victorias Warnung, dass die Schauspieler ihr davonlaufen würden, wenn sie sich zu sehr erschreckten. In Fellinis Fall mochte das ja kein großer Verlust sein, aber Fellinis zweite Besetzung war fast so arrogant wie er, deshalb machte es wenig Sinn, ihm jetzt Angst einzujagen.

»Wie groß ist denn *Tumult in der Teekanne* eigentlich?«, fragte Fellini gerade.

»Groß genug für unsere Zwecke«, antwortete Victoria.

»Sag mir ein paar Maße«, beharrte Fellini. »Nur für meine Schüler. Es wäre ganz gut, wenn sie eine Vorstellung davon hätten, wie groß die Bühne ist, auf der sie eines Tages vielleicht auftreten.«

Was sollte das? Connor schüttelte den Kopf. Wie gut ein Schauspieler war, hing doch nicht von der Größe der Bühne ab. War dieser Mann tatsächlich so naiv oder verfolgte er mit seinen Fragen eine unlautere Absicht?

Connor betrachtete Victoria, die geduldig die Fragen nach dem Theater beantwortete. Er erfuhr einiges, das er bisher von Victorias Truppe noch nicht gewusst hatte. Einiges verwirrte ihn auch.

Was war Hanf, und warum zog Fellini die Augenbrauen hoch, als Victoria erwähnte, dass auf der Bühne Töpfe mit Hanf standen? Und warum klatschte er so freudig in die Hände, als Victoria sagte, die Miete für das Theater sei schon für ein Jahr im Voraus bezahlt?

Und warum stellte er danach eine so gleichgültige Haltung zur Schau, als ob ihn alles, was sie vorher besprochen hatten, nicht mehr interessierte?

Überaus verwirrend.

Connor warf Victoria einen Blick zu. Sie wirkte jetzt nicht mehr gelangweilt, sondern misstrauisch.

Fellini schien jedoch nichts zu merken.

»Ich glaube, ich muss jetzt wieder zurück«, sagte Victoria schließlich.

Fellini gähnte. »Ja, ich auch. Ich glaube, ich schreibe einen Brief an einen der Professoren der *Juilliard*. Dort ist man sicher ebenso interessiert an *Tumult in der Teekanne* und an den diesbezüglichen Details. Natürlich nur im Interesse unserer Schüler.«

»Ja, natürlich.«

Victoria ging mit Fellini den gleichen Weg zurück, den sie gekommen waren. Connor hatte eigentlich gedacht, sie hätte ihn nicht gesehen, aber zu seiner Überraschung warf sie ihm einen Blick zu und wies mit dem Kopf auf den Weg, als ob er sich ihnen anschließen solle.

Das tat er natürlich.

Wahrscheinlich lag es daran, dass er hinter ihr ging und die Woge ihrer flammend roten Haare bewunderte, auf jeden Fall merkte er erst, dass sie stehen geblieben war, als er fast durch sie hindurch lief. Sie keuchte überrascht auf.

»Wo ist meine Großmutter?«

135

»Wahrscheinlich ist sie schon zum Gasthaus gegangen«, sagte Fellini achselzuckend.

Victoria stand da wie erstarrt, und auch Connor hatte das Gefühl, dass etwas nicht stimmte.

»Sie würde nie weggehen, ohne Bescheid zu sagen«, erklärte Victoria.

»Sie wollte bestimmt nicht, dass ich mich gestört fühle«, meinte Fellini. »Anscheinend ist sie eine Dame mit Taktgefühl.«

Connor blickte auf die Überreste des Picknicks. Es sah nicht so aus, als ob ein Kampf stattgefunden hätte. Kein Blut. Keine Fußspuren. Connor begegnete Victorias Blick und verzog das Gesicht. Ja, er hätte bei ihrer Großmutter bleiben sollen.

Aber vielleicht hatte Fellini ja recht. Die Gewohnheiten einer alten Frau …

Victoria trat einen Schritt näher. »Ihr Strickbeutel ist nicht mehr da, aber sieh mal hier.« Sie bückte sich und hob den Zimmerschlüssel auf. »Warum sollte sie ihn hier lassen?«

»Ich bin sicher, deine Großmutter musste lediglich dringend zur Toilette und hat in der Eile ein paar Sachen vergessen.« Fellini winkte ab. »Die Pruitt hat sicher einen Ersatzschlüssel.«

»Ich habe das Gefühl, hier stimmt etwas nicht«, erklärte Victoria und blickte sich um.

»Du bildest dir das ein«, erwiderte Fellini.

Victoria bückte sich erneut, um Marys Sonnenbrille aufzuheben. »Sie wäre bestimmt auch nicht ohne ihre Sonnenbrille gegangen.«

»Es ist doch bewölkt«, sagte Fellini. »Ach, komm, Victoria, ich habe zu tun. Pack die Sachen zusammen, damit wir gehen können.«

Victoria fuhr mit dem Finger über den Bügel der Sonnenbrille. »Nein, das geht nicht mit rechten Dingen zu. Sie wäre nicht ohne ihren Schlüssel und ohne ihre Sonnen…«

»Hör mal«, unterbrach Fellini sie barsch, »ich habe keine
Lust, hier herumzuhängen und irgendwelche Spekulationen
anzustellen. Sie ist wahrscheinlich im Gasthaus, und dort
gehe ich jetzt auch hin. Und ich möchte gerne dein Theater
sehen, wenn wir wieder in Manhattan sind.«

Damit drehte er sich auf dem Absatz um und marschierte
wütend davon. Wäre Connor die Wesensart des Mannes
nicht bekannt gewesen, hätte er vermutet, dass er etwas im
Schilde führte.

Er wandte sich an Victoria. »Ich war eben noch bei ihr.«

Verwirrt blickte Victoria sich um. »Es ergibt einfach keinen Sinn. Sie würde nie …«

Mitten im Satz brach sie ab, ging ein paar Schritte und hob
dann etwas aus dem Gras auf.

Es war eine einzelne Stricknadel.

»Eine von den langen mit vier Millimetern Durchmesser«,
stellte Connor grimmig fest. »Zweifellos eine ihrer besten
Waffen.«

Victoria blickte auf den Picknickkorb, dann wieder zu
Connor. »Vielleicht ist sie ja wirklich zum Gasthaus zurückgegangen. Vielleicht hat sie das hier einfach nur verloren …«

Sie drehte sich um und rannte zur Straße.

Connor warf noch einen Blick auf den Platz, dann lief er
hinter ihr her. Er holte sie mit Leichtigkeit ein. »Wir finden
sie«, versprach er ihr. Sie weinte bestimmt schon.

Aber ihre Augen waren trocken.

»Hoffentlich«, sagte sie.

Sie rannten den ganzen Weg bis zum Gasthaus. Dort blieb
Victoria keuchend an der Tür stehen, bis sie wieder zu Atem
gekommen war.

»Ich muss mehr trainieren«, sagte sie. »Dabei sollte man
meinen, es hält einen Form, wenn man den ganzen Tag über
Schauspieler anschreit, oder?«

»Ihr müsst Euch auf dem Turnierplatz üben«, erklärte

137

Connor weise. »Es stählt nicht nur den Körper, sondern hält auch den Geist beweglich. Außerdem versetzt es Euch in die Lage, jemanden herausfordern zu können.«

Victoria blies sich eine Haarsträhne aus den Augen. »Ich wünschte, ich könnte Michael Fellini dorthin bringen. Der verdammte Mistkerl! Das lässt ihn alles völlig kalt!«

»Das wundert mich keineswegs«, erwiderte Connor.

»Sie mögen ihn nicht«, stellte Victoria fest.

»Nein, das wisst Ihr doch.«

Seufzend schüttelte sie den Kopf. »Sie haben ja recht. Ich hätte es schon früher merken müssen.« Sie legte die Hand auf den Türknauf. »Ich kann nur hoffen, dass sie hier ist.«

Connor nickte, aber er war wenig zuversichtlich, dass sie Victorias Großmutter im Gasthaus finden würden.

Und so war es auch.

10

Victoria saß im Sessel und starrte in den Kamin. Das Feuer war fast heruntergebrannt. Im Raum war es dunkel, weil er nur von einer kleinen Lampe beleuchtet war. Sie wusste nicht genau, wie spät es war. Mitternacht war wahrscheinlich schon vorüber.

Der gestrige Tag lag wie in dichtem Nebel hinter ihr. Die Probe war grauenhaft gewesen, und danach hatte sie ein Picknick mit ihrer Granny und Michael unternommen. Michael hatte ausgesprochen seltsame Fragen gestellt, und als sie zur Decke zurückgekehrt waren, war ihre Großmutter weg gewesen. Sie waren ins Gasthaus zurückgerannt, aber dort war sie auch nicht.

Danach hatte sie die Polizei gerufen. Die Beamten waren angerückt und hatten Fragen gestellt, und schließlich waren sie wieder gefahren. Morgen früh wollten sie wiederkommen.

Mrs Pruitt hatte ihr Tee ins Wohnzimmer gestellt, das Licht angemacht und sie alleine gelassen.

Aber sie war nicht alleine. Auf einem Stuhl in der anderen Ecke des Raums saß ein großer, dunkelhaariger, breitschultriger Mann. Er hatte den Kopf gesenkt, und als er merkte, dass ihr Blick auf ihm ruhte, blickte er sie stumm an.

Victoria seufzte. »Ich muss meine Familie anrufen.«

Er machte Anstalten aufzustehen. »Ich gehe …«

»Nein«, unterbrach sie ihn rasch. »Bitte … wenn es Ihnen nichts ausmacht zu bleiben …«

Er setzte sich wieder. »Natürlich nicht.«

Schweigend betrachtete sie ihn, dann blickte sie auf ihre Hände. »Danke«, sagte sie.

»Wofür?«

»Weil Sie hierbleiben, wegen meiner Großmutter.« Er räusperte sich. »Ich tue es nicht für sie.«

Victoria blickte überrascht auf.

»Na ja, jedenfalls nicht nur für sie«, korrigierte er sich.

Victoria wusste nicht, was sie sagen sollte. Hier stand ein Mann, der sie vor Kurzem noch zu Tode erschreckt hatte, und jetzt war er … überhaupt nicht mehr zum Fürchten. Sie lächelte ein wenig. »Auch dafür danke ich Ihnen«, sagte sie, »Laird MacDougal.«

»Connor«, sagte er. »Es ist mir eine Ehre und eine Freude, Euch zu Diensten zu sein.«

»Aber dann musst du mich Victoria nennen«, unterbrach sie ihn.

Er schwieg einige Sekunden lang. »Victoria«, sagte er schließlich.

Ein Schauer lief ihr über den Rücken, aber das lag sicherlich daran, dass es schon so spät war.

Victoria blickte zum Telefon. Sie musste jetzt endlich bei ihrer Familie anrufen, auch wenn sie sich davor fürchtete.

Sie hätte ihrer Großmutter nie erlauben dürfen, in England zu bleiben. Am besten wäre es gewesen, sie hätte sie sofort wieder in ein Taxi gesetzt und zum Bahnhof zurückgeschickt.

Am liebsten würde sie Thomas erklären, er solle sich mitsamt seinem Schloss zum Teufel scheren. Ohne ihn hätte sie Michael Fellini nie engagiert, Gerard wäre nicht vor dem Spuk geflohen, und ihre Großmutter hätte nie hierher kommen müssen.

Aber sie wäre auch nie Connor MacDougal begegnet.

Victoria ließ ihren Kopf in die Hände sinken. Es war hoffnungslos …

Dann jedoch setzte sie sich wieder aufrecht hin und rieb sich übers Gesicht. Hoffentlich hatte Connor ihren kleinen Schwächeanfall nicht bemerkt.

Er saß da und beobachtete sie aufmerksam.

»Mir geht es gut«, sagte sie spröde.

»Das habe ich nie bezweifelt.« – »Ich weiß nur nicht, wen ich zuerst anrufen soll.« Sie schwieg. »Ich bin mir nicht sicher, ob ich mir die Vorwürfe meiner Mutter anhören will.«

Connor räusperte sich. »Es geht mich zwar nichts an«, begann er, »und ich gebe es auch nur ungern zu, aber dein Bruder ist ... äh ... kein unkluger Mann.«

Victoria blinzelte. »Du meinst, ich soll Thomas anrufen?«

»Er ist kein kompletter Narr.«

»Das ist hohes Lob aus deinem Mund.«

»Wenn du ihm verrätst, dass ich das gesagt habe, werde ich es abstreiten.«

Unwillkürlich musste sie lächeln, aber dann wurde sie gleich wieder ernst. »Er wird mich umbringen.«

Connor runzelte die Stirn. »Warum?«

»Weil das alles meine Schuld ist.«

»Victoria, deine *grandmère* ist eine erwachsene Frau mit einem ausgezeichneten Verstand. Sie ist durchaus in der Lage, auf sich selbst aufzupassen.«

Victoria hätte ihm gerne geglaubt. Sie wusste, dass ihre Großmutter klug war. Außerdem hatte sie ihren Strickbeutel bei sich, und ein paar Dinge darin waren durchaus als Waffe einsetzbar. Aber sie stellte sich trotzdem nur ungern vor, dass ihre Granny tatsächlich allein dort draußen war.

Entschlossen griff sie nach dem Telefon. Als sie Thomas Nummer wählte, zitterten ihre Hände so sehr, dass ihr fast der Hörer aus der Hand fiel. Iolanthe nahm ab.

»Hallo?«

Victoria schloss kurz die Augen. »Iolanthe, ich bin es, Victoria.« Die Stimme versagte ihr.

Iolanthe schwieg einen Moment, dann fragte sie: »Ist etwas passiert, Schwester?«

Nun, es hatte ja keinen Zweck, um den heißen Brei herumzureden. » Großmutter ist verschwunden.«

»Verschwunden?«

»Ja, ohne jede Spur. Sie hat ihren Zimmerschlüssel und

ihre Sonnenbrille zurückgelassen, aber es gab keine Anzeichen für einen Kampf. Und ihr Strickbeutel ist auch weg. Sie geht ja nirgendwo hin, ohne ihn mitzunehmen.« Victoria schwieg. »Sie strickte gerade einen Pullover.«

Sie wusste, dass sie dummes Zeug redete, aber sie kam nicht dagegen an.

»Ich hole Thomas«, sagte Iolanthe.

Victoria griff nach ihrer Tasse und trank einen Schluck kalten Tee. Das machte sie zwar nicht mutiger, aber wenigstens war ihr Mund nicht mehr so trocken.

»Vic?«

Am liebsten wäre Victoria zusammengebrochen und hätte geweint wie ein kleines Kind. Aber diese Blöße wollte sie sich weder vor Connor noch vor Thomas geben. Sie holte tief Luft. »Ich habe sie verloren.«

»Was hast du verloren?«

»Granny. Ich habe sie allein auf einer Decke zurückgelassen, und als ich wiederkam, war sie weg. Es ist meine Schuld. Ich habe einem meiner Schauspieler schöne Augen gemacht.«

»Fellini?«

»Thomas«, zischte Victoria, »was spielt das jetzt noch für eine Rolle?«

»Ich bin ja bloß neugierig.«

»Du Blödmann, unsere Großmutter ist heute verschwunden«, schrie sie unbeherrscht ins Telefon.

»Hast du die Polizei gerufen?«

»Ja.«

»Gibt es irgendetwas, das auf ein Verbrechen hinweist?«

Victoria rieb sich die Stelle zwischen ihren Augen, die anfing zu pochen. »Nein.«

»Sie ist also einfach weggegangen?«

»Ich habe zwar keine eindeutigen Beweise dafür, aber es scheint alles darauf hinzudeuten.«

»Vic, du hättest Anwältin werden sollen.«

»Thomas!«

»Wir kommen mit dem nächsten Flug.« – »Wirklich?«,
fragte sie überrascht. »Das würdest du tun?«

»Ja, natürlich. Was soll ich denn sonst machen?«

»Ich weiß nicht«, erwiderte sie seufzend. »Beeil dich.«

»Wenn du endlich auflegst, kann ich einen Flug buchen.«

Victoria legte auf und warf Connor einen Blick zu. »Er ist
ein Idiot.«

Connor hielt sich die Hand vor den Mund.

»Lächelst du etwa?«, fragte sie misstrauisch.

Er schüttelte den Kopf. »Nein. Es wärmt nur mein Herz,
wenn du so über deinen Bruder sprichst. Er hat es verdient.«

»Er kommt so schnell wie möglich hierher.«

»Ich würde ihn nur zu gerne mit einem handfesten Spuk
begrüßen, wenn die Umstände nicht so finster wären.« Connor schürzte die Lippen. »Was in seinem Kopf vorgeht, wissen die Heiligen.«

»Dummes Geschwätz«, sagte Victoria. Aber sie war erleichtert. Dabei hätte es sie eigentlich ärgern müssen, weil sie
sicher war, Krisen genauso gut zu meistern wie ihr Bruder.

Aber wenn sie wirklich jemanden brauchte, war er immer
für sie da – ungefragt und ohne es ihr unter die Nase zu rei-
ben. Das war eigentlich ein schöner Zug von ihm.

Sie seufzte. »Jetzt bleibt mir wahrscheinlich nichts anderes übrig, als Mom und Dad anzurufen. Davor graut es mir.«
Sie warf Connor einen Blick zu. »Meine Mutter wird außer
sich sein.«

»Wenn deine Mutter auch nur ein wenig nach ihrer Mutter kommt, wird sie es mit Fassung tragen«, meinte Connor.
»Deine Granny ist eine furchtlose Frau.«

Das Telefon klingelte. Automatisch nahm Victoria ab.
»Hallo?«, sagte sie zögernd.

»Hast du Mom und Dad angerufen?«

Sie seufzte. »Nein. Übernimmst du das für mich?«

»Klar«, erwiderte Thomas. »Ich melde mich gleich noch-
mal.«

143

Victoria legte auf und blickte Connor an. »Thomas ruft meine Eltern an. Wir werden bald hören, wie sie es aufnehmen.« Sie schwieg. »Du glaubst doch nicht, dass meine Granny …«

»Nein, das glaube ich nicht«, unterbrach er sie in scharfem Tonfall. »Und du solltest auch nicht an etwas Derartiges denken. Es ist ihr bestimmt nichts passiert, und sie rechnet sicher fest damit, dass du ihr zur Hilfe kommst. Die Behörden mögen zwar gut ausgebildete Leute haben, aber sie haben einen weniger starken Antrieb, sie zu finden, als wir.«

Victoria nickte. Sie zuckte zusammen, als das Telefon erneut klingelte. Zögernd griff sie zum Hörer.

»Ja?«

»Mom und Dad sind okay.«

Victoria stieß langsam die Luft aus. »Wirklich?«

Thomas lachte leise. »Mom hat gesagt, du solltest dir keine Sorgen machen. Dad hat gesagt, und jetzt zitiere ich: ›Die Frau geht ohne ihren Beutel voller Stahlnadeln nirgendwohin. Sie hat sogar mich schon ein paar Mal damit terrorisiert. Es wird ihr schon nichts passiert sein.‹«

Victoria lächelte mühsam. »Ich kann mir bildlich vorstellen, wie Granny Dad zur Ordnung ruft.«

»Ja. Sie wird schon wieder auftauchen.«

»Hoffentlich.«

»Dad hat auch sofort einen Flug gebucht. Sie kommen ebenfalls. Leg du dich am besten jetzt hin und schlaf darüber. Übermorgen sind wir wahrscheinlich alle schon da, und dann sehen wir weiter.«

Victoria nickte, verabschiedete sich und legte auf. »Sie kommen alle hierher«, sagte sie erleichtert zu Connor.

»Das sollten sie auch«, erwiderte Connor.

»Ich glaube, meine Mom ist in Ordnung.«

»Das ist wohl das MacLeod-Blut«, meinte Connor. »Und dieses Kompliment fällt mir nicht leicht.«

Victoria lächelte kurz. »Sie ist sehr an paranormalen Phänomenen interessiert. Dem zweiten Gesicht und solchen Dingen. Sie und Ambrose werden sich bestimmt gut verstehen.«

»Zweifellos.«

»Zumindest kann ich mich dafür verbürgen, dass Thomas keine Ahnung von der Welt der Geister hat.« Sie schwieg. »Außer von dir, natürlich.«

Connor begann zu husten, und Victoria warf ihm einen misstrauischen Blick zu.

»Was ist los?«

»Mich überkam gerade ein unüberwindbares Verlangen, auf deinen Bruder loszugehen«, sagte Connor.

»Das solltest du vielleicht lieber sein lassen. Er bringt seine Frau Iolanthe mit.«

»Das habe ich mir gedacht.«

»Kennst du sie?«

»Ich habe sie ein oder zwei Mal gesehen«, erwiderte er ausweichend.

Victoria wunderte sich über seinen Tonfall, aber im Moment gingen ihr wichtigere Dinge durch den Kopf, deshalb beließ sie es dabei. Aber irgendetwas war faul an der Sache. Das würde sie später herausfinden.

Sie schloss die Augen. »Ich glaube, mir geht es gut. Wenn du möchtest, kannst du gehen.«

Connor schwieg.

»Wirklich«, fügte Victoria hinzu.

Er lächelte grimmig. »Wenn du mich loswerden willst, dann gehe ich.«

»Ich will mich nur nicht aufdrängen.«

»Das hast du von Anfang an getan. Jetzt ist es zu spät für eine Entschuldigung.«

»Dann bleibst du also?«, fragte sie schläfrig.

»Wenn du nicht schnarchst, ja.«

Victoria machte es sich in dem weichen Sessel gemütlich. »Wenn ich schnarche, kannst du mich ja wecken«, bot sie ihm an.

145

Es war noch dunkel, als sie erwachte. Dass sie überhaupt geschlafen hatte, merkte sie nur daran, dass die Armlehne ihres Sessels feucht war. Vielleicht konnte sie nur im Schlaf weinen.

Connor saß ihr gegenüber auf einem harten Stuhl, die Arme über der Brust verschränkt, und beobachtete sie.

Sein Gesichtsausdruck war sanft.

Aber vielleicht sah das im Feuerschein auch nur so aus.

»Du bist bei mir geblieben«, flüsterte sie.

»Das habe ich doch gesagt.«

Sie schloss die Augen wieder und schlummerte erneut ein.

11

Connor machte sich Sorgen. Es lag eigentlich nicht in seiner Natur, aber in diesem Fall ging es um Victoria.

Sie arbeitete so hart, dass er das Gefühl hatte, es fehlte nicht viel, und sie würde zusammenbrechen.

»Noch einmal«, fauchte sie Fellini und Mistress Blankenship an.

»Aber Victoria«, beschwerte sich Cressida, »wir haben die Szene doch schon drei Mal wiederholt.«

»Und drei Mal war sie entsetzlich«, erwiderte Victoria kurz angebunden. »Willst du schlechte Kritiken ernten, Cressida? Du sollst das Publikum in deinen Wahnsinn hineinziehen, und ihn nicht den Zuschauern aufzwingen.«

Connor blickte zu Fellini, der Cressida mehr als einmal gesagt hatte, sie agiere nicht heftig genug. Der Mann stand mit verschränkten Armen auf der Bühne, und seine Augen funkelten wütend.

Cressida hingegen sah so aus, als ob sie tatsächlich wahnsinnig würde – wahrscheinlich wusste sie nicht, welchen Rat sie befolgen sollte.

»In Ordnung«, wimmerte sie schließlich. »Ich kann es ja noch einmal versuchen.«

»Ja, natürlich kannst du es noch einmal versuchen«, erwiderte Victoria. »Und gib die lächerliche Dramatik am Tor ab, ja?«

Einige der anderen Schauspieler keuchten auf, und Connor trat näher. Bestimmt würde Blut fließen. Aber Cressida nickte nur gehorsam und nahm ihren Platz auf der Bühne wieder ein. Fellini blieb stumm und aufmerksam am Rand stehen. Connor stellte sich dicht neben ihn, um zu hören, was der Mann vor sich hin murmelte. So war er auch in Victorias Nähe, falls sie zusammenbrechen sollte.

Aber das tat sie natürlich nicht. Und das versetzte ihn in höchste Sorge.

Sie war am Morgen aufgewacht, hatte ihm höflich dafür gedankt, dass er bei ihr geblieben war, und war dann sofort an ihre Sonntagsarbeit gegangen – die Schauspieler hatten Glück, dass keine Proben angesetzt waren.

Aber ihren anderen Aufgaben hatte sie sich unermüdlich gewidmet, ohne sich eine Pause zu gönnen. Connor verstand das gut. Es gab nichts Besseres als Arbeit, um Emotionen in Zaum zu halten. Aber er fragte sich trotzdem, wie sie es durchhielt. Sie war so zart und lieblich; eigentlich hätte der Druck sie zu Boden werfen müssen.

Ihr Bruder, der gerade angekommen war, war völlig anders. Seine Schultern waren breit genug für jede Art von Last. Connor beobachtete Thomas McKinnon, der durch die Tore von Thorpewold schritt, als ob ihm das Schloss gehörte. Er war allein, und Connor fragte sich, wo wohl seine Frau war. Iolanthe MacLeod würde sich doch bestimmt die Gelegenheit nicht entgehen lassen, hierher zu kommen und sich als verheiratete Frau zu präsentieren, während Connor immer noch der betrogene Ehemann war, der hier sein Dasein als Schatten fristete.

Das Leben war schon äußerst seltsam.

Jetzt trat Thomas auf seine Schwester zu. »Vic?«

Victoria blickte ihn noch nicht einmal an. »Später.«

»Später?«, echote Thomas. »Ich bin eben erst hier eingetroffen, und dir fällt nichts Besseres ein als ›später‹?«

»Schön, dich zu sehen«, fügte sie hinzu. »Und jetzt verschwinde und lass mich meine Arbeit hier beenden.«

Connor lachte leise auf. Bei allen Heiligen, es war eine nette Abwechslung, dass Victoria auch jemand anderen als ihn so scharf zurechtwies. Und wer hätte es mehr verdient als ihr arroganter, grässlicher Bruder?

148

Thomas schüttelte seufzend den Kopf. Auch das verstand Connor. In der Hitze des Gefechts war mit Victoria nicht zu reden. Langsam kam Thomas über den Burghof auf ihn zu.

»MacDougal«, sagte er.

»McKinnon«, erwiderte Connor.

»Ich sehe, dass meine Schwester noch im Vollbesitz ihrer geistigen Kräfte ist. Ihr habt also noch nicht angefangen, sie zu erschrecken.«

Connor grunzte. »Sie hat mir einen ganzen Monat voller Schreie versprochen, wenn ich sie und ihre Schauspieler-truppe für die Dauer des Stücks in Ruhe lasse.«

Thomas riss den Mund auf. »Tatsächlich?«

»Ja.«

»Und Ihr habt Euch darauf eingelassen.«

»Sie ist ein geschickter Verhandlungspartner.«

Thomas blickte ihn erstaunt an. »Ich fasse es nicht! Ihr kommt also gut miteinander aus?«

»Sie ist – abgesehen von Eurer Großmutter und unserer guten Lady Blythwood – die Ausnahme in Eurer Familie. Das scheint am Blut der MacLeods zu liegen, das durch ihre Adern fließt, auch wenn es mich schmerzt, das zuzugeben.«

Thomas begann zu grinsen. »Interessant.«

»Interessant wäre es zu beobachten, wie Euer Kopf sich von Euren Schultern löst.«

»Wer würde dann für Eure Unterhaltung sorgen?«, versetzte Thomas. »Victoria? Sie ist viel zu sehr mit ihren Proben beschäftigt. Ihr müsst Euch schon mit mir begnügen.« Er schwieg und blickte zu seiner Schwester. »Unglaublich, dass sie sogar heute probt.«

»Was soll sie denn sonst machen? Sie trauert.«

»Besonders erschöpft sieht sie nicht aus.«

»Ihr seid ein Narr«, sagte Connor nachdrücklich. »So-bald sie innehält, wird sie sich die Seele aus dem Leib wei-nen.«

Thomas blickte ihn ernst an, konnte jedoch ein leises Zu-

149

cken seiner Mundwinkel nicht unterdrücken. »Ihr scheint Euch ja gut mit ihrem Seelenleben auszukennen.«

»Fahrt zur Hölle, McKinnon«, unterbrach ihn Connor. »Aber lasst die Schlüssel für mein Schloss da. Ich bin es leid, dass ihr ständig meinen Frieden stört.« Er funkelte Thomas wütend an.

Thomas lachte. »Ihr seid bestimmt nur jetzt so nett zu Vic, damit Ihr sie später ordentlich erschrecken könnt.«

Darauf fiel Connor keine passende Erwiderung ein.

Thomas blickte sich um, aber sein Lächeln erlosch, als er Michael Fellini sah. Er runzelte die Stirn. »Ist das ihr Star?«

»Ja.«

»Er gefällt mir nicht.«

»Eure Meinung von ihm wird nicht besser werden, wenn Ihr ihn erst einmal kennengelernt habt.«

Thomas musterte Fellini, der auf ihn zukam, ein aalglattes Lächeln im Gesicht. Er streckte seine Hand aus.

»Sie müssen Victorias Bruder sein.«

»Thomas McKinnon«, sagte Thomas und schüttelte ihm die Hand. »Und Sie sind bestimmt Michael Fellini. Als wir uns das letzte Mal gesehen haben, hat Victoria ein regelrechtes Loblied auf Sie gesungen.«

Fellini schwoll der Kamm, und Connor hätte am liebsten sein Schwert gezogen.

»Ihre Schwester ist ganz reizend. Aber«, sagte er und senkte verschwörerisch die Stimme, »ich muss zugeben, dass ich mir große Sorgen um sie mache.«

Thomas beugte sich vor und warf ihm einen übertrieben interessierten Blick zu. »Ach ja? Aus welchem Grund?«

»Sie arbeitet bis zur Erschöpfung, und ich befürchte, das schadet ihrer Gesundheit.«

Thomas nickte ernst. »Ja, sie steigert sich wirklich in die Produktion hinein und lässt sich durch nichts ablenken. Haben Sie denn einen Vorschlag, wie man das ändern könnte?«

150

»Nun, wie Sie wahrscheinlich wissen, bin ich ein großartiger Regisseur«, erwiderte Fellini. »Ich verdiene zwar meinen Lebensunterhalt mit Schauspielunterricht, aber Regie führen kann ich auch. Wenn Sie glauben, dass es sinnvoll ist, biete ich gerne an, Victoria zu entlasten. Aber nur, wenn Sie es für richtig halten. Ich möchte mich nicht aufdrängen.«

»Nein, ganz bestimmt nicht«, warf Connor ein.

Michael warf Thomas einen überraschten Blick zu. »Haben Sie etwas gesagt?«

»Das muss der Wind gewesen sein«, sagte Thomas. »Vermutlich eine dieser besonders unangenehmen Böen aus Osten. Ich bin Ihnen sehr dankbar für Ihr Angebot, und ich werde mit Vic sprechen. Aber sie ist recht eigensinnig.«

Fellini lächelte liebenswürdig. »Ja, das habe ich schon gemerkt. Wirklich, ich greife Ihnen jederzeit gerne unter die Arme, indem ich Regie führe.«

Thomas nickte. Connor streichelte zärtlich über seinen Schwertknauf, während er Fellini hinterherblickte.

»Ihr mögt ihn nicht?«, fragte Thomas leise.

»Nein. Und ich traue ihm auch nicht.«

Thomas zog eine Augenbraue hoch. »Das ist ja ganz was Neues. Wir beide auf der gleichen Seite.«

»Wenn der Feind ein solcher Taugenichts ist, was bleibt uns denn anderes übrig? Aber erwartet bloß nicht, dass dieses Bündnis andauert«, warnte Connor.

»Nein, um Himmels willen«, erwiderte Thomas. »Seht, die Truppe packt zusammen. Ich muss mich beeilen.«

Connor beobachtete, wie Thomas Victoria bedrängte, bis sie ihn anschrie, er solle ins Gasthaus zurückgehen und dort auf sie warten. Thomas warf resigniert die Hände hoch und ging davon. Connor schürzte die Lippen. Bei allen Heiligen, der Mann kannte Victoria doch schon seit Jahren; hatte er denn keine Ahnung, wie man mit ihr umgehen musste?

Connor jedenfalls war so klug abzuwarten, bis alle Schauspieler weg waren und Victoria Fred die erforderlichen Anweisungen gegeben hatte, bevor er sich langsam von der Mauer abstieß und auf sie zuging. Als sie sich auf eine Bank an der Flanke des Rittersaales setzte, ließ er sich neben ihr nieder, sagte jedoch nichts. Vermutlich ging sie im Geiste die Leistung ihrer Schauspieler noch einmal durch und wollte nicht gestört werden.

Schließlich hob sie den Kopf und blickte ihn an. »Das war ein langer Tag«, sagte sie erschöpft.

»Mistress Blankenship macht Fortschritte«, erklärte er.

»Ich war zu streng mit ihr.«

Connor schüttelte den Kopf. »Sie hat zu dick aufgetragen, und du musstest eingreifen, bevor es sich einschleift. Du hast das Richtige getan.«

»Danke«, sagte sie leise. »Danke für alles.«

»Ein kluger Mann macht das Beste aus seiner Lage«, erwiderte er leichthin. »Und deine Schauspieler sind interessanter als die Touristen, die mich während der Sommermonate normalerweise in den Wahnsinn treiben.«

»Nein, ich meinte nicht die Tatsache, dass du uns erlaubst, uns hier auf dem Schloss aufzuhalten«, sagte sie langsam. »Ich wollte mich für gestern Nacht bedanken. Und für gestern. Und für heute.« Sie blickte zu Boden. »Ich habe wirklich Unterstützung gebraucht.«

»Ach was«, erwiderte er. »Ich habe niemals einen tapfereren Soldaten als dich erlebt. Du hast mich nicht wirklich gebraucht.«

Ein flüchtiges Lächeln huschte über ihr Gesicht. »Thomas möchte gerne zu der Stelle gehen, an der wir am Samstag waren, als Granny verschwunden ist. Alles nur, weil ich unbedingt mit Michael spazieren gehen musste.«

»Ich habe genauso viel Schuld. Ich hätte bei ihr bleiben sollen«, sagte Connor grimmig.

»Auf jeden Fall möchte Thomas sehen, wo wir gepicknickt haben.« Victoria schwieg. »Vielleicht sind uns ja irgendwelche Anhaltspunkte entgangen.«

152

»Das ist durchaus möglich«, räumte Connor ein. Seufzend stand Victoria auf. »Meine Eltern werden sicher bald hier sein. Ich sollte mich langsam darum kümmern, wo sie übernachten können.«

»Ich nehme an, dass Mrs Pruitt alles im Griff hat.«

»Ja, das befürchte ich auch. Komm, lass uns gehen.«

Connor begleitete sie zum Gasthaus. Der Weg kam ihm jedes Mal noch kürzer vor, aber vielleicht lag das nur daran, dass er ihn früher nie in menschlicher Begleitung gegangen war. Liebenswürdige Gesellschaft hatte durchaus etwas für sich.

Als sie näher kamen, vernahmen sie allerdings wenig erfreuliche Töne.

»Das klingt nach Ärger«, sagte Victoria seufzend.

»Fellini«, stellte Connor fest.

»Der Himmel möge mir beistehen.«

Connor vermutete, dass bei diesem unglückseligen Mann auch der Himmel nicht mehr helfen konnte und folgte ihr ins Gasthaus.

»Ich werde mein Zimmer auf gar keinen Fall aufgeben!«, brüllte Fellini. »Mir ist es gleichgültig, wer hier ist!«

»In Krisenzeiten müssen wir alle Opfer bringen«, erklärte Mrs Pruitt streng. »Solange ich hier die Wirtin dieses Gasthauses bin, wird Miss Victorias Verwandtschaft angemessene Zimmer bekommen.«

Fellini war eben im Begriff, wieder loszuschreien, als Thomas eintrat.

Thomas warf Connor einen vielsagenden Blick zu und wendete sich an den Schauspieler, der auf der Stelle seinen Mund schloss. »Gibt es Probleme mit den Zimmern?«, fragte er in liebenswürdigem Tonfall.

»Nein, nein, natürlich nicht«, erwiderte Fellini.

Mrs Pruitt warf ihm einen finsteren Blick zu, sagte aber nichts.

»Es tut mir leid, dass ich Ihnen Unannehmlichkeiten be-

153

reiten muss«, fuhr Thomas fort, »aber Mrs Pruitt war so freundlich, alles so zu organisieren, dass meine Frau und ich ebenfalls hier im Gasthaus untergebracht werden können. Sie wissen ja von der Tragödie mit meiner Großmutter.«

Fellini nickte, aber Connor kam es so vor, als habe er an seiner Wut schwer zu beißen.

»Ich möchte Sie zum Dank für Ihre Flexibilität heute Abend gerne zum Essen einladen«, fuhr Thomas lächelnd fort. »Es interessiert mich sehr, wie das Stück ihrer Meinung nach gespielt werden sollte. Und Victoria hat mir von ihrer großartigen Karriere berichtet. Wenn Sie Zeit haben, müssen Sie mir unbedingt davon erzählen.«

Ein tüchtiger Mann, dachte Connor bei sich. Diese Aufgabe wäre über seine Kräfte gegangen.

»Ich hole sofort meine Sachen aus dem Zimmer«, sagte Fellini, plötzlich ganz Lächeln und Freundlichkeit. »Mir war nicht klar, dass Sie derjenige sind, der … äh …«

»Sie vertreibt?«, ergänzte Thomas mit verschwörerischem Lächeln. »Es tut mir wirklich leid. Vielen Dank für Ihr Verständnis.«

»Natürlich. Sollen wir uns etwas früher zum Essen treffen?«

»Das wäre großartig. Dann haben wir viel Zeit, um uns zu unterhalten. Ich brenne darauf, Ihre Ausführungen zu hören.«

Thomas klopfte Fellini kumpelhaft auf die Schulter. Der Mann eilte die Treppe hinauf.

»Ich brauche jemanden, der meine Koffer trägt«, rief er über die Schulter.

Thomas erwischte Victoria am Ellbogen, bevor sie ihm nachlaufen konnte. »Wag es nicht«, sagte er leise. »Er wird alleine damit fertig.« Lächelnd blickte er seine Schwester an. »Außerdem meine ich eben Mom und Dad gehört zu haben.«

Connor lehnte sich an die Anrichte und wartete auf den Rest von Victorias Familie. Victoria schien sich nicht wohl

154

in ihrer Haut zu fühlen. Sie machte den Eindruck, als ob sie lieber irgendwo anders gewesen wäre. Connor blickte sie an und bedeutete ihr, zu ihm zu kommen. Erleichtert trat sie neben ihn.

»Bereite dich auf unsere zahlenmäßige Überlegenheit vor«, sagte sie mit schwachem Lächeln.

Die Tür ging auf, und Victorias Eltern traten ein. Ihr Vater, der seine Tochter sogleich in seine Arme zog, war groß und kräftig und hatte eine ähnliche Statur wie Thomas. Er blickte sich misstrauisch um, als erwartete er, jeden Augenblick angegriffen zu werden. Connor strich sich nachdenklich übers Kinn. Vielleicht hatte der Mann ja schon Erfahrungen mit den drei Gespenstern im *Boar's Head* gemacht.

Auch seinen Sohn bedachte Lord McKinnon mit einer kurzen, männlichen Umarmung, wobei er ihm kräftig auf den Rücken schlug. Connor nickte zustimmend. So hatte auch sein eigener Vater seine Zuneigung geäußert.

Victorias Mutter sah aus wie eine echte Schottin: stark, klug und schön. Es war kein Wunder, dass Victoria und Megan so hübsch anzusehen waren.

Connor dachte eben darüber nach, dass er Ersterer stärker zugetan war, als die Tür aufging und eine weitere McKinnon eintrat.

»Jenner!«, rief Victoria überrascht aus. »Was machst du denn hier?«

»Dir meine Hilfe anbieten«, erwiderte die junge Frau und schlang die Arme um Victorias Hals. »Du siehst schrecklich aus.«

Victoria löste sich aus ihrer Umarmung. »Ich habe in vier Tagen Premiere; in dieser Phase sehe ich immer so aus.«

»Das ist Victorias Schwester, Jennifer.«

Connor zuckte zusammen und warf Ambrose, der wie aus dem Nichts neben ihm aufgetaucht war, einen bösen Blick zu. »Würdet Ihr bitte damit aufhören? Das nächste Mal könnt Ihr Euch wenigstens kurz ankündigen.«

155

Ambrose lächelte nur. »Ich habe gehört, sie ist eine brillante Musikerin und eine sehr gute Schauspielerin.«

»Und warum wirkt sie nicht in Victorias Stück mit?«

»Sie tritt weder als Geigerin noch als Schauspielerin auf«, erklärte Ambrose. »Ich kann Euch allerdings nicht sagen, warum. Sie arbeitet mit ihrer Mutter zusammen. Die beiden entwerfen Kindermode.« Er schwieg. »Sie ist unverheiratet.«

Connor blickte Ambrose misstrauisch an. »Steht das arme Mädchen etwa auch auf Eurer Liste?«

»Mein Junge, sie sind *alle* auf meiner Liste.«

Connor schwieg. Also hatte Ambrose für jeden von den Geschwistern seine Pläne? Megan war glücklich mit diesem stinkreichen de Piaget verheiratet. Er nahm an, dass Thomas mit Iolanthe MacLeod ebenfalls glücklich war. Jennifer, die jüngste von Thomas' Schwestern, hatte Ambrose offensichtlich noch nicht in die Finger bekommen – zumindest bis zum jetzigen Zeitpunkt.

Connor hielt inne.

Und Victoria?

Er würgte an dem Gedanken, bis er ihn schließlich ausspuckte wie ein glühendes Stück Kohle. »Habt Ihr etwa jemanden für Victoria im Sinn?«, stieß er hervor.

Ambrose streckte sich, dass seine Gelenke knackten, betrachtete eingehend seine Fingernägel und fuhr glättend mit der Hand über seine Silberlocken. Erst dann wandte er sich zu Connor.

»Das würdet Ihr wohl gerne wissen, was?«, sagte er und verschwand.

Connor war so überrascht, dass es ihm die Sprache verschlug. Ja, natürlich wollte er das gerne wissen! Und wenn er den Namen des unseligen Hurensohns erfuhr, würde er ihm sein armseliges Leben zur Hölle machen!

Aber plötzlich durchfuhr ihn ein anderer Gedanke. Warum, bei allen Heiligen, kümmerte es ihn überhaupt, wen Victoria McKinnon heiratete?

Bevor er sich jedoch einreden konnte, dass es ihn überhaupt nicht interessierte, stand auf einmal Victoria auf seiner einen und Thomas auf seiner anderen Seite, und er legte sein Gesicht rasch in ernste Falten, damit sie ihm seine Überlegungen nicht ansahen.

»Jen kann auf der Couch im Zimmer von Mom und Dad schlafen«, sagte Victoria. »Du und Iolanthe, ihr nehmt Ambroses Schlafzimmer. Er hat bestimmt nichts dagegen.«

»Ja, wir sind auf jeden Fall angenehmere Gäste als Fellini«, pflichtete Thomas ihr bei. »Aber was ist mit dir?«

»Mrs Pruitt hat noch eine Liege, die ich in der Bibliothek aufstellen kann. Dort geht sowieso kaum jemand hin.« Sie warf Connor einen Blick zu. »Das ist meine Familie.«

»Sehr angenehm«, sagte er.

Thomas begann heftig zu husten, und Victoria entschuldigte sich bei Connor, um ihrem Bruder auf den Rücken zu schlagen, bis er sich wieder beruhigt hatte.

»Es geht schon wieder. Ich möchte nur wissen, warum dieser Irre hier so nett zu dir ist, nachdem er ein halbes Jahr lang versucht hat, mir den Kopf abzuschlagen.«

»Er ist eben milder geworden«, erwiderte Victoria. »Ich glaube, Dad möchte schnurstracks zum Picknickplatz gehen. Ich erzähle dir später von Connors Wandlung.« Sie blickte zu Connor. »Möchtest du mitkommen?«

»Äh ...« Er hatte immer noch nicht ganz sein Gleichgewicht wiedergefunden. Wer mochte bloß der Mann sein, den Ambrose mit Victoria verkuppeln wollte? Bestimmt nicht Fellini. Auf so eine Idee kam noch nicht einmal Ambrose. Aber wenn es nicht Fellini war, wer dann? Unter den Schauspielern gab es keinen Mann, der für sie infrage gekommen wäre. Und auch in der Umgebung fiel ihm niemand ein, der mit der rothaarigen Schönheit mit der spitzen Zunge fertig werden würde.

Außer er selber natürlich.

»Connor? Ist alles in Ordnung?«

Connor warf ihr einen erschreckten Blick zu. War *er* etwa der Mann, den Ambrose und seine untoten Kohorten ausgewählt hatten?

»Victoria, mit wem sprichst du da?«

Victoria blickte ihren Vater an. »Hier im Gasthaus spukt es, Dad. Wusstest du das nicht? Komm, wir gehen.«

Ihr Vater blickte sich erschreckt um. »Wo? Wo sind sie?«

»Dad, sie macht doch nur Spaß.« Thomas zog seinen Vater zur Tür. »Komm, lass uns gehen. Vic hat zu wenig geschlafen. Die frische Luft wird ihr gut tun.«

»Vorher hast du behauptet, die idyllische Landschaft würde ihr gut tun, und jetzt sieh sie dir an«, sagte ihr Vater. »Victoria, komm. Ich mache mir Sorgen um dich ...«

Victoria warf Connor einen panischen Blick zu, ging aber gehorsam mit ihrem Vater.

Connor wartete, bis alle das Gasthaus verlassen hatten, und folgte ihnen dann in diskreter Entfernung. Er blieb sogar absichtlich zurück, aber auf einmal fand er sich neben Victorias Mutter wieder. Zunächst hielt er es für einen Zufall, aber dann entdeckte er, dass sie ihn sehen konnte.

»Ich bin Helen McKinnon«, sagte sie lächelnd. »Sie sind vermutlich Laird MacDougal?«

Er räusperte sich. »Woher wisst Ihr das?«

»Meine Mutter kann mit einem Telefon umgehen.«

»Sie hat Euch von mir erzählt?«, krächzte er.

»Sie hat mir einen großen, außergewöhnlich gut aussehenden Highland Laird beschrieben«, erwiderte Helen. »Jung, aber mit natürlicher Autorität, der so gütig war, meiner Tochter zu erlauben, sein Schloss für ihre Produktion zu benutzen.«

»Ich glaube, Euer Sohn ist der Auffassung, das Schloss gehöre ihm«, sagte Connor, um überhaupt etwas zu antworten. Außergewöhnlich gut aussehend? Bei allen Heiligen, hatten die Frauen der McKinnons es denn alle darauf angelegt, ihn aus dem Gleichgewicht zu bringen?

158

»Aber wir wissen es besser, nicht wahr?«, sagte sie lächelnd. »Meine Mutter ist Ihnen in ihrer Beschreibung nicht ganz gerecht geworden.«

»Oh, Eure Mutter ist mir freundlicher begegnet, als ich es verdiene«, stieß Connor hervor. »Sie ist eine reizende Frau.«

»Ja, das ist sie.« Helen ließ ihren Blick über ihn gleiten, dann lächelte sie wieder. »Danke, dass Sie auf Victoria aufpassen. Sie würde es zwar nie zugeben, aber sie braucht es. Und ich sehe schon, auf Sie kann sie sich verlassen.«

Nach diesen Worten beschleunigte sie ihren Schritt und ließ ihn zurück. Das war allerdings nicht schwer, weil Connor wie erstarrt stehen blieb.

Schon wieder eine McKinnon, die seine Achtung gewonnen hatte.

Demnächst würde sicher die Welt untergehen.

Es gelang ihm, dicht bei den McKinnons zu bleiben, ohne dass sie ihn bemerkten. Er hörte zu, wie sie über die Möglichkeit diskutierten, dass ihre Großmutter entführt worden war, über ihre Besorgnis und die schiere Unwahrscheinlichkeit des Ganzen. Schließlich wurde Victorias Vater anscheinend das Gerede zu viel, und er setzte dazu an, die Wiese zu überqueren.

Thomas hielt ihn am Arm fest.

»Nicht, Dad.«

»Was, nicht?«

»Siehst du die Blumen hier? Sie bilden einen Kreis. Tritt nicht hinein.«

Lord McKinnon starrte seinen Sohn verblüfft an. War Thomas jetzt völlig durchgedreht? Hatte ihn die Ehe mit Iolanthe so angestrengt?

»Warum denn nicht?«, fragte er.

»Vertrau mir einfach«, erwiderte Thomas.

»Was soll denn da sein? Giftpflanzen? Schlangen? Angriffslustige Spinnen?«

»Nichts dergleichen. Bleib einfach stehen. Ich möchte mich kurz umsehen.«

Thomas ging um die Blumen herum und beugte sich zu ihnen herunter, als sei an Gräsern, die im Kreis wuchsen, tatsächlich irgendetwas Interessantes.

»Er ist komplett wahnsinnig«, murmelte Connor leise vor sich hin.

Als Thomas seine Inspektion beendet hatte, trat er zu seinem Vater und legte ihm die Hand auf die Schulter. »Kommt, gehen wir zum Gasthaus zurück. Ich möchte einen Freund anrufen, der uns hier vielleicht weiterhelfen kann. Das heißt, es ist eigentlich ein Verwandter von Iolanthe. Er soll sich die Stelle einmal ansehen, bevor wir hier alle herumgetrampelt sind.«

Connor schürzte die Lippen.

Noch ein MacLeod.

Er wurde sie anscheinend auch in seinem Nachleben nicht los.

Als die gesamte Gruppe zum Gasthaus umkehrte, blieb Victoria ein wenig zurück, sodass sie weit hinter ihrer Familie neben ihm hergehen konnte.

Sie blickte ihn an.

»Leistest du mir heute Nacht wieder Gesellschaft im Wohnzimmer?«, fragte sie ihn.

»Nein.«

»Oh«, sagte sie enttäuscht.

»Entschuldigung. Ich habe anscheinend missverstanden, was ...«

»Ich werde nicht bei dir sitzen bleiben, weil du deinen Schlaf brauchst, und in einem Sessel im Wohnzimmer kannst du nicht schlafen. Leg dich in ein Bett, Victoria. Du tust deiner Granny keinen Gefallen, indem du dich so aufreibst, auch wenn ich dich verstehe.«

»Ich glaube nicht, dass ich jetzt schlafen kann«, sagte sie leise.

»Weib«, sagte er streng, »muss ich dich erst mit einem echten Spuk bedrohen, damit du gehorchst?«

Sie lächelte mühsam. »Nein, nein, das reicht vollkommen aus.«

Der Rest des Nachmittags verging langsam, ebenso wie das Abendessen und die Verteilung der Zimmer. Es war schon spät, als Victoria sich in der Bibliothek des Gasthauses zum Schlafen niederlegte. Connor wartete eine ihm angemessen erscheinende Zeitspanne ab, bevor er seinen Kopf durch die Tür steckte, um nachzuschauen, ob sie eingeschlafen war.

Sie lag auf dem Rücken, die Hände über der Brust gefaltet und starrte an die Decke. Die kleine Lampe neben ihrem Bett hatte sie nicht ausgeschaltet; sie verbreitete einen schwachen Lichtschein.

So lag sie den größten Teil der Nacht.

Ein oder zwei Stunden vor der Dämmerung gab Connor schließlich auf und setzte sich in einen der Ledersessel vor dem Kamin.

»Blutvergießen oder Spuken?«, fragte er.

Sie drehte den Kopf und blickte ihn an. Ihre Augen glänzten, als hätte sie geweint.

»Ich bin enttäuscht von dir, Victoria McKinnon. Du hast morgen Truppen zu befehligen, und kein Kommandant ist gut, wenn er nicht ausgeruht ist.«

Sie lächelte. »Du hast recht.«

»Ich habe immer recht.«

»Erzähl mir etwas vom Spuken«, entschied sie gähnend. »Irgendetwas Langweiliges über Entsetzensschreie. Geschichten über dein Leben höre ich lieber, wenn ich wach bin.«

Bereits bei der zweiten Story war sie eingeschlafen. Mit einem Schlenkern des Handgelenks entzündete er ein Feuer im Kamin.

Bei allen Heiligen, wenn er noch bei Verstand wäre, würde

161

er auf sein Schloss fliehen, so schnell er konnte, solange sein Herz noch keinen Schaden genommen hatte.

Was, wenn er einfach der Richtige für sie war?

Entschlossen verdrängte er den Gedanken.

Stattdessen setzte er sich im Sessel zurecht und behielt sie für den Rest der Nacht im Auge.

Sollte sie ihn doch seinetwegen als nützlichen Bewacher, als Ablenkung oder sogar als unerwünschten Beschützer betrachten.

Solange sie überhaupt an ihn dachte, war ihm alles recht.

12

Victoria fand, dass sich im Wohnzimmer absolut zu viele Highland-Lords aufhielten.

Während sie sich umblickte, überlegte sie, dass sie noch vor zwei Monaten ganz normal in Manhattan gelebt und über ihr Stück nachgedacht hatte, und jetzt saß sie im gemütlichen Wohnzimmer eines elisabethanischen Gasthauses, umgeben von Männern, die in einem Mittelalter-Film gar nicht weiter aufgefallen wären.

Ihr gegenüber saß James MacLeod, Iolanthes Großvater. Vielleicht war *Großvater* ja auch nur eine respektvolle Anrede. Iolanthe nannte ihn genauso oft *Mylord,* es war also vielleicht nur eine schottische Sitte, die Victoria nicht kannte, zumal er eigentlich auch zu jung war, um tatsächlich ihr Großvater zu sein. Auf jeden Fall wäre James MacLeod die richtige Besetzung gewesen, wenn sie einen Film in der Art von »Braveheart« geplant hätte. Er sah aus, als würde er täglich intensiv auf dem Kampfplatz trainieren, und er verströmte aus jeder Pore die Autorität eines Laird.

Neben ihm saß Thomas, der mit seiner seit Neuestem zur Schau gestellten Häuslichkeit einen ganz anderen Eindruck machte, auch wenn sie einige Male gehört hatte, wie ihn Iolanthe ebenfalls mit *Mylord* angesprochen hatte. Das schien eher ihrer morgendlichen Übelkeit geschuldet zu sein. Er mochte robust gebaut sein, mit Kämpfen hatte er aber sicher nichts am Hut. Sie wusste, was für ein Jammerlappen ihr Bruder sein konnte, sobald nur zu Hause die Butter ausgegangen war.

Nebenbei gesagt machte es sein momentaner Aufzug nicht besser – er trug eine Schürze und versuchte Iolanthe hartnäckig davon zu überzeugen, ihre Haferflocken zu essen.

Hinter der Couch standen Ambrose, Hugh, Fulbert und Connor. Sie hatten die Arme vor der Brust verschränkt und lauschten stirnrunzelnd dem Gespräch. Nun, Fulbert sah so aus, als ob er sich lieber setzen würde, aber er fügte sich ohne zu murren.

»Das ist höchst interessant«, sagte Jamie MacLeod gerade. »Sie ist also ohne jede Spur verschwunden.«

»Und sie hat Dinge zurückgelassen, die sie unter normalen Umständen mitgenommen hätte«, ergänzte Thomas und warf Jamie einen vielsagenden Blick zu.

Victoria hätte nur zu gern gewusst, auf was er sich bezog, und kurz überlegte sie, ob sie ihren Bruder nicht unter Folter befragen sollte. Iolanthe würde es schon verschmerzen, wenn er für einen Tag ins Krankenhaus müsste. Auf jeden Fall war hier irgendetwas Unheimliches im Spiel.

Und es hatte nichts mit Gespenstern zu tun.

Jamie rieb sich nachdenklich das Kinn. »Nun, mit Bestimmtheit kann ich erst etwas sagen, wenn ich das Gebiet ...«

»Warten Sie«, unterbrach Victoria ihn. »Ich kann gerade nicht ganz folgen. Sind Sie eine Art Privatdetektiv?«

Jamie lächelte sie an. »Nein. Ich bin lediglich ein Verwandter von Iolanthe. Aber ich habe einige Erfahrung mit den seltsamen Phänomenen, die in Schottland vor sich gehen.«

Victoria traute kaum ihren Ohren. Da aber Jamie nicht daran interessiert zu sein schien, ihr zu erläutern, was denn in Schottland so Seltsames vor sich ging, würde sie es vermutlich selbst herausfinden müssen.

Jamie erhob sich. »Nun, wenn Thomas mich begleiten würde ...«

»Ja, sicher.« Thomas stand ebenfalls auf.

»Soll ich Mom und Dad Bescheid sagen?«, fragte Victoria.

»Nein«, erwiderte Thomas, »auf keinen Fall. Lass sie

schlafen.« Er lächelte Victoria an. »Glaubst du nicht, das wäre das Beste?«

»Ich glaube so einiges«, erwiderte Victoria, »und eines davon ist …«

Plötzlich hob Thomas die Hand. »Still«, sagte er leise.

Auf Zehenspitzen huschte er zur Tür und riss sie plötzlich auf.

Michael Fellini taumelte ins Wohnzimmer.

Thomas half ihm auf.

»Michael, was für eine nette Überraschung«, sagte er liebenswürdig.

Michael klopfte sich die Kleider ab. »Ich habe mir Sorgen gemacht, dass Victoria wegen des Verschwindens ihrer Großmutter bekümmert sein könnte«, sagte er steif.

»Wie nett von Ihnen. Wollten Sie gerade klopfen?«

»Ja, genau«, erwiderte Michael rasch. »Ich war gerade im Begriff anzuklopfen.«

»Oh, es tut mir leid, dass ich die Tür so schnell geöffnet habe«, erklärte Thomas und legte Michael die Hand auf die Schulter. »Es war sicher unangenehm für Sie, dass Sie sich so stark angelehnt haben, dass Sie direkt ins Zimmer gefallen sind.«

Michael schnaufte verlegen. Er blickte Victoria an. »Ich habe mir nur Sorgen um *dich* gemacht.«

»Mir geht es gut«, erwiderte sie stirnrunzelnd. Was sollte das? »Aber es ist nett von dir, dass du dich um mich sorgst. Du solltest besser deinen Text lernen.«

»Ich kann meinen Text«, sagte Michael.

»Dann pack deine Sachen zusammen.«

»Warum denn?«

»Mr MacLeod braucht einen Platz zum Schlafen. Wir müssen dich und Dänemark ausquartieren.«

Michael öffnete den Mund, um zu protestieren, aber Jamie trat auf ihn zu und streckte die Hand aus. Michael starrte ihn sprachlos an.

»Ausgesprochen freundlich von Ihnen«, sagte Jamie und schüttelte ihm kräftig die Hand. »Ich bin James MacLeod, und ich helfe bei der Suche nach Victorias Großmutter.«

»Mr Fellini ist ein hervorragender Schauspiellehrer«, sagte Thomas, »und auch ein sehr netter Mensch. Er hat schon einmal sein Zimmer gewechselt, für mich.«

»Es ist wirklich sehr liebenswürdig von ihm, ein weiteres Opfer zu bringen«, sagte Jamie. »Sie haben sich doch nicht wehgetan, als Sie ins Zimmer gefallen sind, Master Fellini?«

Michael bekam den Mund gar nicht mehr zu, und Victoria blickte ihm misstrauisch nach, als er schließlich den Raum verließ und die Treppe hinaufeilte, um dem König von Dänemark mitzuteilen, dass sie schon wieder aus ihren Gemächern vertrieben würden.

Einmal blickte er sich verärgert um, weil er anscheinend glaubte, es bemerke keiner, aber als er ihrem Blick begegnete, erstarrte seine Miene zur ausdruckslosen Maske.

Er war zwar bei ihr gewesen, als ihre Großmutter verschwand, dachte Victoria, aber sie war sich nicht sicher, ob er nicht doch etwas damit zu tun hatte.

»Gut«, sagte Thomas leise. »Wir treffen uns alle im Garten. Versuch bitte, Dad da herauszuhalten, Vic, ja?«

»Warum?«

»Es wäre zu viel für ihn.«

Und mit dieser kryptischen Bemerkung ging er zum Esszimmer. Victoria konnte sich zwar nicht vorstellen, was für ihren Vater zu viel hätte sein können, aber Thomas wusste anscheinend mehr als sie. Das war alarmierend.

Sie wartete mit Jamie im Garten, bis Thomas zu ihnen stieß, dann machte sich die kleine Prozession auf den Weg – vorneweg die sterblichen Männer, die Gespenster hinterher. Victoria ging hinter den beiden Gruppen und grübelte verärgert darüber nach, was Thomas und Jamie zu mauscheln hatten. Ein Austausch von Erinnerungen an Thomas' Hochzeit schien es zumindest nicht zu sein.

166

Ambrose trat neben sie. »So, meine Enkeltochter«, sagte er liebevoll.

Victoria schürzte die Lippen. »Wer ist Jamie MacLeod?«, fragte sie.

»Ein Verwandter von Iolanthe«, erwiderte Ambrose. »Er war auf Thomas' Hochzeit. Erinnerst du dich nicht mehr an ihn?«

»Doch, natürlich«, schwindelte Victoria. In Wahrheit wusste sie kaum noch etwas von dem Fest. Sie war innerhalb eines Monats zweimal von Schottland nach New York und wieder zurück geflogen, und hatte nebenbei auch noch Regie bei dem »Sturm« geführt. Das Schloss der MacLeods war sehr alt, und sein Unterhalt kostete Jamie sicher ungeheuer viel Geld. Aber da sie die ganze Zeit über nur an ihre Produktion gedacht hatte, hatte sie nicht so recht darauf geachtet, was um sie herum geschah.

Sie hielt inne und überlegte.

Nahm das Theater sie zu stark in Anspruch?

Darüber wollte sie jetzt nicht ernsthaft nachdenken. Sie arbeitete auch nicht mehr als andere es taten. Vermutlich hatte es einfach nur am Jetlag gelegen, dass sie sich an Jamie nicht erinnern konnte.

Außerdem hatte dieser Jamie etwas eigenartig Mittelalterliches an sich, aber damit wollte sie sich heute auch nicht befassen. Wenn Iolanthe sich nicht mehr so häufig von ihrer Übelkeit geplagt im Badezimmer aufhielt, konnte sie ihr vielleicht etwas über ihre Familie erzählen.

Nachdenklich folgte sie den anderen zum Picknickplatz. Dort stellte sie sich neben Connor.

»Es liegt etwas in der Luft«, sagte Fulbert düster. »Dieser Ort gefällt mir nicht.«

»Euch gefällt es doch sowieso nur im Pub«, fuhr Connor ihn an. »Haltet also einfach den Mund und stört die anderen nicht. Die verstehen wenigstens etwas von ihrem Geschäft.«

167

Fulberts Hand fuhr zu seinem Schwertknauf. Hugh war vorsichtshalber einen Schritt zurückgetreten, aber Ambrose lächelte fröhlich, als sei alles in bester Ordnung. Victoria runzelte die Stirn.

»Ist es eine Eigenart der MacLeods, nie in Panik zu geraten?«, fragte sie.

»Ein hervorstechender Charakterzug der MacLeods ist ihre Geduld«, antwortete er. »Alles wird gut werden.«

»Weißt du etwas, was ich nicht weiß?«

»Ja, du solltest da weggehen, wenn du nicht willst, dass Connor dich aus Versehen in zwei Hälften zerteilt.«

Victoria wirbelte herum und sah, dass Connor sein Schwert gezogen hatte und Fulbert finster anblickte. »Oh, bitte«, zischte sie, »spar dir das für später, ja?«

»Er hat mich gereizt«, murrte Connor.

»Und du reizt *mich*. Reiß dich zusammen, ja?«

Sie wandte sich wieder dem Geschehen auf der Wiese zu, drehte sich jedoch noch einmal um, als Ambroses leises Glucksen kein Ende zu nehmen schien.

»Was gibt es?«, fragte sie.

Er machte eine Kopfbewegung zu Connor, der mit vor der Brust verschränkten Armen dastand. Die Spitze seines Schwertes wies nach oben, und in seinem Blick lag Entrüstung.

»Ich habe es noch nie erlebt, dass er einem Kampf ausgewichen ist«, sagte Ambrose.

»Ich bin nicht ausgewichen«, erwiderte Connor barsch. »Ich habe nur Victoria zuliebe eingelenkt. Sie kann im Moment nicht klar denken, sonst hätte sie nie in diesem Tonfall mit mir gesprochen.«

»Natürlich nicht«, erwiderte Ambrose, dem man anhörte, dass er sich das Lachen kaum verkneifen konnte.

Victoria ignorierte sie alle und konzentrierte sich auf die Szene vor ihr. Jamie ging hin und her, bückte sich, studierte das Gras und ging dann weiter.

Schließlich sagte er etwas zu Thomas, der nickte und zu Victoria kam.

»Ich glaube, du wartest besser im Gasthaus auf uns.«

»Ich soll auf euch warten?«, fragte Victoria. »Soll das heißen, du schickst mich weg?«

»So in etwa«, erwiderte Thomas leichthin.

Victoria zögerte, aber dann zuckte sie mit den Schultern. »In Ordnung.«

Thomas blinzelte. »Du gehst tatsächlich?«

»Hast du mich nicht gerade darum gebeten?«

»Ich hätte nicht gedacht, dass du es wirklich tun würdest.«

»Doch, ich gehe«, erklärte Victoria. »Wir *alle* machen uns auf den Rückweg«, betonte sie.

Die drei aus dem *Boar's Head* wandten sich bereitwillig zum Gehen, und selbst Connor schloss sich ihnen an.

Victoria nickte ihrem Bruder freundlich zu und lief dann hinter den anderen her.

Als sie weit genug weg waren, rief sie in bester Schauspielermanier: »Meine Uhr! Sie muss mir vom Arm gerutscht sein. Geht ihr schon weiter, ich suche sie rasch.«

Ambrose runzelte die Stirn: »Aber wir können dir doch helfen …«

»Ach was, ihr kümmert euch besser um Iolanthe.«

Ambrose nickte. »Ja, da hast du recht. Kommt, Jungs, auf zum Gasthaus.«

Connor wollte ihnen folgen, aber Victoria hielt ihn zurück.

»Du nicht«, flüsterte sie.

Verwirrt blieb er stehen. »Ich?«, fragte er.

»Ja, natürlich du.« Sie nickte in die Richtung, in der Jamie und Thomas die Wiese untersuchten. »Du glaubst doch nicht, dass ich Thomas das Feld allein überlasse.«

»Ich wusste doch, dass es richtig war, dass ich dich noch nicht zu Tode erschreckt habe«, sagte er zufrieden.

»Ja, verhalte dich bitte diskret.«

»Diskret?«

»Sie dürfen dich nicht sehen. Thomas ist der Sohn meiner Mutter, aber was Jamie angeht, bin ich mir noch nicht ganz im Klaren; er ist mir verdächtig. Ich möchte die beiden ein wenig beobachten ...«

»Folge mir«, sagte Connor.

Sie schlichen durch das hohe Gras und gelangten schließlich an die Stelle, wo die beiden Irren standen und über Blumen diskutierten.

»Das ist eindeutig ein Feenring«, sagte Jamie gerade.

»Ja, ich habe mir gedacht, dass du es sofort erkennst.«

Victoria riss erstaunt die Augen auf. Connor verzog höhnisch das Gesicht.

»Er hat wohl zu viele Blumen gepflückt, sodass der Duft ihm den Verstand benebelt hat.«

Victoria beugte sich vor, um besser hören zu können.

»Hältst du es für möglich?«, fragte Thomas gerade.

»Bei dieser Art von Blumen ist alles möglich«, erwiderte Jamie und strich sich nachdenklich übers Kinn. »Und immerhin sind wir in Schottland, auch wenn die englische Grenze so nahe ist, dass man den unangenehm scharfen Wind schon spürt.«

Thomas lachte. »Jamie, du bist aber nicht besonders tolerant gegenüber deinen Nachbarn im Süden.«

»Ich wäre toleranter, wenn die Staatskasse nicht so tief in meinen Geldsäckel greifen würde.«

»Geldsäckel«, flüsterte Victoria. »Was für ein ungewöhnlicher Ausdruck.«

Connor grunzte. »Wenn du mich fragst, stammt seine Sprache direkt aus dem Mittelalter.«

Victoria nickte. Zu gegebener Zeit würde sie Iolanthe einige Fragen stellen müssen.

»Und?«, fragte Thomas und steckte die Hände in die Taschen. »Was ist deine Meinung?«

»Es gibt nur einen Weg, um es mit Gewissheit sagen zu können«, erwiderte Jamie.

Und damit trat er absichtlich mitten in den Blumenkreis hinein.

Und war verschwunden.

Victoria keuchte auf und ließ sich auf den Hosenboden fallen. Sie war sprachlos. Zum Glück dauerte dieser Zustand bei ihr nie lange an.

»Hast du gesehen, was ich gesehen habe?«, fragte sie Connor.

»Er ist ein Dämon«, hauchte Connor und bekreuzigte sich.

»Entweder das oder ein verdammt guter Zauberer.« Victoria stand wieder auf. »Komm mit. Ich werde von meinem Bruder ein paar Antworten erzwingen.«

»Gerne«, erwiderte Connor. »Darf ich ihm körperlichen Schaden zufügen?«

»Du musst warten, bis du an der Reihe bist.«

Thomas drehte sich um, als sie näher kamen. Er wirkte nicht besonders überrascht. Victoria blieb vor ihm stehen, verschränkte die Arme vor der Brust und funkelte ihn böse an.

»Also, spuck's aus«, verlangte sie.

»Was?«

»Stell dich nicht dumm«, fuhr sie ihn an. »Jamie war hier, und jetzt ist er weg. Wohin ist er gegangen?«

Thomas zuckte mit den Schultern. »Ich habe keine Ahnung.«

»Thomas!«

Er legte ihr die Hand auf die Schulter. Connor stieß einen grollenden Laut aus.

»Aus, Laird MacDougal!«, sagte Thomas. Er zwinkerte Victoria zu. »Er ist ganz schön besitzergreifend.«

»Wegen mir kann er den Touristen keine Angst einjagen. Er vertreibt sich bloß die Zeit, bis er wieder frei auf seinem Schloss schalten und walten kann. Und jetzt möchte ich endlich ein paar Details wissen, bevor er sich wirklich an dir vergreift.«

Besitzergreifend? Sie versuchte es zu vermeiden, darüber nachzudenken. Connor MacDougal hatte eben durch seine Situation eine Menge Zeit, und er vertrieb sie sich, indem er ihr Gesellschaft leistete.

Thomas legte ihr den Arm um die Schultern und zog sie weg. »Komm, lass uns ein wenig spazieren gehen. Ich erzähle dir, was du wissen willst.« Er warf Connor einen Blick zu. »Ihr könnt mitkommen, MacDougal. Ihr habt bestimmt schon genug merkwürdige Dinge erlebt und werdet nicht allzu überrascht sein. Außerdem brauche ich Euch, um meine Schwester in Schach zu halten. Ihr wisst sicher, dass sie manchmal richtig ausrasten kann.« Er beugte sich vertraulich vor. »Habt Ihr das nicht auch schon zu spüren bekommen?«

Victoria stieß ihrem Bruder den Ellbogen in die Rippen.

»Es ist mir weitestgehend gelungen, ihren Zorn nicht auf mich zu ziehen«, erwiderte Connor, »aber die Schauspieler und ihre Arbeiter leben in ständiger Angst.«

»Hey!« Victoria warf ihm einen bösen Blick zu. »Ich dachte, du stehst auf *meiner* Seite.«

Er verzog das Gesicht, und beinahe hatte sie den Eindruck, er lächelte.

Achselzuckend sagte er zu Thomas: »Ihr müsst das Risiko schon selbst auf Euch nehmen, wenn Ihr sie provozieren wollt.«

»Wie galant von Euch.« Thomas lachte.

»Ach, haltet doch den Mund«, schnaubte Victoria.

»Sei doch nicht so, Schwesterchen.« Thomas drückte ihre Schulter. »Habe ich dir nicht ein wunderbares Schloss für dein Stück überlassen?«

»Ja, voller Gespenster, die nichts anderes im Sinn haben, als mich zu erschrecken.«

»Laird MacDougal will dich bestimmt nicht mehr erschrecken. Jedenfalls nicht, bevor die Aufführungen zu Ende sind. So ist es doch, MacDougal, oder?«

Connor murmelte nur leise vor sich hin.

Victoria stellte fest, dass sie in Richtung des Gasthauses gingen. Es kam ihr ganz normal vor, dass auf ihrer einen Seite ihr Bruder ging und auf der anderen Connor.

»Ich glaube, der Schlafmangel macht mir zu schaffen«, verkündete sie.

»Das kommt davon, wenn du meine Ratschläge nicht ernst nimmst«, brummte Connor.

»Sie hört einem nie zu«, erklärte Thomas. »Es ist reinste Energieverschwendung.«

»Ja, ich habe mich schon daran gewöhnt. Wie habt Ihr es nur mit einer derartig eigensinnigen Schwester ausgehalten? Gestern auf der Burg seid Ihr nicht wirklich mit ihr fertig geworden, und da habe ich mich gefragt, wie es früher wohl gewesen sein mag.«

»Nun, im Allgemeinen lasse ich sie einfach ins Leere laufen. Irgendwann beruhigt sie sich schon.«

»Könnt ihr zwei euch vielleicht über etwas anderes unterhalten?«, fragte Victoria spitz. »Zum Beispiel darüber, warum sich Großmutter und James MacLeod in Luft aufgelöst haben?«

»Dazu kommen wir noch früh genug.«

Victoria fragte sich, ob man sich wohl ähnlich surreal fühlte, wenn man drei oder vier Mal um die Welt geflogen war und nicht mehr wusste, in welcher Zeitzone man sich befand. Sie blickte ihren Bruder niedergeschlagen an. »Ich habe den Eindruck, mit meinem Leben stimmt etwas nicht mehr.«

»Ich glaube, das ist keine ganz neue Entwicklung«, erwiderte Thomas.

Victoria kniff die Augen zusammen. »*Ich* glaube, es hat etwas mit dir zu tun.«

»Mit mir?«, fragte er unschuldig. »Nicht dass ich wüsste. Aber bist du denn nicht froh darüber?«

Nun ja, unglücklich war sie nicht gerade, aber das wollte sie auf keinen Fall zugeben. »Du schuldest mir ein paar Antworten«, erklärte sie. »Du hast dich schon nach deiner Hochzeit um einige Erklärungen gedrückt, aber das gelingt dir dieses Mal nicht.«

»In Ordnung«, erwiderte Thomas lächelnd. »Aber jetzt lass uns erst mal Jamies Frau anrufen. Sie möchte bestimmt gerne wissen, dass er eine Zeit lang geschäftlich unterwegs sein wird.«

»Wie kannst du nur so unbekümmert damit umgehen?«, rief Victoria aus.

»Ich kenne Jamie. Ihm wird schon nichts passiert sein.«

Victoria blickte Connor an. »Machst du dir ebenso wenig Sorgen?«

Connor zuckte mit den Schultern. »Ich kann Jamie Mac-Leod nicht zurückbringen. Wie schon gesagt, irgendetwas an ihm ist eigenartig.« Er warf Thomas einen fragenden Blick zu. »Er hat etwas Beunruhigendes, etwas irgendwie Mittelalterliches.«

»Er ist ein Highlander«, erwiderte Thomas. »Ihr seid eben ein seltsamer Haufen.«

»Sicher, aber das erklärt keineswegs die Besonderheiten dieses Mannes.«

»Antworten«, ergänzte Victoria. »Ich will Antworten.«

»Du wirst sie bekommen«, erwiderte Thomas.

»Wann?«

»Oh, sieh mal, da ist das Gasthaus.« Thomas beschleunigte seinen Schritt. »Ich muss kurz nachsehen, wie es Iolanthe geht.«

Victoria blickte ihm nach, als er in Laufschritt verfiel. Sie wandte sich an Connor.

»Er verheimlicht etwas.«

»Ja.«

»Was mag das wohl sein?«

»Es gibt nur einen Weg, es herauszufinden.«

»Folter?«

Er lächelte.

174

Victoria keuchte leise. »Das ist ein eher unangenehmes Lächeln.«

»Ich habe auch mehrere Jahrhunderte lang daran gearbeitet.«

»Schau mich bitte nie wieder so an. Ich habe allerdings nichts dagegen, wenn du es möglichst oft bei meinem Bruder einsetzt. Er wird sich vor Angst in die Hosen machen.«

»Ach ja, immerhin kann ich ein wenig träumen.«

Victoria lächelte ihn an. »Ich mag dich.«

Seine Augen weiteten sich überrascht, und ihr wurde klar, was sie da gesagt hatte.

»Lass uns gehen«, meinte sie hastig. »Sonst entkommt er uns am Ende noch.«

Connor nickte. »In Ordnung.«

Schweigend gingen sie nebeneinander her, und Victoria warf Connor einen verstohlenen Blick von der Seite zu. Er sah nicht ärgerlich aus. Er wirkte eher nachdenklich.

Wahrscheinlich fragte er sich gerade, was er mit einer Frau anfangen sollte, die offensichtlich dabei war, den Verstand zu verlieren.

Dasselbe fragte sie sich auch.

13

Michael Fellini duckte sich hinter dem kleinen Steinwall und beobachtete, wie Victoria McKinnon und ihr Bruder die Straße zum Gasthaus entlanggingen. Als sie weg waren, ließ er sich mit einem Plumps zu Boden sinken. Mrs Pruitts Fernglas hing schwer um seinen Hals.

Er hatte gerade gesehen, wie ein Mann verschwunden war.

Oder hatte er sich das eingebildet?

Im Film wäre das ein hübscher Spezialeffekt gewesen, aber leider war es mitten im ländlichen Großbritannien passiert.

Schwankend erhob er sich und ging zu der Stelle, wo er diesen MacLeod zum letzten Mal gesehen hatte. Allerdings näherte er sich nur vorsichtig; schließlich wollte er sich nicht unnötig in Schwierigkeiten bringen. Er sah nur Wiese. Ach ja, und diese Blumen, die im Kreis wuchsen. Was hatte es damit auf sich?

Eine Falltür war nicht zu erkennen. Nein, so leicht konnte man hier nicht verschwinden.

Nun, er würde eben weiter lauschen müssen. Heute morgen hatte er kaum etwas mitbekommen. Vielleicht hatte ja Mrs Pruitt ein Gerät, das die Sache erleichterte. Ärgerlich war nur, dass sie ihre ganzen Apparate unter dem Kopfkissen aufbewahrte, was es ihm ziemlich schwer machte, daran zu kommen.

Plötzlich hielt er inne. Pruitt war paranormalen Phänomenen auf der Spur. Bedeutete das, dass es Gespenster im Gasthaus gab? Gingen auch hier draußen auf der Wiese übernatürliche Dinge vor?

Er überlegte.

Ach was, das war unmöglich. Die alte Schachtel hatte ein-

176

fach mehr Zeit, als ihr gut tat. Er würde dafür sorgen, dass sie ein bisschen Arbeit bekam. Sein Zimmer war völlig unzureichend, und sie sollte sich lieber um das Wohl ihrer Gäste kümmern als nach Gespenstern Ausschau zu halten.

Verbissen marschierte er die Straße entlang. Warum interessierte er sich eigentlich so für diese Vorfälle? Es konnte ihm doch völlig gleichgültig sein, dass Victorias Großmutter verschwunden war. Sie war wahrscheinlich entführt worden, auch wenn er keine Ahnung hatte, wie jemand auf so eine Idee kommen konnte. Aber irgendetwas an der Art, wie sie verschwunden war, und an den Aktivitäten, die daraufhin eingesetzt hatten, hatte ihn fasziniert. Und als er auf Mrs Pruitts Ausrüstung gestoßen war, hatte das seine Neugier nur noch verstärkt.

Vielleicht fand er ja die alte Frau, rettete sie, und Thomas ließ ihn aus Dankbarkeit Victorias Tätigkeit übernehmen.

Vergnügt rieb er sich die Hände.

Es gab noch wahre Ritterlichkeit.

Er war der lebende Beweis dafür.

14

Connor lehnte sich an die Wand im Wohnzimmer und beobachtete stirnrunzelnd das Geschehen. Das Zimmer war voller McKinnons und MacLeods und dazu kam auch noch ein einzelner de Piaget. Die Proben waren für heute vorbei, das Mittagessen verzehrt, und jetzt hatten sich alle hier versammelt, um zu plaudern. Victorias Familie besetzte die Couch und zwei der bequemen Sessel, und die Geister, zu denen auch das Gespenster-Trio aus dem *Boar's Head* gehörte, hielten sich an ihrer Seite auf, um nichts von den Gesprächen zu verpassen.

Connor beobachtete die Sterblichen und dachte wehmütig an seine eigene Familie. Die Unterhaltung hier drehte sich zwar nicht um Schwerter und Feinde, sondern nur um Schauspieler und ihre Launen, aber Connor genoss es trotzdem.

Es war ihm ein Rätsel, warum Victoria sich nicht beteiligte. Sie saß ein wenig abseits und sah Kostümlisten und Zahlenreihen durch. Sie war seit dem Morgengrauen auf den Beinen und hatte auch die Proben mit eiserner Entschlossenheit durchgeführt. Connor war ihr die meiste Zeit nicht von der Seite gewichen, weil er fürchtete, sie könnte zusammenbrechen.

Nun ja, in Wahrheit waren die Gründe, warum er ihr auf Schritt und Tritt folgte, um einiges komplizierter.

Wie auch immer, dadurch hatten sie auch beide gehört, wie Thomas früher am Tag Lady Elizabeth MacLeod von Jamies Verschwinden unterrichtet hatte. Connor war erstaunt gewesen, wie ruhig sie es aufgenommen hatte. Auch wenn unter anderen Umständen die einzige Sorge, die er in Bezug auf die MacLeods hatte, war, wie er sie loswerden konnte, hatte er doch befürchtet, dass Jamies Frau die Nerven verlieren würde. Er hatte es als gutes Vorzeichen empfunden, dass sie anscheinend an der Rückkehr ihres Mannes nicht zweifelte; es ließ auf jeden Fall auch für Victorias Großmutter hoffen, zumal sie ja beide auf die gleiche Art verschwunden waren.

Danach hatte Victoria sich in die Arbeit gestürzt. Noch nicht einmal ihre jüngere Schwester Jennifer hatte sie ablenken können, und dabei schien sie ihr doch besonders nahezustehen. Jedenfalls hatte Thomas Connor gegenüber so etwas erwähnt.

Es war nicht gerade ermutigend.

Connor beobachtete, wie Jennifer aufstand und sich neben Victoria setzte, und auch er rückte so nahe an die beiden heran, wie es ihm möglich war. Helen MacLeod warf ihm einen aufmunternden Blick zu und nickte lächelnd. Ihrer Aufmerksamkeit entging kaum etwas.

»Vic, lass mich das machen.«

Victoria blickte auf. Sie hatte dunkle Ringe unter den Augen. Das gefiel Connor gar nicht.

»Es ist alles in Ordnung«, erwiderte sie.

Das war gelogen. Vielleicht nahm sie Jamies Verschwinden im Feenring doch mehr mit, als sie zugeben wollte.

»Das stimmt nicht, es geht dir nicht gut«, widersprach Jennifer. »Ich kann mir die Kostümlisten auch anschauen.«

»Ich bin sehr wohl in der Lage …«

»Das hat auch niemand angezweifelt …«

»Victoria, du solltest dir von deiner Schwester helfen lassen«, sagte Connor, der dicht neben den beiden stand.

Jennifer drehte sich erschreckt zu ihm um und riss die Augen auf.

Connor versuchte es mit einem Lächeln, hatte aber wenig Erfolg damit.

Jennifer stand auf, schrie – was ihm wiederum ganz gut gefiel – und sank ohnmächtig zu Boden. Connor wollte sie auffangen, aber er kam zu spät.

»Grundgütiger Himmel!«, rief Victorias Vater aus. »Gibt es hier etwa Ratten?«

Connor warf Victoria einen hilflosen Blick zu. Dass sie ihn nicht tadelte, war wirklich besorgniserregend.

»Thomas, komm her und hilf ihr«, sagte sie erschöpft. »Es liegt vermutlich am Jetlag. Oder sie hat zu viel mit Babykleidung zu tun. Mom, wann sucht sie sich endlich einen richtigen Job? Sie hat doch einen Abschluss in Musik und könnte in einem Orchester spielen. Sie könnte durchaus auch als Schauspielerin arbeiten. Hast du gesehen, wie sie in Ohnmacht gefallen ist? So etwas kann man nicht lernen.«

»Ich weiß, Liebes«, sagte Helen.

Connor wich zurück, als Thomas seine jüngste Schwester aufrichtete. Sie stammelte wirres, unverständliches Zeug.

»Du lieber Himmel, Jenner, hör auf damit«, befahl Victoria.

»Das ist gälisch«, sagte Thomas und lächelte Connor an.

»Woher willst du das denn wissen?«, fragte Victoria. »Als ob du es verstehen könntest.«

Thomas grinste nur. »Io stammt aus den Highlands. Meinst du nicht, dass ich sie gerne verstehen möchte, wenn sie mich in ihrer Muttersprache beschimpft?«

»Da sie das *ständig* tut, muss dein Gälisch ja perfekt sein«, schnaubte Victoria. Sie blickte Jennifer an. »Du hast Halluzinationen. Komm, setz dich und hör auf zu schreien.«

Jennifer ließ sich von Thomas aufhelfen. Sie betrachtete Connor mit weit aufgerissenen Augen.

»Siehst du auch, was ich sehe?«, flüsterte sie ihrem Bruder zu.

»Das ist Connor MacDougal«, murmelte Thomas. »Er bildet sich ein, der Laird auf meinem Schloss zu sein.«

Connor konnte sich nicht länger beherrschen. Er hatte sein Schwert schon halb aus der Scheide gezogen, als er bemerkte, dass Jennifer schon wieder kurz vor einer Ohnmacht stand.

»Er ist harmlos«, flüsterte Thomas.

»Er sieht aber nicht so aus«, sagte Jennifer. »Er hat ein Schwert.«

Thomas drückte sie in einen Sessel. »Ich glaube nicht, dass er dich damit bedroht, aber lass uns später darüber sprechen. Dad kann mit dem Thema nicht so gut umgehen.«

Thomas kehrte an seinen Platz zurück, während Jennifer Connor unbehaglich anstarrte. Schließlich griff sie nach der Hand ihrer Schwester.

»Er hat ein Schwert«, flüsterte sie.

»Ja, aber er hat es nicht in deine Richtung gehalten«, erwiderte Victoria. »Er wollte damit lediglich deinem Bruder Schaden zufügen.«

Connor versuchte es mit einem Lächeln, aber das schien alles nur noch schlimmer zu machen, denn Jennifer umklammerte die Hand ihrer Schwester so fest, dass Victoria leise aufschrie.

»Reiß dich zusammen, Jenner«, zischte sie. »Wenn du dich unbedingt nützlich machen willst, kannst du die Kostümlisten hier durchgehen.«

Connor überlegte, ob er besser das Zimmer verlassen sollte, und wandte sich zur Tür.

Victoria räusperte sich betont. Sie wollte anscheinend nicht, dass er ging. Also nahm er seinen Platz an der Wand wieder ein.

Jennifer beugte sich zu ihrer Schwester. »Ich habe ihn mir doch nicht eingebildet? Du siehst ihn doch auch, oder?«

»Ja, wir reden später darüber.«

»Vikki, er ist ein Geist.«

»Ja, darüber sprechen wir auch.«

Jennifer nahm den Kopf zwischen die Knie, und Victoria lächelte Connor an.

Er musste sich an der Wand abstützen.

Als Jennifer sich wieder aufrichtete, fragte sie: »Hast du denn keine Angst?«

»Doch, ganz schreckliche Angst«, erwiderte Victoria lako-

181

nisch. »Ich stelle ihn dir später vor, wenn Dad zu Bett gegangen ist.«

Jennifer senkte erneut den Kopf. Victoria lächelte leise und machte sich wieder an die Arbeit.

Connor blieb an der Wand stehen und beobachtete die Familie. Vor allem Thomas schien gute Laune zu haben. Ob er etwas wusste, von dem die anderen nichts ahnten?

Schließlich brachen Victorias Eltern zu einem Abendspaziergang auf. Auch Iolanthe verabschiedete sich, um schlafen zu gehen.

»Wisst ihr was?«, sagte Thomas und setzte sich gemütlich hin. »Da alle von uns, außer Vic natürlich, gälisch sprechen, könnten wir uns eigentlich die Zeit damit vertreiben, unsere Muttersprache zu sprechen.« Er lächelte Ambrose an. »Was sagst du dazu?«

»Es ist recht nützlich, sein Gälisch bei Gelegenheit ein wenig zu pflegen«, stimmte Ambrose ihm zu. »Aber vielleicht sollten wir uns zuerst einmal deiner reizenden Schwester vorstellen.«

Connor sah, dass Jennifer die Armlehnen ihres Stuhls so fest umklammerte, dass ihre Knöchel weiß hervortraten. Aber zumindest machte sie keine Anstalten zu flüchten. Sie schien genauso viel Rückgrat zu besitzen wie ihre Schwester.

»Tief durchatmen, Jen«, sagte Victoria trocken. »Das sind deine Vorfahren.«

»So weit braucht man die Genealogie ja nun nicht zu treiben«, erwiderte Jennifer leise.

Ambrose erhob sich und verneigte sich vor Jennifer. »Ich bin Ambrose MacLeod, dein Großvater aus alten Zeiten.« Er wies auf Hugh und Fulbert. »Hugh McKinnon und Fulbert de Piaget. Fulbert ist der Onkel von Megans Ehemann.«

Jennifer riss die Augen auf. »Aber doch nicht aus neuerer Zeit, oder?«

»Nein, natürlich nicht«, erwiderte Fulbert.

182

»Von vor mehreren Generationen?«, fragte Jennifer unbehaglich.

»Ja, vor einigen«, stimmte Fulbert zu.

Ambrose nickte Connor zu. »Und das ist Connor Mac-Dougal. Er war in seiner Zeit Laird seines eigenen Clans und wacht jetzt über Thomas' Schloss.«

Connor machte sich nicht die Mühe, Ambrose zu berichtigen, fragte sich jedoch, ob er seinen Anspruch vielleicht nicht deutlich genug geäußert hatte.

Da er jedoch Victorias Schwester nicht unnötig erschrecken wollte, behielt er seine Gedanken für sich und versuchte, ein freundliches Gesicht zu machen.

»Nun gut«, sagte Thomas und rieb sich voller Vorfreude die Hände, »da jetzt alle einander vorgestellt sind, können wir ja beginnen. Vic, du sprichst kein Wort Gälisch, oder?«

»Nein, das weißt du doch«, erwiderte Victoria. »Ich bedauere es jetzt, aber als Granny uns Unterricht gegeben hat, waren mir andere Dinge wichtiger, wie zum Beispiel in *Juilliards* heiligen Hallen umherzustreifen. Aber unterhaltet euch ruhig, es macht mir nichts.«

»Das kommt überhaupt nicht in Frage«, erklärte Thomas mit gespieltem Entsetzen. »Ich glaube, ich weiß den perfekten Dolmetscher für dich. Laird MacDougal, wenn Ihr uns die Ehre erweisen würdet?«

»Selbstverständlich«, erwiderte Connor auf der Stelle. Wahrscheinlich zu eifrig, dem zufriedenen Gesichtsausdruck von Ambrose nach zu urteilen. Thomas wirkte ebenfalls äußerst beschwingt, und Connor überlegte zum wiederholten Mal, ob er vielleicht Ambrose bei seinen Kuppelversuchen unterstützte. Und dann war ja noch die Frage: Geschahen diese Versuche um seinet- oder Victorias willen? Oder sollten sie beide, Victoria und er, unter die Haube gebracht werden?

»Ich übersetze gerne für dich«, sagte er und lächelte Victoria an. »Wirklich.«

183

»Also, dann lasst uns loslegen«, sagte Thomas. Er lächelte Victoria ebenfalls an. »Am Anfang wirst du gar nicht folgen können, aber nach und nach wirst du sicher etwas verstehen. Und vielleicht gibt Connor dir ja später auch noch Privatunterricht.«

Victoria zielte mit einem ihrer Stifte auf ihren Bruder. Er streifte Connors Ohr und blieb ein paar Zentimeter neben Thomas in der Decke, die über die Rückenlehne des Sessels gelegt war, stecken.

»Kein schlechter Wurf«, sagte Connor anerkennend. »Mit einem Messer wärst du ziemlich gefährlich.«

»Ja, mein Bruder sollte sich besser vor mir in Acht nehmen.«

»Das tue ich doch«, erklärte Thomas lachend.

Danach redete er nur noch gälisch. Connor lauschte ihm überrascht. Aber eigentlich hätte er es wissen müssen. Thomas war ein intelligenter Mann, und es war nicht weiter verwunderlich, dass er die Muttersprache seiner Frau gelernt hatte. Er sprach sie, als habe er sein ganzes Leben in den Highlands verbracht.

Connor lehnte sich an die Wand und hörte dem Gespräch zu. Selbst Jennifer warf ab und zu etwas ein, und nach einer Weile beteiligte er sich lebhaft an der Unterhaltung und hatte das Gefühl, dazuzugehören.

Dann jedoch wurde ihm klar, dass er seine Pflicht vernachlässigte. Er blickte zu Victoria und stellte fest, dass sie ihn beobachtete, das Kinn in die Hände gestützt. Sie lächelte leicht, als wäre es ihr nicht unangenehm, ihn anzusehen.

Auch ihm gelang es nicht, eine abweisende Miene zu machen. Am liebsten hätte er gelächelt, aber das schaffte er dann doch nicht. Rasch zog er sich einen Stuhl heran und setzte sich neben sie – nicht etwa, weil seine Knie schwach wurden, sondern nur, um ihr einen steifen Nacken zu ersparen.

»Wo soll ich anfangen?«, fragte er.

»Ich bin überwältigt«, gestand sie ihm. »Sag mir deine Lieblingswörter, damit ich sie zuerst lernen kann.«

Er dachte kurz nach und übersetzte für sie dann einige seiner Lieblingsbegriffe: Bach, Baumgruppe, Regen, Feuer, Eintopf, schöne Frau.

Victoria blickte ihn an. »Worüber habt ihr euch unterhalten? Und beherrscht Thomas die Sprache, oder macht er sich lächerlich?«

»Ich finde es erstaunlich«, erwiderte Connor, »aber er spricht sie perfekt. Wahrscheinlich hat Iolanthe darauf bestanden.«

»Entweder das, oder er hat sie gelernt, weil er sie liebt. Als eine Art Geschenk.«

Connor blickte sie überrascht an.

»Oh!« Victoria lachte verlegen. »Ich habe anscheinend wirklich zu wenig geschlafen. Ich sage freundliche Dinge über meinen Bruder.«

»Morgen geht es dir wieder besser«, versicherte Connor ihr. »Möchtest du denn jetzt weiter einzelne Wörter lernen, oder soll ich dir lieber ganze Sätze beibringen?«

Victoria blickte nachdenklich in die Flammen des Kaminfeuers. Dann sagte sie: »Vielleicht könnten wir beide lernen, die Sprache zu lesen, und du könntest mir gleichzeitig beibringen, sie zu sprechen. Meinst du, Ambrose würde uns helfen?«

»Frag du ihn«, erwiderte Connor. »Ich würde ihm sicher etwas antun, wenn er ablehnen würde.«

Victoria lächelte. »Ich frage ihn. Aber erst später. Jetzt möchte ich einfach noch ein Weilchen zuhören.«

Connor hätte in ihren blauen Augen versinken können. Er musste sich zusammennehmen, um nicht mit den Fingern über ihre zarte Wange zu streicheln, in ihre lockigen Haare zu fassen und sie zu sich …

»MacDougal?«

Er blinzelte. »Ja?«

Er stellte fest, dass nicht Victoria seinen Namen gesagt hatte, sondern Thomas.

»Laird MacDougal? Erzählt Ihr uns von einer Schlacht?«

»Gerne«, erwiderte Connor, der seinen Blick nur mit Mühe von Victoria lösen konnte. »Von welcher?«

»Das spielt keine Rolle«, erwiderte Thomas ohne eine Spur von Spott. »Wir möchten nur etwas wirklich Grausiges hören.«

Connor warf Victoria einen kurzen Blick zu und begann zu erzählen. Hinterher hätte er jedoch nicht mehr zu sagen gewusst, welche Geschichte er ausgewählt hatte. Er war viel zu beschäftigt mit den Gedanken an die Frau, die neben ihm saß und seine Sprache lernen wollte.

Ein paar Stunden später bezog Connor seinen Posten vor der Bibliothekstür. Sie hatten einen angenehmen Nachmittag verbracht, mit Geschichten von Sieg und Ruhm, und er hatte für Victoria alles übersetzt.

Zum Glück hatte ihn das so sehr in Anspruch genommen, dass er keine Zeit gehabt hatte, sie anzusehen.

Jetzt war es Abend, und Victoria hatte sich zurückgezogen. Er hielt Wache vor ihrer Tür, damit sie in Frieden schlafen konnte.

Es überraschte ihn nicht im Geringsten, als auf einmal Michael Fellini die Treppe heruntergeschlichen kam und an Victorias Tür klopfte. Damit der Hurensohn nicht durch ihn hindurch griff, trat Connor einen Schritt zur Seite und legte die Hand an sein Schwert.

Victoria öffnete die Tür und blickte Fellini erstaunt an. »Michael«, sagte sie, »es ist schon spät. Was willst du?«

Fellini senkte den Kopf. »Ich habe beim Verschwinden deiner Großmutter viel zu wenig Mitgefühl gezeigt, und ich wollte mich dafür entschuldigen.«

»Aha«, erwiderte Victoria ungehalten, »das ist nett von dir.«

186

Fellini hob den Kopf. »Ich glaube auch, dass wir keinen guten Start miteinander hatten«, fuhr er fort. »Du weißt schon, Bernie und seine ganzen Regeln. Er ist eben ein typischer Agent und tut nur seine Pflicht. Vielleicht können wir noch einmal ganz von vorne anfangen.«

Victoria schenkte ihm ihr süßestes Lächeln. »Ja, sicher. Ich verstehe.«

Connor glaubte seinen Augen nicht zu trauen. Was war mit der Frau los? Fiel sie etwa schon wieder auf diesen Nichtsnutz herein? *Ihn* hatte sie noch nie so angelächelt!

»Können wir morgen früh vielleicht zusammen frühstücken? Und danach könnten wir gemeinsam zum Schloss heraufgehen. Oder wir leihen uns das Auto deiner Schwester und machen einen Ausflug.«

Victoria schmachtete ihn förmlich an. »Oh ja, sehr gerne«, flötete sie, »das wäre einfach *wundervoll.*«

»Gut«, sagte Fellini siegesgewiss schmunzelnd, »dann hole ich dich um acht Uhr ab.«

Victoria schien der Ohnmacht nahe zu sein, und Connor hätte sich fast übergeben.

»Und jetzt husch ins Körbchen«, sagte Fellini. »Widme dich deinem Schönheitsschlaf – auch wenn du ihn absolut nicht nötig hast.«

»Ja, das tue ich«, antwortete Victoria ein wenig atemlos. Sie legte sich die Hand aufs Herz, als ob es heftig schlagen würde. »Gute Nacht«, sagte sie und lächelte ihn erneut an, als würde sie dahinschmelzen.

Dann schloss sie die Tür.

Connor blickte Michael nach, der zurück in sein Zimmer eilte, und schaute dann mit gerunzelter Stirn auf die Tür zur Bibliothek. Das alberne Mädchen war wahrhaftig schon wieder dem Zauber dieses Betrügers erlegen! Er verzog das Gesicht zu einer enttäuschten Grimasse.

In diesem Moment knarrte die Tür leise, und Victoria steckte ihren Kopf heraus.

187

»Ist er weg?« – »Sehnst du dich bereits nach ihm?« Victoria sah Connor an, als ob er den Verstand verloren hätte.

»Ja, er ist weg«, stieß er hervor.

»Was hast du?«, fragte sie.

Er verschränkte die Arme über der Brust und funkelte sie böse an. »Dass du das nicht selbst weißt, macht meine Enttäuschung nur noch größer.«

»Enttäuschung?«

»Ja, und wenn du dir nicht denken kannst ...«

Victoria blinzelte verwirrt, aber dann hellte sich ihre Miene auf. »Ach, du meinst das mit Michael!«

»Ja, genau, Michael.«

Sie verdrehte die Augen und öffnete die Tür ganz. »Komm herein.«

»Das verringert meine Achtung vor dir ...«

»Komm bitte herein, ja?«

Zögernd trat er ein – hauptsächlich, um sie nicht zu verärgern und den anderen Hausbewohnern so den Schlaf zu rauben –, aber kaum hatte sie die Tür hinter ihm geschlossen, verschränkte er wieder die Arme vor der Brust, um seiner Geringschätzung angesichts ihres fehlenden Rückgrats Ausdruck zu verleihen.

»So, raus damit«, forderte sie ihn auf.

»Es geht mich ja nichts an«, grollte er, »aber es war ein Schock für mich zu sehen, wie du wegen diesem ... diesem ... Kerl fast die Besinnung verloren hättest.«

»Die Besinnung verloren?«

»Ja, du bist schon wieder auf ihn hereingefallen.«

»Aber, Connor, das habe ich doch nicht ernst gemeint!«

Er blinzelte.

»Wie bitte?«

»Ich habe *geschauspielert*«, erklärte sie und warf ihm ihrerseits einen vorwurfsvollen Blick zu. »Du hältst mich doch nicht wirklich für so dumm, oder?«

»Nun ...«

»Ich bin, das kann ich in aller Bescheidenheit sagen, eine ziemlich gute Schauspielerin.«

Connor überlegte. »Nun ja, das stimmt wahrscheinlich.«

»Ich fasse es nicht, dass du so schlecht von mir denkst.«

»Na ja«, sagte er schließlich, »du warst ziemlich überzeugend.«

Sie lächelte. »Vielleicht ist es doch meine wahre Berufung. Aber lassen wir dieses Thema. Ich hatte auf jeden Fall das Gefühl, Michael führt etwas im Schilde. Irgendwie muss ich ja herausfinden, was es ist.«

»Du willst doch nicht wirklich den morgigen Tag mit ihm verbringen?«, fragte Connor.

»Was soll ich denn sonst tun? Allerdings wird es mich eine Menge Selbstbeherrschung kosten, die ganze Zeit über nett zu ihm zu sein.« Sie drehte sich um und setzte sich in den Sessel vor dem Kamin. »Zumindest den Vormittag werde ich mit ihm verbringen müssen.«

»Und wie willst du ihm dann entkommen?«

»Ich werde ihn so lange mit Produktionsdetails langweilen, bis er von selbst das Weite sucht.«

»Ich könnte ihn ja in die Flucht schlagen«, bot Connor an. »Das würde ihm nicht dauerhaft schaden.«

»Nein, nur seinem Ego, wenn er schreiend vor dir davonläuft.« Victoria schwieg und schüttelte den Kopf. »Ich muss blind gewesen sein. Und diesen Kerl habe ich für den Inbegriff der Männlichkeit gehalten.«

»Hm«, sagte Connor und rieb sich das Kinn. »Und jetzt?«

Die Worte kamen über seine Zunge, bevor er es verhindern konnte.

Victoria lächelte. »Mein Geschmack hat sich geändert.«

Oh, diese verdammte Frau, wollte sie ihm denn nicht den kleinsten Hinweis geben? »Ach, tatsächlich?«, antwortete er. »Nicht dass es mich wirklich interessiert. Ich frage aus reiner Höflichkeit«, fügte er hastig hinzu, um wenigstens einen Rest seines Stolzes zu retten.

Victoria blinzelte, als habe er ihr gerade eine Ohrfeige versetzt. »Ach so, ich verstehe.«

Fieberhaft überlegte er, was er tun konnte, um ihr zu gefallen. Vielleicht sollte er ihr sagen, dass er sie am liebsten Tag und Nacht beschützen würde. Oder vielleicht sollte er ihr anbieten, in einen anderen Teil des Landes auszuwandern, wenn sie ihn hier nicht haben wollte.

»Connor?«

»Ja?«, knurrte er.

»Ich glaube, du solltest ein wenig schlafen.«

»Nein, ganz gewiss nicht. Ich brauche keinen Schlaf.«

Victoria lehnte sich in ihrem Sessel zurück und musterte ihn eindringlich. Fast hätte er sein Schwert gezogen, um sich zu verteidigen. Dann hätte sie wenigstens aufgehört, ihn so anzustarren. Verlegen schnipste er mit den Fingern, um ein Feuer im Kamin zu entzünden. Stahlklingen schimmerten so schön im Schein der Flammen.

Allerdings galt das auch für das rote Haar und die porzellanweiße Haut von Frauen, die ihm die Beherrschung raubten.

»Connor?«, sagte sie leise.

»Hm?« Er verdrängte seine unangebrachten, unvernünftigen Gedanken. Er war ein Geist; sie war lebendig. An dieser Tatsache führte kein Weg vorbei, auch wenn er alles dafür gegeben hätte.

»Danke«, sagte sie.

Auf gälisch.

Bei allen Heiligen, er glaubte, er könnte sie tatsächlich lieben.

»Wofür?«, brummte er.

»Für den heutigen Tag«, antwortete sie. »Weil du mir Gesellschaft geleistet hast und meine Ehre retten wolltest.«

»Ein Schatten hat eine Menge zu tun«, stieß er hervor.

Ihr Lächeln wurde schwächer, erlosch jedoch nicht.

»Nein«, widersprach sie leise. »Das ist es nicht.« Sie betrachtete ihn einige Minuten lang, dann erhob sie sich langsam. »Du musst nicht hier bleiben.«

»Das macht mir nichts aus, Frau«, erwiderte er brummig. »Geh zu Bett. Ich sorge dafür, dass dir Fellini morgen früh nichts in den Tee tut.«

Victoria legte sich ins Bett und schloss die Augen. »Gute Nacht, Connor.«

Er ließ sich mit seiner Antwort Zeit, weil er lieber warten wollte, bis sie eingeschlafen war.

»Dir auch, meine Lady«, flüsterte er.

Oh, verdammt, er musste den Verstand verloren haben.

15

Victoria ging den Weg vom Schloss zum Gasthaus entlang und fluchte leise auf Gälisch. Sie war davon besessen, die Sprache zu lernen. Im Moment beschränkten sich ihre Kenntnisse im Wesentlichen auf Flüche, aber das war in Ordnung. Sie hatte den ganzen Vormittag lang innerlich über Michael Fellini geschimpft, weil sie ihn sonst ermordet hätte.

Das Frühstück hatte sie noch ganz gut überstanden, ohne ihm körperlichen Schaden zuzufügen. Dann hatte sie ihn mit technischen Details gelangweilt, die ihn unmöglich interessieren konnten. Aber er hatte bis Mittag ausgehalten, drei Stunden länger, als sie gedacht hätte. Und sie hatte nichts Neues erfahren, nur die altbekannte Tatsache, dass der Mann ein kompletter Idiot war. Warum sie diesen eingebildeten Schnösel jemals anziehend gefunden hatte, war ihr selbst ein Rätsel ...

Sie verlangsamte ihre Schritte.

Vielleicht hatte sie sich in letzter Zeit zu häufig in der Gesellschaft von Schwerter tragenden Männern aufgehalten.

Kopfschüttelnd ging sie weiter. Ihr Leben hatte sich von Grund auf geändert, sie erkannte es kaum mehr wieder. Wahrscheinliche hätte sie sich schnurstracks in die Hände eines Psychologen begeben sollen. Sie beschloss, sich nach den Vorstellungen mit derselben Energie ihrem eigenen Leben zuzuwenden.

Sie hatte so vieles für selbstverständlich gehalten und sich so wenig mit Dingen befasst, die wirklich wichtig waren.

Natürlich würde sie nicht aufhören, Theater zu spielen, und sich auf einmal mit Kinderkleidung beschäftigen. Für Jennifer mochte das in Ordnung sein, sie hingegen würde das verrückt machen. Aber auf jeden Fall wollte sie versuchen, ihr inneres Gleichgewicht zu finden.

Als sie durch den Garten ging, musste sie unwillkürlich lächeln. Mrs Pruitts Blumen dufteten wundervoll. Und sie hatte wieder einen Tag erfolgreich gemeistert. Das war keine kleine Leistung, schließlich waren es nur noch zwei Tage bis zur Premiere. Viel konnte sie jetzt allerdings nicht mehr machen. Die Schauspieler kannten ihren Text; sie wussten, wie sie zum Schloss kamen, und niemand war krank.

Und bisher waren sie auch von Spuk verschont worden. Heute hatte sie noch nicht einmal die drei aus dem *Boar's Head* gesehen, weder am Morgen, als Michael wie eine Klette an ihr geklebt war, noch während der Proben am Nachmittag.

Connor hatte sie ebenfalls nicht gesehen. Sie hatte sich mittlerweile so daran gewöhnt, dass er den Proben beiwohnte oder sie zum Gasthaus zurück begleitete, dass es ihr ohne ihn ganz seltsam vorkam. Hätte er nicht wenigstens für fünf Minuten vorbeikommen und Hallo sagen können?

Sie begab sich sofort in die Bibliothek. Dort saß Connor und brütete mit gerunzelter Stirn über der gälischen Ausgabe von »Thomas, die kleine Lokomotive«.

»Ist es interessant?«, fragte sie.

Er blickte auf und zuckte mit den Schultern. »In meiner Sprache gibt es weniger Buchstaben.«

»Du warst heute nicht auf dem Schloss«, sagte sie gereizter, als sie vorgehabt hatte.

Er blickte sie schockiert an.

»Doch, ich war da.«

»Tatsächlich?«

»Aber ja. Kannst du dich nicht erinnern?«

Seufzend rieb sie sich die Augen. »Oh, es tut mir leid. Es war ein langer Tag.«

»Du solltest zum Abendessen gehen«, erklärte er, klappte sein Buch zu und schickte es ins Nichts. »Ich komme mit. Bei allen Heiligen, ich wüsste gerne, was Fellini vorhat.«

»Er muss sich wahrscheinlich immer noch von heute morgen erholen«, erwiderte Victoria. »Er war nachmittags bei den Proben, aber ich habe nicht darauf geachtet, wohin er danach gegangen ist.«

»Ich hätte ihm besser folgen sollen«, sagte Connor. »Ich hatte es eigentlich auch vor, aber du hast mich so barsch aufgefordert zu bleiben, dass ich dir lieber gehorcht habe.«

Victoria blinzelte. »Ach, wirklich? War ich so unfreundlich?«

Er zog eine Augenbraue hoch. »Kannst du dich daran etwa auch nicht erinnern?«

»In zwei Tagen ist Premiere«, erklärte sie.

»Wird das noch schlimmer?«

»Ja, das ist immer so.«

»Die Heiligen mögen uns schützen«, stieß er inbrünstig hervor. Er stand auf und wandte sich zur Tür. »Komm, lass uns gehen. Das Essen wird dir guttun.«

Das Esszimmer war voll besetzt, und Victoria musste sich mit einem Stuhl an der Wand begnügen. Den Teller balancierte sie auf den Knien.

Ihre Eltern waren still, wirkten aber nicht beunruhigt. Jennifer lauschte Michaels Tiraden, und Thomas und Iolanthe hatten, wie immer, nur Augen füreinander.

Niemand schien sich mehr Sorgen darüber zu machen, dass Granny weg war. Und auch, dass James MacLeod verschwunden war, schien keinen zu interessieren. Victoria kam sich vor wie in einem grauenerregenden Theaterstück, dessen Ende sie herbeisehnte.

Mühsam würgte sie ihr lauwarmes Gemüse herunter und rang um Fassung. Es würde schon alles gut werden. Jamie würde wieder auftauchen, und vermutlich würde er ihre Großmutter mitbringen.

Jedenfalls hoffte sie das.

Sie kaute gerade auf einem Stück Brot, als die Tür zum Esszimmer aufflog. Beinahe erwartete sie, eines der Gespenster zu sehen, die gekommen waren, um Michael einen Schreck einzujagen. Aber es war kein Geist. Es war auch kein Schauspieler.

Es war James MacLeod.

Er sah aus, als käme er direkt aus dem elisabethanischen Zeitalter.

Victoria fiel der Teller aus der Hand, so schnell stand sie auf. Aber bevor sie etwas sagen konnte, hatte Thomas sich schon erhoben und war auf Jamie zugegangen. Er wirkte überhaupt nicht überrascht, den Schotten zu sehen.

»Thomas weiß etwas«, murmelte Victoria Connor zu.

»Das glaube ich auch«, knurrte Connor.

»Ich würde ihm am liebsten die Daumenschrauben anlegen, um die Wahrheit aus ihm herauszupressen.«

»Ja, bei ihm sind solche Mittel angebracht.«

Jamie setzte sich sofort, um hungrig zu essen, und während Victoria ihn beobachtete, überlegte sie, warum Thomas sein Erscheinen so gelassen aufgenommen hatte. Hatte er damit gerechnet? Es war unwahrscheinlich, dass ihr Bruder selber schon Erfahrungen mit solchen Feenringen gemacht hatte.

Nein, auf gar keinen Fall! Er konnte gut mit Geld umgehen, aber mit einem Schwert? Ha! Er würde wahrscheinlich darüber stolpern und sich verletzen.

Erneut blickte sie zu Jamie, der immer noch heißhungrig das Essen in sich hineinschaufelte. Wenn sie doch endlich mit ihm reden könnte! Aber ihre Schauspieler trödelten mit dem Dessert, und als sie sich dann auch noch Kaffee bestellten, war Victoria mit ihrer Geduld am Ende. Sie stieß ihren Bruder an, der sofort verstand, um was es ging.

»Nun, ich wünsche allen eine gute Nacht«, sagte Thomas und erhob sich. »Wir haben eine kleine Familienkonferenz im Wohnzimmer.«

Die übrigen Familienmitglieder standen ebenfalls auf, und auch Michael trat zu ihnen. Victoria stellte sich ihm in den Weg.

»Gute Nacht, Michael«, sagte sie lächelnd. »Bis morgen früh.«

Er wollte den Mund öffnen, um zu protestieren, aber bevor er etwas sagen konnte, erklang Connors Stimme.

»Setz dich hin, du blöder Kerl«, sagte er streng.

Michael zuckte zusammen, setzte sich aber gehorsam hin. »Ich hoffe, du redest nie wieder in diesem Ton mit mir«, schmollte er. Er blickte Victoria vorwurfsvoll an.

»Ach, das ist nur der übliche Stress vor der Premiere«, erklärte Thomas und schüttelte ihm die Hand.

Victoria war als erste im Wohnzimmer und suchte sich einen strategisch günstigen Platz. Während sie auf ihre Familie wartete, die sich ungebührlich viel Zeit ließ, tippte sie ungeduldig mit der Fußspitze auf den Boden.

»Sie quälen mich absichtlich«, erklärte sie Connor, der neben ihr an der Wand lehnte.

Connor zog eine Augenbraue hoch. »Deinem Bruder traue ich ja alles zu, aber deine Eltern finde ich sehr nett. Vor allem deine Mutter. Sie hat die Augen deiner Großmutter.«

»Ach, sie hat dich also auch schon in ihren Bann gezogen.«

»Ja, wahrscheinlich.« Er räusperte sich. »Sie und deine Großmutter sind überaus freundlich zu mir gewesen.«

Victoria musterte ihn.

»War früher nie jemand nett zu dir?«

Er warf ihr einen finsteren Blick zu. »Ich bin ein Krieger, kein Kleinkind. Wozu brauche ich Nettigkeiten?«

»Ich verstehe.«

»Das glaube ich nicht.«

Sie verschränkte die Arme vor der Brust. »Connor Mac-Dougal, du bist ein Heuchler.«

»Ein Heuchler? Wie kannst du es wagen ...«

»Na gut, du hast recht. Du bist kein Heuchler.«

»In Ordnung. Ich akzeptiere deine Entschuldigung.«

»Du bist eher wie ein Marshmallow.«

»Ein ... ein was?«

»Ein Marshmallow. Es ist im Inneren ganz weich. Manche Leute essen es sogar.«

Connor riss die Augen auf. »Du vergleichst mich mit etwas Essbarem?«

»Na ja, so lange es nicht Haggis ist.«

Ihm verschlug es die Sprache, aber er wurde sowieso einer Antwort enthoben, weil Victorias Familie eintraf. Zuerst trat das Trio aus dem *Boar's Head* ein. Thomas folgte ihnen auf dem Fuß und beanspruchte sofort den besten Platz auf der Couch. Als Jennifer hereinkam, fiel ihr Blick auf Connor. Sie starrte ihn so auffällig an, dass Victoria in scharfem Ton sagte: »Komm her, Jenner, da gibt es nichts zu sehen.«

»Vikki«, flüsterte Jennifer und zeigte auf Connor, »weißt du ...«

»Ja, ich weiß«, zischte Victoria.

»Aber ...«

»Achte einfach nicht auf ihn, Jennifer«, fuhr Victoria sie ungeduldig an. »Es bekommt dir anscheinend nicht, dass du dich mit nichts anderem als Babykleidung beschäftigst.«

Jennifer schloss gehorsam den Mund und blickte sich nach einem freien Platz um. Schließlich sank sie neben Thomas auf die Couch.

Als nächster kam Jamie ins Zimmer und setzte sich in den Sessel am Kamin.

Victoria wartete noch ein paar Minuten, aber als die Tür geschlossen blieb und niemand mehr das Zimmer betrat, wandte sie sich fragend an ihren Bruder. »Kommen Mom und Dad nicht?«

»Ich war der Meinung, dass ein solches Gespräch nicht das Richtige für Dad ist«, erwiderte Thomas. »Io war müde, und Mom hat ihr angeboten, sie nach oben zu begleiten. Wir sind also unter uns.«

»Bis auf die Gespenster«, warf Jennifer mit schwacher Stimme ein.

Thomas legte ihr den Arm um die Schultern. »Das wird

bei Weitem nicht das Seltsamste sein, mit dem du heute Abend in Berührung kommst, Jenner. Mach dich auf Schlimmeres gefasst.«

Victoria warf Jamie einen Blick zu. »Jetzt fangen Sie doch schon an«, bat sie. »Ich sterbe vor Neugier.«

Jamie lächelte zufrieden. »Nun, zuerst einmal kann ich berichten, dass das Tor funktioniert.«

»Das Tor?«, wiederholte Victoria. »Welches Tor?«

»Das Zeittor in Farris' Feenring«, erwiderte Jamie.

Hatte der Mann noch alle Tassen im Schrank? Victoria blickte Thomas an.

»Glaubst du ihm das?«

»Ich glaube alles, was erklärt, wohin Granny verschwunden ist«, sagte Thomas.

»Aber Zeitreisen!«, rief Victoria aus. Sie blickte Jamie an. »Sie sprechen doch von Zeitreisen, oder?«

»Jawohl, Mistress Victoria«, sagte Jamie lächelnd. »Möchten Sie einen Beweis sehen?«

Er holte Münzen aus einem Beutel an seinem Gürtel und zog einen Dolch aus seinem Stiefel. Dann breitete er seine Mitbringsel auf dem Couchtisch aus.

»Interessant«, meinte Thomas und beugte sich vor. »Wo warst du, und was hast du gesehen?«

»Der Feenring führt ins elisabethanische England«, erwiderte Jamie. »Bei mir jedenfalls, weil ich entschlossen war, seine Macht meinem Willen zu unterwerfen. Wo er jemand anderen hinlotst, kann ich nicht sagen. Ich wollte dorthin, wo deine Großmutter ist, und das ist mir auch gelungen.« Er strich über seine Halskrause. »Deshalb bin ich auch gekleidet wie im sechzehnten Jahrhundert. Das Essen war allerdings nicht so besonders. Vielleicht lag es aber auch nur daran, dass ich in London war. Auf dem Land war es schon besser.«

»Schlimmer als im mittelalterlichen Schottland kann es auch nicht gewesen sein«, murmelte Connor.

Jamie blickte ihn lachend an. »Nein, das war es auch nicht, Laird MacDougal.«

Victoria hätte ihn gerne gefragt, woher er über das Essen im mittelalterlichen Schottland Bescheid wusste, aber Jamie beschrieb bereits die Vergnügungen im London der Renaissance. Aber dann wurde er ernst.

»Ich muss euch leider mitteilen, dass ich Mistress Granny nicht gefunden habe, obwohl ich sorgfältig nach ihr gesucht habe.«

»Aber du glaubst, sie ist dorthin verschwunden«, sagte Thomas.

»Ja, das denkst du doch auch, oder?«

Thomas nickte.

Victoria hätte ihren Bruder am liebsten mit Fragen bombardiert. Hatte er etwa selber schon einmal eine Zeitreise unternommen?

»Das vereinfacht die Dinge«, sagte Thomas.

»Das vereinfacht die Dinge?«, wiederholte Victoria. »Was soll das heißen?«

»Es heißt, dass wir wissen, wo wir sie abholen können.«

»Abholen?«, ächzte Victoria. *Abholen?*

»Ja, genau«, antwortete Thomas. »Wir folgen Granny ins elisabethanische England, holen sie dort ab und bringen sie nach Hause.«

Victorias erster Instinkt war, ihrem Bruder einen Schlag auf den Kopf zu versetzen, damit er wieder zu Verstand kam. Aber dann wurde ihr bewusst, was er gerade gesagt hatte.

Elisabethanisches England?

Wider Willen war sie fasziniert.

»Es wird jedoch keine einfache Reise«, sagte Jamie. »Wir können zwar davon ausgehen, dass deine Großmutter sich dort befindet, aber wir wissen nicht, an welchem Ort wir nach ihr suchen sollen. Wir haben keine Ahnung, wo genau sie hingegangen ist.«

»Nun, zumindest wissen wir, wohin das Tor führt«, meinte Thomas. »Das ist doch schon einmal ein Anfang.«

»Es war zweifellos ein Schock für sie«, fuhr Jamie fort. »Sie hat ohne ihr Wissen das Zeittor durchschritten und fand sich im London zu Shakespeares Zeiten wieder.«

London. Victoria lief ein Schauer über den Rücken. Das moderne London war schon ein raues Pflaster, aber wie mochte ihre Großmutter in einem anderen Jahrhundert in dieser Stadt überleben? Sie blickte Thomas an. »Ich höre das alles zwar, aber ich kann es nicht glauben.«

»Ja, das Leben ist merkwürdig, nicht wahr?«, erwiderte er. Jamie gähnte plötzlich. »Ich bitte vielmals um Entschuldigung, aber es war recht kräftezehrend. Morgen können wir uns weiter unterhalten. Es gibt einiges zu bedenken und viele Pläne zu schmieden.« Er blickte Thomas ernst an. »Die Tore sind unberechenbar. Selbst bei mir führen sie manchmal nicht in die Zeit, die ich erstrebe. Die Reise ist also nicht ungefährlich.«

Victoria drehte sich der Kopf. Jamie hatte also viel Erfahrung mit Toren in eine andere Zeit, aber selbst er fand die Reise riskant.

Vielleicht waren Zeitreisen ja doch nicht so unwahrscheinlich, wie sie gedacht hatte. Aber wenn sie tatsächlich so gefährlich waren, dann sollten sie besser denjenigen schicken, der am wenigsten zu verlieren hatte.

Jamie hatte Familie, und er hatte schon einmal sein Leben riskiert. Bei ihrem Dad würde das Zeittor vermutlich gar nicht funktionieren, weil er so skeptisch war. Thomas und Iolanthe erwarteten im Herbst ein Baby, und Thomas konnte seine Frau jetzt auf gar keinen Fall allein lassen.

Sie brauchten eine ungebundene Person. Jemanden, der sich im elisabethanischen England auskannte. Jemanden, der in der Kleidung der Zeit authentisch wirkte und nicht auffiel. Jemanden, der mit der Sprache zumindest zurechtkam.

Jemanden wie sie.

Jamie gähnte erneut und erhob sich. »Ich bin vollkommen erschöpft. Lasst uns morgen weiterreden.«

Er verließ das Zimmer, und Jennifer folgte ihm. Auch Victoria erhob sich. Ihr ging zu viel durch den Kopf. Sie musste jetzt alleine sein.

»Ich gehe zu Bett«, verkündete sie. »Gute Nacht.«

Connor stand ebenfalls auf.

»MacDougal, Ihr könnt hierbleiben«, sagte Thomas. »Wir unterhalten uns noch ein bisschen unter Männern.«

»Ich traue Fellini nicht«, erwiderte Connor. »Ich möchte vor Victorias Tür Wache halten.«

»Ach, natürlich«, antwortete Thomas.

Seine Stimme bebte vor verhaltenem Lachen, und Victoria warf ihrem Bruder einen finsteren Blick zu.

Als sie aus dem Badezimmer kam und in die Bibliothek trat, saß Connor bereits auf seinem angestammten Platz am Kamin.

»Und?«, fragte sie. »Was hältst du von dem ganzen?«

»Es ist Wahnsinn«, erwiderte er.

Sie lächelte. »Und dass wir zwei uns hier unterhalten, ist kein Wahnsinn?«

Er blickte sie ernst an. »Vielleicht steckt mehr dahinter, als wir vermuten.«

»›Es gibt mehr Ding' im Himmel und auf Erden, als Eure Schulweisheit sich träumt, Horatio.‹«

»Hamlet«, sagte er.

»Genau.«

»Er wusste wahrscheinlich, wovon er sprach.«

»Aber London, Connor«, sagte Victoria mit schwacher Stimme. »Ein erfahrener Privatdetektiv könnte dort Jahre nach ihr suchen, ohne sie zu finden.« Sie legte den Kopf an die Rückenlehne ihres Sessels. »Ich möchte jetzt gar nicht mehr weiter darüber sprechen. Im Moment fällt es mir sogar schwer, darüber nachzudenken.«

Sie hatte ihre Entscheidung sowieso schon getroffen, und

sie wollte nicht Gefahr laufen, dass Connor sie ihr ausredete.

»Geh zu Bett, Victoria«, sagte er.

»Ja, das mache ich. Und danke.«

»Wofür?«, fragte er.

»Für den Gälisch-Unterricht. Dafür, dass ich Schauspieler auf dein Schloss schleppen darf. Dafür, dass du vor meiner Tür stehst und mich bewachst. Dafür, dass du hier sitzt und mein Freund bist.«

Der Strom ihrer Danksagungen wollte gar nicht abbrechen.

»Freund?«, wiederholte er. Er wirkte dabei ein wenig erschrocken.

»Ist das denn so schlecht?«, fragte sie. Ihre Lider wurden schwer.

Er schwieg so lange, dass sie sich fragte, ob sie wohl schon eingeschlafen war.

»Für den Moment reicht das aus, aber bei allen Heiligen, sicher nicht für immer.«

Sie musste wohl schon eingeschlafen sein. Mühsam hob sie den Kopf. Connor blickte sie lächelnd an.

»Ich habe Halluzinationen«, stieß sie hervor. »Du lächelst ja.«

»Und du bist todmüde«, versetzte er. »Geh zu Bett, bevor du dir den Hals verrenkst.«

Victoria nickte gehorsam und stand auf. Es gelang ihr, unter die Decke zu schlüpfen, bevor sie endgültig einschlief.

»Freund? Ha!«, schnaubte eine Männerstimme.

Aber vielleicht hatte sie es auch nur geträumt.

16

Es kostete Connor einiges an Kraft, Victorias Tür von innen zu verschließen bevor er sie zurückließ, um zur Küche zu gehen. Er hatte das Gefühl, dass dort etwas vor sich ging.

Und er hatte recht. Ambrose, Hugh und Fulbert saßen am Tisch in der Küche, im Kamin loderte ein fröhliches Feuerchen und jeder der drei Männer hatte einen Krug mit Ale in der Hand. Ambrose blickte auf, als Connor eintrat.

»Connor«, sagte er lächelnd, »wir haben schon auf Euch gewartet.«

Connor setzte sich und holte sich seinen eigenen Bierkrug aus der Luft. »Ich habe mir schon gedacht, dass Ihr in Anbetracht der Umstände nicht schlafen gegangen seid. Nun, zu welchem Schluss seid Ihr gekommen?«, fragte er die drei.

»Jemand muss Mary holen«, sagte Hugh. »Es ist unsere Pflicht, das zu übernehmen.«

»Macht nicht so einen Aufstand«, grummelte Fulbert. »*Ich* gehe, schließlich ist es mein Jahrhundert.«

Connor blickte Ambrose an, der sich nachdenklich übers Kinn strich.

»Da hat Fulbert nicht unrecht«, meinte Ambrose, »allerdings sollte er mich mitnehmen, schon wegen meines Alters.«

»Du bist Schotte«, erwiderte Fulbert verächtlich. »Was weißt du schon vom elisabethanischen London?«

»Genauso viel wie du wahrscheinlich«, sagte Ambrose. »Ich bin seinerzeit viel gereist und habe auch einige Zeit in London verbracht.«

Connor lauschte ihrer Auseinandersetzung, war aber viel mehr mit seinen eigenen Gedanken beschäftigt.

Freund.

Verdammt noch mal, was dachte sie sich bloß dabei? Wahrscheinlich dachte sie, dass er sowieso kein Mann war, der für sie in Frage kam.

»Connor?«

Connor hob den Kopf und blickte Ambrose an. »Ja?«

»Wie denkt Ihr darüber?«

»Ich?«, erwiderte Connor. »Ich wäre gar nicht überrascht, wenn Victoria selbst vorhätte, zu gehen. Nein, es wäre sogar eher ungewöhnlich, wenn sie sich nicht freiwillig für diese Aufgabe melden würde.«

»Ja, ich glaube schon, dass sie sich verantwortlich fühlt«, überlegte Ambrose. »Und wenn sie gehen würde, würdet Ihr sie dann begleiten?«

Connor nickte. »Das hatte ich vor. Ich glaube, sie braucht so viele *Freunde* wie irgend möglich.«

Ambrose blickte ihn erstaunt an, aber dann begann er zu lächeln. Allerdings hielt er sich dabei die Hand vor den Mund, als ob er gähnen müsste. Bevor Connor nach seinem Schwert greifen konnte, streckte er jedoch begütigend die Hand aus.

»Sieht sie Euch als das – einen Freund?«, fragte er.

»Anscheinend.«

»Ich bezweifle, dass sie es als Beleidigung meint«, sagte Ambrose.

»Ich ...«

»Und ich bin sicher, dass es Euch auch nicht bekümmern würde, wenn sie es täte«, unterbrach Ambrose ihn rasch.

»Natürlich nicht. Und wer kann schon sagen, ob sie tatsächlich gehen will? Eigentlich ist es ja auch viel zu gefährlich.«

»Wer könnte es denn sonst übernehmen?«, fragte Hugh. »Jamie hat eine Gattin und Kinder; es war schon gefährlich genug, dass er die Reise einmal gewagt hat. Und auch Thomas hat Familie und kann seine Frau nicht allein lassen.«

»Victorias Vater könnte gehen«, warf Ambrose ein.

Connor schnaubte. »Der Mann ist absolut blind und sieht

ja nicht einmal das, was sich direkt vor seiner Nase abspielt. Das muss der McKinnon in ihm sein.«

Hugh schnaufte gereizt und verschanzte sich hinter einem Stapel Papieren.

»Was liest du da?«, fragte Fulbert.

»›Die lustigen Weiber von Windsor‹«, erwiderte Hugh und spähte über den Rand. »Ich erzähle euch später, wie es ausgeht.«

Connor spürte leisen Neid in sich aufsteigen. Alle konnten sie lesen, nur er musste sich noch mit den Buchstaben abkämpfen. Nun ja, Victoria hatte ihm ja vorhergesagt, dass es nicht so schnell gehen würde. Er konnte nur hoffen, dass seine Zukunft nicht davon abhinge, lesen zu können, und ihre nicht davon, das Gälische zu beherrschen.

Sie debattierten weiter, kamen jedoch zu keinem Ergebnis. Es war noch dunkel, als die Tür aufging und Thomas eintrat. Er setzte sich neben Ambrose.

»Na, mein Junge«, sagte Ambrose lächelnd, »du bist aber früh wach.«

»Ich konnte nicht schlafen«, erwiderte Thomas gähnend. »Habt ihr schon eine Lösung gefunden?«

»Nein, nur jede Menge Fragen.«

Connor überlegte, wie seltsam es doch war, dass er gesellig mit Männern zusammensaß, die er noch vor zwei Monaten als seine Feinde betrachtet hatte. Er dachte noch darüber nach, als die Tür erneut aufging und James MacLeod eintrat. Er setzte sich ans Kopfende.

»Wie fandet Ihr es im England des sechzehnten Jahrhunderts?«, fragte Ambrose.

»Das Essen war jämmerlich«, erwiderte Jamie, »und das will etwas heißen, wenn man bedenkt, was ich zu meiner Zeit gegessen habe. Aber vielleicht hat es auch nur daran gelegen, dass ich nicht genug Geld bei mir hatte. Wie ist es eigentlich um die hiesige Speisekammer bestellt?«

Thomas lachte und machte sich daran, das Frühstück vorzubereiten. Als er und Jamie sich darüber hermachten, knarrte die Tür erneut. Fulbert und Hugh verschwanden. Auch Ambrose wollte sich davonmachen, aber er lehnte sich auf seinem Stuhl zurück, als er sah, dass es nur Victoria war.

Nur Victoria.

Connor blickte sie an und bekam einen trockenen Mund. Bei allen Heiligen, das Mädchen war wirklich bezaubernd. Und sie setzte sich ohne Umschweife direkt neben ihn.

Sie lächelte ihn an. »Du bist früh wach.«

»Woher weißt du das denn?« Thomas prustete vor Überraschung seinen Schluck Tee über den Tisch.

Victoria sah ihren Bruder angewidert an. »Mach den Tisch sauber.«

»Woher weißt du, dass er früher zum Frühstück erschienen ist als sonst?«

»Ich weiß es eben, und überhaupt geht es dich sowieso nichts an.«

Thomas tupfte sich die Lippen ab. »Ich verstehe.«

Victoria nahm ihm das Tuch ab, wischte damit über den Tisch und warf es ihm anschließend ins Gesicht.

»Eine angemessene Reaktion«, sagte Connor anerkennend.

Thomas grinste. »Für gewöhnlich ist sie mit ihren Bodyguards nicht befreundet.«

Befreundet. Da war das Wort schon wieder. Connor blickte Victoria an. »Bodyguard?«

»Ihr wisst schon«, erklärte Thomas, »so eine Art Ritter, der nur auf eine einzige Person aufpasst. Ein Bodyguard eben.«

Connor überlegte. Sah sie ihn so? Andererseits hatte er natürlich auch von Anfang an angeboten, sie zu beschützen.

Mehr nicht …

»Connor ist nicht mein Bodyguard«, fuhr Victoria ihren Bruder an.

»Was ist er dann?«

Sie schien nicht die richtigen Worte zu finden und schwieg. Connor wunderte sich, warum ihre Wangen so rot wurden.

»Geht es dir nicht gut?«, fragte er.

»Hat es dir die Sprache verschlagen?«, erkundigte sich Thomas.

Victoria holte tief Luft. »Es ist alles in Ordnung«, sagte sie zu Connor. »Danke.« Dann wandte sie sich an ihren Bruder. »Wenn du bei der Geburt deines Babys noch am Leben sein willst, solltest du aufhören, mir auf die Nerven zu gehen. Draußen in der Diele hängt ein Schwert, und ich weiß damit umzugehen.«

Connor runzelte die Stirn. Er hatte Thomas McKinnon schon mit dem Schwert kämpfen sehen. »Victoria«, sagte er langsam, »ich glaube, du solltest ihm besser mit etwas anderem drohen.«

Sie blickte ihn überrascht an. »Warum?«

»Im Schwertkampf würde dein Bruder dich besiegen. Und das zu sagen, kostet mich einige Überwindung.«

»Niemand soll behaupten, dass Connor MacDougal knauserig mit seinem Lob ist«, warf Thomas grinsend ein. »Aber lasst uns lieber über wichtigere Dinge sprechen, bevor meine Schwester sich weitere Methoden ausdenkt, wie sie mich um die Ecke bringen kann.«

Connor lauschte aufmerksam, war sich aber gleichzeitig der Anwesenheit der Frau neben ihm äußerst bewusst. Als er den Kopf wandte, bemerkte er, dass sie ihn anschaute. Sie sah aus, als ob sie gegen die Tränen ankämpfte.

Bei allen Heiligen, er hätte Jahrhunderte seines Nachlebens gegeben, um sie nur einmal in den Armen halten zu dürfen und ihr die nötige Kraft zu geben.

»Es wird alles gut«, sagte er leise.

Sie nickte und lächelte tapfer.

Spontan legte er seine Hand auf ihre, wobei er zu spät bedachte, dass er sie ja gar nicht berühren konnte. Aber sie bemerkte die Absicht und blickte ihn an.

207

Ihre Augen schwammen in Tränen. Blinzelnd erhob sie sich. »Möchte noch jemand etwas essen?«, fragte sie.

»Ja, gerne«, erwiderte Jamie prompt. »Alles, was da ist.«

Connor musterte die Anwesenden und überlegte, ob jemand seinen Fauxpas bemerkt hatte. Ambrose lauschte aufmerksam Fulberts Geplapper über die Straßen im London der Renaissance, und Hugh war immer noch in seine »Lustigen Weiber« vertieft. Nur Thomas sah ihn an. Etwas wie Mitleid lag in seiner Miene.

Rasch wandte Connor sich ab.

Auch Victoria beobachtete ihn. Ernst blickte sie ihn an, bevor sie sich wieder zum Herd wandte.

Freunde?

Bei allen Heiligen, darüber war er hinaus.

Er wollte gerade darüber nachdenken, zu welchem Zeitpunkt das wohl passiert sein mochte, als plötzlich die Tür aufflog.

Hugh und Fulbert verschwanden erschreckt.

Mrs Pruitt stand auf der Schwelle, ganz in Schwarz gekleidet, und ihr üppiger Busen wogte.

»Er ist weg«, stieß sie hervor.

»Was?«, fragte Thomas.

»Wer ist weg?« Ambrose erstarrte, als ihm klar wurde, dass er einen schweren taktischen Fehler begangen hatte.

Mrs Pruitt blickte Ambrose an und riss die Augen noch weiter auf. Sie trat auf ihn zu und sank auf den Stuhl neben ihn.

»Laird MacLeod«, sagte sie ehrerbietig.

»Ah«, stieß Ambrose hervor und blickte sich panisch nach einer Fluchtmöglichkeit um.

»Ich kann es kaum glauben, dass Sie es wirklich sind«, sagte sie und fuhr sich durch die Haare. »Und ich bin gar nicht frisiert.«

»Gute Frau, was habt Ihr eben gesagt?«, fragte Ambrose verzweifelt. »Wer ist weg?«

Sie starrte ihn nur verzückt an. »Habe ich das gesagt?«

»Ja,« fuhr Ambrose fort, »das hat sie doch, Thomas, oder? Und kennt Ihr überhaupt Laird MacDougal schon?«

Connor warf Ambrose einen finsteren Blick zu, sagte dann aber so höflich er es vermochte: »Guten Morgen, Mistress Pruitt.«

Mrs Pruitt schien der Atem zu stocken.

»Möchten Sie vielleicht etwas trinken, Mrs Pruitt?«, fragte Thomas.

Victoria verschwand im Esszimmer und kam kurz darauf mit einem kleinen Glas zurück, in dem sich eine braune Flüssigkeit befand. Tee war es vermutlich nicht. Sie reichte Mrs Pruitt das Glas.

Mrs Pruitt kippte den Inhalt hinunter, ohne mit der Wimper zu zucken.

»Mr Fellini ist weg«, sagte sie und wischte sich mit dem Ärmel den Mund ab. »Und der Kerl hat meine gesamte Ausrüstung mitgenommen.«

Victoria sank auf ihren Stuhl. »Michael ist weg?«

»Er ist direkt durch den Feenring verschwunden.« Mrs Pruitt nickte nachdrücklich. »Als ob er das jeden Tag täte.«

Jamie räusperte sich. »Feenring?«

»Ja«, erwiderte sie leichthin. »Der Feenring oben in Farris' Kartoffelacker. Ich glaube ja kein Wort von dem ganzen Gerede, aber es heißt, wenn man in den Ring tritt, bringt er einen irgendwohin, wo man nicht unbedingt hin möchte. Also, ich werde mich hüten, da hinein zu gehen.«

»Aber Michael war dort?«, fragte Victoria. »Haben Sie ihn gesehen?«

»Mit meinem Hochleistungs-Nachtsichtgerät«, erwiderte Mrs Pruitt. »Und auch das besitze ich nur noch, weil ich es unter meinem Kopfkissen aufbewahrt hatte.« Sie warf Ambrose einen vielsagenden Blick zu. »Man weiß ja nie, wann man es braucht.«

Ambrose erschauerte.

»Ich bin ihm gefolgt«, fuhr Mrs Pruitt fort, »weil mir sein

Verhalten verdächtig vorkam, und ich fürchtete, dass er irgendeinen Unsinn auf dem Weg zum Schloss anstellen könnte.«

»Das haben Sie sehr gut gemacht«, lobte Thomas sie. »Wir hätten nicht anders gehandelt.«

»Ganz hervorragend«, bestätigte Victoria seufzend.

»Wir müssen ihn einholen«, erklärte Connor.

»Warum?«, fragte Victoria. »Vielleicht ist er bei der Inquisition gelandet.«

»Du hast ein gutes Gespür für angemessene Vergeltung«, erwiderte Connor bewundernd.

»Wie man in den Wald hineinruft, so schallt es heraus«, stimmte Victoria ihm zu. Sie warf Thomas einen Blick zu und seufzte. »Nun, da müssen wir wohl zu einer doppelten Aufgabe aufbrechen.«

»Wohin aufbrechen?«, fragte Mrs Pruitt.

Thomas räusperte sich. »In diesen Ort«, erwiderte er. »Aber leider werden wir wohl keine weiteren Informationen über den Feenring bekommen. Wenn wir wüssten, was alles geschehen kann, könnten wir uns natürlich ein viel genaueres Bild davon machen, was Mr Fellini vorhat. Schade, dass niemand von uns jemanden im Dorf kennt …«

»Ich gehe«, unterbrach ihn Mrs Pruitt und sprang auf. »Ich werde mir nicht nur alle Gerüchte anhören, sondern ich werde sie sogar mit meiner Videokamera aufnehmen.«

»Ich dachte, Michael hat Ihnen alles gestohlen?«, warf Victoria ein.

Mrs Pruitt schniefte.

»Ja, die alte. Aber heute morgen ist ein nagelneues digitales Gerät eingetroffen. Ich lese mir nur rasch die Gebrauchsanweisung durch, dann mache ich mich auf den Weg ins Dorf, wenn es recht ist.«

»Das wäre großartig, gute Frau«, sagte Ambrose und lächelte sie an.

Mrs Pruitt flatterte geschmeichelt mit den Wimpern.

Connor zuckte zusammen. Die Frau konnte einen aber auch erschrecken!

»Ich bin schon weg«, sagte Mrs Pruitt mit einem letzten, schmachtenden Blick in Ambroses Richtung.

Die Esszimmertür schloss sich hinter ihr.

»Fürchtet Ihr Euch?«, fragte Connor Ambrose.

»Ja, schrecklich«, erwiderte Ambrose freimütig.

»Du hättest schon im Winter mit ihr sprechen sollen«, sagte Fulbert, der plötzlich wieder auftauchte.

»Ja«, pflichtete Hugh ihm bei, »vielleicht hätte der Frost ihre Glut abgekühlt.«

»Das bezweifle ich«, erklärte Thomas lachend. »Ambrose ist seinem Schicksal begegnet. Es hat ein Faible für rosa Plüschpantoffeln und den neuesten Stand der Technik.«

Resigniert trank Ambrose einen Schluck.

»Vielleicht sollten wir Mrs Pruitt ins elisabethanische England schicken«, schlug Thomas vor.

»Davor mögen uns die Heiligen bewahren!«, rief Connor aus.

Ambrose schauderte. »Sie käme glatt auf die Idee, ihre Videokamera mitzunehmen und Shakespeare bei der Arbeit zu filmen.« Er schüttelte den Kopf. »Nein, sie kann auf gar keinen Fall gehen.«

»Wer dann?«, fragte Fulbert düster. »Wer macht es denn freiwillig?«

»Ich werde gehen«, erklärte Victoria.

Ihr Angebot überraschte Connor nicht. Genau das hatte er vermutet.

»Nein, das kommt nicht in Frage«, erwiderte Thomas bestimmt. »Du hast keine Ahnung, auf was du dich einlässt.«

»Ach, aber du?«

Thomas machte keine Anstalten zu antworten. Connor musterte ihn und fragte sich, was für Erfahrungen der Mann wohl mit dieser Art von Toren gemacht hatte. Es hatte natürlich Gerüchte gegeben, dass er in der Zeit zurückgereist war, um Iolanthe zu retten, bevor sie ermordet wurde, aber Connor war sich nie sicher, ob er solche Geschichten glauben sollte.

Es war etwas Geheimnisvolles um Iolanthe MacLeod McKinnon, das selbst ein zufälliger Beobachter unwiderstehlich finden mochte, aber Connor interessierte sich eigentlich nicht dafür.

»Ich zumindest weiß, wovon ich spreche«, sagte Jamie mit ernstem Gesichtsausdruck. »Es ist äußerst gefährlich, Mistress Victoria, und Sie müssen darauf vorbereitet sein, in eine Welt einzutreten, die nicht die Ihre ist. Die Sprache, die Kleidung, die Sitten ...«

»Es ist Shakespeares Zeit«, unterbrach Victoria ihn. »Was könnte für mich denn passender sein?«

»Vic, ich glaube nicht, dass *alle* in jambischen Pentametern gesprochen haben«, warf Thomas trocken ein.

»Sei nicht albern«, wies sie ihn zurecht. Sie wandte sich wieder an Jamie. »Es nützt wahrscheinlich nicht viel, sich wochenlang vorzubereiten. Ich gehe einfach dorthin, benehme mich so unauffällig wie möglich, finde Granny und diesen blöden Egoisten und komme zurück. Das kann doch nicht so schwer sein!«

»Du kannst nicht alleine gehen.« Thomas seufzte.

»Sie geht ja auch nicht alleine«, erklärte Connor.

Er spürte, dass Victoria ihn ansah, wagte jedoch nicht, den Blick zu erwidern.

»Könnt Ihr sie denn beschützen?«, fragte Thomas ruhig. »Könnt Ihr sie retten, wenn eine Bande Betrunkener sich ihre Scherze mit ihr erlaubt? Es ist mir klar, dass Ihr sie zu Tode erschrecken könntet, aber wenn sie nun keine Angst vor Euch hätten?«

Bevor Connor antworten konnte, fuhr Thomas schon fort.

»Ich zweifle keineswegs an Euren Fähigkeiten und Eurem Können, aber letztendlich ist sie durch Eure spezielle Situation dann trotzdem allein in einem Jahrhundert, dem sie nicht gewachsen ist, weil sie es nicht kennt.«

»Ich komme auch mit«, ertönte eine Stimme hinter ihnen. Connor drehte sich um. Jennifer stand im Türrahmen. Sie trat in die Küche und ließ die Tür hinter sich zufallen.

»Nein, das tust du auf keinen Fall«, erklärte Victoria mit fester Stimme.

»Doch«, erwiderte Jennifer ruhig. »Ich kann die Einheimischen mit Troubadourgesängen ablenken, während du nach Granny suchst.«

Victoria warf ihr einen zweifelnden Blick zu.

»Ich kann ein bisschen Geld für uns verdienen, damit wir etwas zu essen haben«, fuhr Jennifer fort. »Du wirst noch froh sein, dass du mich mitgenommen hast.«

Thomas verdrehte die Augen. »Na, toll. Zwei Schwestern und ein Gespenst. Das ist die bescheuertste Kombination, von der ich je gehört habe …«

»Ich habe Selbstverteidigung gelernt«, erklärte Jennifer.

»Oh ja, natürlich, das ändert alles«, erwiderte Thomas sarkastisch. »Zieht euch zumindest auf jeden Fall Männerkleidung an, ja?«

»Was soll ihnen das denn nützen?«, fragte Connor. »Seht sie Euch doch an. Nur ein Idiot würde sie nicht als Frauen erkennen.«

»Die Leute sehen das, was sie sehen wollen«, erwiderte Thomas. »Wenn sie sich wie Männer kleiden und wie Männer benehmen, dann könnten sie möglicherweise auch als Männer durchgehen.«

Victoria stützte die Hände auf den Tisch und stand auf. »Ich muss weitermachen. Ihr könnt ja meinetwegen den ganzen Vormittag die Kleiderfrage diskutieren, aber ich gehe jetzt duschen.« Sie warf Connor einen Blick zu. »Kommst du mit?«

»In die Dusche?« Thomas verschluckte sich erneut an seinem Tee.

213

»Zum Schloss, Thomas, zum Schloss!« Sie wandte sich an Connor. »In einer halben Stunde mache ich mich auf den Weg.« Mit einem letzten finsteren Blick auf ihren Bruder lief sie aus der Küche.

Connor kniff die Augen zusammen. »Ihr habt sie beleidigt«, sagte er zu Thomas. »Ich verlange Genugtuung.«

»Das war nicht meine Absicht«, erwiderte Thomas. »Ich habe nur nicht nachgedacht, bevor ich den Mund aufgemacht habe – ach, egal.«

»War das eine Entschuldigung?«, fragte Connor.

»Nein. Setzt es einfach auf die Liste der Dinge, für die ich später büßen muss.« Nachdenklich blickte er Connor an. »Wißt Ihr, MacDougal«, sagte er schließlich, »ich kann mir nicht vorstellen, wie ihr beiden das schaffen wollt.«

»Was, die Suche nach Eurer Großmutter?«

»Das auch.«

Connor blickte Thomas überrascht an, dann holte er tief Luft. »Wenn ich ein Leben zu geben hätte, dann würde ich sie damit beschützen. Aber auch in meiner jetzigen Situation werde ich alles tun, damit ihr nichts geschieht.« Er blickte zu Jennifer. »Ich werde auch auf Eure jüngste Schwester aufpassen. Ich werde alles tun, was in meiner Macht steht.«

»Das weiß ich«, erwiderte Thomas.

Connor stand auf, verneigte sich vor Jennifer, nickte den anwesenden Männern zu und verließ die Küche. In der Eingangshalle wartete er auf Victoria.

Vielleicht gewann er durch die Reise in die Vergangenheit ja das Leben zurück.

Er senkte den Kopf.

Bei allen Heiligen, er wünschte es sich so sehr.

17

Victoria stand im Innenhof des Schlosses in der strahlenden Morgensonne und beobachtete die Proben. Hoffentlich war das tödliche Ende von »Hamlet« kein böses Omen.

Michaels zweite Besetzung machte sich erstaunlich gut. Hinzu kam, dass er sogar noch besser aussah als Michael und dass Cressida den Blick nicht von ihm wenden konnte. Für ihn wurde sie mit Freuden wahnsinnig.

Fred führte Regie. Er war zwar nicht glücklich über die Wendung der Ereignisse, fand sich aber damit ab, zumal sie ihn vor die Wahl gestellt hatte, sich entweder um die Schauspieler oder um die Kostüme zu kümmern. Er hatte sich laut beklagt, als sie ihm ihr vollgekritzeltes Drehbuch in die Hand gedrückt hatte, aber jetzt machte er seine Arbeit ganz ordentlich. Für sie war die Tatsache, dass sie ihr Stück zwei Tage vor der Premiere seinem Schicksal überließ, ein weiteres Zeichen dafür, dass sie ihr Leben im Moment nicht unter Kontrolle hatte.

Sie konnte nicht behaupten, dass sie sich bereits an diesen Zustand gewöhnt hatte. Resignation war vielleicht die zutreffende Bezeichnung – sie hatte sich mit dem Gedanken abgefunden, dass sie am nächsten Morgen in das England der Renaissance aufbrechen würde, wohin ihre Großmutter und Michael wahrscheinlich verschwunden waren. Wenigstens verfügte sie über die richtige Kleidung. Sie konnte nur hoffen, dass niemand ihnen so nahe kam, dass er die Reißverschlüsse sah.

Seufzend lehnte sie sich im Schatten an die Mauer und schaute zu, wie ihre Mannschaft zusammenpackte. Sie hatte ihnen mitgeteilt, sie müsse dringend nach London, weil es

Schwierigkeiten mit den Behörden gäbe. Michael sei ebenfalls aufgrund einer wichtigen Angelegenheit abberufen worden. Am Premierenabend sei sie wieder da, und auch Michael könne dann wahrscheinlich seine Rolle wieder übernehmen.

Jetzt dachte sie seufzend, dass sie mittlerweile so häufig und so überzeugend log, dass sie sich langsam wirklich Sorgen um sich machte.

Am Schlosstor brüllte Connor seinen Truppen Befehle zu, und dann kam er zu ihr.

Er bot einen wirklich imponierenden Anblick.

Er hätte einen großartigen Hamlet abgegeben.

Victoria schluckte, weil ihr Mund auf einmal ganz trocken war.

»Bist du nervös?«, fragte Connor stirnrunzelnd.

»Ich?«, erwiderte sie mit rauer Stimme. »Niemals. Ich liebe die Herausforderung. ›Unmöglich‹ und ›Wahnsinn‹ sind meine Lieblingswörter.« Mehr traute sie sich nicht zu sagen, weil sie Angst hatte, aus Versehen zu verraten, dass sie sich viel zu sehr an Connors stetige Anwesenheit gewöhnt hatte. Ihr Leben war völlig durcheinandergeraten, und ihr Leitstern war anscheinend ein mürrischer, mittelalterlicher Highland-Laird.

»Ich verstehe dein Unbehagen«, erwiderte er. »Das Unbekannte macht einem immer Angst. Vor einem Kampf habe ich mir auch immer Sorgen gemacht.«

Sie blickte ihn an und dachte, dass die Gegner doch sicher allein schon bei seinem Anblick vor Angst schreiend weggelaufen waren. »*Du* hast dir Sorgen gemacht?«, fragte sie ungläubig.

Er schwieg. »Ja, ein wenig«, gab er dann zu.

»Stell dir bloß mal vor, wie deine Feinde sich gefühlt haben mögen!«

»Wahrscheinlich war Ihnen ebenfalls ein wenig unwohl«, erwiderte er. »Dass ich mir Gedanken gemacht habe, hat allerdings dazu beigetragen, dass ich besonders achtsam war.

Es war vermutlich ein ähnliches Gefühl, wie es deine Schauspieler vor der Aufführung empfinden.«

»Bei dir klingt es so, als sei unser Vorhaben nicht gefährlicher, als ins Badezimmer zu gehen.«

Er schnaubte. Es klang fast wie ein Lachen.

»Ich glaube, du hast gelacht«, sagte sie.

»Ich lache nie.«

»Aber falls ich im England der Renaissance sterben sollte, möchte ich dich vorher noch gerne lächeln sehen.«

»Du wirst nicht sterben, wenn ich es verhindern kann.«

»Du weichst mir aus.«

»Ja.«

Victoria seufzte. »Na, zumindest bist du aufrichtig.«

»Wenn der Tod nahe ist, werde ich für dich lächeln. Aber hoffe nicht zu sehr darauf. Wir holen deine Granny und werden rechtzeitig zur Premiere wieder hier sein.«

»Und Michael«, rief sie ihm ins Gedächtnis.

Connor schürzte die Lippen. »Ja, nun, wir werden wohl auch nach ihm Ausschau halten müssen. Vermutlich finden wir ihn dort, wo wir auch unseren guten Master Shakespeare antreffen, meinst du nicht auch? Vielleicht aber auch nicht. Wir werden zuerst die Örtlichkeiten absuchen, an denen wirklich schlechtes Schauspiel geboten ist.«

Er hatte vermutlich recht. Leider konnten sie Michael nicht mit gutem Gewissen sich selbst überlassen. Sie konnte nur hoffen, dass sie rasch ihr Ziel erreichten und alle Beteiligten heil und gesund wieder hier ankamen.

Die Alternative wollte sie lieber nicht bedenken.

Für den Rest des Tages verdrängte sie alle Gedanken an ihr Vorhaben. Als es Abend wurde, hatte sie im Theater alles erledigt und die Kleidungsstücke bereitgelegt, die für zwei junge Männer im London des sechzehnten Jahrhunderts geeignet erschienen. Connor bekam verschiedene Kombinationen vorgelegt, bestand allerdings darauf, sich zum Umkleiden zurückzuziehen. Als er das erste Mal in Puffhosen und Samtweste wieder ins Wohnzimmer trat, bekam Thomas beinahe einen Erstickungsanfall.

»Vielleicht sollten wir etwas weniger Auffälliges nehmen«, schlug Victoria vor.

Connor warf ihr einen finsteren Blick zu, stampfte aus dem Zimmer und kam kurz darauf in konservativer Zunftkleidung wieder. Nichts Gebauschtes, weniger Brokat und weniger Zierrat. Es stand ihm eigentlich ganz gut.

»Perfekt!«, verkündete sie.

»Ich sehe aus wie dein Diener«, murrte er.

»Nein, so schlimm ist es nicht. Und ich kann meine Kleidung auch noch ein wenig anpassen, wenn du möchtest.«

»Woran anpassen?«, fragte ihr Vater, der gerade ins Zimmer trat. Er blickte sie verwundert an. »Wollt ihr alle im Stück mitspielen?«

Victoria hielt es für das Beste, ihm auf seine Frage gar keine Antwort zu geben.

Das Abendessen schleppte sich dahin, und Victoria entschuldigte sich früh, um zu Bett zu gehen. Sie wünschte ihren Eltern gute Nacht und küsste ihre Mutter.

Anscheinend hatte Helen sie längst durchschaut. »Ich weiß, was du vorhast«, murmelte sie.

Victoria blickte sie erstaunt an.

Ihre Mutter brachte sie an die Tür und sagte liebevoll: »Sei vorsichtig.«

»Hat Thomas es dir erzählt?«, fragte Victoria.

Helen schüttelte den Kopf. »Nein. Ambrose.«

»Oh, Mom, nicht du auch noch.«

Helen lächelte. »Es liegt uns im Blut, Liebes. Und ich bin dir dankbar, dass du für deine Granny ein solches Opfer bringst.«

»Es wird schon alles gut gehen.«

»Dafür wird Connor schon sorgen«, sagte Helen zuversichtlich.

»Hm«, brachte Victoria hervor. Sie fragte ihre Mutter erst gar nicht, woher sie wusste, wozu Connor in der Lage war oder nicht. Ihre Mutter hatte ihn mit Sicherheit ausgequetscht, während Victoria mit ihrer Produktion beschäftigt war.

Als sie die Treppe hinunterging, dachte sie darüber nach, ob wohl alles gut gehen würde. Vor der Tür zur Bibliothek stand Connor. Er sah so real aus wie ein lebendiger Mensch.

Vielleicht würde es ja doch funktionieren.

Sie zog den Gürtel ihres Bademantels fester und setzte sich vor den Kamin, in dem Connor mit einem Schlenkern des Handgelenks ein Feuer entzündet hatte.

»Wie machst du das?«, fragte sie staunend.

»Es liegt in meiner künstlerischen Natur, die sich darin zeigt, dass ich illusionäre Feuer entzünden, hochwertiges Ale produzieren und unvergleichlich fantasievolle Kleidung für einen Renaissance-Gentleman entwerfen kann.«

Victoria lachte. »Du warst eindeutig zu viel mit Schauspielern zusammen.«

»Ja, ich bin ein richtiger Windbeutel geworden«, erwiderte er. »Meine Männer haben mich heute morgen kaum wiedererkannt. Statt sie wie sonst finster anzublicken, rede ich jetzt wie ein Wasserfall. Irgendwann werde ich diese Gewohnheit wieder ablegen müssen.«

»Eigentlich gefällst du mir so. Vor allem, wenn du Englisch sprichst und nicht Gälisch. Das ist weniger anstrengend.«

»Heute Abend hast du vermutlich keine Lust mehr zu üben, oder?«, fragte er. »Oder brauchst du vor der morgigen Reise ein wenig Ablenkung?«

Seufzend blickte sie ins Feuer. »Es kommt mir alles so unwirklich vor. Ich habe gesehen, wie Jamie verschwunden ist, und dann ist er ein paar Tage später in Kleidung, die nicht seine war, ins Esszimmer gekommen. Und ich saß in der Küche und habe mit meinen Vorfahren über die aktuellen Er-

219

eignisse geplaudert.« Sie blickte ihn an. »Und dann du. Manchmal frage ich mich, ob ich das alles nur träume. Und ich brauche dir wohl nicht zu sagen, dass ich normalerweise nicht der Typ bin, der seine Zeit mit Träumen vergeudet.«

Connor blickte sie ernst an, sagte jedoch nichts.

»Hast du nicht manchmal ein ähnliches Gefühl?«, fragte sie ihn.

»Die letzten acht Jahrhunderte sind mir vorgekommen wie ein Traum«, erwiderte er langsam. »Aber jetzt habe ich ein Gefühl, als sei ich gerade erst aufgewacht.«

Er blickte sie liebevoll an.

»Daran ist bestimmt Shakespeare schuld«, brachte Victoria hervor.

Connor wandte den Kopf und blickte ins Feuer. »Er mag ja vieles bewirken, aber diese Veränderung hat nichts mit ihm zu tun.« Er schüttelte den Kopf. »Es ist schon spät. Du solltest zu Bett gehen. Wer weiß, wann wir das nächste Mal schlafen können.«

»Ja ich werde es versuchen.«

»Ich könnte dir etwas vorsingen.«

»Ich habe plötzlich das Gefühl, überhaupt keine Probleme mit dem Einschlafen zu haben, danke.«

Er schürzte die Lippen. »Ich singe sehr gut.«

»Du darfst mir morgen etwas vorsingen, heute kannst du mir etwas auf Gälisch vorlesen.«

Er überlegte. »Wie wäre es mit ›Thomas, die kleine Lokomotive?‹«

Victoria lachte. »Ich wollte es gerade vorschlagen.« Sie schwieg nachdenklich. »Ich finde, du machst es wirklich gut. Es ist schwierig für einen Erwachsenen, lesen zu lernen. Und dann auch noch in zwei Sprachen gleichzeitig.«

Connor holte das Buch aus der Luft. »Wahrscheinlich beneiden mich viele um diese unglaublichen Fähigkeiten. Und jetzt ins Bett mit dir, Mädchen, bevor all das Gerede mich ebenfalls ermüdet.«

220

Victoria zog sich die Decke bis zum Kinn und drehte sich zum Feuer.

Sie schlief ein, während Connor ihr mit seiner tiefen Stimme in seiner Muttersprache vorlas, als hätte er sein ganzes Leben lang nichts anderes getan.

Die Sonne war eben aufgegangen, als Victoria mit Jennifer und Connor am Rand des Feenringes stand. Thomas und Jamie hatten sie begleitet. Es war ihnen gelungen, Mrs Pruitt, die ihre gesamte Ausrüstung dabei hatte, auf ein paar Wildgänse anzusetzen. Jamie war der Auffassung gewesen, dass ein direkter Kontakt mit dem Feenring sich nur nachteilig auswirken konnte, solange die Gastwirtin in der Nähe war.

Victoria war ganz seiner Meinung.

Ihre Eltern waren nicht da, und das war ihr nur recht. Aber die drei aus dem *Boar's Head* waren anwesend, um sie moralisch zu unterstützen.

Victoria warf ihrer Schwester einen Blick zu, um zu sehen, wie sie mit der Situation zurechtkam, aber Jennifer wirkte völlig gelassen.

»Bist du immer noch entschlossen?«, fragte Victoria sie.

»Ich habe meine historische Querpfeife dabei«, erwiderte Jennifer fröhlich. »Damit kann man großartig Geld fürs Mittagessen verdienen. Und man kann sie auch noch als Waffe gebrauchen. Ich hielt dieses Instrument für sinnvoller als eine Geige.«

Victoria runzelte die Stirn. »Ich verstehe einfach nicht, warum du eine so vielversprechende Karriere aufgegeben hast, um Babykleidung zu machen.«

»Ich kann Musiker nicht ausstehen.«

»Aber doch nur, wenn du mit ihnen ausgehen musst«, korrigierte Victoria sie. »Auftreten könntest du doch ohne Weiteres mit ihnen. Du solltest einen netten Anwalt heiraten, der zum Vergnügen Gitarre spielt und sich nichts daraus macht, wenn du dreimal die Woche zur Orchesterprobe gehst. Du spielst wahrscheinlich gar nicht mehr Geige, oder?«

»Doch, ab und zu. Wenn ich die Frotteestoffe leid bin.«

Victoria hob die Hände. »Sie macht mich wahnsinnig«, sagte sie zu Connor.

»Aber sie ist wahrscheinlich die einzige, die dir in den nächsten Tagen etwas zu essen besorgen kann«, erwiderte er. »Du solltest sie nicht zu sehr gegen dich aufbringen.«

Victoria schürzte die Lippen. »Da hast du vermutlich recht. Aber wenn wir zurück sind, unterhalten wir uns mal über deine Lebensziele, Jennifer«, fügte sie an ihre Schwester gewandt hinzu. »Und zwar ausführlich.«

»So«, sagte Thomas und stellte sich neben sie, »ihr solltet jetzt aufbrechen. Wer weiß, wann Mrs Pruitt zurückkommt. Seid ihr bereit?«

»Ja«, erwiderte Victoria. Sie blickte ihre Schwester an. »Sollen wir?«

»Viel Glück«, sagte Thomas. Er umarmte erst Victoria und dann Jennifer. »Connor soll gut auf euch aufpassen.«

Er trat einen Schritt zurück.

Victoria ergriff Jennifers Hand und streckte die andere Connor hin, während sie einen Schritt vorwärts machte. Sie hätte schwören können, dass sie etwas spürte, aber dann war das Gefühl weg, und sie standen nicht mehr auf Farris' Feld.

Sie standen in einer Gasse mitten in der Stadt.

»So weit, so gut«, sagte sie.

»Das sehe ich anders«, meinte Jennifer. »Du solltest dich einmal umdrehen.«

Gehorsam drehte Victoria sich um.

Dort standen ein halbes Dutzend Strolche. Am helllichten Tag. Victoria fluchte unterdrückt. Das hier war wahrscheinlich nicht das beste Viertel der Stadt. Sie hätten sich auf eine wohlhabendere Straße wünschen sollen.

Sie stemmte die Hände in die Hüften und setzte ihre finsterste Miene auf. »Macht den Weg frei, ihr Halunken!«, rief sie mit fester Stimme.

Die Männer wirkten nicht beeindruckt.

»Straßenräuber«, fügte sie in beleidigendem Tonfall hinzu.

»Du lieber Himmel«, sagte Jennifer. »Fällt dir nichts Besseres ein?«

»Ich glaube, es ist ihnen egal, wie wir sie bezeichnen«, erwiderte Victoria.

»Verzeihung«, sagte eine Stimme hinter ihnen.

Victoria duckte sich und zog Jennifer aus dem Weg, als Connor mit gezogenem Schwert und einem furchterregenden Schlachtruf an ihnen vorbeistürmte.

Drei der Männer gaben sofort Fersengeld.

Die anderen drei jedoch blieben unschlüssig stehen. Zwei von ihnen zogen ebenfalls ihre Schwerter. Der dritte trat beiseite, um sich das Handgemenge anzusehen.

»Na, toll«, sagte Victoria.

»Es sind nur noch drei«, meinte Jennifer. »Das ist doch nicht schlecht.«

»Es wird so aber nicht funktionieren«, erklärte Victoria.

Connor fluchte laut und stürzte sich mit der Begeisterung eines kampflustigen Highlanders ins Gefecht. Er bot einen großartigen Anblick.

Aber sein Schwert, das er mit viel Geschick und Umsicht führte, machte kein Geräusch, wenn es auf die Waffen der anderen beiden Männer traf.

Das fiel auch seinen Gegnern nach kurzer Zeit auf.

»Oi«, sagte einer, »er ist nicht das, für was wir ihn halten.«

»Komm, wir machen ihn nieder.«

»Er ist schrecklich groß«, gab der erste zweifelnd zu bedenken. »Auch wenn sein Schwert keinen Lärm macht.«

»Und, was sollen wir tun?«, fragte der Zweite.

»Gegen ihn kämpfen?«, schlug der Erste vor.

»Ja, genau, das solltet ihr tun«, sagte Connor voller Ingrimm.

Und dann nahm er seinen Kopf ab und steckte ihn sich unter den Arm.

Die beiden Männer schrieen auf, ließen ihre Schwerter fallen und rannten davon. Erst als sie schon am Ende der Gasse angelangt waren, fiel Victoria auf, dass auch Jennifer schrie. Sie selber hatte sich ebenfalls ein wenig erschreckt, als Connor seinen Kopf von den Schultern nahm, aber sie hatte sich rasch mit dem Anblick abgefunden.

»Jenner, sei still!«, rief sie. »Connor ist nichts passiert. Er hat den Männern nur ein wenig Angst eingejagt.«

Nun ja, zwei von ihnen jedenfalls. Der Dritte im Bunde war noch da.

Höhnisch grinste er Connor an und marschierte durch ihn hindurch. Auf einmal stand Victoria vor dem unangenehmsten Kerl, der ihr jemals begegnet war. Seine Zähne waren verfault, er blies ihr seinen stinkenden Atem ins Gesicht, und gewaschen hatte er sich anscheinend noch nie in seinem Leben.

Er steckte sein extrem langes Schwert wieder in die Scheide und zog stattdessen einen gefährlich aussehenden Dolch.

Jennifer sprang dazwischen und schrie, so laut sie konnte: »Nein!«

Er wischte sie einfach mit dem Handrücken beiseite, und sie fiel aufs Pflaster. Victoria stand da wie erstarrt, aber als sie sah, was er mit ihrer Schwester gemacht hatte, ging sie wie eine Wildkatze auf ihn los, um ihm die Augen auszukratzen. Mit einer einzigen Handbewegung drehte er sie um und drückte sie an die Mauer. Als er anfing, sie zu begrapschen, war ihr klar, dass sie in großen Schwierigkeiten steckte. Na ja, wenigstens hatte er ihr nicht gleich die Kehle aufgeschlitzt. Das war doch schon mal was.

Auf einmal jedoch spürte sie, wie sein Griff lockerer wurde. Er hielt sie nicht mehr fest, und als sie sich umdrehte, sah sie, dass er neben Jennifer am Boden lag. In seinem Rücken steckte ein großes Schwert.

Connor hockte auf allen vieren und atmete schwer. Sein Brustkorb hob und senkte sich.

»Sieh zu, dass Jennifer zu sich kommt«, keuchte er. »Ihr müsst hier weg, bevor jemand kommt.«

Victoria zog ihre Schwester hoch und legte Jennifers Arm über ihre Schulter.

»Ich fühle mich nicht so gut«, stieß Jennifer hervor.

»Wir kümmern uns später darum. Wir müssen erst einmal weg von hier«, sagte Victoria.

Sie schleppte Jennifer über die Leiche des Angreifers. »Und was ist mit dir?«, fragte sie Connor.

»Mich sieht ja keiner«, sagte er mit schwacher Stimme. »Das Schwert hat einem seiner Kumpane gehört. Sucht euch eine sichere Bleibe. Ich finde euch schon.«

Victoria hätte ihn gerne gefragt, wie er das wohl bewerkstelligen wollte, aber sein Blick brachte sie zum Schweigen.

Sie zerrte Jennifer aus der kleinen Gasse auf eine Hauptstraße. Dass nicht eine Menschenseele sich danach erkundigte, warum Jennifer und sie in einem so erbärmlichen Zustand waren, war wahrscheinlich typisch für Zeit und Ort. Victoria hatte sich die Karte von London in der Renaissance nur einmal kurz angesehen, um nachzuschauen, wo sich das *Globe* befand. Leider war Theater zu dieser Zeit noch keine Unterhaltung für die Bessergestellten, und da auch Schauspieler nicht der Oberschicht angehörten, blieb Victoria jetzt nichts anderes übrig, als sich entweder in einer recht schäbigen Unterkunft einzuquartieren oder Jennifer zu zwingen, noch meilenweit zu laufen.

Am liebsten wäre sie sowieso einfach auf der Straße stehen geblieben und hätte sich mit aufgerissenen Augen umgesehen. Sie war inmitten von elisabethanisch gekleideten Menschen, die ihren Alltagsverrichtungen nachgingen und dabei King-James-Englisch sprachen.

Wenn es nicht so gestunken hätte, wäre sie sich vorgekommen wie in einem Traum.

»Es geht mir schon wieder besser«, sagte Jennifer und straffte sich. Sie betastete ihre aufgeplatzte Lippe. »Das wird sehr authentisch aussehen, findest du nicht? Wenn man mir ansieht, wie streitsüchtig ich bin, wird sich bestimmt keiner mehr mit uns anlegen wollen.«

»Hoffentlich.«

Eine Zeitlang gingen sie schweigend nebeneinander her, wobei sich Victoria um einen möglichst männlichen Gang bemühte. Jennifer blickte sich mit weit aufgerissenen Augen um.

»Kannst du glauben, dass wir hier sind?«, flüsterte sie.

»Ja«, antwortete Victoria nüchtern. »Und es gibt nicht mal ein Stück Schokolade. Es ist eine Katastrophe.«

»Wo ist Connor?«

»Er kommt nach.«

Jennifer nickte, sagte aber nichts mehr. Nach einer Weile begann die Gegend ein wenig achtbarer auszusehen. Schließlich stießen sie auf eine einigermaßen passable Unterkunft.

Victoria bezahlte für eine Woche im Voraus, von dem Geld, das Jamie ihr gegeben hatte. Sie hatte ihn gar nicht erst gefragt, wie er daran gekommen war.

Es gab eine ganze Menge von Dingen, die sie ihn nicht gefragt hatte, fiel ihr jetzt auf. Unter anderem nicht, wie er aus dem elisabethanischen England zurückgekommen war. Wie viel Erfahrung hatte er mit diesen Zeittoren? Und wieso wirkte er genauso mittelalterlich wie Connor? Und weshalb war ihr Bruder mit dem Mann so eng befreundet – abgesehen von der Tatsache, dass er mit Iolanthe verwandt war?

Ihr Großvater sollte er sein.

Das war ein dehnbarer Begriff.

Wenn sie zurückkam, mussten sie ihr alle Rede und Antwort stehen, das schwor sie sich. Aber jetzt war sie erst einmal froh, dass sie eine Bleibe für sich und ihre Schwester gefunden hatte. Hoffentlich war Connor bis zum Mittagessen bei ihnen.

Sie ließ das Hausmädchen ein Feuer im Kamin entfachen und wartete, bis das Essen gebracht wurde. Dann verriegelte sie die Tür und setzte sich mit ihrer Schwester an einem kleinen Tisch zum Mahl.

»Wie hast du Connor kennengelernt?«

Victoria blickte Jennifer erstaunt an. »Was?«

»Wie hast du ihn kennengelernt? Du hast nie von ihm erzählt.«

Victoria schürzte die Lippen. »Red doch nicht so um den heißen Brei herum, Jenner. Frag einfach, was du wissen willst.«

Jennifer lächelte, zuckte jedoch gleich darauf zusammen, weil der Schnitt an ihrer Lippe schmerzte. »Ich bin einfach neugierig. Du hast ihn ja wohl kaum aus den Staaten mitgebracht.«

»Es ist eine sehr lange Geschichte.«

»Ich habe viel Zeit.«

Victoria seufzte. Sie blickte sich im Zimmer um, aber abgesehen vom Essen gab es nichts, womit sie ihre Schwester ablenken konnte. Und das Essen sah noch nicht einmal besonders genießbar aus.

»Na gut«, erwiderte sie mit einem weiteren tiefen Seufzer, »ich erzähle es dir.«

»Unglaublich«, sagte Jennifer, als Victoria mit ihrer Geschichte fertig war. »Wenn ich es nicht mit eigenen Augen gesehen hätte, würde ich dir kein Wort glauben.«

»Ja, das ist mir ähnlich gegangen«, stimmte Victoria ihrer Schwester zu.

»Und jetzt?«, fragte Jennifer. »Wir finden Granny, wir finden Michael, und dann?«

Victoria blinzelte. »Was dann?«

»Was wollt ihr tun, Connor und du?«

Es passierte Victoria sehr selten, dass sie um eine Antwort verlegen war. Aber jetzt war sie sprachlos.

»Äh … «, machte sie.

227

»Du kannst ja schließlich schlecht ein Gespenst heiraten«, sagte Jennifer.

»Heiraten!«, rief Victoria aus. Mit hochrotem Kopf stammelte sie irgendwelches dummes Zeug.

Das passierte ihr sonst auch nicht.

In genau diesem Moment betrat Connor das Zimmer.

Jennifer kreischte auf. »Oh«, schrie sie und sprang auf. »Vikki …«

Auch Victoria sprang auf. Connor war zu Boden gesunken. Sie kniete sich neben ihn.

»Connor«, sagte sie, »was ist passiert? Hat der Mann dich mit seinem Messer verletzt?«

Connor schüttelte den Kopf. »Nein, das konnte er nicht. Aber es hat mich … all meine Energie gekostet, ihn zu töten.« Er schloss die Augen. »Ich brauche Ruhe. Wenn ich etwas aus der … Welt der Sterblichen anfasse, ist das … sehr kräftezehrend.«

»Leg dich ins Bett«, schlug Victoria vor.

Er grunzte. »Ich merke … sowieso keinen Unterschied.«

Damit schloss er die Augen und schlief ein.

Victoria erkannte es daran, dass er schnarchte.

»Nun«, meinte Jennifer, »wir werden es zumindest merken, wenn er wieder wach ist.«

Victoria blickte sie an. »Wir sollten wohl abwarten, bis er sich wieder erholt hat.«

»Ja, das glaube ich auch. Vermutlich können uns die Dienstboten sagen, wo genau wir uns befinden. Schade, dass wir keinen Stadtplan dabeihaben.«

»Den können wir wahrscheinlich irgendwo kaufen«, sagte Victoria. »Ich glaube, ich muss mich ebenfalls ein wenig hinlegen, aber wir sollten besser nur abwechselnd schlafen. Du zuerst.«

»Nein …«

»Doch. Ich bin schließlich nicht geschlagen worden. Leg dich ins Bett.«

»Na gut«, erwiderte Jennifer langsam. »Wenn ich wieder wach bin, sollten wir vielleicht ein bisschen Gälisch üben. Du musst dich wirklich etwas mehr anstrengen.«

»Ja, ich bin sicher, dass es uns hier unglaublich viel nützen wird«, erwiderte Victoria spöttisch.

Jennifer lächelte. »Ich habe gar nicht an hier gedacht. Ich glaube nur, dass ein Highland Laird es unwiderstehlich findet, wenn er in seiner Muttersprache verführt wird.«

Victoria wollte schon widersprechen, aber sie machte den Mund wieder zu. Jennifer hatte vielleicht gar nicht so unrecht.

Als ihre Schwester im Bett lag, setzte sich Victoria an den Tisch, blickte sich im Zimmer um und benannte leise alle Dinge, die sie sah.

In Connors Muttersprache.

Vielleicht würde es ihr ja eines Tages etwas nützen.

18

Connor setzte sich stöhnend auf. Es ging ihm jetzt wieder etwas besser, aber wirklich gut fühlte er sich immer noch nicht. Überrascht blickte er sich im Zimmer um. Er hatte im Stillen schon befürchtet, dass das Zeittor bei ihm nicht funktionieren würde.

Aber es hatte auch ihn in eine andere Zeit gebracht.

Das Leben hatte es ihm jedoch nicht wiedergegeben.

Allerdings hatte er das auch nicht ernsthaft erwartet.

Er blickte sich in dem Raum um, der im Stil des sechzehnten Jahrhunderts eingerichtet war. Es sah aus wie eines der Zimmer im Gasthaus, nur natürlich wesentlich neuer.

Auf dem Bett lagen Victoria und Jennifer und schliefen. Jennifer redete im Schlaf, und Victoria stieß sie an, ohne dass eine von beiden dabei erwachte.

Connor war fasziniert vom Umgang der beiden Schwestern miteinander. Da er keine Schwestern hatte und seine Mutter früh gestorben war, hatte er nur wenig Erfahrung mit Frauen. Jennifer und Victoria waren eine Offenbarung für ihn. Sie sprachen offen aus, was sie dachten, und Connor hatte schon mitbekommen, dass Victoria der Meinung war, Jennifer solle die Musik zu ihrem Broterwerb machen, während Jennifer fand, dass es für ihre Schwester an der Zeit war, sich einen Ehemann zu suchen und eine Familie zu gründen.

Und Connor wunderte sich insgeheim auch, warum Victoria das noch nicht längst getan hatte.

Leicht schwankend stand er auf. Es wäre besser gewesen, wenn er noch jemanden zum Schutz der Frauen dabei gehabt hätte. Es war verdammt schwierig, sie nur durch seinen Ein-

230

fallsreichtum zu verteidigen. Aber wenigstens gestern Abend war ihm das ja gelungen.

Wie lange war er überhaupt bewusstlos gewesen?

Ein Klopfen an der Tür unterbrach seine Gedanken.

Victoria fuhr aus dem Schlaf auf, aber als sie ihn sah, entspannte sie sich und lächelte. »Du siehst besser aus.«

»Habe ich einen so schlimmen Eindruck gemacht?«, fragte er.

»O ja, das hast du.« Sie stand auf, um die Tür zu öffnen. Connor blickte aus dem Fenster, um zu sehen, welche Tageszeit sie hatten. Nun, es war hell, also hatte er vielleicht doch nur die Nacht über geschlafen.

Victoria wies zum Tisch. »Dorthin bitte«, sagte sie mit einem entschieden französischen Akzent.

Das Hausmädchen gehorchte, knickste und verließ das Zimmer. Connor blickte Victoria an.

»Französisch?«

Sie zuckte mit den Schultern. »Ich dachte zuerst an Schottisch, aber ich wusste nicht, wie man das hier aufnehmen würde.«

»Und was soll ich tun, Mistress?«, fragte er spitz. »Ich kann nicht vorgeben, etwas zu sein, was ich nicht bin.«

»Dann sei einfach still«, erwiderte sie unbekümmert, »und lass mich reden. Jennifer spricht recht gut Französisch, und wenn es ernst werden sollte, können wir ihr das Reden überlassen. Aber ich hoffe, wir haben keine weiteren Probleme.«

»Ja, das hoffe ich auch«, erwiderte er mit Nachdruck. Er setzte sich ihr gegenüber an den Tisch. »Hast du dich erholt?«

»Von deinem kopflosen Anblick oder von dem Londoner, der mich angetatscht hat?«

Darüber konnte Connor nicht einmal lächeln. »Von Letzterem.«

»Ja, ich werde es überleben. Aber du kannst dir nicht vorstellen, wie dankbar ich dir bin, dass du mir zu Hilfe gekommen bist.«

Lächelnd widmete sie sich ihrem Frühstück. Connor beobachtete sie und wünschte sich, er könnte ihr die Haare aus dem Gesicht streichen, sie bürsten oder ihr einen Zopf flechten, wenn sie das mochte.

Bei allen Heiligen, das Herz war ihm stehen geblieben, als dieser Hurensohn sich ihr genähert hatte.

Seine Wut hatte ihm die Kraft gegeben, das Schwert zu erheben und es dem Mann in den Rücken zu stoßen. Zum Glück hatte er Victoria nicht auch durchbohrt.

»Connor, ist alles in Ordnung?«

Er rieb sich mit der Hand übers Gesicht und schenkte ihr ein schwaches Lächeln. »Ja, mir geht es gut.«

»Ich hätte ja gerne einen Kommentar zu deinem freundlichen Gesichtsausdruck abgegeben, aber ich versuche, diskret zu sein.«

»Sehe ich weniger kämpferisch aus?«, erkundigte er sich.

»Ja, absolut.«

»Dann kannst du ja wohl verstehen, warum ich so selten eine freundliche Miene zur Schau stelle.«

Sie lächelte, wobei sich ein Grübchen in ihrer Wange zeigte.

»Hast du es eigentlich schon aufgegeben, mir Angst einjagen zu wollen?«, fragte sie. »Ich glaube sowieso, ich bin immun dagegen.«

»Ach, als Schatten bin ich wohl ein Versager.«

»Aber du bist ein wirklicher Glückstreffer als Fr...«

»Bei allen Heiligen, Victoria McKinnon, wenn du mich noch einmal als *Freund* bezeichnest, dann werde ich ein so böses Gesicht machen, dass du tagelang schreist.«

Die Worte waren kaum heraus, als ihm klar wurde, was er da gesagt hatte.

Er starrte sie mit offenem Mund an.

Sie ihn seltsamerweise auch.

»Gibt es Frühstück?«, erklang eine fröhliche Stimme von der anderen Seite des Zimmers, das plötzlich ziemlich klein geworden war. »Wundervoll!«

Connor hatte sich noch nie so gefreut, Jennifer McKinnon zu sehen. Er stand auf und überließ seinen Stuhl der zweiten rothaarigen Schönheit im Zimmer, die ihn wie eine Schwester anstrahlte.

»Und was machen wir heute?«, fragte Jennifer. »Wollen wir uns auf die Straße wagen? Und sind wir als Franzosen oder als Schotten unterwegs? Wissen wir überhaupt, wo wir hinmüssen? Victoria, iss. Das Frühstück sieht gut aus.«

Connor blickte Victoria an, die seinen Blick mied. Er holte sich einen Stuhl aus der Luft und setzte sich wieder zu ihnen. Jennifer bestritt die Unterhaltung ganz alleine.

»Los, Victoria, greif zu!«, wiederholte sie mit scharfer Stimme.

Victoria gehorchte.

Connor holte sich einen Krug mit Ale aus der Luft und machte sich daran, ihn zu leeren.

Nach einer Weile erklärte Jennifer schließlich, sie habe eine Verabredung mit dem Nachttopf und würde dabei gerne allein sein. Victoria trat mit Connor vor die Tür, und er war froh, dass sich so eine Gelegenheit ergab, mit ihr unter vier Augen zu sprechen.

»Victoria«, begann er.

Sie warf ihm einen Blick zu. »Schon in Ordnung. Ich werde das Wort nicht mehr benutzen.«

Da Connor jetzt nicht seine Gefühle offenbaren wollte, schwieg er lieber. Stattdessen blickte er sie so liebevoll an, wie es ihm möglich war.

»Connor?«

Er schüttelte den Kopf. »Mir geht es gut.«

Kurz darauf öffnete sich die Tür.

»Du bist dran«, sagte Jennifer zu ihrer Schwester. »Ich warte mit Connor draußen.«

Victoria nickte und ging ins Zimmer. Seufzend blickte Connor auf Jennifer. Warum hatte denn noch kein Mann das Herz der beiden Schwestern erobert? Beide Frauen waren schön und klug, beide hatten sie feuerrote Haare und porzellanweißen Teint. Jennifers Augen waren grün, nicht blau wie Victorias, aber sie besaßen ebenso viel Feuer. Connor konnte eigentlich auch nicht verstehen, warum sie sich mit Kinderkleidung beschäftigte. Victoria sollte wirklich mit ihr darüber sprechen.

»Wie läuft es denn so?«, fragte Jennifer mitfühlend.

Connor blinzelte. »Wie bitte?«

»Du weißt schon, die Sache zwischen dir und Vikki. Wie geht es voran?«

Er wollte schon alles abstreiten, aber das hätte keinen Zweck gehabt. Er stieß die Luft aus. »Ich habe schon bessere Jahrhunderte gesehen«, erwiderte er schließlich.

Jennifer lächelte. »Es tut mir leid, dass es so schwierig ist.«

Zu seinem Entsetzen begannen seine Augen zu brennen. Der verdammte Staub hier im Gasthof …

»Eure Großmutter ist sicher nur zufällig in den Feenring getreten«, sagte er rasch, um das Thema zu wechseln. Bei allen Heiligen, das hätte ihm gerade noch gefehlt, dass er vor den zwei Frauen in Tränen ausgebrochen wäre!

Jennifer ließ sich jedoch nicht hinters Licht führen. »Gut«, sagte sie langsam, »wir können gerne über Granny reden. Wo könnte sie denn sein, was meinst du?«

»Ich habe keine Ahnung«, erwiderte er. »Wir können sie nur aufs Geratewohl suchen. Gold genug haben wir dabei.«

»Hoffentlich dauert es nicht zu lange. Mein Repertoire an Renaissance-Musik ist nicht allzu groß.« Sie lächelte. »Ich hoffe nur, dass alles gut ausgeht. Ich meine, die Sache mit Granny.«

»Hm«, sagte Connor und schluckte.

Sie blickte ihn an, als ob er ihr furchtbar leid täte.

Er tat sich selbst ebenfalls leid. Bei allen Heiligen, es war ein unentwirrbares Chaos, und Mary MacLeod Davidson zu retten, erschien ihm wie ein Kinderspiel, verglichen mit der Rettung seines hilflosen Herzens …

»Oh, hey Vikki. Bist du fertig? Dann können wir ja gehen.«

Connor stieß einen Seufzer der Erleichterung aus. Die Aufgabe, auf die sie sich konzentrieren mussten, würde ihn ablenken.

Victoria schloss die Tür hinter sich.

»Ja, ich bin bereit«, erwiderte sie.

Sie blickte Connor an. »Sollen wir die Gegend ein wenig erkunden?«

Nun, deswegen waren sie ja hier. Connor straffte die Schultern.

»Ja, lasst uns sehen, was der Tag an Überraschungen birgt. Hast du irgendeine Idee, wo wir mit der Suche beginnen sollen?«

»Ich würde sagen, wir fangen mit dem Theaterviertel an. Dort finden wir vermutlich Michael.« Sie schwieg. »Allerdings habe ich keinen blassen Schimmer, wo wir Granny finden könnten.«

»Irgendwo, wo es Wolle gibt«, schlug Jennifer vor. »Wir halten erst einmal Ausschau nach Michael, und dann hören wir uns um, ob man sich hier irgendwo etwas stricken lassen kann. Mit irgendetwas muss Granny sich ja ihren Lebensunterhalt verdienen.«

Connor nickte. »Also zuerst zum *Globe* und dann weiter. Mit etwas Glück finden wir Mary schnell und können nach Hause zurückkehren.«

Victoria lächelte schwach. »Das können wir nur hoffen. Also los!«

Connor folgte den Schwestern die Treppe hinunter und durch den großen Schankraum, wobei er sein Bestes tat, um wie ein Diener zu wirken. Niemand behelligte sie, und auch Connor gelang es, durch niemanden hindurchzugehen, sodass keiner vor Schreck aufschrie.

Das war ein gutes Zeichen.

Victoria unterhielt sich kurz mit dem Gastwirt, um ihn zu fragen, wo Master Shakespeare seine Stücke aufführte. Als sie wieder zu Jennifer und Connor trat, stieß sie einen Seufzer aus.

»Das verspricht, interessant zu werden.«

»Hat er dir gesagt, wo wir hin müssen?«, fragte Jennifer.

»Ja, so ungefähr«, erwiderte Victoria. »Ich kenne die grobe Richtung, und wenn wir in der Nähe sind, müssen wir uns eben durchfragen.« Sie blickte Connor an. »Bist du bereit?«

Er legte seine Hand auf sein Schwert. »Jawohl.«

»Das ist nicht dein übliches Schwert«, stellte Victoria erstaunt fest.

»Nein, ich habe mir ein einfacheres zugelegt, eine elisabethanische Ausgabe, die zu unserem Umfeld passt.«

Sie lächelte ihn an. »Du bist sehr gut vorbereitet.«

»Das muss ein Krieger immer sein.«

»Nun, wir wollen hoffen , dass wir davon in nächster Zeit keinen Gebrauch machen müssen. Wir suchen nach Granny und sehen zu, dass wir wieder verschwinden. Ich bin auch von der Wasserqualität nicht besonders überzeugt.«

»Über manche Dinge sollte man besser nicht nachdenken«, pflichtete Jennifer ihr bei.

Die beiden Frauen verbargen ihr Haar unter Kappen, aber Connor fragte sich dennoch, wie sie als Männer durchgehen sollten.

Dazu waren sie viel zu schön.

Und er war viel zu sehr Gespenst, um ihnen wirklich von Nutzen zu sein. Die meiste Zeit verbrachte er damit, die Männer, die den beiden Schwestern mehr als nur einen flüchtigen Blick schenkten, finster anzustarren.

Wenn er andere allein durch seine Gegenwart einschüchtern konnte – und von seinen diesbezüglichen Fähigkeiten war er überzeugt, weil er das in der Vergangenheit schon oft getan hatte –, dann musste er sich eben damit zufriedengeben.

Daran, dass es einmal nicht ausreichen könnte, mochte er

lieber gar nicht denken – zumal er es ja auch schon erlebt hatte. Allerdings hatte er diese Prüfung ja erfolgreich gemeistert.

Aber die Heiligen mochten ihn davor bewahren, noch einmal vor eine solche Situation gestellt zu werden.

Entschlossen schob er diese nutzlosen Grübeleien zur Seite und sah sich aufmerksam um, damit er die Schwestern unverzüglich vor Gefahren warnen konnte.

Wie schade, dass er das bei seinem eigenen Herzen nicht auch so halten konnte.

19

Victoria marschierte mit ihrer Schwester und ihrem ... nun ja, ihrem Nicht-Freund die Straße entlang und sann über die eigenartigen Wendungen des Lebens nach. Sie war umgeben von den Geräuschen und Gerüchen des elisabethanischen Londons. Seltsamerweise roch es gar nicht so anders als in manchen Teilen von Manhattan, vor allem im Hochsommer. Der Anblick jedoch war vollkommen ungewohnt. Sie kam sich vor wie auf einer Renaissance-Ausstellung, nur dass das hier die Realität war.

Und sie war mittendrin, samt einem Highlander aus dem Mittelalter.

Wie konnte sie nur etwas für einen Mann empfinden, der nicht wirklich existent war?

Es war lächerlich.

Aber wenn sie so neben ihm herging und ihm zuhörte, wie er mit ihrer Schwester auf Gälisch scherzte, kam es ihr gar nicht mehr so abwegig vor.

Ihr Vater wäre außer sich gewesen, hätte er davon gewusst. Ihre Mutter hätte zwar zugegeben, dass es wahrscheinlich Schicksal war, ihr aber trotzdem geraten, sich schon einmal mit der Tatsache abzufinden, dass sie wahrscheinlich den Verstand verloren hatte. Ihre Großmutter hätte die Augenbrauen hochgezogen, ihr aber dann vorgeschlagen, sich ein hübsches Brautkleid in einer Boutique in Manhattan zu kaufen. Thomas hätte sich kaputtgelacht. Geistesabwesend fragte sich Victoria, was wohl James MacLeod dazu sagen würde.

Eines jedoch wusste sie mit Gewissheit: Mrs Pruitt würde alles, ohne zu zögern, mit ihrer Digitalkamera aufnehmen.

»Bekommst du irgendetwas mit?«, fragte Jennifer. Victoria warf ihr einen fragenden Blick zu. »Was?«

»Von unserem Gespräch auf Gälisch.«

»Nein«, erwiderte Victoria. »Ich muss mich konzentrieren.«

»Sie ist abgelenkt«, sagte Jennifer zu Connor.

»Ich versuche zu verhindern, dass wir uns verlaufen. Wann hat dir denn zum letzten Mal jemand den Weg in biblischem Englisch erklärt?« Sie blickte ihre Schwester finster an. »Plaudert ruhig weiter und überlasst es mir, den Weg zu finden.«

»Du solltest uns wirklich zuhören«, erwiderte Jennifer freundlich. »Es könnte ja sein, dass wir über dich reden.«

»Um Himmels willen«, murmelte Victoria und lächelte Connor schwach zu.

Er erwiderte ihr Lächeln, rief aber plötzlich: »Pass auf!«, und zog sie beiseite.

Aber anscheinend war er nicht schnell genug gewesen, denn Victorias Ärmel hatte etwas abbekommen.

»Na ja«, meinte sie lakonisch, »jetzt rieche ich wenigstens wie die Einheimischen.«

Jennifer zog die Nase kraus. »Du solltest das abwaschen. *Eau de Nachttopf* ist ziemlich widerlich.«

»Jenner, das Wasser ist auch nicht viel besser«, erwiderte Victoria. »Hast du dir das Waschwasser heute früh angeschaut? Wir hätten uns genauso gut in Bier baden können!«

»Dann würdest du immer noch besser riechen als jetzt …«

»Pass auf!«

Victoria drückte ihre Schwester an die Wand des nächsten Hauses. Connor sprang zur Seite und wich dem Wasserschwall aus, der allerdings bei ihm sowieso keinen Schaden angerichtet hätte. Victoria blickte ihn an und konnte es kaum fassen, wie real er aussah. Wenn sie es nicht besser gewusst hätte …

Sie holte tief Luft und wies nach vorne. »Wir müssen zur Themse hinunter«, befahl sie. »Das *Globe Theatre* liegt irgendwo gegenüber von St. Paul's. Hoffentlich werden wir auf dem Weg dorthin nicht überfallen.«

»Connor beschützt uns«, erklärte Jennifer voller Vertrauen. Sie lächelte ihn an. »Du bist wirklich furchterregend.«

»Gewiss, das bin ich«, stimmte er mit bescheidenem Lächeln zu.

Victoria fragte sich, warum er seine Schwester so unbeschwert anlächeln konnte und sie nicht.

Ach, das Leben war kompliziert.

Sie war hin- und hergerissen zwischen der Freude über das Renaissanceleben auf den Straßen und der Sorge darüber, dass jemand merken könnte, dass sie nicht hierher gehörten. Was würde in einem solchen Fall geschehen? Würde man sie an den Pranger stellen? Würden sie verbrannt werden? Enthauptet?

Vielleicht hätten sie ja auch Glück und würden den Rest ihres Lebens im Tower verbringen. Ob es im Tower von London wohl auch Zeittore gab?

Das bezweifelte sie.

Sie grübelte darüber nach, während sie sich ihren Weg durch die Menge bahnten. Und plötzlich stellte sie fest, dass sie am Ziel waren.

»Oh«, flüsterte Jennifer, »Vikki, ist das …«

»Ja«, antwortete Jennifer atemlos. »Das ist das *Globe*.«

Benommen ging sie darauf zu. Das *Globe Theatre*. Wo Shakespeare die meisten seiner Stücke aufgeführt hatte. Wo er selbst in zahlreichen Inszenierungen mitgespielt hatte.

Wirklich erstaunlich.

»Victoria«, sagte Connors Stimme hinter ihr. »Es sieht so aus, als ob gerade eine Aufführung beginnen würde. Sollen wir sie uns ansehen?«

Victoria war innerlich zerrissen. Eigentlich musste sie ja nach ihrer Großmutter suchen. Aber hier, direkt vor ihr, war das *Globe Theatre*. Vielleicht sah sie sogar Shakespeare auf der Bühne.

Unschlüssig kaute sie auf ihrer Unterlippe. »Ich würde sagen, wir sollten hineingehen«, erklärte Jennifer. »Wer weiß, was sie heute geben? Vielleicht hat Michael ja eine Rolle bekommen. Damit hätten wir zumindest schon mal ein Problem gelöst.«

Victoria wechselte einen kurzen Blick mit Connor, dann nickte sie. »Du hast recht, lass uns hineingehen. Es kann nichts schaden.«

»Nein«, stimmte Jennifer ihr zu. »Kommt.«

Zu dritt schlossen sie sich der Menschenmenge an, die ins Theater strömte. Victoria war sich plötzlich ganz sicher, dass sie sich nicht irgendwo auf dem Land, sondern in der Metropole nach ihrer Großmutter umsehen mussten. Es war die Suche nach der sprichwörtlichen Nadel im Heuhaufen, und sie bekam Angst, dass sie sie nicht finden würden.

»Victoria?«

Victoria fuhr sich mit dem Ärmel über die Augen. »Ja?«

»Komm, jetzt freu dich doch. Später kannst du immer noch zusammenbrechen.«

»Warum habe ich dich überhaupt mitgenommen?«, fuhr Victoria sie an und blinzelte die Tränen zurück.

»Kommt, lasst uns das Stück anschauen«, meinte Jennifer. »Ich habe ein gutes Gefühl dabei.«

»Du riechst ja auch nicht wie ein Nachttopf.«

»Nein, aber die meisten anderen Leute auf den billigen Plätzen werden den gleichen Geruch verströmen, deshalb fallen wir hier nicht weiter auf. Soll ich mich in die Logen zu den saubereren Zuschauern setzen?«

»Nein, du sollst bei uns bleiben«, erwiderte Victoria. »Und auf dem Rückweg zum Gasthaus darfst du außen gehen. Vielleicht bekommst du ja dann auch etwas ab.«

»Ich kann es kaum erwarten«, sagte Jennifer fröhlich. »Kommt, lasst uns hineingehen.«

Victoria ging als erste. Sie bezahlte und trat ein. Ganz hinten in der Menge blieb sie stehen und keuchte leise auf.

Gütiger Himmel, sie war tatsächlich im *Globe*. Der Theaterraum war rund. Die Bühne ragte in den Zuschauerraum hinein, wo die Menge sich auf den billigen Stehplätzen drängte. Hinter und über ihr befanden sich Logen mit Männern und Frauen, die elegantere elisabethanische Kleidung trugen. Die wirklich Reichen jedoch saßen hinter der Bühne. Victoria hatte in einer historischen Abhandlung davon gelesen, aber es persönlich zu erleben, war unvergleichlich.

Allerdings gab es in dem Bereich mit den Stehplätzen weder Toiletten noch Abfalleimer, und in den Pausen machte auch niemand sauber. Ob der Gestank wohl die Schauspieler störte? Beim nächsten Mal würde sie ihrer Truppe einen Vortrag darüber halten, wie gut sie es hatten, nahm sich Victoria vor.

»Was ist es für ein Stück?«, fragte Connor.

Victoria stellte fest, dass sie ihn ganz vergessen hatte. Aber sie hatte kein schlechtes Gewissen deswegen, weil sie auch Jennifer vergessen hatte. Sie warf Connor einen Blick zu.

»Ich weiß es noch nicht. Wie geht es dir?«

»Bis jetzt schreit noch keiner«, erwiderte Connor. »Aber es ist ein bisschen eng hier, und wenn jemand durch mich hindurchtritt, könnten wir Probleme bekommen.«

»Na, hoffentlich nicht.« Victoria wandte sich zur Bühne. »Oh, dort kommt jemand. Drei eigentlich.« Sie hielt den Atem an. »Es ist das schottische Stück.«

»Was?«, fragte Connor.

»Das schottische Stück«, flüsterte Victoria über die Schulter. »Ich kann den Namen nur sagen, wenn du darin mitspielst. Es bringt sonst Unglück.«

»Es ist ›MacBeth‹«, warf Jennifer trocken ein. »Ich bin ja keine Schauspielerin, deshalb brauche ich auch nicht abergläubisch zu sein.«

»›MacBeth‹«, wiederholte Connor nachdenklich. »Interessant.«

»Es fängt an«, sagte Victoria. »Könnt ihr zwei bitte leise sein?«

»Ist es zu fassen?«, sagte Jennifer in ihrem besten Bühnenflüstern. »Wir sind hier im *Globe!* Auf den billigen Plätzen!«

»Wir müssen drei Stunden lang stehen«, wies Victoria sie zurecht. »Also spar dir deine Kraft und red nicht so viel.«

Das Stück begann, und Victoria ließ sich von seiner Magie in den Bann ziehen. Großes Theater war großes Theater, ganz gleich in welchem Jahrhundert. Aber es war atemberaubend, ein Stück von Shakespeare in der ursprünglichen Inszenierung mit ausschließlich männlicher Besetzung zu sehen …

Und dann lachte Connor auf einmal.

Es war zwar nur leise, aber definitiv ein Lachen. Victoria drehte sich um und schaute ihn erstaunt an. Er lächelte.

Er war wundervoll.

»Was ist los?«, flüsterte sie.

Er beugte sich zu ihr und zeigte auf die Bühne. »Sieh mal«, sagte er fröhlich. »Die linke Hexe.«

Victoria schaute genau hin, und ihr stockte der Atem.

»Diese Hexe rührt mit einer ziemlich dicken Nadel in ihrem Topf herum, oder?«, flüsterte er. »Ich glaube, an jenem Nachmittag hatte sie so eine Nadel in ihrer Tasche. Ich habe noch zu ihr gesagt, dass man damit jemanden erstechen könnte, aber das ist vielleicht nur meine Meinung.«

»Vielleicht hat sie mit besonders dicker Wolle gestrickt«, erwiderte Victoria.

»Ja, das könnte sein«, sagte Connor nachdenklich. »Aber ich meine, sie hätte ein feineres Garn bevorzugt. Na ja, wir wissen jetzt auf jeden Fall, wo deine Granny ist.«

»Wie mag sie nur an die Rolle gekommen sein?«, fragte Jennifer. »Ich dachte, zu Shakespeares Zeiten gab es nur männliche Schauspieler.«

»Das ist eben Granny«, erwiderte Victoria. »Ihr kann keiner widerstehen.«

243

»Mit einer langen Vierernadel könnte man mich auch zu einigem überreden«, warf Connor ein.

Victoria war so erleichtert, dass ihr die Knie weich wurden. Sie war sich nicht sicher, ob sie die ganze Aufführung über durchhalten würde. Am liebsten hätte sie einen Stuhl gehabt, aber hier war natürlich keiner aufzutreiben. Deshalb war sie froh, als Jennifer ihr den Arm um die Taille legte und sie ein wenig stützte.

Bei der ersten Gelegenheit, sich hinauszuschleichen, wandte sie sich an Jennifer und Connor. »Lasst uns am Bühneneingang auf sie warten. Es wird doch wohl einen geben, oder?«

»Weißt du das denn nicht?«, fragte Jennifer.

»Ich war noch nie hier«, murmelte Victoria, während sie sich den Weg durch die Menge bahnte.

Sie warteten, bis das Stück vorbei war und die Schauspieler das Gebäude verließen. Als ihre Großmutter herauskam, sprang Victoria ihr mit einem Jubelschrei entgegen.

»Victoria!« Mary schwankte leicht unter ihrer stürmischen Umarmung. »Und Connor! Jennifer, du bist auch da! Wie seid ihr hierher gekommen?«

»Auf dem gleichen Weg wie Ihr, Lady«, erwiderte Connor lächelnd.

»Ja, das war vielleicht eine Überraschung, was?« Mary lächelte. »Ich wollte mir ein wenig die Beine vertreten und blieb stehen, um diese interessanten Blumen auf der Wiese zu betrachten, und auf einmal befand ich mich ganz woanders.«

»Gut, dass du nirgendwo ohne deinen Strickbeutel hingehst«, erklärte Jennifer und umarmte ihre Großmutter.

»Man weiß ja nie, ob man nicht irgendwo in der Schlange stehen muss«, sagte Mary.

»Nun, auf jeden Fall war es nicht die Schlange vor dem Kerker im Tower«, warf Victoria erleichtert ein. »Komm, Granny, lass uns gehen.«

»Oh«, erwiderte Mary stirnrunzelnd. »Ich kann noch nicht hier weg.«

Victoria blickte sie verwirrt an. »Wie meinst du das? Wir müssen hier verschwinden, bevor irgendjemand merkt, dass wir nicht aus dieser Zeit stammen.«

»Aber, Vikki, Liebes, das geht nicht so einfach. Ich kann doch William nicht im Stich lassen.«

»William?«, wiederholte Victoria. »Welchen William.«

»Was glaubst du denn?«, fragte ihre Großmutter und lächelte sie schelmisch an.

Victoria drehte sich alles vor den Augen. »Shakespeare?«, stieß sie mit erstickter Stimme hervor.

Ihre Großmutter ergriff sie am Arm. »Komm, wir setzen uns hier auf die kleine Mauer. Ich habe noch ein bisschen Zeit bis zu meiner Verabredung zum Abendessen.«

»Verabredung zum Abendessen«, wiederholte Victoria mit schwacher Stimme. »Mit wem?«

»Vikki, geht es dir nicht gut?«

Jennifer lachte. »Granny, ich glaube, Vikki hat Entzugserscheinungen. Sie ist etwa vierhundert Jahre von ihrer eigenen ›Hamlet‹-Produktion entfernt. Du musst ein bisschen nachsichtig mit ihr sein.«

Victoria ließ sich auf das Mäuerchen sinken, und ihre Großmutter setzte sich neben sie und tätschelte ihr liebevoll die Hand.

»Ist schon gut«, sagte Granny mit mitfühlendem Lächeln. »Es ist lieb von dir, dass du hierher gekommen bist, um mich abzuholen. Gib mir einfach noch ein paar Tage Zeit, bis ich alles geregelt habe, und dann komme ich mit nach Hause.«

»Shakespeare«, flüsterte Victoria. »Du hast Shakespeare kennengelernt? Wo wohnst du? Wie hast du eine Rolle in dem Stück bekommen?«

Ihre Großmutter lachte. »So viele Fragen und so wenig Zeit, bevor ich zum Abendessen mit William muss. Er findet meinen Akzent charmant, weißt du? Schottisch mit noch etwas anderem, das er noch nicht identifizieren konnte.«

»Ach, tatsächlich?«, stieß Victoria hervor.

Mary legte ihr den Arm um die Schultern. »Ja. Und ich habe dir eine Menge zu erzählen. Wo wohnt ihr eigentlich?«

»In einem der schmutzigeren Viertel«, erwiderte Jennifer. »Und du?«

»Der gute William hat für mich ein kleines Zimmer im Haus von Lord Mountjoy aufgetan.«

»Granny«, sagte Victoria erstaunt, »mit wem du alles auf so freundschaftlichem Fuß stehst!«

»Ich bin eine alte Frau«, erwiderte Mary lächelnd, »und Titel interessieren mich nicht mehr. Ein weiches Bett dagegen schon. Wisst ihr was? Der Pub hinter uns ist ganz nett. Wir setzen uns dorthin und plaudern ein wenig, ja? Ich habe interessante Neuigkeiten für euch.«

Victoria erhob sich und ging mit Connor hinter ihrer Großmutter und Jennifer her. Sie warf Connor einen Blick zu.

»Na ja«, sagte sie.

Er zuckte lächelnd mit den Schultern. »Es überrascht mich nicht im Geringsten. Sie ist eine lebenstüchtige Person.«

»Aber Connor, sie hat *Shakespeare* kennengelernt.«

»Vielleicht haben ihn ihre Stricknadeln beeindruckt.«

Auch der Gastwirt im Pub schien Mary zu kennen. Sofort bot er ihnen die besten Plätze am Fenster an, und als alle sich gesetzt hatten, begann Victoria, ihre Großmutter auszufragen.

»Okay, erzähl uns alle Einzelheiten«, sagte sie.

»Geht es dir jetzt wieder besser, Liebes?«, fragte ihre Großmutter.

»Ja, es geht mir ausgezeichnet. Lenk nicht ab! Wie um alles in der Welt bist du an diese Rolle gekommen? Und dann auch noch im schottischen Stück!«

Mary lächelte. »Es ist eine ziemlich lange Geschichte, aber da ihr ja auf die gleiche Weise hierher gekommen seid, wie ich, erspare ich euch die Details meiner Reise. Vermutlich sollte ich euch auch meine Begegnungen mit ein paar nichtsnutzigen Halunken ersparen, die Bekanntschaft mit meinen Stricknadeln gemacht haben.«

»Waren Euch die Nadeln von Nutzen?«, fragte Connor höflich.

»Ihr wärt beeindruckt, Connor«, erwiderte Mary mit blitzenden Augen. »Da mir kein attraktiver Highlander zur Seite steht, habe ich mich eben so gut gewehrt, wie es eine alte Frau vermag. Nun, ihr könnt euch ja vorstellen, dass ich ein wenig verwirrt war, als ich mich auf einmal völlig außerhalb meiner normalen Routine befand, aber …«

»Aber weil du Granny bist, hast du das Beste daraus gemacht«, ergänzte Jennifer lächelnd.

Mary erwiderte ihr Lächeln bescheiden. »Ich tue, was ich kann.«

»Aber, Granny«, warf Victoria ungeduldig ein, »wie hast du denn Shakespeare kennengelernt?«

»Er war gerade auf dem Weg zu einem Treffen mit einem neuen Schauspieler, als er mich sah. Irgendwie hatte er das Gefühl, auf mich zukommen zu müssen.«

»Was für ein glücklicher Zufall«, sagte Connor.

»Er brauchte eine neue Hexe«, fuhr Mary fort, »und ihm gefielen meine Stricknadeln.«

»Aber, Granny«, wandte Victoria ein, »du bist doch eine Frau. Zu Elizabeths Zeit durften Frauen doch nicht auf die Bühne.«

»Wir schreiben das Jahr 1606, Liebes, und James ist König. William fand, ich sei perfekt für die Rolle, und er beschloss, dass der König eben einfach nichts davon erfahren dürfe. Außerdem ist es nur noch für eine Woche. Dann übernimmt jemand anderer meinen Part, und ich kann tun, wonach mir der Sinn steht.«

»Aber wir wollten dich doch nach Hause holen«, erklärte Victoria.

Mary lächelte. »In einer Woche, Liebes.« Victoria seufzte. »Na ja, dann können wir in dieser Zeit ja nach Michael suchen. Vielleicht brauchen wir ja so lange, um ihn zu finden. Hoffentlich nicht noch länger«, schloss sie düster.

Mary beugte sich vor. »In dieser Hinsicht könnte ich euch ebenfalls behilflich sein.«

Victoria hielt den Atem an. »Tatsächlich?«

»Esst zu Ende, meine Lieben, und dann werden wir uns auf dem kleinen Platz auf der anderen Straßenseite umsehen.«

»Granny, auf der anderen Straßenseite ist das *Globe*«, sagte Victoria. »Wenn Michael Fellini dort ebenfalls eine Rolle bekommen hat, bringe ich mich um.«

»Warte es ab, Liebes.«

»Willst du damit sagen, dass Michael tatsächlich im *Globe* auftritt?«, fragte Victoria entgeistert.

Mary lachte. »Ach was, davon träumt er vielleicht.« Sie wartete, bis das Essen aufgetragen worden war, dann fuhr sie fort: »Er steht alle zwei Tage vor diesen heiligen Hallen und versucht, die Leute auf sich aufmerksam zu machen.«

Jennifer schnüffelte misstrauisch an ihrem Becher. »Und? Gelingt es ihm denn? Ach, übrigens, was ist das hier in dem Becher?«

»Wein«, erwiderte Mary. »Das ist das sicherste Getränk. Nein, natürlich achten die Leute nicht auf ihn. Er versucht, den ›Othello‹ als sein Werk auszugeben, kann sich aber, soweit ich das beurteilen kann, nicht so besonders gut an den Text erinnern.«

»Aber ›Othello‹ wurde 1605 geschrieben«, warf Victoria ein. »Und du hast gesagt, wir haben 1606.«

»So ist es«, erwiderte Mary. Sie zuckte mit den Schultern. »Er wohnt in *The Gander's Goose*. Es ist kein besonders schöner Gasthof, aber etwas Besseres wird er sich wohl nicht leisten können.« Sie schwieg, dann fuhr sie fort: »Er klingt nicht wirklich gut. Vielleicht steht er noch unter Schock.«

»Wir haben ja jetzt die Gelegenheit, das festzustellen«, sagte Victoria. »Am besten schnappen wir ihn uns und sehen zu, dass wir nach Hause kommen.«

»Nein«, protestierte Mary, »ich kann doch den großen Barden nicht enttäuschen.«

Victoria war hin- und hergerissen. Sie sah Jennifer und Connor an, dass sie gern noch eine Zeit lang hier geblieben wären, aber sie musste sich auch um ihre eigene Aufführung kümmern. Andererseits war sie hier im elisabethanischen London, und ihre Großmutter spielte als Hexe in einem originalen Shakespeare-Stück mit.

»Na gut«, gab sie nach. »Du bringst dein Engagement hier zu Ende, und wir passen auf Michael auf und achten darauf, dass er sich nicht in Schwierigkeiten bringt.«

»Ich möchte die Stadt besichtigen«, erklärte Jennifer.

»Ja, das können wir bei der Gelegenheit gerne machen«, sagte Victoria resigniert. »Granny, kommst du alleine zurecht?«

Mary klopfte auf ihren Strickbeutel. »Perfekt. Außerdem hat mir Will einen seiner furchterregendsten Männer als Leibwächter zur Verfügung gestellt. Er wartet draußen und begleitet mich überall hin.« Sie lächelte bescheiden. »Ich habe ihm den Pullover mit dem Fair-Isle-Muster geschenkt.«

»Der Mann hat Glück«, kommentierte Connor. Er klang ein wenig neidisch.

»Das fand er auch«, stimmte Mary zu. Sie tupfte sich den Mund mit ihrer Serviette ab. »Ich muss mich leider beeilen, ich werde bei Lord Mountjoy erwartet. Eine Hexe hat immer zu tun, nicht wahr?«

Jennifer lachte. »Granny, ich fasse es nicht. Man sollte meinen, du hättest schon immer in diesem Jahrhundert gelebt!«

»Ich bin flexibel, Liebes. Meine Devise ist: ›Blüh dort, wo du hingepflanzt wirst.‹«

Jennifer schüttelte den Kopf. »Ich könnte nie ohne die Annehmlichkeiten der Moderne leben.«

»Sag niemals nie, Liebes.« Mary tätschelte Jennifer die Hand. Sie warf Victoria einen Blick zu. »Ist das in Ordnung? Kommt ihr ein paar Tage alleine zurecht?«

Victoria blinzelte. »Wie, willst du uns eine Woche lang alleine lassen? Lerne ich denn den Mann nicht kennen?«

»Ja, ich hatte vor, euch euch selbst zu überlassen, aber ich werde sehen, ob ich eine Begegnung mit William arrangieren kann.« Mary schwieg. »Ich kann ihm ja schlecht erzählen, dass du schon seit Jahren seine Stücke inszenierst, oder? Am besten, ich stelle dich als seinen großen Bewunderer dar, der ein Autogramm haben will.«

»Ja, so kannst du es machen«, erwiderte Victoria mit schwacher Stimme.

»Gut«, stimmte Mary zu. »Also, heute ist Samstag. Wir treffen uns am Dienstag nach der Aufführung, und dann habe ich hoffentlich einen großartigen Stückeschreiber im Schlepptau.«

Victoria war froh, dass sie saß.

»Und Michael?«, fragte Mary.

»Möglicherweise müssen wir in seinem Fall Gewalt anwenden«, sagte Connor und sah dabei gar nicht so unglücklich aus.

Victoria verabschiedete sich mit einem Kuss von ihrer Großmutter und sah ihr nach, als sie aus dem düsteren Pub eilte. Sie blickte ihre beiden Gefährten an. »Ist das zu glauben?«

»Deiner *grandmère* ist alles zuzutrauen«, sagte Connor. »Sie ist eine großartige Frau.«

»Wie ist es ihr bloß gelungen, William Shakespeare kennenzulernen?« Victoria versagte beinahe die Stimme.

»Wie du schon sagtest, sie ist eben Granny«, erwiderte Jennifer. »Na, zumindest wissen wir jetzt, wo sie ist. Und jetzt sollten wir uns um Diva Fellini kümmern, um Schadensbegrenzung zu betreiben.«

»Der Himmel stehe uns bei«, murmelte Victoria. Sie stand

250

auf, legte Geld auf den Tisch und verließ mit Connor und Jennifer den Pub.

Sie waren noch keine zehn Schritte gegangen, als Connor eine Verwünschung ausstieß.

Beinahe schon aus Gewohnheit duckte sich Victoria.

»Da ist die Ratte«, sagte Jennifer.

Victoria verschränkte die Arme über der Brust. Michael Fellini stand mit ausgebreiteten Armen am Rand der schlammigen Straße und rezitierte Zeilen aus »Othello«, als ob er in der Drury Lane auf der Bühne stünde.

Und er rezitierte wirklich schlecht.

Victoria beobachtete ihn eingehend. »Nun«, sagte sie schließlich. »Er hätte sich besser auf einem Renaissance-Markt eingedeckt. Seht euch einmal seine Kleidung an.«

»Sneakers mit Strumpfhosen«, rief Jennifer angewidert aus. »Also wirklich! Das hätte ich ja besser hinbekommen!«

»Natürlich hättest du das«, sagte Victoria. »Du bist ja auch eine fabelhafte Schauspielerin. Aber darüber reden wir, wenn wir nach Hause kommen.« Sie blickte Connor an.

»Was denkst du?«

»Was ich denke, ist für Damenohren nicht geeignet.«

Sie lächelte. Es gab so vieles, was ihr an Connor gut gefiel. »Nun, wir könnten uns ja hier hinsetzen und ihm zuschauen, bis er müde wird und nach Hause geht. Dann wüssten wir auch, wo er wohnt. Oder aber wir schauen uns die Stadt an.«

»Ich bin für Letzteres«, sagte Jennifer.

Connor strich sich nachdenklich übers Kinn. »Und wenn er flieht? Es wird schwer sein, ihn wiederzufinden.«

»Fliehen?«, meinte Victoria zweifelnd. »Das glaube ich nicht. Er steht direkt vor dem *Globe Theatre* und leidet wahrscheinlich unter Größenwahn. Wenn ich Shakespeare wäre, würde ich mich vor ihm in Acht nehmen.«

»Ja, ich bin sicher, er zittert vor Furcht«, sagte Connor spöttisch. »Nun gut, Mistress Jennifer, wohin möchtet Ihr gerne gehen?«

»Zum Tower«, erwiderte Jennifer mit leuchtenden Augen. – »Die Kronjuwelen werden sie uns sicher nicht zeigen«, meinte Victoria. »Und ich kann nur hoffen, dass man uns nicht in den Kerker wirft.«

Connor erschauerte. »Bei allen Heiligen.« Er legte die Hand an sein Schwert und blickte Victoria an. »Nach dir, meine Lady.«

Jennifer warf Victoria einen vielsagenden Blick zu. Am liebsten hätte sie ihrer Schwester eine Ohrfeige verpasst, aber sie hielt sich zurück. Wer weiß, vielleicht kam man dafür ja auch in den Tower.

Meine Lady.

Sie folgte Jennifer. Connors Worte klangen ihr in den Ohren.

20

Michael Fellini saß an einem wackeligen Tisch im Schankraum eines Gasthauses und starrte auf die Spitze einer
Schreibfeder. Er überlegte, ob er sie wohl noch einmal ins
Tintenfass tauchen oder sich damit die Augen ausstechen
sollte.

Er hielt inne.

Bestimmt hatte er Fieber.

Er war sich beinahe sicher, gestern Victoria gesehen zu
haben.

Aber da Fieber ja bekanntlich Halluzinationen hervorru-
fen konnte, war es natürlich auch möglich, dass er sich das
alles nur einbildete.

Er zog den Ärmel seiner gestohlenen Tunika hoch und
blickte auf den tiefen Schnitt in seinem Bizeps. Er war rot und
geschwollen. Wahrscheinlich war er entzündet, und das war
nicht gut.

Er würde sich später behandeln lassen, wenn er sein Stück
verkauft und etwas Geld beisammen hatte. Er betrachtete
den kleinen Beutel mit Gold auf seinem Tisch, wog ihn in der
Hand, dachte dann aber, dass es bestimmt nicht genug war.
Er hatte an seinem ersten Tag im England der Renaissance
einen Mann überfallen und ihm die Kleidung gestohlen, aber
der Typ war nicht besonders wohlhabend gewesen, und deshalb hatte Michael sich mit einem billigen Zimmer und, was
die Ausrüstung anbelangte, mit dem Nötigsten zufriedengeben müssen. Papier und Schreibzeug hatte er sich gegönnt,
aber ein Arzt war noch nicht drin.

Verdammt noch mal, wo war Bernie, wenn er ihn
brauchte?

253

Er blickte auf seine Feder und beschloss weiterzuschreiben, statt erneut jemanden zu überfallen. Wenn er sein neues Stück fertiggestellt hatte, würde man ihm vielleicht die Hauptrolle anbieten, und wenn ihm dann ein Auge fehlte, kam er nicht dafür in Frage. Und das Stück würde definitiv im elisabethanischen England Aufmerksamkeit erregen.

Othello, der Mohr von Venedig.

Stirnrunzelnd pausierte er erneut. Das Problem war, dass er sich nur an Othellos Part erinnern konnte.

Er zuckte mit den Schultern. Den Rest würde er sich eben ausdenken. Schließlich hatte das bei Shakespeare ja auch geklappt.

Um sich wach zu halten, kitzelte er sich mit der Feder an der Nase. Eigentlich hätte er am liebsten geschlafen. Sein Arm tat weh, er hatte Fieber, und er brauchte sicher eine Antibiotika-Behandlung. Es war kein Wunder, dass es ihm so schlecht ging, zumal er die letzten beiden Tage vor dem *Globe* in der schlechten Londoner Luft gestanden hatte.

Aber die Auftritte vor dem Theater waren alles in allem gar nicht so übel gelaufen. Die Leute hatten ihm etwas zu essen gegeben, und es hatte sogar ganz gut geschmeckt. Bargeld konnten sie wahrscheinlich selbst nicht entbehren. Aber einige hatten ihre Mahlzeit großzügig mit ihm geteilt, da konnte er sich nicht beklagen. Es wäre ihm nur lieber gewesen, sie hätten sie vor ihn hingestellt, statt ihn damit zu bewerfen.

Und es war auch schade, dass niemand ihm den Arzt bezahlen wollte. Er überlegte, ob er sich zurück durch das Zeittor begeben sollte, um sich etwas aus Mrs Pruitts Medizinschränkchen zu holen. Aber so genau wusste er ja auch nicht, wie es funktionierte, deshalb versuchte er es besser gar nicht erst.

Außerdem würde »Othello« ein großer Erfolg werden und ihn reich und berühmt machen. Dann würde er den besten Arzt in ganz London engagieren.

Einen Moment lang starrte er vor sich hin und dachte über dieses erstaunliche Zauberkunststück nach. Wer hätte gedacht, dass ein einziger unschuldiger Schritt durch unschuldig aussehendes Gras einen Mann um Jahrhunderte zurück genau an den Ort befördern konnte, an dem er berühmt werden konnte.

Unglaublich.

Er zwang sich, seinen verletzten Arm wieder in Bewegung zu halten, um endlich seinen genialen Text zu Papier zu bringen.

Er konnte den Applaus schon hören.

21

Connor stand im Schatten eines hübschen, erst kürzlich erbauten Tudor-Gebäudes und dachte über die vergangene Woche nach. Es war seltsam gewesen, Zeit in einem Jahrhundert zu verbringen, das nicht sein eigenes war. Natürlich hatte er auch diese Epoche erlebt, aber er war damals nicht nach London gekommen. Er hatte genug damit zu tun gehabt, Sterbliche auf Thorpewold zu erschrecken. Die Burg war im vierzehnten Jahrhundert erbaut worden, und deshalb hatte sie sich in dieser Zeit ihren Ruf als Spukschloss erst erworben.

Ob James MacLeod sich wohl oft in Zeiten außerhalb seiner eigenen aufhielt? So interessant es war, einmal eine fremde Welt zu sehen – Connor vermutete, dass der Reiz des Neuen schnell nachlassen würde. Um ehrlich zu sein, waren seine Wünsche von jeher auf Heim und Herd gerichtet.

Leider hatte er erst jetzt eine Frau gefunden, mit der er gerne sein Leben geteilt hätte.

Er blickte die fragliche Person an. Sie stand neben ihrer Schwester und beobachtete die Geschehnisse auf der anderen Straßenseite. Connor musste unwillkürlich lächeln. In den vergangenen Tagen waren sie unermüdlich durch London gelaufen, und Jennifer hatte sich so mühelos angepasst, als ob sie schon immer in dieser Zeit gelebt hätte. Victoria dagegen hatte ständig finster um sich geblickt und ihre Schwester unablässig vor der schlechten Wasserqualität gewarnt.

Connor musste ihr recht geben, wenn man sich den Zustand des Rinnsteins auf der Straße anschaute.

Aber sie hatten die Woche überlebt, und jetzt standen sie hier gegenüber dem berühmten *Globe Theatre* und überlegten, wie sie weiter vorgehen sollten. Connor legte die Hand auf sein Schwert. Er wünschte, er könnte es richtig greifen, denn dann hätte er es ohne zu zögern gegen Michael Fellini geschwungen, der vor dem Theater Hof hielt.

»Nun«, sagte Victoria und holte tief Luft, »dann wollen wir ihn mal holen gehen.«

»Vikki, ich glaube nicht, dass er ganz bei sich ist«, warnte Jennifer sie.

»Das glaube ich auch nicht«, stimmte Mary ihr zu. »Wir sollten lieber vorsichtig sein.«

»Wir brauchen nur dafür zu sorgen, dass er in die richtige Richtung sieht, dann kann Connor ihn mit gezogenem Schwert erschrecken.«

Connor nickte und hoffte, dass es funktionieren würde. Fellini sah nicht gut aus, aber das konnte auch an den Essensresten liegen, die an ihm klebten. War er in verdorbenen Nahrungsmitteln gewälzt worden oder kleidete er sich absichtlich so? Es war schwer zu sagen.

Victoria ging als erste über die Straße. Sie blieb direkt vor Fellini stehen.

»Michael, du siehst gar nicht gut aus«, sagte sie unverblümt. »Soll ich dich zum Arzt bringen?«

»Nein!«, brüllte Fellini und wich zurück. Er zeigte mit zitterndem Finger auf sie. »Ich habe schon einmal gedacht, dass ich dich gesehen hätte.«

»Natürlich, ich habe dich doch für mein Stück engagiert.«

»Nein, hier«, fuhr er sie an. »Ich habe dich hier gesehen.«

»Ja, das hast du. Und zwar jetzt. Komm mit mir ...«

»Ich gehe hier nicht weg!«, schrie er. Er blickte sich wild um. »Ich werde ein berühmter Stückeschreiber.«

Victoria verdrehte die Augen. »Das wirst du. Aber zuerst gehen wir zum Arzt.«

»Shakespeare sollte sich in Acht nehmen«, erklärte Fellini und senkte ganz plötzlich die Stimme. »Ich stecke voller Inspiration.«

»Ich glaube eher, dass du Halluzinationen hast«, murmelte Victoria. »Wenn du nicht mit uns kommst, werden dich die Männer des Königs in den Tower werfen. Und da wirst du dann verrotten.«

Connor enthielt sich jedes Kommentars darüber, wie sehr ihn das freuen würde.

»*Die Männer des Königs*«, wiederholte Fellini. »Shakespeare gehörte auch zu ihnen. Eine gute Truppe …«

Victoria holte zu einem Fausthieb auf seine Nase aus.

Fellini fiel um, schlug mit dem Hinterkopf auf eine niedrige Mauer und verlor das Bewusstsein.

Connor starrte Victoria an. Selbst in seinem Clan hätten nur wenige Männer einem solchen Schlag standgehalten.

»Alle Achtung!«, lobte er sie.

»Ja«, meinte Jennifer, »aber sollten wir ihn jetzt nicht lieber von hier fortschaffen, solange er bewusstlos ist?«

»In der Gasse dort wartet eine Kutsche«, sagte Mary. »Könnt ihr ihn so weit schleppen, Mädchen?«

»Sicher«, erwiderte Victoria. »Er ist gar nicht so schwer.« Sie blickte Connor an. »Ich bin froh, dass ich dich nicht tragen muss.«

»Das würdest du auch nicht schaffen«, sagte er. »Du müsstest mich schon an den Knöcheln hinter dir herschleifen, und dann würde ich mit Sicherheit ziemlich wütend aufwachen.« Er stand müßig daneben und beobachtete, wie Jennifer und Victoria Fellini zu der Kutsche schafften, die Mary gemietet hatte. Der Kerl blieb die ganze Zeit über ohnmächtig, was allerdings keinen von ihnen wunderte. Er war eben ein Schwächling.

Deshalb spielte es auch keine Rolle, dass in dem Karren wohl kürzlich noch Abfall transportiert worden war.

»Widerlich«, kommentierte Connor fröhlich, als Victoria und Jennifer Fellini hineinwuchteten.

»Ich tue eben mein Bestes«, meinte Mary. »So, sollen wir aufbrechen?«

Victoria rümpfte die Nase wegen des Gestanks, der aus dem Karren aufstieg. »Hast du denn hier alles erledigt?«, fragte sie ihre Großmutter.

»Ja, freust du dich etwa nicht darüber?«, fragte Mary und kniff sie liebevoll in die Wange. »Du hast doch gestern ein Glas mit Shakespeare getrunken. Was willst du mehr?«

Jennifer lachte. »Ihr fehlen noch immer die Worte, was bei ihr ja eher selten vorkommt.«

Connor blickte Victoria an und fand ebenfalls, dass sie heute wenig sprach. Sie war auch am Tag zuvor schweigsam gewesen, als ihre Großmutter in Begleitung von Master Shakespeare erschienen war. Connor hatte interessiert zugehört, wie Mary und Shakespeare sich lebhaft über Frauen und ihr Recht auf Freiheit und Glück unterhalten hatten, während Victoria den Eindruck gemacht hatte, als habe sie nicht einen intelligenten Gedanken im Kopf.

Schließlich hatte Shakespeare wieder zur Probe gemusst. Zum Abschied hatte er Mary auf beide Wangen geküsst und den beiden jungen Frauen einen Handkuss gegeben.

Es hatte Stunden gedauert, ehe Victoria die Sprache wiedergefunden hatte, und auch dann hatte sie sich auf bewundernde Ausrufe beschränkt.

Connor hatte sich schon Sorgen gemacht, ob sie wohl jemals wieder zu Verstand kommen würde, aber nach ein paar Stunden Schlaf war sie zum Glück wieder die Alte gewesen. Und als sie Fellini auf der Straße gesehen hatte, der von seinem neuen Stück fantasierte und fortwährend verlangte, zu Shakespeare gebracht zu werden, hatte sie zu ihrer normalen Form zurückgefunden.

Jedenfalls bis eben. Jetzt schien sie wieder ein wenig schwächer zu werden.

»Wir lassen sie einfach noch ein bisschen in Ruhe«, schlug Mary vor. »Zuerst einmal wollen wir diesen Scheißhaufen ...«

»Granny!«, rief Jennifer aus.

»Das ist doch eine passende Beschreibung«, erwiderte Mary ungerührt. »Er hat seit Tagen nicht gebadet, und er muss ein oder zweimal aus einem Nachttopf begossen worden sein. Aber ganz gleich, wie er riecht, wir sollten ihn nach Hause bringen.« Seufzend betrachtete Connor die drei Frauen, die den Karren zogen. Mary warf ihm einmal einen mitfühlenden Blick zu. Sie hatte ja recht, es war nicht seine Schuld, dass er ihnen nicht helfen konnte. Und es nützte niemandem, wenn er sich deshalb Vorwürfe machte.

Als sie sich dem kleinen Platz näherten, wo sie das Zeittor benutzt hatten, bemerkte Connor auf einmal, dass Fellini anscheinend ernsthaft verletzt war.

»Victoria«, sagte er, »sieh dir mal seinen Arm an.«

Victoria drehte sich um und warf einen Blick auf Fellini. »Was meinst du?«, fragte sie.

Connor beugte sich dichter zu dem immer noch bewusstlosen Mann. »Hier am Oberarm. Wahrscheinlich war er deswegen so irre.«

»Ach, du lieber Himmel«, keuchte Victoria auf. »Seht euch diese Schnittwunde an. Da kommt grünes Zeug raus.« Sie blickte Connor an. »Ich bin kein Arzt, aber ...«

»Das ist eine üble Verletzung«, erklärte Connor. »Wir sollten ihn so schnell wie möglich ins Gasthaus bringen.«

»Hier?«, fragte sie erstaunt. »In unser Gasthaus?«

»Nein, in den *Boar's Head*«, erwiderte Connor. »Hier würde er höchstens zur Ader gelassen, und das würde ihn wahrscheinlich umbringen.«

»Das können wir natürlich nicht zulassen«, erklärte Victoria, obwohl sie sich eigentlich so anhörte, als fände sie diese Alternative gar nicht so furchtbar.

»Lasst uns aufbrechen«, drängte Connor.

Victoria nickte. Vorsichtig huschten sie durch die Gasse bis zu der Stelle, von der aus sie starten wollten. Connor hielt den Frauen mit gezogenem Schwert den Rücken frei, dann trat er ebenfalls zu ihnen.

260

»Gut«, sagte Mary, » wie geht das jetzt noch mal?« – »Denk
an den *Boar's Head Inn* im Jahr 2005«, erwiderte Victoria.
»Und nur daran. Jamie hat gesagt, man kommt nur durch
das Zeittor, wenn man sich vollkommen darauf konzen-
triert.«

»Na, wenn er das sagt«, meinte Mary fröhlich.

»Granny, was hast du denn gedacht, als du in den Feenring hineingetreten bist?«, fragte Jennifer.

Mary überlegte. »Ich habe gerade daran gedacht, was für
ein Langweiler Michael Fellini doch ist, und wie gerne ich
einmal Shakespeare persönlich bei der Arbeit zusehen
würde, um mir ein Bild davon zu machen, wie die Original-
aufführungen waren.«

»Ja, siehst du«, erklärte Victoria. »So funktioniert das.
Dann sollten wir jetzt daran denken, dass wir den Langweiler Michael Fellini so schnell wie möglich zum Arzt bringen
müssen, damit man uns nicht des Mordes bezichtigt.«

Aber nichts schien zu geschehen.

Auf einmal wachte Fellini auf und begann zu quieken wie
ein Schwein, das geschlachtet werden soll. Connor drehte
sich um, um ihm einen strengen Vortrag zu halten, als Victoria aufkeuchte.

»Seht doch!«, rief sie.

Connor sah das Gras unter seinen Füßen, und als er sich
umblickte, stellte er fest, dass sie auf Farris' Feld standen.

»Glaubt ihr, wir haben es geschafft?«, fragte Jennifer.

»Das werden wir gleich sehen, wenn das Gasthaus noch
an derselben Stelle steht«, erwiderte Victoria. Sie schwieg.
»Ich fürchte, wir werden Michael mitnehmen müssen.«

»Ja, das sollten wir«, stimmte Mary ihr zu. »Dann mal los.«

»Solange es eine heiße Dusche im Gasthaus gibt …«, sagte
Jennifer sehnsüchtig. »Ich glaube, für sauberes Wasser würde
ich im Moment alles tun.«

»Ich hätte gerne einen Tee«, erklärte Mary mit einem zufriedenen Seufzer.

261

»Und ich würde mich gerne an die Erledigung meiner Aufgaben machen«, sagte Victoria. »Michael, halt den Mund. Wir bringen dich zum Arzt.«

»Aber ich muss doch wieder zum *Globe*«, murmelte Fellini. »Ich habe eine Mission. Ich muss den Menschen in London die große Schauspielkunst bringen! Hey!«, beschwerte er sich und rieb sich übers Gesicht, »mir tut die Nase weh.«

»Sprich nicht so viel, mein Junge«, sagte Mary besänftigend. »Spar deine Kräfte.«

Er blickte sie aus rotgeränderten Augen an. »Meinen Sie?«

Mary tätschelte ihm die Schulter. »Ja, du solltest nicht reden und dich nicht aufregen. Bleib einfach ganz ruhig liegen, bis wir beim Arzt sind.«

»Ja, Sie haben recht«, erwiderte Fellini mit schwacher Stimme. »Ich sollte mit meinen Kräften haushalten. Das ist besser.«

»Ja, natürlich, mein Junge.«

Connor warf Victoria, die die Augen verdrehte, einen Blick zu. Er teilte ihre Gefühle. Wenn sie Fellini mit gutem Gewissen hätten zurücklassen können, dann hätte er nichts dagegen gehabt. Aber man hätte ihn im London der Renaissancezeit mit Sicherheit ins Irrenhaus gesteckt.

Connor seufzte und marschierte hinter dem Karren her. Er überlegte gerade, ob er Hilfe holen sollte, als James MacLeod und Thomas McKinnon auftauchten.

»Wir tragen ihn«, sagte Thomas. Sie nahmen den Mann zwischen sich, aber nach ein paar Schritten ließen sie ihn zu Boden sinken. »Vielleicht solltet ihr ihn doch wieder auf dem Wagen transportieren. Er stinkt bestialisch.«

»Wir freuen uns auch, euch zu sehen«, meinte Victoria spitz. »Ja, wir hatten eine erfolgreiche Reise, ja, wir haben Michael und Granny gefunden, und ja, ich habe das *Globe* gesehen und Shakespeare kennengelernt.«

Thomas blickte sie erstaunt an. »Du machst Witze.«

Victoria lächelte strahlend.

»Doch, ich bin ihm begegnet«, erwiderte sie fast atemlos. –
»Und, was hast du zu ihm gesagt?«

»Kein Wort«, sagte sie glücklich. »Ich habe ihm nur zugehört, wie er sich mit Granny unterhalten hat. Aber er hat mir
die Hand geküsst.«

»Mir hat er die Hand *und* beide Wangen geküsst«, warf
Jennifer grinsend ein. »Ich glaube, Vikki hat ihm Angst eingejagt. Sie war völlig hin und weg.«

»Das glaube ich gern«, meinte Thomas. Er umarmte seine
Großmutter. »Oh, Granny, schön, dich wiederzusehen.«

»Ja, ich freue mich auch, mein Junge«, sagte seine Großmutter. »Danke für eure Rettungsaktion. Unser guter Laird
MacDougal hat uns glücklicherweise sämtliche Schurken
vom Leib gehalten.«

Connor wehrte bescheiden ab. Er hätte so viel mehr tun
können, aber jetzt lag es ja hinter ihm, und er war froh darüber. Er ließ die Familie vorausgehen und blieb ein paar
Schritte zurück, damit sie ihr Wiedersehen feiern konnten.
James MacLeod trat neben ihn.

»Wie war es?«, fragte er.

»Schwierig«, erwiderte Connor leise. »Frustrierend, und
gefährlich für die Frauen. Wir waren kaum angekommen, da
wurden sie auch schon angegriffen, und obwohl ich mein
Bestes tat, um sie zu beschützen, merkten die Halunken
schon bald, was ich wirklich bin.«

»Und wie habt Ihr sie überwunden?«

»Ich setzte alles ein, was ich noch an Kraft aus der sterblichen Welt zur Verfügung hatte, und stieß dem Anführer ein
Schwert in den Rücken.« Er schwieg. »Es ist ein Wunder,
dass ich Victoria nicht gleich mit durchbohrt habe.«

»Wir wollen hoffen, dass so viel Heldenmut in nächster
Zukunft nicht mehr erforderlich ist. Obwohl ich vermute,
dass Ihr einer solchen Herausforderung jederzeit gewachsen
wärt.«

Connor blickte James MacLeod erstaunt an. Der Mann

schien sich in seiner modernen Kleidung wohlzufühlen, aber er hatte etwas an sich, das auf ein früheres Leben unter wesentlich primitiveren Umständen hindeutete. Connor räusperte sich.

»Ihr stammt nicht aus der heutigen Zeit, oder?«

Jamie zog eine Augenbraue hoch und lächelte. »Was glaubt Ihr?«

»Ich vermute ... dreizehntes Jahrhundert. Ende des dreizehnten Jahrhunderts. Vielleicht Anfang vierzehntes.«

Jamie zuckte die Schultern. »Gut beobachtet.«

»Aber Ihr habt den Sprung in die Zukunft geschafft.«

»Ja. Ich habe ein Mädchen aus der Zukunft geheiratet. Sie war zufällig in meine Zeit gereist. Wir verliebten uns, heirateten und hatten eigentlich vor, in meiner Epoche zu bleiben. Aber nachdem ich meinen Feinden nur knapp entronnen war, sah ich keine Veranlassung mehr, nicht mit ihr in diese Zeit zu kommen.«

»Daher Eure Erfahrung mit den Zeittoren.«

Jamie grinste. »Nun ja, das würde aber bedeuten, dass ich sie mehr als einmal benutzt hätte, und Ihr wisst doch, dass das kaum möglich ist.«

Connor musste auch unwillkürlich lächeln. »Wo seid Ihr überall gewesen?«

»Fragt besser, wo ich nicht war.«

Jetzt musste Connor sogar lachen. »Das arme Mädchen, das Ihr geheiratet habt! Sie macht sich bestimmt große Sorgen um Euch.«

»Ja, aber sie hat mich auch häufig begleitet. Seit wir kleine Kinder haben, ist das weniger oft der Fall, aber eines Tages wird sie sicher wieder mitkommen.«

Connor seufzte. »Das muss ein angenehmes Leben sein.«

Jamie nickte. »Ja, und ich bin dankbar dafür.«

»Und wie habt Ihr Euch zu Anfang in der modernen Welt zurechtgefunden?«, fragte Connor.

»Zuerst war es sehr verwirrend«, antwortete Jamie. »Aber

ich habe mich viel zu rasch an all die Wunder gewöhnt. Mich würde aber auch interessieren, wie Ihr es empfunden habt, die ganze historische Entwicklung verfolgen zu können.«

»Das war zuerst auch verwirrend«, sagte Connor. »Im Nachhinein wünschte ich, ich hätte mehr getan, als ab und zu einen Engländer zu erschrecken. Die meiste Zeit über war ich auf Thorpewold.« Er schwieg. »Ich hätte mehr reisen sollen. Dann wäre ich meinem Land von größerem Nutzen gewesen.«

»Jeder von uns hat irgendetwas zu bedauern«, erklärte Jamie. »Ihr habt Victoria jetzt große Dienste geleistet. Das macht vieles wieder wett.«

Connor nickte.

Aber es war ein schwacher Trost.

»Ich würde alles geben«, sagte er wie zu sich selbst, »für eine Stunde, nein, für ein paar Augenblicke …«

»Es tut mir leid«, warf Jamie leise ein.

Connor nickte. Er holte tief Luft. Es hatte keinen Sinn, darüber nachzugrübeln. Er war, was er war, und das konnte er nicht ändern, ganz gleich, wie sehr er es wollte. Schweigend gingen die beiden Männer die Straße entlang.

Es dauerte eine Zeit lang, bis Thomas und Jamie Fellini mit vereinten Kräften zum Eingang des Gasthauses geschleppt hatten. Dort verweigerte Mrs Pruitt ihnen jedoch den Zutritt.

»Jemand, der so stinkt, kommt mir nicht in meine saubere Vorhalle. Bringt ihn weg und spritzt ihn zuerst einmal mit dem Schlauch ab.« Sie warf Jennifer einen Blick zu. »Sie riechen auch nicht besonders gut. Und sie ebenfalls nicht.« Sie schnüffelte in Victorias Richtung.

»Ja, eine Dusche wäre nicht schlecht«, erwiderte Victoria. »Dürfen wir denn hereinkommen, wenn wir versprechen, nichts anzufassen und unsere Kleider in die Mülltonne zu werfen, sobald wir uns umgezogen haben?«

Mrs Pruitt überlegte. »Ich gebe Ihnen Plastiktüten, in die

Sie Ihre Sachen stecken können. Legen Sie bloß nichts auf den Teppich.« Sie wandte sich an Mary. »Liebe Mary, wie schön, Sie zu sehen. Kommen Sie mit mir in die Küche. Ich mache Ihnen einen Tee. Warum sind Sie so sauber?«

»Ich habe im Haus eines Adeligen gewohnt«, erwiderte Mary und trat ein. »Wenn man strickt, wird man offensichtlich überall eingelassen. Stricken Sie, meine Liebe?«

»Ich häkele«, sagte Mrs Pruitt. »Man kann die Arbeit überallhin mitnehmen und sich damit die Zeit vertreiben. Man ist Ihnen also freundlich begegnet?«

»William war wundervoll«, erwiderte Mary, während sie mit Mrs Pruitt im Esszimmer verschwand. »Shakespeare, wissen Sie …«

Connor blickte ihnen nach, dann blickte er die anderen an. »Ich schlage vor, wir werfen Fellini in die Büsche und kümmern uns um unsere eigenen Angelegenheiten.«

»Bring mich nicht in Versuchung«, sagte Victoria. »Thomas, wie spät ist es?«

»Kurz nach zwölf.«

»Ich muss unter die Dusche, und dann suche ich Fred und lasse mir erzählen, wie alles gelaufen ist.«

»Das Stück war großartig«, sagte Thomas. »Ich habe es mir jeden Abend angeschaut, während du weg warst – um zu kontrollieren, ob auch alle ihren Text konnten.«

»Oder dass keiner auf der Bühne in der Nase bohrt«, sagte Victoria spitz. »Sag mal, könntest du nach Michael sehen?«

»Warum? Meinst du, er ist wütend darüber, dass ihr ihn aus dem England der Renaissance weggeholt habt?«

»Das ist er bestimmt.«

Thomas lächelte. »Dann kümmere ich mich um ihn. Er wird es nicht wagen, mir gegenüber frech zu werden, und es wird sicher ein Spaß, ihm zuzuschauen, wenn er sich zusammenreißen muss.«

Victoria warf ihm einen misstrauischen Blick zu. »Weißt du irgendetwas, was ich nicht weiß?«

266

»Ich glaube, er hegt den heimlichen Wunsch, dich als Regisseur abzulösen.«

Victoria verdrehte die Augen. »Um Gottes willen. Connor?«

»Ja?«

»Ich wasche mich jetzt, und dann gehe ich zum Schloss. Möchtest du mitkommen?«

Connor zuckte zusammen, als er merkte, dass alle gespannt auf seine Antwort warteten. Nun, alle außer Jamie MacLeod, der ihm wenigstens ein wenig Privatsphäre ließ.

Er runzelte die Stirn. »Ich muss sowieso auf mein Schloss«, erwiderte er. »Ich muss nachsehen, wie meine Garnison zurechtgekommen ist.«

»Wunderbar«, sagte Victoria und gähnte. »Bis gleich.«

Kaum war seine Schwester im Haus verschwunden, wandte Thomas sich an Connor und grinste ihn an.

»Sie sucht einen Begleiter, und ihre Wahl scheint auf Euch gefallen zu sein.«

»Wisst Ihr«, entgegnete Connor im Plauderton. »Ich kann ein Messer aus Eurer Welt in die Hand nehmen. Es würde ein großes Loch in Eure Brust machen.«

»Dann bekämt Ihr es aber mit Iolanthe, Victoria *und* Fellini zu tun. An Eurer Stelle würde ich mich zurückziehen und auf Victoria warten.« Thomas lachte unbekümmert. »Ich mache mich auf die Suche nach einem Arzt. Fellini können wir ja so lange hier draußen liegen lassen. Einen Sonnenbrand wird er sich wohl nicht holen. Schließlich sind wir ja in England.«

Connor würdigte ihn keiner Antwort mehr. Er verbeugte sich vor Jennifer, dankte Jamie für seine freundlichen Worte und ging dann mit einem letzten finsteren Blick auf Thomas in den Garten, um dort auf Victoria zu warten.

Bei allen Heiligen.

Er konnte versuchen, ihren Verwandten etwas vorzumachen, aber sich selbst konnte er nicht belügen.

Er war verloren …

22

Was ein einziger Tag für einen Unterschied machen konnte! Vielleicht waren es auch zwei oder drei. Victoria gähnte, als sie die Tür der Bibliothek öffnete und in den dunklen Flur spähte. Sie litt unter einem Jetlag, genau wie bei ihrer Ankunft aus Amerika. Vielleicht waren Zeitreisen doch anstrengender, als man gemeinhin annahm. Jamie sah zwar immer gut ausgeruht und munter aus, aber sie vermutete, dass er sowieso kaum zu bremsen war. Und außerdem kam er ja auch nicht gerade aus dem elisabethanischen England und hatte dort einen jammernden Irren gerettet.

Apropos Irrer, Michael Fellini lag oben in seinem Zimmer und erholte sich von den Strapazen seiner Zeitreise.

Er tat das so lautstark, dass er die sensibleren Gäste schon aus dem Gasthof vertrieben hatte. Der Exodus hatte bereits gestern begonnen. Jamie war abgereist, da es ihn angesichts dieses Chaos' offensichtlich nach Hause zog. Victorias Eltern und ihre Großmutter waren mit ihm gefahren, um die blühende Heide zu bewundern.

Thomas und Iolanthe waren zu einer kleinen Besichtigungstour nach Artane aufgebrochen, einem Schloss an der Küste. Sie waren regelrecht versessen auf diesen Ausflug gewesen, und das, obwohl Iolanthe doch schwanger war. Victoria wäre der Angelegenheit gerne auf den Grund gegangen, aber da sie alle Hände voll damit zu tun gehabt hatte, Michael in Zaum zu halten, war sie nicht dazu gekommen.

Jennifer hatte den Zug nach London genommen, um Megan zu besuchen und sie mit Geschichten zu erfreuen, denen Megan zweifellos uneingeschränkt Glauben schenken würde.

Jedenfalls war Victoria alleine im Gasthaus, und zum ersten Mal in ihrem Leben fühlte sie sich einsam. Sie war alleine mit Gespenstern, die definitiv auch in Zukunft nichts anderes sein würden als Gespenster.

Sie hielt inne. Nein, so ganz alleine war sie doch nicht. Jemand hatte dem Verrückten im Obergeschoss ein Glöckchen gegeben, und jetzt bimmelte er schon wieder.

»Hört mich jemand da unten?«, rief eine schwache, doch erstaunlich durchdringende Stimme klagend.

Victoria zuckte zusammen, als sich links von ihr etwas bewegte. In der Dunkelheit erkannte sie Mrs Pruitts Gesicht, das, nur von einer Taschenlampe erhellt, aussah wie aus einem Gruselfilm.

»Ich glaube«, zischte Mrs Pruitt, »ich werde demnächst einen Schauspieler erdolchen.«

»Ich habe ihm die blöde Glocke nicht gegeben«, bemerkte Victoria.

»Dr. Morris meinte, es wäre hilfreich«, erwiderte Mrs Pruitt. »Ich muss sagen, mit jedem Bimmeln finde ich den guten Doktor weniger attraktiv.« Sie überlegte einen Moment lang. »Vor ein paar Tagen gefiel er mir noch ganz gut.«

»Ich dachte, Sie hätten eine Schwäche für Ambrose«, sagte Victoria.

»Das auch«, erwiderte Mrs Pruitt.

Dann lächelte sie.

Es war im Schein der Taschenlampe kein schöner Anblick.

»Vielleicht sollte ich den Arzt rufen, damit er dem Patienten ein Schlafmittel gibt. Zu seinem eigenen Besten.« Sie betastete ihre Frisur. »Wie sehe ich aus?«

»Hinreißend«, sagte Victoria sofort. »Noch besser würden Sie mir gefallen, wenn es Ihnen gelänge, Michael zum Schweigen zu bringen. Er hält alle vom Schlafen ab.«

»Ich rufe den Arzt«, erklärte Mrs Pruitt, zog ein Handy aus der Tasche und eilte die Treppe hinauf.

Victoria blieb im Flur stehen und lauschte.

Die Tür zum Krankenzimmer ging auf. Man hörte laute Klagen und einen abrupt abrechenden Aufschrei.

Anscheinend hatte Mrs Pruitt ihr Handy – auf welche Art auch immer – erfolgreich eingesetzt. Victoria war froh, dass sie Michael endlich zum Schweigen gebracht hatte, und machte sich auf den Weg zur Küche, um sich irgendetwas zu holen, das ihr beim Einschlafen helfen würde.

Als sie die leisen Stimmen, die aus der Küche drangen, hörte, blieb sie stehen. Es klang nicht nach den üblichen lauten Streitgesprächen der Highlander.

Leise schlich sie zur Tür und presste das Ohr an das Holz.

»›Schon naht sich meine Stunde, wo ich den schweflichten, qualvollen Flammen mich übergeben muss‹«, zitierte Ambrose.

»›Ach, armer Geist‹«, gab Connor voller Mitleid zurück.

Victoria blieb der Mund offen stehen. Ambrose und Connor lasen den »Hamlet«?

»›Beklag mich nicht, doch leih dein ernst Gehör dem, was ich kund will tun‹«, fuhr Ambrose fort.

»›Sprich! Mir ist's Pflicht zu hören‹«, schnaubte Connor. »Und das ist das erste und letzte Mal, dass ich darum bitten werde, mir Euer Geschwätz anhören zu dürfen.«

»Mein lieber Connor«, erwiderte Ambrose. »Ich wiederhole lediglich den Text des Stückes.«

»Zum Glück plärrt Ihr ihn wenigstens nicht so heraus wie dieser jämmerliche Geisterdarsteller, mit dem Victoria gestraft ist. Ich schwöre Euch, wenn er noch ein einziges Mal sein *Ade* so brüllt, dann schlage ich ihm den Schwertknauf über den Kopf.«

»Ich danke Euch für das Kompliment über meine Schauspielkunst, mein Junge. Wollen wir weitermachen?«

»Ja«, sagte Connor, »aber wir sollten uns beeilen. Die Nacht dauert nicht ewig, und ich möchte nicht, dass Victoria merkt, womit ich meine Zeit verschwende.«

Eine Weile herrschte Stille, und Victoria fragte sich schon, ob sie ein unbedachtes Geräusch gemacht und dadurch zu erkennen gegeben hatte, dass sie vor der Tür stand.

Schließlich sagte Ambrose: »Connor, mein Junge, das ist keine Zeitverschwendung. Ihr habt fast den gesamten Text von Hamlet auswendig gelernt – keine geringe Leistung. Und Ihr werdet feststellen, dass es Euch dabei helfen wird, ihn zu lesen. Ein erfülltes Leben beinhaltet mehr, als sich mit jedem im Kampf zu messen.«

»Ganz bestimmt«, erwiderte Connor mit einem Schnauben.

»William Shakespeare«, verwies ihn Ambrose, »war voller grandioser, tiefsinniger Gedanken. Bald werdet Ihr in der Lage sein, alle seine Stücke zu lesen. Die Zeit, die man mit den großen Denkern verbringt, ist nie verschwendet. Bedenkt doch nur, wie gut er die menschliche Natur gekannt hat. Wie viel Zeit wird es Euch ersparen, wenn Ihr in einem Mann sogleich den Rosencrantz, den Jago oder Mac-Beth erkennen könnt?« Jetzt war es an Ambrose, verächtlich zu schnauben. »Aber wem erzähle ich das? Ihr habt ein scharfes Auge und seid intelligent, sonst hättet Ihr nicht in so kurzer Zeit so viel gelernt. Victoria wird beeindruckt sein.«

Wieder trat Schweigen ein.

»Glaubt Ihr?«

»Ein Mann, der Shakespeare zitieren kann, ist niemals außer Mode.«

»Bei Hofe vielleicht, aber nicht auf einem sturmgepeitschten Hochmoor. Aber ich bin durchaus bereit, mir noch ein bisschen mehr einzuprägen, wenn es mir beim Lesen hilft.«

Victoria wollte leise den Rückzug antreten, stieß aber gegen etwas Festes. Sie drehte sich herum und schrie auf.

Mrs Pruitt stand schon wieder mit der Taschenlampe da.

»Ich bin es nur«, flüsterte sie.

Im Esszimmer ging das Licht an, und als Victoria erneut

herumwirbelte, sah sie Connor, Ambrose, Hugh und Fulbert zusammengedrängt in der Küchentür stehen.

»Oh«, schnurrte Mrs Pruitt.

Ambrose verschwand.

»Warum macht er das?«, fragte Mrs Pruitt.

Victoria lächelte gequält. »Vielleicht glaubt er, dass Sie jetzt Ihre Zuneigung auf Dr. Morris übertragen haben. Sie wissen doch, wie empfindlich diese Highland Lairds sind.«

Mrs Pruitt schaltete seufzend ihre Taschenlampe aus. »Und sehen Sie nur: jetzt gehen auch noch die anderen. Vielleicht haben sie nicht genug Mumm, um einer erfahrenen Frau entgegenzutreten.«

»Ja, daran wird es liegen. Was hat Dr. Morris gesagt?«

»Er ist schon unterwegs.« Mrs Pruitt betastete ihre Frisur. »Ich richte mir noch rasch die Locken.«

Victoria blickte ihr nach, bis sie das Esszimmer verlassen hatte. Dann ging sie nachsehen, ob noch jemand in der Küche war. Das Feuer brannte, die Lichter waren an, und die vier Gespenster saßen am Tisch und spielten Karten.

Interessant.

»Ein gutes Spiel?«, fragte sie.

»Ja«, antwortete Ambrose. »So kann man sich angenehm die Zeit zwischen den Schwertkämpfen vertreiben.«

Victoria blickte Connor an. »Du verstehst dich aber gut mit den dreien.«

»Ich erzähle ihnen von London zu Elizabeths Zeiten«, erwiderte Connor und strich sich über den Hals, als ob er befürchtete, die Worte könnten ihm dort stecken bleiben. »Es ist recht unterhaltsam.«

»Ja, das glaube ich. Mrs Pruitt hat den Doktor bestellt. Er wird Michael ein Schlafmittel geben.«

»Oh, das wäre wunderbar«, sagte Ambrose. »Er stört unser Spiel mit seinem ständigen Gejammer.«

»Nun, Jungs, verzockt bloß nicht euer letztes Hemd«, erklärte Victoria und wandte sich zum Gehen. »Gute Nacht.«

»Gute Nacht«, sagten alle vier betont beiläufig. Victoria war eine hervorragende Schauspielerin gewesen. Sie machte Geräusche, als ob sie sich entfernen würde, blieb jedoch in Wirklichkeit an der Tür stehen.

»Unser letztes Hemd?«, fragte Fulbert mürrisch. »Was zum Teufel soll das denn heißen?«

»Nichts Spezielles«, erwiderte Ambrose. »Das ist ein Ausdruck aus dem Wilden Westen. Anscheinend möchte Victoria nicht, dass wir zu viel Karten spielen. Aber wir sollten jetzt auch aufhören und uns wichtigeren Aufgaben zuwenden. Connor, wo waren wir stehen geblieben?«

»Der Geist hat gerade seinen eigenen Mord beschrieben. Dieser Teil sagt mir übrigens nicht besonders zu.«

»Ihr rezitiert den Text nicht«, verwies Ambrose ihn, »sondern Ihr hört nur zu.«

»Mir gefällt es auch nicht, diesem Teil nur *zuzuhören*«, brummelte Connor.

»Bescheidet Euch«, erwiderte Ambrose. »Denkt daran, warum Ihr das alles auf Euch nehmt. Lasst uns jetzt weitermachen.«

Victoria schlich sich davon, bevor sie noch mehr von Connors Beschwerden hörte. Auf dem Weg zur Bibliothek begegnete sie weder Mrs Pruitt noch Dr. Morris. Sie setzte sich in einen der Sessel am Kamin und schloss kurz die Augen.

War es möglich, dass sie sich noch vor drei Tagen in einer völlig anderen Welt ohne fließendes Wasser und Toiletten, aber mit wirklich großartigem Theater befunden hatte? Und jetzt saß sie wieder im Gasthaus ihrer Schwester, sauber und mit vollem Bauch.

Und das Theater spielte sich in der Küche ab.

Erstaunlich.

Sie dachte an ihre Aufführung auf Thorpewold. Michaels zweite Besetzung machte seine Aufgabe großartig, aber die Tatsache, dass Michael nutzlos oben herumlag, statt im Schloss auf der Bühne zu stehen, machte Victoria wütend. Sie hatte mit ihm einen Vertrag über eine bestimmte Anzahl von Aufführungen gemacht. Nun, wenn er nicht auftreten konnte, dann würde sie auch nicht zahlen.

Sie hatte jedenfalls nicht vor zu zahlen. Bestimmt würde es eine Auseinandersetzung mit seinem Agenten geben.

Kurz darauf klopfte es leise an der Tür. Seufzend stand sie auf. Das war sicher Mrs Pruitt, die von ihr erwartete, dass sie ihrem Star die Hand hielt. Seufzend stand Victoria auf, um sicherzustellen, dass Michael Fellini die ärztliche Behandlung überlebte.

23

In meiner Brust war eine Art von Kampf, der mich nicht schlafen ließ ...

Connor hatte den Text der letzten Szene zu Ende gesprochen, aber diese Zeilen verfolgten ihn, während er den übrigen Mitspielern lauschte. Es lag eine tiefere Wahrheit in dem, was Shakespeare geschrieben hatte, genau wie Ambrose gesagt hatte. Aber Kampf hatte er eigentlich nicht mehr im Herzen in der letzten Zeit.

Eher Sehnsucht.

Er setzte sich an den Tisch und nahm sich die letzte Seite von Shakespeares Stück über Leben und Tod vor. Ehrlich gesagt war er überrascht, wie viele der Wörter er bereits lesen konnte. Offensichtlich war die Zeit mit Ambrose in der Küche nicht umsonst gewesen. Und ihm gefiel, was er las.

Der jämmerliche Zustand seines Herzens wurde dadurch nicht besser, aber vielleicht sollte er dankbar sein für das, was er hatte, statt sich nach dem zu sehnen, was er nicht haben konnte.

Hugh und Fulbert setzten sich ebenfalls an den Tisch, holten sich große Krüge mit Ale aus der Luft und begannen über die Stärken und Schwächen ihrer Schauspielkunst zu diskutieren.

»Nein, du warst gar nicht so schlecht«, gestand Fulbert Hugh zu. »Du besitzt diese anmaßende Arroganz, die so gut zu Polonius passt.«

Hugh setzte seinen Krug so heftig auf dem Tisch ab, dass das Ale über den Rand spritzte. »Wie bitte? Ich habe doch nur eine Rolle gespielt – das allerdings recht gut, wie ich finde.«

»Und *ich* sage, du brauchst gar nicht zu schauspielern«, erwiderte Fulbert, setzte ebenfalls seinen Krug ab und warf Hugh einen finsteren Blick zu. »Und wenn du mir noch ein einziges Mal vorschreiben willst, wie ich den Claudius zu spielen habe, dann ziehe ich mein Schwert und bringe dir etwas über königliche Exekutionen bei.«

Hugh sprang so heftig auf, dass sein Stuhl polternd umfiel. »Zieh dein Schwert! Dann wollen wir sehen, wer von uns beiden das edlere Blut in den Adern hat!«

»Hinaus!«, brüllte Ambrose.

Hugh, der bereits nach seinem Schwert gegriffen hatte, hielt inne und blickte Fulbert an. »Ich nehme an, der Garten ist dir recht?«

Fulbert zuckte die Achseln und trank seinen letzten Schluck Ale. »Er wird wohl ausreichen, wie immer.« Höflich wies er auf die Tür. »Nach dir.«

»Nein, du zuerst.«

»Ich bestehe darauf.«

»Nicht im Traum fiele es mir ein …«

»Verschwindet!«, brüllte Ambrose.

Hugh und Fulbert gingen nach draußen. Connor legte seufzend sein Buch weg. Er trank einen Schluck Ale, dann blickte er Ambrose an.

»Warum habt Ihr gerade mich ausgewählt?«

Ambrose blinzelte. »Euch ausgewählt? Was meint Ihr? Für den Hamlet in unserem Stück?«

»Nein«, erwiderte Connor ungeduldig. »Warum habt Ihr mich für Victoria ausgesucht?«

Ambrose lächelte leise. »Nun, sie braucht einen Mann, der ihr an Entschlossenheit und Ungestüm ebenbürtig ist. Und ich wusste mit Gewissheit, dass es in Manhattan einen Mann mit diesen Eigenschaften nicht gab. Da lag es auf der Hand, Euch zu wählen.«

Connor warf ihm einen finsteren Blick zu. »Verdammt sollt Ihr sein.«

Ambrose zog überrascht die Augenbrauen hoch. »Warum?«

»Weil Ihr uns beide zusammengebracht habt. Und jetzt seht Euch das Ergebnis an!«

»Ihr hattet durchaus die Wahl«, entgegnete Ambrose milde. »Und Victoria auch.«

»Sie hat keine Wahl getroffen.«

»Ach nein?« Ambrose hob die Schultern. »Das wisst Ihr erst, wenn Ihr sie gefragt habt.«

Normalerweise hätte Connor sein Schwert gezogen und Ambrose zur Ordnung gerufen, aber ihm tat das Herz zu weh. »Sie hat keine Wahl getroffen«, wiederholte er. »Was sie für mich empfindet, ist nur ... Freundschaft.« Bei allen Heiligen, wenn er nur das Wort aussprach, dann knirschte er schon mit den Zähnen. »Bei mir ist das leider nicht der Fall.«

»Nun«, erwiderte Ambrose, »und was werdet Ihr diesbezüglich unternehmen?«

»Wahrscheinlich sollte ich Euch jeden Tag mindestens einmal erdolchen. Dann hätte ich die nächsten Jahrhunderte wenigstens etwas zu tun.«

Ambrose lachte. »Das mag Euch ja unterhaltsam erscheinen, aber an Eurer Stelle würde ich mir etwas anderes überlegen. Diskreditiert Victorias Gefühle nicht – und auch nicht Eure eigenen. Zieht Euch auf Euer Schloss zurück und überlegt einmal, ob es nicht einen Weg für euch beide gibt. Macht ihr den Hof. Freundet Euch mit ihr an. Sorgt dafür, dass es ihr besser geht als vorher, wo Michael Fellini der einzig mögliche Kandidat für sie zu sein schien.«

»Davor mögen die Heiligen sie bewahren«, sagte Connor grimmig. Er stand auf und blickte Ambrose finster an. »Ihr und Eure Kuppelei. Ist es Euch nie in den Sinn gekommen, dass Ihr damit auch Schaden anrichten könntet?«

»Durchaus.«

Connor verschränkte die Arme vor der Brust. »Aber Ihr habt nicht vor, Euch zu entschuldigen, oder?«

Ambrose blickte ihn ungerührt an. »Geht es Euch jetzt besser oder schlechter als zu Beginn des Sommers? Habt Ihr nicht neue Freunde gewonnen? Habt Ihr nicht einen Sinn in Euren Tagen gefunden, den es nicht gab, bevor Victoria kam?«

»Aber ich habe noch immer keinen Hauptmann«, brummelte Connor.

»Nun ja, es gibt ja auch niemanden, ob nun tot oder lebendig, der dieser Aufgabe gerecht werden könnte. Daran könnt Ihr Euren Erfolg oder Misserfolg also schlecht messen.«

Connor schürzte die Lippen. Er wollte sich nicht anmerken lassen, dass Ambrose eigentlich recht hatte. Er hatte sich mit Victorias Granny angefreundet. Er vertrug sich sogar einigermaßen mit Thomas McKinnon und mit dem Trio aus dem *Boar's Head* – etwas, das er nie für möglich gehalten hätte. Er hatte lesen gelernt. Er hatte entdeckt, dass es noch eine Welt außerhalb seiner selbst und seiner Wut über sein zu kurzes Leben gab.

Und er hatte Victoria kennengelernt.

Dafür alleine schon stand er für immer in Ambroses Schuld.

Er grunzte. »Ich gehe auf mein Schloss. Ich muss noch einiges erledigen, bevor die Sonne aufgeht.«

Ambrose hob seinen Bierkrug. »Bis Sonnenuntergang.«

Connor verließ hastig die Küche, bevor er noch das Undenkbare tat und Ambrose für seine ungebetene Einmischung dankte.

In der Dämmerung ging er zu seinem Schloss. Ihm war auf einmal überraschend leicht ums Herz. Es hätte alles schlimmer sein können. Es *war* schon einmal schlimmer gewesen.

Der Himmel wurde gerade hell, als er in den Burghof trat. Niemand war da. Nun ja, niemand bis auf den Mann auf der Bühne, der voller Glut seinen Text rezitierte und dabei auf und ab ging.

Connor schluckte überrascht. Es war Roderick St. Claire, der sich in eleganter Kleidung als Schauspieler produzierte. Er schien recht begabt zu sein.

Roderick hielt inne, drehte sich um und verbeugte sich. »Mylord.«

»Was treibt Ihr da?«

»Ich spiele Laertes«, erwiderte Roderick. »Wie findet Ihr es?«

»Überraschend gut«, sagte Connor aufrichtig. »Ich wäre nicht abgeneigt, mit Euch zusammen aufzutreten.«

Roderick geriet vor Überraschung ins Taumeln. Es dauerte eine Weile, bis er sein Gleichgewicht wiedergefunden hatte, und in dieser Zeit fragte sich Connor, ob er wohl all die Jahrhunderte über so ein unangenehmer Kerl gewesen war.

Vermutlich ja.

Roderick rückte seine Kleidung zurecht. »Leider verfüge ich über keinerlei Kontakte. Ich wäre ja schon zufrieden mit ein paar Ratschlägen von jemandem, der sein Handwerk versteht.«

Connor dachte nach. Das tat er in der letzten Zeit oft.

Er wollte Victoria den Hof machen, bei allen Heiligen. Roderick wollte Victoria kennenlernen. Roderick war, trotz all der Rüschen, ein Mann seiner Zeit und sehr versiert in den Verführungspraktiken des viktorianischen Englands. Das musste sich doch irgendwie auf die heutige Zeit übertragen lassen.

Vielleicht sollte er ja Ambroses Vorschläge tatsächlich in Betracht ziehen.

»Ich könnte Euch Victoria McKinnon vorstellen«, bot Connor ihm an.

Roderick lächelte erfreut. »Das würdet Ihr tun? Wirklich? Oh, das ist großartig von Euch, mein Lieber.«

»*Ihr* müsst mir allerdings dafür beibringen, wie man einer Frau den Hof macht.«

Roderick starrte ihn erstaunt an, klappte dann jedoch entschlossen den Mund zu. »Selbstverständlich. Ja, ja, natürlich. Gleich hier auf der Stelle, wenn Ihr wollt.« Er setzte sich auf den Bühnenrand. »Lasst uns zunächst einmal darüber sprechen, wie es um Euer bisheriges Verhalten Frauen gegenüber bestellt war.«

Connors erster Impuls war es, sein Schwert ziehen, aber dann besann er sich eines Besseren. Er setzte sich neben Roderick auf die Bühne und beschloss, dessen Fragen aufrichtig zu beantworten.

»Frauen?«, sann er. »Eigentlich habe ich kaum Erfahrung mit Frauen.«

»Aber Ihr wart doch verheiratet.«

»Ja, aber ihr brauchte ich nicht den Hof zu machen.«

»Wie hieß sie?«

»Morag McKinnon.«

Es dauerte einige Minuten, ehe Roderick sich von seinem Hustenanfall erholt hatte. »Eine McKinnon?«

»Ja, eine Ironie des Schicksals, nicht wahr?«

Roderick lachte. »Mein lieber Junge, das kann man wohl sagen. Nun gut, Ihr habt also eine McKinnon geheiratet, brauchtet ihr aber nicht den Hof zu machen …«

»Ihr Vater wollte Frieden mit meinem Clan schließen. Ich war es leid, dass sein Clan ständig versuchte, mein Vieh zu stehlen – obwohl ich dadurch meine Leute guter Möglichkeiten beraubte, sich im Kampf zu üben.« Connor zuckte mit den Schultern. »Es schien mir die geeignete Methode zu sein, die Probleme in den Griff zu bekommen.«

»Und gab es niemals eine andere Frau, die Eurem Charme erlegen ist?«

Connor musterte ihn finster – obwohl er sich geschworen hatte, freundlich zu ihm zu sein.

»Ah, ich verstehe«, erwiderte Roderick. »Fahren wir also fort. Ich habe, wie Ihr Euch wohl vorstellen könnt, einige Erfahrung auf diesem Gebiet.«

»Dabei, Frauen den Hof zu machen? Oder blendet Ihr sie mit Eurer bunten Kleidung?«

»Es funktioniert bei den Pfauen, und bei mir hat es auch funktioniert. Ja, ich habe ihnen allen den Hof gemacht.«

280

Connor dachte einen Moment lang nach. »Wart Ihr verheiratet?«

»Ah!« Roderick seufzte. »Nun, das ist eine eigene Geschichte. Ich war verlobt, aber einen Monat, bevor sie die Meine werden sollte, starb sie an Schwindsucht. Ich muss zugeben, dass mir das sehr großen Kummer bereitete. Ich halte es nicht für ausgeschlossen, dass allein der Verlust meiner großen Liebe zu einem derart ausschweifenden Leben geführt hat.«

»Seid Ihr nicht bei einem Duell getötet worden?«

Roderick nickte. »Ja. Ich habe mich mit der Frau meines Gegners eingelassen, was das Ganze sicher um einiges gefährlicher als üblich machte. Natürlich war die Frau mehr als willig«, fügte er rasch hinzu. »Es fand sogar alles auf ihren Vorschlag hin statt. Aber ich wurde in einer kompromittierenden Situation angetroffen.«

»Und was passierte dann?«, fragte Connor.

»Er forderte mich heraus, wie es nicht anders zu erwarten war, und mir wurde die Ehre zuteil, mich am nächsten Tag am vereinbarten Ort einzufinden. Dort ereilte mich der Tod.«

»Seid Ihr so ein schlechter Schütze?«

Roderick lächelte. »Sein Sekundant erschoss mich, während der fragliche Lord zu früh abfeuerte und dem Baum hinter mir beträchtlichen Schaden zufügte. Aber dennoch«, fuhr er fort und strich ein unsichtbares Stäubchen von seinem Jackett, »gelang es mir noch, die Waffe zu ergreifen, die mein Sekundant mir reichte, und meinem Mörder eine Kugel in den Bauch zu jagen, bevor ich zu Boden sank.«

»Gut.« Connor nickte beifällig. »Das war angemessen.«

»Und so hatte ich die Gelegenheit, einige Jahrhunderte lang über meine Verführungskünste nachzudenken«, schloss Roderick seine Erzählung.

Connor zögerte. »Und es macht Euch nicht bitter, dass Ihr Euer Leben so jung verloren habt?«

Roderick zuckte mit den Schultern. »Irgendwann endet das Leben, und dann kann man nur hoffen, dass man gut gelebt hat. Ich hatte Liebe und andere Dinge im Überfluss. Ich bedauere nichts. Und Ihr habt Glück, dass ich jetzt hier bin und Ihr von meinen Erfahrungen profitieren könnt.« Nachdenklich blickte er in den Hof. »Ich habe oft daran gedacht, dem Trio aus dem Gasthof meine Dienste anzubieten. Ich weiß, dass sie Paare verkuppeln, und sie könnten bestimmt von meinem reichen Schatz an romantischen Erlebnissen profitieren. Natürlich individuell auf jeden einzelnen Fall zugeschnitten.«

»Ich frage sie bei Gelegenheit«, versprach Connor. »Und jetzt zu der Kunst der Verführung ...«

»In Eurem Fall würde ich vorschlagen, Verse zu rezitieren«, sagte Roderick. »Fasst Eure Gefühle in blumige Worte, die dem Ohr einer Frau schmeicheln. Nichts von Tod, Zerstörung oder Schwertkämpfen.«

Connor runzelte die Stirn. »Tatsächlich? Warum nicht?«

»Weil Ihr die fragliche Dame nicht erschrecken dürft. Ich würde Shakespeare empfehlen, aber ich werde noch auf etwas anderes sinnen.«

Connor räusperte sich. »Ich könnte ihr etwas vortragen, wenn Ihr es für mich aufschreibt.«

»Ach ja?« Roderick klang aufrichtig erfreut. »Nun, dann rezitiere ich Euch einiges, und Ihr sagt mir, was Ihr für Eure Dame für geeignet haltet. Anschließend bringe ich es zu Papier.«

Connor nickte. Freude stieg in ihm auf darüber, dass er nun tatsächlich in der Lage war, Geschriebenes zu entziffern.

In der nächsten halben Stunde lauschte er den Versen, die Roderick deklamierte. Einige gefielen ihm sehr gut, und der viktorianische Stutzer machte sich daran, sie zu notieren, damit er sie sich einprägen konnte.

Nach einem letzten Blick auf das Schloss dachte er, er sollte langsam zum Gasthof zurückgehen, um nach Victoria zu sehen. Er sprang von der Bühne und ging auf das Tor zu. Kurz bevor er es erreicht hatte, wurde er von Robbie McKinnon, dem aktuellen Anwärter auf die Position des Hauptmanns, aufgehalten.

Connor runzelte die Stirn.

»Ja?«

»Mylord, ich hatte ein Auge auf alles, während Ihr in Geschäften unterwegs wart.«

Connor musterte ihn.

Der Bursche schien nicht übel zu sein.

»Ja, ich habe bemerkt, dass wir nicht überfallen worden sind.«

»Nein, es waren auch nur Schauspieler hier«, erwiderte Robbie.

Connor wollte schon zustimmend lächeln, besann sich jedoch in letzter Minute eines Besseren.

Er räusperte sich.

»Nun, sei es, wie es ist. Ich erwarte, dass das Schloss geführt wird wie immer. Disziplin. Ordnung. Schrecken, wenn es sein muss.«

Robbie straffte die Schultern. »Selbstverständlich, Mylord.«

Connor runzelte die Stirn. »Gewöhn dich nicht zu sehr an die Position. Ich habe meine endgültige Entscheidung noch nicht getroffen.«

Robbie verneigte sich mit Kratzfuß und machte sich davon, so schnell er konnte.

Connor konnte dem Jungen die Eile nicht verübeln, denn er war Morags Bruder, und es hatte Jahrhunderte gedauert, bevor er es überhaupt gewagt hatte, sich auf Thorpewold zu zeigen.

Seufzend zuckte Connor mit den Schultern.

Der Junge machte sich bis jetzt ganz gut.

Vielleicht war es an der Zeit, die Vergangenheit endlich ruhen zu lassen.

283

Er ging den Weg entlang, und Shakespeares Worte kamen ihm in den Sinn.

> *Dem festen Bund getreuer Herzen soll*
> *Kein Hindernis erstehn: Lieb' ist nicht Liebe,*
> *Die, in der Zeiten Wechsel wechselvoll,*
> *Unwandelbar nicht stets im Wandel bliebe...*
> *Kein Narr der Zeit ist Liebe ...*

Überraschend zufrieden gestimmt kehrte er zum Gasthaus zurück.

24

Victoria blickte in den Spiegel und kniff sich in die Wangen, um etwas Farbe zu bekommen. Sie hatte sich zwar etwas geschminkt, aber sie war im Moment so blass, dass man das kaum sah. Da sie rote Haare hatte, hatte sie ohnehin durchscheinende Haut, aber der Schlafmangel und die Arbeitsbelastung hatten das noch verstärkt. Sie war mit den Nerven am Ende; daran gab sie Thomas die Schuld.

Ihre Familie war am Tag zuvor wieder in den Gasthof zurückgekehrt, gut ausgeruht von ihren Reisen und bereit, der letzten Vorstellung einer Reihe erfolgreicher Aufführungen beizuwohnen. Victoria hatte spät am Abend noch mit Jennifer und ihrer Großmutter zusammengesessen, und sie hatten überlegt, was Victoria sich in Schottland unbedingt alles anschauen müsste, bevor sie nach Manhattan zurückflog. Schließlich waren noch die üblichen Verdächtigen hinzugekommen, und sie hatten einen schönen Abend mit angeregten Gesprächen verbracht.

Dieses warme, friedliche Gefühl jedoch war heute morgen verflogen, als Thomas ihr beim Frühstück mitgeteilt hatte, dass Megans Schwiegervater, der gegenwärtige Earl of Artane, vollkommen theaterverrückt sei und später am Tag eintreffen würde, um sich ihre letzte Vorstellung anzusehen. Wenn ihm die Aufführung gefiele, würde der Earl möglicherweise alle ihre Theaterträume wahr machen.

Victoria war außer sich.

Sie wurde nicht leicht nervös. Sie war den Umgang mit den Reichen und Berühmten gewöhnt, aber sie hatte kein Theater in New York mehr, zu dem sie zurückkehren konnte.

Und sie hatte verzweifelt nach einem Anlass gesucht, in England bleiben zu können.

Sie holte tief Luft. Vielleicht war der Earl ja nur ein Windbeutel. Sie hatte über die Jahre zahlreiche Menschen erlebt, die ganz schnell weg waren, sobald es tatsächlich ans Bezahlen ging. Nichts gegen Megans Schwiegervater, aber Victoria hatte gelernt, erst dann mit Geld zu rechnen, wenn es auf ihrem Bankkonto war.

Sie bürstete sich die Haare, kniff sich noch einmal in die Wangen und lief zur Küche. Freundlich nickte sie den Männern zu, die dort saßen. Connor erhob sich, als sie hereinkam. Fragend blickte sie ihn an.

»Was ist?«

»Ein Gentleman erhebt sich, wenn eine Dame das Zimmer betritt«, sagte er mit einem vielsagenden Blick auf seine Gefährten.

Ambrose sprang sofort auf, ebenso wie Hugh. Fulbert jedoch verdrehte seufzend die Augen und rappelte sich schwerfällig hoch.

»Oh«, sagte Victoria. »Vielen Dank. Ich muss rasch zum Schloss, um das Licht ein letztes Mal zu überprüfen.«

»Aber, meine Liebe«, wandte Ambrose ein, »der Vorhang hebt sich doch erst heute Abend um acht.«

»Das ist das Lampenfieber vor der letzten Aufführung«, warf Fulbert ein und sank auf seinen Stuhl zurück. »Dann auf zur letzten Überprüfung. Wir werden den Nachmittag über ein Auge auf alles haben.«

»Danke, Fulbert«, sagte Victoria überrascht und dankbar. »Das ist sehr nett.«

»So süß ist Trennungswehe«, sprudelte Connor hervor.

Victoria blickte ihn verblüfft an. »Bist du krank?«

Er runzelte die Stirn. »Nein, ich bin nur *höflich.*«

»Oh. Ja, gut. Danke.« Sie nickte ihnen zu und machte sich auf den Weg zum Schloss. Anscheinend war sie nicht die Einzige, die mit den Nerven am Ende war.

Sie atmete tief durch. Es würde schon alles gut gehen. Alle ihre Schauspieler waren gesund. Kurz hatte sie mit dem Gedanken gespielt, sie alle in ihren Zimmern einzusperren, aber die Maßnahme kam selbst ihr zu drastisch vor. Sie würden schon selber darauf achten, dass am letzten Abend nichts schiefging. Sogar Michael war wieder in Form. Der Arzt war da gewesen und hatte ihn für gesund erklärt. Gestern war Victoria die meiste Zeit für ihn hin und her gelaufen, damit er sich nicht überanstrengte.

Noch ein Tag, dann konnte sie ihn endlich zum Teufel jagen. Und das würde sie auch tun. Stillschweigend, damit sein Agent sie nicht verklagte.

»Victoria!«

Zweihundert Meter vor ihrem Ziel lungerte Michael am Straßenrand herum.

»Michael«, sagte sie lächelnd. »Wie geht es dir? Fühlst du dich schon wieder so stark, dass du spazieren gehen kannst?«

Er hielt ihr ein Blatt Papier hin. »Hier. Unterschreib das.«

»Was ist das denn?« Du liebe Güte, was hatte er jetzt schon wieder vor.

»Unterschreib es einfach.«

Sie blickte ihn überrascht an. Von dem glatten, geschniegelten Schauspieler, den sie kennengelernt hatte, war nichts übrig geblieben. Vor ihr stand ein Mann, der sie mit wildem Blick anschaute. Litt er immer noch am elisabethanischen Fieber, oder war er einfach nervlich am Ende? Warum hatte sie nur keinen ihrer Leibwächter mitgenommen? Ob die Gespenster sie hören würden, wenn sie schrie?

»Ich habe keinen Kugelschreiber dabei«, stieß sie hervor.

Er warf ihr einen zu. Sie fing ihn auf und drehte ihn unschlüssig zwischen den Fingern.

»Möchtest du einen Vertrag für die gesamte Saison abschließen?«, fragte sie mit einem Blick auf den Stapel Papiere.

»Nein, das möchte ich nicht«, erwiderte er verächtlich. »Du sollst mir deine Theatertruppe überschreiben.«

287

Victoria schaute ihn verblüfft an. »Meine Truppe?« – »Ja«, erwiderte er ungeduldig. »Entweder unterschreibst du jetzt, oder ich spiele heute Abend nicht mit.«

»Ich lasse dich auf die schwarze Liste setzen«, sagte sie sofort.

Er lachte nur.

Es war kein angenehmes Lachen. »Versuch es, und du wirst sehen, was Bernie von dir übrig lässt. Und jetzt sei vernünftig. Unterschreib einfach den verdammten Vertrag, damit wir es hinter uns haben.« Ungeduldig wies er auf das Blatt Papier. »Setz hier den Namen der Truppe ein und unterschreib.«

»Aber meine Truppe hat gar keinen Namen«, erwiderte sie langsam.

»Sie muss einen Namen haben, Dummchen, wenn er hier eingesetzt werden muss.« Er riss ihr das Blatt aus der Hand und tippte ungeduldig darauf. »Hier oben, auf der Linie.«

Victoria blickte auf die Linie. Ja, sicher, dort sollte etwas stehen. Sie blickte zu Michael. Er schien im Vollbesitz seiner geistigen Kräfte zu sein, aber irgendetwas stimmte nicht mit ihm.

»Soll ich *Tumult in der Teekanne* einsetzen?«, fragte sie.

»Ja, was glaubst du denn?«, fragte er gereizt.

Ich glaube, dass du ein Idiot bist, dachte sie, aber das sagte sie natürlich nicht laut. Wenn er der Auffassung war, die Räumlichkeiten gehörten ihr, dann hatte er eben Pech gehabt.

Sie überlegte.

Schließlich ergriff sie den Kugelschreiber und schrieb etwas auf die Linie. Statt ihrer Unterschrift kritzelte sie ein paar schwer lesbare Zeichen hin. Dann reichte sie den Vertrag Michael.

Er riss ihn ihr aus der Hand und begann zu lesen. Dann verfinsterte sich sein Gesichtsausdruck. »Ist das deine Unterschrift?«

Victoria lächelte. »Finde es selbst heraus.«

Es dauerte eine Weile, aber schließlich gelang es ihm zu entziffern, was sie hingeschrieben hatte. Sie konnte es ihm ansehen.

»Windiger Schmierenkomödiant?«, zischte er.

»Ich finde, es passt.«

»Ich gehe!«, verkündete Michael. »Und ich nehme die gesamte Mannschaft mit!«

»Ja, tu das!«, schrie sie ihn an. »Ich werde sie alle wegen Vertragsbruch verklagen.«

Er zerknüllte den wertlosen Vertrag. »Das wird dir noch leidtun.«

»Ach ja?«

»Wart's nur ab!«, knurrte er und machte sich auf den Rückweg zum Gasthaus. Victoria blickte ihm nach, dann ging sie achselzuckend weiter. Er würde sicher nicht alle ihre Schauspieler mitnehmen. Sie würde rasch die Lichtanlage auf dem Schloss überprüfen, und dann würde sie in den Gasthof eilen und Cressida darüber informieren, dass heute Abend ein englischer Adeliger im Publikum sitzen würde, der auf Talentsuche war. Michael würde sich alleine auf den Weg nach Heathrow machen müssen, weil bestimmt niemand von den anderen mitkommen wollte.

Als sie im Gasthaus ankam, war es dort ungewöhnlich ruhig. Vielleicht hatten die meisten sich vor der Aufführung heute Abend noch ein wenig hingelegt. Sie wollte gerade nachschauen gehen, als Thomas die Tür zum Wohnzimmer öffnete.

»Vic«, sagte er lächelnd, »hier ist jemand, der dich gerne kennenlernen möchte.«

Victoria lächelte gequält.

»Der Earl of Artane«, flüsterte Thomas. »Mach einen guten Eindruck. Deine Karriere hängt davon ab.«

Das bezweifelte Victoria nach dem Erlebnis heute morgen keineswegs.

Positiv war nur, dass sie nicht viel Zeit hatte, um mit ihm

zu plaudern. Sie musste Michaels zweiter Besetzung Bescheid sagen, dass er den heutigen Abend übernehmen musste, und in einer Stunde musste sie wieder im Schloss sein.

Aber jetzt rief zuerst einmal das Geld. Also setzte sie ihre schönste Businessmiene auf und betrat das Wohnzimmer mit so viel Begeisterung, wie sie aufzubringen imstande war.

Connor hielt sich im Innenhof auf und blickte wehmütig zur Bühne. So viele Abende hatte er hier gestanden, den Aufführungen zugesehen und auf Victoria aufgepasst.

Er konnte es kaum glauben, dass diese Abende bald vorbei sein sollten.

Langsam trat er in den großen Saal. Er ging zum Podest und drehte sich mit dem Gesicht zur Tür. So hatte er vor zwei Monaten hier gestanden und darauf gewartet, dass V. McKinnon durch diese Tür kam. V. war zu Victoria geworden.

Und als er sie erblickt hatte, war es um ihn geschehen gewesen.

Als ob die Geschichte sich wiederholen würde, kam genau in diesem Augenblick Victoria McKinnon in den Saal. Ihre Haare waren zerzaust, und sie schien vollkommen aufgewühlt zu sein.

Connor sah ihr erstaunt entgegen. Brachte es sie so aus der Fassung, dass heute Abend die letzte Vorstellung war? Ein wenig Wehmut hatte er erwartet, aber nicht diesen Aufruhr. Irgendetwas musste vorgefallen sein.

Als Victoria ihn wahrnahm, stürzte sie auf ihn zu. Unwillkürlich breitete Connor die Arme aus, um sie aufzufangen, aber als ihm klar wurde, wie sinnlos diese Geste war, ließ er die Arme wieder sinken.

»Was ist passiert?«, fragte er. »Bist du krank?«

»Er ist weg.«

Connor blinzelte. »Wer?«

Sie fluchte. »Michael ist weg, und er hat die gesamte Truppe mitgenommen.« – »*Was?*«

»Ja, du hast richtig gehört. Er hat den Job hingeschmissen, weil ich nicht bereit war, ihm meine Theatertruppe zu verkaufen. Jetzt habe ich keine Schauspieler für die letzte Vorstellung heute Abend, und im Publikum sitzen wichtige Gäste. Ich kann es nicht glauben, dass es ihm gelungen ist, sie alle auf seine Seite zu ziehen. Es werden Köpfe rollen, das verspreche ich dir.«

Connor war im Falle einer Krise selten um einen Rat verlegen, auch wenn seine Lösungsvorschläge sich meist darauf beschränkten, irgendeinem Schurken den Hals umzudrehen oder seinen Kopf auf eine Lanzenspitze zu stecken, um ungehorsame Leute zu erschrecken. Im Moment fiel ihm nichts Passendes ein. Fassungslos blickte er Victoria an.

»Kannst du den Hamlet spielen?«, fragte Victoria plötzlich.

Connor glaubte, nicht richtig gehört zu haben. »Wie bitte?«

»Die Rolle. Kannst du sie übernehmen?«

Erschreckt sah er sie an. Noch nie in seinem ganzen Leben hatte er ein solches Entsetzen empfunden. Noch nicht einmal, als er alleine einem halben Dutzend angriffslustiger McKinnons oder einer Bande blutrünstiger MacDonalds gegenübergestanden hatte, und auch nicht, als er aus den Augenwinkeln des Schwert des Franzosen hatte aufblitzen sehen und gewusst hatte, dass er sterben würde, weil er ihm nicht mehr ausweichen konnte.

»Den Hamlet?«, krächzte er.

»Ja.«

Er sah sie an. Keinerlei Zweifel trübte ihre Augen. Er überlegte. Sicher, wenn sie ihn für ungeeignet hielte, hätte sie ihn gar nicht erst gefragt. Und wenn er die Aufgabe nicht bewältigte, würde davon auch nicht die Welt untergehen.

Er konnte es zumindest versuchen.

»Ja«, erwiderte er mit einem Selbstvertrauen, das er nicht empfand.

»Gut. Komm in zehn Minuten auf die Bühne. Ich laufe schnell zum Gasthaus und suche noch weitere Mitspieler. Und bring mir diesen Roderick St. Claire, wenn du kannst. Ich brauche ihn für den Laertes.«

Mit diesen Worten drehte sie sich um und ließ ihn sprachlos im großen Saal zurück.

Den Hamlet?

Er holte tief Luft. »›Es sind Gebärden, die man spielen könnte. Was über allen Schein, trag ich in mir.‹«

Das hoffte er zumindest.

Er holte tief Luft, schickte ein kleines Stoßgebet zum Himmel und verließ den Saal, um auf den Rest des Ensembles zu warten, das sicherlich das seltsamste in Victorias gesamter beruflicher Karriere war.

Er brauchte nicht lange auszuharren.

Ambrose, Hugh und Fulbert kamen angelaufen und wären in ihrer Hast, auf die Bühne zu gelangen, beinahe übereinander gestolpert. Als Connor auf die Bühne sprang, stieß er aus Versehen Roderick um, der atemlos fragte: »Braucht sie mich tatsächlich?«

»Ja«, sagte Connor. »Heute Abend sind allerdings Rüschen nicht angebracht. Wir müssen uns mittelalterlich kleiden.«

Roderick sprang auf. Zärtlich streichelte er noch einmal über sein Spitzenjabot, aber dann schlüpfte er in Windeseile in eine grobe Tunika, abgetragene Strümpfe und abgewetzte Stiefel.

»Ist es so besser?«, fragte er.

»Victoria wird uns schon entsprechende Anweisungen geben, wenn wir uns anders kleiden müssen.«

Roderick lachte. »Ja, das denke ich auch. Diese Frau muss man einfach lieben. Sie ist in jeder Hinsicht großartig.«

Connor hätte Roderick gerne gefragt, woher zum Teufel er das wissen wollte, aber gerade in diesem Augenblick kam Victoria zurück. Sie hatte Jennifer dabei.

292

»In Ordnung«, sagte Victoria und winkte ihre Truppe zu sich. »Folgendes: Wir haben das Stück nie geprobt, und haben jetzt auch keine Zeit mehr dazu. In weniger als einer Stunde beginnt die Vorstellung. Ist hier noch jemand, der seinen Text nicht kennt oder, schlimmer noch, nicht weiß, welche Rolle er spielen soll?«

Ambrose glättete seine Tunika. »Ich spiele den verschiedenen König von Dänemark. Fulbert übernimmt Hamlets Onkel Claudius und Hugh wird uns mit seinem pedantischen, reizbaren Polonius erfreuen. Hugh, trag bitte nicht so dick auf, wenn Hamlet dich während der Szene mit Gertrude erdolcht. Ach übrigens, meine liebe Victoria, wer spielt denn die Gertrude?«

»Jenner«, erwiderte Victoria.

»Wie soll sie den Text so schnell lernen?«, fragte Connor.

»Sie hat die Rolle schon einmal gespielt«, erwiderte Victoria. »Und da sie ein fast fotografisches Gedächtnis hat, wird es schon klappen.«

Ambrose beugte sich zu Connor und erläuterte: »Das bedeutet, sie braucht etwas nur ein einziges Mal zu lesen und kann sich dann für immer daran erinnern. Eine nützliche Gabe, oder?«

Connor dachte, dass er dieses Talent möglicherweise auch besaß, denn jetzt gerade sah er ganze Passagen aus dem Stück vor sich. Aber darüber konnte er ja später mit Ambrose sprechen, wenn sie die Aufführung hinter sich hatten.

»Thomas wird den Horatio spielen«, sagte Victoria und blickte prüfend auf ihre Liste. »Was die übrigen Nebenrollen angeht, werden Fred und Megans Mann Gideon tun, was sie können. Wenn sie ihren Text vergessen, dann feuern wir sie nach der Vorstellung.«

Connor nickte beifällig, während er zuhörte, wie sie ihre Anweisungen gab. Er bewunderte ihre Ruhe angesichts der Amateurschauspielertruppe, mit der sie nun ihr Stück aufführen musste.

Aber irgendetwas fehlte. »Victoria?«, warf er schließlich fragend ein.

Sie blickte ihn an. »Ja?«

»Wer spielt denn die Ophelia?«

Schweigen trat ein, und alle blickten sich betreten an.

»Oh«, sagte Jennifer. »Das ist ein Problem.«

Connor räusperte sich und blickte Victoria an. »Du kennst die Rolle doch«, schlug er vor. »Willst du sie nicht übernehmen?«

Victoria schloss kurz die Augen und schluckte. »In Ordnung.«

»Dann wäre das ja geregelt«, erklärte Jennifer gut gelaunt. »Lasst uns jetzt den Kostümschuppen plündern. Na ja, bis auf diejenigen, die sich ihre Kleidung selbst zaubern können.«

Connor blickte Victoria an, als sich die anderen zum Aufbruch bereit machten. Er lächelte aufmunternd. »Du wirst wundervoll sein«, versicherte er ihr.

»Ich glaube, mir wird schlecht«, erwiderte sie.

»Verschieb das auf später. Jetzt such dir erst einmal ein Kostüm aus. Du wirst die Rolle so großartig meistern, wie Mistress Blankenship es nie zuwege gebracht hätte.«

Victoria nickte und wandte sich zum Gehen. Nach ein paar Schritten blieb sie jedoch stehen und drehte sich noch einmal zu ihm um.

»Danke.«

»Wofür?«

Sie lächelte schwach. »Dafür, dass du so hart an der Rolle gearbeitet hast.« Sie schwieg. »Ohne dich gäbe es heute Abend keine Aufführung.«

»Ich werde mein Bestes geben, um dich nicht zu enttäuschen.«

Sie schwieg so lange, dass er schon fürchtete, sie hielte ihn für ungeeignet und traute sich nur nicht, es ihm zu sagen. Dann schüttelte sie den Kopf.

»Connor MacDougal, ich glaube nicht, dass du überhaupt

294

jemanden enttäuschen könntest.« Sie lächelte. »Aber ich muss mich jetzt beeilen, damit ich noch ein Kostüm finde, das mir passt.«

Und mit diesen Worten lief sie davon.

Connor wandte sich zur Bühne, um sich auf seine Rolle vorzubereiten.

Der Abend verging für ihn wie ein Traum. Shakespeares Worte kamen aus seinem Mund, als seien sie nur für ihn geschrieben worden.

Hamlets Text wurden zu seinem eigenen, und er verpasste kein einziges Stichwort, weder bei dem Dialog mit Victoria als Ophelia, bei dem Wortgefecht mit Hugh oder dem Streit mit Jennifer als Gertrude.

Dann stand er in den Kulissen und sah zu, wie Victoria ihre Ophelia im Wahnsinn versinken ließ.

Sie war atemberaubend.

Und er selbst kreuzte die Klingen mit Roderick, der aus irgendeiner verborgenen Quelle so viel Kraft und Geschick schöpfte, dass er ihm wie durch ein Wunder zumindest auf der Bühne ebenbürtig schien.

Und am Ende stand, wie üblich, der Tod.

Nur dass in diesem Fall der Vorhang fiel und donnernder Applaus einsetzte.

Connor verbeugte sich, wie er es unzählige Male bei Fellini gesehen hatte, aber er war doch ein bisschen überrascht, dass er solchen Beifall bekam.

Auf einmal verstand er, warum Fellini die Schauspielerei so großartig fand.

Und als er danach mit den anderen zusammenstand und sah, dass Victoria vor Erleichterung die Tränen über die Wangen liefen, hätte er am liebsten ebenfalls geweint. Victoria drehte sich zu ihm um.

»Du warst großartig«, hauchte sie.

Er lachte. Er konnte einfach nicht anders.

»Ach, du liebe Güte«, sagte Victoria und lachte ebenfalls. »Connor MacDougal hat wahrhaftig gelacht. Ich müsste eigentlich auf der Stelle ohnmächtig werden.«

»Ja, aber erst, wenn alle weg sind«, sagte Jennifer und legte ihrer Schwester den Arm um die Schultern. »Du warst brillant. Und Connor, nun, er ist nicht mit Worten zu beschreiben. Ich habe noch nie einen besseren Hamlet gesehen.«

Connor war eigentlich sicher, dass sie übertrieb, aber da sie in genauso selbstverständlichem Ton bemängelte, dass ihr geliebter Bruder Thomas ein paar Zeilen vergessen hatte, musste er ihre Bemerkung ernst nehmen.

»Vikki? Gideons Vater möchte gerne hinter die Bühne kommen.« Megan spähte durch den Vorhang. »Vor allem den Hamlet möchte er kennenlernen.« Sie lächelte Connor an. »Hallo, Laird MacDougal. Ihr wart wundervoll!«

Connor war so überwältigt, dass er nur stumm nicken konnte. Er blickte Victoria an. »Was soll ich jetzt tun, Captain McKinnon?«

»Na ja, auf keinen Fall darfst du ihm die Hand schütteln. Begrüß ihn aus einer gewissen Entfernung. Du kannst ja eine Erkältung oder die Pest vorschieben.«

Connor grunzte. »Das ist nicht witzig.«

»Ja, aber es ist notwendig.« Sie schlüpfte durch den Vorhang und rief kurz darauf seinen Namen.

Connor warf Thomas einen Blick zu. »Helft Ihr mir, McKinnon?«

»Für den Mann, der meine Schwester in den Wahnsinn getrieben hat, tue ich alles.« Thomas zog den Vorhang zur Seite.

Connor sah sich dem Earl of Artane gegenüber, einem eher schmächtigen, unauffälligen Mann, aber als Earl trainierte er sicher auch nicht jeden Tag mit dem Breitschwert.

»Megan hat mir erzählt, dass es Probleme mit der Anreise der Schauspieler gab«, sagte der Earl und lächelte ihn strahlend an, »aber ich finde, das war ein großes Glück. Eine fabelhafte Aufführung, Sir!«

Connor verbeugte sich tief. »Ich danke Euch sehr, Mylord. Aber das Lob gebührt Mistress McKinnon. Es gibt keine bessere Regisseurin in ganz Manhattan.« Hastig fügte er hinzu: »Und in England ebenfalls nicht.«

»Meine Liebe«, wandte sich der Earl an Victoria, »Sie sind wirklich ein Schatz. Vermutlich haben Sie heute Abend keine Zeit, um mir von vergangenen Aufführungen zu berichten, aber wir haben heute Nachmittag bei Weitem nicht ausführlich genug geplaudert.«

»Ich würde mich schrecklich gerne mit Ihnen unterhalten«, erwiderte Victoria. »Geben Sie mir eine halbe Stunde Zeit, um hier abzubauen?«

»Selbstverständlich.« Artane blickte Connor an. »Es war mir ein ausgesprochenes Vergnügen, Sir. Ich glaube, ich habe noch nie eine Aufführung so genossen.«

Erneut verbeugte sich Connor. Auf dieses Kompliment fiel ihm keine Antwort ein. Er zog sich hinter den Vorhang zurück und bemühte sich, niemandem im Weg zu sein, während das Bühnenbild abgebaut wurde. Als alles zu Victorias Zufriedenheit erledigt war, trat sie zu ihm.

»Nun, das hätten wir geschafft«, sagte sie seufzend.

»Bist du zufrieden?«

Sie lächelte. »Dazu kann ich heute Abend noch nichts sagen. Lass mich erst einmal das Gespräch mit Megans Schwiegervater hinter mich bringen, etwas essen und eine Nacht darüber schlafen. Morgen weiß ich besser, was ich darüber denke.«

»Soll ich auf dich warten?«, fragte er. »In der Bibliothek?«

»Ja, bitte«, erwiderte sie. »Es dauert bestimmt nicht allzu lange. Obwohl«, fügte sie hinzu, »das hängt natürlich vom Earl ab. Thomas meinte, er möchte gerne eine Theatertruppe unterstützen, und bei solchen Gesprächen weiß man nie, was auf einen zukommt.«

»Ich warte auf jeden Fall«, erklärte Connor.

»Ich werde kommen.«

Er blickte ihr nach, als sie mit ihren Geschwistern davonging. Am Tor drehte sich Victoria noch einmal um, dann ging sie weiter.

»Ich glaube, mit diesem Auftritt habt Ihr ihr äußerst wirkungsvoll den Hof gemacht.«

Connor blickte Roderick an, der neben ihn getreten war. »Meint Ihr?«

»Ja. Ihr wart sehr gut. Eure gesamte Garnison ist vollkommen sprachlos.«

»Hm«, sagte Connor nachdenklich. Er wünschte Roderick eine geruhsame Nacht und verließ das Schloss, um sich langsam auf den Weg zum Gasthaus zu machen.

Er trat durch die Eingangstür und machte am Wohnzimmer halt. Er legte sein Ohr an die Tür und lauschte einige Augenblicke dem Gespräch, musste jedoch feststellen, dass er so aufgewühlt war, dass er ein wenig allein sein musste, bevor ihn seine Gefühle vor aller Augen übermannten.

Er ging in die Bibliothek, entzündete ein Feuer im Kamin und setzte sich in seinen gewohnten Sessel.

Er weinte nie. Er erlaubte sich noch nicht einmal, auch nur einen Anflug von Bedauern zu spüren. Aber hier in der Dunkelheit vergoss er ein oder zwei Tränen um das, was hätte sein können.

Und um die strahlend schöne, begabte Frau, die es mit ihm hätte teilen können.

Bei allen Heiligen, sie war eine Lichtgestalt.

Er hätte alles dafür gegeben, wenn sie die Seine werden könnte.

25

Victoria lief den Weg zum Schloss hinauf. Es kam ihr so vor, als sei sie ihn immer schon gegangen, nicht nur diesen einen Sommer. Es war schwer zu glauben, dass die Aufführungen tatsächlich vorbei waren und sie keinen Grund mehr hatte, in England zu bleiben. Der Earl hatte sich vage darüber geäußert, sie könne auf seine Kosten auf dem Schloss weitere Stücke inszenieren, aber es war bisher kein konkretes Angebot gefolgt. Connor würde weiter spuken; sie würde bald schon die nächsten Proben beaufsichtigen. Er würde in England bleiben; sie würde nach Manhattan zurückkehren. Das, was in den vergangenen zwei Monaten geschehen war, würde Erinnerung werden, und das Leben würde weitergehen. Allerdings vermutete sie, dass es ihr schwerfallen würde.

Aber was sollte sie sonst tun? Connor war ein Geist; sie war eine Sterbliche. Es gab keinen Ratgeber, in dem stand, wie man mit so einer Beziehung umgehen sollte – sofern Connor überhaupt an einer Beziehung interessiert war.

Als sie den Innenhof betrat, saß Connor auf der Bühne und blickte gedankenverloren in die Ferne. Victoria holte tief Luft. Sie hatten sich am Abend zuvor noch in der Bibliothek gesehen, aber sie war so müde gewesen, dass sie ins Bett gefallen und sofort eingeschlafen war. Jetzt hatte sie die Chance, ihm zu sagen, wie wunderbar er gewesen war, und ihm von ihren Plänen zu berichten: sie hatte vor, zu einer kleinen Rundreise durch Schottland aufzubrechen, bevor sie in zwei Wochen wieder nach New York zurückkehren würde.

Hoffentlich verlangte er nicht von ihr, dass sie ihr Versprechen hielt und sich von ihm einen ganzen Monat lang erschrecken ließ.

Um Himmels willen.

Sie trat zu ihm. »Wie geht es dir?«, fragte sie.

Lächelnd blickte er auf. »Ich kann es nicht genau sagen«, erwiderte er.

»So ist das mit dem Ruhm«, erklärte sie und setzte sich neben ihn. Er trug noch die Strümpfe und die Tunika vom gestrigen Abend, als ob er sich nicht davon trennen könnte. Victoria lächelte. »Ich glaube, du hast eine neue Berufung gefunden.«

»Ich?«, fragte er überrascht. »Was denn?«

»Schauspieler. Dein Hamlet war wirklich atemberaubend. Ich könnte dir jeden Abend zuschauen.«

»Danke. Deine Ophelia war auch sehr ergreifend.« Er schwieg. »Ich muss zugeben, es hat mich erstaunt, dass die beiden nicht geheiratet haben.«

Victoria zuckte mit den Schultern. »Das lag vermutlich an den Umständen.«

Er blickte sie an.

»Ja, die Umstände«, wiederholte er leise.

Ihr blieb fast das Herz stehen.

»Das scheint mir ein recht armseliger Grund zu sein, um auf etwas zu verzichten, das so vollkommen scheint«, sagte er langsam. »Findest du nicht auch?«

Victoria schluckte. Auf einmal hatte sie das Gefühl, dass es gar nicht mehr um Shakespeare ging. »Es gab Dinge, die sie nicht ändern konnten«, erwiderte sie. »Er war ein Prinz; sie stand sozial weit unter ihm. Eine Welt voller Konventionen trennte sie. Es war unmöglich.«

»Ich mag dieses Wort nicht.«

»Ich auch nicht.«

Connor senkte den Kopf. Aber dann hob er ihn wieder und blickte sie an.

»Ich will dich.«

Victoria wäre fast von der Bühne gefallen, aber das hatte sie vor Jahren in der Schauspielschule ja schon erledigt. Stattdessen umklammerte sie mit beiden Händen den Rand des Podests und hoffte, dass das Schwindelgefühl in ihrem Kopf nachlassen würde.

»Was?«, stieß sie hervor.

»Du hast mich verstanden.«

»Ich möchte aber ganz genau wissen, was du meinst.« Sie schwieg. »Für was willst du mich? Als Regisseurin auf der Bühne? Um für dich einen Monat lang zu schreien ...«

»Ich will dich«, wiederholte er langsam. »In meinem Bett. In meinem Leben. An meiner Seite von Morgengrauen zu Morgengrauen und in den Stunden dazwischen.« Er schwieg, dann fuhr er fort: »Ich glaube, der korrekte Ausdruck dafür ist ›Ehe‹.«

Victorias Augen wurden feucht. Eine einzelne Träne lief ihr über die Wange.

»Ehe?«, flüsterte sie.

»Ja.«

Sie blickte ihn an. Dann schlug sie die Hände vors Gesicht und begann zu weinen.

Er ließ sie gewähren. Sie schluchzte und jammerte wie ein Kind, das nicht mehr aufhören kann, nachdem die Tränen erst einmal fließen. Schließlich hielt sie erschöpft inne und fuhr sich mit dem Ärmel ihres Kleides über die Augen. Er lächelte grimmig.

»Ist der Gedanke so furchterregend?«

»Nein«, schniefte sie. »Aber Connor, es ist unmöglich.«

Er blickte sie einen Moment lang schweigend an, dann sprang er von der Bühne. »Komm mit.«

Sie hüpfte weit weniger anmutig von der Bühne herunter, es gelang ihr aber trotzdem, auf ihren Füßen zu landen. »Wohin gehen wir?«

»Zu deinem Bruder.«

»Willst du bei ihm um meine Hand anhalten? Mein Dad

301

ist auch im Gasthof, allerdings wird er morgen mit Mom und Megan nach London fahren, wenn du also …«

»Mit deinem Vater rede ich später. Ich möchte ein paar Antworten von deinem Bruder.«

»Antworten? Auf was für Fragen denn?« Sie war bereits außer Atem, weil er so lange Schritte machte und sie kaum mithalten konnte. Aber es war bestimmt auch deswegen, weil sie noch nie zuvor einen Heiratsantrag bekommen hatte. Von dem einzigen Mann, von dem sie ein solches Angebot überhaupt akzeptieren würde.

Und dem einzigen Mann, den sie nie würde haben können.

»Eine ganze Menge Fragen«, antwortete Connor. »Fragen über den einen oder anderen, der im Lauf der Jahre in Thorpewold gelebt hat.«

»Und was hat das mit uns zu tun?«

»Das wirst du schon sehen.«

Victoria ging neben Connor her, und als er durch die geschlossene Eingangstür des Gasthofs trat, rannte sie gegen das Holz. Fluchend rieb sie sich die Stirn. Er kam sofort wieder zurück.

»Entschuldige.«

»Siehst du«, sagte sie verärgert. »Es würde nicht funktionieren. Ich hätte ständig nur blaue Flecken.«

Er blickte sie an. »Deine Augen sind feucht.«

»Das kommt von den Blumen. Sie bringen mich zum Niesen.«

»Dann sollten wir den Garten besser meiden. Öffne bitte die Tür, meine Geliebte.«

Sie gehorchte, hielt jedoch mitten in der Bewegung inne. »Wie hast du mich genannt?«

»Ich werde zahllose Kosenamen für dich finden, wenn du dich nur auf eine gemeinsame Zukunft einlässt.«

Sie verschränkte die Arme über der Brust. Eigentlich hielt sie sich fest, damit sie nicht in tausend Stücke zersprang. »Sag das noch einmal.«

»Beeil dich, meine *Geliebte*«, sagte er ungeduldig, »sonst liegen Thomas und Iolanthe schon im Bett, und da wage noch nicht einmal ich sie zu stören.«

Victoria öffnete die Eingangstür. Sie gingen an Mrs Pruitt vorbei schnurstracks ins Wohnzimmer, wo Iolanthe stöhnend auf der Couch lag. Thomas wachte an ihrer Seite.

Wenn sie so einen Aufpasser gehabt hätte, hätte Victoria auch gestöhnt.

»Du lieber Himmel, Thomas«, rief sie aus, »lass der armen Frau doch Raum zum Atmen.«

Thomas richtete sich auf. »Das war vielleicht ein Abend gestern, was? Gibt es noch etwas zu bereden?«

»Nein, diesbezüglich eigentlich nicht«, erwiderte Victoria. »Connor hat ein paar Fragen an dich.«

Thomas warf ihnen beiden einen prüfenden Blick zu. »Ja?«, sagte er. »Um was geht es denn?«

Connor wies auf den leeren Sessel neben der Couch. »Setz dich, meine Geliebte«, sagte er zu Victoria.

»Aah«, sagte Thomas gedehnt. »Darum geht es.«

»Es ist alles deine Schuld«, erklärte Victoria.

»Hey, ich habe dich nur hierher geschickt, damit du ihn ein bisschen quälst«, erwiderte Thomas grinsend. »Ich konnte ja nicht ahnen, dass du dich in ihn verlieben würdest.«

»Vielleicht hättest du dir darüber Gedanken machen sollen, bevor du beschlossen hast, dich einzumischen«, sagte Victoria.

Connor setzte sich ebenfalls und blickte Thomas an. »Ich würde gerne ein paar Dinge von Euch erfahren.«

»Es könnte sein, dass ich nicht antworten möchte«, erwiderte Thomas.

Victoria beobachtete, wie Connor den Mund öffnete, zweifellos um etwas Ungehöriges von sich zu geben, aber dann besann er sich und verzog das Gesicht zu einem Lächeln.

»Bitte«, sagte er.

Thomas blinzelte überrascht. »Teufel!«, sagte er schließlich.

»Ich möchte, dass Ihr uns Eure Geschichte erzählt«, fuhr Connor unbeeindruckt fort. »Das könnte hilfreich für uns sein.«

Thomas rutschte unbehaglich auf der Armlehne des Sofas hin und her. »Ich kenne viele Geschichten ...«

»Blödmann«, warf Victoria ein, die um Geduld rang. »Tu doch diesem sehr großen, sehr starken Highland Laird den Gefallen. Er hat es auf sich genommen, hierher zu kommen und dich ganz höflich um deine Hilfe zu bitten, weil er dank dir das große Unglück hatte, mir zu begegnen und nun beschlossen hat, mich wider besseres Wissen heiraten zu wollen.«

»Na ja, wenn du es so darstellst ...«

»Es war kein Unglück«, warf Connor ein.

Victoria wagte nicht, ihn anzusehen. Bei seinen Worten brannten ihre Augen. Der Himmel mochte wissen, was passieren würde, wenn sie ihn anschaute.

»Aber ich bitte Euch tatsächlich in aller Form darum«, fügte Connor hinzu.

»Außerdem hat er sein Schwert draußen gelassen«, murmelte Victoria.

Thomas blickte die beiden an, dann warf er Iolanthe einen Blick zu und seufzte. »Nun, da Ihr mich so nett darum bittet, werde ich Euch berichten, was Ihr wissen wollt. Aber du musst mich ausreden lassen, Vic, statt dass du mich anschreist, weil ich es dir nicht schon früher erzählt habe.«

Victoria zuckte mit den Schultern. »Du hast ein Recht auf deine Privatsphäre.«

»Ja? Gut, dann vergiss das nicht.« Thomas wechselte einen letzten Blick mit seiner Frau und setzte sich dann in einen Sessel neben der Couch. »Du erinnerst dich doch, dass ich vor ein paar Jahren Thorpewold gekauft habe«, sagte er zu seiner Schwester.

»Ich erinnere mich nur noch, dass ich vor ein paar Jahren

König Lear inszeniert habe«, erwiderte Victoria. »Sonst erinnere ich mich an gar nichts.«

»Na ja, wie auch immer. Aber du weißt auf jeden Fall, dass ich letzten Sommer hierher gekommen bin, um das Schloss zu restaurieren.«

»Ja«, sagte Victoria. »Ich dachte, du hättest den Verstand verloren.«

Thomas lächelte. »Vielen Dank. Das glaubte ich auch, als ich feststellte, dass es hier spukte.«

Victoria schnaubte. »Das geschieht dir nur recht. Hoffentlich hast du ein paar haarsträubende Dinge erlebt. Soll ich Spekulationen anstellen über die Identität der Gespenster?«

»Es waren einige Schatten darunter, die du kennen könntest«, meinte Thomas. »Dein aufbrausender Freund hier war einer von ihnen.«

»Du solltest ihn nicht so nennen«, riet ihm Victoria. »Er mag die Bezeichnung ›Freund‹ nicht.«

Thomas lächelte kurz. »Er hört es wahrscheinlich von keinem von uns beiden gerne, wenn auch aus ganz unterschiedlichen Gründen. Aber da er Antworten von mir will – und, Laird MacDougal, ich weiß, wie Eure Fragen lauten –, wird er sich vermutlich heute Nachmittag zurückhalten.«

Connor grunzte, sagte aber nichts.

Thomas nickte. »Ich kam also hierher und stellte fest, dass in dem Schloss lauter Schotten spukten, aber das war gar nicht mal die größte Überraschung. Auch der Geist einer außergewöhnlich schönen Frau ging hier um.«

»Ein echtes Gespenst oder nur eine Ausgeburt deiner Fantasie?«, fragte Victoria.

»Ein echtes Gespenst.«

Victoria warf ihrer Schwägerin einen prüfenden Blick zu, um zu sehen, wie sie darauf reagierte. Aber Iolanthe hatte den Arm über die Augen gelegt und rührte sich nicht. »Und, was hat das mit uns zu tun?«, fragte sie ihren Bruder. »Du

305

hast also ein gut aussehendes weibliches Gespenst angetroffen. Das war sicher unterhaltsam für dich, aber ich weiß ehrlich gesagt nicht, warum du uns das erzählst.« Sie rutschte unbehaglich in ihrem Sessel hin und her. »Ich weiß sowieso nicht, warum wir über das alles reden. Es ist ein unvorstellbares Wirrwarr ...«

»Unvorstellbar würde ich es nicht nennen«, unterbrach Thomas sie.

»Dann setz einfach ein anderes Wort ein, das das Gleiche bedeutet.«

Iolanthe räusperte sich. »Frag doch deinen Bruder nach dem Namen des weiblichen Gespenstes.«

»Wozu ...«

»Frag ihn, Victoria«, warf Connor leise ein.

»Ja, gut«, erwiderte sie, überrascht von seinem ernsten Tonfall. Sie blickte ihren Bruder an. »Wie hieß also das wunderschöne Gespenst, das dir monatelang den Schlaf raubte?«

Thomas lächelte schwach. »Iolanthe MacLeod.«

»Na ja«, meinte Victoria. »Das ist schon etwas unheimlich. Ich finde es ja seltsam, dass deine Frau den gleichen ... Namen ...«

Sie klappte den Mund zu.

»Iolanthe MacLeod?«, flüsterte sie.

Thomas zuckte hilflos mit den Schultern und lächelte verlegen. »Das Schicksal wollte es so.«

Victoria blickte Iolanthe an, die grün vor morgendlicher Übelkeit auf der Couch lag, dann blickte sie zu Thomas, der den Eindruck machte, als täte ihm seine begriffsstutzige Schwester ausgesprochen leid, und dann zu Connor, der ihren Blick ausdruckslos erwiderte.

»Du hast es gewusst?«, stieß sie hervor.

Connor zog eine Schulter hoch. »Ja.«

»Dass sie ... dieselbe ...«, stammelt Victoria und wies auf die Frau auf der Couch.

»Ja«, bestätigte Connor, »genau diese Frau.«

306

»Aber ... aber wie ...?« Victoria blickte zu Iolanthe und dann zu Thomas. »Das kann doch nicht sein! So etwas gibt es doch nur im Märchen, es ist unmöglich ...«

»Es ist durchaus möglich«, sagte Iolanthe leise und richtete sich auf. »Ich war tatsächlich dieses arme, unglückliche Gespenst, das Thomas bewog, hierherzukommen und das Schloss zu übernehmen. Und jetzt erzähl ihr die Geschichte zu Ende, Thomas, und spann sie nicht so lange auf die Folter. Ich kann nicht ...« Sie drückte die Hand vor den Mund.

»Wird dir schlecht?«, fragte Thomas und sprang auf.

»Ja, bestimmt, wenn du dich nicht beeilst«, sagte Victoria.

Iolanthe sank zurück auf die Couch, und Thomas setzte sich wieder.

»Also, hier die Kurzfassung, bevor Io das Frühstück aus dem Gesicht fällt«, sagte er. »Ich begegnete ihr, verliebte mich in sie und dachte, wenn ich in der Lage wäre, in die Vergangenheit zurückzugehen und sie vor ihrem Tod zu retten, dann könnte ich sie auch lebend mit in die Zukunft bringen.«

»Durch ein Zeittor«, ergänzte Victoria.

»Ja, natürlich«, erwiderte Thomas. »Wie denn sonst?«

»Daher kennst du also Jamie MacLeod.«

»Ja.«

»Und du hast so getan, als wüsstest du nicht, was mit Granny passiert ist!«, rief Victoria aus.

»Daran kann ich mich gar nicht erinnern«, erwiderte Thomas lächelnd.

»Ach, du hättest es mir sagen können«, sagte Victoria gereizt.

»Warum?«

Victoria winkte missgelaunt ab und wandte sich an Iolanthe. »Ist Jamie wirklich dein Großvater? Stammt er aus dem Mittelalter? Und du? Verdammt noch mal, verratet mir doch endlich ein paar Daten!«

Iolanthe holte tief Luft und begann: »Ich bin im vierzehnten Jahrhundert geboren. Jamie ist mein Ur-Urgroßvater. Er hat die Zeittore entdeckt, als sein Bruder in die Zukunft gereist ist. Es war eine Art Familiengeheimnis, und deshalb wurde ich auch ermordet. Dein Bruder hat große Gefahren auf sich genommen, um mich vor dem Mord zu retten.«

Victoria brauchte eine Weile, um das zu verdauen.

»Du kannst dich doch nicht wirklich in Thomas verliebt haben, oder?«, fragte sie stirnrunzelnd.

»Zuerst hielt ich ihn für einen Dämon«, gab Iolanthe zu. »Jedenfalls als ich ihm in meiner Zeit begegnete.«

Victoria nickte zufrieden. »Es hätte mich auch überrascht, wenn es anders gewesen wäre.«

»Vielen Dank«, warf Thomas lachend ein. »Aber es stimmt alles. Obwohl ich Iolanthe als Gespenst kannte – und liebte –, erkannte sie mich nicht, als ich ihr in ihrer Zeit begegnete. Und sie mochte mich tatsächlich nicht, als sie mich kennenlernte.« Er streichelte seiner Frau über die Haare. »Aber vielleicht erinnerte sie sich schließlich auf irgendeine Weise an all die Jahre ihres anderen Lebens, und alles kam zu einem guten Ende.«

»Die Arme«, murmelte Victoria.

Iolanthe MacLeod McKinnon war ein Gespenst im Schloss gewesen. Thomas McKinnon war in die Vergangenheit gereist, hatte sie vor ihrem frühen Tod bewahrt und sie als Lebende mit in die Zukunft gebracht. Und wenn Iolanthe gerettet worden war, dann konnte das auch bei Connor funktionieren. Er könnte mit ins einundzwanzigste Jahrhundert kommen. Aber das konnte nur eine einzige Person bewirken.

Und diese Person war sie.

Victoria sah Connor an.

Er erwiderte ihren Blick, dann stand er auf und verbeugte sich vor Thomas.

»Habt Dank. Weitere Einzelheiten sind nicht nötig.«

»Nein, da habt Ihr recht.«

»Ich will sie aber hören!«, rief Victoria. »Wie soll ich es

denn sonst bewerkstelligen, wenn ich nicht weiß, wie Thomas es gemacht hat?«

»Ich habe nicht vor, das zuzulassen«, sagte Connor mit fester Stimme.

»Aber ...«

»Wie stellst du dir das vor, Frau? Glaubst du, ich lasse dich durch die Jahrhunderte zurück in eine Zeit stolpern, deren Sprache du nicht sprichst und in der du dir nicht zu helfen weißt? Das wäre der reinste Wahnsinn!«

»Ich könnte es aber schaffen«, sagte sie eigensinnig. »Granny habe ich schließlich auch zurückgebracht, oder etwa nicht? Ich kann es schaffen!«

»Du kannst es nicht, und du *wirst* es auch nicht.«

Victoria runzelte die Stirn. »Wie bitte?«

Connor beugte sich vor und blickte sie finster an. »Ich verbiete es dir.«

Thomas stieß einen leisen Pfiff aus und erhob sich. »Io, wir sollten besser das Weite suchen, bevor das Feuerwerk losgeht.«

Victoria war es nur recht, dass sie gingen. Sie funkelte Connor wütend an. »Du kannst mich nicht aufhalten.«

»Ach nein?«, fragte er sehr leise und sehr gefährlich.

Sie erwiderte seinen Blick einen Augenblick lang, dann wich sie zurück. »Es ist schon Mittag. Ich habe Hunger.«

Er verschränkte die Arme vor der Brust. »Du wirst es nicht tun«, sagte er mit gepresster Stimme.

Victoria wollte schon den Mund aufmachen, besann sich jedoch und blickte ihn schweigend an. Sie betrachtete sein schönes Gesicht und staunte insgeheim darüber, dass dieser Mann, der Jahrhunderte gebraucht hatte, um die Liebe zu finden, ausgerechnet sie erwählt hatte.

Er stand ganz still da, die Lippen fest zusammengepresst. Schließlich ließ er die Hände sinken und trat ebenfalls einen Schritt zurück. Er verzog das Gesicht zu einem Lächeln.

Oder zu etwas, was er für ein Lächeln hielt.

»Ich möchte nicht, dass du es tust«, sagte er. »Connor ...«
Er wandte sich ab. »Nein, Victoria.«

Schweigend blickte sie auf seinen breiten Rücken, dann
seufzte sie. »Ich gehe jetzt etwas essen. Und dann setze ich
mich hin und lerne Gälisch. Weil ich dich liebe.«

Er bewegte sich nicht, sagte keinen Ton und gab durch
nichts zu erkennen, dass er sie gehört hatte.

Aber er musste doch wissen, dass er sie nicht von ihrem
Vorhaben abbringen konnte.

Victoria verließ das Wohnzimmer und eilte zur Küche.
Dort saß das übliche Trio und leistete Thomas Gesellschaft,
der für seine Frau eine gesunde Mahlzeit zubereitete. Fröhlich redeten alle durcheinander.

Auf Gälisch, wie der Zufall es wollte.

Victoria begrüßte alle herzlich, nahm sich etwas zu essen –
obwohl sie bestimmt keinen Bissen herunterbekommen
würde – und setzte sich zu den drei Gespenstern an den Tisch.

»Ich werde Connor retten«, verkündete sie.

Sie blickten sie verständnislos an.

»Ihr wisst schon«, sagte sie ungeduldig, »so wie Thomas
Iolanthe gerettet hat.«

Fulbert keuchte auf. Hugh riss den Mund auf und gab un-
artikulierte Schreckenslaute von sich. Ambrose schien nicht
überrascht zu sein. Thomas drehte sich vom Herd um und
lächelte sie an.

»Nun«, sagte er gedehnt, »du hast ja schon Erfahrung mit
Zeitreisen.«

»Ja, genau«, erwiderte sie.

Aber innerlich bebte sie bei ihren eigenen Worten. Es war
eine Sache, an einen Ort zu gehen, an dem sie die Sprache
wenigstens einigermaßen beherrschte, und dazu noch in Begleitung ihrer Schwester und einem einsneunzig großen
Highlander. Aber sich ganz allein in eine Zeit zu begeben,
von der sie keine Ahnung hatte, an einen Ort, an dem sie
nichts verstehen würde, und dazu noch um einen Mann zu

retten, der sich, wenn man Thomas glauben konnte, höchstwahrscheinlich nicht an sie erinnern würde, war etwas völlig anderes.

Er würde sie vielleicht noch nicht einmal leiden können.

»Es ist unmöglich«, flüsterte sie. Sie blickte ihren Bruder an. »Es ist tatsächlich unmöglich, oder?«

»*Unmöglich* ist ein großes Wort«, erwiderte Thomas und stellte einen Teller auf den Tisch. »Ich würde es nicht so leichtfertig gebrauchen.«

Victoria pustete sich eine Haarsträhne aus dem Gesicht und blickte zur Decke. Sie konnte die Tränen nicht zurückhalten, sie rannen ihr über die Wangen, als sie Thomas wieder ansah.

»Ich kann mir keine Zukunft ohne ihn vorstellen«, sagte sie schließlich.

»Nun, meine Liebe, das ist doch eine bessere Ausgangslage«, sagte Ambrose zustimmend. »Connor ist mir in der letzten Zeit ebenfalls ans Herz gewachsen. Ich finde viele seiner Charakterzüge ganz bemerkenswert.«

»Ich auch«, entgegnete Victoria und fuhr sich mit dem Ärmel über die Augen. Sie blickte zu Thomas. »Wirst du mir helfen? Oder musst du bald wieder nach Hause?«

»Wir können noch zwei Monate bleiben«, sagte Thomas. »Ich denke, du wirst recht bald nach Schottland fahren wollen. Jamie kann dir einen Crash-Kurs in mittelalterlichem Überlebenstraining geben. Sein Bruder und sein Vetter wohnen ganz in der Nähe. Du wirst ihre Unterstützung ebenfalls brauchen.«

»Das ist ja die reinste Karawane von Zeitreisenden«, sagte Victoria.

»Ja, so seltsam es auch klingen mag«, erwiderte Thomas.

»Oder kommen sie etwa alle aus derselben Zeit?«

»Kann schon sein.«

»Gut«, meinte Victoria und rieb sich die Hände. »Ich mache mir später eine ausführliche Liste von Dingen, die ich erledigen muss. Was schlagt ihr als nächsten Schritt vor?«

311

»Gälischunterricht«, warf Ambrose ohne zu zögern ein. »Vielleicht könntest du auch lernen, mit dem Messer umzugehen, falls du auf einen Mann triffst, der dir nicht ritterlich begegnet.«

Fulbert schnaubte. »Messer, ja natürlich. Wichtig sind Geschichte, Sittenkunde, Lokalpolitik – wenn dir das nicht zu viel wird.«

»Und du solltest auch alles über Connor wissen«, fügte Thomas hinzu, »obwohl ich eher vermute, dass er nicht freiwillig damit herausrücken wird.«

Victoria seufzte. »Er wird sich überhaupt nicht an mich erinnern, oder? Angesichts der Tatsache, dass ich verhindern werde, dass er achthundert Jahre lang als Gespenst leben muss ...«

»Nun«, unterbrach Thomas sie lächelnd, »da scheiden sich die Geister. Wir werden uns auf dem Weg zu Jamie ausführlich über Erinnerungen an die Zukunft unterhalten.«

»Ich kann es kaum erwarten.«

»Du kannst später mit Iolanthe darüber sprechen. Jetzt rufe ich erst einmal Jamie an und frage ihn, ob er dir helfen kann. Im Allgemeinen nimmt er sich für solche Dinge gerne etwas Zeit. Wann willst du aufbrechen?«

»Fred kümmert sich darum, dass unsere Ausrüstung gepackt wird. Wenn Mrs Pruitt nichts dagegen hat, dass unsere Kostüme in ihrem Schuppen bleiben, dann muss ich mich damit auch erst befassen, wenn ich nach Amerika zurückfliege.« Sie überlegte. »Wahrscheinlich könnte ich übermorgen aufbrechen. Das wäre Montag«, sagte sie. »Oder vielleicht am Dienstag.«

»Dann nehmen wir den Dienstag«, erwiderte Thomas.

Victoria nickte.

Sie hatte auf einmal einen Kloß im Hals.

Sie würde es tun und hoffte, dass Connor seine Meinung änderte.

An die Alternativen mochte sie gar nicht denken.

Einige Stunden später ging sie zur Bibliothek, wobei sie darüber nachdachte, ob sie vielleicht der Aufgabe doch nicht gewachsen wäre.

Sie hatte den ganzen Nachmittag lang Gälisch geübt und gemerkt, wie mangelhaft ihre Kenntnisse waren. Sogar Thomas klang wie ein Muttersprachler – was schon an sich ärgerlich war. Nach zwei Stunden hatte sie darum gebeten, sich um den Bühnenabbau kümmern zu dürfen, eine Aufgabe, die sie normalerweise verabscheute.

Leider war alles viel zu schnell erledigt gewesen. Connor hatte sie den ganzen Nachmittag über nicht zu Gesicht bekommen.

Beim Abendessen hatte sie sich mit Ambrose und Thomas über Möglichkeiten der Verteidigung unterhalten, unterbrochen von einigen gut gemeinten Ratschlägen Fulberts. Und als dann Schlafenszeit war, war sie so überdreht, dass sie überhaupt nicht mehr müde war.

Sie fühlte sich wie betäubt.

Sie betrat die Bibliothek und schloss die Tür hinter sich. Überrascht stellte sie fest, dass das Feuer im Kamin brannte und Connor in seinem gewohnten Sessel saß. Er erhob sich sofort und blieb stehen, bis sie ihm gegenüber Platz genommen hatte. Erst dann setzte er sich wieder.

Schweigend starrte er sie an. Es kam ihr wie eine Ewigkeit vor.

Sie schwieg ebenfalls. Was hätte sie auch sagen sollen? Wie sollte sie ihn davon überzeugen, dass er sich ihrem Vorhaben anschließen sollte? Und was hatte es für einen Zweck, wenn er nicht wollte, dass sie ihn holte?

Connor schloss die Augen und senkte den Kopf. Dann hob er ihn wieder und blickte sie an.

Seine Augen waren feucht.

»Ich liebe dich«, sagte er leise.

Sie begann zu weinen. Sie wollte es nicht, aber sie konnte nicht anders.

313

»Bitte«, flehte er, beugte sich vor und sah sie mit Tränen in den Augen an, »bitte, tu das nicht.«

Wenn sie gekonnt hätte, hätte sie seine Hände ergriffen. Stattdessen blickte sie ihn nur an, während ihr die Tränen übers Gesicht strömten.

»Ich kann nicht anders.«

»Victoria, es ist zu gefährlich.«

»Das mag sein«, erwiderte sie, »aber wenn ich es nicht wenigstens versuche, werde ich nie mehr glücklich werden.«

Wieder senkte er den Kopf, dann stieß er einen tiefen Seufzer aus. »Kannst du dir vorstellen, wie sehr mich das quält? Ich kann dich nur haben, wenn ich dir erlaube, dein Leben für mich aufs Spiel zu setzen. Wie soll ich mich damit einverstanden erklären? Bei allen Heiligen, Victoria, wie soll ich dich auch noch dabei unterstützen, in die Hölle zu gelangen?«

»Ist denn das mittelalterliche Schottland so schlimm?«, fragte sie leichthin.

»Ich spreche von mir selbst.«

»Willst du etwa behaupten, ich würde irgendeinen Widerling retten, wenn ich in die Vergangenheit reise?«

»Ich war ... schwierig.«

»Das bist du noch immer. Was ist denn schon dabei? Ich bin auch nicht einfach.«

Er lächelte unwillkürlich, wurde aber sofort wieder ernst. »Nein, meine Geliebte, du bedeutest mir alles. Ich wäre schon zufrieden, wenn ich dich für den Rest meiner Tage aus der Ferne lieben dürfte.«

Sie schnaubte. »Nein, das wärst du nicht, und ich wäre es auch nicht. Und wenn du mich jetzt entschuldigen würdest, ich habe morgen Früh Gälischunterricht und möchte nicht unausgeschlafen dort erscheinen.«

Einen Moment lang blickte er zur Decke, dann sah er sie an. »Es gefällt mir nicht.« Sie wartete.

»Es verletzt meinen Stolz.« Wieder wartete sie.

»Wenn wir Erfolg haben sollten und wirklich in deine Zeit

zurückkehren, dann musst du dir darüber im Klaren sein, dass *ich* derjenige sein werde, der für dich sorgt.«

»Als Haushaltsvorstand? Ernährer? Erster Offizier?«, fragte sie lächelnd.

»Ich meine das ernst.«

»Und ich bin froh zu hören, dass du in meiner Zeit leben willst.«

»Wasserspülung«, sagte er. »Französische Weine, französische Küche, französische Schokolade.« Er schwieg. »Ich habe da von einigen Verbesserungen gehört.«

Lächelnd erhob sich Victoria. »Gute Nacht, Mylord. Gehst du nicht zu Bett?«

»Ich wache lieber an deiner Seite, wenn es dich nicht stört.«

Am liebsten hätte sie ihn mit Küssen bedeckt, aber da sie ihm noch nicht einmal höflich die Hand schütteln konnte, lächelte sie verlegen und trat hastig den Rückzug in ihr Bett an.

»Soll ich dir eine Geschichte erzählen?«, fragte er, als sie unter der Bettdecke lag.

»Nein, sing mir etwas vor.«

»Gut.«

Es war ein Liebeslied. Sie verstand nur wenige Worte, aber *Schlacht* und *Tod* waren nicht darunter, *Liebe* und *immer* dagegen schon.

Morgen früh musste er ihr unbedingt den Text übersetzen.

Sie schlief lächelnd ein.

26

Drei Wochen später stand Connor am Rand von James Mac-
Leods Garten und dachte nach.

Zum einen war es absolut unvorstellbar, dass er tatsächlich auf dem Grund und Boden eines MacLeod stand, ohne
ein Schwert in der Hand und ohne Mordgedanken im Kopf
zu haben. Zu Lebzeiten wäre ihm das nie passiert. Aber vermutlich brauchte er sich gar nicht zu wundern, dass ihm das
im Tode geschah.

Zum zweiten war es eine fast surreale Erfahrung, wieder
in den Highlands zu sein. Er war seit Jahrhunderten schon
nicht mehr in seiner Heimat gewesen, und er konnte kaum
glauben, dass seitdem bereits siebenhundert Jahre vergangen
waren.

Victoria war mit Thomas und Iolanthe im Auto gefahren;
Connor hatte sich in gemütlicherem Tempo mit dem Trio aus
dem *Boar's Head* auf den Weg gemacht. Sogar Fulbert hatte
es angesichts der landschaftlichen Schönheit auf der Reise die
Sprache verschlagen. Schottland im Sommer war eben mit
nichts zu vergleichen.

Und als Drittes belastete es ihn zuzusehen, wie Victoria
versuchte, sich in eine mittelalterliche Kriegerbraut zu ver-
wandeln.

Bei allen Heiligen, es würde ihr nie gelingen.

Und das lag nicht an den Gegebenheiten. Das Schloss der
MacLeods war absolut spektakulär, und auch die Umgebung
war reizvoll. Das Anwesen selbst wies alle erdenklichen modernen Annehmlichkeiten auf, sodass man sich nach einem
harten Trainingstag angemessen ausruhen konnte. Beim
Garten gab es einen großen Platz für Kampfübungen, und

das Gelände war weitläufig genug für ausgedehnte Ausritte. Jamie schien eine umfangreiche Verwandtschaft aus dem Mittelalter um sich geschart zu haben, die nur zu gerne bereit war, Victoria alles Erforderliche beizubringen.

Trotz ihres Enthusiasmus' machte sich Victoria jedoch leider nicht besonders gut. Sie sprach zwar schon besser Gälisch, aber ihre Fähigkeiten, einen Mann mit etwas anderem als ihrer scharfen Zunge in seine Schranken zu weisen, waren nicht besonders ausgeprägt.

»Nun?«

Connor zuckte leicht zusammen. Thomas McKinnon stand neben ihm. »Nun was?«

»Ich glaube, ich weiß, was Ihr denkt«, sagte Thomas.

Und er sagte es auf Gälisch. Connor wunderte sich darüber. »Warum sprecht Ihr meine Muttersprache so gut?«

»Es ist eine Gabe«, erwiderte Thomas bescheiden.

»Und warum verfügt Eure Schwester nicht darüber?«

»Sie lernt die Sprache doch erst seit einem Monat. Gebt ihr Zeit.«

»Sie hat keine Zeit«, sagte Connor grimmig.

Thomas lächelte plötzlich. »Mir ist etwas eingefallen. Könnte Vic nicht Jennifer als Dolmetscherin mitnehmen?«

»Bei allen Heiligen«, sagte Connor entsetzt. »Wollt Ihr, dass das Blut von *zwei* Eurer Schwestern an meinen Händen klebt?«

Thomas lachte. »Nein, ich denke, Vics Blut ist vollkommen ausreichend.« Er blickte zu Victoria, die gerade versuchte, Ian MacLeod mit einem Dolch zu erstechen und dabei vollkommen versagte. »Wir scheinen einige Probleme zu haben.«

Connor grunzte zustimmend.

»Vielleicht braucht sie ja ein größeres Schwert. Ich bin sicher, dass sie irgendwann einmal Fechtunterricht gehabt hat.« Er blickte Connor an. »Würde ein Frau mit einem langen Schwert sehr auffallen? Was meint Ihr?«

317

»Jedem, der Augen im Kopf hat, fällt Eure Schwester auf. Ihre Schönheit wird die Männer von weit heranlocken. Und sie werden nicht mit den besten Absichten kommen. Es wäre schon ein Wunder, wenn sie meine Halle unversehrt betritt. Und wenn sie dann noch die Begegnung mit mir überlebt, ist ihr etwas gelungen, das bisher nur wenigen Sterblichen vergönnt war – seien es nun Frauen oder Männer.«

»Das klingt ja nicht gerade vielversprechend.«

»Habt Ihr jemals geglaubt, es würde einfach werden?«, rief Connor aus. »Habe ich nicht gesagt, es sei Wahnsinn? Habe ich mich nicht bemüht, sie davon abzuhalten?«

»Sie hört nicht gerne auf andere.«

»Sie hört überhaupt nicht auf andere.«

Thomas schüttelte den Kopf. »Sie muss Euch wirklich gern haben, wenn sie das alles auf sich nimmt.«

»Törichtes Weib«, murmelte Connor.

»Nun, sei es wie es ist. Sie ist fest entschlossen, und wenn Ihr sie schon nicht davon abhalten könnt, dann solltet Ihr sie wenigstens unterstützen.«

Connor verschränkte die Arme vor der Brust und machte ein finsteres Gesicht. Wenn er Victoria Hilfe anbot, dann würde es doch bedeuten, dass er ihre Entscheidung billigte.

Aber wenn er ihr nicht half, dann verurteilte er sie zu einem grausamen Schicksal in der Wildnis des mittelalterlichen Schottlands. Nur er konnte sie dort retten, war aber wahrscheinlich – und es ärgerte ihn, das zugeben zu müssen – zu beschränkt dazu.

Er stieß einen tiefen Seufzer aus und ergab sich in die Tatsache, dass er wohl nicht länger Herr seines Schicksals war.

»Nun gut«, sagte er, »ich werde ihr helfen.«

Thomas war zu klug, um zu lächeln. »Sie wird Euch dankbar sein.«

»Das heißt aber nicht, dass ich ihre Entscheidung billige oder ihren Plänen zustimme.«

»Davon bin ich auch nicht ausgegangen.«

»Und, habt Ihr einen Vorschlag, wie ich vorgehen soll?«, knurrte Connor.

»Ein längeres Schwert und ein paar Einblicke in Eure mittelalterliche Persönlichkeit wären ein guter Anfang.«

Connor kaute nachdenklich auf seiner Unterlippe. »Ich gebe es nur ungern zu, aber zu Lebzeiten war ich kein besonders angenehmer Mensch.«

Jetzt musste Thomas doch lächeln. »Noch letzten Sommer wart Ihr kein besonders angenehmer Zeitgenosse, aber jetzt seid Ihr richtig charmant geworden. Vic hat einen guten Einfluss auf Euch.«

»Ihr meint, ich lasse es zu, dass sie einen guten Einfluss auf mich ausübt.«

»Denkt daran, es ist Victoria. Selbst als ihr skeptischer Bruder muss ich zugeben, dass sie eine tolle Frau ist. Und sie kann genauso wütend werden wie Ihr. Ich nehme an, Ihr werdet Euch auf den ersten Blick in sie verlieben.«

»Ha!«, sagte Connor grimmig. »Ich wünschte, ich könnte behaupten, dass mein sterbliches Ich über so viel gesunden Menschenverstand verfügte, aber das wäre leider gelogen. Eure Schwester kann von Glück reden, wenn sie nicht in meinem Kerker landet, noch bevor sie mir ihre Botschaft überbracht hat.«

»Connor, mein Freund, schenkt Euch selbst ein wenig Vertrauen.«

Connor blickte Victorias Bruder einen Moment lang schweigend an. Dann sagte er: »Würdet Ihr Eurer Lady erlauben, so etwas für Euch zu tun?«

Thomas McKinnon schwieg. Er zog ein Gesicht, als ob Connor ihm einen Magenschwinger verpasst hätte. Es dauerte eine Weile, bis er antwortete.

»Ich verstehe«, sagte er schließlich.

»Seht Ihr.«

»Ich lerne mit ihr Gälisch, und Ihr kümmert Euch um den Schwertkampf und ihre Ortskenntnisse.«

»Es wird mir wahrscheinlich nichts anderes übrig bleiben«, sagte Connor. »Es sei denn, ich fände einen Weg, um ihre Pläne zu durchkreuzen.«

Thomas schüttelte den Kopf. »Das könnt Ihr Euch aus dem Kopf schlagen. Wir werden sie so gut vorbereiten, wie wir können. Der Rest ergibt sich von alleine.«

»Wie bei Eurer Reise in die Vergangenheit?«

»Darüber sprechen wir, wenn das alles hinter uns liegt.« Thomas lächelte. »Ich glaube, Vic stellt Ians Geduld auf eine harte Probe, und das will schon etwas heißen. Kommt, lasst uns beginnen.«

Connor nickte. Er wünschte, er könnte voll und ganz dahinterstehen. Aber er musste immer daran denken, wie es Victoria alleine und ungeschützt in der Wildnis der schottischen Highlands im Mittelalter ergehen würde. Oder noch schlimmer, auf seiner Burg, wo er herrschte wie ein blindwütiger Tyrann und jeden aus dem Weg räumte, der ihm missfiel.

Die Heiligen mochten ihnen beistehen.

Zu seiner Überraschung war das längere Schwert ein voller Erfolg. Ein paar Tage später stand Connor im Garten und sah zu, wie Victoria mit Ian focht. Sie hielt ihm nicht nur stand, sondern er musste sich richtig anstrengen, um seine Würde zu bewahren.

»Frieden!«, rief er schließlich lachend aus. »Dieser Kampf ist eine echte Herausforderung für mich.«

Victoria wischte sich mit dem Ärmel den Schweiß von der Stirn. »Dann schlag eine Zeitlang mit deinem Breitschwert auf jemand anderen ein. Danach fühlst du dich bestimmt besser.«

Ian verbeugte sich und folgte ihrem Rat, sich einen weniger gewandten Partner zu suchen. Connor wartete, bis Victoria einen Schluck getrunken hatte, bevor er begann, ihr Fragen zu stellen.

»Wie stellst du fest, wo Westen liegt?«

Sie seufzte. »Ich nehme einen Stock und markiere eine Stelle im Schatten. Dann warte ich eine Viertelstunde und stecke den Stock dort in den Boden, wo der Schatten hingewandert ist. Die Linie zwischen den beiden zeigt nach Osten und Westen.«

»Und wenn es zu bewölkt ist und keinen Schatten gibt?«

»Dann kann ich nur noch beten.«

Er schürzte die Lippen. »Und wenn dich Räuber überfallen?«

»Zuerst umbringen, höflich sein kann ich später immer noch.«

Er grunzte. »Und wenn dein Pferd lahmt?«

»Connor, meinem Pferd wird es gut gehen. Ich finde deine Burg, sage dir, was los ist, und du kommst mit mir zurück.« Sie lächelte. »Es wird schon alles ein gutes Ende finden.«

Wenn er doch nur ebenso überzeugt sein könnte. Nun ja, wenigstens war ihr Gälisch nicht mehr so grauenhaft wie am Anfang. Man würde sie zwar nicht für eine Schottin halten, aber zumindest konnte man sie verstehen. Und mit der Zeit würde sie schon fließender sprechen lernen. Er konnte nur hoffen, dass sie diese Zeit nicht in seinem Kerker verbringen musste, zusammen mit den anderen Gefangenen, die er dort dem Vergessen überlassen hatte.

»Iolanthe und Elizabeth nähen Kleider für mich«, erklärte sie fröhlich lächelnd. »Ich muss jetzt zur Anprobe. Später mache ich einen Spaziergang, um zu sehen, ob ich all die essbaren Pflanzen erkenne, von denen Patrick mir erzählt hat. Er ist Jamies Bruder, weißt du, und isst Sachen, von denen du nicht glauben würdest, dass man sie überhaupt gefahrlos in den Mund stecken kann.«

Connor seufzte. Ja, er kannte Patrick, und er war genauso kampfeslustig und mutig wie sein älterer Bruder, nur vielleicht ein wenig jovialer. Dass Patrick so viel über Pflanzen wusste, überrascht Connor nicht. Ihn erstaunte vielmehr, wie

321

viel Freude es ihm selbst bereitete, sich mit den beiden Mac-Leods zu unterhalten.

Es geschahen noch Zeichen und Wunder.

»Willst du nachher mitkommen?«, fragte sie.

»Ja«, seufzte er, »ich warte bei der Wiese auf dich.«

»Wunderbar«, erwiderte sie fröhlich und wandte sich zum Gehen.

Sie sah nicht so aus, als ob sie Angst hätte vor dem, was ihr bevorstand.

Das machte ihm Sorgen.

Aber als er sie auf ihrem Spaziergang begleitete, schwieg er davon. Er tat so, als bemerke er nicht, dass die Munterkeit, mit der sie die Pflanzen bestimmte, nur aufgesetzt war. Es gelang ihm sogar, ihr übertriebenes Gähnen nach dem Abendessen zu ignorieren, als ob der Tag so anstrengend gewesen wäre, dass sie jetzt nur noch schlafen wollte. Er blickte ihr nach, als sie auf ihr Zimmer ging.

Sie schauspielerte.

Und zwar schlecht.

Das war kein gutes Zeichen.

Nach dem Essen saß er alleine vor dem Kamin im großen Saal. Allerdings blieb er nicht lange ohne Gesellschaft. Als alle anderen schlafen gegangen waren, gesellte sich James MacLeod zu ihm. Er setzte sich ebenfalls vor den Kamin und starrte ins Feuer.

Connor wunderte sich über sich selbst. Er hatte siebenhundert Jahre gebraucht, um festzustellen, dass er sich mit einem Clanmitglied, das er zu seinen Lebzeiten sofort getötet hätte, auch anfreunden konnte. Und zumindest in Jamies Fall wäre es ein Fehler gewesen, den Mann umzubringen.

»Nun?«, sagte Connor. »Was denkt Ihr?«

Jamie blickte ihn an. »Was denkt *Ihr*?«

»Was ich denke, sollte ich besser nicht laut aussprechen.«

Jamie verzog keine Miene. »Sie nimmt für Euch ein sehr großes Risiko auf sich.«

»Ich habe sie gebeten, es nicht zu tun.« – »Und es erfordert mehr als nur ein bisschen Demut von Euch, dieses Risiko zu akzeptieren.«

»Mehr, als ich besitze.«

James lächelte ein wenig. »Das kann ich verstehen. Ich würde an Eurer Stelle wahrscheinlich genauso empfinden. Wenn meine Frau etwas für mich tun müsste, was ich nicht vermag … es wäre schwierig.«

»Es quält mich zutiefst. Wenn sie geht, kann ich sie nicht beschützen.«

»Könnt Ihr das denn jetzt?«, fragte James.

»In einem gewissen Umfang schon«, erwiderte Connor.

»Aber Ihr könnt sie nicht heiraten, Ihr könnt ihr keine Kinder schenken oder Euch so um sie kümmern, wie sie es gerne hätte.« Er lächelte. »Eure Position ist unhaltbar, mein Freund. Wenn Ihr ihr erlaubt, die Sache anzugehen, könnt Ihr sie nicht beschützen. Und wenn Ihr es ihr nicht erlaubt, dann könnt Ihr ihr nicht das geben, wonach es ihr Herz verlangt.«

»Sie hört sowieso nicht auf meine Einwände.«

»Nein?«, sagte James. »Trotz ihrer Entschlossenheit spürt sie, dass Ihr ihre Entscheidung nicht billigt. Dadurch versagt Ihr ihr den einzigen Trost, den Ihr ihr bieten könntet, und ich glaube, es ist auch der Grund dafür, dass sie nicht mit ganzem Herzen bei der Sache ist.«

Connor schwieg. Es dauerte lange, bis er wieder sprechen konnte. James hatte recht.

Er seufzte. »Ich habe Angst um sie.«

»Dann bereitet sie auf das Schlimmste vor. Wir wissen beide, wie übel es ihr ergehen kann.«

Connor nickte müde. »Ja, das werde ich tun.«

»Ich habe mir etwas überlegt«, fuhr Jamie fort.

»Noch etwas?«, fragte Connor säuerlich. »Habt Ihr mich mit Euren Überlegungen heute Abend noch nicht genug belästigt?«

James lächelte. »Ich habe mir gedacht, es könnte hilfreich

sein, wenn Ihr Eure Erinnerungen aufschreiben würdet. Ich könnte Euch dabei helfen. Ich habe dasselbe für Iolanthe getan, und es war ihr ein großer Trost.«

Connor überlegte, schüttelte aber dann den Kopf. »Ich konnte in der Vergangenheit kein Wort lesen, deshalb würde mir etwas Geschriebenes überhaupt nichts nützen. Nein, ich muss mich einfach auf meine Intelligenz und auf meine Vorstellungskraft verlassen.«

»Und hoffen, dass Euch Euer Schwert auf der Reise durch das Zeittor abhanden kommt?«, fragte Jamie leise lächelnd.

»Ja, dann geriete ich vermutlich weniger in Versuchung, es zu benutzen«, stimmte Connor ihm zu.

»Nun, vielleicht finden wir ja einen anderen Weg, Eure Erinnerung wachzuhalten, wenn Victoria Euch nach Hause bringt.«

»Wenn es ihr gelingt ...«

»An Eurer Stelle würde ich dieses Gerede unterlassen«, unterbrach ihn James scharf. »Damit gebt Ihr Victoria nicht die nötige Zuversicht.«

Connor stieß einen tiefen Seufzer aus und erhob sich. »Danke für den Rat und die Ermahnung, Mylord. Ich werde mir beides zu Herzen nehmen.«

»Es wird alles gut werden«, sagte Jamie und erhob sich ebenfalls. Er ergriff Connors Hand. »Sie ist stark.«

»Sie ist vor allem starrköpfig«, murmelte Connor. »Aber das wird ihr bei dieser Aufgabe von Nutzen sein.«

Jamie lachte. »Wohl wahr.«

Connor nickte abwesend, wünschte James eine gute Nacht und verließ den Saal. Eigentlich wäre er am liebsten vor all den schmerzlichen Wahrheiten davongelaufen, aber fast gegen seinen Willen stieg er die Treppe hinauf und ging den Flur entlang zu Victorias Zimmer. Er legte das Ohr an die Tür und lauschte.

Von drinnen ertönte leises Weinen.

»Bei allen Heiligen«, sagte er und klopfte.

Kurz darauf öffnete Victoria die Tür. Sie putzte sich die Nase. »Eine Erkältung«, sagte sie. Dann merkte sie, dass er es war. »Du hast geklopft?«

»Ich wollte dich nicht unnötig stören.«

»Das hast du vom ersten Tag an gemacht.« Sie trat einen Schritt zurück. »Bitte, komm herein.«

Er trat ein und hockte sich auf die Kante eines ausgesprochen zierlichen Sessels. Er wartete, bis Victoria neben ihm Platz genommen hatte, dann holte er tief Luft. Sie hatte noch Tränenspuren auf den Wangen und ihre Augen waren rot. Seufzend setzte er an: »Ich muss mich bei dir entschuldigen.«

»Entschuldigen?«

Er warf ihr einen finsteren Blick zu. »Du brauchst gar nicht so erstaunt zu gucken, auch dazu bin ich in der Lage.«

Ein flüchtiges Lächeln huschte über ihr Gesicht. »Fahr bitte fort.«

»Ich war nicht besonders begeistert von deinen Plänen, und damit habe ich zweifellos deine Bemühungen behindert. Du opferst alles, um mich zu retten, und statt dir dankbar zu sein, zeige ich einen erschreckenden Mangel an Unterstützung.«

Sie blickte ihn verwundert an.

»Nun ja«, fügte er hinzu. »Es ist doch so.«

»Ich weiß gar nicht, was ich sagen soll.«

»Sag einfach ›Red nicht so einen Blödsinn‹, und dann machen wir weiter mit den Vorbereitungen. Morgen, wenn du ausgeschlafen bist, beginnen wir ernsthaft zu trainieren.«

Erneut begannen ihre Tränen zu fließen. »Danke.«

Er machte eine abwehrende Geste. »Keine Ursache. Das ist das Mindeste, was ich tun kann. Ich würde auch Verse für dich rezitieren, aber ich möchte nicht, dass du wieder in Tränen ausbrichst.« Er stand auf. »Ins Bett mit dir, Frau. Ich wache draußen vor deiner Tür.«

Sie nickte. Wenn sie gekonnt hätte, hätte sie sicher seine

Hände ergriffen, vielleicht wäre sie sogar so weit gegangen, ihn auf die Wange zu küssen.

Er verneigte sich vor ihr und verschwand, bevor er weiter über diese Dinge nachdachte.

Draußen vor der Tür bezog er seinen Posten und schob seine Sorgen zur Seite. Er konnte sowieso nur wenig tun, und es gab keine erstrebenswerte Alternative. Wenn es Victoria gelang, ihm das Leben zu retten, er sich jedoch weigerte, mit ihr in die Zukunft zu gehen, dann würde er noch nicht einmal mehr als Gespenst auf Thorpewold spuken und auch noch das Wenige verlieren, das er hatte.

Wenn er ihr jedoch rundheraus verbot, es überhaupt zu versuchen, dann würde er trotzdem alles verlieren. Im Moment konnte er sich noch einreden, dass sie für immer bei ihm bleiben würde, aber irgendwann würde mit Sicherheit der Zeitpunkt kommen, an dem auch die stoischste und verliebteste aller Frauen einen richtigen Mann im Bett haben wollte.

Nein, er musste sie auf jeden Fall gehen lassen, auch wenn die Aussichten auf Erfolg äußerst gering waren.

Er konnte nur hoffen, dass er sich nicht als kompletter Narr erweisen würde, wenn sie vor den Toren seiner Burg stand.

Und er wusste leider, dass ein solches Verhalten mehr als wahrscheinlich war.

27

Victoria stand ein paar Meter von Farris' Feenring entfernt und atmete tief durch. Das tat sie immer, wenn sie unter Lampenfieber litt, und normalerweise funktionierte es auch. Aber heute wurde sie dadurch kein bisschen ruhiger.

Verdammt. Sie hätte besser bei Moonbat Murphy Yoga-Unterricht nehmen sollen.

Schon wieder etwas, das sie versäumt hatte.

Aber zu ihrer Verteidigung konnte sie anführen, dass sie vieles tatsächlich getan hatte. Sie konnte reiten und sich dank James MacLeods äußerst attraktivem Bruder Patrick von Gras ernähren. Sie hatte ihre Fechtkünste verbessert. Jamies flinker, freundlicher Vetter Ian hatte ihr dazu verholfen, dass sie ganz passabel mit dem Messer umgehen konnte. Und dank James MacLeod höchstpersönlich verstand sie mittlerweile eine ganze Menge von mittelalterlicher Highlands-Politik.

Sie hatte auch eine ganze Menge über Jamies berüchtigte Landkarte mit Zeittoren, die über ganz Schottland und Nordengland verstreut waren, gelernt. Aber als sie ihn gefragt hatte, woher er denn so genau wusste, wo die Stellen sich befanden und wohin sie führten, hatte er nur gelächelt.

Elizabeth tat ihr leid. Du liebe Güte, es war ja kein Wunder, dass die Frau immer nur die Augen verdrehte, wenn sie hörte, dass Jamie schon wieder zu irgendeinem Abenteuer unterwegs war.

Aber die Gespräche mit Connor hatten alles andere in den Schatten gestellt. Wer hätte gedacht, dass er in so einer brutalen Welt gelebt hatte? Kurz durchfuhr sie die Frage, was sie dort überhaupt verloren hatte.

Ganz allein auf sich gestellt.

Und angesichts der Gefahr, dass sie dort bleiben musste, ohne Freunde oder Familie.

Entschlossen schob sie diese düsteren Gedanken zur Seite, bevor sie sie überwältigten. Sie tat eben, was sie tun musste. Und wenn sie Erfolg hatte, war es die Strapazen wert gewesen. Die Möglichkeit, dass sie scheitern könnte, wollte sie lieber gar nicht in Betracht ziehen.

Ihr ging durch den Kopf, was sie von Jamie über die Zeittore gelernt hatte, vor allem über dasjenige, vor dem sie gerade stand. Laut Jamie war der Feenring auf Farris' Feld ein Zeittor, in dem ganz besondere Kräfte wirkten, und das den Zeitreisenden beinahe überallhin brachte. Sie hatte ihn nicht gefragt, woher er das wusste, aber sie erinnerte sich daran, dass er während seines Aufenthaltes im Gasthaus häufiger einmal verschwunden war.

Vermutlich hatte er in diesen Zeiten seine Theorie erprobt.

Nun ja, wenn das Tor so mächtig war, wie Jamie behauptete, dann würde es sie dorthin bringen, wo sie hinwollte. Zumindest, wenn es ihr gelang, sich ausreichend auf ihr Ziel zu konzentrieren.

Sie ergriff die Zügel des Pferdes fester, das Mrs Pruitt für sie aufgetrieben hatte, und sah sich nach ihren Begleitern um.

»Doch, genau das werde ich tun«, sagte Connor, und seine Hand zuckte zu seinem Schwertgriff. Er warf Thomas einen finsteren Blick zu.

»Und ich sage, Ihr solltet es besser sein lassen«, erwiderte Thomas genervt. »Es wäre der reinste Wahnsinn!«

Victoria räusperte sich. »Könnt ihr beide das nicht einen Moment bleiben lassen!«, rief sie aus. »Ich kann es nicht mehr hören!«

Connor und Thomas wechselten noch einen bösen Blick, dann wandten sie sich ihr zu.

»Wir diskutieren lediglich«, sagte Connor.

»Ihr habt jetzt genug diskutiert«, erwiderte sie. »Thomas, lass Connor tun, was er tun will.«

»Vic, er kann nicht mit dir kommen. Es hat keinen Zweck. Was will er denn tun? Dich vor seinem sterblichen Ich beschützen?«

»*Doch*, ich gehe mit«, erklärte Connor. Er stellte sich neben Victoria. »Zumindest werde ich sie sicher zu meiner Burg geleiten. Danach kann ich wahrscheinlich nichts mehr für sie tun, aber bis zu diesem Zeitpunkt lasse ich sie nicht allein.«

Thomas hob verzweifelt die Hände. »Das ist Irrsinn, aber ich kann wohl nichts dagegen ausrichten.« Stirnrunzelnd blickte er seine Schwester an. »Du bist gut vorbereitet, und es wird schon alles gut gehen. Aber es ergibt doch einfach keinen Sinn, dass Connor mit dir zurück in eine Zeit geht, in der er noch gelebt hat.«

»Warum nicht?«, fragte sie.

»Es ist irgendwie unheimlich.«

Victoria trat zu ihrem Bruder und umarmte ihn. Dann stieß sie ihn weg. »Mach, dass du wegkommst. In ein oder zwei Tagen bin ich wieder zurück. Es dauert sicher nicht so lange.«

»Na, hoffentlich«, erwiderte Thomas. »Also, wie lauten deine drei wichtigsten Sätze?«

Victoria seufzte. »›Ich bin keine Hexe‹, ›Ich kann nicht viel Gälisch, weil ich von französischem Adel bin‹ und ›Hinten an der Straße gibt es einen Feenring, den Ihr Euch unbedingt ansehen müsst‹.« Sie blickte ihren Bruder an. »Zufrieden?«

»Perfekt.«

Victoria blickte über den Rücken ihres Pferdes zu Connor, der auf der anderen Seite neben ihr stand. Sie war sich auch nicht ganz sicher, ob es ratsam war, ihn in eine Zeit mitzunehmen, in der er noch gelebt hatte, aber er machte nicht den Eindruck, als wolle er sich das ausreden lassen. »Fertig?«, fragte sie fröhlich.

»Ja«, erwiderte er und versuchte, enthusiastisch zu klingen.

Victoria überprüfte noch einmal ihre Ausrüstung. Ein Zelt,

zusätzliche Kleidung und Nahrungsmittel waren am Pferd festgeschnallt. Sie trug einen Rucksack mit den wichtigsten Dingen für den Notfall – obwohl wahrscheinlich alles glattgehen würde. Sie beabsichtigte zwar nicht, allzu lange zu bleiben, aber es war natürlich nicht auszuschließen, dass Connor sie einladen würde, auf unbestimmte Zeit seine Gastfreundschaft zu genießen.

Es waren schon seltsamere Dinge passiert.

So, und jetzt ging es los. Sie nickte ihrem Bruder und Connor zu, packte das Pferd fest an den Zügeln und zog es in den Kreis. Dann konzentrierte sie sich auf Connor und auf alles, was sie über sein Leben im vierzehnten Jahrhundert erfahren hatte. In Gedanken begab sie sich in das Land, das er ihr beschrieben hatte, wo nur die Mutigen nach Einbruch der Dunkelheit hinausgingen, weil schreckliche Geschichten über diese Gegend kursierten. Sie schloss die Augen, nicht aus Angst, sondern weil sie der Meinung war, dass es so sein musste.

Aber bevor sie sich tatsächlich voll und ganz auf ihre Aufgabe konzentrieren konnte, wieherte das Pferd und riss sich los.

»Hey!«, rief sie aus.

Wie ein Pfeil schoss das Tier davon, und mit ihm all ihre Ausrüstung und die Hoffnung auf ein bequemes Vorwärtskommen.

»Ist das zu fassen?«, sagte sie zu Connor.

Aber Connor war nicht mehr da.

Auch das Wäldchen, von dem aus sie damals Jamie und Thomas beobachtet hatte, war verschwunden.

»Oh!« Sie stieß einen leisen Pfiff aus. »Das scheint nicht Kansas zu sein.«

»Hexe! Zauberin! Böse Fee!«

Als sie sich umdrehte, entdeckte sie zwei schmutzige, völlig verängstigte Kinder, die auf einem Baum Schutz gesucht hatten und Schimpfwörter zu ihr herunterschrieen.

Gefährliche Schimpfwörter. Gälische Wörter, die Thomas und Jamie ihr beigebracht hatten, damit sie auf das Schlimmste vorbereitet war. Victoria hielt es für das Klügste, die Beine in die Hand zu nehmen, bevor noch irgendwelche Eltern mit Mistgabeln auftauchten. Da sie keine Viertelstunde Zeit hatte, um zu bestimmen, wo Westen lag, richtete sie sich nach ihrem praktischen Taschenkompass, den sie vor zwei Tagen gekauft und in ihren Strümpfen versteckt hatte, und machte sich auf den Weg.

Sie lief, bis sie glaubte, die Kinder weit genug hinter sich gelassen zu haben, dann stützte sie sich mit den Händen auf den Oberschenkeln ab und rang nach Luft – glücklicherweise war sie nicht so aus der Puste, wie sie es noch vor sechs Wochen gewesen wäre. So gesehen war die Zeit bei Jamie nicht verschwendet gewesen. Ian hatte seine Aufgabe als ihr Trainer sehr ernst genommen. Anfangs hatte sie geglaubt, er habe einfach nur eine sadistische Ader, aber jetzt merkte sie, dass er nur deshalb so streng mit ihr gewesen war, damit sie im mittelalterlichen Schottland eine Chance hatte.

Zum Glück hatte sie wenigstens noch ihren Rucksack, und sie war dankbar dafür, dass Connor darauf bestanden hatte, dass sie ihr Schwert am Leib trug und nicht am Pferd festschnallte. Wenn sie ihn das nächste Mal sah, musste sie sich unbedingt dafür bei ihm bedanken.

»Na, Ihr seid ja ein hübsches Mädchen!«

Victoria wirbelte herum und zog ihren Degen. Ein heruntergekommener Kerl stand da und blickte sie lüstern an. Er schob ihre Waffe einfach zur Seite.

»Ich habe keine Angst vor Eurem jämmerlichen Frauenschwert«, sagte er verächtlich.

»Das solltet Ihr aber«, erwiderte sie. Sie bewegte sich zur Seite.

Er versperrte ihr den Weg.

Sie schob ihren Degen wieder in die Scheide und verschränkte die Arme vor der Brust. »Geht mir aus dem Weg.«

»Das möchte ich aber nicht«, erwiderte er grinsend und griff nach ihr.

Sie lächelte freundlich, und als er die Hände auf ihren Armen hatte, stieß sie ihm ihr Knie fest in den Schritt. Mit der Stahlkappe ihres Stiefels trat sie ihm auf den Fuß, an dem er unglücklicherweise nur Lumpen trug.

Schreiend ließ der Mann sie frei, und Victoria machte sich aus dem Staub.

Verdammt. Noch keine zehn Minuten im mittelalterlichen Schottland und schon steckte sie in Schwierigkeiten. Na ja, jetzt schien erst einmal Ruhe zu herrschen, und sie konnte weiter in Richtung von Connors Burg laufen.

Ab und zu wurde sie ein wenig langsamer, aber sie blieb nicht stehen. Der Himmel war bedeckt, und es war kaum jemand unterwegs. Ab und zu orientierte sie sich mit ihrem Kompass, und sie schätzte, dass sie bei diesem Tempo in etwa zwanzig Minuten bei Connor ankommen würde.

Es überraschte sie, die Wälder zu sehen, aber eigentlich wusste sie, dass die Highlands früher reich an Bäumen gewesen waren. Sie konnte sich nicht mehr erinnern, wann genau die Engländer alles abgeholzt hatten, aber zu Connors Zeit schien es auf jeden Fall noch nicht gewesen zu sein. Die Bäume waren wunderschön, aber sie hatte keine Ahnung, wie weit sie schon gekommen war. Es kam ihr so vor, als sei sie schon eine Ewigkeit unterwegs. Ihre Lungen brannten. Ihre Beine wurden schwer, und ihre Hände zitterten.

Einmal blieb sie kurz stehen, um Luft zu holen, und als sie sich wieder aufrichtete, sah sie, dass der Wald ein Ende hatte. Auf einer Lichtung vor ihr lag das Schloss. Natürlich hatte sie schon Schlösser gesehen, aber noch nie eine mittelalterliche Burg in der Zeit, in der sie erbaut worden war. Jedenfalls hoffte sie, dass es die richtige Zeit war.

Und das richtige Schloss.

Einige Minuten lang rang sie mit sich und überlegte ihre nächsten Schritte. Sie hatte vorgehabt, mit Connor zu reden und dann abzuwarten, was passierte. Sie hoffte, dass sie ihn mit ihrem Charme bezaubern könnte oder zumindest so verunsichern, dass er sich die Zeit nahm, ihr zuzuhören. Und sie betete inständig, dass er sie nicht in seinen Kerker warf.

Aber vielleicht war das gar nicht das richtige Schloss. Oder noch schlimmer, sie war vielleicht in der falschen Zeit gekommen. Was sollte sie zum Beispiel machen, wenn Connor noch ein Wickelkind war?

Plötzlich ertönte Dudelsackmusik.

Mit offenem Mund lauschte sie der Melodie, die Connor ihr oft genug vorgesungen hatte. Allerdings hatte Jamie sie auch gekannt, deshalb konnte es durchaus sein, dass sie sich im falschen Teil von Schottland befand.

Als der letzte Ton verklang, hielt Victoria den Atem an. Und dann trug der Wind eine andere Melodie zu ihr. Es war Connors Lieblingsmarsch.

Die einzige Weise, die Jamie nicht gekannt hatte.

»Nun«, sagte sie laut, »das ist ein gutes Zeichen.« Sie steckte den Kompass wieder in ihren Strumpf, schob Jamies Dolch, den sie die ganze Zeit über griffbereit gehalten hatte, in die Scheide und ging auf das Schloss zu. Fast wäre sie ungehindert bis zum Eingang gekommen, aber im letzten Moment kam ein Schotte herausgestürzt. Bei ihrem Anblick blieb er überrascht stehen, zog sein Schwert und richtete die Spitze auf sie. »Wer seid Ihr?« fragte er.

Er sah Connor so ähnlich, dass Victoria unwillkürlich lächeln musste. »Ich bin von französischem Adel«, erwiderte sie. »Ich möchte zum Laird, zu Connor.«

Verwirrt blickte er sie an. »Seid Ihr alleine? Wo sind Eure Leute?«

Nun, wenigstens sagte er ihr nicht, dass sie hier falsch war. Es sah alles ganz gut aus.

»Meine Männer wurden erschlagen«, sagte sie. »Von den Campbells.«

»Die verdammten Schurken«, erklärte der Mann mit

333

Nachdruck. Er hob sein Schwert und nickte zur Burg hin. »Nun, dann kommt herein. Ihr seht nicht besonders gefährlich aus. Ich muss Euch also wohl nicht entwaffnen.«

»Vielen Dank«, entgegnete sie höflich.

Grinsend zuckte er mit den Schultern. »Gerne, für so ein hübsches Mädchen.« Er schwieg. »Wie ist Euer Name, meine Schöne?«

»Victoria McKinnon«, sagte sie.

Seine Augen weiteten sich. »So?«

»Ich bin ganz bestimmt nicht mit den McKinnons verwandt, die Ihr nicht mögt.«

»Der Laird mag überhaupt keine McKinnons«, erwiderte er. »Ich würde an Eurer Stelle den Clannamen für mich behalten.«

»Danke für den Rat. Wie war noch einmal Euer Name?«

»Cormac MacDougal.« Er lächelte. »Ich bin ein Vetter des Lairds.«

»Wie schön für Euch. Dann lasst uns zu ihm gehen, ja?«

Cormac nickte und führte sie in die Burg. Der Boden war übersät mit Abfall, den Victoria lieber nicht genauer betrachtete.

»Iih«, machte sie unwillkürlich.

»Ja, ich weiß«, erwiderte Cormac. »Diese verdammten faulen Diener. Ich mag es auch nicht, wenn das Stroh so frisch ist. Ich bevorzuge es, wenn es schon ein wenig festgetreten ist.«

Victoria war froh, dass sie robuste Stiefel trug, sodass ihre bloßen Füße nicht mit dem Boden in Berührung kamen. Sie wollte lieber nicht wissen, was sich unter dem Stroh alles so herumtrieb. Ihr schauderte bei dem Gedanken daran, wie wohl das Burgverlies aussehen mochte.

Sie folgte Cormac durch den Saal, wobei sie feststellte, dass es sie ihre gesamte Konzentration kostete, einen Fuß vor den anderen zu setzen, um nicht in etwas Ekliges hineinzutreten.

Plötzlich jedoch wurde sie abrupt aufgehalten.

Ihr kam es vor, als sei sie vor die Wand gelaufen. Als sie aufblickte, stellte sie fest, dass es keine Mauer, sondern Connor MacDougal war.

»Oh«, hauchte sie, blickte in seine sturmgrauen Augen. Ihr stockte der Atem.

Er packte sie an den Armen, vermutlich nur, um zu verhindern, dass sie hinfiel. Aber sie spürte nichts außer seiner Berührung.

»Was wollt Ihr?«, fragte er. »Schnell. Ich habe keine Zeit.«

Er berührte sie. Sie konnte es kaum fassen. Sie stotterte und stammelte und brachte keinen sinnvollen Satz heraus. Sie stand nur eine Handbreite von dem Mann, den sie liebte, entfernt, und er *lebte*. Auf dieses Gefühl hatten auch Thomas und Iolanthe sie nicht vorbereiten können. Es war einfach atemberaubend.

»Oh«, wiederholte sie atemlos. »Nun.«

Er verdrehte ungeduldig die Augen. »Törichtes Weib«, murmelte er.

Das hatte er im Sommer häufiger zu ihr gesagt.

Abrupt ließ er sie los und wandte sich zum Gehen.

Nun, wenigstens hatte er sie nicht sofort in sein Verlies geworfen. »Laird MacDougal«, sagte sie und trat einen Schritt auf ihn zu, »es gibt etwas, das ich Euch sagen muss.«

Er drehte sich wieder zu ihr um und runzelte die Stirn. »Wer seid Ihr und von woher stammt Ihr? Euer Gälisch ist grauenhaft.«

Victoria hatte sich auf diese Fragen gut vorbereitet und die Antworten wochenlang geübt. Connor hatte ihr sogar beigebracht, was sie sagen und wie sie es ausdrücken musste, damit er sie nicht sofort für eine Hexe hielt.

»Mein Name ist Victoria.« Als er nicht sofort zu seinem Schwert griff, redete sie hastig weiter. »Ich bin von weither gekommen, um euch vor zukünftigen Ereignissen zu warnen.«

Auf seiner Stirn brauten sich Sturmwolken zusammen.

»Ich bin keine Hexe«, beteuerte sie eilig. »Werft mich nicht in Euer Verlies.«

»Bei allen Heiligen, Frau, ich denke, das wäre der richtige Ort für Euch.«

Victoria merkte, dass sich Leute um sie geschart hatten, die eifrig zuhörten. »Können wir irgendwo unter vier Augen sprechen?«

»Ja, in meinem Verlies.«

Damit hatte sie gerechnet. Sie hatte erwartet, dass er gar nicht mit ihr sprechen wollte und ungläubig auf das reagieren würde, was sie sagen wollte. Allerdings war sie nicht darauf vorbereitet, dass er so dicht vor ihr stehen würde, dass ihr die Knie weich wurden.

»Ah«, fuhr sie fort, »ich glaube aber, Ihr wollt hören, was ich zu sagen habe.«

Er verschränkte die Arme über der Brust und blickte sie finster an. »Ich nehme mir nur die Zeit, Euch zuzuhören, weil Ihr ein verdammt hübsches Mädchen seid. Und mir gefallen Eure roten Haare, obwohl Ihr für meinen Geschmack ein bisschen zu sehr wie eine McKinnon ausseht. Seid Ihr eine McKinnon?«

»Wäre ich auf Eurer Burg, wenn ich eine wäre?«, fragte Victoria zurück. Sie warf Cormac einen Blick zu, aber er schaute sie nur mit nachdenklich gerunzelter Stirn an. Sein Schwert steckte in der Scheide. So weit, so gut.

»Hm«, sagte Connor zweifelnd. »Ich werde das überprüfen, und wenn Ihr lügt, werfe ich Euch in meinen Kerker. Und jetzt kümmert Euch um Eure eigenen Angelegenheiten und lasst mich in Ruhe.«

Victoria wählte ihre Worte mit Bedacht. »Darf ich Euch zuerst noch eine Frage stellen? Habt Ihr einen französischen Spielmann auf Eurer Burg?«

Sein Gesichtsausdruck verfinsterte sich. »Warum fragt Ihr?«, knurrte er mit dieser leisen, gefährlichen Stimme, die sie schon ein oder zwei Mal gehört hatte. Siebenhundert Jahre

336

später hatte er dabei allerdings nicht dieses riesige Breitschwert in der Hand gehalten.

»Ich frage«, erwiderte sie und senkte ebenfalls die Stimme, »weil es hinter dem Wald und dem Hügel, unten auf der Lichtung, einen Feenring gibt. Er ist ein Tor in die Zukunft. Ich bin dorther gekommen, um Euch zu sagen, was passieren wird, wenn der Franzose mit Eurer Frau und den Kindern geht und Ihr Euch auf die Suche nach ihnen macht.«

Connor hatte sie gewarnt, dass eine solche Behauptung ihm im Mittelalter sicher nicht gefallen würde.

Leider hatte er sie jedoch nicht darauf vorbereitet, wie er tatsächlich reagieren würde.

Der Connor, der vor ihr stand, brüllte auf und zog sein Schwert. Zum Glück hatte Ian MacLeod hart mit ihr trainiert, und Victoria duckte sich gerade noch rechtzeitig.

»Wartet!«, sagte sie.

»Hinweg, böses Weib!«

»Aber ich habe Euch noch mehr zu sagen …«

»Verschwindet aus meinem Schloss oder ich lasse Euch in den Kerker werfen!«, donnerte er. »Ich will nichts mehr von dieser Geschichte hören!«

»Seine Frau hat ihn vor einer Woche verlassen«, warf Cormac ein.

»Zur Hölle mit dir!«, grollte Connor. »Sollen es denn alle hören?«

»Aber, Connor«, erwiderte Cormac, »sie wissen es doch sowieso schon.«

Connor ging auf seinen Vetter los, aber anscheinend war der daran gewöhnt, denn er zog ebenfalls sein Schwert, und kurz darauf klirrten die Klingen. Victoria stand daneben und war insgeheim froh darüber, dass sich Connors Wut im Augenblick gegen seinen Cousin richtete.

Vielleicht hörte er ihr ja jetzt zu.

»Der Franzose wird nach Euch schicken«, schrie sie über

337

den Waffenlärm. »Sein Bote wird Euch versprechen, Euch zu den Kindern zu führen.«

»Schweig!«, donnerte Connor.

Sie wartete kurz, bis er sich ein wenig an seinem Vetter abreagiert hatte, dann unternahm sie einen neuen Anlauf.

»Hütet Euch vor dem Franzosen«, fuhr sie fort. »Er wird Euch auf der Lichtung in der Nähe des Baches töten ...«

Grollend zielte Connor mit der Schwertspitze auf sie. »Wenn Ihr noch ein Wort von Euch gebt, dann hole ich Euch die Eingeweide aus dem Leib und erwürge Euch damit.«

Sie blinzelte. »Das würdet Ihr tun?«

»Na ja«, lenkte er widerwillig ein, »wahrscheinlich nicht, schließlich seid Ihr eine Frau.«

»Können wir uns also irgendwo hinsetzen und in Ruhe miteinander reden?«, fragte sie.

Er fluchte. »Nein, das können wir *nicht!* Ich habe Besseres zu tun, als einem seltsamen Weib zu lauschen, das besser für immer schweigen würde.«

»Aber ...«

»*Hinweg,* dummes Weib!«

»Können wir uns nicht bei einem Krug Ale unterhalten?«

Connor stieß einen heftigen Fluch aus und ergriff sie am Arm. Er zerrte sie zur Eingangstür.

»Wartet!«, sagte sie und stemmte die Absätze in den Boden. Die Sache lief überhaupt nicht so, wie sie sich das vorgestellt hatte. Sie wollte doch wenigstens ihre Warnung loswerden. Dann würde er ihr vielleicht endlich zuhören. Die Hoffnung, dass er sie zum Abendessen einladen würde, war vermutlich übertrieben gewesen.

Sie holte tief Luft. »Der Pfeil wird von Osten auf Euch zugeflogen kommen. Euer Pferd wird stürzen und Euch unter sich begraben, und dann wird der Franzose kommen und Euch den Todesstoß versetzen«, sprudelte sie hervor.

Er knurrte.

»Und wenn Ihr sterbt, wird er Euch berichten, dass Eure

Kinder und Eure Frau am Wechselfieber gestorben sind, weil er sie tagelang durch die Nässe geschleppt hat...«

Noch bevor sie den Satz zu Ende sprechen konnte, holte er aus und warf sie die Treppe hinunter.

Zum Glück waren es nur vier Stufen, und Ian hatte ihr beigebracht, wie sie sich abrollen musste, wenn sie stürzte.

Keuchend kam sie wieder auf die Beine und blickte zur Tür.

Connor stand da, schwer atmend, und warf ihr einen finsteren Blick zu.

Dann schlug er die Tür zu und machte sie nicht wieder auf.

Victoria klopfte sich den Staub ab und betrachtete Connors mittelalterlichen Wohnsitz eingehend. Die Burg war grau und abweisend, gebaut um allen denkbaren Angriffen zu trotzen. Darin glich sie ihrem Besitzer.

Nun ja, das war nicht annähernd so verlaufen, wie sie es sich vorgestellt hatte.

Victoria überlegte. Sie konnte es natürlich noch einmal versuchen und wieder hineingehen. Wenn es ihr gelänge, Connor zu Boden zu ringen und sich auf ihn zu setzen, würde er vielleicht lange genug stillhalten, damit sie ihm alles erzählen konnte.

Aber sie bezweifelte, dass ihr das gelingen würde.

Nur widerwillig gestand sie sich ein, dass ihr Ausflug in die Vergangenheit bisher ein Misserfolg war.

Sie dachte an Connor, an sein schönes, sterbliches Ich. Vielleicht hatte sie ja zu voreilig und unüberlegt gehandelt. Er hatte ihr schließlich immer wieder erklärt, dass er zu Lebzeiten Vernunftüberlegungen nicht zugänglich gewesen war und ihr bestimmt nicht zuhören würde.

Nun ja, sie hatte *ihm* ja auch nicht zugehört. Sie hatte ebenfalls Charakterzüge, die nicht besonders liebenswert waren. Zum Beispiel ihr Verlangen, alles und jeden kontrollieren zu wollen. Wenn sie ihr Leben aus der Entfernung betrachtete, so hatte sie es genossen, ihre Schauspielertruppe herumzuscheu-

339

chen und Dinge von ihnen verlangt, die weit über die Kompetenzen eines Regisseurs hinausgingen. Und das hatte sie nur getan, weil sie befürchtet hatte, es gefiele ihr nicht, wenn die Leute so agierten, wie sie selbst es sich vorstellten.

Und bei Connor war es genauso gewesen.

Am liebsten hätte sie sich auf der Stelle niedergelassen, aber es gab keine Sitzgelegenheit, und sie wusste auch nicht, wie Connors Clan darauf reagieren würde. Es fiel ihr schwer, sich damit abzufinden, aber ihr wurde klar, dass sie Connors Leben auf diese Art nicht retten konnte. Sie konnte ihn nicht kontrollieren, konnte ihm nicht helfen, wenn er sich nicht helfen lassen wollte. Sie konnte nicht sein Lebensdrehbuch schreiben.

Und es wurde ihr auch klar, dass sie gar nicht das Recht dazu hatte.

Plötzlich hörte sie, wie sich hinter ihr die Tür öffnete. Neugierig drehte sie sich um.

Cormac kam die Treppe herunter, wobei er sich mit dem Ärmel seiner Tunika das Blut abwischte, das ihm aus der Nase lief. Lächelnd blieb er vor ihr stehen.

Vor zehn Minuten hatte er noch ein paar mehr Zähne gehabt, da war sie sich fast sicher.

»Wohin geht Ihr jetzt?«, fragte er.

Sie lächelte müde. »Nach Hause.«

»Habt Ihr kein Pferd?«

»Es ist weggelaufen.«

Überrascht hob er die Augenbrauen. »Es gefällt mir nicht, dass Ihr ohne Schutz durch die Gegend lauft.«

»Keine Sorge, ich habe ein Schwert.«

»Könnt Ihr auch damit umgehen?«

»Wenn es sein muss.« Sie schwieg. Na gut, sie konnte also Connor nicht retten. Aber das bedeutete nicht, dass sie nicht noch wenigstens einen letzten Versuch unternehmen konnte, ihn zu warnen. »Cormac, Ihr könntet etwas für mich tun.«

»Sagt mir, um was es sich handelt.«

340

Sie lächelte erfreut. Was für ein galanter Mann! »Überzeugt Connor davon, dass er dem Franzosen gegenüber vorsichtig ist. Ihm ist nicht zu trauen.«

»Woher wisst Ihr das? Seid Ihr denn womöglich mit ihm im Bunde?«

»Nein. Ich habe das Zweite Gesicht.«

»Ah«, sagte Cormac zufrieden. »Das hatte unsere Großmutter auch. Wenn Ihr Connor davon berichtet hättet, dann hätte er Euch wahrscheinlich zugehört.«

Sie schüttelte den Kopf.

»Ich habe ihm alles gesagt, was er wissen muss. Wenn Ihr es vermögt, dann helft ihm.«

Schweigend blickte er sie an.

»Seid Ihr tatsächlich durch den Feenring gekommen, Victoria McKinnon?«

Sie zögerte.

»Ich weiß, es ist schwer zu glauben.«

»Schottland ist ein magischer Ort, Mylady.«

Victoria war sich fast sicher, dass sie das irgendwo schon einmal gehört hatte.

Vermutlich hatte James MacLeod es in Großbuchstaben in jedes Jahrhundert eingeritzt, das er besucht hatte.

»Nun, es mag magisch sein, aber Euer Schottland scheint für mich nicht der geeignete Ort zu sein.«

Sie lächelte.

»Passt auf Connor auf. Alles andere ist unwichtig.«

Mit diesen Worten drehte sie sich um und machte sich auf den Heimweg.

Glücklicherweise hatte ihr Aufenthalt in der Burg nicht allzu lange gedauert, deshalb war es noch nicht ganz Mittag, als sie durch den Wald wanderte.

Zwischen den Bäumen war es noch so hell, dass sie ihren Weg ohne Probleme fand.

Und das war auch gut so, denn ihr Blick war von Tränen getrübt.

Sie hatte das Richtige getan. Es war zwar nicht leicht gewesen, aber richtig.

Was würde Connor wohl sagen, wenn sie ihn in der Zukunft wiedersah? Vielleicht hatte er sich ja deshalb so wortreich bemüht, sie von der Zeitreise abzuhalten. Vielleicht hatte er ja gewusst, dass er sie ignorieren würde.

Ach, sie würde später in Ruhe darüber nachdenken. Jetzt musste ihr das Wissen reichen, dass sie es versucht hatte.

Sie drehte sich um, warf einen letzten Blick auf Connors Burg und lief dann weiter in Richtung des Feenrings.

28

Connor lief im großen Saal auf und ab und wünschte sich verzweifelt, jemand würde melden, dass Feinde das Schloss angriffen, oder Kleinbauern vor widerspenstigen Nachbarclans beschützt werden müssten. Es könnte sich doch wenigstens eine Gruppe von Engländern im Norden verirrt haben, die man kurzerhand ins Jenseits befördern könnte.

Leider kam lediglich sein vernünftiger Vetter herein.

»Du hättest ihr Gehör schenken sollen«, sagte Cormac.

Connor warf ihm einen finsteren Blick zu, aber sein Vetter lächelte ungerührt.

»Sie war übergeschnappt«, murrte Connor. »Ich soll erschlagen werden? Ha!«

»Mir kam sie so vor, als sei sie durchaus im Vollbesitz ihrer geistigen Kräfte. Außerdem, warum sollte eine McKinnon dir etwas Gutes tun wollen? Ich schwöre dir, Connor, sie hat es ernst gemeint.«

»Sie war eine McKinnon?«, rief Connor aus. »Ich *wusste* es!« Dann jedoch schwieg er. »Warum sollte eine McKinnon freiwillig mein Schloss betreten? Das ist doch das sicherste Zeichen dafür, dass sie den Verstand verloren hat.«

»Du vertraust wirklich keinem!«

»Kannst du mir einen Vorwurf daraus machen?«

Cormac seufzte. »Nein, das kann ich nicht. Aber ich glaube trotzdem, du solltest über ihre Worte nachdenken«, fügte er hinzu. »Sie hat das Zweite Gesicht.«

Connor schürzte die Lippen und wandte sich ab. Victoria McKinnon mochte ja schön sein, aber sie war mit Sicherheit wahnsinnig, angesichts dieses Geredes darüber, dass er getötet werden würde …

Er warf seinem Vetter über die Schulter einen Blick zu. »Sagtest du, sie hätte das Zweite Gesicht?«

»Ja, das hat sie jedenfalls behauptet.«

Connor wandte sich ab und überlegte. Seine Großmutter hatte diese Gabe besessen, und sie hatte einige Dinge vorausgesagt, die tatsächlich eingetreten waren.

Er überlegte, was die kleine McKinnon gesprochen hatte. Tatsächlich hatte ihn seine Frau schon vor vierzehn Tagen verlassen. Sie hatte die Kinder mitgenommen und sich diesem Franzosen hingegeben. Aber das hätte jeder andere auch wissen können.

Connor blickte ins Kaminfeuer. Er neigte nicht dazu, viel zu grübeln, dazu fehlte ihm die Zeit, aber irgendetwas an dem Mädchen kam ihm vertraut vor. Als ob er von ihr geträumt hätte, sich aber jetzt gerade erst daran erinnerte.

Er runzelte die Stirn. Er lag im Moment nicht im Streit mit den McKinnons. Warum stellten sich ihm also bei ihrem Namen die Nackenhaare auf?

Er rieb sich mit beiden Händen übers Gesicht. Die letzten zwei Wochen waren einfach zu viel gewesen.

Die Tür ging auf. Connor blickte auf, in der törichten Hoffnung, der vorlaute Rotschopf sei zurückgekommen, um ihn noch ein bisschen zu drangsalieren.

An ihrer Stelle erschien ein schmutziger, völlig durchnässter Mann und warf sich vor ihm auf die Knie. Er rang nach Atem. Connor trat näher. In Gedanken hörte er Victoria McKinnons Stimme.

Hütet Euch vor dem Franzosen. Er wird Euch auf der Lichtung in der Nähe des Baches töten …

Er überlegte kurz, dann schüttelte er den Kopf. Es war vollkommen absurd. Er glaubte zwar nicht, dass er über den Tod erhaben war, aber er war sich seines Mutes und seiner Achtsamkeit sehr sicher. Ihn würde niemand in einem Moment der Unvorsichtigkeit überwinden.

Nun ja, es sei denn, Victoria McKinnon selbst hatte vor,

ihn zu ermorden, aber dazu war sie wohl nicht in der Lage. Aus welchem Grund sollte sie das auch tun? Es gab einige, die ihn lieber tot sähen, aber diese flammenhaarige Frau gehörte sicher nicht zu ihnen.

»Ja?«, sagte er zu dem Mann, der vor ihm auf dem Boden kniete.

»Ich bringe Kunde von Eurer Lady, Mylord«, stammelte der Mann.

Die Haare an seinem Nacken stellten sich auf. Es war genauso, wie Victoria McKinnon es prophezeit hatte.

Aber vielleicht stand sie ja in Verbindung mit dem Franzosen und hatte gewusst, dass dieser Narr hier kommen würde, um ihm eine Nachricht zu überbringen.

»Wie lautet deine Botschaft?«, fragte er mit gepresster Stimme. »Ist sie geflohen?«

»Sie liegt im Sterben, Mylord. Sie ruft nach Euch.«

»Warum?«, wollte Connor wissen. »Will sie mir erneut vor Augen führen, dass sie mir Hörner aufgesetzt hat?«

Der Mann schüttelte den Kopf. »Sie möchte Euch mitteilen, wo ihr Eure Kinder findet.«

Connor hielt den Atem an. Wenn es etwas gab, das ihn dazu bewegen konnte, die Burg zu verlassen, so war es das.

Hütet Euch …

Er schob die Warnung beiseite. »Ich komme mit«, sagte er. »Bist du allein?«

»Jawohl, Mylord.«

»Du kannst dich ein wenig erfrischen, während ich meine Sachen hole.«

Der Mann nickte, und als Connor mit Schwert und Umhang zurückkam, hatte er etwas getrunken und wartete auf ihn. Sie gingen hinaus, wo Connors Pferd schon gesattelt stand.

»Wie ist dein Name?«, fragte er den Boten.

»MacDuff.«

»Nun, dann zeig mir den Weg, MacDuff.« Bei allen Heiligen, war er dabei, den Verstand zu verlieren? Connor hatte das vage Gefühl, der Name sei ihm schon einmal begegnet und er habe sich mit jemandem furchtbar darüber gestritten.

Er war sich beinahe sicher, dass es die Rothaarige gewesen war.

Aber wie konnte das sein? Er hatte sie doch vor einer Stunde zum ersten Mal gesehen. Hatte er etwa Visionen?

Bei allen Heiligen, bekam er das Zweite Gesicht, wie es seine *grandmère* gehabt hatte?

Er drückte sich die Hände an die Schläfen. Bestimmt hatte er zum Frühstück etwas Verdorbenes gegessen. Das nächste Mal würde er eher seiner Nase als seinem Hungergefühl trauen.

Er schwang sich in den Sattel.

»Lass uns aufbrechen, MacDuff«, sagte er barsch.

Der Mann ritt voran, und sie hatten kaum die Burg hinter sich gelassen, als es zu regnen begann. Connor fluchte. Auf diesem Tag lag ein Fluch.

Ein Fluch?

Wieder stellten sich ihm die Nackenhaare auf. Der Mann vor ihm blickte sich ab und zu um, als wolle er sich vergewissern, dass Connor ihm noch folgte.

»Ich werde nirgendwohin reiten«, brüllte Connor.

Der Mann zuckte zusammen, als sei er geschlagen worden. Er nickte nervös und setzte seinen Weg einfach fort.

Er wird Euch auf der Lichtung in der Nähe des Baches töten ... Mit scharfen Augen blickte er sich um. Alle seine Sinne waren in Alarmbereitschaft. Das Pferd tänzelte unruhig. Connor fluchte. Verdammtes Biest. Er hätte sich besser für die hässliche Mähre entschieden, die gleich vertrauensvoll auf ihn zugekommen war, anstatt sich von dieser Schönheit blenden zu lassen.

»Es ist nicht mehr weit«, sagte der Bote. »Da vorne ist eine Lichtung. Dort erwartet sie uns.«

Connor hielt den Atem an. Die Lichtung. Erwartete ihn dort der Tod?

Langsam ritt er weiter, wobei er versuchte, gleichzeitig sein Pferd und sein Misstrauen im Zaum zu halten. Auch der Bote wurde langsamer und drehte sich ständig nach ihm um, als fürchtete er, Connor würde ihm nicht länger folgen.

Am Waldrand zögerte Connor. Er sah nichts.

Aber das machte ihn nicht weniger argwöhnisch.

Der Pfeil wird von Osten auf Euch zugeflogen kommen. Euer Pferd wird stürzen und Euch unter sich begraben, und dann wird der Franzose kommen und Euch den Todesstoß versetzen. Und wenn Ihr sterbt, wird er Euch berichten, dass Eure Kinder und Eure Frau am Wechselfieber gestorben sind, weil er sie tagelang durch die Nässe geschleppt hat ...

Er hatte keinen Grund, an diese Voraussage zu glauben. Aber er hatte auch keinen Grund, nicht daran zu glauben.

Connor ritt auf die Lichtung zu.

Von links hörte er das Sirren eines Pfeils.

Sein Pferd stieg. Es verlor den Halt und stürzte.

Connor hatte bereits die Füße aus den Steigbügeln genommen, als ob er das Ereignis vorausgesehen hätte. Er ging zwar mit dem Pferd zu Boden, aber statt unter ihm begraben zu werden, ließ er sich daneben fallen. Er rollte sich auf den Rücken und wartete.

Und der Franzose kam, genau wie Victoria gesagt hatte.

War sie also eine Hexe oder gar mit dem Teufel im Bund? Oder besaß sie tatsächlich das Zweite Gesicht?

Connor tat so, als stöhnte er vor Schmerzen.

»Ah, Ihr seid schon fast tot«, sagte der Franzose lächelnd. »Ich werde Euch helfen, den letzten Schritt zu tun, *mon ami*, aber zuerst werde ich Euch eine kleine Geschichte erzählen, die Euch sicher sehr interessieren wird.«

»Ach ja?«, stöhnte Connor. »Eine andere Geschichte als die, dass Ihr meine Kinder geraubt und mit meiner Frau geschlafen habt?«

347

»Eure Kinder sind am Wechselfieber gestorben«, erwiderte der Franzose und zuckte mit den Schultern. »Ich hatte sowieso kein Interesse an ihnen, deshalb hat es mich nicht weiter gekümmert. Aber auch Eure Lady ist tot. Wirklich bedauerlich. Sie war, wie soll ich sagen, im Bett recht temperamentvoll ...«

Und dann begann er zu röcheln. Connor hatte ihm das Schwert in den Leib gestoßen. Der Mann keuchte auf und starb dann einen befriedigend qualvollen Tod. Connor schob ihn von sich, dann erhob er sich und zog sein Schwert aus dem Bauch seines Widersachers.

»Das ist für meine Kinder«, sagte er bitter. »Für den wackeren kleinen Donaldbain und die süße kleine Heather. Und jetzt könnt Ihr Euch zu ihrer Mutter in die Hölle scheren.«

Der Franzose tat einen letzten Atemzug und starb.

Connor blickte zu seinem Pferd, das vergeblich versuchte, sich aufzurichten. Verdammt, das Tier hatte sich das Bein gebrochen. Connor erlöste es von seinen Qualen, dann blickte er sich nach dem Boten um. Hinten im Wald sah er Kleidung aufblitzen. Mit aller Kraft schleuderte er ihm sein Schwert hinterher. Ein Schrei ertönte, dann war es still. Connor lief ins Gehölz und fand den Mann mit dem Schwert im Rücken Er riss es heraus und drehte den Mann um.

»Wo sind meine Kinder?«, fragte er kalt.

»Niemals ...«

»Sprich!«, donnerte Connor.

»Einen Tagesritt östlich von hier«, keuchte der Bote. »Ein verlassener Bauern ...«

Mehr konnte er nicht mehr sagen. Connor säuberte seine Klinge. Dann drehte er sich um und ging. Was sollte er jetzt tun?, fragte er sich. Seine Frau und seine Kinder waren tot. Sein Feind war ebenfalls tot. Inmitten der Lichtung blieb er stehen und blickte auf das Schlachtfeld.

Er hätte hier liegen können, auf dem Rücken, mit gebrochenen Augen. Und er würde jetzt auch tatsächlich hier liegen, wenn nicht Victoria McKinnon gewesen wäre.

Hinter dem Wald und dem Hügel, unten auf der Lichtung, gibt es einen Feenring. Er ist ein Tor in die Zukunft. Die Zukunft? Bei allen Heiligen, was bedeutete das? Die Zukunft lag doch immer vor ihm, und er brauchte kein Tor, um dorthin zu gelangen. Sie kam so sicher wie die Sonne jeden Morgen aufging.

Aber das mit dem Feenring war eine andere Sache. Er wusste, wo er war. Er hatte ihn sich sogar ein oder zwei Mal angesehen, aber das war schon lange her. Damals war er noch ein Junge gewesen und hatte sich vor den Geschichten über Geister und Dämonen, die diesen Ort angeblich beherrschten, gefürchtet. Und jetzt sollte er ernsthaft darüber nachdenken? Lächerlich.

Es begann zu regnen. Er schob seine nutzlosen Grübeleien zur Seite und lief durch den Wald zurück. Als er bei seiner Burg ankam, klebten ihm die Haare am Kopf und auf seinem Umhang lag ein feuchter Film. Er schüttelte sich wie ein Hund und trat ein.

Drinnen war alles wie immer. Cormac stand am Kamin und lauschte einem ihrer einfältigen Gefolgsleute, der von irgendwelchen Schwierigkeiten von der Art berichtete, wie sie die Zeit und Aufmerksamkeit eines Lairds stets in Anspruch nahmen. Connor hätte den Dummkopf vor die Tür gesetzt.

Aber Cormac hörte ihm mit ernster Miene zu. Dann machte er dem Mann eine Reihe von Lösungsvorschlägen, die er selbst in Angriff nehmen konnte, und versicherte ihm, wenn das nicht helfen würde, dann könne er sich noch einmal an ihn wenden.

Connor überlegte. Sein Vetter machte das nicht schlecht. Wenn sich der Mann an Connor gewendet hätte, wäre er schlechter weggekommen.

Der Feenring …

Connor fragte sich, ob er Victoria McKinnons Worte wohl mit großen Mengen von Ale aus seiner Erinnerung löschen könnte. Der Gedanke war verführerisch, aber vorher musste er sich noch um andere Dinge kümmern. Außerdem neigte er nicht dazu, seine Probleme mit Alkohol zu lösen. Es war besser, ihnen mit gezogenem Schwert gegenüberzutreten. Jetzt musste er erst einmal seine Kinder finden und sie angemessen beerdigen. Wenn das geschehen war, würde er über seine eigene Zukunft nachdenken.

Eine Zukunft, die er Victoria McKinnon verdankte.

»Connor?«

Connor blinzelte und blickte seinen Vetter an. »Ja?«

»Du bist ja schon zurück! Ich habe dich erst in ein paar Tagen erwartet. Los, Angus, kümmere dich um das Pferd des Laird ...«

»Mein Pferd ist tot«, erwiderte Connor barsch. »Schick ein paar Leute, um meine Sachen zu holen. Es liegen auch zwei tote Meuchelmörder dort, aber die können meinetwegen im Regen verrotten.«

Cormac riss die Augen auf. »Dann hat die kleine McKinnon also recht gehabt?«

»Ja.«

»Dann sind die Kinder ...«

»Tot.«

Cormac schloss kurz die Augen, dann blickte er seinen Vetter an. »Was willst du jetzt unternehmen?«

»Ich muss meine Kinder beerdigen.«

»Das solltest du tun, ja.« Cormac schwieg. »Und was soll geschehen, während du weg bist?«

»Kümmere du dich um die Burg und um die Leute.«

»Aber Robert und Gordon ...«

»Meine Brüder sind Narren. Ich werde anordnen, dass unsere Leute dir gehorchen sollen.« Er fluchte. »Dieses verdammte, nutzlose Pferd. Wenn es sich nicht das Bein gebrochen hätte ...«

350

»Nimm meines.« Connor seufzte. »Ich bezahle es dir.« Cormac lächelte. »Connor, das brauchst du nicht. Du warst mir in all den Jahren Vater und Bruder zugleich. Das ist nur ein kleiner Dank, den ich dir dafür geben kann.«

Connor zeigte selten seine Gefühle, aber jetzt legte er seinem Cousin die Hand auf die Schulter.

»Danke«, sagte er. »Ich mache mich gleich auf den Weg.«

»So schnell schon?«

Connor überlegte, wie er es ihm begreiflich machen sollte, dass er sich unwohl dabei fühlte, in seinem Schloss herumzugehen, wo er doch eigentlich tot sein müsste. Es war nicht das gleiche Gefühl, das er bei den zahllosen Malen empfunden hatte, wenn er dank seiner Tapferkeit dem Tod entronnen war. In diesem Fall, so seine Vermutung, wäre er getötet worden, wenn Victoria McKinnon ihn nicht aufgesucht und ihn gewarnt hätte.

Warum hatte sie das getan?

Ich bin gekommen, weil ich weiß, was passieren wird …

Er dachte ein paar Minuten lang darüber nach. Sie war gekommen, weil sie wusste, was passieren würde? Warum kümmerte sie sich überhaupt darum? Was hatte sie zu gewinnen? Oder erwartete sie am Ende vielleicht gar nichts?

Es fiel ihm schwer, das zu glauben. Aber alles wies darauf hin.

»Connor?«

Connor blickte seinen Cousin an. »Ich muss aufbrechen. Heute noch.«

»Ja, natürlich.«

Connor ging, um seine Vorbereitungen zu treffen. Er brauchte doch länger, als er gedacht hatte, was ihn ein wenig ärgerte. Seine Vorräte hatte er zwar schnell beisammen, aber die Gespräche mit den Leuten hielten ihn auf. Am Ende musste er sein Schwert ziehen, um seine Brüder zum Gehorsam zu zwingen. Er vermutete, dass es mit diesem Gehorsam wieder vorbei wäre, wenn er um die nächste Ecke gebogen war, aber Cormac würde bis zu seiner Rückkehr schon mit ihnen fertig werden.

Wenn er zurückkehrte.

Eigentlich hatte er sich gerade auf das Pferd schwingen wollen, aber jetzt hielt er inne. Nicht zurückkehren? Woher kam dieser seltsame Gedanke?

Connor, dein Weg wird dich dorthin führen, wo noch kein anderer MacDougal jemals gewesen ist …

Die letzten Worte seiner Großmutter kamen ihm in den Sinn, aber das war eigentlich nicht ungewöhnlich. Immer, wenn er zu einer längeren Reise aufbrach, dachte er an sie. Er hatte angenommen, dass sie damit vielleicht den Westen meinte, wo diese verdammten Gordons lebten, aber nun kam ihm ein anderer Gedanke.

Hatte sie damit sagen wollen, er würde in die Zukunft reisen?

Konnte er das überhaupt?

»Connor, fühlst du dich nicht wohl?«

Connor blickte Cormac an und hatte auf einmal ein Gefühl, als sähe er ihn zum ersten Mal. Oder vielmehr, als würde er ihn nie mehr wiedersehen.

»Das liegt an dieser Victoria McKinnon«, stieß er hervor. »Ihre Worte gehen mir nicht mehr aus dem Kopf.«

»Ein guter, langer Ritt wird dir helfen«, sagte Cormac. »Vielleicht kannst du auf dem Heimweg noch eine Viehherde stehlen.« Er rieb sich über die Arme. »Es wird ein harter Winter.«

Connor hätte fast gelächelt. Es lag nicht in seiner Natur zu lächeln, aber sein Vetter brachte ihn hin und wieder dazu. Er schwang sich in den Sattel.

»Bis wir uns wiedersehen«, sagte er und wunderte sich, woher diese Worte auf einmal gekommen waren. Für gewöhnlich verabschiedete er sich nur mit einem Grunzen und einem Nicken.

Cormac schien ebenfalls ein wenig verwirrt. Er nickte ihm

mit aufgerissenen Augen zu, und Connor sah zu, dass er wegkam, bevor er am Ende noch in Tränen ausbrach.

Als Erstes ritt er zu dem Kleinbauern, der die Flüchtigen beherbergt hatte. Der Franzose hatte das arme Bauernehepaar mit dem Tod bedroht, wenn sie ihm etwas von ihren ungeladenen Gästen erzählen würden, aber schon eine Stunde, nachdem seine Frau und ihr Liebhaber mit den Kindern aufgebrochen waren, war der Mann zu Connor gelaufen.

Er hätte ihnen auf der Stelle hinterherreiten sollen, aber er hatte dummerweise angenommen, dass Morag ihren Irrtum einsehen und eilig wieder zurückkommen würde. Das und die Tatsache, dass an jenem Abend von Westen her Campbells angegriffen hatten, hatte ihn davon abgehalten.

Damit würde er für den Rest seiner Tage leben müssen.

Er seufzte tief. Er würde seine Kinder finden und sie beerdigen. Und dann würde er den Feenring ausfindig machen und sehen, wohin er ihn brachte. Vielleicht führte er ihn ja direkt in Titanias Reich, wo sie ihn zwang, Jahrhunderte lang ihr Liebhaber zu sein. Es gab schlimmere Schicksale.

Ja, genau, er würde diesen verfluchten Ort betreten und sehen, was passierte. Wenn er ins Feenland getragen würde, dann würde er es auch überleben. Wenn der Feenring ihn jedoch in die Zukunft brachte, dann würde er Victoria McKinnon suchen, sich bei ihr bedanken und so schnell wie möglich wieder nach Hause zurückkehren.

Und wenn nichts dergleichen geschah, dann würde er sich einen oder zwei Tage Zeit nehmen und angeln gehen.

Dann hätte er zumindest einen vollen Bauch, wenn er nach Hause kam.

29

Victoria stand auf der Bühne und fragte sich, ob sie wohl jemals wieder in der Lage sein würde, Thomas' Schloss zu sehen, ohne in Tränen auszubrechen. Sie verschränkte die Arme vor der Brust und blickte zum Himmel. Sie weinte sowieso, ganz gleich, wie sehr sie versuchte, ihr gebrochenes Herz zu ignorieren.

Das war nach Zeitreisen eben so.

Sie musste es irgendwann in den Griff kriegen.

Sie überquerte die Bühne. Es waren keine Kulissen mehr da, sie waren schon lange für die nächste Produktion im Lager verstaut.

Ob es für sie wohl jemals eine nächste Produktion geben würde?

Stirnrunzelnd blickte sie sich um. Nicht nur die Kulissen waren verschwunden, auch die Gespenster waren nicht mehr da. Sie war jetzt seit fast einer Woche wieder zurück, und sie hatten noch kein einziges Gespenst gesehen. Das Trio aus dem *Boar's Head* hatte sich vermutlich nach Frankreich abgesetzt, damit sie in Ruhe trauern konnte.

Hoffentlich blieben sie lange genug weg.

Und Connor dachte vermutlich darüber nach, was für ein Idiot er früher gewesen war, und wollte ihr Zeit geben, sich abzuregen, bevor er ihr das erste Mal wieder unter die Augen trat.

Sie konnte ihm keinen Vorwurf daraus machen.

Aber eigentlich war sie nicht im Mindesten wütend. Sie hatte nicht einmal geweint – jedenfalls zu Anfang nicht. An einem Nachmittag vor einer Woche war sie aus dem Feenring gestolpert und ins Gasthaus zurückgekehrt. Thomas hatte vor der Tür gestanden, als ob er sie schon erwartet hätte. Er hatte dafür gesorgt, dass sie etwas aß, dann hatte er sie ins Bett geschickt, ohne ihr irgendwelche Fragen zu stellen.

Sie musste Iolanthe dringend erzählen, dass ihr Mann gar nicht so ein schlechtes Kindermädchen war.

Da ihre übrige Familie schon vor längerer Zeit nach London aufgebrochen war, hatte sie auch von dieser Seite keine Fragen zu erwarten. Und Thomas ging wahrscheinlich davon aus, dass ihre Reise kein Erfolg gewesen war, da sie ohne Connor zurückgekehrt war.

»Ich habe ihn gewarnt«, sagte sie fünf Tage später beim Essen.

Thomas blickte sie nachdenklich an, dann ergriff er sein Besteck und widmete sich dem Fleisch auf seinem Teller. »Mehr konntest du nicht tun«, meinte er.

Seitdem hatte sie weder mit Thomas noch mit Iolanthe viel darüber gesprochen, und gestern waren die beiden zu einem weiteren Besuch in Artane abgereist. Vielleicht war ihnen ihr Schweigen ja auch auf die Nerven gegangen.

Victoria war es egal gewesen. Sie verbrachte ihre Tage oben auf dem Schloss, saß auf der Bühne und fragte sich, was sie mit dem Rest ihres Lebens anfangen sollte. Und ob sie Connor jemals wiedersehen würde.

Wollte sie das überhaupt?

Sie seufzte. Thomas hatte Jamie wahrscheinlich darüber unterrichtet, dass das Vorhaben gescheitert war. Ob Jamie wohl etwas dagegen hätte, wenn sie auch für ein paar Tage vorbeikäme? Sie sehnte sich danach, Ian und seine Familie wiederzusehen und ihren Kindern beim Spielen zuzusehen.

Ja, vielleicht sollte sie hinfahren. Was sollte sie hier noch? Und einfach nach Manhattan in ihr altes Leben zurückkehren konnte sie auch nicht. Nicht, nachdem sie Connor ganz leibhaftig gesehen hatte.

Sie konnte nicht zurückgehen. Sie konnte nur vorwärts gehen, auch wenn sie keine Ahnung hatte, wohin sie dieses Vor-

355

wärts bringen würde. Vermutlich würde sie einfach weiter Regie führen.

Sie begann im Kreis zu gehen. Langsam zunächst, mit offenen Augen. Dann ging sie schneller, immer schneller, bis sie schließlich rannte.

Und dann schloss sie die Augen.

Es war ihr egal, ob sie hinfiel. Vielleicht fiel sie ja direkt ins mittelalterliche Schottland, wo sie einen gewissen Laird davon überzeugen musste, dass sie ihn von Herzen liebte, und wenn er sich nur an die Zukunft erinnern könnte, dann würde er feststellen, dass er dasselbe empfand.

Plötzlich spürte sie keinen Boden mehr unter den Füßen, so wie vor zwölf Jahren, als sie in den Orchestergraben gestürzt war.

»Bei allen Heiligen, Frau!«

Sie landete in Connor MacDougals Armen.

In seinen Armen.

Er taumelte unter der Last und landete auf seinem Hinterteil, hielt sie aber fest an sich gedrückt.

Sie starrte ihn fassungslos an, nicht in der Lage, auch nur einen zusammenhängenden Gedanken zu fassen.

»Seid Ihr übergeschnappt?«, rief er aus.

»Ah ...«

Er setzte sie zu Boden und rappelte sich auf, um von oben finster auf sie herabzublicken.

»Wo bin ich?«, fragte er.

Vielleicht lag es ja an Jamies anstrengendem Training. Vielleicht war sie noch etwas mitgenommen von ihrem Ausflug ins dreizehnte Jahrhundert. Oder sie hatte in der letzten Zeit einfach zu wenig geschlafen.

Wie auch immer, jedenfalls tat sie das einzig Vernünftige.

Sie fiel in Ohnmacht.

Sie erwachte. Wie lange sie bewusstlos gewesen war, wusste sie nicht. Connor beugte sich über sie. Er hatte die Hand er-

hoben, als wolle er sie mit einer Ohrfeige ins Leben zurück-
holen. Allerdings war es ein gutes Zeichen, dass er seine
Hand noch nachdenklich anblickte.

Erleichterung zeigte sich auf seinem schönen Gesicht, als
er merkte, dass sie wieder zu sich kam.

Sein schönes, sterbliches Gesicht.

Victoria schloss die Augen und drängte die Tränen zurück.

»Nein«, rief er aus, »fallt nicht schon wieder in Ohnmacht. Ihr haltet wohl gar nichts aus!«

Sie öffnete die Augen und blickte ihn an. »Nein, ich falle
nicht in Ohnmacht«, sagte sie mit schwacher Stimme.

»Das ist auch besser so«, brummte er. »Ich muss mich um
genügend andere Dinge kümmern und kann mir nicht auch
noch Sorgen um Euch machen.«

Er hockte sich vor sie hin. Victoria musste sich zurückhalten, um ihn nicht anzufassen, seinen schmutzigen Kilt, sein
Gesicht, seine prachtvollen Haare …

»Wo bin ich?«, fragte er. »Mir gefällt es hier nicht. Ich
hatte an Feen gedacht, vielleicht sogar an die Zukunft, aber
hier sieht es nicht nach den Highlands aus.« Er blickte sich
um und verkündete dann: »Ich gehe jetzt.«

Victoria starrte ihn an. »Gehen?«

»Ja«, erwiderte er und erhob sich. »Ich habe das Pferd meines Vetters verloren und muss es suchen.«

Victoria rappelte sich auf und lief hinter ihm her. »Wartet!«, stieß sie hervor.

Er drehte sich um und blickte sie an. »Ja?«

Am liebsten hätte sie ihn festgehalten. Er war hier, hier in
der Zukunft!

Wieder musste sie die Augen schließen.

»Fallt nicht wieder in Ohnmacht!«

Rasch öffnete sie die Augen. »Nein, nein. Äh, würdet Ihr …
wollt Ihr etwas essen? Bevor Ihr geht«, fügte sie hastig hinzu.

Er schürzte die Lippen. »Euer Gälisch ist grauenvoll.«

»Das habt Ihr schon einmal gesagt.«

»Hm«, grunzte er. »In meiner Burg. Aber da war es auch schon grauenvoll.« Er schwieg. »Seitdem hat es sich nicht verbessert. Ihr habt einen komischen Akzent.«

»Ich habe es erst spät gelernt.«

»Ihr seid eine McKinnon. Ihr müsstet es eigentlich von Geburt an sprechen.«

»Ich weiß. Aber manchmal geht eben nicht alles nach Plan.«

»Ja, in der Tat, das ist wahr.« Er nickte zustimmend. »Dann haben Eure Eltern Euch schlecht unterrichtet.«

Nein, James MacLeod ist schuld, dachte sie. Ach was, das stimmte natürlich nicht. Er hatte sich jede erdenkliche Mühe gegeben. Aber sie auch. Dass sie Connor jetzt so gut verstehen konnte, wäre vor zwei Monaten noch undenkbar gewesen.

Er blickte sich um. »Wo bin ich? Wo sind wir hier?«, fragte er. »Im Himmel?«

»Nein, keineswegs.«

»Bei den Feen?«

»Auch da nicht.«

»Verdammt.«

Sie lächelte. »Ihr seid bestimmt hungrig.«

Er blickte sie einen Augenblick lang an, dann nickte er. »Ja, das stimmt. Ist Euer Schloss in der Nähe, oder besitzt Ihr nur diese verfallene Ruine?«

»Die Burg gehört meinem Bruder«, erwiderte sie. »Hinten an der Straße gibt es ein Gasthaus.«

»Also gehen wir zum Gasthaus«, erklärte er. »Aber beeilt Euch. Ich möchte vor Sonnenuntergang wieder zu Hause sein. Das hier ist nicht das, was ich erwartet habe, als ich in den Feenring in der Nähe meines Heims getreten bin.«

»Das glaube ich Euch auf der Stelle«, murmelte sie.

Connor wandte sich zum Gehen, und Victoria musste sich zusammenreißen, um nicht nach seiner Hand zu greifen. Am liebsten hätte sie geweint. Ambrose hatte sie gewarnt. Thomas hatte sie gewarnt. Zum Teufel, selbst Iolanthe hatte sie gewarnt.

Er wird sich nicht an dich erinnern, hatten sie gesagt, als sie bei den MacLeods war, um sich vorzubereiten. *Er wird sich zunächst nicht an dich erinnern. Lass ihm Zeit. Setz ihn nicht unter Druck.*

»Schlag ihm nicht einem Stein auf den Schädel, damit er wieder zu Verstand kommt«, murmelte sie leise.

»Was sagtet Ihr?« Connor blickte sie fragend an.

»Nichts«, erwiderte sie und lächelte freundlich. Sie wies den Weg hinunter. »Dort gibt es etwas zu essen.«

Er ging gehorsam neben ihr her.

Sie erreichten den Gasthof innerhalb kürzester Zeit, weil Connor mit seinen langen Beinen so schnell ging, dass Victoria völlig außer Atem geriet. Du liebe Güte, sie hatte mit Jamie und Ian trainiert, hatte das mittelalterliche Schottland überlebt und war heil wieder nach Hause gekommen. Warum brachte ein kleiner Sprint vom Schloss zum Gasthaus sie so außer Atem?

Es hatte bestimmt etwas mit dem Schock zu tun.

Sie warf Connor einen Blick von der Seite zu. Er starrte das Gasthaus mit offenem Mund an und hatte die Augen weit aufgerissen. Erstaunt wandte er sich ihr zu.

»Diesen Ort kenne ich.«

»Ach ja?«

Er kniff die Augen zusammen. »Habt Ihr mich hierher gebracht?«

»In den Gasthof oder in die Zukunft?«

»In die Zukunft. Nein, in dieses Gasthaus.« Er runzelte die Stirn. »Beides.«

»Nein, das habe ich nicht. Ihr seid von ganz alleine gekommen, wisst Ihr das nicht mehr?«

Gesegneter, wunderbarer, ratloser Mann.

Er machte eine weitausholende Geste. »Ich kenne das aus einem Traum.« – »Träumt Ihr oft?«

Automatisch korrigierte er ihr Gälisch, dann wies er auf den Weg. »Ja, aber darüber werden wir jetzt nicht sprechen.« Er zog sein Schwert. »Ihr geht voran. Ich folge Euch.«

»Erstecht mich nicht!«, erwiderte sie. Diesen Satz beherrschte sie perfekt.

Sein Gesicht entspannte sich ein wenig. »Nein, das tue ich nicht. Aber ich brauche Euch vielleicht als Geisel für die Feen, damit sie mich wieder nach Hause gehen lassen.«

»Wir sind hier nicht im Feenreich.«

»Das behauptet Ihr, aber ich habe da meine Zweifel.« Er blickte sie an. »Ich habe nämlich über alles nachgedacht. Vor allem über Eure Schönheit. Ihr sagt, Ihr wärt eine McKinnon, aber so schöne Frauen hat es bei den McKinnons nie gegeben. Also müsst Ihr eine Fee sein.«

»Hm, sicher«, erwiderte sie und fragte sich zum ersten Mal, ob das Ganze wirklich eine so gute Idee gewesen war.

Und dann legte er ihr die Hand auf den Rücken und stieß sie leicht vorwärts.

Beinahe hätten ihre Knie nachgegeben.

Sie holte tief Luft und ging voraus. Sie trat zur Tür und öffnete sie. Dann blickte sie sich um.

»Kommt Ihr?«

Er zögerte ein wenig. »Ich gestehe ungern eine Schwäche ein, aber dieser Ort macht mir ein wenig Angst.«

»Hier spukt es«, sagte sie leichthin, »aber die Gespenster sind nicht da. Drinnen ist nur die Gastwirtin, und sie ist eine *sehr* gute Köchin.«

Er musterte sie prüfend. »Ihr seht aus, als ob Ihr alle Sinne beisammen hättet, und doch redet Ihr wirr.«

Victoria ließ sich nichts anmerken. Noch nicht. »Ihr müsst etwas essen. Danach geht es Euch besser.«

»Am Ende ist es vergiftet.«

»Ich werde alles vorkosten.«

»Das ist sehr höchst achtbar.«

»Für den guten Zweck tue ich alles.«

360

Er zog eine Augenbraue hoch und lächelte beinahe. Victoria wäre fast in Tränen ausgebrochen.

Sie riss sich jedoch im letzten Moment zusammen und trat ein. Connor folgte ihr. Mrs Pruitt trat aus der Esszimmertür und wischte sich die Hände an der Schürze ab. Sie lächelte.

»Mistress Victoria!«, rief sie aus. »Laird MacDougal.«

»Kennt sie mich?«, fragte Connor erstaunt. »Wie kann das sein?«

Mrs Pruitt runzelte die Stirn. »Ich bin mit allen Gästen hier gut bekannt, ob sie nun sterblich sind oder …«

»Mrs Pruitt«, unterbrach Victoria sie höflich, »haben Sie etwas zu essen für uns? Wir sind ein wenig hungrig.«

Mrs Pruitt runzelte die Stirn, zuckte dann jedoch mit den Schultern. »Aber natürlich, mein Kind. Kommen Sie herein, ich mache Ihnen rasch etwas.«

Victoria nickte Connor zu. Da er zögernd stehen blieb, wandte sie sich zu ihm um. Er stand da wie erstarrt und starrte auf die Bibliothekstür. Schließlich fuhr er sich mit der Hand über die Augen und schüttelte den Kopf.

»Ich glaube, ich verliere den Verstand«, murmelte er.

Victoria tat so, als ob sie nichts gemerkt hätte. Sie führte ihn durch das Esszimmer und rückte ihm in der Küche einen Stuhl zurecht. Sie setzte sich neben ihn, wobei sie sich zwingen musste, ihn nicht anzufassen.

Mrs Pruitt bereitete ihnen Rührei, gebratene Tomaten, Kartoffeln, Würstchen und den obligatorischen Toast zu. Es roch himmlisch, und Connors Magen begann zu knurren.

»In einer Minute, Mistress Victoria«, sagte Mrs Pruitt lachend. »Ich beeile mich ja schon.«

Victoria räusperte sich. »Könnten wir bitte zwei Teller haben, Mrs Pruitt.«

Mrs Pruitt drehte sich um, den Kochlöffel in der Hand, und blickte Victoria stirnrunzelnd an. »Warum zwei?«

»Einen für Laird MacDougal.«

»Wozu braucht er denn einen Teller? Ich bitte um Vergebung, Mylord.«

Connor blickte sie verwirrt an. »Warum soll ich denn nichts essen, gute Frau?«

»Na ja, aus den offensichtlichen Gründen«, erwiderte Mrs Pruitt noch verwirrter.

Victoria unterbrach die Diskussion, bevor es gefährlich wurde. Am Ende käme Mrs Pruitt noch auf die Idee, Connor zu kneifen, um sich davon zu überzeugen, dass er kein Gespenst mehr war. Sie räusperte sich noch einmal. »Tun Sie bitte, was er sagt, Mrs Pruitt.«

Mrs Pruitt warf ihr zwar einen missbilligenden Blick zu, bereitete jedoch gehorsam zwei Mahlzeiten vor. Seufzend stellte sie den zweiten Teller vor Connor. »Was ich nicht alles mitmache ...«

Connor ergriff die Gabel, betrachtete sie stirnrunzelnd, zuckte dann jedoch mit den Schultern und benutzte sie.

Mrs Pruitt keuchte auf.

Connor kaute.

Mrs Pruitt verdrehte die Augen und sank ohnmächtig zu Boden.

»Was ist bloß mit den Frauen hier im Feenreich los?«, fragte Connor mit vollem Mund kauend. »Aber sie kocht tatsächlich gut.«

Victoria erhob sich und sorgte dafür, dass Mrs Pruitt wieder zu sich kam. Die Augenlider der Wirtin flatterten, dann setzte sie sich abrupt auf und spähte über die Tischkante.

»Er isst«, flüsterte sie laut.

»Das tut er«, stimmte Victoria ihr zu.

»Aber ...«

»Ich weiß«, erwiderte Victoria.

Mrs Pruitt blickte sie an. »Ist er denn heute gekommen?«

»Es scheint so.«

»Ist er real?«

»Er isst doch, oder nicht?«

Mrs Pruitt erhob sich und glotzte Connor mit offenem Mund an. Er erwiderte ihren Blick so finster, dass sie schließlich den Mund zuklappte und sich an Victoria wandte.

»Ich mache ihm ein Zimmer fertig, oder?«

»Er will wieder nach Hause.«

»Oh«, sagte Mrs Pruitt enttäuscht. »Aber vielleicht nur für den Fall, dass er doch hier bleibt.«

»Ja, vielleicht«, stimmte Victoria zu.

Mrs Pruitt warf Connor noch einen letzten Blick zu, dann verließ sie eilig die Küche, und Victoria nahm ihren Platz neben Connor wieder ein, um ebenfalls zu essen.

Sie schmeckte absolut nichts.

Connor schlang alles herunter, ließ sich eine zweite Portion geben und blickte sich dann nach mehr um. Als er sah, dass Victoria an ihrem Essen nur herumpickte, aß er ihren Teller auch noch leer.

»Gibt es noch mehr?«, fragte er und leckte seine Gabel ab, als er auch ihren Teller blank geputzt hatte.

»Ich sehe mal nach.«

Victoria plünderte Mrs Pruitts Speisekammer und begann zu kochen. Connor vertilgte weitere sechs Eier, noch ein paar Tomaten und die restlichen Würstchen im Kühlschrank, ehe er sich befriedigt zurücklehnte und herzhaft rülpste.

»Ihr seid eine recht gute Köchin«, sagte er und tupfte sich die Mundwinkel. »Das war nicht schlecht.«

»Danke.«

Er schob seinen Stuhl zurück und erhob sich. »Aber so interessant es hier auch sein mag, ich habe keine Lust, den Rest meiner Tage mit Feen und derlei Volk zu verbringen. Ich bin mir zwar nicht sicher, wo Ihr hingehört, aber ich möchte gerne wieder nach Hause.«

»Soll ich Euch zum Feenring begleiten?«, fragte Victoria.

»Nein, danke. Ich finde den Weg schon alleine.« Er verbeugte sich vor ihr und verließ die Küche, wobei er über die Schwingtür fluchte.

Victoria blieb in der Küche zurück und fragte sich, ob jetzt vielleicht der richtige Zeitpunkt war, in Tränen auszubrechen.

Er wollte nicht, dass sie mitkam.

Das sagte doch alles, oder?

Er würde den Weg zum Feenring ohne Weiteres finden, durch die Zeit zurück ins mittelalterliche Schottland reisen und dort bis an sein Lebensende leben, ungemordet. Wahrscheinlich würde er wieder heiraten. Er würde weitere Kinder bekommen. Er würde Vieh stehlen und das spitze Ende seines Schwertes dazu benutzen, aus den Männern, die ihm nicht zusagten, Nadelkissen zu machen.

Und sie würde in der Zukunft sein.

Allein.

Und noch nicht einmal ein Gespenst würde ihr Gesellschaft leisten.

Aber es war am besten so, dachte sie dann. Jetzt war ihr zumindest klar, was aus seinem Geist geworden war. Da Connor nicht ermordet worden war, hatte er auch keinen Grund, im Schloss zu spuken, und sie würde ihn nie wieder sehen.

Egal, dachte sie bei sich. So sehr hatte sie ihn eigentlich auch nicht gemocht. Er war laut, hatte schlechte Manieren und war jähzornig.

Er war großartig. Begabt. Sanft.

Und als Geist hatte er sie geliebt.

Sie wusch das Geschirr ab und schrubbte die Pfannen und Töpfe, bis sie kurz davor waren, um Gnade zu winseln. Als sie alles abgetrocknet hatte, setzte sie sich an den Tisch. Mrs Pruitt kam in die Küche, erfasste die Situation mit einen einzigen Blick und ging wieder. Victoria blieb so lange sitzen, bis ihr klar wurde, dass sie auch in einem bequemeren Sessel traurig sein konnte. Also stand sie auf und ging in die Bibliothek.

Sie setzte sich an ihren gewohnten Platz und blieb dort, bis es dunkel wurde.

Er ging wahrscheinlich gerade in seine Burg.

Kurz kam ihr der Gedanke, ob sie ihm folgen sollte, obwohl sie doch gerade erst gelobt hatte, sich nicht mehr in das Leben anderer Leute einzumischen. Aber selbst wenn sie sich nicht daran halten wollte, so konnte sie doch nicht mehr in Connors Zeit zurückkehren. Jamie hatte gesagt, er sei nie zwei Mal am gleichen Ort gewesen. Und wenn sie es nun versuchte und zwanzig Jahre später dort landete? Zwanzig Jahre, nachdem Connor eine andere geheiratet und mit ihr Kinder bekommen hatte? Oder Hunderte von Jahren, bevor er sie gekannt und geliebt hatte?

Oder wenn sie es zwar ins mittelalterliche Schottland schaffte, aber dann nicht mehr nach Hause zurückkehren konnte? Schließlich war es ja schon ein Wunder, dass sie einfach so in der Zeit gereist war. Allerdings hatte sie bei der Rückreise auch so bitterlich geschluchzt, dass es ihr wahrscheinlich egal gewesen wäre, wenn der Feenring sie in das falsche Jahrhundert geschleudert hätte.

Es war vorbei.

Sie war dort gewesen, sie hatte ihn gesehen, und sie war mit leeren Händen zurückgekommen.

Hatte es jemals einen schlimmeren Tiefpunkt in ihrem Leben gegeben? Sie war zu müde, um sich zu bewegen; zu müde, um zu schluchzen; zu müde, um zu atmen. Sie saß einfach da und ließ die Tränen über ihre Wangen laufen, weil sie nicht die Energie aufbrachte, sie wegzuwischen.

Es wurde immer dunkler, und schließlich konnte sie die Hand nicht mehr vor Augen sehen. Das machte ihr Angst. Sie wollte nicht erstarrt in der Dunkelheit sitzen. Ja, sicher, ihr Leben war ruiniert, aber vielleicht war es besser, das Ausmaß des Schadens bei Licht zu betrachten.

Sie griff nach dem Schalter der Lampe auf dem kleinen Tisch neben dem Sessel. Seufzend knipste sie das Licht an.

Und dann richtete sie sich kerzengerade auf und schrie.

Connor stand in der Tür. Er hielt die Hände hoch. »Ich tue Euch nichts.«

»Oh«, sagte sie mit schwacher Stimme und presste sich die Hand aufs Herz. Ja, klar, deshalb hatte er ja auch sein riesiges Schwert aus der Scheide gezogen. »Du hast mir Angst gemacht.«

Er blinzelte. »Was habt Ihr gesagt?«

Sie versuchte es auf Gälisch. »Ihr habt mir einen Schrecken eingejagt.« Sie schwieg. »Ich habe nicht gehört, wie Ihr hereingekommen seid.«

»Ihr habt geweint.«

»Ja.«

Er blickte sie an, blickte auf den Sessel, der ihr gegenüber stand, und dann wieder auf sie. Dann schloss er die Tür hinter sich.

»Darf ich?«, fragte er und wies mit dem Kinn auf den Sessel.

Es wäre nicht das erste Mal. Sie lächelte freundlich. »Bitte.«

Er schob sein Schwert wieder in die Scheide und trat zögernd auf sie zu. Von Zeit zu Zeit blieb er stehen und blickte sich staunend um, als könne er nicht glauben, wo er sich befand.

Schließlich setzte er sich. Das Schwert legte er über seine Knie und blickte sie an.

»Ich bin gescheitert.«

Dem Himmel sei Dank! »Ihr seid gescheitert?«, fragte sie mitfühlend.

»Ich habe versucht, nach Hause zu gehen, aber Eure Feenwelt lässt mich nicht los.«

»Es ist keine Feenwelt«, sagte sie langsam.

»Ich bin mir nicht sicher.« Er musterte sie prüfend. »Wenn ich ein abergläubischer Mann wäre, würde ich sagen, Ihr habt einen Zauber über mich gelegt und mich in Eure Welt gebracht.«

Das hätte ich auch versucht, wenn ich der Meinung gewesen wäre, dass es funktioniert.

»Ich bin keine Hexe«, sagte Victoria. »Wir sind tatsächlich in der Zukunft.«

Nachdenklich schürzte er die Lippen und betrachtete die Lampe neben ihr. Dann blickte er sie an. »Es fällt mir schwer, das zu glauben.«

»Es wird einige Dinge geben, die Ihr kaum glauben könnt.« Sie schwieg. »Jedenfalls, solange Ihr hier seid.«

Er überlegte. Schließlich sagte er: »Ich werde nach Hause zurückgehen. Aber erst später. Jetzt werde ich erst einmal hier bleiben und mir Euer Land ansehen.«

Victoria nickte. »Wenn es das ist, was Ihr wollt.«

Er betrachtete sie eingehend. »Ihr habt mir das Leben gerettet. Warum?«

Wo sollte sie anfangen? Sie schüttelte den Kopf. »Das ist eine zu lange Geschichte für den heutigen Abend.«

Er nickte. »Na gut. Aber morgen möchte ich sie hören.« Er blickte sich um. »Euer Boden ist sehr sauber. Darf ich dort schlafen?« Er wies zur Tür.

»Ihr braucht nicht auf dem Boden zu schlafen«, antwortete sie. »Wir haben oben Betten.«

»Ich ziehe es vor, in der Nähe der Tür zu schlafen«, sagte er. »Es sei denn, meine Anwesenheit stört Euch.«

Ob sie sich gestört fühlte? Ihr Herz hätte nicht mehr geschmerzt, wenn er ein Messer hineingestoßen und die Klinge abgebrochen hätte.

Mühsam schüttelte sie den Kopf. »Ich gehe ins Badezimmer und mache mich fertig für die Nacht. Soll ich Euch Euer Badezimmer zeigen?«

»Badezimmer?«

»Eine Art moderner Abtritt.«

»Gut. Kann ich mein Schwert mitnehmen?«

»Warum nicht?«

Sie stand auf und trat an die Tür. Er folgte ihr. Victoria konnte es spüren, ohne den Kopf zu wenden. Als er ihr die Hand auf die Schulter legte, erschauerte sie.

367

»Fühlt Ihr Euch nicht wohl?«, fragte er mit seiner tiefen Stimme.

Nein, es bringt mich nur um den Verstand, dass du so nahe bei mir schläfst. »Es geht mir gut«, stieß sie hervor.

Er nahm seine Hand weg. »Ich habe Euch noch nicht gedankt.«

Sie drehte sich zu ihm um und blickte ihn an. »Wofür?«

Er runzelte die Stirn. »Mir fällt es nicht leicht, etwas anzunehmen. Aber ich verdanke Euch mein Leben.« Er trat einen Schritt zurück und verbeugte sich. »Ich stehe in Eurer Schuld.«

»Es war mir ein Vergnügen«, sagte sie. »Kann ich Euch jetzt das Badezimmer zeigen?«

Er blickte sie an, dann nickte er. »Bitte.«

Victoria verließ die Bibliothek vor ihm und kam im gleichen Moment wieder zur Besinnung. Connor würde die Nacht über bleiben, er würde eine weitere gewaltige Mahlzeit vertilgen, und dann würde er in die Wildnis des mittelalterlichen Schottland zurückkehren. Und sie würde in die Wildnis Manhattans zurückgehen.

Das Leben würde weitergehen.

Und irgendwann einmal würde sie das Leben wieder genießen, auch wenn es ihr in der ersten Zeit verdammt schwerfallen würde.

Seufzend führte sie Connor den Flur entlang zu Mrs Pruitts extraschickem Badezimmer, das man nur benutzen durfte, wenn sie einen wirklich mochte.

30

Connor erwachte. Er wusste sofort, dass er sich nicht in seinem eigenen Bett aus knisterndem Stroh befand, das in seinem Schlafzimmer stand, wo es schwach nach nassem Hund roch. Im restlichen Schloss roch es noch viel schlimmer.

Verdammt, er war immer noch im Feenreich gefangen!

Er hatte angenommen, er würde einschlafen und dort aufwachen, wo er hingehörte. Aber anscheinend musste er seine Flucht besser planen und ein bisschen mehr Mühe investieren, als nur auf dem Boden zu schlafen und das Beste zu hoffen.

Aber vielleicht war er ja auch gar nicht im Feenreich, sondern tatsächlich in der Zukunft. Das hatte Victoria McKinnon jedenfalls behauptet, und es war natürlich durchaus möglich, dass sie die Wahrheit gesagt hatte. Das Feenreich war sicher irgendwie, nun ja, blumiger. Natürlich standen auch Blumen an dem Weg, der zum Gasthaus führte, aber das waren ganz gewöhnliche Pflanzen. Und er hatte auch keine kleinen Zauberwesen gesehen, die dort herumtanzten.

Und im Feenreich musste es doch ganz bestimmt Elfen geben.

Er setzte sich auf. Es war noch nicht völlig hell, aber immerhin schon hell genug, dass er die Umrisse im Zimmer erkennen konnte. Allerdings wusste er auch so, was sich alles darin befand. Warum ihm alles so vertraut war, konnte er nicht sagen. Seine Träume waren von jeher sehr lebhaft gewesen. Aber dass sogar diese Victoria McKinnon darin eine Rolle spielte, war schon ungewöhnlich.

Nein, er musste sich eingestehen, dass er das alles nicht träumte. Es war ihm wider alle Vernunft irgendwie gelungen, in die Zukunft zu reisen.

Er stand auf und reckte sich. Dann trat er zu der Liege, auf der seine Gastgeberin schlief. Ihre leuchtend roten Haare waren auf dem Kissen ausgebreitet, und im Schlaf war ihr Gesicht entspannt und friedvoll. Bei allen Heiligen, er hatte noch nie eine so schöne Frau gesehen. Ihre Schönheit schien ausschließlich dazu da zu sein, ihn zu verführen.

Allerdings hatte er auch noch nie von einer wirklich ansehnlichen Hexe gehört.

Er ergriff sein Schwert, warf einen letzten Blick auf Mistress McKinnon und verließ das Zimmer. Die Türen waren eigenartig und schwierig zu bedienen. Es wäre wesentlich einfacher, wenn man einfach durch sie hindurchgehen könnte.

Er erstarrte. Verlor er jetzt ernsthaft den Verstand? Seit wann konnte ein Mann durch Türen hindurchgehen?

Er schüttelte den Kopf und ging den Flur entlang zum Badezimmer. Es so zu bezeichnen, wurde seiner Pracht allerdings nicht gerecht. Er öffnete die Tür, drückte auf den Schalter, der die Lichter entzündete, und starrte fasziniert auf den Luxus, der sich ihm darbot.

Da waren zunächst die Lichter. Sie jagten ihm jetzt keinen Schrecken mehr ein wie gestern Abend. Victoria hatte ihm versichert, dass das zu den Wundern der Zukunft zählte, und dass in den Glasbirnen keineswegs kleine Feen eingesperrt waren, die ihrer Königin missfallen hatten und jetzt dafür eine schwere Strafe verbüßten. Er betrachtete eine Lampe genauer. Nein, es stimmte, hinter dem Glas waren keine Wesen, nur etwas, das aussah wie eine Schnur.

Er blickte zum Spiegel und sah … sich selbst. Er betrachtete sein unrasiertes Gesicht, studierte sein Kinn, blickte sich tief in die Augen und fuhr sich prüfend durch die Haare. Er war ein wenig verwundert darüber, dass seine verstorbene Frau ihn tatsächlich so viel weniger anziehend gefunden hatte als den Franzosen.

Nun ja, der Franzose hatte ein gewisses *je ne sais quoi* besessen. Und selbst Connor musste zugeben, dass jener vor seinem frühen und wohlverdienten Ende hübsch anzusehen gewesen war. Na ja, seine gallischen Züge fielen jetzt sicher schon der Verwesung zum Opfer, aber diesem angenehmen Gedanken würde er sich zu einem späteren Zeitpunkt widmen.

Nein, Morag hatte ihn nie besonders angenehm gefunden, und es war dumm von ihm gewesen, sie zu heiraten. Sie hatte unwillig das Bett mit ihm geteilt, ihm nur widerstrebend Kinder geboren und jeden Vorwand gesucht, um aus seinem Schloss und seinen Armen zu fliehen. Es war schon gut, dass er sie los war.

Mit seinen Kindern verhielt es sich jedoch anders.

Aber da allein schon der Gedanke an sie seine Augen feucht werden ließ, wandte er seine Aufmerksamkeit etwas anderem zu. Er rasierte sich mit seinem Messer, und als er fertig war, fühlte er sich ein wenig besser. Er erkundete das Wunder des Waschbeckens, sah jedoch davon ab, es auseinanderzunehmen. Er hatte das gestern Abend mit der Dusche versucht, und auf einmal war eine äußerst verärgerte Mrs Pruitt aufgetaucht, die er mit seinem Fluchen anscheinend geweckt hatte.

Heute wusste er es besser. Er nahm sich ein rosafarbenes Handtuch, das ungewöhnlich weich war, entkleidete sich und trat in die Dusche, die für wesentlich kleinere Männer gemacht war. Aber sie war ein Wunder an Reinlichkeit, und er genoss das warme Wasser.

Mrs Pruitt war trotz der späten Nachtstunde bereit gewesen, ihm alles zu erklären, weil er darauf brannte, das Badezimmer zu erkunden. Sie hatte ihm gezeigt, wie die Dusche funktionierte und ihm gesagt, was in die Toilette gehörte und was nicht. Allerdings war sie wesentlich ungeduldiger mit ihm gewesen als Victoria, und bevor sie ihn mit einer Reihe von Flaschen mit duftendem Inhalt allein ließ, bat sie ihn in barschem Tonfall, nicht mehr so laut zu fluchen.

Er trocknete sich ab und betrachtete seine Kleider. Nun, die konnten sicher eine Wäsche vertragen. Er ergriff sie mit einer Hand, nahm sein Handtuch in die andere und verließ das Badezimmer auf der Suche nach einer Wäscherin.

Auf dem Flur standen ein Mann und eine Frau mit drei kleinen Mädchen. Die Frau sah ihn und schrie laut auf.

Connor schrie ebenfalls vor Schreck.

»Laird MacDougal!«, rief Mrs Pruitt aus.

Er drehte sich zu ihr um. »Ja?«

Mrs Pruitt wies ungeduldig auf seine untere Körperregion. »Bedecken Sie sich, wenn ich bitten darf!«

Rasch schlang er sich das Handtuch um die Taille. Daran hätte er auch selbst denken können. Dann reichte er ihr seine Kleidung.

»Wascht sie!«, befahl er.

Damit wandte er sich zum Gehen. Den neuen Gästen, die ihn empört anstarrten, nickte er zu.

»Verzeiht«, sagte er höflich. »Ich bin neu hier in der Zukunft.«

Sie sahen ihn an, als ob sie kein Wort von dem, was er sagte, verstehen könnten. Die kleinen Mädchen schauten ihn mit großen Augen an. Das kleinste lächelte.

Nun, sie sahen ganz bestimmt nicht aus wie Feenkinder. Vielleicht sagte Victoria ihm ja die Wahrheit. Es waren bestimmt schon seltsamere Dinge passiert, als dass ein Mann sich auf einmal in der Zukunft befand.

Aber es spielte keine Rolle. Er würde bald wieder zu Hause sein. Im Moment jedoch wollte er sich erst einmal noch ein wenig umsehen.

Er klopfte, bevor er die Bibliothek betrat. Victoria war nicht da. Sein Herz sank, aber er rief sich rasch zur Ordnung. Bei allen Heiligen, es war ja schließlich nicht so, als ob ihm die Frau etwas bedeutete …

Plötzlich sah er sie deutlich vor sich: Victoria mit offenen Haaren, die in einem Sessel vor dem Feuer saß, ihn mit Tränen in den Augen anblickte und ihn anflehte zu …

»Oh, Entschuldigung.«

372

Connor drehte sich um und sah sie in der Tür stehen. Offensichtlich hatte er das Zimmer, ohne es zu merken, bereits zur Hälfte durchquert. Er nickte.

»Nein, ich muss mich entschuldigen«, sagte er. »Ich war … nun, ich scheine Wachträume zu haben.« Er blickte sie ein wenig hilflos an. »Anders kann ich es nicht beschreiben.«

»Wachträume«, wiederholte sie. »Das ist interessant.«

Er runzelte die Stirn. »Haltet Ihr mich für verrückt?«

»Nein«, erwiderte sie. »Ihr braucht allerdings etwas anzuziehen.«

Er blickte auf sein rosafarbenes Handtuch. »Ich habe die Gäste erschreckt.«

»Habt Ihr Euch wenigstens mit dem Handtuch bedeckt?«

»Zuerst nicht.«

Sie lachte.

Connor hätte sich am liebsten kurz gesetzt.

Bei allen Heiligen, die Frau war atemberaubend. Er sank in einen Sessel vor dem Kamin und blickte sie an. Sie trug die Haare offen und hatte wieder diese seltsamen blauen Beinkleider an, in denen er sie …

In seinen Träumen hatte er sie darin gesehen.

Er schüttelte den Kopf, aber das Bild verschwand nicht. Er blinzelte, gab es aber dann auf. Wenn sein armes benebeltes Hirn zu glauben wünschte, er hätte von ihr geträumt, dann konnte er nichts dagegen ausrichten.

Blaue Beinkleider und eine weiße Tunika mit Knöpfen vorne. Ah, Knöpfe. Er hatte schon davon gehört. Später würde er sie sich genauer ansehen, später, wenn er eine Gelegenheit fände, sie in die Arme zu ziehen und zu küssen.

Sein Unterkiefer fiel herunter. Bei allen Heiligen, woher kamen diese Gedanken?

»Laird MacDougal?«, fragte sie. »Ist Euch nicht wohl?«

»Connor«, sagte er automatisch. Mittlerweile wunderte er sich schon nicht mehr darüber, dass er sich selbst nicht mehr im Griff hatte. Er erlaubte nie jemandem, ihn beim Vorna-

373

men zu nennen. Selbst seiner Frau hatte er es erst nach Jahren gestattet.

Vermutlich war er ab und zu recht grob gewesen.

»Connor«, sagte sie langsam. »Darf ich Euch so nennen?«

»Darf ich Victoria zu Euch sagen?«

Wieder lächelte sie, und es traf ihn mitten ins Herz. »Sehr gerne.«

»Mir würde es auch gefallen.« Er griff sich an die Stirn, um zu fühlen, ob er Fieber hatte. Nein. Vielleicht war die Dusche zu viel für ihn gewesen. Das nächste Mal würde er lieber ein Bad nehmen und nicht so viel von der Seife benutzen, die nach Früchten roch.

»Mein Bruder hat oben sicher ein paar Kleider. Wollt Ihr mitkommen und sie Euch ansehen?«

»Natürlich.«

»Möglicherweise sind die Sachen zu klein, aber wir können es ja probieren.«

»Wie Ihr wollt. Gegen dieses rosafarbene Tuch wird alles gut aussehen.«

»Da wäre ich mir gar nicht so sicher.« Lächelnd ging sie voraus.

Connor folgte Mistress Victoria McKinnon die Treppe hinauf und den Flur entlang zu einem sehr eleganten Zimmer mit Möbeln, wie er sie noch nie zuvor gesehen hatte. Es war ein Zimmer wie in einem Königspalast.

Vorsichtig ließ er sich auf der Bettkante nieder und wippte ein paar Mal.

Victoria lachte wieder, und er dachte bei sich, dass er zu einigem bereit wäre, wenn er nur dieses Lachen hören konnte.

»Schön, nicht wahr?«, sagte sie und strich über einen der Bettpfosten.

»Ja, sehr.«

»Sechzehntes Jahrhundert.«

Er blinzelte. »Was?«

»Es wurde gefertigt, als Elizabeth Tudor Königin war.« Sie blickte ihn an. »Vor vierhundert Jahren.« Sie schwieg kurz, dann fuhr sie fort: »Sie hatten keine Kinder, deshalb war James der Sechste gleichzeitig König von Schottland und England.«

Er hörte ihr zu, wobei er sich verzweifelt ein starkes Getränk wünschte. »Es ist gut, dass ein Schotte auf dem englischen Thron saß«, stieß er hervor.

»Ihr werdet einige der historischen Ereignisse höchst interessant finden.«

»Historische Ereignisse?«

»Die Dinge, die zwischen Eurer Zeit und der heutigen passiert sind. Aber zuerst einmal braucht Ihr etwas anzuziehen.« Sie drehte sich um und kramte im Schrank. Dann reichte sie ihm einige Kleidungsstücke. »Hier. Ich glaube, Ihr könnt Euch denken, wie man sie anzieht.«

Connor blickte auf die Sachen. Blaue Beinkleider, wie Victoria sie trug …

Ah, Knöpfe! Erfreut betrachtete er das Hemd, das sie ihm gegeben hatte. Einige Minuten spielte er daran herum, aber als er aufblickte, um sich bei Victoria zu bedanken, war sie verschwunden und die Tür war geschlossen. Connor legte Hemd und Beinkleider beiseite und betrachtete die übrigen Sachen.

Vermutlich handelte es sich um Unterkleider. Er zog die Dinger über seine Füße, schlüpfte in die kurzen Beinkleider und nahm sich die langen vor … Nachdenklich hielt er inne.

Jeans.

Das Wort war auf einmal in seinem Kopf. Er zuckte mit den Schultern. Ja, das waren wohl Jeans. Er zog sie an, knöpfte sie zu, als habe er sein ganzes Leben lang nichts anderes getan, und schlüpfte dann in das Hemd. Suchend blickte er sich nach einem polierten Glas um.

Er runzelte die Stirn. Die Ärmel reichten ihm nicht bis an die Handgelenke, und das Vorderteil spannte über der Brust.

Die Jeans endeten kurz über seinen Knöcheln, was ihn nicht weiter störte, aber sie waren viel zu eng, und er fragte sich, ob er sich damit überhaupt würde hinsetzen können.

Nun, zur Not würde er stehen, bis seine eigene Kleidung getrocknet war. Auf jeden Fall würde er jetzt die Einheimischen bestimmt nicht mehr erschrecken. Zufrieden öffnete er die Tür und trat in den Flur hinaus.

Dort lehnte Victoria an der Wand und schien auf ihn zu warten. Ihre offenen Haare fielen über ihre Schultern und ihr Gesicht. Sie hob den Kopf und blickte ihn an.

Er stolperte. Verdammter unebener Boden. Dieses Gasthaus war einfach schlecht gebaut.

Sie starrte ihn an, als hätte sie noch nie zuvor einen Mann gesehen. Er runzelte die Stirn.

»Stimmt etwas mit meiner Kleidung nicht?«

Sie schien unter Schock zu stehen. Aber vielleicht war es auch kein Schock.

War es Begehren? Das wäre ihm nicht unrecht gewesen. Bewunderung? Weniger schmeichelhaft als Begehren, aber auch nicht schlecht.

Schließlich warf sie die Haare zurück und band sie zu einer Art Pferdeschwanz zusammen. Freundlich blickte sie ihn an.

Er runzelte die Stirn. Was verbarg sie vor ihm?

»Wie wäre es mit Frühstück?«

»Was verbergt Ihr vor mir?«, fragte er.

Sie blinzelte. »Verbergen?«

»Ja, Ihr verschweigt Eure Gedanken. Hört auf damit, und sagt mir aufrichtig, was Ihr denkt.«

»Oh«, sagte sie und lächelte verlegen. »Ich habe gerade gedacht, wie schade es ist, dass Ihr so bald schon wieder nach Hause zurückkehren müsst.«

»Weil ich Eure Zukunftskleidung angezogen habe?«

Sie überlegte, schüttelte dann aber den Kopf. »Es gefällt mir, meine Zeit durch Eure Augen zu sehen. Das wird mir fehlen«, erwiderte sie.

»Eure Augen sind feucht.« – »Ich habe eine Allergie.« –
»Eine Allergie?«

»Blumen bringen mich zum Niesen.«

»Nun, dann riecht nicht mehr daran.« Er wies zur Treppe.
»Jetzt hätte ich gerne ein Frühstück, wenn es Euch recht ist.
Und dann werden wir den Tag Nutzen, um Eure Wunder zu
erkunden. Heute Abend muss ich nach Hause.«

»Natürlich.«

»Ich brauche sobald wie möglich meine Sachen zurück.
Diese hier sind ein wenig zu klein.«

»Mein Bruder ist nicht so groß wie Ihr. Aber da ich Euch
sonst nur etwas von mir anbieten hätte können, ist das wohl
die bessere Wahl.«

»Und es ist wesentlich besser als das rosafarbene Handtuch. Ich habe es übrigens aufs Bett gelegt.« Er holte es rasch
und wandte sich dann erneut an Victoria. »Gibt es jetzt Frühstück?«

»Ja, sicher.«

Er folgte ihr in die Küche, reichte Mrs Pruitt das Handtuch und setzte sich an den Tisch, um eine herzhafte Mahlzeit zu sich zu nehmen.

Als sie fertig waren, lehnte er sich zurück und blickte Victoria an. »Ich möchte gern das Schloss sehen.«

»Natürlich.«

Während er ihr aus dem Gasthaus folgte, fragte er sich,
warum sie so fügsam war. Er hatte sie eigensinniger in Erinnerung.

Mitten auf dem Weg blieb er stehen. Kopfschüttelnd blickte er Victoria an. »Ich fürchte, wenn ich zu lange hier bleibe,
verliere ich noch den Verstand.«

»Geht, wenn es sein muss«, erwiderte sie leise.

»Aber bis dahin bleibt Ihr bei mir?«

»Wenn Ihr es wünscht.«

»Ich wünsche es.«

Beinahe gegen seinen Willen bot er ihr auf einmal seinen

Arm an, als wolle er eine feine Dame zu einem festlichen Ereignis begleiten. Verblüfft betrachtete er seine eigenen Gliedmaßen.

Bei allen Heiligen, er stand tatsächlich kurz davor, wahnsinnig zu werden.

Victoria legte ihm die Hand auf den Arm. Er hielt den Atem an.

Sie blickte zu ihm auf. Tränen standen ihr in den Augen. Er zuckte zusammen.

»Bei allen Heiligen, Victoria McKinnon«, sagte er kopfschüttelnd, »wenn es Euch quält, mich zu berühren, könnt Ihr mein Angebot ja ablehnen.«

»Es quält mich nicht.«

Er grunzte. »Dann hört auf zu weinen. Ich weiß langsam nicht mehr, was ich davon halten soll. Es verunsichert mich.«

Sie lächelte ihn an. »Ich versuche aufzuhören.«

Er nickte, und sie gingen weiter den Weg entlang, bis sie auf die Straße einbogen, die zum Schloss führte. Auf einmal hatte Connor das Gefühl, er sei hier schon Hunderte von Malen entlanggegangen. Aber das war doch nicht möglich. Gab es vielleicht eine andere Erklärung dafür? Verdorbenes Essen? Gift? Zu wenig Schlaf? Zukunftsmagie?

Als sie vor den Schlosstoren standen, konnte er kaum mehr atmen.

»Connor, ist alles in Ordnung?«

Er blickte Victoria an. Ihm verschwamm alles vor den Augen, und er stellte voller Entsetzen fest, dass er kurz davor stand, wie ein schwaches Weib in Ohnmacht zu fallen.

»Kommt mit«, sagte Victoria. »Connor!«

Mühsam zwang er sich, mit ihr Schritt zu halten, als sie in den Innenhof trat. Dort sank er dankbar auf eine Steinbank und ließ den Kopf gegen die Schlossmauer sinken.

Aber als er seine Augen öffnete, war es nicht besser. Er hätte schwören können, dass vor ihm Männer standen, die ihn mit offenem Mund anstarrten.

»Bei allen Heiligen!«, donnerte er. »Hinweg mit euch!« Die Männer wichen zurück, und manche lösten sich sogar in Luft auf. Fassungslos starrte Connor einen jungen Kerl an, der vor ihm stehen geblieben war, sich bekreuzigte und dann ebenfalls verschwand. Connor warf Victoria einen Blick zu. Sie betrachtete ihn besorgt.

»Was ist das für ein Zauber?«, fragte er heiser. »Was für ein Teufelswerk sehe ich hier vor mir?«

»Meint Ihr die Bühne?«

»Treibt nicht Eure Späße mit mir«, erwiderte er mit rauer Stimme. Er zeigte auf die Stelle, wo er die Männer gesehen hatte. Die meisten von ihnen waren Highlander gewesen. Er war sich fast sicher, dass er Morags Bruder unter ihnen erkannt hatte. »Diese Männer. Wer war das?«

Victoria holte tief Luft. »Gespenster.«

»Gespenster«, wiederholte er. Er schnaubte verächtlich. »Ich glaube nicht an Gespenster.«

Sie lächelte spöttisch. »Das habe ich früher auch nicht getan.«

»Und jetzt?«

Sie zuckte mit den Schultern. »Wir sind in Schottland.«

»Wir sind im schottischen Tiefland«, korrigierte er sie.

»Na ja, aber es ist trotzdem Schottland, und Schottland ist eben ein magischer Ort.« Sie legte den Kopf schräg und sah ihn an. »Der Feenring, Ihr wisst schon.«

Er schürzte die Lippen. »Nun ja.«

»Ich glaube nicht, dass er das einzige Tor zwischen Vergangenheit und Zukunft hier in Schottland ist.«

»Nein?«

Langsam schüttelte sie den Kopf. »Und ich glaube nicht ohne Weiteres an Dinge, die ich nicht sehen kann«, sagte sie. »Aber diese Geister hier kenne ich. Und ich habe Euch doch gesagt, dass es in dem Gasthaus spukt.«

»Ich habe dort keine Gespenster gesehen«, meinte er.

»Ich glaube, sie sind verreist.«

379

»Albernes Zeug.« – »Wie Ihr meint«, erwiderte sie lächelnd.

Er musterte sie einen Moment lang. »Euer Gälisch ist besser geworden.«

»Bei Euch auf der Burg war ich nervös.« Achselzuckend blickte sie auf ihre Füße.

»Warum seid Ihr überhaupt gekommen?«

»Um Euch zu warnen.«

»Ach ja?« Er warf ihr einen überraschten Blick zu. »Aus keinem anderen Grund?«

»Nein, aus keinem anderen Grund.«

Er überlegte einen Moment lang, dann erhob er sich und verbeugte sich vor ihr. »Dann danke ich Euch, Victoria McKinnon, dafür, dass Ihr mir mein Leben gerettet habt. Und jetzt lasst uns hier weggehen. Ich fühle mich unwohl in diesem Hof. Die Umgebung zerrt in einer Weise an mir, die mir nicht gefällt.«

»Wollen wir zum Mittagessen gehen?«

»Eine wundervolle Idee«, willigte er ein. Dann schwieg er. »Ist es nicht zu früh?«

»Zum Essen ist es nie zu früh. Vor allem nicht, wenn Ihr Mrs Pruitt Komplimente über ihre Kochkunst macht.«

»Ich werde mich bemühen, ein paar freundliche Worte zu finden.« Wieder bot er ihr seinen Arm an, aber dieses Mal fühlte es sich nicht seltsam an. Es kam ihm sogar so vor, als habe er es schon seit Langem tun wollen. Er blickte sie an.

»Bald kehre ich nach Hause zurück«, erklärte er. Er merkte selbst, dass er ein bisschen verzweifelt klang.

»Ich weiß«, antwortete sie leise.

»Ich glaube, ich werde traurig sein, wenn ich Euch nicht mehr sehen kann.«

Sie blickte ihn an, und er runzelte die Stirn.

»Ihr weint ja schon wieder.«

»Die Allergie.«

»Hm«, sagte er und nickte. Er widerstand dem Drang, sich nach dem Schloss umzudrehen, um festzustellen, ob er noch

380

einmal Geister sehen würde. Der Weg zum Gasthaus schien ihm jetzt kürzer, weil er wusste, was ihn erwartete.

Vor dem Gasthaus stand eine glänzende Kiste mit Rädern. Vielleicht war sie ihm vorher nur nicht aufgefallen. Er ging auf das Haus zu, als sich plötzlich die Tür öffnete und ein dunkelhaariger Mann heraustrat. Connor blieb so abrupt stehen, dass Victoria fast gestürzt wäre. Er hielt sie fest, stellte jedoch im gleichen Moment fest, dass er sein Schwert nicht dabei hatte.

Bei allen Heiligen, wenn das kein Zeichen für seinen jämmerlichen Zustand war, dann wusste er auch nicht weiter.

»Holt mir mein Schwert«, zischte er. »Ihr könnt durch die Küche hineingehen. Ich werde ihn solange mit meinen bloßen Händen in Schach halten.«

»Connor ...«

»Geht!«

Seufzend gehorchte sie.

»Lauft!«, brüllte er.

Sie rannte los, aber ohne große Begeisterung. Connor fluchte und überlegte sich, ob er den Mann vielleicht allein mit dem Messer, das in seinem Stiefel steckte, überwältigen könnte. Es dauerte viel zu lange, aber schließlich kam Victoria aus der Haustür. Dieses verdammte Weib. Sie eilte an dem Mann vorbei, der mit verschränkten Armen dastand und Connor mit ausdrucksloser Miene beobachtete. Victoria reichte ihm sein Schwert.

»Hier. Und jetzt?«

Connor zuckte mit den Schultern. »Ich weiß nicht. Ich verspüre das überwältigende Verlangen, diesen Mann zu töten.«

»Ihr tragt seine Kleider.«

»Sie sind mir zu klein. Vielleicht liegt es daran.«

»Das ist mein Bruder Thomas.«

»Das hat sicher auch etwas damit zu tun.«

Ihr Bruder, Thomas, tat einen Schritt auf sie zu. »Vic, hol mein Schwert, ja?«, rief er freundlich. »Es lehnt am Emp-

381

fangstresen. Ich hatte eben schon das Gefühl, ich könnte es hier vielleicht brauchen.«

»Hast du den Verstand verloren?«, fragte Victoria entgeistert und drehte sich zu ihrem Bruder um.

Connor bewunderte die Art, wie sie die Hände in die Hüften stemmte und ihren Bruder anbrüllte. Sie war eine großartige Frau. Aber jetzt war sie ihm im Weg, deshalb schubste er sie ein wenig zur Seite.

»Geht sein Schwert holen. Wir wollen doch mal sehen, wie scharf seine Klinge ist.«

Sie blickte zwischen ihm und ihrem Bruder hin und her, dann hob sie resigniert die Hände und ging ins Haus.

Connor grinste.

Der andere Mann grinste ebenfalls.

Vielleicht erwies sich diese Zeit in der Zukunft ja als aufregender, als er vermutet hatte. Victoria McKinnon und ihre Schönheit, Thomas McKinnon und sein Schwert. Connor gluckste zufrieden. Das würde ein erfreulicher Nachmittag werden.

Über seine Heimkehr konnte er sich ja später weiter Gedanken machen.

31

Thomas' Schwert lehnte tatsächlich an Mrs Pruitts Empfangstisch. Victoria ergriff es und betrachtete es bewundernd. Es sah so aus, als habe er schon oft damit gekämpft, wahrscheinlich damals, als er zurückgegangen war, um Iolanthe zu retten. Sie hätte ihn besser mehr über seine Eskapaden in der Vergangenheit ausfragen sollen, aber sie war leider im Mittelalter-Camp viel zu sehr damit beschäftigt gewesen, ihre eigenen Fähigkeiten zu trainieren. Aber wenn Connor wieder nach Hause zurückgekehrt war und sie sich von ihrem Kummer ablenken musste, dann würde sie sich von Thomas erzählen lassen, was damals passiert war.

Sie trat aus der Haustür und warf ihrem Bruder das Schwert zu. Hoffentlich richtete Connor kein Blutbad an.

Vorsichtig zog sie sich an den Rand des Weges zurück. Sie wusste nicht, worüber sie sich mehr Sorgen machen sollte – dass Thomas Connor töten könnte oder Connor Thomas. Ihr war klar, dass zumindest Connor absolut in der Lage dazu war.

Natürlich hatte sie auch schon zugeschaut, wenn Thomas mit Jamie, Patrick und Ian trainiert hatte, und hatte dabei festgestellt, dass er auch ihnen kaum in etwas nachstand. Nun ja, abgesehen von Jamie vielleicht. Jamie hatte ganz herausragende Fähigkeiten, und allein in seiner Anwesenheit lag große Kraft.

Ähnlich wie bei Connor.

Als ihre Klingen aufeinander trafen, ertönte ein leiser Aufschrei, dann trat Iolanthe aus der Haustür.

»Bei allen Heiligen, geht mir aus dem Weg!«, verlangte sie ärgerlich.

»Oh, Entschuldigung, Liebes«, sagte Thomas und trat zur Seite, damit Iolanthe vorbeikam. »Die besten Plätze sind dort drüben.«

Iolanthe hatte sich einen Campingstuhl mit herausgebracht, den sie nun ausklappte. Als sie sich darauf setzte, drückte sie sich ein nach Lavendel duftendes Taschentuch an die Nase. »Oh, dieser elende Geruch!«, stöhnte sie.

»Vielleicht gehst du besser wieder hinein«, schlug Victoria vor.

»Damit ich das hier verpasse? Nein, da übergebe ich mich lieber in die Blumenbeete, vielen Dank.«

Victoria lachte.

Die beiden Schwertkämpfer standen sich gegenüber. »Ich habe das Gefühl, ich habe Euch einiges heimzuzahlen«, sagte Connor und kratzte sich am Kopf. »Aber ich kann mich nicht erinnern, was genau es war.«

»Wollt Ihr es wissen?«, fragte Thomas.

Victoria schürzte die Lippen. Sein Gälisch war sehr gut. Vielleicht lag das ja daran, dass er mit einer Schottin aus dem Mittelalter verheiratet war. Möglicherweise kam es auch von seinen Zeitreisen. Allzu viel Zeit, darüber nachzudenken, hatte sie allerdings nicht, denn die beiden Streithähne schlugen bereits aufeinander ein, und das Schauspiel erforderte ihre ganze Aufmerksamkeit. Auch Mrs Pruitt wurde darauf aufmerksam.

»Meine Petunien!«, brüllte sie von der Tür her. »Meine Veilchen! Hört sofort auf, alle beide! Sucht euch einen anderen Garten, den ihr zertrampeln könnt!«

Beide Männer stammelten Entschuldigungen, dann gingen sie den Weg hinauf, wobei sie freundlich miteinander plauderten.

»Komm mit!«, sagte Victoria und zog Iolanthe von ihrem Stuhl hoch. »Wir müssen ihnen folgen. Das will ich nicht versäumen.«

Stöhnend erhob sich Iolanthe.

Die Männer kreuzten auf dem Parkplatz die Schwerter. »Ich wollte Euch schon vor einiger Zeit töten«, sagte Connor schwer atmend. »Jetzt ist eine gute Gelegenheit dazu, auch wenn ich nicht mehr weiß, was Euer Vergehen war.« Er schwieg. »Ihr habt vermutlich auch keine Ahnung?«

»Es hat Euch nicht gefallen, dass ich das Schloss dort oben umgebaut habe«, erwiderte Thomas liebenswürdig.

»Warum sollte ich etwas dagegen haben?«

»Thomas …«, sagte Victoria warnend.

Connor zeigte kurz mit der Schwertspitze auf Iolanthe, bevor er weiterkämpfte. »Die Frau macht mich ebenfalls zornig. Ich frage mich warum.«

»Das könnt Ihr sie später selbst fragen, aber seid vorsichtig. Sie ist meine Frau.«

»Eure Frau? Aber sie war nicht immer Eure Frau, oder?« Connor hielt mitten im Stoß inne und blickte Thomas an. »Ich habe sie gekannt, bevor Ihr sie geheiratet habt, nicht wahr?«

Thomas nickte ernst. »Ja.«

»Aber das ist nicht möglich. Ich bin erst gestern Morgen in der Zukunft angekommen.«

»Iolanthe hat einige Zeit in dem Schloss oben gewohnt«, sagte Thomas vorsichtig.

»Thomas«, warnte Victoria ihn erneut.

Connor blickte nachdenklich in die Ferne, dann wandte er sich wieder Thomas zu. »Woher weiß ich diese Dinge?«

»Das ist eine lange Geschichte.«

»Erzählt sie mir.«

»Hier?«

»Hier.«

»Thomas!«, rief Victoria.

Thomas ignorierte sie. Connor achtete ebenfalls nicht auf sie. Sie war versucht, beiden ihre Schwerter abzunehmen und damit auf sie einzuprügeln. Thomas lehnte sich an die Kühlerhaube eines geparkten Wagens, und Connor tat es ihm nach.

385

»Oder möchtet Ihr Euch lieber setzen?«, fragte Thomas höflich.

»Werde ich das im Laufe Eurer Schilderungen wollen?«

»Wahrscheinlich.«

Connor tat es mit einer Handbewegung ab. »Nein, im Moment nicht. Wenn Ihr mich jedoch ärgert, beginne ich gleich wieder mit dem Kampf. Also, Ihr könnt beginnen.«

»Nun, hier ist die Geschichte.« Thomas lächelte. »Vor ein paar Jahren habe ich Schloss Thorpewold gekauft. Letzten Sommer kam ich hierher, um es zu restaurieren, stellte aber fest, dass es dort spukte.«

Connor riss die Augen auf. »Ihr habt sie also auch gesehen? Die Männer da oben?«

»Ja.«

»Nur sie?«

»Nein.«

»Wen noch?«

»Noch zwei andere.«

Connor wurde auf einmal ganz still. Er hielt sein Schwert so fest umklammert, dass seine Fingerknöchel weiß hervortraten.

»Zwei andere?«, fragte er zögernd. »Wen?«

Thomas nickte zu Iolanthe. »Diese schöne Frau dort.«

»Aber sie ist doch kein Gespenst.«

»Nein, das ist sie nicht mehr.«

Connor brauchte einige Zeit, um die Bemerkung zu verdauen. Dann holte er tief Luft. »Wer war das andere Gespenst?«

Thomas blickte Connor an, und Victoria fragte sich, ob sie diesen Moment wohl jemals vergessen würde.

»Ihr«, sagte Thomas schließlich.

Connor stand völlig unter Schock. Er schaute von einem zum anderen, und Entsetzen malte sich auf seinen Zügen.

Victoria wollte etwas sagen, aber der warnende Blick ihres Bruders brachte sie zum Schweigen.

386

Connor nahm sein Schwert in beide Hände. Victoria war sich nicht sicher, ob er einen von ihnen erstechen wollte. Aber er rammte es nur in den Kies und ging weg.

Iolanthe sprang auf und rannte ins Haus. Da Victoria davon ausging, dass sie wusste, wo das Badezimmer war, sah sie keinen Grund, ihre Schwägerin zu begleiten. Sie blieb sitzen und schaute Thomas an.

»Danke«, sagte sie sarkastisch.

Er legte sein Schwert wie ein Gewehr über die Schulter und trat zu ihr. »Später wirst du mir vielleicht tatsächlich dankbar sein.«

»Hättest du nicht einfach die Lippen verschließen und den Schlüssel wegwerfen können?«, fragte Victoria vorwurfsvoll.

Thomas hockte sich vor sie. »Da sind Tränen in deinen Augen.«

»Ja, verdammt, das kommt von meiner Allergie!«

Er lächelte. »Vic, er musste es erfahren.«

»Irgendwann wäre er schon selber darauf gekommen.«

»Ja, irgendwann. Aber ich habe gedacht, du möchtest vielleicht im Herbst schon heiraten.«

Sie wischte sich mit dem Ärmel über die Augen. »Wahrscheinlich ist er nach Hause zurückgekehrt.«

»Ohne sein Schwert? Schwester, wenn du das glaubst, hast du keine Ahnung von den Highlands.« Er erhob sich und zog sie ebenfalls hoch. »Na, komm. Wenn er sich mit allem abgefunden hat, kommt er schon wieder zurück.«

»Vermutlich wird er sich nie damit abfinden.«

»Dann muss er eben in sein elendes Leben zurückkehren und du in deines. Habe ich dir überhaupt schon gesagt, wie umwerfend du als Ophelia warst? Denk doch nur, wie glaubwürdig du in Zukunft in solchen Rollen Trauer und Wahnsinn darstellen kannst, wenn Connor dich einfach sitzen lässt und nach Hause zurückkehrt. An deiner Stelle wäre ich mir ewig dankbar.«

»Thomas?«

»Ja?« – »Du nervst.« Lachend legte er ihr den Arm um die Schultern. »Ah, das ist Musik in meinen Ohren. Bald wird es dir wieder besser gehen.«

»Und ihm?«, murmelte sie. »Das bezweifle ich.«

Die Zweifel wurden noch stärker, als sie irgendwann am Nachmittag aus der Haustür blickte und das Schwert fort war. Sie warf Thomas einen finsteren Blick zu.

»Was meinst du: Diebstahl oder Rückkehr ins Niemandsland?«

»Geduld.«

»Die habe ich nicht.«

Sie ging wieder in die Bibliothek, um zu grübeln.

Schließlich hielt sie es nicht mehr aus und machte einen Spaziergang. Eigentlich wollte sie nur bis zum Schloss, lief dann aber weiter. Die Sonne ging gerade unter, und die Luft war ganz still.

Als sie an Grannys Picknickplatz ankam, sah sie ihn. Er stand am Rand des Feenringes.

Victoria blieb stehen, drehte sich dann jedoch um und wollte sich leise davonmachen.

»Victoria?«

Sie holte tief Luft und wandte sich zu ihm. »Ja?«

»Sagt dein Bruder die Wahrheit?«

Erneut holte sie tief Luft. Sie konnte es nicht abstreiten. »Ja.«

Er sah sie an, und sie dachte bei sich, dass sie wohl auch diesen Moment nie mehr vergessen würde.

Da stand dieser stolze, gut aussehende Highlander in Kleidung, die ihm ein wenig zu klein war, hielt sein riesiges Schwert in der Hand wie ein Spazierstöckchen und blickte sie an, als läge bei ihr die Lösung aller Geheimnisse.

Und dann trat er vom Feenring weg auf sie zu.

Dicht vor ihr blieb er stehen. »Ich habe Träume«, sagte er leise. »Träume von einem anderen Leben.«

Sie nickte. »Interessant.« Er überlegte. »Möglicherweise haben sie etwas mit meinem Leben als Gespenst zu tun.«

»Das kann sein.«

Er blickte sie forschend an. »Habe ich dich in diesem Leben gekannt?«

»Ja.«

»Habe ich dich geliebt?«

Sie musste all ihren Mut zusammennehmen, um ihm darauf zu antworten. »Das hast du zumindest gesagt.«

»Habe ich dich gebeten, mir das Leben zu retten?«

Ah, das war das Problem. »Nein, du hast es mir verboten.«

Er blickte sie überrascht an, dann hellte sich sein Gesichtsausdruck auf. »Ja, das klingt nach mir.«

»Wenn es dir dann besser geht: Ich glaube, anfangs wolltest du mich sogar töten«, gestand sie ihm. »Du weißt schon, als du ein ...«

»Dich töten?«, sagte er. »Nein, sicher nicht.« Er legte sein Schwert über die Schulter und ergriff ihre Hand. »Ich muss ein Stück gehen«, sagte er. »Wenn ich mich jetzt nicht bewege, sinke ich weinend zu Boden.«

»Oh«, stieß Victoria hervor.

»Ich werde jetzt noch nicht nach Hause zurückkehren«, teilte er ihr mit. »Aber später.«

»Ja, natürlich«, erwiderte sie.

Er ging mit ihr zum Gasthaus. Vor der Eingangstür blieb er stehen. »Ich möchte ein paar Leute wegen dieser Gespenstersache befragen. Ich glaube immer noch nicht recht daran.«

»Ja, das kann ich verstehen«, erwiderte sie und nickte. »Mach eine Liste, ich werde dafür sorgen, dass du mit ihnen sprechen kannst.«

Forschend blickte er sie an. Schließlich fragte er: »Glaubst *du* denn daran, Victoria?«

Sie ließ sich mit ihrer Antwort Zeit. Dann sagte sie: »Ich habe es ja miterlebt. Bei mir ist es also keine Frage des Glaubens.«

»Zuerst will ich mit den Männern auf dem Schloss sprechen«, meinte er.

»Willst du sie hier verhören oder willst du sie oben in Angst und Schrecken versetzen?«

Er runzelte die Stirn. »Ich finde es unangebracht, in einer solchen Situation zu scherzen.«

Nun, zumindest hielt es sie vom Weinen ab. Victoria setzte eine geschäftsmäßige Miene auf. »Vielleicht solltest du es besser im Schloss erledigen. Danach kannst du ja hierher kommen und die Gespenster im Gasthaus befragen.«

»Im Gasthaus spukt es ebenfalls?«

»Hatte ich das nicht schon erwähnt?«

»Ich habe es als dummes Geschwätz einer Irren abgetan, aber ich sehe jetzt, dass ich wohl zu voreilig war. Nun gut. Morgen werden wir uns in der Dämmerung aufs Schloss begeben, und dann kehren wir zum Essen hierher zurück. Und dann können wir auch die Gespenster hier befragen. Es sind drei, oder?«

»Ja.«

»Hattest du das auch schon gesagt?«

Der arme Mann. Victoria lächelte traurig. »Nein.«

Er holte tief Luft. »Ich sollte jetzt etwas essen. Wenn ich hungrig bin, kann ich nicht denken. Danach werde ich wieder bei Kräften sein, das versichere ich dir.«

»Etwas anderes hätte ich auch nicht erwartet.«

Aber im Stillen fragte sie sich, ob sie überhaupt etwas von ihm erwarten durfte.

32

Connor saß im Innenhof von Schloss Thorpewold. Wenn sein Nachleben so ausgesehen hatte, dann war es kein Wunder, dass er ständig schlecht gelaunt gewesen war. Er blickte zu Victoria, die auf der Bühnenkante saß und die Beine baumeln ließ. Sie gähnte, aber als sie merkte, dass er in ihre Richtung schaute, lächelte sie schwach.

Er runzelte die Stirn. Also war er nicht der Einzige, dem es schwerfiel, diesem Geschwafel ernsthaft Gehör zu schenken.

Aye, Mylord, ich kenne Euch aus vergangenen Jahrhunderten. Sogar schon vor 45.

Vor 45? Connor konnte mit solchen Zahlen nichts anfangen, aber er fragte den Mann nicht weiter danach. Vielleicht konnte Victoria es ihm ja später erklären.

Laird MacDougal, ich habe Euch bei der Ausrottung der lästigen Briten beigestanden, als diese Tudor auf dem englischen Thron saß. Was für ein Tag, als wir mit unseren Köpfen unter den Armen dort auftauchten!

Mit offenem Mund lauschte Connor den Gräueltaten, die er scheinbar als Gespenst vollbracht hatte.

Auch wenn er seine Sache, wie er zugeben musste, nicht schlecht gemacht hatte.

Und während er sich diese Geschichten angehört hatte, hatte Victoria MacKinnon dabeigesessen und hatte mit hochgezogenen Augenbrauen den Schilderungen gefolgt. Ab und zu war sie aufgestanden und herumgelaufen, wobei sie ganz offensichtlich ein Lächeln unterdrücken musste.

Entsprach das alles tatsächlich der Wahrheit?

Und dann trat ein Mann auf ihn zu, der ganz in Samt gekleidet war und Spitzenbesatz um Hals und Handgelenke trug. Connor starrte ihn erstaunt an.

»Roderick St. Claire«, sagte der Mann und deutete eine Verbeugung an.

»Ach ja«, erwiderte Connor und betrachtete ihn fasziniert.

»Wir haben häufig miteinander Karten gespielt«, sagte der elegante Geist. »Ich kann Euch eine Menge erzählen, altes Haus, wenn Ihr mich zu Fasanenbraten und einer Flasche Claret einladet. Allerdings«, er lächelte schwach, »genießen könnt nur Ihr. Ich kann nur so tun, als ob.«

»Altes Haus?«, wiederholte Connor.

»Eine respektvolle Anrede«, kam ihm Victoria zu Hilfe.

Connor musterte Roderick St. Claire. Er verspürte ein seltsames Bedürfnis, dem Mann ein Schwert in den Leib zu rammen. Er runzelte die Stirn. »Ihr irritiert mich.«

»Das ist jahrzehntelang so gewesen.«

Connor rieb sich die Nasenwurzel. »Jahrzehnte?«

»Ich kam nach Thorpewold nach meinem frühen Ableben unter Königin Victorias Herrschaft.«

»Noch eine Frau auf dem englischen Thron?«

»Ich fürchte, mein Junge, das ist nur allzu wahr.«

Connor rieb sich übers Gesicht. »Ich muss einen Moment nachdenken.«

Roderick verbeugte sich erneut und verschwand dann.

Unwillkürlich zuckte Connor zusammen. Ob er sich wohl jemals an das Auftauchen und Verschwinden dieser Schatten gewöhnen würde? Vermutlich nicht. Mit einer knappen Geste entließ er den Rest der Garnison. Eilig verschwanden sie. Seufzend stand Connor auf und trat zu Victoria.

»Ich höre all diese Geschichten, aber es fällt mir schwer, sie zu glauben«, erklärte er.

»Ja, das kann ich mir vorstellen.«

Er schwieg und überlegte. »Aber ich sehe keinen Grund, warum diese Männer lügen sollten.«

Victoria lächelte traurig. »Nein, ich auch nicht.«

Er nickte und machte sich daran, jeden Winkel von Thorpewold zu erforschen. Er ging zu der Mauer, die noch am wenigstens verfallen war. Links davon befand sich ein gut er-
haltener Turm. Connor trat näher, aber je näher er kam,
desto mehr Angst stieg in ihm auf.

Unten blieb er stehen und blickte die Steintreppe hinauf.
Dort lauerte etwas Böses. Er war zwar nicht sicher, was dort
passiert war, aber er war nicht schuld daran, und er hatte
nicht das Bedürfnis, es herauszufinden. Entschlossen wandte
er sich ab und ging an der Mauer entlang zum anderen Turm.

Dieser war restauriert worden. Im unteren Stockwerk befand sich noch Victorias Theaterausrüstung. Es war noch gar
nicht so lange her, dass nur die Außenmauern gestanden hatten, und Connor konnte sich gut daran erinnern, wie Thomas McKinnon eines Tages aufgetaucht war, und dann war
gehämmert und geklopft worden, tagein, tagaus …

Nachdenklich betrachtete Connor den Turm und fragte
sich, warum er all das noch so genau wusste.

Er drehte sich zu Victoria um. Sie saß immer noch auf der
Bühne, blickte aber zu den Toren, als wolle sie ihn mit seinen Entdeckungen allein lassen. Erneut blickte er zum Turm,
dann wandte er sich ab, bevor er noch weitere unbegreifli-
che Reaktionen zeigte.

Er schlenderte durch die Ruine und erkundete das, was
vom großen Saal übrig geblieben war. Der Garten bestand
nur noch aus einer Wiese. Er wusste, dass das nicht immer
so gewesen war. Er sah eine Anlage voller Blumen vor sich
und Männer, die sich im Schwertkampf übten. Er sah Mön-
che, die einer Frau Vorschläge für die Bepflanzung unter-
breiteten. Verblüfft erkannte er, dass die Frau Iolanthe Mac-
Leod war.

Aber warum hatten sie das getan? Und wann war das gewesen?

Connor lehnte sich an die Wand und ließ die Bilder einfach in sich aufsteigen. Als Erinnerungen konnte er sie nicht

bezeichnen. Er war sich nicht sicher, wie er sie nennen sollte, aber es waren auch keine Lügengespinste.

Chaos, Entsetzen, Enthauptungen. Und das war nur das gewesen, was er mit seinen Männern hier im Burghof getan hatte. Diese eigenartigen Männer, die einfach ihre Köpfe wieder auf ihre Hälse setzten und Verwundungen wegwischten, als ob es nur unbedeutende kleine Stiche wären. Er hätte gerne angenommen, dass das alles bloße Erinnerungen an seine Zeit als Laird des Clans MacDougal waren, aber daran hinderten ihn zwei Dinge. Zum einen wusste er, dass er die ganze Zeit über nicht einmal vom schottischen Regen durchnässt worden war, und zum anderen war ihm niemals kalt gewesen.

Es war merkwürdig.

Er stieß sich von der Mauer ab und ging zurück in den Hof. Er nickte Victoria zu, die ihn sofort verstand und von der Bühne heruntersprang, um sich ihm anzuschließen. Gemeinsam traten sie durch das Tor hinaus und ließen das Schloss mitsamt seinen unliebsamen Offenbarungen hinter sich.

Er schüttelte den Kopf. Konnte es wirklich sein, dass er Jahrhunderte lang ein Gespenst gewesen war und arme Sterbliche nur deshalb gequält hatte, weil sich ihm die Möglichkeit dazu bot?

Er überlegte. Vielleicht hatte sein Dasein als Geist ihn wütend gemacht. Und da der Franzose ihn gegen seinen Willen in diesen Zustand versetzt hatte, war es nur zu verständlich, dass er sein sonniges Gemüt verloren hatte.

Ja, das war denkbar.

Aber es gelang ihm nicht, sich mit dem Gedanken anzufreunden, dass er tatsächlich über Jahrhunderte hinweg ein Schatten gewesen war.

Wenn das so war, warum war er denn dann jetzt lebendig?

Er war lebendig, weil Victoria McKinnon sich ins mittelalterliche Schottland gewagt hatte, um ihm Dinge zu erzählen, die er ohne sie nie erfahren hätte.

»Mit wem möchtest du dich im Gasthaus unterhalten?«, unterbrach sie seine Gedanken.

Er seufzte. »Am liebsten würde ich mit überhaupt keinem sprechen, aber ich werde es tun müssen.«

Victoria nickte und ging eine Zeit lang schweigend neben ihm her. Connor musterte sie verstohlen. Hatte sie wirklich Gälisch gelernt, um ihm das Leben zu retten? Aber warum? Was wollte sie denn hier in der Zukunft mit ihm anfangen? In der Vergangenheit, ja, da war er jemand gewesen. Er hatte als Laird über einen großen, angesehenen Clans geherrscht, und auf Morag zumindest hatte das Eindruck gemacht.

Bei der Gelegenheit fielen ihm wieder seine Kinder ein, und er trauerte aufs Neue um sie.

Das Leben jedoch, das er zurückgelassen hatte, fehlte ihm nicht im Geringsten.

Zunächst überraschte ihn dieser Gedanke, aber je länger er darüber nachdachte, desto wahrer erschien ihm diese Erkenntnis. Was war das schon für ein Leben? Wenn der Franzose ihn ermordet hätte, wäre sein Clan auch nicht schlechter dran als jetzt. Sein Vetter besaß genug Verstand, um seinen Platz einzunehmen, und schließlich hatte er ja Cormac genau damit beauftragt, auch wenn er angenommen hatte, nicht länger als ein, zwei Tage abwesend zu sein.

Jetzt wunderte er sich darüber. Aber er wunderte sich ja im Moment sowieso über eine Menge Dinge.

Sollte er tatsächlich jahrhundertelang als Gespenst gelebt und in dem Schloss gespukt haben? Damit beschäftigt, jeden Sterblichen in Angst und Schrecken zu versetzen, damit sich alle so grauenhaft fühlten wie er selbst?

Er hielt kurz inne.

Um ehrlich zu sein entsprach diese Art so ziemlich dem, wie er auch zu Lebzeiten gewesen war.

»Connor?«

Connor wandte sich zu der Frau an seiner Seite um. Nun,

hier wäre eine Gefährtin für ihn. Schön, furchtlos, rothaarig, und mit einem Temperament, das dem seinen in nichts nachstand. Auf sein Stirnrunzeln hin zog sie eine Augenbraue hoch, schien aber nicht weiter beunruhigt. Im Großen und Ganzen gefiel es ihm, wie sie ihm begegnete. Nur, wenn er zu brüllen begann, reagierte sie gelangweilt.

Dem Mädchen schien nichts abzugehen.

»Mir fällt gerade der Name MacDuff ein«, sagte er.

»Er kommt bei Shakespeare vor. Im schottischen Stück.«

Er sah zu Boden, während sie weitergingen. »Das schottische Stück? Heißt es so?«

»Nein, aber es bringt Unglück, wenn man den Namen ausspricht, außer man spielt darin mit.«

»Ach ja? Ich fürchte mich nicht vor derartigen Dingen. Ich habe immerhin den Anschlag des Franzosen überlebt und den Verlust meiner Kinder. Vielleicht werden sich die Dinge nun für mich zum Guten wenden.«

Sie sah ihn mit einem matten Lächeln an. »Das hoffe ich. Um Euretwillen.«

Und für sich selbst hoffte sie das gleichermaßen.

Er wollte sie eben fragen, was sie von den Erlebnissen des heutigen Morgens hielt, als sie das Gasthaus erreichten und Thomas ihnen entgegenkam. Connors Hand fuhr instinktiv zu seinem Schwertgriff. Thomas lächelte nur.

»Laird MacDougal.«

»McKinnon«, grollte Connor.

»Ach, du meine Güte«, sagte Victoria. »Hattet ihr zwei gestern noch nicht genug?«

»Wir haben unsere Auseinandersetzung nicht zu Ende gebracht«, erklärte Connor und warf Thomas einen verheißungsvollen Blick zu.

Thomas erwiderte ihn gelassen. »Ich stehe Euch jederzeit zur Verfügung.«

»Bringt dieses mal aber nicht die kleine MacLeod mit, die Ihr geheiratet habt. Sie irritiert mich.«

»Kein Sorge«, murmelte Victoria. »Die Arme ist ständig von Übelkeit geplagt, weil sie ihr erstes Kind erwartet.«

»Oh, heute geht es ihr schon viel besser«, versicherte Thomas ihr. »Sie hat sich ein wenig hingelegt. Mir war gerade nach ein bisschen Bewegung zumute, und da trifft es sich gut, dass dein Freund hier mir die passende Gelegenheit bietet.«

»*Freund?*«, wiederholte Connor. »Gebraucht dieses Wort nicht noch einmal. Es weckt in mir den Wunsch, mein Schwert zu ziehen.«

»In Ordnung!« Thomas lachte. »Ihr habt sicher auch Hunger. Ich glaube, Mrs Pruitt ist in der Küche. Und wer weiß, vielleicht finden wir dort noch etwas anderes als unser Mittagessen?«

Connor warf Thomas einen misstrauischen Blick zu. »Nicht noch mehr Gespenster.«

Thomas zuckte mit den Schultern. »Lasst uns nachsehen. Danach können wir beide uns ja ein bisschen Bewegung verschaffen.«

Connor grunzte zustimmend und ließ Victoria vorangehen.

Am Küchentisch saßen wahrhaftig drei handfeste Männer und ließen sich ihr Essen schmecken. Zwei waren unverkennbar Schotten, der Dritte war Engländer. Das sah Connor auf den ersten Blick.

Victoria stellte sie einander vor. »Meine Großväter von beiden Seiten, Ambrose MacLeod und Hugh McKinnon.«

»Ein MacLeod und ein McKinnon an einem Tisch?«, fragte Connor überrascht. »Und der Dritte im Bunde?«

»Fulbert de Piaget. Er ist mit dem Ehemann meiner jüngeren Schwester verwandt.«

»Ein Engländer?«

»Ja, so ist es leider.«

Fulbert de Piaget öffnete schon den Mund zu einer angemessenen Erwiderung, aber Connor blickte ihn mit einem derartigen Groll an, dass er darauf verzichtete.

Fluchend verschwand Fulbert.

Connor musste sich setzen. Er hielt sich am Tisch fest und fragte Victoria: »Sind das die Gasthaus-Gespenster?«

»Ja, sie sind anscheinend von ihren Reisen zurückgekehrt«, erwiderte Victoria und setzte sich neben Connor.

Er wandte seine Aufmerksamkeit dem rothaarigen Geist zu. »Ihr seid der McKinnon?«

Hugh nickte stolz.

»Ja. Ich bin Victorias Großvater, wenn auch um einige Generationen zurück. Sie ist ein großartiges Mädchen«, fügte er herausfordernd hinzu.

»Ja, sehr temperamentvoll«, erwiderte Connor, der keinen Anlass sah zu widersprechen. »Und schön.«

Neben ihm ertönte ein leise pfeifendes Geräusch. Als er zur Seite blickte, stellte er fest, dass Victoria ganz rot geworden war.

»Tief durchatmen, Vic«, schlug Thomas vor.

»Halt den Mund, Thomas.«

Connor begann, sich mit gutem Appetit seinem Essen zu widmen. »Und wer seid Ihr?«, fragte er Ambrose, der ihn unverhohlen anstarrte.

»Ambrose MacLeod.«

Connor betrachtete Ambroses Kleidung. »Wann seid Ihr gestorben?«

»Im sechzehnten Jahrhundert.«

»Und wie lange seid Ihr schon hier?«

»Lange genug, um einige Paare zu verkuppeln«, erwiderte Ambrose.

»Ihr seid ein Kuppler?« Connor riss die Augen auf. Er warf Thomas einen schockierten Blick zu. »Ist das ein Beruf für Männer?«

Thomas zuckte mit den Schultern. »Sie haben mich und Iolanthe zueinander geführt. Ich kann mich nicht beklagen.«

Connor schnaubte und wandte sich wieder an Ambrose. »Ich würde gern den Mann sehen, den Ihr für Victoria ausgesucht habt. Sie braucht jemand ganz Besonderen.«

»Ja, das würde ich auch sagen«, erwiderte Ambrose trocken. Connor wollte schon fragen, was das heißen sollte, entschied sich jedoch dagegen.

Er blickte Victoria an.

»Ich glaube, ich habe genug gegessen. Ich gehe hinaus, um mit deinem Bruder zu kämpfen. Ich nehme an, das wird mich beruhigen.«

»Nun, bringt einander nicht um«, erwiderte Victoria.

Connor erhob sich. »Vielen Dank für deine Hilfe heute, Victoria. Ich muss allerdings langsam daran denken, nach Hause zurückzukehren.«

»Ja, natürlich.«

Kurz fragte er sich, warum ihre Augen auf einmal so hell waren.

Er legte ihr die Hand auf den Kopf und nickte Thomas zu.

»Lasst uns gehen.«

»Gewiss.«

Connor wunderte sich auch über den Blick, den Thomas mit seiner Schwester wechselte, aber auch das konnte bis nach dem Waffengang warten. Er ging mit Thomas durch Mrs Pruitts wundervollen Garten zu dem Kiesplatz, auf dem die Autos geparkt waren.

Autos. Diese Maschinen waren ein echter Beweis dafür, dass er in der Zukunft angekommen war.

Nachdenklich strich er sich über das Kinn. Er würde gerne einmal in einem fahren. Thomas betrachtete ihn lächelnd.

»Vielleicht solltet Ihr Euch ein paar andere Jeans zulegen«, sagte er langsam.

Connor reagierte sofort. »Oh, ich bitte um Verzeihung. Ich habe Eure Kleidung genommen, ohne mich dafür zu bedanken.«

»Nein, darum geht es nicht«, erwiderte Thomas. »Ich habe nur gerade gedacht, dass wir einen Vorwand hätten, mit dem Auto zu fahren, wenn wir Euch neue Kleidung besorgen würden.«

»In einem solchen Gefährt?«, fragte Connor aufgeregt. »Ja, das würde ich schrecklich gern machen, bevor ich wieder nach Hause zurückkehre.«

»Wollt Ihr immer noch gehen?«, fragte Thomas.

»Ja, sicher«, erwiderte Connor, aber so sicher war er sich auf einmal gar nicht mehr.

»Ich habe meinem Cousin während meiner Abwesenheit die Verantwortung übertragen«, sagte er.

»Ach ja?«, erwiderte Thomas. »Interessant.«

Connor überlegte.

»Und ich habe mich vor meinem Aufbruch auch noch um etwas anderes gekümmert.«

Er schwieg einen Moment lang.

»Ich habe meine Kinder beerdigt.«

»Ich hätte genauso gehandelt«, sagte Thomas leise.

Connor stützte sich mit beiden Händen auf sein Schwert. Er hatte es unzählige Male zuvor getan, während einer Kampfpause auf dem Schlachtfeld oder in seinem Garten, wenn er die ersten Vorboten des Herbstes beobachtete. Diese vertraute kleine Geste hatte ihn durch die Jahrhunderte begleitet; sie erinnerte ihn daran, wer er war.

Plötzlich spürte er, ähnlich dem Wechsel der Jahreszeiten, den Hauch von etwas Neuem.

Etwas, das vielleicht schöner war als alles, was er vorher erlebt hatte.

Etwas, das in der Zukunft lag.

Er blickte Thomas an.

»Wenn ich bleiben würde«, begann er zögernd, »was würde ich dann hier tun? Wenn es stimmt, was Victoria behauptet, und ich Hunderte von Jahren von meinem Clan entfernt bin, wessen Anführer wäre ich heute? Wie und wo sollte ich leben? Da oben im Schloss, das nur noch eine verfallene Ruine ist?«

Er runzelte die Stirn.

»Victoria hat gesagt, die Burg gehört Euch.«

400

»Ja, ich habe sie gekauft«, erwiderte Thomas achselzuckend. »Ich könnte sie ebenso gut wieder verkaufen. Wenn Ihr wollt, auch an Euch.«

»Ich werde darüber nachdenken«, stimmte Connor zu. »Es wäre allerdings hilfreich, wenn ich ein paar Münzen zur Verfügung hätte. Leider habe ich nichts als mein Kampfgeschick und meinen Verstand.«

»Männer haben es schon mit weniger zu etwas gebracht«, sagte Thomas lächelnd. »Und da Ihr mit diesen beiden Dingen reichlich gesegnet seid, würde ich mir an Eurer Stelle keine Sorgen machen.«

»Aber ich mache mir Sorgen. Ich weiß nicht, ob in Eurer Zukunft Platz für mich ist.«

Er runzelte die Stirn. »Ich bekomme Kopfschmerzen, wenn ich darüber nachdenke.«

»Dann lasst uns über etwas weniger Schmerzhaftes nachdenken«, schlug Thomas vor und zog sein Schwert. »Sollen wir?«

»Ach, glaubt Ihr etwa, ein kleiner Schwertkampf mit mir sei schmerzlos?«, fragte Connor und machte sich bereit. »Ich könnte Euch aus Versehen töten.«

»Das würde ich an Eurer Stelle nicht tun«, erwiderte Thomas grinsend. »Meine Frau kann recht gut mit der Waffe umgehen, und sie ist sehr wendig.«

»Aber sie muss sich ständig übergeben.«

»Ach was, das war gestern. Heute geht es ihr schon wesentlich besser. Und je weiter die Zeit voranschreitet, desto stärker wird sie.«

»Das ist immer so«, erwiderte Connor und zog ebenfalls sein Schwert. Die Hülle warf er auf ein glänzendes blaues Auto, das so aussah, als würde es sehr schnell fahren. »Gehört der Wagen Euch?«

»So ähnlich«, sagte Thomas. »Wir fahren später damit weg. Es wird Euch helfen zu vergessen, wie Ihr heute durch meine Hand gedemütigt worden seid.«

401

»Ha!«, rief Connor grinsend aus. »Fordert mich ruhig heraus, wenn Ihr es wagt, weibischer McKinnon!«

Glücklicherweise war Thomas McKinnon im Schwertkampf so erfahren und geschickt, wie Connor es sich nur wünschen konnte.

Das bedeutete zwar nicht, dass Thomas ihn besiegen könnte, aber sie würden sich bestimmt blendend amüsieren.

Fröhlich stürzte Connor sich in den Kampf und ließ alle Gedanken an seine Zukunft fahren.

Über diese Dinge konnte er später nachdenken.

33

Victoria saß auf der Vordertreppe des Gasthofs und ließ den Blick über Mrs Pruitts Garten schweifen. Es war ein friedlicher Ort. Die Bienen summten und der Duft der vielen verschiedenen Blumen erfüllte die Luft. Victoria atmete ihn tief ein, wobei sie allerdings niesen musste. Gegen Zinnien war sie besonders allergisch.

Aber Lavendel und Rosen entschädigten sie dafür. Sie konzentrierte sich darauf und versuchte, die anderen Düfte auszublenden.

Wenn das nur mit den Problemen in ihrem Leben genauso ginge.

Hinter ihr öffnete sich die Tür. Mrs Pruitt gab anscheinend die Hoffnung nicht auf, ihr doch noch einen Nachmittagssnack anbieten zu können. Seufzend drehte Victoria sich um, um zum wiederholten Male höflich abzulehnen, aber es war gar nicht Mrs Pruitt.

»Oh«, sagte Victoria. »Iolanthe.«

Iolanthe trat aus der Tür und ließ sich vorsichtig neben Victoria auf der Stufe nieder. »Schwester.«

»Bist du sicher, dass du es hier draußen aushältst? Du weißt schon, die ganzen Gerüche und so.«

»Mir geht es schon viel besser.«

Victoria lächelte ein wenig. »Ehrlich gesagt siehst du aber nicht viel besser aus.«

»Irgendwann ist das vorbei«, erwiderte Iolanthe. »Das hat man mir jedenfalls gesagt.«

»Ja, wenn das Baby auf der Welt ist.«

Iolanthe warf ihr einen finsteren Blick zu, und Victoria lachte.

»Nimm es mir nicht übel. Dir geht es bestimmt bald besser.«
Statt einer Antwort hielt Iolanthe sich die Nase zu.

Victoria wandte sich wieder der Betrachtung von Mrs Pruitts Garten zu. Der Ort war einfach perfekt, und sie dachte, man müsste viel mehr Zeit damit verbringen, den Anblick zu genießen. Sie genoss ihn umso mehr, da er sie von Connors Unschlüssigkeit ablenkte.

»Hey«, sagte sie plötzlich und richtete sich auf. »Thomas' Auto ist weg.«

»Er ist mit Connor nach Jedburgh gefahren.«

»Thomas hat Connor im *Auto* mitgenommen?«, fragte Victoria ungläubig.

Iolanthe nickte.

»Er muss den Verstand verloren haben.«

»Das hat er schon einmal gemacht.«

»Was? Den Verstand verloren?«

»Nein, einen nervösen Beifahrer nach Jedburgh zum Kleiderkauf mitgenommen.«

»Dich?«, fragte Victoria.

»Ja.«

»Und wie hat dir die Fahrt gefallen?«

Iolanthe nahm zögernd die Hand von der Nase. Sie lächelte. »Ich war immer noch nicht ganz davon überzeugt, dass dein Bruder kein Dämon war.«

»Hast du denn inzwischen deine Meinung geändert?«

Iolanthe lachte. »Oh ja, natürlich. Letztendlich fand ich ihn ganz erträglich.«

Victoria schaute ihre Schwägerin an. »Wie lange hat es bei dir gedauert, bis du dich erinnert hast?« Sie schwieg. »Du weißt schon, an dein anderes Leben.«

»Wochen«, erwiderte Iolanthe.

Victoria wurde blass. »Wochen?«

»Ja, aber am Ende habe ich mich erinnert«, fügte Iolanthe rasch hinzu.

Seufzend blickte Victoria über den Garten. »Ich finde das

alles sehr seltsam. Ich verstehe nicht, wie sich jemand an ein Nachleben erinnern kann, das er einmal gelebt hat, von dem er dann aber abgehalten wurde.« Sie wandte sich wieder ihrer Schwägerin zu. »Das kapiere ich einfach nicht.«

»Zeit ist kein natürliches Element«, sagte Iolanthe langsam. »Wer vermag schon zu sagen, wie genau ihre Fäden zusammenlaufen und den Teppich unseres Lebens weben? Wir haben einen bestimmten Weg eingeschlagen, sind dafür aber andere nicht gegangen ...« Sie zuckte mit den Schultern. »Thomas sagt, diejenigen, die das Weltall erforschen, behaupten, die Zeit ginge gleichzeitig vorwärts und zurück. Vielleicht gilt das auch für unsere Erinnerungen.«

Victoria überlegte, schüttelte dann jedoch den Kopf. »Glauben kann ich vieles, aber Glauben ist nicht Wissen.«

»Schwester, wenn du *hoffst*, dass MacDougal sich der Zeit mit dir entsinnt, dann solltest du es auch *glauben*.«

Victorias Augen brannten plötzlich. Sie schluckte die Tränen herunter und blickte Iolanthe an.

»Ja, wahrscheinlich«, erwiderte sie.

»Gib ihm Zeit«, sagte Iolanthe. »Er wird sich schon noch erinnern.«

»Du musst es ja wissen.«

»Ja, ich weiß es. Außerdem ist MacDougal lange nicht so eine harte Nuss wie ich. Ich bin schrecklich eigensinnig.«

»Und er nicht?«

Iolanthe lächelte. »Doch, schon. Aber er hat ja auch die Berichte der anderen Gespenster gehört, die ihm versichert haben, wie viel ruhmreiche Taten er während seines Nachlebens vollbracht hat. Und wenn jetzt die anderen Erinnerungen zurückkommen, wird er sie willkommen heißen, weil er nur Angenehmes erwartet.«

»War das denn bei dir anders?«

»Ich muss gestehen, dass ich mich sehr dagegen gewehrt habe. Ich habe noch nicht einmal Megan an mich herangelassen, als sie mir nach meiner Rückkehr in die Zukunft hel-

405

fen wollte.« Sie lächelte reumütig. »Zu dir war ich eigentlich auch nicht besonders freundlich, als wir uns vor Weihnachten bei Ian begegnet sind.«

Victoria machte eine abwehrende Handbewegung. »Ich war damals auch nicht in der Stimmung, Freundschaften zu schließen.« Sie zögerte. »Und du glaubst wirklich, dass Connor sich letzten Endes erinnern wird?«

»Ich denke schon.« Iolanthe schwieg. »Aber ich kann nicht für ihn sprechen.«

Victoria seufzte. »Du hast Wochen dazu gebraucht.«

»Ja.«

»Das könnte bei ihm genauso sein.«

»Möglich, aber dieses Risiko bist du bewusst eingegangen.« Iolanthe lächelte.

»Ja, und es geschieht mir recht«, sagte Victoria grimmig. Sie mit ihrer Kontrollsucht. Das musste doch in einer Bauchlandung enden. Und so wenig, wie sie Connor zwingen konnte, sich zu erinnern, so wenig konnte sie ihn auch zwingen, hierzubleiben.

Ach, verdammt.

»Aber ich musste das Risiko doch eingehen«, sagte sie zu Iolanthe.

»Ja, das musstest du«, stimmte ihre Schwägerin ihr zu. »Sieh mal, dort kommt Thomas. Vielleicht hat er Connor ja einen heftigen Schlag auf den Kopf versetzt und damit sein Erinnerungsvermögen angeregt.«

Victoria schürzte die Lippen. »Du magst ihn nicht.«

»Er war ein erbärmliches Gespenst.«

»Jetzt ist er milder geworden.«

Iolanthe lächelte. »Ja, was dich betrifft, sicher. Ich werde ihm noch eine Chance geben.« Sie stand auf.

Auch Victoria sprang auf, als das Auto näher kam. Die beiden Männer stiegen aus dem Mietwagen, und Victoria stellte fest, dass Connor eine umfassende Verwandlung durchgemacht hatte.

»Oh mein Gott«, stieß Iolanthe hervor. Victoria bedachte sie mit einem strafenden Blick. »Du bist verheiratet.«

»Trotzdem habe ich doch Augen im Kopf.«

»Ich auch«, sagte Victoria. »Und in diesem Fall bin ich mir wirklich nicht sicher, ob das gut ist.«

Aber da sie nun schon einmal Augen hatte, konnte sie auch Gebrauch davon machen. Sie wollte sich kein Detail von Connors verändertem Aussehen entgehen lassen. Schließlich musste sie doch in der Lage sein, Granny alles genau zu beschreiben, falls Connor vor ihrer Rückkehr aus London ins mittelalterliche Schottland zurückkehrte.

Connors Jeans saßen gut. Er trug Arbeitsstiefel. Und es war ihm irgendwie gelungen, seinen extrem gut ausgebildeten Brustkorb in ein T-Shirt zu zwängen.

»Es ist mit irgendetwas bedruckt. Was steht da?«, fragte Iolanthe, die sich schon wieder die Nase zuhielt.

»Das sage ich dir, wenn ich näher herankomme und es lesen kann.« Victoria betrachtete bewundernd Connors Haarschnitt. Es war nichts Dramatisches, alles nur ein bisschen ordentlicher und gestutzt.

Und dann las sie, was auf seinem T-Shirt stand.

»Steht da wirklich, ›Küss mich, ich bin Schotte‹?«, fragte Iolanthe.

»Ich werde deinen Mann umbringen.«

»Das kannst du halten, wie du willst. Wahrscheinlich stehen die Mädchen schon Schlange, um Connors Einladung Folge zu leisten.« Iolanthe lächelte.

Auch Thomas grinste breit, als er auf sie zukam. Victoria warf ihm einen finsteren Blick zu. »Du bist ein Blödmann.«

»Warum?«, fragte er unschuldig. »Ach so, das T-Shirt. Es gab nichts anderes in seiner Größe.«

»Ganz bestimmt.«

Connor runzelte die Stirn. »Diese Sprache, die du sprichst«, sagte er auf Gälisch, »kommt mir irgendwie bekannt vor.«

Iolanthe stieß Victoria mit dem Ellbogen in die Rippen und ergriff Thomas' Hand. »Ich möchte mich ein bisschen hinlegen, liebster Gatte. Komm mit.«

»Aber ...«

Nur widerwillig ließ sich Thomas von ihr in den Gasthof ziehen, versprach jedoch, bald wiederzukommen, falls er gebraucht würde. Victoria hätte Connor am liebsten gefragt, ob er wusste, was auf seinem T-Shirt stand.

Aber sie traute sich nicht.

Möglicherweise würde sie dann nämlich in Versuchung geraten, der Aufforderung Folge zu leisten.

Und dann machte sie den Fehler, ihn anzublicken. Auch er sah sie an.

»Victoria«, sagte er mit rauer Stimme.

»Ja?«, stieß sie atemlos hervor.

»Äh ...« Er räusperte sich. Er sah sie an, als wollte er sie gleich küssen.

»Äh ...«, wiederholte er und schaute sich mit leiser Verzweiflung um. »Äh, dein Schwert«, sagte er schließlich. »Wo hast du dein dünnes Schwert? Ich hätte es mir besser anschauen sollen, als du in meiner Burg warst.«

Sie starrte ihn fassungslos an. »Mein *Schwert?*«

»Ja. Willst du es mir jetzt vielleicht zeigen?«, fragte er. »Du hast nicht zufällig zwei davon?«, fragte er mit Augen, in denen kaum bezähmbare Begeisterung aufloderte.

»Willst du etwa gegen mich kämpfen?«, fragte sie ungläubig.

»Nun«, antwortete er, »nicht wirklich *kämpfen*. Aber es würde mir Freude machen, so eine Klinge einmal auszuprobieren. Du kannst mir vermutlich erklären, wie man damit umgeht.«

Da stand sie vor ihm und begehrte ihn, und er hatte nichts anderes im Kopf als *Schwerter?*

Na ja, es hätte sie eigentlich nicht überraschen dürfen.

Sie seufzte. »Wir holen uns welche aus dem Schuppen und

suchen uns einen Platz, wo wir sie ausprobieren können.«
Am besten an dir.

»Nicht in Mrs Pruitts Garten«, warnte er sie und folgte ihr.
»Ich habe mir schon einmal ihren Zorn zugezogen, weil ich
ihre Blumen zertrampelt habe.«

»Und wenn man bedenkt, dass schließlich sie es ist, die dir
zu essen gibt, solltest du sie nicht unnötig reizen«, ergänzte
Victoria.

»Dein Gälisch wird von Tag zu Tag besser. Ich sollte mehr
mit dir üben. Anscheinend hilft dir das sehr.«

Victoria nickte, wagte aber nicht, etwas zu sagen. Sie sollte
mehr Zeit mit ihm verbringen? Erneut ihr Herz an ihn verlieren, wo sie doch ganz genau wusste, dass er wieder nach
Hause wollte?

Hamlet.

Perfekt.

Sie würde ihren Bruder umbringen.

Sie kramte im Schuppen und holte zwei Bühnendegen.
Dass Connor sie aus Versehen erstach, konnte sie nun über-
haupt nicht gebrauchen. Das wäre wirklich Ironie des
Schicksals: Connor sterblich und sie ein Gespenst.

Um sich abzulenken, ließ sie die Klinge ein paar Mal durch
die Luft sausen. Connor tat es ihr nach. Das Geräusch schien
ihm zu gefallen, denn er hörte nicht mehr auf damit.

»*En garde*«, sagte sie und nahm ihre beste Fechtposition
ein.

Connor warf ihr einen verblüfften Blick zu, stellte sich
aber ebenfalls auf und machte einen Satz auf sie zu. Unglücklicherweise hatte er wesentlich längere Arme als sie. Zwar
schob sich der Degen zusammen, als er sich in ihre Rippen
bohrte, aber es tat trotzdem weh. Sie keuchte auf und ließ ihren Degen sinken.

»Oh, bei allen Heiligen!«, schrie Connor und warf seine
Waffe zu Boden. Er sank vor ihr auf die Knie. »Victoria! Victoria!«

»Hör auf zu schreien!«, stöhnte sie. Aber er achtete gar nicht auf sie. Er riss sie in die Arme und drückte sie an sich, wobei er angstvolle Laute von sich gab. Mit einer Hand hielt er sie fest, und mit der anderen strich er über ihre Haare, als ob die Berührung alleine sie wieder zum Leben erwecken könnte.

Was für ein Durcheinander!

Sollte sie ihm sagen, dass er sie gar nicht verletzt hatte, oder sollte sie einfach die Augen schließen und es genießen? Sie war in Connor MacDougals Armen gefangen. Und es war noch besser, als sie es sich in ihren kühnsten Träumen vorgestellt hatte.

Allerdings kam unweigerlich der Moment, an dem sie wieder atmen musste. Sie versuchte sich ihm zu entwinden, aber Connor hielt sie mit eiserner Hand fest. Sie versuchte seine Aufmerksamkeit zu gewinnen, indem sie seinen Namen rief, aber es kam nur ein schwaches Krächzen aus ihrem Mund. Verzweifelt blickte sie sich um.

Thomas stand in der Küchentür und betrachtete die Szene mit breitem Grinsen.

»Hilfe!«, formte sie mit dem Mund.

Thomas legte die Hand ans Ohr. »Was?«

»Hilfe!«, rief sie. »Verdammt noch mal, hilf mir!«

»Hey, MacDougal«, fragte Thomas, »was ist los?«

»Ich habe deine Schwester getötet«, erwiderte Connor verzweifelt.

»Quatsch«, sagte Thomas. »Das war doch nur ein Bühnenschwert. Aber wenn du sie nicht endlich loslässt, wirst du sie noch erdrücken.«

Connor ließ Victoria los und blickte auf sie herunter. »Geht es dir gut?«

Sie lächelte schwach. »Es hat wehgetan, aber ich blute nicht. Möchtest du es noch einmal probieren?«

Zögernd trat er einen Schritt zurück. »Was ist das denn für eine Magie?«, fragte er. »Ein Schwert, das nicht sticht?«

Um es ihm zu demonstrieren, stieß Victoria den Degen in den Boden. Er schob sich zusammen. Connor keuchte auf.

Entzückt probierte er es selbst ein paar Mal. Dann blickte er Victoria an.

»Nun«, sagte er, »das ist wirklich gut.« Er wandte sich zu Thomas. »Hast du das gesehen, Thomas? Es nimmt einem zwar ein wenig die Freude am Kampf, aber es ist doch eine neue, interessante Vorrichtung.« Er trat zu seinem Degen, hob ihn ebenfalls auf und warf ihn Thomas zu. »Sollen wir es ausprobieren?«

Mit offenem Mund schaute Victoria zu, wie Connor und ihr Bruder anfingen, miteinander zu fechten. Ab und zu machte einer der beiden eine Bemerkung darüber, wie langweilig es doch war, mit einem Schwert zu kämpfen, das den Gegner nicht ernsthaft verletzen konnte.

»Ich glaube, das vermag mich nur für kurze Zeit zu fesseln«, erklärte Connor. »Dann brauche ich wieder etwas Todbringendes.«

»Das kann ich sehr gut verstehen.«

Connor wies auf Victoria. »Weißt du, ich glaube, ich empfinde etwas für deine Schwester.«

»Ach ja?«, sagte Thomas.

»Aber ich weiß nicht, aus welchem Grund.«

»Das würde mir genauso gehen.«

Victoria warf ihrem Bruder einen grimmigen Blick zu.

»Sie ist wunderschön«, erklärte Connor. »Und temperamentvoll. Und sie kann gut mit dem Schwert umgehen.«

Er schaute sich nach ihr um.

»Ich bin noch nie einer Frau begegnet, die sich im Kampf so bewähren konnte. Gibt es in der Zukunft viele solcher Frauen wie dich?«

»Nein«, erwiderte Victoria kurz angebunden. »Nicht dass ich wüsste.«

Er wandte sich wieder an ihren Bruder. »Hatte Mrs Pruitt etwas auf dem Feuer, als du aus der Küche kamst?«

»Ja«, warf Victoria mit lauter Stimme ein. »Wahrscheinlich eine schwere Bratpfanne.«

Connor hielt inne und blickte sie verwirrt an. »Eine schwere Bratpfanne? Auf dem Feuer? Warum?«

Um sie dir über den Schädel zu ziehen. Sie schürzte die Lippen. »Wahrscheinlich, um die Tomaten genau so zu braten, wie du sie gerne isst.«

Connor blickte wieder zu Thomas. »Deine Schwester ist wirklich ein reizendes Mädchen. Sie weiß ganz offensichtlich, was einem Mann wichtig ist.«

»Ha!«, stieß Thomas hervor.

Victoria verdrehte die Augen und suchte Zuflucht in der Küche, um sich nicht noch mehr Blödsinn anhören zu müssen. Am liebsten hätte sie sich hinter die Tür gestellt, um beiden eins über den Schädel zu ziehen, wenn sie hereinkamen, aber das würde sie ihrem Ziel nicht näher bringen. Sie würde nur auf ihren Bruder losgehen, damit er endlich seinen Mund hielt. Und dann hätte sie vielleicht einmal eine ruhige Minute mit Connor, der fand, sie sei ein ganz reizendes Mädchen.

Das war immerhin schon mal ein Schritt in die richtige Richtung.

Noch eine Million solcher Schritte, und dann gab es vielleicht Hoffnung für sie.

34

Am nächsten Morgen trat Connor aus seinem Zimmer. Er hatte in seinem eigenen Zimmer geschlafen, und nicht auf Victorias Fußboden, weil er das Gefühl hatte, er fühlte sich zu stark zu ihr hingezogen, und er wollte sich nicht unnötig in Versuchung bringen. Es verhieß nichts Gutes für sein Herz, dass sie ihm so sehr gefiel.

Er ließ den gestrigen Tag Revue passieren. Er war einen recht angenehmen Nachmittag lang mit Thomas in dessen Wagen umhergebraust, und als sie wieder im Gasthof waren, war er vollkommen sprachlos gewesen, sobald Victoria McKinnon in die Nähe kam. Er musste vorübergehend vergessen haben, wie schön sie war. Nur seine eiserne Selbstdisziplin bewahrte ihn davor, auf die Knie zu fallen und um ihre Hand anzuhalten

Bei allen Heiligen, er musste dringend nach Hause.

Außerdem hatte auch die Vergangenheit ihre Reize, so interessant die Zukunft auch sein mochte. Allerdings fiel ihm jetzt auf die Schnelle keiner davon ein. Kalter Schafsbraten, einmal im Jahr in einem eiskalten Bach baden, und eine klumpige Matratze, die knirschte, wenn er sich umdrehte.

Konsterniert hielt er inne. War er etwa schon so verweichlicht?

Er schüttelte die törichten Gedanken ab. Morgen würde er nach Hause aufbrechen. Aber jetzt würde er erst einmal Thomas McKinnon aufsuchen und sich für dessen Großzügigkeit bedanken. Die Kleider waren bestimmt teuer gewesen, und Thomas hatte zwar abgewinkt, als Connor erklärt hatte, er würde ihm das Geld zurückzahlen, aber er wollte sich auf jeden Fall noch einmal bei ihm bedanken.

Und er wollte auch Mrs Pruitt gegenüber erwähnen, wie sehr er ihre Kochkunst schätzte. Die Frau hatte nur für ihn stundenlang am Herd gestanden. Ihre köstlichen Gerichte würden ihm fehlen.

Und bevor er aufbrach, wollte er auch dem Verlangen nachgeben, Victoria McKinnon anzusehen, mit ihr zu sprechen und sie, der Himmel mochte ihm gnädig sein, in den Armen zu halten.

Bei allen Heiligen, sie hatte ihn vollkommen behext.

Er ging die Treppe hinunter in die Küche. Mrs Pruitt stand am Herd. Und bei allen Heiligen, Victoria saß am Tisch. Wenn er sie nur einmal ansah, konnte er die Augen nicht mehr von ihr abwenden.

Ihre Haare flossen wie Flammen über ihren Rücken. Wie gewöhnlich trug sie Jeans, und er verstand nun, warum sie diese Beinkleider bevorzugte. Ohne den Blick von ihr zu wenden, ließ er sich auf den Stuhl neben ihr fallen.

Ihre Haut war blass und ihre Augen gerötet, als ob sie die ganze Nacht über geweint hätte.

»Was ist mit dir?«, fragte er.

Sie schüttelte müde lächelnd den Kopf. »Ich habe nur nicht gut geschlafen.«

Nun, wenn sie sich hinlegen musste, dann würde er ihren Schlaf bewachen. Das hatte er oft genug getan ... in der Vergangenheit.

Er blinzelte verwirrt. Tatsächlich?

Wieder schaute er sie an. Vielleicht sollte er froh darüber sein, dass er morgen nach Hause ging. So langsam begann er an seinem Verstand zu zweifeln.

Mrs Pruitt stellte einen Teller vor ihn. Er lächelte sie dankbar an, dann widmete er sich mit Hingabe seinem Essen. Als er fertig war, lehnte er sich auf seinem Stuhl zurück und blickte Victoria an.

Sie hatte an ihrem Essen nur herumgepickt.

Also aß er auch noch ihren Teller leer.

Dann erhob er sich. »Mrs Pruitt, meinen Dank für das köstliche Mahl. Es war sehr zu meiner Zufriedenheit. Schade, dass ich im Moment keine Köchin auf meinem Schloss benötige.«

Mrs Pruitt drehte sich zu ihm um und legte die Hand auf ihr Herz. »Wirklich, Laird MacDougal«, sagte sie erfreut, »das ist aber mal ein nettes Kompliment. Ich weiß es sehr zu schätzen.«

»Es ist nur das, was einer so hervorragenden Köchin wie Euch gebührt.« Er lächelte sie an. Dann ergriff er Victorias Hand und zog sie hoch. »Komm mit«, sagte er zu ihr und zog sie hinter sich her, obwohl sie sich sträubte. Er wollte mit ihr zur Bühne, weil er annahm, das sei ihr Lieblingsplatz.

Das heißt, eigentlich wusste er es. Er hatte Thomas viele Fragen gestellt, und so hatte er auch erfahren, was Victoria an dem Tag, an dem er in die Zukunft gekommen war, auf der Bühne gemacht hatte. Connor war davon ausgegangen, dass sich auf diese Weise ihr Wahnsinn äußerte, aber Thomas hatte ihn davon überzeugt, dass es etwas mit Schauspiel zu tun haben musste. Er hatte wenig Zeit und Verständnis für solche Dinge, aber da er den Rest des Tages noch in der Zukunft zubringen wollte, konnte er ebenso gut einmal einer solchen Darbietung zuschauen.

Als er Hand in Hand mit Victoria zum Schloss hinaufging, stellte er fest, dass er sich sehr daran gewöhnt hatte, sie anzufassen.

Es ist nur für heute, rief er sich ins Gedächtnis. Morgen musste er in seine eigene Zukunft zurück, die fest in der Vergangenheit verankert war.

Er rieb sich mit der freien Hand über die Stirn. Ehrlich gesagt bekam er Kopfschmerzen, wenn er daran dachte.

Im Innenhof der Burg blieb er stehen. Es war ein heruntergekommener Ort mit zerfallenen Mauern. Aber hier stand die Bühne, und sie schien stabil gebaut zu sein. Er hatte sich schon an schlimmeren Orten aufgehalten.

»Warum sind wir hier?«, wollte Victoria wissen. Connor ließ ihre Hand los und blickte sie an. »Ich dachte, du möchtest mir vielleicht auf der Bühne etwas vorspielen. Eine kleine Szene aus irgendeinem Stück oder irgend so einen Quatsch.«

»Quatsch?«, echote sie.

»Nun ja, so spricht man unter Männern über diese Art von Zeitvertreib. Ich kann mich ja schlecht mit derartigen Dingen beschäftigen, wenn ich besser auf dem Turnierplatz stehen sollte, oder?«

Sie sah ihn einen Moment lang schweigend an, dann lächelte sie schwach. »Wahrscheinlich hast du recht. Was möchtest du denn sehen?«

»Ich weiß es nicht. Was kannst du denn spielen?«

»Etwas von Shakespeare?«

»Nun, der große Barde hatte viel zu sagen.« Connor schwieg und blickte Victoria unsicher an. »Habe ich eben *der Barde* gesagt?«

»Ja, so nennt man Shakespeare häufig.«

»Hm.« Er wäre am liebsten wie ein kleines Kind in Tränen ausgebrochen, aber das würde er sich höchstens bei einer schweren Verwundung zugestehen.

Connor wies auf die Bühne. »Dann los, ab auf die Bretter mit dir«, forderte er sie auf. »Unterhalte mich.«

Er blieb stehen und beobachtete sie. Vielleicht hätte er sich einen Stuhl holen sollen, aber er nahm an, es wäre der Darbietung ebenso angemessen, wenn er einfach hier stehen bliebe. So überwältigend würde es wohl nicht sein, einem einzelnen Mädchen bei ihrem Auftritt zuzusehen.

Als sie oben stand, drehte sie sich zu ihm um.

»Ich spreche den Monolog von Gertrude.«

»Der Königin?«

»Ja.«

»Nach Ophelias Tod?«

Sie starrte ihn an, als hätte sie ein Gespenst gesehen. »Ja, genau diesen Monolog.«

416

»Schön. Das ist eine meiner Lieblingspassagen.« Dann wurde ihm klar, was er da gesagt hatte. Gertrude? Ophelia? Woher wusste er das alles?

»Connor?«

»Es geht mir gut«, erwiderte er, stellte sich breitbeinig hin und verschränkte die Arme vor der Brust.

»Hinter der Bühne steht ein Stuhl.«

Ja, das war vielleicht doch besser. Er holte ihn und setzte sich mitten in den Hof, von wo aus er Victoria am besten sehen konnte.

Und dann staunte er nur noch.

Sie stand mitten auf der Bühne und wob mit ihren Worten einen Zauber um ihn, den er weder brechen konnte, noch wollte.

Es neigt ein Weidenbaum sich übern Bach
Und zeigt im klaren Strom sein graues Laub,
Mit welchem sie phantastisch Kränze wand
Von Hahnfuß, Nesseln, Maßlieb, Kuckucksblumen,
die dreiste Schäfer derber wohl benennen,
doch unsere Mädchen Toten-Mannes-Finger.

Sie brach ab. Auch Connor konnte nichts sagen. Ihm war, als hätte er nie zuvor Worte gehört. Diese hier sanken in seine Seele, und er blieb stumm und ergriffen zurück. Toten Mannes Finger, ja, in der Tat.

Connor wusste, dass sie weitersprach, aber er hörte die Worte nicht mehr. Die traurige Geschichte ließ seine Augen brennen. Mit offenem Mund lauschte er wieder, als Victoria vor seinem geistigen Auge ein Bild malte, das ihn wünschen machte, er könne verhindern, was bereits geschehen war. Ophelia war ertrunken; und auch Hamlet würde bald verloren sein.

Hamlet?

Connor blinzelte. Wer zum Teufel war Hamlet?

417

Er wischte sich mit dem Ärmel über die Augen und blickte Victoria finster an. »Genug von Tod und Verderben. Ich möchte etwas Fröhlicheres hören. Nichts mehr von dieser Art, bei dem ich am liebsten mein Schwert ziehen würde und mich hineinstürzen.«

Sie lächelte.

Ihm war, als ob zum ersten Mal in seinem Leben die Sonne schiene. Er hielt den Atem an, und auf einmal hörte er sich lachen. Er wusste nicht, was sie da rezitiert hatte, aber sie führte einen Dialog mit sich selber, spielte zwei Rollen, jemanden namens Zettel und eine Frau namens Titania. Außerdem kamen noch Elfen und andere amüsante Geschöpfe vor.

Elfen? Er strich sich übers Kinn. Er hatte doch gewusst, dass sie früher oder später auftauchen würden.

Beinahe den ganzen Vormittag saß er da und brach in Lachen aus, wurde nachdenklich, und ab und zu musste er sich wirklich zwingen, nicht zu weinen. Er konnte es kaum glauben, dass Victoria lieber ihren Schauspielern sagte, was sie tun sollten, anstatt selber zu spielen. Aber was taten Frauen nicht alles, wenn ihnen kein Mann mit Rat und Tat zur Seite stand.

Und dann begann sie mit etwas ganz anderem.

> *O du geliebter Knabe, dessen Hand*
> *Der Zeiten Glas und Sichel hält gebannt,*
> *der du empor aus der Vergängnis strebst …*
> *So möchte sie durch dich die Zeit beschämen*
> *Und den Minuten ihren Stachel nehmen …*
> *Sie schützt den Schatz doch nur für kurze Frist.*

Er lauschte, während sie von Gedanke zu Gedanke sprang, jetzt über Zeit, dann über Liebe, und schließlich über die Vergänglichkeit des Lebens sprach.

Über Letzteres dachte er nach. War es nur eine Laune der Zeit, dass er in der Zukunft war, oder gab es einen tieferen

Zweck? Die Worte seiner Großmutter kamen ihm wieder in den Sinn, und er fragte sich, ob dies der Weg war, den sie ihm vorhergesagt hatte.

Vielleicht sollte er doch besser schnurstracks in die Vergangenheit fliehen, wo er anscheinend seinen gesunden Menschenverstand zurückgelassen hatte.

»Möchte jemand von euch mitfahren?«

Connor blickte sich um. Thomas stand hinter ihm.

»Wohin?«, fragte Connor, froh über eine Gelegenheit, seinen trüben Gedanken zu entfliehen.

»Nach Edinburgh«, sagte Thomas.

»Ich komme mit«, sagte Connor sofort.

»Ich habe Theaterkarten«, wandte Thomas sich an seine Schwester. »Ich habe mir gedacht, dass du vielleicht Interesse hast.«

»Was wird gespielt?«, fragte sie.

»Das ist eine Überraschung.«

»Ich habe nichts anzuziehen.«

»Oh, der ›Pretty-Woman‹-Einkauf geht auf mich«, erwiderte Thomas lächelnd.

Victoria hüpfte von der Bühne. »In Ordnung, ich bin dabei.«

Connor lächelte sie an. »Du enthältst der Welt dein Talent vor, wenn du im Hintergrund bleibst und die Anweisungen gibst«, sagte er freimütig. »Warum tust du das?«

»Das ist eine lange Geschichte«, erwiderte sie. »Ich erzähle sie dir auf dem Weg nach Edinburgh.«

Connor ergriff ihre Hand. »Ich bin gespannt, wie sich die Stadt seit meiner Zeit verändert hat. Kommst du mit, Thomas?«

»Ja, ich glaube schon. Ich muss ja schließlich fahren«, erwiderte Thomas grinsend.

Connor wollte schon seine Dienste anbieten, aber bevor er etwas sagen konnte, warf Victoria ihm einen warnenden Blick zu.

»Denk nicht einmal daran.« – »Aber ich könnte es.« Connor straffte die Schultern.

»Nicht in Edinburgh. Dort herrscht sehr starker Verkehr. Aber ich bin sicher, dass Thomas es dir noch beibringt.«

»Aber ich muss doch morgen nach Hause«, erwiderte Connor mit aufrichtigem Bedauern.

»Oh«, sagte sie leise.

Ein paar Minuten lang schwiegen sie. Zu seiner Überraschung stellte Connor fest, dass Victoria ihm ihre Hand entzog. Sie steckte die Hände in die Hosentaschen, als hätte sie Angst, dass sie sich sonst selbständig machen würden.

Wahrscheinlich wollte sie ihn nicht gehen lassen. Er konnte es ihr nicht übel nehmen. Er hatte ebenfalls starke Gefühle für sie. War es überheblich anzunehmen, dass sie wegen ihm litt?

»Ich *will* ja nicht gehen«, sagte er defensiv. Er blickte sie an. »Aber ich muss.«

Ihre Augen waren rot. »Ich weiß.«

»Allergie?«

Sie lächelte. »Ich glaube, die Ausrede zieht langsam nicht mehr.«

Er wollte sie fragen, was sie damit meinte, entschied sich dann jedoch dagegen. Er hoffte stattdessen, dass sie traurig war, weil er sie wieder verlassen wollte. Ob sie wohl mit ihm kommen würde?

Er dachte eine Weile darüber nach. Ob sie die Zukunft und alle ihre Wunder einfach hinter sich lassen würde? Autos, Schwerter, die sich zusammenschoben, gebratene Tomaten, rosafarbene Badezimmer ... nein, er konnte schon verstehen, dass sie vielleicht nicht mit ihm kommen wollte.

Aber was hatte ihm die Vergangenheit zu bieten? Er wäre tot, wenn sie nicht gewesen wäre. Wie würde er in seiner eigenen Zeit weiterleben, da er dank ihrer Hilfe überlebt hatte? Er würde sich den Rest seiner Tage fragen, ob er nicht etwas tat, was eigentlich einem anderen zustand. Vielleicht würde er wieder heiraten, vielleicht würde er auch einem anderen die Frau wegnehmen, mit der jener weiter zusammengelebt hätte, wenn er selbst tatsächlich erschlagen worden wäre.

Sein Kopf begann zu pochen.

Er kam zu dem Schluss, dass er vielleicht kein Recht hatte, sein Leben in der Vergangenheit wieder aufzunehmen. Aber bedeutete das, dass er in der Zukunft bleiben durfte?

Diese Frage konnte er nicht beantworten.

Wenn er eine Bestätigung bekäme, irgendeinen zwingenden Grund, ein über jeden Zweifel erhabenes Zeichen, dass er bleiben sollte, wo er war …

Aber nein, so funktionierte die Welt nicht. Er gehörte in seine Zeit und Victoria in ihre. Die Gespenster, die er gesehen hatte, waren Ausgeburten seiner Fantasie. Und langsam begann er sich zu fragen, ob nicht diese ganze Reise nur ein langer Traum war.

Er zuckte mit den Schultern. Wenn er wieder zu Hause war, würde ihm das alles klar sein.

Im Moment jedoch wollte er den restlichen Tag mit Victoria verbringen.

Das reichte aus.

Es musste ausreichen.

35

Victoria saß auf der Rückbank von Thomas' Mietwagen und hörte zu, wie ihr Bruder und der Mann, den sie liebte, die Instrumente auf dem Armaturenbrett diskutierten. Connor hätte sie am liebsten mit seinem Messer auseinandergenommen, aber das hatte ihm Thomas verboten. Es kam ihr so normal vor, mit ihrer Schwägerin, der ständig übel war, hinten im Auto zu sitzen, während der Highlander vorne versuchte, sein Messer in den CD-Player zu schieben.

Ob sie den Verstand verlor?

Darüber wollte sie lieber nicht spekulieren.

Iolanthe stöhnte leise. Victoria reichte ihr eine Plastiktüte. »Hier«, sagte sie trocken, »du kannst dich hier hinein übergeben. Ich habe nachgeschaut: sie hat keine Löcher.«

Iolanthe umklammerte die Plastiktüte wie einen Rettungsring. Victoria blickte aus dem Fenster auf die Landschaft, die vorbeiflog. Es war eine schöne Gegend, und wahrscheinlich gab es keinen einzigen Quadratmeter, auf dem nicht schon Briten herumgetrampelt waren. Es wäre spannend gewesen, die Geschichte hier aus nächster Nähe mitverfolgen zu können, wie Connor es getan hatte.

Sie stieß einen tiefen Seufzer aus. Es lief alles nicht so, wie sie sich das vorgestellt hatte. Ja, sicher, als sie aus der Vergangenheit zurückgekommen war, hatte sie in ihrer Verzweiflung geglaubt, Connor nie wieder zu sehen, und jetzt, da er hier war, hoffte sie inständig, dass er sich erinnern würde und bei ihr bliebe.

Aber die Zeit wurde immer knapper, und vorhin hatte Connor angekündigt, er werde morgen nach Hause zurückkehren. Allerdings sagte er das schon seit fast einer Woche, und es war natürlich durchaus möglich, dass er noch eine weitere Woche hier blieb.

Leider stand jedoch auch ihr nicht mehr so viel Zeit zur Verfügung. Es war schon Ende August, und Mitte September begannen die Proben für ein Stück, das im November Premiere haben sollte. Dabei hatte sie sich noch um rein gar nichts gekümmert. Ihr fehlten noch die passenden Räumlichkeiten und sie musste dringend noch ein paar Schauspieler zusammentrommeln, da Michael ja über die Hälfte ihrer Leute mitgenommen hatte und Mr Yoga definitiv ihre Probebühne übernommen hatte.

Tief seufzend rieb sie sich mit beiden Händen übers Gesicht.

»Victoria?«

Sie blickte ihre Schwägerin an. »Ja?«

»Geht es dir nicht gut?«

Victoria schüttelte dem Kopf. »Es ist nur der Stress.«

»Da wir gerade von Stress sprechen«, warf Thomas ein, »hast du dir schon überlegt, was du im Herbst machst? Ich meine, wenn du wieder in Manhattan bist.«

»Warum sollte ich ausgerechnet dir immer alles erzählen?«, fragte Victoria gereizt.

»Stimmt denn etwas nicht?«, wollte Connor wissen.

»Victoria hat eine Schauspielertruppe«, erklärte Thomas, »und sie haben leider die Räume nicht mehr, in denen die Aufführungen sonst immer stattfanden. Und jetzt hat sie in Manhattan keinen Platz zum Proben mehr.«

»Manhattan? Die Stadt, von der du mir erzählt hast?«

»Genau die.«

»Was schlägst du vor? Könnte sie nicht dein Schloss benutzen?«

»Das könnte sie«, erwiderte Thomas, »aber ich glaube, sie will in die Stadt. Wahrscheinlich kann sie es sogar kaum erwarten, wieder nach Manhattan zurückzukommen. Das stimmt doch, Vic, oder?«

Victoria hätte ihren Bruder gerne geschlagen, aber das wäre gefährlich gewesen, schließlich saß er am Steuer. Er machte alles immer nur schlimmer. Zuerst hatte er Connor völlig unsensibel von seinem Dasein als Gespenst erzählt, und jetzt klang es bei ihm so, als würde sie am liebsten sofort abreisen und Connor sich selbst überlassen.

»Connor?«, sagte sie.

»Ja?«

»Du darfst ihn später für mich umbringen.«

»Vielleicht erbst du ja dann auch das Schloss«, meinte Connor.

Victoria musste unwillkürlich lächeln. »Ich wusste doch, dass es einen Grund gibt, warum ich dich mag.«

Thomas lachte nur. »Wenn ich eines gewaltsamen Todes sterbe, vererbe ich das Schloss Mom und Jennifer, damit sie dort einen Laden für Kinderkleidung aufmachen können.«

Victoria schüttelte sich. »Dazu wärst du imstande, was?«

Er warf ihr einen Blick über die Schulter zu. »Natürlich nicht. Aber mal ernsthaft, Vic. Was hast du vor? Hast du nicht schon sämtliche Eintrittskarten verkauft?«

Sie schüttelte den Kopf. »Nein, ich habe nichts herausgeschickt. Ich hatte sie zwar bestellt, aber als ich erfuhr, dass Moonbat mir die Bühne kündigt, habe ich den Auftrag storniert.«

»Die Leute werden sich fragen, was mit dir passiert ist.«

»Wenn wir neue Räume gefunden haben, benachrichtige ich alle.« Sie seufzte. »Aber ich muss vermutlich erst einmal zurückfahren, um zu sehen, ob ich meine Truppe wiederbeleben kann.«

Wenigstens glaubte sie, dass sie das tun musste. Aber eigentlich befürchtete sie, dass sie keine Lust mehr hatte, mit ihnen zusammenzuarbeiten, selbst wenn sie noch alle da waren.

Sie wollte selbst auf der Bühne stehen.

Wirklich, sie hatte den Verstand verloren.

Erneut stieß sie einen Seufzer aus. »Es hängt ja auch davon ab, was von meiner Truppe tatsächlich noch übrig ist, nachdem Michael Fellinis Agent sie in die Mangel genommen hat.«

»Fellini«, brummelte Connor. »Was für ein aufgeblasener, arroganter Schmierenkomödiant.«

Im Auto wurde es still. Victoria und Iolanthe wechselten einen verblüfften Blick, und sie hielten beide den Atem an. Schließlich kratzte Connor sich verlegen am Kopf.

»Ich glaube, ich habe nach dem Mittagessen zu viel Schokolade gegessen«, sagte er. »Ständig habe ich diese Träume.«

»Ja, es liegt bestimmt an der Schokolade«, erwiderte Thomas leichthin. »So, dann suche ich uns jetzt einen Parkplatz, wie gehen einkaufen und treffen uns anschließend wieder hier. Dann gehen wir irgendwo nett essen und sehen uns das Stück an.«

Victoria stieß langsam die Luft aus. Er war so nahe dran gewesen, und trotzdem so unvorstellbar weit entfernt von allem, was ihnen weitergeholfen hätte. Na, wenigstens hatte er Träume, das war doch schon mal was.

Sie blickte zu Connor, der ausgestiegen war und interessiert den Verkehr beobachtete. Es sah so aus, als ob er sich gut zurechtfinden würde. Zumindest gelang es Thomas, ihn davon zu überzeugen, dass man auf dem Bürgersteig gehen musste.

»Zuerst die Kleider«, sagte Thomas. »Io, Vic und du, ihr könnt die Schlüssel nehmen, und in einer Stunde treffen wir uns wieder hier.«

»In einer Stunde?«, wiederholte Victoria. »Wir sind bestimmt früher fertig.«

Erfreut stellte Victoria fest, dass Iolanthe genauso wenig Geduld beim Kleiderkauf an den Tag legte wie sie. Relativ schnell waren sie wieder am Auto und packten ihre Einkaufstüten in den Kofferraum.

Victoria war gerade dabei, alles zu verstauen, als ihre Schwägerin scharf die Luft einzog.

425

»Oh mein Gott!«, sagte Iolanthe überrascht. »Was ist?« –
»Dreh dich um!«

Victoria zögerte. »Sind Connor und Thomas da?«

»Ja. In ihrer ganzen Pracht.«

Victoria schloss kurz die Augen. *Bitte, lass ihn keine viktorianischen Rüschen mit einem Dreispitz tragen.* Sie drehte sich um.

Ihr stockte der Atem.

In Jeans sah der Mann gut aus. Aber im Anzug war er atemberaubend. Lächelnd kam er auf sie zu.

»Wie findest du mich?«

»Umwerfend!«

Connor verbeugte sich leicht. »Du musst dich bei deinem Bruder bedanken.«

»Danke, Thomas«, sagte Victoria mit schwacher Stimme.

»Lasst uns gehen«, meinte Thomas lachend, »bevor meine Schwester noch in Ohnmacht fällt. Hat jemand Interesse an einem Abendessen?«

»Immer«, erwiderte Connor prompt.

»Ja, sicher«, sagte Victoria, der die Knie wackelten. Sie wünschte sich einen Stuhl.

»Wenn es sein muss«, warf Iolanthe ein. Sie klang nicht besonders enthusiastisch.

Das Essen dauerte aus Rücksicht auf Iolanthe nicht besonders lange. Connor schien es zu bedauern, dass so viel übrig blieb, aber es gelang Victoria, ihn davon abzuhalten, noch rasch alle Teller leer zu essen. Als sie danach den Bürgersteig entlanggingen, wirkte er, als sei er tief in Gedanken versunken.

»Was denkst du?«, fragte sie.

Er blickte sie an. »Ich habe gerade gedacht, dass du sehr schön bist«, erwiderte er freimütig.

»Nein, ich meinte, was du von Edinburgh hältst.«

»Ich finde, es sind zu viele Menschen hier. Als ich das letzte Mal hier war, waren es noch nicht so viele, aber ich finde es

nicht unangenehm.« Er lächelte sie an und ergriff ihre Hand.
»Ich sollte mich an dir festhalten, sonst verirre ich mich
noch.«

Verirren? Sie hatte sich schon so sehr in ihren Gefühlen
verirrt, dass sie fürchtete, nie wieder heraus zu finden.

Wie sollte sie nur weiterleben?

Eine halbe Stunde später saßen sie im Theater und sie war
froh, dass die Lichter ausgingen und sie ihren Tränen freien
Lauf lassen konnte.

Währenddessen suchte Connor neben ihr seine Taschen ab
und fluchte, weil er nicht wenigstens einen Dolch eingesteckt
hatte.

»Sollten wir im Dunkeln angegriffen werden, dann werde
ich uns mit den bloßen Händen verteidigen«, versicherte er
ihr.

Sie schaffte es, zu nicken. »Das ist das Mindeste, was ich
erwartet hätte.«

Sie merkte, dass er sich in seinem Sitz zu ihr umwandte.
»Ach, Victoria, warum …?«

»Es fängt an«, sagte Victoria und zeigte zur Bühne. »Schau,
sie geben den ›Hamlet‹.« Sie warf Thomas einen Blick zu.
»Was für eine Überraschung. Musste ich deshalb auf dem Weg
hierher die Augen zumachen und durfte mir kein Programm
kaufen?«

Connor setzte sich bequem zurecht. »Oh, in einem so lu-
xuriösen Gebäude sind die Eintrittskarten bestimmt furchtbar teuer. Ich hoffe, das ist es wert …«

Und dann schwieg er. Victoria warf ihm verstohlen einen
Blick von der Seite zu. Er starrte wie hypnotisiert auf die
Bühne. Der Vorhang öffnete sich, und die Wachen traten auf.
Connor lächelte angetan.

Und dann erschien der Geist.

Connor erstarrte.

Victoria dachte, das erinnerte ihn vielleicht an seine eigenen Erlebnisse mit der Geistermannschaft oben auf dem

427

Schloss. Sie überließ ihn seinen Eindrücken und konzentrierte sich auf die Vorstellung.

»Hamlet« war eines ihrer Lieblingsstücke, und die Inszenierung schien gut zu sein. Oft fiel es ihr schwer, Aufführungen zu genießen, weil sie alles mögliche auszusetzen hatte, aber heute Abend war es anders. Vielleicht lag es auch daran, dass der Akzent authentisch war.

Und sie genoss es umso mehr, als sie feststellte, dass sie nicht mehr automatisch Regieanweisungen gab. Die Schauspieler auf der Bühne konnten tun, was immer sie wollten; ihr war es egal. Es war ein befreiendes Gefühl, nicht immer für alles verantwortlich zu sein. Plötzlich merkte sie jedoch, dass irgendwo in ihrer Nähe jemand leise den Text mitsprach. Was war das denn für ein Idiot, der Hamlets Part aus dem Publikum heraus mitsprach?

Der Idiot saß neben ihr, stellte sie fest. Stirnrunzelnd warf sie Connor einen Blick zu. Wusste er nicht, dass er still sein musste? Nein, natürlich nicht, weder sie noch Thomas hatten das erwähnt. Aber dann wurde ihr auf einmal klar, dass er ja nicht nur Hamlets Text flüsterte, sondern dass er ihn auf Englisch wiedergab.

Sie saß da wie erstarrt. Thomas hatte sich vorgebeugt und betrachtete Connor zufrieden. Dann lächelte er sie an. »Bingo!«, sagte er leise.

Victoria lehnte sich zurück und schwieg. Connor griff nach ihrer Hand und klammerte sich daran fest wie ein Ertrinkender. Ihre Finger taten weh, aber sie sagte nichts. Der Himmel mochte wissen, was in seinem Kopf vor sich ging.

Hamlet.

Thomas hatte dieses Stück mit Bedacht ausgesucht. Vielleicht war das ja der Funke, an dem sich Connors Erinnerung entzündete, damit er zu ihr zurückkommen konnte.

Noch etwas, wofür sie ihrem Bruder dankbar sein musste.

Sie schloss die Augen und begann zu beten.

36

Connor saß im dunklen Theater und hatte das Gefühl aufspringen und hinauslaufen zu müssen, so gewaltig stürmten die Erinnerungen auf ihn ein.

Er hörte den »Hamlet«. Auf Englisch. So wie er die Rolle vor kaum zwei Monaten auch auf Thorpewold gespielt hatte.

Dieser Welle folgte eine weitere. Er sah sich selbst, wie er gegen die Ungerechtigkeit wütete, dass der Franzose seinem Leben viel zu früh ein Ende gesetzt hatte. Er wollte die Highlands verlassen, zögerte zugleich jedoch, den Schritt zu tun. Liebe und Hass wechselten sich ab, bis er sich zum Schluss selbst nicht mehr wiedererkannte.

Die Jahrhunderte, die er miterlebt hatte, nachdem er sich dann schließlich auf den Weg nach Süden gemacht hatte, zogen an ihm vorbei.

Er sah sich mit Iolanthe MacLeod streiten, erinnerte sich daran, dass er bis zum Äußersten gegangen war, um Thomas McKinnon aus dem Schloss zu vertreiben …

Er hielt inne und warf Thomas einen finsteren Blick zu.

»Du hast mir ein Dach für dieses blöde Schloss versprochen, hast es aber nie gebaut.«

»Ich habe stattdessen geheiratet.«

»Fahr zur Hölle.«

»Schön, dass du wieder da bist, Laird MacDougal«, flüsterte Thomas grinsend.

Connor hätte ihm darauf gerne etwas erwidert, aber eine neue Woge von Erinnerungen riss ihn mit sich.

Er sah Victoria zum ersten Mal in den großen Saal treten. Victoria, die Michael Fellini anschmachtete. Victoria in der

Bibliothek des Gasthauses, in ihrem Sessel am Kamin, in dem ein Feuer flackerte, das er entzündet hatte. Sie blickte ihn voller Zuneigung an.

Victoria, die gelobte, ihn vor dem Tod zu bewahren.

Dann erinnerte er sich an Victoria in der vergangenen Woche. Sie hatte sich sicher die meiste Zeit über gefragt, wie er nur so starrköpfig sein konnte. Er warf ihr einen Blick zu.

Tränen strömten ihr über die Wangen.

Seine Hand glitt unter ihre Haare, er beugte sich vor und küsste sie.

Und als er erst einmal damit angefangen hatte, konnte er nicht mehr damit aufhören.

»Hier ist wohl kaum der richtige Ort zum Knutschen!«, flüsterte eine erboste Stimme hinter ihnen.

Connor drehte sich um und wollte etwas Passendes erwidern, aber als er sah, dass eine etwa achtzigjährige Dame hinter ihnen saß, machte er den Mund wieder zu und begnügte sich damit, den Arm um Victoria zu legen.

»Ich kann mich erinnern«, flüsterte er aufgeregt.

»Es wurde auch Zeit«, entgegnete sie leise.

Lächelnd zog er sie an sich, und bei dem Gedanken, dass er sie beinahe verloren hätte, rollte ihm eine Träne über die Wange.

Sie sah es und blickte ihn überrascht an.

»Das ist Schweiß!«, erklärte Connor.

»Ach ja«, wisperte Victoria und lächelte.

Er ergriff ihre Hand und streichelte sie. Kurz schloss er die Augen, um sich bei den Heiligen zu bedanken. Wie oft hatte er sich in seinem Nachleben gewünscht, sie berühren zu können, und jetzt saß er lebendig neben ihr und hielt sie im Arm.

Vom Rest der Aufführung bekam er nicht viel mit. Als zur Pause das Licht anging, fuhr er sich mit dem Anzugärmel über die Augen und sprang auf, um zur Tür zu gehen.

»Warte«, sagte Thomas. »Wo willst du hin?«

»Ich gehe«, erklärte Connor entschieden. »Irgendwohin,

wo ich meine Verlobte bis zur Besinnungslosigkeit küssen kann.«

»Aber die Aufführung ist noch nicht vorbei.«

»Für uns ja.« Er blickte Victoria an. »Wir gehen nach draußen.«

»Hey«, erwiderte Thomas grinsend, »ich glaube, öffentliche Zurschaustellung von Gefühlen ist hier verboten. Du wirst wohl bis zum Ende der Aufführung warten müssen.«

Connor blickte Iolanthe an, dann wandte er sich wieder an Thomas. »Deine Frau ist ganz grün im Gesicht, ich glaube, auch für euch ist das Stück vorbei.«

»Ihr geht es gut ...«

Connor trat einen Schritt zur Seite, als Iolanthe an ihm vorbei in Richtung Toilette losspurtete. Er lächelte. »Gib mir die Schlüssel.«

»Träum weiter«, sagte Thomas. »Wir warten in der Lobby auf Io. Vielleicht ist es ja besser so. Ich glaube nicht, dass ich dich mit meiner Schwester allein lassen sollte.«

»Thomas!«, sagte Victoria warnend.

»Nein, ich glaube, es ist meine Pflicht als Bruder, sie zu beschützen. Meinst du nicht auch?«

Connor blickte Victoria an. »Ich möchte ihn gerne töten. Hast du etwas dagegen?«

»Nein, keineswegs«, erwiderte sie.

»Hey«, wandte Thomas ein, »ich bin derjenige, der euch wieder zusammengebracht hat. Ein wenig Dankbarkeit wäre nicht unangebracht. Außerdem brauchst du einen Trauzeugen, MacDougal.«

»Das überlege ich mir noch«, sagte Connor. Er legte Victoria den Arm um die Schultern und zog sie zur Tür. »Wir warten, bis die arme kleine MacLeod kommt, und dann fahren wir.«

»Bist du sicher, dass du das Stück nicht zu Ende sehen willst?«, fragte Thomas.

»Ich kann mir vieles vorstellen, was ich jetzt gerne tun

möchte, aber ein Stück anzuschauen, das ich auswendig kann, gehört nicht dazu. Wenn ihr wollt, kann ich es euch auf der Heimfahrt vollständig aufsagen.«

»Du hast ein gutes Gedächtnis«, sagte Victoria atemlos.

»Er hat ein *enormes* Gedächtnis«, warf Thomas lachend ein. »Es umfasst Jahrhunderte.«

Victoria blickte ihren Bruder an, dann brach sie in Tränen aus. Connor vermutete, dass es Tränen der Erleichterung waren. Er zog sie in die Arme und stellte fest, dass auch seine Augen feucht wurden.

Thomas schlug ihm auf die Schulter. »Herzlichen Glückwunsch und willkommen im einundzwanzigsten Jahrhundert.«

Connor strich Victoria über die Haare. »Ich kann es kaum glauben«, sagte er ehrfürchtig. »Es ist ein Wunder. Und hört mal! Ich beherrsche sogar das Englisch des Königs.«

»Der Königin«, korrigierte Victoria ihn mit erstickter Stimme.

Connor grunzte. »Damit beschäftige ich mich später. Jetzt will ich erst einmal zurück in den Gasthof, einen langen Spaziergang zum Schloss machen und ein wenig mit dir allein sein.«

»Ich glaube«, sagte Thomas langsam, »ihr braucht wirklich einen Anstandswauwau. Schließlich muss ich die Tugend meiner Schwester behüten.«

»Thomas!« Victoria hob den Kopf und funkelte ihn warnend an. »Halt auf der Stelle den Mund!«

»Und du, Connor, wirst meinen Dad überzeugen müssen«, fuhr Thomas fort. »Er hatte sich ja nach der letzten Vorstellung gerade erst daran gewöhnt, dass du ein Gespenst warst. Und jetzt musst du ihm etwas erklären, das er dir niemals abkaufen wird ...«

»Thomas!«, rief Victoria aus.

Connor tätschelte ihr den Rücken. »Er muss mich ein bisschen quälen. Ich nehme ihm ja schließlich die Schwester weg.«

»Also, ich glaube ja eher, diese Vorstellung begeistert ihn«, meinte Victoria trocken.

»Eigentlich«, erklärte Thomas lächelnd, »sehe ich das Ganze mit gemischten Gefühlen. Ich kann dich nicht mehr wahnsinnig machen, ohne es mit diesem kräftigen Mann aufnehmen zu müssen. Aber ich werde dich wahrscheinlich häufiger als früher sehen, weil Connor bestimmt jede Gelegenheit wahrnimmt, um mit uns in seiner Muttersprache zu reden. Vielleicht könnt ihr euch ja ein Haus in der Nähe von unserem in Maine kaufen.«

Connor fühlte sich auf einmal unbehaglich. Wie bei allen Heiligen sollte er eine Familie ernähren? Schließlich konnte er ja schlecht einfach weiter Vieh züchten und das Feld bestellen und ab und zu eine Herde vom Nachbarn stehlen.

»Connor?«

Er blickte in das wunderschöne Gesicht seiner Liebsten und lächelte. »Ja, Liebes?«

»Was denkst du?«

»Dass ich wahrscheinlich der glücklichste Mann der letzten achthundert Jahre bin, weil ich dein Herz gewonnen habe.«

»Ich mag deine mürrische Art.«

»Davon wirst du noch mehr als genug haben«, unterbrach Thomas sie fröhlich.

Connor schürzte die Lippen. »Wir werden nicht in der gleichen Burg wohnen wie er.«

»Nein, Gott bewahre!«, sagte Victoria nachdrücklich.

»Bei deiner Granny ist das etwas anderes«, erklärte Connor, dem eingefallen war, wie gerne er sie hatte. »Sie könnte bei uns leben. Glaubst du, sie wird mir einen Pullover mit diesem Fair-Isle-Muster stricken?«

»Du wirst dir nie wieder einen Pullover zu kaufen brauchen«, erwiderte Victoria lächelnd. »Wahrscheinlich wirst du sie irgendwann anflehen, mit dem Stricken aufzuhören ...«

»Oh, seht mal«, unterbrach Thomas sie, »da kommt Iolanthe.« Er wandte sich an Thomas. »Wenn du tatsächlich zurück willst, fahren wir jetzt.«

»Ja, ich bin mir absolut sicher.«

»Dort gibt es auch wenig Privatsphäre.«

»Aber nicht so wenig wie hier.«

»Glaubst du?«

Connor merkte, dass er automatisch nach seinem Schwert griff, aber es war nicht da. Er begnügte sich mit einem finsteren Blick, erntete aber nur ein Lachen von Thomas. »Wir werden auf keinen Fall in seiner Nähe wohnen«, sagte er zu Victoria.

»Wie du willst«, erwiderte sie lächelnd.

»Ich liebe dich«, erklärte er.

»Ich liebe dich auch«, sagte Victoria. Tränen glänzten in ihren Augen.

»Ach, du liebe Güte«, rief Thomas aus. »Lasst uns zusehen, dass wir hier wegkommen, bevor die Leute noch Eintrittskarten kaufen, um eurer Liebesszene zuzuschauen.«

Im Auto wollte Connor sich neben Victoria auf die Rückbank setzen, aber er konnte seine langen Beine nicht unterbringen.

»Du hättest dir ein größeres Auto mieten müssen«, sagte er zu Thomas.

»Es ist ja nur eine Stunde Fahrt bis zum Gasthof«, erwiderte Thomas und setzte sich ans Steuer. »Das wirst du doch noch aushalten.«

Connor bezweifelte es.

Er setzte sich auf den Beifahrersitz und verrenkte sich die ganze Zeit über, um Victorias Hand zu halten, während Thomas ihn mit Fragen löcherte.

»Ah, ich kann mich an alles erinnern!«, rief er aus. »Ich könnte euch eine vollständige Liste meiner Spukaktivitäten geben.«

»*Geister mit schlechtem Benehmen*. Wir werden eine Fernsehsendung für dich kreieren«, zog Thomas ihn auf.

»Ich hatte gute Gründe für all das«, gab Connor grimmig zurück. »Aber«, wandte er sich an Iolanthe, »Euch, Mistress MacLeod, möchte ich vielmals um Entschuldigung bitten für all den Kummer, den ich Euch gemacht habe.«

»Sie ist eine McKinnon«, erinnerte Thomas ihn.

»Das war sie noch nicht, als ich sie drangsaliert habe«, gab Connor zurück.

»Das gehört der Vergangenheit an«, gab Iolanthe zurück. »Aber wenn du jetzt nicht schneller fährst, mein geliebter Gatte, dann wird mein Abendessen wieder höchst gegenwärtig werden.«

Connor drückte kurz Victorias Hand und setzte sich dann auf dem Beifahrersitz zurecht. Er war beileibe kein Feigling, aber er legte es nicht unbedingt darauf an, dass Iolanthe sich aus Versehen über seinen Arm erbrach.

Die Fahrt kam ihm vor wie eine Ewigkeit, aber schließlich waren sie am Gasthof angelangt, und er konnte Victoria endlich wieder in die Arme schließen.

Sofort wünschten sie Thomas und Iolanthe eine gute Nacht und machten sich auf den Weg zum Schloss.

»Willst du dein Schwert nicht mitnehmen?«, rief Thomas ihnen hinterher. »Ich meine, nur für alle Fälle.«

Connor runzelte die Stirn. Er konnte es nicht über seinen eleganten, modernen Anzug schnallen, deshalb würde er es in der Hand halten müssen. Und dann hätte er nur noch eine Hand frei für Victoria, jedenfalls solange sie unterwegs waren. Aber er fühlte sich doch sicherer, wenn er sein Schwert zur Hand hatte. Er blickte Victoria an.

»Warte hier.«

Rasch holte er sein Schwert und lief wieder zu seiner Liebsten zurück. Sie stand noch da, wo er sie zurückgelassen hatte, und sah im Mondschein so lieblich aus, dass ihm der Atem stockte.

Er ging mit Victoria zum Schloss hinauf und konnte kaum glauben, dass jetzt für ihn ein neues Leben begann, ein Leben mit seiner Geliebten. Mitten im Burghof nahm er sie in die Arme und staunte darüber, dass ihm das so ohne Weiteres möglich war. Er lächelte sie an.

Victoria erwiderte sein Lächeln. »Du bist gut gelaunt.«

»Wie sollte es anders sein? Die Liebe meines Lebens steht vor mir und ich kann sie in die Arme nehmen.«

Er begann sie zu küssen. Ihr wurden die Knie weich, und sie hätten sicher nachgegeben, wenn er sie nicht so fest gehalten hätte.

Kurz hielt er inne, um wieder zu Atem zu kommen, und hob den Kopf. Erschreckt zuckte er zusammen.

Um sie herum standen die drei Geister aus dem *Boar's Head* und starrten sie an. Neben ihnen stand Roderick, der ihn ebenfalls missbilligend anblickte.

»Na«, sagte Hugh McKinnon streng, »vor der Hochzeit ziemt sich das aber nicht!«

»Ich habe sie doch nur geküsst!«, rief Connor aus. »Könnt Ihr mir das denn verübeln?«

»Nein, das können wir nicht, das ist wahr«, gab Ambrose zu. »Also, fahrt fort.«

»Aber zuerst verschwindet Ihr von hier«, verlangte Connor.

»Das geht nicht«, erwiderte Fulbert de Piaget freundlich.

»Und warum nicht?«

»Weil es als ihre Vorfahren unsere Pflicht ist, auf sie aufzupassen.«

»Das könnt Ihr später immer noch tun.«

»Nein, wir tun es lieber jetzt.«

Wieder stellten sie sich mit verschränkten Armen in Positur. Seufzend blickte Connor Victoria an.

»Komm, wir gehen zurück ins Gasthaus und planen schon mal die Hochzeit. Eine andere Möglichkeit, für sich zu sein, gibt es wohl nicht.«

»Das scheint mir auch so«, gab sie lachend zurück.

Connor wünschte den Gespenstern eine gute Nacht und

verließ das Schloss mit Victoria. Es war wohl am besten so. Sie würden sicher noch Zeit genug haben, um sich zu küssen; das hoffte er jedenfalls. Und für den Augenblick tat es ihm auch ganz gut, einfach nur dazusitzen und sein Glück zu genießen.

Das Glück, eine wunderschöne, temperamentvolle Frau zu haben, die ihn liebte.

In einer Zeit zu leben, die voller Luxus und Wunder war.

Und er war lebendig und konnte sich an all dem erfreuen.

»Merkst du eigentlich, dass du rennst?«, fragte Victoria, die kaum mit ihm Schritt halten konnte.

»Ich habe es eilig«, erwiderte Connor. »Wir haben viel zu tun.«

Und so wenig Zeit. Und so wenig Mittel. Er würde einen Ausweg finden müssen, und zwar bald, aber jetzt würde er mit seiner Liebsten erst einmal in das Gasthaus gehen, in dem sie so viele angenehme Abende miteinander verbracht hatten. Und er würde sich an der Tatsache erfreuen, dass sie bald die Seine wäre.

Er beschleunigte seine Schritte noch mehr.

Die Zukunft gehörte ihm, und er wollte keinen einzigen Augenblick verpassen.

37

Das Leben war wirklich ausgesprochen seltsam, fand Victoria.

Es war jetzt genau fünf Tage her, dass Connor seine Erinnerung wiedergefunden hatte. Ihre Hochzeit war für den kommenden Samstag geplant, und der Earl of Artane würde ihnen freundlicherweise seinen Pfarrer zur Verfügung stellen, damit dieser die Trauung vollzog. Victoria war zur Vorbereitung auf dieses große Ereignis bereits mehrere Male vermessen und mit Nadeln gespickt worden. Connor hingegen hatte nur eine Anprobe gehabt und hatte sich alle weiteren Unannehmlichkeiten durch lautes Brüllen vom Hals gehalten.

Victoria hätte sich besser sein Schwert leihen sollen.

Sie lehnte sich zurück und lächelte bei dem Anblick, der sich ihr bot. Ihre Mutter und ihr Vater waren da, ebenso ihre Granny, Megan und Gideon. Selbst Iolanthe hatte ein wenig Farbe im Gesicht. Auch die Gespenster waren alle anwesend, beschränkten sich jedoch aus Rücksicht auf ihren Vater darauf, zustimmend zu nicken und sich am allgemeinen Gespräch nicht zu beteiligen.

Victoria blickte lächelnd zu ihrem Vater. Als ihr Vater vor drei Tagen im Gasthof angekommen war, hatte Connor sich von seiner besten Seite gezeigt: Mit dem Schwert in der Hand hatte er höflich darum gebeten, ob er mit Lord McKinnon unter vier Augen sprechen könne. Victoria wäre nicht überrascht gewesen, wenn ihr Vater auf der Stelle den Notarzt gerufen hätte, so erschrocken hatte er reagiert.

Aber nach einem längeren Gespräch in der Bibliothek war Connor äußerst zufrieden wieder aufgetaucht. Ihr Vater hingegen hatte ein wenig angegriffen gewirkt.

Großteil der Löcher auf seine Rechnung. Aber sein Lächeln brachte sie unwillkürlich dazu, zurückzulächeln.

»Das ist ja toll«, erklärte Thomas. »Ich kriege einen Tritt in den Hintern, und du wirst angeschmachtet.«

»Das liegt daran, dass ich mich all die Jahrhunderte lang so gut benommen habe«, erwiderte Connor von oben herab. Er winkte Victoria. »Komm her, meine Lady, und sieh dir an, was wir gefunden haben.«

Sie blickte ihm über die Schulter. »Es sieht aus wie eine Holzkiste.«

»Es sieht aus wie eine Schatzkiste«, korrigierte Jennifer sie und trat neben Victoria.

»Sie könnte voller Gold sein«, meinte Connor enthusiastisch. »Ein Engländer hat sie hier vergraben. Er war sehr gut gekleidet.«

Thomas blickte sich um. »Hat jemand eine Brechstange?«

»Ich habe ein Taschenmesser.« John McKinnon trat vor und hockte sich neben Connor. »Sag mal, Connor, wie konntest du wissen, dass es hier war? Hast du beobachtet, wie es vergraben wurde? Warum sollte denn in der letzten Zeit jemand eine Antiquität an diesem Ort deponiert haben?«

Victoria bekam einen Hustenanfall. Connor fiel nicht gleich eine Antwort an, deshalb überschüttete Thomas seinen Vater mit einem Wortschwall. Als Connor die Truhe aufgebrochen hatte, war John McKinnon vollends verwirrt.

Aber Connor grinste triumphierend. »Das glänzt, was?«, sagte er zu Victoria.

»Das ist sicher eine Menge wert!«, erklärte Thomas. »Jetzt braucht ihr wohl doch nicht zu hungern.«

»Wir hätten so oder so nicht gehungert«, wies Victoria ihn zurecht. »Aber wenn es dich glücklich macht …«

John blickte seinen Sohn an. »Ich verstehe es immer noch nicht. Warum sollte jemand alte Münzen in einer verfallenen Burgruine vergraben, während ein großer Kerl wie Connor

441

zusieht? Natürlich kann einem die idyllische Landschaft hier die Sinne vernebeln, aber …«

»John, mein Lieber«, rief Mary. »Mir ist ein bisschen kalt. Würdest du mich und deine reizende Frau in den Gasthof zurückbegleiten?«

Sie zwinkerte Victoria zu.

»Nun …«, sagte Victorias Vater zweifelnd.

»Brr«, machte Mary und rieb sich die Arme.

Stirnrunzelnd entfernte sich John. »Du kannst mir die ganze Geschichte ja später erzählen, Victoria«, sagte er zu seiner Tochter.

»Ja, klar, Dad«, erwiderte Victoria. Sie wartete, bis die kleine Gruppe weit genug weg war, dann wandte sie sich an ihre Geschwister.

»Und wer macht denn jetzt die Löcher wieder zu?«

»Du«, meinte Jennifer prompt. »Aber erledige es gleich heute, sonst bekommst du vor der Hochzeit deine Finger nicht mehr sauber. Komm, Megan, du siehst ein wenig erhitzt aus. Das sind doch nicht schon die Wehen?«

»Es kann jeden Moment losgehen«, erwiderte Megan.

»Dann lass uns besser zum Gasthof gehen«, sagte Jennifer. »Schließlich willst du doch dein Baby sicher nicht hier oben auf der Burg zur Welt bringen, oder? Obwohl, du hättest immerhin ein tolles Publikum!«

»Darüber macht man keine Witze, Jenner.«

»Megan, ich glaube, du hast im Moment nur keinen Sinn für Humor. Gideon, bleib nicht so lange.«

»Ich komme sofort«, rief er hinter ihnen her.

Victoria blickte ihren Schwestern nach. Das Gespenstertrio aus dem Gasthof folgte ihnen auf dem Fuß. Sie schienen eine Menge mit Jennifer zu bereden zu haben, und Victoria fragte sich, ob sie wohl die nächste auf ihrer Liste war.

Lächelnd dachte Victoria, dass Jennifer das sicher überleben würde. Für sie war es zu guter Letzt ja auch segensreich gewesen.

Sie wandte sich wieder den Männern zu und legte Connor die Hand auf die Schulter. »Und, was denkst du?«

»Ich denke, ich habe einen Weg gefunden, dich zu ernähren«, sagte er lächelnd. »Was meint Ihr, Lord Blythwood?«

»Ich heiße Gideon«, antwortete Gideon und lächelte ihm zu. »Das sieht ja alles nicht schlecht aus. Zufällig habe ich Name und Telefonnummer eines Münzhändlers dabei.« Er schwieg einen Moment. »Ich habe einen Freund, der erst kürzlich eine große Menge mittelalterlicher Münzen von diesem Händler erworben hat. Der Händler wäre bestimmt froh, wenn er seinen Bestand wieder auffüllen könnte, auch wenn diese Münzen hier nicht aus derselben Zeit zu stammen scheinen.«

»Warum kauft denn eigentlich jemand eine solche Menge mittelalterlicher Münzen?«, fragte Thomas.

Gideon lächelte. »Das ist eine lange Geschichte. Wenn es dich interessiert, erzähle ich sie dir später einmal. Aber jetzt bringen wir die Truhe erst einmal ins Gasthaus. Ich kann Megan im Augenblick nicht so lange allein lassen.«

Victoria sah zu, wie die drei Männer die schwere Kiste hochwuchteten, und sie folgte ihnen, als sie sie zum Gasthof trugen. In der Eingangshalle begegnete ihr Jennifer.

»Das ist gut«, sagte Jennifer.

»Nein, das ist großartig«, korrigierte Victoria sie. »Sein Ego ist gerettet. Scharen von potentiellen Opfern brauchen keine Angst mehr vor ihm zu haben, und die Kühe werden weiter friedlich auf ihren Weiden grasen und nicht auf undurchsichtige Weise den Weg nach Thorpewold finden.«

Jennifer lachte. »Schließlich bist du diejenige, die sich in ihn verliebt hat. Er kann nichts dafür, dass er ein mittelalterlicher Laird ist.«

»Ich mache ihm ja auch keinen Vorwurf. Er ist, was er ist, und ich will ihn gar nicht ändern.« Sie blickte ihre Schwester lächelnd an. »Mittelalterliche Ritterlichkeit hat etwas für sich.«

443

»Ja, bestimmt. Warum kommen bei uns die Männer nicht so von der Universität? Connor hat doch nicht noch einen Bruder, oder?«

»Er hat einen Cousin, aber ich glaube, er musste dableiben, um die Clanführung zu übernehmen. Du musst dich wohl mit dem begnügen, was Manhattan so hervorbringt.«

Jennifer lachte. »Der Himmel stehe mir bei.« Sie lächelte wehmütig. »Ich beneide dich. Er ist ein toller Mann.«

Victoria war noch nie beneidet worden, zumindest nicht, soweit sie wusste, und schon gar nicht wegen ihres Liebeslebens.

Aber sie musste zugeben, dass sie sich ebenfalls beneiden würde.

Im Gang blieb sie stehen und lauschte dem Gelächter, das aus der Bibliothek drang. Sie hörte Thomas und Gideon heraus, aber am herzlichsten lachte Connor. Das war etwas, was sie nie zu hoffen gewagt hatte.

Und schon gar nicht von seinem sterblichen Ich.

Sie lächelte Jennifer zu und folgte ihr ins Wohnzimmer. Die Männer überließen sie ihrem Schatz.

Das Leben war schön.

Besser konnte es gar nicht mehr werden.

38

Connor beugte sich über die Theke und spähte in die Glasdosen. Er hob eine hoch, schnüffelte daran, dann stellte er sie wieder hin und nieste herzhaft.

»Was, bei allen Heiligen, ist das?«

»Himbeerblätter«, antwortete Victoria.

»Und zu was dienen sie?«

Die Frau hinter der Theke, die eine Silberkugel an der Seite der Nase und einen Ring durch eine Augenbraue trug, seufzte müde. »Frauenbeschwerden.«

Connor trat zurück. »Ich glaube, ich lasse das besser.«

»Ja, das ist wohl das Beste.«

Connor befand sich mit Victoria in *Tumult in der Teekanne* und fragte sich, wie es ihr wohl gelungen war, ihre Zuschauer aus diesem Raum, in dem es so duftete, eine Etage höher ins Theater zu locken. Aber vielleicht waren die Leute hier härter im Nehmen als er.

Das musste man wohl auch sein, um eine Stadt wie Manhattan zu überleben. Die letzten vierzehn Tage waren wie ein Wirbelsturm über ihn hinweggezogen. Am Anfang hatte der Verkauf des Schatzes gestanden, und geendet hatte vorläufig alles damit, dass er sich mit Victoria in ihre winzige Bleibe zwängen musste, die in einem Teil der Stadt lag, in dem man nicht zu schlafen schien. Zwischen diesen beiden Punkten hatten eine wunderbare Hochzeit und höchst angenehme Flitterwochen auf Artane stattgefunden.

Es war kein Wunder, dass Thomas und Iolanthe sich dort so häufig aufhielten. Connor war natürlich schon viele Male davor am Meer gewesen, aber ein Schloss, das so dicht an der Küste stand, hatte etwas Magisches.

Vielleicht hatte es aber auch etwas damit zu tun, dass er dort mit Victoria zusammen gewesen war.

Er warf seiner Frau einen Blick zu und musste unwillkürlich lächeln. Bei allen Heiligen, sie war prachtvoll, in jeder Hinsicht. Zärtlich strich er ihr über das Haar.

Sie lächelte ihn kurz an, dann wandte sie sich wieder ihrem Gespräch zu.

»Moonbat, ich möchte doch nur mit Mr Chi sprechen.«

»Er meditiert.«

Connor schürzte die Lippen. Er kannte die Geschichte von dem Mann, der Victorias Räumlichkeiten übernommen hatte und sein Geld damit verdiente, dass er anderen Leuten beibrachte, wie man sich in seltsamen Positionen verrenkte. Victoria konnte diesen Menschen nicht besonders gut leiden, und Connor konnte es ihr nicht verdenken. Schließlich hatte er sie ihres Theaters beraubt.

»Hat er die Räume nun gemietet«, fragte Victoria, »oder hat er sie gekauft?«

Mistress Moonbat trat unruhig von einem Fuß auf den anderen. »Er hat sie gemietet.«

»Dann kaufe ich eben alles.«

»Aber …«

»Ich biete dir das Doppelte von dem, was er zahlt.«

»Vic«, stieß Moonbat hervor, »ich kann nicht.«

»Warum nicht?«

»Es wäre nicht richtig.«

»Aber mir die Räume einfach wegnehmen, war richtig, was?«

Moonbat beugte sich vor. »Vic, es geht um viel Geld.«

»Ich habe genug davon.«

»Ich denke darüber nach. Kann ich euch in der Zwischenzeit einen Tee anbieten?«

Victoria blickte sie finster an. »Nein, danke. Wir genehmigen uns einen Hotdog auf der Straße.«

Connor war sicher, Moonbat würde sofort zur Toilette

rennen und sich übergeben. Connor hatte die Hotdog-Verkäufer, die hier an jeder Ecke standen, schätzen gelernt, und wenn Victoria jetzt Lust hatte, dort zu essen, dann wäre er dabei.

»Ich begreife das nicht«, erklärte Victoria und blickte ihn verwirrt an, als sie den Bürgersteig entlanggingen. »Warum gibt sie nicht nach, wenn es nur um Geld geht?«

»Es muss noch einen anderen Grund geben.«

»Vermutlich …« Plötzlich keuchte sie auf und zog ihn in einen Hauseingang in Deckung. »Sieh mal!«

Er sah Michael Fellini, der in *Tumult in der Teekanne* hineinmarschierte, als ob ihm das Haus gehörte. »Ah«, sagte Connor, »da hast du die Antwort.«

»Ich sollte mal nachsehen, was da tatsächlich vor sich geht.«

»Nein, lass mich gehen«, meinte Connor. »Fellini wird mich nicht wiedererkennen.«

»Aber Moonbat.«

»Ich werde mich im Hintergrund halten.«

Victoria zog eine Augenbraue hoch, hielt ihn aber nicht zurück. Er tätschelte sie liebevoll, gab ihr einen zärtlichen Kuss und ging los.

Mit Victoria McKinnon verheiratet zu sein, war schöner, als er sich in seinen kühnsten Träumen vorgestellt hatte.

Als er sich dem Laden näherte, nahm er eine Baseballkappe mit Yankees-Aufdruck aus der Tasche und zog sich den Schirm tief in die Stirn. Dann betrat er das Geschäft und tat so, als sei er an Kräuterseifen interessiert. Dann ging er hinüber zu denen mit Früchtearoma.

Er lauschte angestrengt dem Gespräch. Michael Fellini schwafelte ununterbrochen, und schließlich verabschiedete er sich von Moonbar, nicht ohne sie vorher ausgiebig zu küssen. Connor wartete, bis Fellini den Laden verlassen hatte, dann warf er Moonbat einen verächtlichen Blick zu und ging ebenfalls wieder hinaus.

Rasch war er wieder bei Victoria. »Du wirst es nicht glauben.«

»Was?«, erwiderte sie. »Hat er ihr Geld gegeben?«

»Nein«, sagte Connor und ergriff Victorias Hand. »Anscheinend will Fellini deine kleine Teekanne für sich selber. Er ist immerhin ein so guter Schauspieler, dass Mistress Moonbat überzeugt ist, er liebe sie aufrichtig.«

»Ach, tatsächlich?«, erwiderte Victoria überrascht. »Normalerweise ist Moonbat nicht so leichtgläubig.«

»Vielleicht hat sie zu viel an ihren Waren geschnüffelt, und ihre Sinne sind betäubt.«

»Hat er sie geküsst?«

»Macht es dir etwas aus?«

»Nein, ich bin nur erleichtert, dass ich seinen Reizen dann doch nicht erlegen bin«, erwiderte sie und drückte seine Hand.

»Anderenfalls hätte ich ihm wohl Schaden zufügen müssen«, meinte Connor freundlich. »Es gibt noch andere Theater, Victoria. Es sind nicht diese Räume, die Magie ausstrahlen; du bist es, die die Magie auf die Bühne bringt.«

»Das möchte ich nur zu gerne glauben.«

»Das solltest du auch«, sagte er mit fester Stimme. »Wir finden etwas anderes.«

Sie nickte. Connor gab ihr so viel Frieden, wie man in Manhattan nur finden konnte. Während sie die Straßen entlanggingen, blickte er sich um und staunte darüber, wie so viele Menschen auf so engem Raum leben und trotzdem relativ zufrieden sein konnten.

Als sie mit dem Flugzeug hierher geflogen waren, hatte Connor sich Gedanken darüber gemacht, ob er wohl in Victorias Stadt leben könnte, oder ob seine Sehnsucht nach dem Land zu groß wäre. Mittlerweile gefiel es ihm in Manhattan ganz gut, aber sie würden wahrscheinlich auch nicht für immer hierbleiben. Und wenn Victoria keine Räume für ihr Theater fand, schon gar nicht.

»In zehn Minuten sind wir mit Fred verabredet«, sagte Victoria. »Das Restaurant wird dir gefallen.«

»Zum Dessert esse ich einen Hotdog.«

»Ja, klar.«

Das Gespräch mit Fred war angenehm. Er schwor ihnen, dass er der Sache auf den Grund gehen würde. Anscheinend kannte er da jemanden. Was das genau bedeutete, wusste Connor nicht, aber Victoria schien zufrieden zu sein. Connor sah, dass Fred seine Abneigung gegen Fellini ebenso teilte wie die Zuneigung zu Victoria, und dafür mochte er ihn.

Sie verbrachten einen erfreulichen Nachmittag damit, gemeinsam Pläne zu Fellinis Untergang zu schmieden. Danach kehrten Victoria und Connor in ihr kleines Haus zurück. Es war nur wenig größer als eine Schachtel mit einem Fenster, aber Connor gefiel es. Andererseits konnte auch das natürlich damit zu tun haben, dass er hier mit Victoria zusammen war.

Am besten gefiel ihm nämlich, dass Victoria seine Frau war und ihn in ihren Armen und ihrem Bett willkommen hieß.

Auf diese Weise verging auch der Rest des Nachmittags höchst zufriedenstellend.

Am Abend besuchten sie ein Musical am Broadway. Es gefiel Connor, aber die Schauspieler beeindruckten ihn nicht besonders.

Victoria war besser.

Aber er zögerte, es ihr zu sagen. Sie musste alleine darauf kommen. Vielleicht wäre es ja auch denkbar, dass sie ab und zu nach Thorpewold zurückkehrten. Schließlich hatte Thomas ihnen die Burg zur Hochzeit geschenkt. Connor hätte sie ihm auch abgekauft, aber davon wollte der eigensinnige Mann nichts wissen, und Victoria zuliebe hatte Connor ganz gegen seine Natur nachgegeben.

Ja, dort könnten sie ihr eigenes Theater eröffnen und damit wahrscheinlich eine hübsche Summe verdienen. Sie brauchten zwar das Gold nicht, aber wenn sie nichts Konstruktives taten, würden sie wahrscheinlich beide verrückt

449

werden. Mit der Zeit würden sich hoffentlich auch Kinder einstellen, und dann würde sich ihr Leben erneut verändern, aber im Moment würde es ihn am meisten freuen, Victoria auf der Bühne zu sehen.

»Du denkst nach«, sagte sie und blickte zu ihm auf.

»Ich habe gerade an deine Ophelia gedacht«, erwiderte er lächelnd. »Mir würde es gefallen, wenn du als Schauspielerin arbeiten würdest.«

»Darüber habe ich auch schon nachgedacht«, gestand sie, »aber ich weiß nicht, in welchem Rahmen. Andererseits, wenn ich keine Schauspielertruppe mehr habe, habe ich sowieso keine andere Wahl mehr – vielleicht ist das auch ein großes Glück.«

»Ja, vielleicht«, antwortete er.

Irgendwie würden sie die Zeit schon herumkriegen.

39

Victoria konnte es kaum fassen, aber es war tatsächlich so: sie trödelte herum. Das sah ihr überhaupt nicht ähnlich, da sie sich immer mit Dingen beschäftigte, die sie voll und ganz beanspruchten. Es war erstaunlich, was es bewirkt hatte, dass sie innerhalb kürzester Zeit ihre Räume, ihre Schauspieler und ihren guten Ruf verloren hatte.

Sie blieb vor dem Fenster stehen und starrte nach draußen. Alles in allem war es ein guter Monat gewesen. Sie hatte geheiratet, sie hatte wundervolle Flitterwochen verlebt und sie genoss jeden neuen Tag mit Connor.

Probleme hatte ihr lediglich Bernie, der Agent, gemacht, der dafür gesorgt hatte, dass niemand mehr für sie arbeiten wollte. Das hatte sie nicht wirklich überrascht.

Aber glücklich war sie darüber auch nicht gewesen.

Sie stand vor den Scherbenhaufen ihres Theaterlebens.

Aber trotzdem musste sie lächeln, als sie Connor die Straße entlangkommen sah. Er war im Deli um die Ecke gewesen.

»Mylady«, sagte er und verbeugte sich, als er vor ihr stand. Dann richtete er sich auf und präsentierte ihr seine Einkäufe. »Truthahn und Käse auf Vollkornbrot, ohne Mayo, aber mit Senf.«

Sie lachte. »Du klingst heute so zeitgemäß, Mylord.«

»Ich habe den Text auswendig gelernt«, erklärte er zufrieden, »weil der Mann im Deli mich gestern so finster angesehen hat, als ich versucht habe, ganz normal mit ihm zu sprechen. Ich hatte das Gefühl, ich müsste ihn bei Laune halten. Er macht unverschämt gute Sandwiches, und ich wollte ihn nicht ...«

Das Telefon klingelte. Victoria zuckte überrascht zusammen.

451

Seit Tagen hatte höchstens mal jemand aus ihrer Familie angerufen. Aber dieses Klingeln klang irgendwie anders. Sie warf Connor einen Blick zu.

»Ich habe so ein Gefühl«, sagte sie langsam.

»Das Schicksal?«, fragte er und packte seine Einkäufe aus.

»Vielleicht eher eine Magenverstimmung.« Victoria nahm den Hörer ab. »Hallo?« – »Victoria?«

Sie runzelte die Stirn. Das war niemand von ihren Verwandten, und es war auch nicht Fred. »Ja«, antwortete sie langsam, »am Apparat.«

»Hier ist Stuart Goldberg.«

Victoria schluckte. Stuart Goldberg war ihr Erzfeind, ihre Nemesis, der Mann, der ihr ständig ihre besten Schauspieler für seine Inszenierungen wegschnappte, die wesentlich näher am Broadway waren als die ihren. Es dauerte einen Moment, bis sie die Sprache wiederfand. »Stuart«, krächzte sie. »Wie nett, von dir zu hören. Was willst du?«

Er lachte. »Immer geradeheraus, was?«

»Warum sollten wir subtiler miteinander umgehen?«, fragte sie. »Leider kann ich dir nicht mit irgendwelchen Schauspielern dienen. Mein Stall ist leer.«

»Dein Stall?«, echote er. »Was ist das für eine Ausdrucksweise?«

»Ich habe den Sommer in Schottland verbracht. Das hat auf mich abgefärbt.«

»Ja, ich habe davon gehört.«

Victoria wartete. Stuart brauchte heute ungewöhnlich lange, um seine Gedanken zu formulieren. »Und?«, drängte sie schließlich.

»Also«, sagte er langsam, »Folgendes: Ich mache das schottische Stück.«

Sie schürzte die Lippen. »Wie schön für dich.«

»Ja, das dachte ich auch, bis ich vor drei Tagen meine Königin verloren habe. Ich glaube, du kennst sie: Cressida Blankenship.«

452

»Hat sie dich sitzen lassen?« – »Ja, verdammt noch mal. Und stell dir vor: Sie hat sich für ›Was ihr wollt‹ mit Michael Fellini verpflichtet.«

Grimmig überlegte Victoria. Sie kannte niemanden, der ›Was ihr wollt‹ inszenierte. »Darin spielt er mit?«, fragte sie. »Für wen?«

»Er spielt nicht, er führt Regie.«

»Du machst Witze.«

»Nein. Ich habe, was das angeht, keinen Sinn für Humor.«

»Nun«, meinte Victoria, die eigentlich gar nicht so besonders überrascht war. Michael hatte ja schon die ganze Zeit über Regie führen wollen, und jetzt sah er seine Chance. »Das ist ja schön für ihn, aber für dich ist es eine blöde Situation, oder?«

»Lass dir wenigstens deine Freude nicht zu sehr anmerken«, erwiderte Stuart trocken.

»Ich kann nicht anders.«

»Dann streng dich an. Und noch etwas: Es heißt, dass Fellini das Stück in *Tumult in der Teekanne* aufführen will.«

Victoria blickte Connor an. »Michael inszeniert ›Was ihr wollt‹ in *Tumult in der Teekanne?* Interessant.«

Connor hörte auf zu kauen und zog eine Augenbraue hoch. »Ha!«, sagte er.

»Ich hätte nie gedacht, dass du diese Bühne aufgibst«, fuhr Stuart fort.

»Das habe ich auch nicht. Sie ist mir weggenommen worden.«

»Ja, das habe ich auch gehört. Wie mag wohl Fellini an die Räume gekommen sein?«

»Mit seinem vielgerühmten Charme«, erwiderte Victoria säuerlich. »Wie sonst?«

»Auf jeden Fall«, sagte Stuart, »brauche ich eine Königin für mein Stück.«

»Viel Glück.«

»Ich habe gehört, dass du früher auch aufgetreten bist.«

Victoria blickte Connor an. »Du hast gehört, ich sei aufgetreten?«

Connor legte sein Sandwich weg und brachte ihr einen Stuhl. Sie setzte sich.

»Ich habe auch gehört, dass Cressida dich bei deinem ›Hamlet‹ in England im Stich gelassen hat und du daraufhin eingesprungen bist.«

Victoria schloss kurz die Augen. »Das stimmt.«

»Ich habe außerdem gehört, du seiest großartig gewesen.«

Victoria zwang sich, tief durchzuatmen. »Ah«, sagte sie, »du hast gehört, ich sei großartig gewesen?«

»Victoria, hör auf, alles zu wiederholen, was ich sage. Du machst mich wahnsinnig.«

Victoria atmete noch einmal tief durch. »Von wem hast du das denn alles gehört, Stu?«

»Von Marv Jones.«

Sie musste den Kopf zwischen die Knie legen. Den Telefonhörer nahm sie allerdings mit. Um keinen Preis wollte sie auch nur ein einziges Wort von diesem Gespräch verpassen. »Der Theaterkritiker des *New York Pillar*?«

»Ja. Anscheinend war er inkognito auf deiner letzten Vorstellung. Er hat dem *Pillar* mit dem Versprechen, etwas Garstiges über dich zu schreiben, die Reisekosten aus den Rippen geleiert.«

»Das wundert mich nicht«, murmelte Victoria.

»Nein, mich auch nicht. Er hat mich schon seit Jahren im Visier. Aber hast du denn seinen Artikel nicht gelesen? Er ist zwei Wochen später erschienen.«

Victoria setzte sich langsam auf. »Äh«, sagte sie mit schwacher Stimme, »ich war nach der Aufführung sehr beschäftigt.« In Jamies Trainingslager und anschließend im mittelalterlichen Schottland.

Irgendwie war sie ganz froh darüber, dass sie nichts davon gewusst hatte.

»Wie schlimm war er denn?«, fragte sie kläglich.

»Schlimm? Victoria, hörst du mir nicht zu? Der Mann hat gesagt, du seiest großartig gewesen. Er hat in den höchsten Tönen geschwärmt und konnte gar nicht genug positive Adjektive finden, um deine Vorstellung zu beschreiben. Ich glaube, er hat deine Leistung sogar ›glänzend‹ genannt, und du weißt selbst, dass er dieses Wort normalerweise nur für seine eigene Prosa verwendet.«

»Er hat ›glänzend‹ gesagt?«, wiederholte sie erstaunt.

»Ja, ich konnte es auch kaum fassen. Also, bist du interessiert?«

»An was?«

Er gab einen ungeduldigen Laut von sich. »Ist das noch der Jetlag? Ich brauche eine Königin!«

Victoria blickte Connor an. »Du brauchst eine Königin? Für das schottische Stück?«

Connor begann zu lächeln.

»Victoria«, sagte Stu streng, »du machst mir Sorgen.«

»Morgen geht es mir wieder besser«, erwiderte Victoria. »Ja, sicher, ich würde schrecklich gern den Part der Königin übernehmen.«

»Da ist noch etwas.«

Sie konnte es kaum erwarten. »Ja, was denn?«

»Marv meinte, dein Hamlet sei perfekt gewesen. Ja, genau das waren seine Worte, er sei perfekt gewesen.«

»Perfekt?«, echote Victoria. »Er hat gesagt, der Schauspieler, der den Hamlet gespielt hat, sei perfekt gewesen?«

»Ja, ich habe dir doch gesagt, dass er alles in den höchsten Tönen gelobt hat.«

Victoria blickte Connor an. »Er hat gesagt, der Hamlet sei perfekt gewesen.«

Connor riss die Augen auf.

Victoria räusperte sich. »Ich gebe zu, ich fand das auch.«

»Ja, ich habe versucht, den Typen zu finden, aber es gibt keinen Connor MacDougal in Schottland. Na ja, es gibt schon welche, aber sie sind keine Schauspieler.«

455

Victoria blickte Connor an. »Du hast nach diesem Connor MacDougal gesucht?«

»Ich habe verzweifelt nach ihm gesucht.«

»Verzweifelt?«

»Victoria, wenn du kein vernünftiges Gespräch führen kannst, stelle ich dich nicht ein. Was ist los mit dir?«

Victoria lächelte. »Nun, ich weiß, wo du diesen Connor MacDougal, nach dem du gesucht hast, finden kannst, aber zuerst will ich wissen, was du von ihm willst.«

»Ich will ihm die Hauptrolle geben. Eigentlich hätte Fellini sie übernehmen sollen«

»Warte einen Moment, Stu.«

»Was soll das heißen, warte einen Moment?«

»Connor ist hier, direkt neben mir. Ich frage ihn, ob er interessiert ist.«

»Er ist hier? Wie hast du denn das geschafft?«

»Ich habe ihn vor einem Monat geheiratet.«

»Bekomme ich euch beide zusammen zu einem Sonderpreis?«

»Vergiss es. Connor ist *sehr* teuer.«

»Ich bezahle jede Summe.«

»Du hast aber viel Vertrauen in Marv Jones' Meinung.«

»Ja, das hättest du doch auch.«

Victoria lächelte. »Ich habe Connor auf der Bühne gesehen, deshalb muss ich ihm zustimmen. Warte mal.« Sie legte die Hand über die Muschel. »Hast du Interesse an ein bisschen Theater?«

Connor sah ein wenig blass aus. »Er hat dir den Part der Lady Mac...?«

»Psst!«

»Er hat dir den Part dieser schottischen Königin angeboten, die sich ständig im Schlaf die Hände wäscht?«

»Ja, und du sollst die Rolle dieses niederträchtigen schottischen Lords übernehmen.«

Connor schluckte.

»Es ist wie eine Schlacht, Mylord, nur auf einer anderen Bühne.«

»Mit falschen Schwertern.«

»Nein, die Schwerter sind echt, nur stumpf.«

Er lächelte. »Nun ja, wenn mir die Rolle schon angeboten wird …«

Victoria lachte. »Gut, Stuart, wir sind dabei.«

»Wunderbar.«

»Frag ihn, ob er noch eine Hexe braucht«, warf Connor ein.

Victoria nickte. »Hey, Stu, wie sieht es denn mit den Hexen aus?«

»Na ja, jetzt wo du es erwähnst, ich suche noch eine. Was machst du eigentlich? Betreibst du jetzt auch noch eine Casting-Agentur?«

»Meine Familie ist plötzlich im Bühnenfieber«, erklärte Victoria.

»Na, hoffentlich ist es nicht ansteckend.«

»Wie meinst du das?«

»Da ist etwas im Busch. Du glaubst es nicht, was Fellini vorhat.«

»Erzähl es mir«, erwiderte sie.

»Er leidet unter Größenwahn. Er behauptet – ich traue mich kaum, es wiederzugeben –, er sei in der Zeit zurückgegangen und hätte das *Globe* gesehen. Und er habe Shakespeare kennengelernt, und der Meister höchstpersönlich habe ihm geraten, in die Gegenwart zurückzugehen und bei seinen Stücken Regie zu führen, weil nur er es könne.«

»Er will also Shakespeare begegnet sein«, wiederholte Victoria und blickte Connor vielsagend an. »Und, was hältst du davon?«

»Er ist ein armer Irrer«, erwiderte Stuart mit Nachdruck. »Montag beginnen wir mit den Proben.«

»Wir werden da sein.«

»Victoria, du bist ein Traum!«

»Stu, ich werde gleich rot.« Lachend legte er auf. Victoria blickte Connor an. »Na, es sieht so aus, als stünde dein Debüt in New York bevor.«

»Das schottische Stück?«

»Das passt doch, findest du nicht?«

»Darf ich mein eigenes Schwert benutzen?«

Lachend warf sich Victoria in seine Arme. »Nein!«, sagte sie und küsste ihn ausgiebig. »Das darfst du ganz bestimmt nicht. Du willst öfter als nur einen Abend auftreten, oder?«

»Ja, ich will, dass dieser Auftritt ewig dauert«, murmelte er an ihren Lippen. »Aber nur mit dir.«

Und damit war Victoria absolut einverstanden.

Einige Zeit später lief sie in ihrer kleinen Wohnung hin und her und blickte auf den Mann, der alles verändert hatte: ihr Leben, ihre Karriere, ihr Herz.

Hamlet.

Perfekt.

Lächelnd lief sie weiter auf und ab. Bei ihrem nächsten Treffen hätte sie ihrem Bruder einiges zu sagen.

Danke würde das erste Wort sein, das aus ihrem Mund kam.

»Victoria?«

Lächelnd drehte sie sich um. »Ja?«

»Ich liebe dich.«

Ja, sie würde sich ganz besonders bei ihm bedanken.

Lächelnd ging sie zu Bett.

Epilog

Ambrose MacLeod saß vor dem Herd in der Küche des *Boar's Head Inn* und genoss seinen wohlverdienten Krug mit Ale. Victoria war gut versorgt, und seine Arbeit war getan.

Für den Augenblick zumindest.

Die Tür hinter ihm flog auf und Fulbert stampfte herein. Hugh folgte ihm auf den Fersen. Sie murrten über das Wetter – es war nass draußen –, holten sich ebenfalls Krüge aus der Luft und setzten sich zu einer kleinen Ruhepause an den Ofen.

»Das war ein schwieriger Fall«, stellte Fulbert fest, nachdem er einen tiefen Schluck Ale genommen hatte. »Ich habe gedacht, er kommt nie wieder zu Verstand.«

»Aber dann ist es doch geschehen«, ergänzte Hugh. »Sehr zu meiner Überraschung übrigens, wo er doch schließlich ein MacDougal ist.«

»Kanntest du ihn eigentlich im Leben, Hugh?«, fragte Ambrose.

»Er hat weit nach meiner Zeit gelebt«, erwiderte Hugh, »aber seinen Vetter Cormac habe ich eine Zeitlang in Furcht und Schrecken versetzt. Das war ein guter Junge, obwohl er gerne den McKinnons das Vieh gestohlen hat.« Hugh lächelte. »Aber das ist ihm nicht oft gelungen. Connor würde das gar nicht gerne hören.«

»Nun, um Himmels willen, dann erzähl es ihm auch nicht«, schnaubte Fulbert. »Am Ende versucht er noch, in die Vergangenheit zurückzureisen, um den Jungen zur Rechenschaft zu ziehen.«

»Nein«, sagte Ambrose nachdenklich, »das glaube ich nicht. Er und Victoria passen perfekt zueinander. Ich kann mir nichts vorstellen, das die Macht hätte, ihn von ihrer Seite zu reißen.« Er schüttelte den Kopf. »Sie werden glücklich und zufrieden miteinander sein, ihre Kinder großziehen und sich bis an ihr Lebensende lieben.« Er lächelte. »Ihre leidenschaftliche Liebe ist beneidenswert.«

Die Tür hinter ihnen öffnete sich einen Spalt, und Fulbert beugte sich zu Ambrose.

»In den Genuss einer solchen Leidenschaft könntest du auch kommen«, sagte er betont und nickte zur Tür. »Dort steht sie, in ihrer verführerischsten Kleidung. Ich an deiner Stelle würde die Möglichkeit nutzen.«

»Du bist aber nicht an meiner Stelle«, erwiderte Ambrose. Er warf seinen Krug ins Feuer und machte sich bereit zu fliehen.

»Feigling«, zischte Fulbert mit funkelnden Augen.

Ambrose sprang auf. »Für diese Bemerkung wirst du bezahlen!« Schwungvoll zog er sein Schwert.

Mrs Pruitt kam in die Küche geeilt. »Nein, Laird MacLeod, nicht! Bringen Sie sich nicht in Gefahr!«

Ambrose war nicht ohne Grund der Laird eines wilden, gerissenen Clans. Er blickte Mrs Pruitt an und machte eine tiefe Verbeugung.

»Liebe Lady«, sagte er und legte sich die Hand aufs Herz. »Ich muss mich mit diesem Halunken hier auseinandersetzen. Wenn ich ihm gegeben habe, was er in so großem Maße verdient, dann kehre ich zurück und wir werden miteinander sprechen.«

Mrs Pruitts Augenlider flatterten.

Hugh ächzte leise und entfloh.

»Oh«, sagte sie und fächelte sich Luft zu, »oh, ja, Mylord, natürlich. Werden Sie lange brauchen?«

Ambrose strich sich nachdenklich übers Kinn. »Er ist ein besonders schwieriger Fall, und es könnte durchaus sein, dass ich ein wenig länger brauche. Vierzehn Tage auf jeden Fall.«

»Ich werde warten.«

Fulbert schnaubte. »Das glaube ich auch.« Ambrose wies auf die Tür. »Hinaus mit dir«, donnerte er. »Ich werde dich Respekt lehren, und wenn es das Letzte ist, was ich tue.«

Fulbert stampfte aus der Hintertür. Ambrose verbeugte sich noch einmal vor Mrs Pruitt, dann verließ er ebenfalls die Küche, wobei er sein Schwert wieder in die Scheide steckte.

Fulbert blickte ihn erstaunt an. »Wollen wir nicht kämpfen?«

»Bist du närrisch, Mann? Ich muss in die Highlands aufbrechen.«

»Aber du hast mich herausgefordert!«

»Ja, aber wann, habe ich nicht gesagt! Es wird Jahre dauern, bis ich dich in deine Schranken gewiesen habe, und ich habe etwas Ruhe verdient, bevor die Mühsal beginnt.«

Fulbert verschränkte die Arme vor der Brust. »Du enttäuschst mich. Ich hatte dir etwas mehr Rückgrat zugetraut.«

»Ich besitze reichlich Rückgrat, aber ich habe auch eine starke Aversion gegen Frauen, die so mit den Augenlidern flattern.«

»Du hast dein Wort gegeben!«

Ambrose öffnete den Mund, um erneut zu protestieren, musste jedoch feststellen, dass er nichts zu seiner Verteidigung sagen konnte. Ja, in der Tat, er hatte es versprochen. Allerdings hatte er mit keinem Wort erwähnt, wann er sich mit der Frau unterhalten wollte.

Und sie würde jetzt nächtelang wach bleiben und darauf warten, dass er sich bei einem Krug Ale mit ihr unterhalten würde.

Ambrose seufzte. »Nun gut. Du hast ja recht. Ich werde mit ihr reden.«

Fulbert feixte.

»Nächste Woche.«

»Ambrose …«

»Ich habe gesagt, es dauert mindestens vierzehn Tage, und so lange soll es auch dauern, verdammt noch mal! Außerdem muss ich mich von den Mühen der letzten Monate noch ein wenig erholen, bevor ich an etwas anderes denken kann.«

»Schwächling«, sagte Fulbert grinsend.

»Was?«, donnerte Ambrose.

»Schwachbrüstiges, zitterndes, jammerndes Weib.« Fulbert schnaubte. »So. Und für diese Beleidigungen kannst du mich jetzt vierzehn Tage lang zur Rechenschaft ziehen, um deine Ehre zu retten.«

Ambrose schürzte die Lippen. »Vielleicht warst du meiner lieben Schwester doch nicht so unwürdig, wie ich immer geglaubt habe.«

»Du hast schon zu viele Paare verkuppelt«, erklärte Fulbert und schnalzte mit der Zunge. »Du wirst milde.«

Das hatte Ambrose auch schon gedacht, aber darüber wollte er später nachdenken, wenn Fulbert für seine Beleidigungen geblutet hatte. Fröhlich stürzte er sich ins Kampfgetümmel, gelobte jedoch vorher noch rasch, so bald wie möglich in die Highlands zu reisen. Dort war seine Herzensheimat, und selbst nach so vielen Jahrhunderten musste er immer wieder dorthin zurückkehren.

Außerdem hatte er die Erholung dringend nötig. Mrs Pruitt war zwar anstrengend, aber selbst sie war nichts gegen sein nächstes Kuppelvorhaben.

Ja, ja, die Arbeit eines Schattens hört niemals auf.

Gott sei Dank.

Beherzt schwang er sein Schwert und vertagte das Nachdenken über Zukünftiges dorthin, wo es hingehörte: in die Zukunft.

Das Werk einschließlich aller seiner Teile ist urheberrechtlich geschützt. Jede Verwertung außerhalb des Urhebergesetzes ist ohne Zustimmung des Verlages unzulässig und strafbar. Dies gilt insbesondere für Vervielfältigungen, Übersetzungen, Mikroverfilmungen und die Einspeicherung und Verarbeitung in elektronischen Systemen.

Weltbild Buchverlag
–Originalausgaben–
Deutsche Erstausgabe 2008
Copyright © 2006 by Lynn Curland
All rights reserved including the right of reproduction in whole or in part in any form.
This edition is published by arrangement with The Berkley Publishing Group,
a member of Penguin Group (USA) Inc.
Copyright © der deutschsprachigen Ausgabe 2008 by Verlagsgruppe Weltbild GmbH
Steinerne Furt, 86167 Augsburg
Alle Rechte vorbehalten

Projektleitung: Gerald Fiebig
Übersetzung: Margarethe van Pée
Redaktion: Carmen Dollhäubl
Umschlag: Zeichenpool, München
Umschlagabbildung: © Newton, Richard via Agentur Schlück GmbH (Illustration);
Pando Hall/Getty Images (Foto)
Satz: Dirk Risch, Berlin
Gesetzt aus der Sabon 10,5/12,5 pt
Druck und Bindung: CPI Moravia Books s.r.o., Pohorelice
Printed in the EU
ISBN 978-3-89897-890-3

2015 2014 2013
Die letzte Jahreszahl gibt die aktuelle Ausgabe an.

Wir haben
ALLES!*

… alle Bücher
… alle DVDs
… alle CDs

* Na ja … fast alles, aber sehen Sie selbst unter

www.weltbild.de